KB123218

SF
연대기

SF
연대기

시   간
여행자를 위한
SF 랜드마크

셰릴 빈트, 마크 볼드 지음

송경아 옮김

어크빈

더글러스 바버Douglas Barbour,

베로니카 홀링거Veronica Hollinger,

패트릭 패린더Patrick Parrinder와

브라이언 스테이블포드Brian Stableford에게.

책임은 있지만,

비난할 수는 없는 사람들이다.

서문

과학소설^{science fiction, SF}의 역사를 쓰는 것은
불가능한 일이다. 한 가지 시각에 바탕을 둔 역
사를 쓰는 것도 벅찬데, 무엇을 SF로 봐야 하는

과학소설은 '소설'이고, SF는
모든 매체에서 과학적 상상력
으로 만들어진 서사와 이미지
를 포함한다.

지를 두고 경쟁하는 시각도 많기 때문이다. 따라서 이 장르의 역사를
쓰려면 내용을 선별할 수밖에 없다. 우리는 우리가 강조하는 지점과
생략하는 지점 양쪽 모두를 예민하게 의식하고 있다. 또한 우리는 여
러 가지 매체에 등장하는 SF를 망라하려고 시도했지만, 라우틀리지
편집부는 문학으로서의 SF에 배타적으로 초점을 맞춰달라고 요구
했다. 그 틀 안에서 이 책은 영어권 SF와 작가들에게 집중했다. 주로
영국과 미국, 캐나다, 오스트레일리아, 미국 문화사에 나오는 작가
들이다. 다른 여러 가지 언어권과 국가들에도 강고한 SF 전통이 있
지만, 다른 SF 전통들은 각자 다른 국가적·문화적 맥락 안에서 유통

되기 때문에 이런 개론서 한 권으로는 제대로 다루기 어렵다. 우리는 둘 다 한 가지 언어만 사용하는 사람이고 영어권 문학에 대해서만 전문 지식을 갖고 있기 때문에, 비영어권 텍스트는 번역본으로만 논의할 수 있을 것이다. 그렇게 되면 그 텍스트들을 원래 맥락과 의미에서 잘라내게 된다. 번역을 하기 위해서는 텍스트를 선택하는 과정을 거칠 수밖에 없기 때문에 다른 언어권 문학들을 보는 시야가 어쩔 수 없이 한 번 제한되는데, 이렇게 텍스트가 원래 맥락에서 잘려 나온다면 그렇게 제한된 시야가 더욱 제한될 수밖에 없다. 따라서 이 책에서는 일반적으로 비영어권 작가들에 대해 논의할 때 영어권 국가들에서 SF가 생산되고 소비되는 방식에 번역 작품으로 영향을 끼친 작가들에 집중할 것이다. 예를 들어, 쥘 베른Jules Verne에 대해 다룰 때 우리는 영어권 독자들이 그를 어떻게 이해했는지를 논의할 것이지, 프랑스의 대중적·문학적 문화에서 그가 영어권과는 상당히 다르게 수용된 현상에 대해서는 파고들지 않을 것이다.

　우리는 SF라는 개념이 등장하고, 협상을 통해 어떤 텍스트와 목소리들이 SF에 들어가고 들어가지 않아야 하는지의 여부가 변화하는 동안 서로 대화했던 것으로 보이는 텍스트들의 전통에 이 역사의 초점을 맞추기로 했다. 또, SF의 넓이와 다양성을 어느 정도나마 전달하려고 했다. 때로는 모범적인 텍스트로 간주할 만한 것을, 때로는 전형적인 것들을 선택했다. 우리는 펄프픽션pulp fiction 과 중간 문학middlebrow literature을 포함했고, 스페이스오페라 모험담에서 참여문학적 작품, 철저한 하드 SF

잡지에 실리는 싸구려 소설.

외삽법^{extrapolations} 에서부터 재기 발랄한 포스트
모더니즘적 암시에 이르기까지 더 많은 실험적
형식들도 포함했다. 그러자 개별 텍스트와 작가
들이 여러 작품을 대변해야 한다는 무거운 짐을

과거의 추세가 장래에도 그대로 지속되리라는 전제 아래 과거의 추세선趨勢線을 연장해 미래 일정 시점에서의 상황을 예측하고자 하는 미래 예측 기법.

지게 되는 경우가 많았다. 그래서 우리는 될 수 있으면 어디든지 참고할 다른 작품들의 목록과 '더욱 깊이 읽기 위한 안내'를 넣었다.

　도입부에서는 우리가 SF를 고정된 개체라기보다 진행 중인 과정으로 이해하고 있다고 설명했다. 그다음부터는 시간이 흐르면서 SF가 변화한 방식을 보여주기 위해 이 책을 연대기적으로 편성했다. 세월이 지나면서 새로운 작가와 문체들이 장르에 편입 되고(또는 되지 못하고), 어떤 것들은 중요성이 사라져 갔다.

SF의 범위와 경계를 정하거나 어떤 작품을 SF로 명명하는 행위를 뜻한다.

우리는 더 넓은 환상 문학에서, 그리고 판타지나 호러 같은 이웃 장르들의 동시적인 형성 과정에서 SF가 어떻게 분리됐는지 추적한다. 절대적으로 믿을 수 있는 구별이 아닌 이런 구분이, 시간의 흐름에 따라 이동하다가, 이제는 어떤 비평가들이 그런 구분이 용해되고 있다고 생각하는 지점까지 오게 된 경위를 추적한다. 우리가 논의하는 인물들 중에는 수십 년에 걸친 경력을 갖고 있는 사람이 많기 때문에, 그들의 영향력이 가장 강하게 느껴지거나 그들의 소설이 더 넓은 문화적 맥락에 대해 특별한 통찰력을 제공해 주는 특정한 기간의 작품에 집중해야 할 때가 많았다. 미국 SF의 잡지와 페이퍼백 출간 전통에서 특이한 점 하나는 원래 잡지에 출간됐던 많은 소설이 나중에 책으로 재출간되면서 상당히 개정되고 확장되는데, 그런 변화에 대해 아무 표시도 하지 않

은 경우가 많다는 것이다. 우리는 텍스트 초판을 기준으로 10년 단위로 재출간된 텍스트들을 선별해 논의하면서, 초기 출간을 세부적으로 밝히고 장편소설이나 그와 연관된 단편소설들이 차후 언제 책의 형태로 나타났는지 언급했다. 이러한 언급은 특정 기간 어떤 잡지들의 영향력과, 어떤 작가와 텍스트들의 유통에서 출간 패턴이 갖는 영향력을 나타내는 효과도 가져온다(그러나 우리는 어수선한 정보를 최소화시키기 위해 여러 작가의 선집이나 한 작가의 선집 제목들은 넣지 않았다. 그런 정보는 '인터넷 사변소설 데이터베이스The Internet Speculative Fiction Database'(http://www.isfdb.org) 같은 인터넷 정보 출처를 통해 쉽게 이용할 수 있다).

작가, 출판사, 편집자, 제작자, 감독을 비롯한 행위자들은 SF의 본성과 정체성에 대해 투쟁해 왔고, 그 본성과 정체성은 그들 사이의 협상을 통해 형성됐다. 이런 투쟁과 협상은 영원히 진행되는 과정이다. 이것은 우리가 학문적 열정과 개인적 취향 사이에서 타협해서 해석해야 하는 과학소설이 많이 존재한다는 뜻이기도 하다. 이 책은 우리가 5년 전에 쓴 책도, 앞으로 5년 후 쓸 책도 아니다. 우리 둘 중 한 명이 혼자 쓸 수 있었던 역사서도 아니다. 사실, 이 프로젝트에서 협력하면서 SF 장르에 대한 우리의 감각도 많이 성장했다. 이제 우리는 SF 장르에서 현재 진행되는 타협에 영향을 받으며 그 감각을 재형성하기도 한다. 그래서 이 책은 SF의 수많은 경향과 대표적인 텍스트를 논의하지만, 그럼에도 살아 움직이며 끊임없이 발전하는 거대한 장르의 표면을 간신히 긁은 정도에 지나지 않는 **부분적**이고 자의식이 강한 SF 역사책이다.

멜리사 콘웨이[Melissa Conway]와 리버사이드 캘리포니아대학의 J. 로이드 이턴 컬렉션 직원들에게 감사하고 싶다. 초기 펄프픽션과 팬진[fanzine]들을 조사할 때 도와준 로나 툴리스[Lorna Toolis]와 토론토 공공도서관의 메릴 컬렉션 직원들에게도 감사한다. 또, 조사를 도와준 스테퍼니 올리버[Stephanie Oliver], 마지막 순간에 질문을 던져도 신속하게 답변해준 롭 레이섬[Rob Latham]과 로저 룩허스트[Roger Luckhurst], 갑자기 건넨 원고 초고에 대한 견해를 밝혀준 마이클 레비[Michael Levy], 케빈 머로니[Kevin Maroney]와 패러 멘들슨[Farah Mendlesohn]에게 감사한다. 리사 라프람보아스[Lisa LaFramboise]가 편집에 보여준 열정에 대해 넘쳐흐르는 감사를 보낸다. 그녀의 열정 덕분에 원래 원고보다 출판된 책이 더 훌륭해졌다. 우리가 각각 UWE 브리스톨대학과 브록대학에서 연구 휴가를 받지 못했다면 이 책을 끝맺을 수 없었을 것이다. 우리에게 원칙과 목적과 지구력을 줬던 존[John]과 크리스천[Christian], 빌리[Billy]가 없었다면, 같은 시대에도 여러 가지 다른 일들이 일어난다는 것을 가르쳐준 타예[Taye]가 없었다면 이 책은 탄생할 수 없었을 것이다.

1장

SF의 정의

장르는 명명되기 전부터 존재하는 고정된 개체가 아니라 계속 진행 중인 협상 과정이라고 생각하는 것이 가장 좋다. 과학소설도 예외가 아니다. 1930년대까지는 '과학소설'이라는 용어가 사용되지 않았지만, 이제는 SF적으로 보이는 요소들을 담은 텍스트들은 그보다 한참 전부터 유통됐다. SF의 '진정한' 기원에 대해 아주 많은 견해가 경쟁하고 있다. SF 팬 커뮤니티는 미국 펄프 잡지에서 발전한 전통에 그런 특권을 주고자 하는 경향이 있는 반면, 어떤 사람들은 훨씬 더 오래되고 정전正傳적인 문학사에서 그 기원을 찾는다. SF 연구 중에서, 다르코 수빈Darko Suvin이 SF를 **인지적 소격**疏隔, cognitive estrangement**의 문학**(1979)이라고 서술한 것은 특히 영향력이 컸다. 그의 서술은 SF의 정의에 대한 논쟁의 초점을 플롯과 배경, 상징icon들에서 장르의 공식적 특징들과 다른 세계를 상상하게 만드는 정치적 잠재력으로 돌렸다.

SF의 출현

　과학소설이란 무엇인가? 우주선, 레이저 총, 로봇과 눈이 튀어나온 괴물들이 가득 찬 이상하고 대중적인 장르? 인간의 사회생활에 미치는 과학과 기술의 영향에 대한 소설이자, 따라서 동시대를 이해하기에 가장 걸맞은 문학? 어떤 텍스트가 '진짜' 문학으로 취급되려면 피해야 할 출판 범주? 그 대답은 훨씬 더 복잡하다. 사실 이 책은, SF 같은 것은 없고 그 대신 텍스트를 SF로 생산하고 마케팅하고 배포하고 소비하고 이해하는, 끊임없이 변화하는 다양한 방식들이 존재한다는 착상을 전제하고 있다. 어떤 텍스트에 일단 그것이 SF라는, 혹은 SF가 아니라는 꼬리표가 붙으면 그 텍스트를 읽는 경험도 여러 가지 면에서 변화하고, 독자의 사회적이고 역사적인 위치에 따라 그 텍스트의 서로 다른 특징들이 지배적으로 나타날 것이다. 논설이나 편지, 팬진, 블로그, 학술서와 학회지들에서 어떤 작품이 SF에 포함돼야 하고 배제돼야 하는지, 어떤 작품이 SF의 중심에 있거나 주변부에 있는지 그토록 많은 말이 계속 쏟아져 나온 이유가 바로 그것이다.

과학소설이라는 용어는 1851년 윌리엄 윌슨^{William Wilson}이 제일 처음 사용했지만, 그 말이 일상적으로 사용된 것은 보통 휴고 건스백^{Hugo Gernsback} 덕분이라고 본다. 그는 1916년 **과학적 소설**scientifiction이라는 용어를 만들어 냈고, 1926년 4월 첫 출간된 최초의 SF 펄프 잡지 《어메이징 스토리스^{Amazing Stories}(이하 어메이징)》의 내용을 설명하기 위해 그 용어를 쓴다. 1929년 건스백이 파산당하고《어메이징》의 통제권을 잃은 후, 그는 자기가 설립한《어메이징》의 경쟁 잡지에 출간되는 단편소설들을 설명하기 위해 **과학소설**이라는 말을 사용한다. 그를 '진짜' "과학소설의 아버지"(모스코비츠^{Moskowitz}, 1963)라고 봐야 하는지 아니면 "과학소설 분야를 강타한 최악의 재앙 중 하나"(올디스^{Aldiss}, 1975)라고 봐야 하는지 여전히 의견이 엇갈린다. 그러나 편집자로서 그는 SF가 확실한 장르로 인식되도록 하는 데 부인할 수 없는 역할을 했다. 하지만《어메이징》이전에도, SF '같은' 소설들이 분명히 존재했다.《아르고시^{Argosy}》나《위어드 테일스^{Weird Tales}》같은 미국 소설 잡지들, 건스백의 아마추어 라디오 잡지와 대중 과학 잡지들에 실린 소설들이 바로 그것이다. 그런 소설들은 일단 그 장르의 개념이 성립된 다음, 회고할 때에만 SF가 될 수 있었다. 반면 장르의 개념은 그런 소설들이 이미 존재하기 때문에 존재할 수 있다. 많은 사람이 SF는 미국 잡지와 페이퍼백 전통보다 훨씬 더 큰 것이라는, 혹은 더 커야 한다는 감각을 느꼈기 때문에, 그 전통보다 과거의 지점에서 SF의 기원을 찾아내려고 시도했다. 가장 많은 지지를 받은 기원은 메리 셸리Mary Shelley의 『프랑켄슈타인Frankenstein』(1818) 출간이다. 애덤 로버츠Adam Roberts는 SF가 고대 그리스까지 거슬러 올라갈 수 있다고 주장하는 반면(2006), 로저 룩허스트는 19세기 후반의 기술적 변화와 대중적 문해력이 연관됐을 때에야 SF가 나타날 수 있었다고 주장한다(2005).

릭 올트먼Rick Altman은 장르란 이미 세상에 존재하고 그다음에 비평가들이 그것을 연구하는 것이 아니라, 여러 가지 주장과 실천의 상호작용으로 만들어지는 유동적이고 허약한 건축물이라고 주장한다(1999). 장르는 작가, 제작자, 팬, 비평가를 비롯한 담론상의 중요한 행위자들이 여러 텍스트의 어떤 요소들을 선택하고 강조하고, 그것들을 다른 텍스트의 비슷한 특징과 연결하면서 '사실이 된 이후' 존재하게 된다. 만약 이런 과정이 성공한다면, 결국 더 큰 행위자 집단이 그 장르를 승인하게 될 것이다. 과거의 문화적 생산물이 경제적 성공을 거두게 만든 특징을 가진 새로운 문화적 생산물을 재생산하려는 힘은 비슷한 생산물들을 위한 시장을 만들어 낸다. 문화 산업의 이런 동력은 장르를 창출하는 핵심적인 힘 중 하나다. 영화에 대해 쓰면서, 올트먼은 비평가들이 장르의 언어로 이런 특성들을 논의하고 홍보하는 반면, 제작자들은 일반적으로 자기 영화를 장르의 언어로 홍보하는 저예산 제작자들과 전형적으로 장르를 경시하고 가능한 한 가장 넓은 층의 관객을 끌어들이기 위해 다른 특징들(예를 들면 스타나 영화감독, 인상적인 장면, 논쟁, 예약판매된 숫자 등)을 강조하는 대규모 예산 제작자들로 나뉜다고 언급한다. 이 논리는 제작자 로널드 D. 무어Ronald D. Moore가 〈배틀스타 갤럭티카Battlestar Galactica〉(2003~2009)가 상영되는 전 기간 되풀이한 주장을 뒷받침한다. 그는 그것이 SF가 아니라 어쩌다 SF의 맥락 속에 자리 잡게 된 드라마라고 주장한다. 그 시리즈가 당연히 장르 관중을 끌어들일 것이라고 자신하기 때문에, 〈더 와이어The Wire〉(2002~2008)같이 '격조 있는' 드라마 시리즈 시청자들의 관심을 끌어 관객 전체를 확장하기 위해 의도적으로 이렇게 말한 것이다. 서로 다른 SF 단행본들이 디자인과 표지, 표지에 적힌 문구들을 통해 다른 SF 독자나 비非SF 독자들을 얻으려는 방식에서도 비슷한 점을 찾을 수 있다.

독자적인 마케팅 범주로서의 SF는《어메이징》과 그 스핀오프spin-off들인《연간 어메이징 스토리스Amazing Stories Annual》(1927),《계간 어메이징 스토리스Amazing Stories Quarterly》(1928~1934)와 그 뒤를 따른 SF 펄프픽션들 속에서 태어났다. 1929년, 건스백은《사이언스 원더 스토리스Science Wonder Stories》와《에어 원더 스토리스Air Wonder Stories》(이 둘은 1930년에《원더 스토리스Wonder Stories》로 합쳐졌다가《스릴링 원더 스토리스Thrilling Wonder Stories》라는 이름으로 바뀌어 1955년까지 운영된다),《계간 사이언스 원더Science Wonder Quarterly》(이것은《계간 원더 스토리스Wonder Stories Quarterly》로 다시 이름 지어져, 1933년까지 운영된다)를 출간하기 시작했다. 1930년, 그는《월간 사이언티픽 디텍티브Scientific Detective Monthly》를 출간했다(《어메이징 디텍티브 테일스Amazing Detective Tales》로 개명됐지만 그해를 넘기지 못했다). 초기 경쟁은《어스타운딩 스토리스 오브 슈퍼사이언스Astounding Stories of Superscience》(1930~),《미러클 사이언스 앤드 판타지 스토리스Miracle Science and Fantasy Stories》(1931)와《스트레인지 테일스 오브

미스터리 앤드 테러Strange Tales of Mystery and Terror》(1931~1933)와 함께 시작됐다. 이런 잡지들의 짧은 수명과 표제의 여러 가지 변화, 합병들이 보여주듯이, 이 장르의 가능성은 문화적 원천과 경제적 원천 양쪽이 합쳐지면서 시작되고 있었다. 동시에,《에어 원더 스토리스》와《월간 사이언티픽 디텍티브》의 실패는 SF라는 새로운 장르와 항공과 탐정 펄프픽션들 사이를 구분하는 감각이 생겨나고 있다는 것을 알려준다. 아니면 건스백이 아직 뚜렷이 출현하지 않은 하나의 장르(그리고 한층의 독자) 안에 너무 서둘러 서브 장르적 취향을 배양하려고 했던 것일 수도 있다.

　　그러나 1937년 존 W. 캠벨John W. Campbell이《어스타운딩 스토리스 오브 슈퍼사이언스》의 편집장을 맡을 때에는, SF를 찾고 읽을 준비 가 된 독자층이 존재했다. 캠벨은 이것을 알아차리고 잡지의 이름을 《어스타운딩 사이언스 픽션Astounding Science Fiction(이하 어스타운딩)》으 로 바꿨다. 그가 도입한 다른 변화들(수수한 표지 그림, 대중적 과학 기 사, 새로운 작가군)과 함께, 이런 개명도《어스타운딩》을 그 잡지 전체 의 역사와 다른 SF 잡지들과 펄프 SF의 청소년 이미지들과는 구분하 고, SF라는 틈새시장 안에서《어스타운딩》이 차지할 특정 공간을 규 정하려는 전략에 속했다.《어스타운딩》은 특히 영향력이 큰 담론적· 물리적 행위자가 됐고, 미국 SF 잡지와 모든 SF에 대한 우리의 이해 를 특정한 방식으로 빚어냈다. 소설의 어떤 유형들을 강조함으로써 《어스타운딩》은 창작되는 소설들의 종류에 영향을 미쳤고, 그곳에 서 거절당한 많은 소설은 다른 펄프 잡지들에서 출판됐다. 그로프 콩 클린Groff Conklin의『최고의 과학소설The Best of Science Fiction』(1946)과 레이먼드 J. 힐리Raymond J. Healy와 J. 프랜시스 맥코마스J. Francis McComas의 『시공간의 모험Adventures in Time and Space』(1946) 같은 잡지 SF 선집들이 나오기 시작했을 때, 그 책들은 《어스타운딩》에 실린 소설들을 재간행하는 특권을 누리면서 《어스타운딩》의 영향력을 영속시켰다. 따라서 캠벨의 SF 개념은 어떤 작가나 텍스트, 특정한 국가적 전통을 장르의 핵심에 놓는 동시에 다른 것들을 배제하거나 주변화하는 장르의 모델을 만들 수 있었다. 그러나 이 모델은 절대 균질하지 않았고, 그 헤게모니가 절대적인 것도 아니었다. 어떤 작가와 독자들은 그것이 전파력이 있다고 생각했고, 다른 사람들은 제한적이라고 생각했다. 1950년대부터 그 모델의 권위는 미국 SF 잡지에 캠벨이 직접적으로 끼친 영향과 함께 계속 약해졌다.

학계뿐만 아니라 독자, 팬, 편집자들과 비평가들도 SF를 비평적으로 수용하려고 하면서 SF를 분명히 정의된 한 가지 '것'으로 고정시키려는 같은 종류의 범주 경찰 노릇에 몰두할 때가 많았다. 예를 들어, SF의 출현을 학문적으로 규정하는 비평 중 가장 영향력이 컸던 두 작품 브라이언 올디스Brian Aldiss의 『10억 년의 잔치Billion Year Spree』(1973)와 다르코 수빈의 『과학소설의 변형Metamorphosis of Science Fiction』(1979)에서 이런 모습을 볼 수 있다. 두 저자 모두 같은 문제에 직면했다. 어떤 텍스트들을 이론화해야 할지 알기 위해 장르의 역사를 상세하게 기술해야 할까, 아니면 어떤 텍스트들을 포함해야 할지 기준을 세우기 위해 장르를 이론화시켜야 할까? 올디스는 "과학소설의 기원과 전개를 이해하기 전에는 과학소설을 진정하게 이해할 수 없

《어스타운딩》이 했던 것과 같은 종류의, 고정된 범주의 경계를 정하려는 노력에 사로잡혀 있었다는 뜻이다.

다"(1975)라고 주장하며 전자의 접근법을 채용한다. 반면 후자를 택한 수빈은 "연구나 합리적 탐구 분야는 적어도 대략적으로 범위가 정해지지 않으면 그 범위가 정해질 때까지 조사할 수 없다"(1979)라고 주장한다. 그러나 둘 다 분명히 알고 있듯이 실제 과정은 훨씬 더 복잡하다. 실제 과정에 참여하는 텍스트와 이론들은 끊임없이 서로를 만들어 내기 때문이다. 대신 그들의 입장은, SF를 논의할 때 그들이 다른 분야에 관심을 투자한다는 것을 드러낸다. 그들은 둘 다 미국 잡지와 페이퍼백 전통의 많은 부분이 SF 장르의 상업적 저질 형태가 됐다고 간주하고, 그 전통을 훨씬 넘어선 확장된 SF의 형태를 알리려고 한다. 작가인 올디스는 SF의 기원을 고딕소설 속에서 찾고, 존경할 만한 문학적 특성을 더 중심적인 위치로 가져오고, 미국 잡지와 페이퍼백 전통을 자신의 작가 세대와 함께 끝나가고 있는 일탈이라고 묘사함으로써 SF를 기술에 대한 좁은 관심에서 되찾으려고 했다. 마르크시스트 학자인 수빈은 SF의 핵심에 있는 특정한 사회적·정치적 목적에 따라 SF 텍스트들을 배치할 수 있는, 지적으로 엄격한 분류 체계를 발전시키는 데 주로 관심이 있었다. 중요한 것은, 올디스와 수빈 모두 자신들의 SF 모델을 알린 것만큼이나 그 모델들에 반대되는 투쟁을 했다. 예를 들어, 올디스는 스스로 SF라고 생각하지 않는 작품들에 상당한 시간을 바쳤다. 그는 조너선 스위프트Jonathan Swift의 『걸리버 여행기Gulliver's Travels』(1726)가 매우 뛰어나기 때문에 "그것이 SF로 간주됐다면 곧장 완벽한 수준이 성취됐을 것이고, 장르는 시작하자마자 끝났을 수도 있다"(1975)라고 주장한다. 수빈은 장르가 "형이상학적 개체가 아니라 다른 문학 장르, 과학, 철학,

사회경제적 일상생활에서 온 주제와 사고방식, 패러다임에 대해 변증법적 삼투성을 띤 사회 미학의 개체로"(1979) 존재한다고 주장하지만, '진짜' SF에 대한 그의 견해는 저 말의 의미보다 훨씬 더 순수한 것이었다. 또, 둘 다 흔히 SF라고 간주되는 작품들을 무시하는 데 많은 에너지를 썼으며, 그래서 실제로 통하고 있는 장르의 정의와 끊임없이 투쟁한다.

SF의 편입

SF의 정의에는 대부분 SF 장르와 과학의 관계에 대한 관념이 포함되지만, 이 관계의 성격도 논란이 된다. 게다가, '과학' 자체의 정의들도 서로 경쟁하고 있다. 어떤 사람들은 물질세계에 대한 엄격한 지식을 생산하는 모든 방법을 포괄하는 것으로 과학의 의미를 확장한다. 또 다른 사람들은 17세기에 공식화된 실증주의적 실험과 '객관적' 관찰을 통해 얻은 특정한 종류의 지식으로 과학의 의미를 좁힌다. 토머스 쿤Thomas Kuhn의 『과학혁명의 구조The Structure of Scientific Revolutions』(1962)는 과학이, 사실들이 꾸준하게 축적되며 발전하는 것이 아니라, 사회적·문화적 맥락에 따라 결정된 패러다임의 이동을 통해 발전한다고 주장했다. 이 책이 출간되자 무엇이 과학을 제대로 구성하는지에 대한 분투가 '진짜' SF에 대한 투쟁만큼 복잡하고 논쟁적인 것이 됐다. 이 책에서 SF의 역사에 대한 설명은 과학학science studies의 권위자인 브뤼노 라투르Bruno Latour의 저작에 바탕을 두고 있다. 그는 과학의 실천practice과 더 큰 사회적 세계 사이의 관계가 복잡하고 상호적이라고 주장한다. 그는 사회적 세계에서 과학이 분리되고, 자연에서 정치학이, 대상에서 주체가, 비인간에서 인간이, 물질적인 것에서 언어가 분리된 것이 잘못되고 해로운 것이라고 주장한다. 대신, 그는 움직이는 리좀적rhizomatic 관계망과 집합적인 건축이라는 면에서 과학과 정치학을 이해한다.

> 철학자 들뢰즈와 가타리의 책에 나온 용어로 흙에 가지가 닿으면 마인드맵처럼 쉽게 뿌리를 뻗어나가는 형상을 은유적으로 상징한다.

라투르는 과학적 수집과 실험의 실천이 구체적인 것에서 추상적인 것으로 변화하는 방식을 탐구한다. 사물의 혼종적 세계를 의미 체계로 번역하는 과정의 각 단계는 "어떤 관계들을 온전하게 보전하는 반면 새로운 번역과 발화를 허락"(1999)한다. 라투르는 어떤 기획이 (기계, 돈, 정치와 '자연적' 대상들을 포함하는) 여러 **행위자들**actants을 자신의 목적 속으로 **편입**enrolling시키면서 "점차적으로 현실성을 띠거나 잃는"(1996) 것을 서술하기 위해 **번역**이라는 말을 사용한다. **실현할 수 있는**feasible 기획은 **진정한**true 과학에 의거한 것이 아니라 인간과 비인간 행위자들과 리좀적 관계망을 가장 잘 형성할 수 있는 기획이다.

라투르는 『아라미스Aramis』(1993)에서 이 주장을 자세한 도해로 보여준다. 이 책은 '아라미스'라는 이름의 파리 공공 교통체계와 이 현실 세계 기획의 실패에 대한 이론적 분석을 다룬 소설이다. 이 소설은 '아라미스인 것'이 자기 '삶'의 경로를 어떻게 따라가는지 보여준다. 그 '삶'은 그것이 발전시키거나 유지하거나 잃어버리는 다른 행위자들과의 연결에 의존한다. 이 번역 과정은 타협과 협상을 요구하고, 때때로 기획 자체를 다시 빚어, 다른 필요한 행위자들이 그 안에서 자신의 목표를 볼 수 있도록 한다. 이와 비슷하게, 우리는 SF가 어떤 방식으로 서로 다른 매체를 넘나들고 서로 다른 유통 맥락 속으로 움직이고, 어떤 행위자들을 포함하고 배제하면서 어떻게 '생명'을 얻게 되고 번역되고 변형됐는지, 그리고 어떻게 SF가 행위자가 돼서 다른 기획에 편입됐는지에 관심이 있다.

1952년, 데이먼 나이트Damon Knight는 "우리가 SF라고 말하면서 가리키는 것이 SF다"(1967)라고 말했다. 이 말은 모든 담론적 행위자가 무엇이 SF라고 가리키고 또 정의할 수 있다는 것을 인정하는 듯이 보이지만, '우리'라는 합의가 이미 존재하고 SF 장르의 비전 안으로 우리를 편입해 주기를 간청한다는 뜻도 내포한다. 그러나 정의definition는 언제나 상황에 의존하며 이데올로기적이다. SF라고 명명되는 것의 특징 자체가 지적과 명명의 과정에서 나타나기 때문에, '중립적'이거나 '객관적'인 SF 장르의 정의 같은 것은 없다. 여러 행위자가 자기가 SF가 되기를 원하는 것에 대해 경쟁적으로 투자했고, 서로 다른 목표를 노렸다. 이 장르의 모든 역사는 불가피하게 어떤 텍스트에는 특권을 주고 다른 것들은 주변화시키거나 배제한다. 그런 선택 과정을 피할 수는 없지만, SF가 경계가 흐릿하고 다차원적이며 끊임없이 변화하는 담론적 대상으로 존재하는 방식을 더 잘 이해할 수 있게 해주는 장르 역사를 만들어 내는 것이 우리의 더 큰 관심사다. 따라서 우리가 쓰는 역사에는 낯익은 텍스트와 낯선 텍스트, 전형적인 텍스트와 예외적인 텍스트가 들어갈 것이다. 어떤 것들은 오랫동안 SF 장르의 중심적인 텍스트로 간주돼 왔을 것이고, 반면 다른 것들은 시간이 지나면서 중심성으로 보이는 것을 얻거나 잃었을 것이다. 다른 것들은 연구 관점에 따라 중심적으로 보일 수도, 주변적으로 보일 수도 있을 것이다. 이 역사를 구성하고 이야기하면서, 우리는 SF의 다양성과 더 넓은 사회적 세계 안에서 맞물리는 지점에 특히 집중할 것이다.

경쟁하는 역사와 정의들

　이 장의 나머지 부분에서는 SF 역사의 두 가지 유형을 대조할 것이다. 두 번째 유형은 1970년대에 SF에 관한 학문적 연구가 전개되면서 나타났다. 첫 번째 유형에서는 SF 장르가 1920년대 미국 펄프픽션에서 비롯된 것으로 본다. 그 시각은 편집자, 출판인이자 새로운 장르의 제창자로서 건스백이 한 역할을 강조하고, SF 잡지의 독자 편지란과 팬들이 출간한 팬진과 그들이 조직하고 참석한 컨벤션을 통해 서로 알게 된 팬들의 중요성을 주장한다. 건스백과 다른 편집자들은 팬덤의 발전을 적극적으로 독려했고, 많은 저명한 작가들(그중에서도 아이작 아시모프Isaac Asimov, 레이 브래드버리Ray Bradbury, 데이먼 나이트, C. M. 콘블루스C. M. Kornbluth, 주디스 메릴Judith Merril, 프레더릭 폴Frederik Pohl과 잭 윌리엄슨Jack Williamson)이 이런 환경에서 나왔다.

　이런 형태의 SF 역사에서는 《어메이징》 첫 호에 실린 건스백의 사설 「새로운 종류의 잡지A New Sort of Magazine」가 중심적 문헌이다. 그 글은 "보통 소설"들이 실리는 "수백" 편의 잡지 중에서 《어메이징》은 "완전히 새롭고 완전히 다른" 것, "당신의 주의와 흥미를 끌 만한 개척자", 즉 **"과학적 소설 잡지"**(1926)가 되리라고 주장한다. 그는 과학적 소설을 "쥘 베른Jules Verne, H. G. 웰스H.G. Wells, 에드거 앨런 포Edgar Allan Poe의 소설과 같은 과학적 사실과 예언자적 통찰이 섞여 있는 매력적인 모험담romance"이라고 정의하며, "매우 구미에 맞는 형태로 지식을 공급할" 것이라고 말한다. 대중적 과학기술 잡지들의 독자들에게서 "이런 종류의 소설에 대한 … 수요는 늘 증가했고", 그가 "할 일은 한 가지뿐이었다. 과학적 소설 유형의 소설만 나오는 잡지를 출간하는 것"이다.

건스백은 포, 베른과 웰스를 자신의 새로운 장르 기획에 편입시키면서, 자신이 출간한 잡지 《사이언스 앤드 인벤션Science and Invention》과 《라디오 뉴스Radio News》를 읽는 기존 독자들은 물론이고 포와 베른, 웰스의 소설에 친숙한 독자들에게 호소한다. 포와 베른, 웰스를 편입시킴과 동시에 교육, 자기 주도적 학습과 기업가 정신이라는 문화적으로 인정받는 이데올로기를 소환함으로써, 그는 "새로운 모험담 작가들"의 "놀랍고" "환상적인" 소설 속에서 참신함과 영감, 흥미를 약속하면서도 자신이 만들어 내는 펄프 잡지에 어느 정도 문학적이고 지성적이고 도덕적인 훌륭함을 축적하려고 한다. 그는 또한 자신이 선전하고 있는 상품과 진보의 개념 자체를 연결시킨다. 200년 전에는 SF 소설이 나올 수 없었다고 주장하면서, 그는 기술의 혁신과 그것이 일상생활에 미치는 충격의 속도가 점점 더 빨라지고 있다고 언급한다. 그다음 포와 베른과 웰스를 두고, 그들이 한 예언들이 점점 실현되고 있다는 점에서 "진짜 예언자들"이라고 제시한다. 시간의 틀을 능숙하게 다루면서, 그는 자발적인 행위자라면 누구든지 이런 불가피한 미래에 편입시키려고 열렬하게 설득한다. "오늘날 과학적 소설 속에서 우리에게 그려지는 새로운 발명품들이 내일 실현되는 것은 전혀 불가능한 일이 아니다. 역사적 흥미를 불러일으키게 될 위대한 과학소설들이 여전히 여러 편 쓰여야 하며,《어메이징》은 그런 이야기들이 당신에게 닿을 수 있는 매체가 될 것이다. 후세는 그런 소설들이 문학과 소설에서뿐만 아니라 진보에서도 새로운 길을 밝혔다고 평가하게 될 것이다."

포와 베른, 웰스는 서로 다른 종류의 소설을 썼고, 명백한 공통점은 거의 없다. 따라서, 우리가 그것을 하나의 '유형'이라고 서술하기 위해서는 건스백이 그들의 소설에서 어떤 특성을 강조하고 어떤 것을 억압하거나 생략했는지 물어야 한다. 그가 그들의 소설을 재간^{再刊}하고 그것을 사설이나 소설 발췌문, 기타 등등을 통해 독자들에게 표현한 방식에서 단서를 찾을 수도 있다. 그러나 여러 가지 우발적 상황들이 특정한 소설을 선택하는 데 영향을 미쳤기 때문에, 서로 다른 독자들이 그 이야기를 이해한 방식과 그에 대한 건스백의 의견을 복원할 수는 없다. 당시에는 자명해 보였을 이 소설들의 성격이나 그 사이의 연관이 무엇이었든, 80년쯤 지난 후에는 그것을 돌이킬 수 없다. 게다가 1920년대 후반과 1930년대 초반 건스백이 차지한 담론적이고 물질적인 행위자로서의 권력이 갖는 상대적 위치에도 불구하고, 그는 (사후에도 계속) 복잡하고 끊임없이 펼쳐지는 SF에 대한 협상, 타협, 지향과 방향 전환의 집합체 속의 여러 원소 중 하나일 뿐이었다. 이것을 유념한 상태에서, SF 역사의 두 번째 유형으로 향하기 전에 우리는 포와 베른, 웰스를 SF에 편입시키는 데 쓸 수 있었던 이유를 내놓을 것이다.

에드거 앨런 포

포는 「검은 고양이The Black Cat」(1841)와 「일러바치는 심장The Tell-Tale Heart」(1843) 같은 단편으로 호러 소설의 발전에서, 「모르그가의 살인The Murders in the Rue Morgue」(1841), 「마리 로제의 수수께끼The Mystery of Marie Rogêt」(1842~1843)와 「도둑맞은 편지The Purloined Letter」(1844)로 추리소설의 발전에서 핵심 인물로 여겨지는 경우가 많다. 또한 일반적으로 숭고의 경험에 사로잡히는 경우가 많은 전통에 기반하여 작품을 쓴, 낭만소설 또는 고딕소설 작가로 알려져 있다. 여기에서 숭고란, 어떤 방식으로든 엄청난 규모의 질이나 서술과 계산을 넘어선 경험을 언급한다. 에드먼드 버크Edmund Burke는 아름다움과 숭고를 대조시켰다. 아름다움이란 미학적으로 즐겁고 만족스러운 것이고, 숭고는 감각이 압도되며 공포와 경외감이 느껴지면서도 홀린 듯한 즐거움 또한 느끼게 되는 것이다. 이마누엘 칸트Immanuel Kant는 이 공포나 경외감이 숭고한 현상의 엄청남을 파악하지 못하는 인간 감각과 상상력의 실패에서 생겨난다고 주장했다. 그러나 그것이 이해를 넘어선 영역에 있다는 것을 깨달을 때, 위협이 줄어들고 긴장이 만족스럽게 해소되면서 숭고는 개념적 범주 안에 자리 잡을 수 있다. 낭만주의적 전통에서, 숭고는 과학혁명으로 발견되는 새로운 우주의 모습으로 기능할 때가 많다. 즉, 숭고는 인류가 등장할 때까지의 시간보다 훨씬 더 긴 (인류 역사보다 훨씬 더 긴) 선사시대까지 역사를 거슬러 올라가기도 하고 마찬가지로 인류 이후, 역사 이후의 미래를 상정하기도 하는 고고학적 연대와 지질 연대의 엄청난 단위로 재어지는 이해할 수 없는 광대함과 복잡함이 물질적으로 현현한 영역인 것이다. SF 잡지와 페이퍼백은 일반적으로 경외감보다 숭고한 현상을 탐색

하고 설명하는 숙달된 인식에 더 큰 특권을 부여하고, 숭고를 길들이지 않고 지속적으로 숭고와 조우하는 것을 호러나 괴기소설weird fiction이라고 폄하한다.

포의 SF 단편들은 숭고와의 조우로 강박적으로 돌아가면서, 그것을 분명히 표현하고 포함시키는 수많은 전략을 발전시킨다. 예를 들어, 「병 속에 든 편지MS. Found in a Bottle」(1831)는 권태롭고 상상력 없는 화자가 "신경질적이고 들떴"(1976c)다는 이유만으로 감행하는, 자바부터 순다 열도까지 가는 항해로 시작한 다음, 폭풍이 배를 점점 더 남쪽으로 몰아가면서 빠르게 두렵고 으스스한uncanny 것이 되어버린다. 햇빛이 사라진다. 배는 "짙은 어둠과 칠흑같이 검고 무더운 사막"으로 둘러싸인다. 배는 "알바트로스보다 더 높이 치솟아 오른" 파도에서 파도들 사이의 깊은 심연 같은 골로 내던져진다. 갑자기, "거대한 배"가 "(그들) 위쪽 엄청나게 높은 곳에, 깎아지른 듯한 하강을 하기 직전" 나타난다. 두 배가 충돌하면서 화자는 이 수수께끼의 배 위로 던져진다. 거기서 그는 승무원들을 피해 숨지만, 이 "알 수 없는 사람들"이 자기를 볼 수 없다는 것을 깨닫게 된다. 배의 크기와 단순성, 노쇠한 승무원들과 특히 구멍이 숭숭 나고 부풀어 오른 목재의 "벌레 먹은 상태"로 보건대 그 배는 엄청나게 오래됐다. 화자는 "옛날 오래된 외국의 연대기와 시대들의 알 수 없는 기억"과 섞인 "기억의 불분명한 그림자들"을 경험하지만, 그 상황에 대해 합리적으로 파악하지 못하고, "심연 속으로 마지막 낙하를 하지 않은 채 **영원** 가장자리에서 끊임없이 떠도는 운명에 처한 것이 확실하다". 인식은 실패한다. 더 큰 숭고의 이런 전조 속에 갇힌 화자는 방해받지 않고 계속할 수 없기 때문에, 이미 맥락 속에 계속 구멍이 나면서 파편화된 이 원고는 숭고와 조우하기 직전의 순간, 배가 "대양과 폭풍의 포효와 고함과 천둥소리 속의 … 소용돌이의 손아귀 속으로" 뛰어들면서 끝난다. 이렇게 포는 숭고를 인간의 정신으로 직접 생각할 수도 없고 언어로 서술할 수도 없는 것으로서 온전하게 남겨둔다.

　포의 다른 소설들은 숭고를 묘사할 수 있는 관점을 창조하려고 분투한다. 혜성에 의해 지구가 파괴되는 이야기를 하기 위해, 「에이러스와 차미언의 대화The Conversation of Eiros and Charmion」(1839)는 죽은 자의 영혼들 사이의 대화를 보여준다. 「소용돌이 속으로 떨어지다A Descent into the Maelstrom」(1841)는 숭고를 익숙하게 다룰 수 있는 위치를 만들어 내기 위해 공간과 서사를 더 복잡한 수직 쌍으로 배열하며 전개한다. 그것은 "통제할 수 없는 분노를 휘몰아치는" 바다와 "엄청난 속도"의 해류가 일으키는 "광란의 격변" 위를 화자가 안전하게 내려다볼 수 있는 "매우 높고 험준한 바위 꼭대기"(1976a)에서 시작한다. 그 해류는 궁극적으로 "지름이 반 마일을 넘는" 소용돌이를 만들어 낸다. 그의 안내자는 자기와 자기 형이 예전에 이 마엘스트롬(소용돌이)에 붙잡혔을 때 형은 휩쓸려 내려가 소용돌이에 삼켜져 버린 반면, 그는 관찰과 이성을 통해 거기서 도망친 이야기를 한다. 이런 숭고와의 만남에 영향을 받아 그 안내자의 "전날만 해도 까마귀처럼 검었던" 머리는 하얗게 변했고, 그를 바다에서 끌어낸 친구들은 그가 "영혼의 나라에서 온 여행자에 지나지 않는다"라는 것을 안다. 그 안내자가 전설을 환기시키고, 자기 말을 믿을 것이라고 기대하지 않는다는 진술을 하는 것은 숭고를 더욱 소멸시킨다. 그런 소멸은 이미 화자가 서서 심연 속을 스쳐보는 공간적·서사적으로 안전한 관점에 두 배로 담겨 있었던 것이다.

포의 「한스 팔의 환상 모험The Unparalleled Adventure of One Hans Pfaall」 (1835)에 나오는 달 여행 이야기에서, 이동하는 담론 방식discursive mode 과 함께, 구성의 이런 다태성proliferation과 굴절은 대체로 숭고의 감각을 전부 근절한다. 이 소설은 순진한 화자가 외계인의 방문을 서술하면서 시작한다. 이상한 풍선에 더 이상한 사람이 타고서, 희극적이고 갈팡질팡하는 로테르담의 주민들에게 내려온다. 달에서 온 사절(2피트의 키에 "아주 터무니없이 뚱뚱하고", "엄청나게 큰" 손과 "굉장히 길고 구부러지고 염증이 있는 코"(1976d)를 가진)은 5년 전 사라진 한스 팔이 시장에게 보낸 편지를 전달한다. 편지에서는 어조가 갑자기 바뀐다. 처음에는 한스 팔이 가난과 절망 속으로 몰락하는 모습을 스케치하다가, 그다음 그를 달로 데려다줄 풍선을 만들려는 계획을 보여준다. 이런 노력이 진행되면서, 그가 달에 착륙할 때까지 편지에는 점점 더 관찰과 계산, 가설의 시험에 대한 과학적 세부 사항이 많아진다. 그러나 그의 설명은 거기에서 그친다. 그것은 아직 더 이야기할 모험과 발견이 있다는 것을 암시하고, 심지어 달 세계 풍자(그 풍자에서 달의 사회적 합의는 지구의 모습을 비판적으로 반영한다)를 들먹이기 때문에 독자는 그런 서사가 되리라고 기대할 수도 있다. 그러나 이 소설은 이런 가능성을 거부하고, 대신 지구를 떠날 때 자기 채권자를 죽인 것에 대해 용서를 비는 한스 팔의 요청으로 끝난다. 소설은 이 편지에 대한 대중적 의견을 개괄하면서, 팔의 주장의 기반을 약화하는 다섯 가지 **사실들**을 내놓으며 끝난다. 1840년, 포는 「한스 팔의 환상 모험」과 달 세계 풍자, 유토피아와 리처드 애덤스 로크Richard Adams Locke의 『달 속임수Moon Hoax』(1835)를 구별하는 긴 주석을 덧붙인다. 그것들은 "천문학에 대해서 전혀 지식이 없고" "항해 자체의 세부 사항에 대해 타당성plausibility을 부여하려는 노력을 전혀" 하지 않는 반면, 자신의 작품은 "과학적 원칙들"을 적용해서 "핍진성verisimilitude"을 얻으려고 시도한다는 근거를 들었다.

문학작품에서 텍스트에 대해 신뢰할 만하고 개연성이 있는, 즉 그럴듯하고 있음 직한 이야기로 독자에게 납득시키는 정도.

과학적 지식에 의지해 소설을 지어내고 과학적 데이터의 카리스마적 권위를 통해 자기 상상의 산물을 안정시키려는 포의 충동은 「천일야화 1002번째 이야기」에서 훨씬 더 명백히 보인다. 사형을 성공적으로 피한 셰에라자드는 자기 자매에게 신드바드의 그다음 모험들을 말한다. 거기에 포는 석화된 숲과 눈이 없는 물고기에서 자동인형, 배터리와 전신에 이르기까지 신드바드가 마주쳤지만 이해하지 못한 현상을 설명하는 36개의 주석을 덧붙인다. 그 주석은 광속을 암시하는 짧은 논문으로 막을 내린다. 「열기구 보고서」와 「폰 켐펠렌과 그의 발견」 같은 다른 소설들은 이런 파라텍스트paratext적 정보들을 결합시키고, 충격보다 인식에, 경외감보다 즐거움에 더 큰 특권을 부여하기 위해 학문적인 도구를 핍진성 있는 관습적·기술적 용어와 정확한 측정의 카리스마적 권위를 매끄럽게 섞는 서사적 목소리로 대치하는 데 더 세련된 모습을 보여준다. 이런 맥락에서, 「발데마르 씨 사건의 진실」은 "모든 관련자들이" "대중으로부터 … 숨기고" 싶어 했던 어느 의료 사건의 "잘 알아들을 수 없"고 "과장된 설명"을 수정하고 대신 화자가 "진실"(1976b)을 보여주는 척한다. 죽음의 순간 발데마르는 최면적인 무아지경에 빠져 일곱 달 동안 삶과 죽음 사이에 매달린 상태에서 계속 존재한다. 화자가 그 무아지경에서 그를 데리고 나오자 그때 자기가 죽었다는 사실을 안 발데마르는 도로 잠들거나 깨게 해달라고 간청한다. 당황한 화자가 너무 느리게 행동하는 바람에, 발데마르의 "몸 전체는 즉시, 단 1분, 혹은 훨씬 더 짧은 순간에 오그라들고 부스러져서 완전히 썩어 없어진다". 19세기 최면술은 과학과 마술, 미신과 속임수 사이를 떠돌면서 불확실한 문화적 위치를 점유했고, 최면술의 지위에 대한 논쟁은 과학의 한계와 정의에 대한 담론 투쟁으로 볼 수 있다. 포의 소설은 특히 진실성 측면에서 많은 독자를 설득하는 데 성공함으로써 이 논쟁에 기여했다. 무심코 하는 거짓말이 일상적이고 사이비 학문적이지만 과학적으로 들리는 세부 사항과 섞이고 때때로 머뭇거리는 화자의 페르소나(아마추어 실험자일 뿐인 그는 "나 자신이 이해한 한에서" 그 사실들을 말한다)와 과학적 용어의 효과가 주는 권위(발데마르의 병을 진단하는 부분에는 그 시대의 의학이 살아 있는 환자에게서 알아낼 수 없었던 세부 사항이 담겨 있다. 포는 아마도 사후 보고서에서 그런 세부 사항을 얻었을 것이다)를 통해 핍진성과 타당성을 유지한다. 그러나 매우 인식적인 이 소설 속에서도 숭고는 끈질기게 계속된다. 발데마르는 합리의 문턱 위에 머물러야만 하며, 그 너머의 영역에서는 어떤 보고서도 보낼 수 없다. 그리고 이 소설은 이성이 아니라 "메스껍고 혐오스러운 부패가 흘러내릴 듯한 난장판"으로 끝난다.

쥘 베른

건스백이 재간한 베른의 작품(재발행 순서)

- 『혜성 여행Hector Servadac』(1877)
- 『지구 속 여행A Journey to the Centre of the Earth』(1864)
- 『옥스 박사의 실험Doctor Ox's Experiment』(1872)
- 『뒤죽박죽Topsy-Turvy』(1889)
- 『열기구 여행A Voyage in a Balloon』(1851)
- 『정복자 로버Rovur the Conqueror』(1886)
- 『세계의 주인Master of the World』(1904)
- 『해터러스 선장의 모험The Adventures of Captain Hatterats』(1864~1866)

[더욱 깊이 읽기 위한 안내] 건스백과 베른

건스백이 베른을 편입시킨 것을 생각할 때는, 몇 가지 베른 가운데서 타협해야 한다. 여러 세대의 영어권 독자들이 읽을 수 있는 베른은 프랑스어 독자들이 읽은 베른과는 상당히 다르다. 번역은 어쩔 수 없이 뉘앙스와 함축된 의미를 바꾸지만, 베른 작품의 번역판은 형편없고 불완전할 때가 많았다. 때로는 인물의 이름과 국적이 바뀌었고, 서사에서 벗어나게 한다는 이유로 독특한 세부적 문단들이 많이 잘렸다. 건스백이 재간한 번역은 이런 종류였고, 이것으로 그가 베른을 이해한 정도를, 더 나아가 SF에 대한 그의 개념을 형성한 정도를 밝히는 것은 불가능하다. 건스백은 더 뛰어나고 완전한 번역을 더 좋아했을까? 읽을 수 있는 번역이 빈약했기 때문에 그의 SF에 대한 개념이 수정됐거나, 그가 그 개념을 수정할 수밖에 없었을까? 나중에 작가와 편집자가 된 많은 사람을 포함하여, 그의 독자들은 이런 번역이 내놓은 SF의 모델에 어떻게 반응하고 타협했을까? 베른은 특히 1960년대부터 프랑스 문학 속에 아주 성공적으로 편입됐다. 반면 새롭고 완전한 번역판이 나오면서 그는 영어권 독자들 사이에서 이제야 겨우 지위가 높아지고 있다.

베른의 소설은 과학적 데이터를 써서 서사를 정교하게 만들고 과학적 사용 영역에 있는 글에서 픱진성을 끌어내는 경향이 더 확연하다. 포의 찬미자였던 베른은 자주 "당대의 과학적, 지리학적, 역사적 보고서에서 얻은 지식을 고쳐 말하고, 다시 쓰거나 재활용했다. 그리고 그의 서사 스타일은 가르치고, 계몽하거나 접하게 하려고 만들어진 긴 여담을 보면 즉시 알아챌 수 있었다"(언윈^{Unwin}, 2000)라고 말했다. 이렇게 인정하지 않은 차용이 그대로 실린 학술판들은 그가 그런 자료들을 사용했다는 사실이 더 '진짜임을 증명한다^{authenticate}'. 베른은 과학적 담론의 설득력에 의존했지만, 점점 더 카리스마적인 권위에 대해 회의하게 됐다. 그의 주인공들은 자주 그런 권위가 깃든 과학자나 탐험가들과 함께 간다.『지구에서 달까지From the Earth to the Moon』(1865)에서, 달 임무의 추진자 임피 바비케인은 "모든 장애물을 극복했고, 아무런 역경도 보지 못했고, 절대 당황하지 않았기 때문에 존경받았다. 그는 포병일 뿐만 아니라 광부, 석공, 기계공이었고, 모든 질문에 대한 해답을, 모든 문제에 대한 해결책을 갖고 있었다"(1978).『해저 이만 리Thousand Leagues under the Seas』(1869)에서, 아로낙스와 콩세유는 해양생물학에 대한 백과사전적 지식을 보여주며 얼핏 보기에는 괴물 같은 존재를 자연 속의 동물로 탈바꿈시킨다. 그러나 그들의 박식함은 여러 국가보다 더 기술에 통달한 반제국주의자 네모 선장의 지식 옆에서 빛이 바랜다.『왕녀의 5억 프랑The Begum's Millions』(1879)은 이 강렬하고 모순된 인물의 가능성뿐만 아니라 그가 제기하는 위협을 더 잘 보여주기 위해 이 인물을 둘로 나눈다. 군사적 제국주의의 기술을 발전시키기 위해 자신의 지식과 자원을 사용하는 슐츠 교수와, 정의롭고 건전한 사회를 만들려는 사라젱 박사다.

경외와 공포, 계산과 통제 사이에서 진동하는 포의 소설과 대조적으로, 베른은 안전하게 숭고의 경험을 담는 인지 능력에 더 큰 특권을 준다. 그는 우리가 인내심을 갖고 과학적 조사를 계속하기만 하면 모든 것을 발견하고 목록으로 만들어 알 수 있는 우주관에 전념한다. 지상의 영토(『80일간의 세계 일주Around the World in Eighty Days』(1872), 『황금 화산The Golden Volcano』(1906))건 다른 작가라면 낯설고 불길한 것으로 표현할 수도 있는 미지의 곳이건, 그의 작품은 공간을 기록하고 익힌다.『혜성 여행』에서, 휩쓸려서 혜성 위로 떨어진 사람들의 모험을 말할 때 죽은 후의 장치는 전혀 필요하지 않다. 『지구 속 여행』도 숭고의 심연 가장자리에서 흔들리지 않는다. 대신, 베른은 조심스럽게 자기 인물들이 이루는 과학적·기술적 진보와 지도 제작상의 진보를 진행되는 대로 상세하게 말한다. (잘못된 시작 부분을 포함해서) 돌파구를 성취하는 단계를 하나하나 이야기하고, 시간, 거리, 온도, 고도와 물리적 환경의 다른 변수들을 모눈종이처럼 정밀하게 측정하고 가차 없이 기록한다.

베른은 인지적 지배력을 강조하지만, 숭고의 순간들은 터져 나온다(그리고 요약된 번역 속에서 더 뚜렷해진다). 『지구 속 여행』에서 리덴브록 교수와 그의 조카 악셀은 지구 중심으로 가는 길이 있다고 암시하는 암호문을 발견한다. 그 뒤의 많은 부분은 베른다운 세부 사항에 할애된다. 발견된 텍스트를 해독하는 데 상당한 노력이 들어가고, 여행 기간 이동한 수직거리와 수평거리 양쪽을 공들여 기록해 남겨 놓았다. 계속 길을 나아가면서, 리덴브록은 악셀을 청중으로 두고 자기가 시험하거나 논박하고 있는 가설들을 설명한다. 그리고 그들이 난관에 직면해 악셀이 절망할 때(물이 다 떨어지고, 위험한 생물들과 마주치고, 길이 막혀 있는 것을 알게 된다) 리덴브록은 이성과 과학적 방법을 사용하면 그 난관들을 극복할 수 있음을 입증한다. 유효할 수 있었던 이론들이 실패해도 그 실패가 과학의 권위를 훼손하지 않는다. 리덴브록이 주장하듯이 "과학은 존재하는 이론들 하나하나가 … 끊임없이 새로운 것으로 대치되면서 완전해질 수 있기 때문"(1992)이고, "오류로 구성되지만, 그 오류를 범하는 것이 옳다. 왜냐하면 그런 오류들이 차츰 진실로 인도하기 때문"이다. 그가 항의하는 악셀에게 "충분해. 과학이 말한 다음에는 입을 다무는 법이야!"라고 선언할 때, 그의 실증주의는 가장 완전하게 표현된다. 아래로 향하던 통로가 끝나고 지구 내부의 바다와 인류의 초기 조상을 포함해 이전에 멸종됐다고 믿었던 생물들의 번성을 발견한 것에 만족해야 했을 때, 악셀은 이렇게 말한다. "여기까지 온 것을 후회할 수 없네요. 이 장관은 웅장해요." 그러나 리덴브록은 대답한다. "보이는 건 문제가 아니야. 나는 목표를 정했으니 그걸 달성할 작정이다. 그러니 내게 찬탄 같은 소리는 하지 마라."

그러나 이 소설은 이런 반대 의견이 암시하는 것보다 더 복잡하다. 아마 가장 중요한 것은 탐험가들이 정확하고 신중하게 지구 속으로 전진하던 모습과 그들이 용암 파도 위로 황급하게 탈출하는 모습의 대조일 것이다. 그들은 계획적으로 분화를 일으킨 것이 아니라, 내려가는 길을 방해하는 바위를 폭파하려고 시도하다가 우연히 분화의 방아쇠를 당긴다. 그 세계와 사람을 놀라게 하고 압도할 수 있는 세계의 잠재력은 과학적 권위의 지배를 능가한다. 악셀은 우리에게 말한다. "그 순간부터 우리의 이성과 판단, 독창성은 일어나는 사건들에 전혀 영향을 끼치지 못했습니다. 우리는 지구의 단순한 장난감이 됐을 뿐입니다." 리덴브록은 그런 숭고에 동의하지 않으려고 하지만, 과학적 단어들 때문에 효과가 제한되는 와중에도 악셀은 끈질기게 소설을 숭고의 방향으로 밀어붙인다. 예를 들어, 악셀은 "고생물학의 환상적인 가설들"이 촉발한 상상을 한다. 거기서 그는 진화가 뒤로 펼쳐지는 것을 목격하며, 연속된 여러 생물의 세대를 거슬러 올라가 "사람이 태어나기 전, 불완전한 지구가 아직 사람을 위해 준비되지 않았던" 시절을 경험한다. 처음에는, 린네식 분류 범주를 사용함으로써 이런 상상이 불러일으키는 경외감이 성공적으로 제한된다. 그러나 마지막에 악셀은(그리고 베른은) "육체가 희박해지고, 그다음에는 숭고해지다가 무게 없는 원자처럼 이 어마어마한 구름들과 섞이고, 이 구름들은 무한한 우주에 불타는 궤도를 새기는!" 그 순간의 압도적인 효과에 항복한다. 악셀은 몽상에서 깨어나고, "우리는 날아가고 있고 내 계산이 틀리지 않았다면 곧 착륙할 거다"라는 리덴브록의 선언은 갑자기 그를 측정과 항해의 질서정연한 세계로 돌려보낸다. 텍스트의 다른 곳에서도 비슷한 이행이 발견된다. "놀라고, 넋이 빠지고, 겁에 질린" 한 무리의 바다 괴물들을 보고, 리덴브록은 그것이 그들에게 관심이 없는 익티오사우루스와 플레시오사우루스의 싸움일 뿐이라고 동료들을 안심시킨다. 나중에, 그들은 "2,000년에 걸친 여러 세대가 영원히 먼지가 돼 섞인 거대한 공동묘지"를 발견한다. 거기에는 인간의 두개골도 있다. 그러나 이 발견으로 처음에 일어나는 "경외"와 "떨리는 목소리"는 그 장의 나머지 전체를 인간의 진화에 대해 당시의 고생물학이 이해하는 바에 대해 묘사하면서 안전하게 제한된다.

이렇게, 베른은 숭고를 말하는 포의 전략 중에서 과학적 세부 사항과 언어의 권위를 통해 숭고를 표현하고 제한하는 한 가지 전략만을 선호한다. 그러나 동시에, 세계의 지도를 만들려는 베른의 소망은 지도 속에 담길 가능성을 넘어서는 것들에 대한 끈질긴 불안을 드러낸다. 베른은 포의 영향을 인정하면서 건스백이 그들의 소설을 같은 '유형'에 편입시킨 것을 타당하게 만들었을지도 모르지만, 그들의 작품이 보이는 그런 차이는 단일한 정체성의 도입에 저항한다. 게다가 베른은 자신이 더 가까운 동시대 작가 웰스의 기획과 아주 다른 기획에 속해 있다고 생각했다. 그는 한 인터뷰에서 이렇게 주장했다.

> 나는 언제나 밝혔습니다 … 나의 이른바 발명품invention들은 언제나 실제 사실에 기초를 두었고, 실제 사실들을 사용했다고 말입니다. 그것들을 만든 방법과 재료에 동시대의 공학 기술과 지식의 이치가 전혀 깃들어 있지 않은 것은 없습니다.(존스Jones, 1904)

베른은 웰스의 발명품들이 "전적으로 현재에서 훨씬 멀리 동떨어져 있는 과학적 지식의 세계와 정도에 속해 있고" "완전히 상상력의 영토에서" 나왔다고 주장한다. 웰스는 그 발명품들이 만들어진 방식을 묘사하지 못하고 "우리의 동시대 과학 지식"이 "그런 결과를 성취할 수 있는 방법"을 어떻게 제공할 수 있는지 독자에게 전혀 단서를 주지 못한다는 것이다.

H. G. 웰스

건스백이 재간한 웰스의 작품(재발행 순서)

- 「새로운 가속기The New Accelerator」(1901)
- 「수정 알The Crystal Egg」(1897)
- 「별The Star」(1897)
- 「기적을 일으키는 사나이The Man Who Could Work Miracles」(1898)
- 「개미 제국The Empire of the Ants」(1905)
- 「심연에서In the Abyss」(1896)
- 『모로 박사의 섬The Island of Doctor Moreau』(1896)
- 『달의 첫 방문자The First Men in the Moon』(1901)
- 「메스 아래에서Under the Knife」(1896)
- 「데이비드슨의 놀라운 눈The Remarkable Case of Davidson's Eyes」(1895)
- 『타임머신The Time Machine』(1895)
- 「고 엘브스햄 씨 이야기The Story of the Late Mr. Elvesham」(1896)
- 『플래트너 이야기The Plattner Story』(1896)
- 「우주 전쟁The War of the Worlds」(1897)
- 「에피오르니스섬AEpyornis Island」(1894)
- 「석기 시대 이야기A story of the Stone Age」(1897)
- 「눈먼 자들의 나라The Country of the Blind」(1904)
- 「도둑맞은 몸The Stolen Body」(1898)
- 「대구와 부족인Pollock and the Porroh Man」(1895)
- 「이상한 난초의 개화The Flowering of the Strange Orchid」(1894)
- 「미래 이야기A Story of the Days to Come」(1899)
- 『투명인간The Invisible Man』(1897)
- 「나방The Moth」(1895)
- 「발전기의 왕The Lord of the Dynamos」(1894)

- 「잠든 자가 깨어날 때When the Sleeper Wakes」(1899), 《계간 어메이징 스토리스》
- 「다이아몬드 메이커The Diamond Maker」(1894), 《사이언스 원더 스토리스》

베른이 자신과 웰스를 비교한 것은 정확하지는 않지만,『달의 첫 방문자』에서 과학적으로 그럴듯한 우주선 추진 수단을 상상하거나 설명하지 않았다고 웰스를 비판한 것은 베른에 대해 많은 것을 말해준다. 특히 모더니티와 19세기 후반의 빠른 세계화globalisation에 대한 그의 불안과, 그가 웰스의 더 넓고 포괄적인 과학에 대한 이해를 제대로 알지 못했다는 것을 알려준다. 웰스의 추측과 비유는 과학, 특히 진화론에서 유래하거나 그에 기대어 유효화된 것이 많지만, 그는 기술적인 변화보다 사회적인 변화에 관심이 있을 때가 더 많았다. 그는 동시대의 과학적·기술적 데이터에 자주, 분명하게 의지하는 일이 덜했고, 핍진성을 보여주기 위한 몇 가지 관용구로서 과학적 담론을 작품에 넣는 경향이 있었다. 과학적·기술적 진보의 사회적 함의를 다룸으로써,『달의 첫 방문자』는 자의식적으로 달 세계 풍자와,『걸리버 여행기』와 토머스 모어Thomas More의『유토피아Utopia』(1516)같이 저자 자신이 속한 사회를 비판하기 위해 상상 속 영토의 사회적·정치적 구조를 기술하는 다른 유토피아적 풍자 텍스트의 전통을 현대화했다. 웰스 작품에서 달에 사는 곤충류 거주자들은 진화학에 대한 그의 흥미가 계속되는 것을 보여주는데, 그런 흥미는 인간의 지배를 위협하는 종의 출현을 통해 자주 표현된다. 그들의 벌집 같은 사회조직은 자본주의적·기업적 모더니티가 갖는 대중화의 소외 체계와 전

문화의 계급 구조를 풍자한다.

어떤 연속 함수가 변수의 띄엄
띄엄한 값에 대해서만 그 함
숫값이 알려져 있을 때에, 임
의의 중간 변숫값에 대한 함
숫값을 구하는 방법.

과학적 데이터의 내삽법interpolation, 자연 세
계나 발명품의 작동에 대한 세부 사항에 초점을
맞추기보다, 웰스는 그런 지식과 혁신이 어떻게
사용되는지, 그럼으로써 인간의 사회적 삶이 어
떻게 재구성되는지 생각하는 쪽으로 사변적·서사적 에너지를 향했
다. 베른에게도 그런 관심이 없지는 않다. 예를 들어, 『지구에서 달
까지』는 나폴레옹 3세 치하 프랑스의 권위주의와 미국의 예외주의
라는 신화뿐 아니라 기술적 진보와 야만적인 전쟁 사이의 제휴도 풍
자한다. 그러나 그의 풍자가 온건해지면서, 그 결과에 대한 감각도
더 약해진다. 웰스에게 기술적 혁신은 언제나 사회적 혁신이고, 그렇
기 때문에 그의 사변은 포나 베른같이 그럴듯한 것의 목록 속에서 가
능해지거나 그 목록에 제한되지 않는다. 예를 들어, 웰스의 『우주 전
쟁』(1898)은 SF적 요소들만큼이나 후기 빅토리아시대의 사회에 동
등하게 초점을 맞춘다. 화자, 즉 주인공은 종들 사이의 진화적 경쟁
이라는 틀을 세우고 화성인의 생리학과 기술 측면에 대해 추측하지
만, 이 소설의 대부분은 외계인 침공의 결과와 그에 대한 반응을 그
린다. 첫 장에서 웰스는 인간의 자기 본위적 사고방식을 약화하려고
하며, 특히 "인간은 화성에 다른 인간이 있을 수도 있다고 상상한다.
아마도 인간보다 열등하고 선교 사업을 환영할 준비가 된 인간들"이
라고 (화성인을) 생각하는 식민주의적 관점을 풍자한다. 또한 인간이
"한 방울의 물속에 우글거리며 증식하는 짧은 수명의 생물들"(2002)
에게 가진 것과 같은 관심을 갖고 인간을 바라보는 "거대하고 차갑

고 매정한 지적 생명체들"이 있다는 불길한 암시를 던진다. 자신들을 멸종시킬 선원들이 도착하는 모습을 즐겁게 응시했던 도도새들처럼, 인간들도 자신이 동물 종의 위계질서에서 퇴위된 것을 깨닫는 모습이 반복적으로 그려진다. 인간이 보는 화성인은 괴물 같고 무시무시하지만, 소설은 화성인 자신의 생각 틀 안에서 그들의 행동이 합리적이라는 관점을 고집한다. 그들은 사악하지 않다. 그저 우선순위가 다르고, 인류에 대해 명백하게 무관심하기 때문에 오히려 더욱 불길하다. 웰스는 포처럼 학문적 각주에 의지하거나 베른처럼 내삽된 과학적 텍스트에 의지하지 않고, 이런 진화적 충돌에 대한 자신의 서술에 힘을 싣기 위해 (자기 자신의 과학 저널리즘에 대해 넌지시 이야기하기는 하지만) 동시대 과학의 영향을 탐구하는 데 가장 몰두하는 사람이었던 것은 확실하다. 그는 인간들이 선택된 종이 아니고 다른 동물들과 마찬가지로 생물학적인 동물이며, 그래서 화석 유물에 기록된 종의 출현과 진화와 멸망 과정을 면하지 못한다는 것을 인식한다.

『타임머신』, 「개미 제국」, 『모로 박사의 섬』 같은 소설에서, 웰스는 진화 시스템(이것은 위계질서라는 관점으로 잘못 생각될 때가 많다) 안의 종들 간의 차이, 그리고 자본주의적 식민 시스템(이것은 일반적으로 계급과 인종 위에서 비슷한 위계질서를 찾아냈다) 안에 있는 계급들과 종족들 간의 차이에서 유사점을 끌어낸다. 『우주 전쟁』에서 웰스는 대영제국의 심장부를, 기술적으로는 진보했지만 야만적인 식민 세력의 면전에서 무력한 모습으로 그림으로써 분명히 식민주의에 대한 정치적 비판을 의도한다. 그러나 비인간에 대한 인간의 착취를 피식민자에 대한 식민주의자들의 착취와 융합한 결과, 때때로 인종

1장. SF의 정의

주의적 표상을 낳는다. 예를 들면 다음과 같다.

> 그리고 우리가 (그 화성인들을) 너무 가혹하게 판단하기 전에 우리
> 는 우리 자신의 종이 사라진 들소와 도도새 같은 동물들에게뿐만
> 아니라 인간 자신의 열등한 인종들에 대해서도 가차 없고 완전한
> 파괴를 자행했다는 것을 기억해야 한다. 인간과의 유사성에도 불구
> 하고 태즈메이니아인들은 50년의 세월에 걸쳐 유럽인 이민자들이
> 계속해 온 절멸전을 거치며 완전히 존재하지 않게 됐다.(2002)

웰스에게는 숭고에 기꺼이 항복하는 포 같은 자세가 없지만, 그
는 (적어도 초기 소설과 대중 과학 기사들에서는) 베른보다 훨씬 더 의도
적으로 숭고를 환기시키고, 광대한 시공간 속에서 인류가 상대적으
로 하찮다는, 과학에서 유래한 인식을 통해 조우하게 되는 어떤 것으
로 숭고를 대우하고 있다. 그러나 베른처럼 과학적 담론의 권위를 이
용해 경외의 압도적인 감각을 개념화함으로써 그 감각을 피하기도
한다. 화성인 침공자들은 숭고한 공포를 유발하지만, "처음의 구역
질"은 재빨리 가라앉고 화자는 자신이 이 "아주 섬뜩한 생물"을 묘사
할 수 있다는 것을 깨닫는다. 침공이 실패한 후의 회고 형식으로 서
사가 진행되고 있기 때문에, 나중에 죽은 화성인을 해부해서 얻은 정
보를 노골적이고 자세하게 그려내는 구절을 통해 화자의 무력함과
공포라는, 몰입할 수 있는 경험을 잠재울 수 있다. 이와 비슷하게, 화
자는 "아직 살아 있는 동물에게서, 대부분의 경우 인간에게서 얻은
피"를 먹고 사는 화성인의 방식을 묘사하기보다 화성인의 진화를 만

들어 내는 조건에 대해 추측한다.

그러나 숭고를 제한하기 위해 인지력을 사용하는 웰스의 방식은 과학과 기술의 진보에 대한 그의 복잡한 태도로 인해 누그러진다. 소설의 결말은 기술적 낙관주의와 비관주의적 하락 사이를 거북하게 오가면서 그 침공으로 인간 사회가 어떻게 변화했는지에 초점을 맞춘다. 만약 화성인들이 다른 별로 여행할 수 있다면,

> 그런 일이 인간에게 불가능하다고 생각할 이유가 없다. 그리고 결국 그렇게 될 일이지만, 태양이 느리게 냉각되며 이 지구가 살 수 없는 곳이 될 때, 여기서 시작된 생명의 줄기는 계속 흘러 나가 우리의 자매 행성을 붙잡을지도 모른다.

그러나 이런 고무적인 가능성은 "화성인의 파괴는 오직 유예일 뿐"이라는 화자의 인식으로 반박된다. "아마도 미래는 우리가 아닌 그들의 것으로 정해져 있을 것이다."

인지적 소격의 문학

편입은 의식적으로 선택된 것뿐만 아니라 예기하거나 의도하지 않은 연합을 수반하는 복잡한 과정이다. 건스백이 포와 베른, 웰스를 들먹임으로써 무엇을 성취하려고 했는지 자신 있게 말할 수는 없지만, 우리는 그들 사이에 있을 수 있는 연관과 차이를 중요시하려고 했다. 건스백이 그것을 알고 있었을 수도 있고 알지 못했을 수도 있지만, 그런 연관과 차이는 SF의 성격을 토론하는 데 있어 계속 긴장의 지점이 됐다. 예를 들어, 건스백의 논설은 진지한 과학적·교육적 요소가 있는 대중소설을 출간하고 (따라서 SF를 그런 것으로 만들고) 싶다는 것을 매우 분명히 밝히고 있다. 그러나 그가 모범적 특성을 가졌다고 드는 소설에서도 괴물 같고 재현 불가능하고 숭고한 것을 찾을 수 있다. 그들의 소설은 건스백적인 순간을 돋보이게 하는 역사와 정의들에 포함될 수 있는 것보다 훨씬 더 다양하고 모순적이며 과도하다. 그리고 건스백이 그런 특징들을 편입시키려고 의도하지 않았다고 해도, 그것들은 포와 베른, 웰스의 소설에서 중요한 역할을 하고 따라서 다른 작가들이 모방하고 확장할 수 있는 존재가 된다.

강조와 억압, 포함과 배제, 중심화와 주변화 사이의 역학은 건스백의 정의에서만 나타나는 것이 아니고,《어메이징》에 실을 글을 선택하고 과학화라는 기획에 다른 행위자들을 모집하는 일에 얽힌 타협과 협상의 과정에서도 마찬가지로 나타난다. 이 역학은 SF의 이론적 서술법을 구성하면서 시작되는, 그리고 보통 미국 SF 잡지와 페이퍼백의 전통을 이 장르의 하찮은 일부로 다루는 두 번째 유형의 역사 속에서도 명백하다. 이런 접근법은 수빈의 『과학소설의 변형』에서 모범적으로 나타난다.

수빈의 의견에 동의하지 않는 학자들이 많지만(사실 그에게 찬성하지 않는 것이 SF 연구의 상당 부분을 차지했다) 그래도 그는 어느 정도까지는 그 후 SF를 연구하는 용어들을 정립했다. 그는 SF가 실증적 세계와의 근본적인 단절을 전제로 하는 문학이지만 "불가능하지 않다"(1979)라는 특징을 갖고 있다고 주장한다. 그에게 SF는 "전복적 사회계급의 부상과 동맹을 맺고" 있고 판타지와 종교적 상상 속에서 발견되는 비현실적 소망 충족이라는 "혼란스러운 현실도피로 향하는 경향"에 반대하는 것이다. 그러나 수빈은 널리 SF로 간주되는 작품의 대부분을 "없애도 되는" 것으로 보기 때문에 힘든 도전에 직면한다. SF의 부적절한 "실증적 현실"과 그 장르가 가진 훨씬 더 전도양양한 "역사적 잠재성"을 대조시키면서, 그는 SF의 새롭고 더 긴 역사에 잡지와 페이퍼백 전통의 겨우 5~10퍼센트만 편입시키려고 한다. 수빈은 사실주의 소설과 달리, "작가의 환경을 정적으로 반영하기보다 동적으로 변형시키는 경향이 있는 창조적 접근법"을 취하는, 즉 "현실의 반영일 뿐 아니라 현실에 반영되는"(또, 그가 '과학소설'이라고 부르기로 한) 장르에 관심이 있다. 간단히 말해서 SF는 그것이 생산된 동시대의 사회와 비판적인 관계를 가져야 한다는 수빈의 주장은 그 장르를 텍스트의 특징이나 내용이 아니라 사회적 변화를 촉진할 수 있는 능력이라는 면에서 정의한다. 따라서 그는 잡지와 페이퍼백 전통을 '진짜' SF에서 일탈한, 품질이 저하된 형태로 보는 것이다.

수빈은 SF를 **인지적 소격** 의 문학으로 정의한다. 그가 관심을 가

낯설게하기. 진 종류의 소설을 묘사하기 위해 새 용어를 만들어 내는 것이 아니라 '과학소설'을 계속 지키면서 변형시키려는 이런 고집은 그가 편입을 둘러싼 담론 투쟁에 얼마나 관심이 있는지를 보여준다. 수빈에게 '과학'이란 실험을 통한 조사라는 명확한 방법론보다 훨씬 더 넓은 것이고 "자연과학뿐 아니라 문화과학, 사회과학과 심지어 학문 전부를" 포함한다. 그래서 그는 포나 베른보다 웰스의 사변적 접근법을 더 단단히 지지한다. 사실, 그는 웰스의 『타임머신』이 "그 이후에 생겨날 SF를 구성하는 역사적 기본 모델" 중 하나라고 주장하지만 (건스백파) 베른은 '진짜' SF를 모방하지만 '진짜 SF'가 가져야 하는 사회를 변화시키는 비판적 상상력은 없는, 기술에 열광하는 제한된 상상력만 선전한다고 일축한다. 수빈은 판타지를 무시하는 것으로 악명이 높지만 그와 마찬가지로, "**실현 가능성**에 순응하기를, 작가의 현실과 작가의 문화가 가진 과학적 패러다임 안에서 가능한 것에 순응하기를 요구하는" SF 전통

속에서도 지나치게 규칙에 얽매이고 편협한 태도를 발견하고 의심한다. 그는 대신 더 큰 권능을 부여하는 "이상적인 가능성", 즉 "전제와 결과가 내적으로 충돌하지 않는 개념적인 가능성이나 생각할 수 있는 가능성 전체"를 선호한다. 러시아 형식주의 이론과 베르톨트 브레히트Bertolt Brecht의 연극 내 실천praxis에서 유래한 **소격**은 수빈에게 특별한 의미를 가진다. 브레히트에 따르면, 세계를 낯설게 하는 재현은 "우리에게 주제를 인지하도록 하지만 동시에 그것을 낯설게 보이도록 만드는 것"(수빈, 1979)이다. 수빈에게 "인지적이면서 창조적"이고 새로운 이해를 촉진하는 이 "소격의 시선"은 SF의 가장 중요한 형식적 기준이다.

수빈이 SF의 정의에 또 하나 중대하게 기여한 것은 에른스트 블로흐Ernst Bloch에게서 유래한 **노붐**novum이라는 개념이다. 노붐은 "우리가 어떤 것을 SF 이야기 서술이라고 부르기 위해 그 이야기 서술에서 논리적으로 필요하고 헤게모니를 가져야 하는 존재"이자 "저자와 독자로 상정된 사람들의 현실 규범에서 벗어나는 총체적 현상이나 관계"다.

서부극이나 모험담의 공식을 반복하는 구조로 된 이야기 속에서 "새로운 기술적 장치를 사용"하는 것으로는 충분하지 않다. 오히려 노붐은 "매우 중심적이고 중요해서, 불순물이 있을 수도 있지만 그에 상관없이 서술 논리 전체(아니면 적어도 가장 중요한 서술 논리)를 결정한다". 이런 요구 조건은 왜 수빈이 현재의 사회적 관계가 온전히 남아 있는 미래에 새로운 기술을 도입하는 것, 즉 잡지와 페이퍼백 전통의 많은 부분을 SF 장르에서 탈락시키려고 하는지 설명해 준다. 그러나 수빈이 '불순물'에 대해 언급할 때, 우리는 인간이 끊임없이 변화하는 물리 세계에 고정된 존재론적 구분을 지으려고 하면 불가피하게, 필연적으로 혼종들을 생산하게 된다는 점을 떠올리게 된다. 각주에서, 수빈은 "새로운 발명이나 정신적 수단을 가진 모든 이야기를 SF에 갖다 붙이려는 것"을 어리석다고 매도했다. 그런 실천은 "SF 같은 것은 없다"라는 결론으로 불가피하게 이어질 것이기 때문이다. 여기서 수빈은, 명백히 건스백만큼이나 'SF'라는 범주를 유지하려고 애쓰고 있지만, 좀 다른 편입 집합을 추구하고 있다. 수빈이 SF 장르에 편입시키는 유토피아적이고 풍자적인 걸출한 작품들(특히 스위프트, 프랑수아 라블레[François Rabelais], 시라노 드베르주라크[Cyrano de Bergerac])은 그가 어느 정도까지 SF가 (예언자적 상상력과 특허 응용의 원천이 아니라) 사회적 비판과 정치적 변화의 수단이 된다고 생각했는지 보여준다. 건스백처럼, 그는 (적어도 당분간은) 다른 행위자들을 SF 장르에 대한 자신의 통찰에 편입시키는 데 성공했다.

SF 같은 것은 없을지도 모른다는 생각에 불안해하지만, 수빈은 자신이 객관적인 현상을 기술하는 것이 아니라 SF에 대한 논의를 구성하고 있다는 사실을 의식한다. 그는 이렇게 제안한다.

> 이 역사적인 순간에 SF 이론과 비평에서 기본적이고 아마도 중심적일 과제는 '과학소설'의 경험적 모델 혹은 모델들을 구성하는 것이다 … 경험적 모델은 유사점에 기반한 이론적 구조물로서, 그것은 뚜렷한 물질적 개체를 신비롭게 재현한다는 의미에서 선험적이나 환상적으로 '현실적'인 것이 아니라, 그것을 사용할 때 생기는 실용

적 결과가 과학적·학문적으로 허용되고, 바람직하고, 필요하기 때
문에 '현실적'이다.

수빈이 인정하고 라투르가 주장하는 것처럼, 이런 모델은 새로
운 연구 문제를 형성할 수 있고, 전에는 생각할 수 없었던 방식들로
생각하도록 유도하지만 동시에 우리의 상상력을 제약한다. 그리고
새로운 발견이 그 모델의 주장들과 모순되면서, 그것의 가능성들은
고갈하기 때문에 우리는 그것을 포기해야 한다. 지난 10년 동안 많은
사람은 여러 가지 방식으로 SF가 종말을 맞고 있다고 주장했다. 블
록버스터 영화와 황금 시간대 텔레비전과 '문학적' 작가들이 판에 박
은 듯이 SF를 갈취하고, 그러면서 동시에 판타지와 호러에 서로 섞
이고 있다는 것이다. 그동안에도, 새 세대와 운동들은 이런 장르들을
흐리고, 이어붙이고, 샘플링하고, 더빙하고, 리믹스하느라 정신이 없
다. 물론, 그런 주장의 의미는 훨씬 더 유동적인 문화를 거의 경직된
범주들에 그 전에 끼워 맞췄기 때문에 이런 일이 가능하다는 것이다.
그리고 현재의 추측으로 그 범주들이 아무리 정확하거나 타당하다
고 해도, 그 범주들이 드러내는 것은 결국 편입과 배제의 절차가 활
발하게 진행 중이고, 모순되며 끝이 없다는 사실이다. 이어지는 장^章
들에서 우리는 SF의 역사와 함께 역동하며 그 역사와 분리할 수 없
는 활력의 감각을 복원하고자 한다.

결론

- 장르들은 서로 다르고 때로 충돌하는 의제들을 가지고 수많은 행위자가 수행하는 편입 절차의 담론적 산물이다. 따라서 SF에 단 하나의 정의는 있을 수 없다.
- 어떤 행위자들은 건스백의 예를 따라 SF가 펄프픽션보다 더 정통적인 문학에 기원을 두고 있다고 주장한다. 예를 들어, 그들은 모어의 『유토피아』, 스위프트의 『걸리버 여행기』나 셸리의 『프랑켄슈타인』을 SF 장르의 기본적인 텍스트로 들고, SF 장르가 이름을 얻게 된 잡지들의 역할을 과소평가하거나 심지어 무시하기도 한다.
- 건스백의 《어메이징》이 처음에 포, 베른, 웰스의 소설들을 홍보한 것은 단순히 그 장르에 이름을 붙이기 위해서가 아니라, 그 장르를 구성하기 위해서였다. 이런 편입 노력은 어쩔 수 없이 이 저자들을 선택적으로 이해하게 만들었다.

• 수빈의 정의가 끼친 영향은 SF와 판타지 사이의 구분을 강화
  시키는 경향이 있었다. 그러나 널리 SF로 간주되는 많은 텍스
  트를 연구할 때 그런 구분이 반드시 분명하지는 않다.

2장

건스백 이전의 과학소설

휴고 건스백과 다른 사람들이 SF라고 불리는 '새로운 유형'의 문학을 정의하기 시작했을 때, 그들은 이미 다른 척도 아래 유통되고 있는 소설을 겨냥한 경우가 많았다. 이 다른 소설들은 모두 동등하거나 꾸준하게 SF에 편입되지는 않았으나, 이런 소설 몇 편을 음미하면 어떤 요소들이 새 장르와 동일시되고 어떤 것들이 주변화되거나 배제됐는지 알 수 있다. 계속 진행되는 편입의 과정은 장르에 새 텍스트를 덧붙일 뿐만 아니라, 장르에 붙은 이름표의 의미를 바꾸기도 한다. 한때 중심적인 것으로 보였던 텍스트들은 이제 주변적인 텍스트로 보일 수 있고, 그 역도 성립한다. 장르의 범주들은 겉보기에는 명백해 보이고 우리는 현재 그런 범주들을 통해 어떤 텍스트들을 인지한다. 그러나 그 범주들은 그 소설들의 성격만 보여주는 것이 아니라 여전히 펼쳐지고 있는 타협의 산물인 것이다. 예를 들어, 에드거 라이스 버로스Edgar Rice Burroughs의 『화성의 공주A Princess of Mars』(《올스토리All-Story》, 1912: 책 1917)와 H. P. 러브크래프트H. P. Lovecraft의 『광기의 산맥At the Mountains of Madness』(《어스타운딩》, 1936)은 양쪽 다 한때 SF에 상대적으로 중심을 두었으나, (비록 다른 방식으로이긴 하지만) 지금은 대체로 SF에서 지엽적으로 간주된다.

유토피아와 디스토피아

유토피아 소설

- 토머스 모어, 『유토피아』(1516)
- 마거릿 캐번디시Margaret Cavendish, 『불타는 세계The Blazing World』(1666)
- 윌리엄 모리스William Morris, 『에코토피아 뉴스News from Nowhere』(1890)
- 알렉산드르 보그다노프Alexander Bogdanov, 『붉은 별Red Star』(1908~1913)
- B. F. 스키너B. F. Skinner, 『스키너의 월든 투Walden Two』(1948)
- 올더스 헉슬리Aldous Huxley, 『아일랜드Island』(1962)
- 어슐러 르 귄Ursula Le Guin, 『빼앗긴 자들The Dispossessed』(1974)
- 샐리 밀러 기어하트Sally Miller Gearheart, 『배회의 땅The Wanderground』(1978)

디스토피아 소설

- 잭 런던Jack London, 『강철군화The Iron Heel』(1908)
- E. M. 포스터E. M. Forster, 『기계가 멈추다The Machine Stops』(1909)
- 프랜시스 스티븐스Francis Stevens, 『케르베로스의 머리The Heads of Cerberus』(1919)
- 예브게니 자먀찐Yevgeny Zamyatin, 『우리들We』(1924)
- 레이 브래드버리, 『화씨 451도Fahrenheit 451』(1953)
- 토머스 M. 디쉬Thomas M. Disch, 『334』(1972)
- 마거릿 애트우드Margaret Atwood, 『시녀 이야기The Handmaid's Tale』(1985)
- 옥타비아 E. 버틀러Octavia E. Butler, 『씨 뿌리는 자의 우화Parable of the Sower』(1993)

유토피아 소설은 우월한 사회를 예로 들어 현존하는 사회적 질서를 비판하고, 디스토피아 소설은 현존하는 질서의 가장 나쁜 특징을 과장함으로써 비판한다. 이런 소설들은 보통 정치적 동기가 부여돼 있고, 직접적으로 독자에게 사회 변화를 위해, 즉 유토피아의 경이를 실현하거나 디스토피아의 공포를 피하기 위해 힘쓰라고 촉구하는 경우가 많다. 유토피아와 디스토피아는 지구의 탐험되지 않은 지역 혹은 다른 행성이나 미래에서 (그 소설들을 전대의 아주 유사한 전통들인 지하 세계 소설, 식민지 모험소설, 달 풍자$^{lunar satire}$ 소설, 미래 소설과 아포칼립스 소설과 연결하면서) 발견될 수도 있다. SF는 현실과 다른 세상을 상상하고, 이미 알려진 세계와 대비되는 상상 속의 '다른 곳들'과 '다른 시간대'를 구성하는 장르로 드러났다. 유토피아와 디스토피아의 투사도^{projections}들이 보통 사회적 관계에 초점을 맞추는 반면, SF에 편입된 예들은 더 규모가 크거나(가령 샬럿 퍼킨스 길먼$^{Charlotte Perkins Gilman}$의 『허랜드 ^{Herland}』(1915)) 작은(가령 건스백의 『랠프 124C 41+$^{Ralph 124C 41+}$』(1911~1912)) 사회적·정치적 비판을 하며, 사회적 혁신보다 기술적 혁신에 더 강하게 초점을 맞추기도 한다.

이런 비판 능력에 더해, 유토피아와 디스토피아가 편입되면서 SF에서 미래와 지구 너머의 삶에 대한 흥미가 커졌다. 행성 간 항해, 가사^{假死} 상태나 시간여행이 나오는 텍스트는 SF에 더 완전히 편입돼 온 것 같다. 그런 소재들이, 주인공이 외계나 미래 세계로 위치를 바꾸는 데 과학적으로 보이는 이유를 제공해 준다면 특히 그렇다. 에드워드 벨러미$^{Edward Bellamy}$의 『돌이켜 보면, 2000년에서 1887년을$^{Looking Backward, 2000~1887}$』(1888)에서, 불면증 환자인 보스턴 사람 줄리언 웨스트는 잠을 잘 자기 위해 최면에 걸리지만, 여러 가지 사고를 겪으면서 한 세기 넘게 깨어나지 못한다. 소설의 대부분은 깨어나지 못한 한 세기 동안 보스턴에서 일어난 변화에 그가 적응하는 이야기다. 19세기 미국의 특징인 "널리 퍼진 산업적인 문제들과 사회적 문제들, 모든 계급 속에 깔린 사회 불평등에 대한 불만, 그리고 인류의 보편적 불행"(1951)은 자본주의적 경쟁(매사추세츠주는 모든 생산과 분배 영역을 통제하는 독점체가 됐지만, 이윤 동기를 포기했다)이 종말을 맞고, 노동이 재조직(모두가 동등한 보상을 받는다)되고, 그와 연관해 사회생활이 변화하면서(세탁과 요리가 공동으로 이뤄지면서 규모의 효율로 이득을 본다) 완화됐다. 생산과정에서 노동착취를 제거한 국가 자본주의의 완벽한 모습을 상상한 데 더해, 벨러미는 일상 용품의 분배, 구매와 소비의 변화를 세세하게 묘사하는데, 그런 묘사는 어떤 물건이건 구매자가 원하는 대로 주문생산할 수 있는 백화점의 모습에서 절정에 달한다. 우산이 없는 사람들도 궂은 날씨에 밖에 나올 수 있도록 보도에 씌우는 차양 같은 기술적 혁신을 언급하기는 하지만, 벨러미는 사회적 혁신을 강조하는 유토피아 소설의 전통을 따른다. 유토피아를 권고하는 요소를 강하게 포함시키기도 한다. 소설의 결말로 가면서, 웨스트는 다시 1887년에서 깨어나고 꿈의 세계를 잃어버린 것 때문에 피폐해진다. 그러나 그때 그는 또다시 깨어나서 19세기로 돌아간 것이 꿈이었다는 사실을 깨닫는다. 웨스트는 자신이 유토피아적 미래에 살고 있다는 것을 깨닫고 안심하며, 긍정적인 사회 변화를 위해 노력하지 못한 것을 후회하고, 그럼으로써 독자에게 더 나은 세계를 만드는 데 분투할 수 있다는 것을 암시한다.

벨러미의 소설은 엄청난 성공을 거뒀고 수많은 반응을 일으켰다. 그 반응 중에는 윌리엄 모리스의 『에코토피아 뉴스』도 있었다. 벨러미의 소설이 출간된 후 2년 동안, 미국의 개혁적 벨러미 클럽은 150개가 넘게 존재했다. 그리고 그것은 미국의 대중적 애국주의 운동과 영국의 전원도시 계획에 영향을 미쳤다.

SF가 성장하면서, SF는 사회와 경제의 대안적 방식을 상상하는 데는 덜 성공했으며, 사회문제의 만병통치약이 될 기술을 상상하는 쪽으로 더 움직이는 경향이 있었다. SF 장르의 또 다른 편입에서 비롯된 혁신과 과학에 대한 강조는 정치적 변화의 욕망을 점점 더 누그러뜨렸다. 그러나 SF는 다른 세계(더 나은 세계일 때가 많은)에 대한 소망을 유지한다. 프레드릭 제이미슨Fredric Jameson은 대안적인 것을 상상하려는 SF의 투쟁에 유토피아적 충동을 결부시켰고(2005), 많은 SF가 벨러미의 시도를 공유했으나 결과적으로 실패했다. 벨러미는 새로운 사회조직을 그릴 수 있었던 반면, 계급투쟁을 푸는 방식에는 문제가 있었다. 그는 훨씬 더 따분하고 모든 것을 포괄하는 중산층 속으로 노동자들이 효과적으로 사라지게 만들었고, 인종문제를 다루면서 (1887년 줄리언의 흑인 시종인 소여를 잠깐 언급하는 것을 제외하면) 백인이 아닌 사람을 하나도 언급하지 않았고, (가사노동의 사회화에도 불구하고) 젠더 관계가 상당히 변화하리라고 상상하지 못한다.

대조적으로, 메리 E. 브래들리 레인Mary E. Bradley Lane의 「미조라: 여성들의 세계Mizora: A World of Women」(1880~1881)는 미조라라는 유토피아의 균질성에 대해 직접적으로 다룬다. 베라 자로비치는 시베리아로 유배될 위험에 처해 도망치다가, 모든 사람이 여성인 지하 사회(미조라)에 들어온 것을 깨닫는다. 그곳에서 겪은 경험에 대해 그녀는 "과학에 이익을 주고, 다가오는 인류의 미래에 지식으로 조금이라도 이바지한 진보적 인물들을 격려하려는 유일한 목적"(1999)에 이바지하고자 한다고 설명한다. 과학적이고 유능한 미조라인들은 모두 아름답고 유연하며, 파란 눈을 가진 금발이다. 그들은 무엇보다도 교육에 가치를 두고, 모든 시민이 무엇이든 자기가 선택한 직업을 훈련받을 수 있게 한다. 그래서 경제적인 차별을 비롯한 대부분의 차별들이 약화되고, 사회계급도 없어진다. 천한 육체노동은 기계가 수행하고, 미조라인들은 정신적인 삶을 일군다. 그리고 그들은 화학 기술을 아주 완벽하게 만들었기 때문에 대부분의 음식이 비효율적이고 혐오스러운 농업 관습에 의지하지 않고 생산된다. 미조라는 집산주의collectivist다. "우리는 모두 인민의 이익을 위해, 전 인민을 위해 일한다. 영광이나 이득에 대한 탐욕이 없고, 충족시켜야 할 개인적인 야심도 없다."

"남자는 ⋯ 정부, 법, 보호에서 필수적인 요소였다. 남자의 중요성은 ⋯ 헤아릴 수 없었다"라고 배웠던 베라는 남자라고는 하나도 없는 문명이 이렇게 발전한 것을 발견하고 놀란다(미조라의 과학은 무성생식을 가능하게 한다). 미조라는 예전에 남자들의 지배를 받았지만(그때는 잦은 전쟁과 엄청난 고난의 시대였다) 남자들은 3,000년 전에 멸종했다. 남아 있는 남자들의 초상화들을 조사하면서, 베라는 그들을 위해 운다. "고귀하고 야비한 행위들 속에서 살았던 ⋯ 유혹과 저항, 마지못해 준수하는 것을 알았던 ⋯ 내가 사랑한 것처럼 사랑했고, 내가 죄지은 것처럼 죄를 지었던" 사람들에게 동질감을 느꼈기 때문이다. 멸종의 이유는 정확히 나와 있지 않지만, 머리 색깔이 짙거나 (베라의 머리는 흑갈색이다) 피부 색깔이 짙은 사람들을 제거한 우생학적 프로그램의 일부였다는 것이 암시된다. 그래서 성 문제(그리고 다른 차이들)에 대한 이 상당히 끔찍한 해법을 어떻게 고안하게 됐는지는 어느 정도 모호하다. 많은 SF처럼, 「미조라: 여성들의 세계」는 대안성을 상상하기 위해 장황하게 설명하지만, 인간들 사이의 차이가 균질화된 맥락에서만 근본적인 사회적 변화를 상상할 수 있다. 미래의 유토피아에 행복하게 머무르는『돌이켜 보면, 2000년에서 1887년을』의 줄리언과 달리, 베라는 지하 유토피아를 떠난다. 미조라의 자유와 보편 교육(이런 교육은 기술적 혁신을 낳을 것이다)의 이상을 받아들이되, 대규모의 우생학적 프로그램으로 차이를 근절하기보다 "미학적 금욕"을 선택적으로 실천하는 편을 선호하는, 공정한 사회를 위해 노력하는 쪽이 더 좋았기 때문이다.

벨러미에 대한 답변으로 구상된 이그네이셔스 도널리[Ignatius Donnelly]의 디스토피아 소설 『시저의 기둥[Caesar's Column]』은 자본주의 과두제가 지배하는 미래의 지옥 같은 미국을 그린다. 미래의 미국은 가브리엘 웰스타인이 1988년 뉴욕을 방문하는 도중 우간다에 있는 형제 하인리히에게 보내는 편지 형식으로 묘사된다. 그들은 1,000만 명(1890년보다 일곱 배 많은 인구)의 사람이 사는 이 도시의 엄청난 경제적·사회적 불평등을 비판한다. 가브리엘은 "그 도시에서 가장 부유하고 가장 복수심 강한 사람"(1960)인 카바노 왕자의 마차가 거지를 치려는 것을 막는다. 그 거지는 알고 보니 사회경제적 개혁을 촉진하는 비밀조직에서 일하는 요원 맥스 페티온이었다. 가브리엘은 이 지하 저항조직에 들어간다. 도널리는 그 도시에 사는 빈민의 가혹한 작업 조건과 생활 조건을 주의 깊게 자세히 알리고, 당시의 뉴욕에서 비슷한 조건을 찾을 수 있다고 각주에서 말한다. 가브리엘은 20세기 후반 뉴욕에서 쓸 수 있는 경이로운 것들(비행선 여행, 이국적인 요리, 주문식 신문)에 현혹되지만, 소설은 그런 것들의 사회경제적 비용에 더 큰 관심을 보인다. 거기에 대한 분석이 때로 충격적일지라도. 카바노 왕자와 경제적인 "세계의 귀족정(은) 지금 히브리에 기원을 둔 것과 거의 똑같다". "돈에 붙이는 이자는 세계 문제의 뿌리이자 토대다. 그것 때문에 어떤 사람이 불안한 위치에 있을 때 다른 사람은 안전한 위치에 있게 된다. 따라서 그것은 동시에 인간 사회의 근본적 차별을 만들어 낸다." 이 소설의 기독교적 인류애 옹호는 도널리의 정치적 통찰 속에서 더 큰 한계를 보여준다.

이 서사에는 두 가지 큰 줄기가 있다. 하나는 가브리엘이 아름다운 에스텔라 워싱턴을 카바노의 하렘에서 구출하는 것이다. 탐욕스러운 친척이 합법적으로 그녀를 그곳에 팔아치웠지만, 그녀는 왕자의 관심에 굴복하기보다 차라리 자살하려고 한다. 그녀는 "살아서 수모를 당하는 것보다 순결한 채로 죽는 게 … 더 나아"라고 말한다. 다른 줄기는 반은 이탈리아인, 반은 아프리카계 미국인인 시저 로멜리니가 이끄는 노동계급의 반란을 자세히 그린다. 그는 비도덕적인 용어들로 묘사된다.

피부는 아주 짙은 색이어서 마치 흑인종 같았다. 매우 빽빽하고 두
꺼운 매트 같은 검은 곱슬머리가 억새처럼 거대한 머리를 덮었다.

얼굴은 근육과 인대투성이었다. 특히 턱 부근과 이마의 살이 커다
란 막대와 봉우리와 소라고둥처럼 울퉁불퉁했다. 그러나 그의 눈은
나를 매혹시켰다. 야생동물의 눈이었다. 우묵하니 깊고, 침울하고
이글거렸다.

로멜리니의 대의는 정당하지만 그의 수단은 광신적이었고, 반란
의 성공 덕택에 오랫동안 부러워했던 부를 소유하게 되면서 동물적
인 본성이 그를 지배하게 된다. 그는 폭력적인 독재를 수립하고, 왕
자의 하렘에 소속된 많은 여자를 강간하고 그의 군대가 학살한 사
람들의 모든 시체를 콘크리트에 매립해서 그것으로 유니언 스퀘어
에 기념비를 세운다. 가브리엘과 맥스는 그에게서 점점 거리를 두다
가, 진정한 연인들과 함께 우간다로 탈출한다. 거기서 그들은 "30피
트 높이에 50피트 정도 폭의 매끄럽고 곧은 벽"을 세운다. "그 벽의
가장 넓은 지점에서 우리가(인간이) 동료 인간들을 배제할 수밖에 없
는" 것을 후회하지 않고 자신들의 식민지를 혼돈으로부터 지키기 위해
서다.

『시저의 기둥』같은 텍스트들은 SF에 기술적 진보와 사회적 진
보 사이의 긴장감을 주고, 그런 기술이 약속하는 힘에 대한 관심을
보여 테크노필리아적 경향을 완화한다. 그런 텍스트들은 SF 장르의
많은 작품에 동력을 공급하는 타자성과의 투쟁이 갖는 더 어두운 면
을 드러내기도 한다. 벨러미와 레인이 유토피아를 만들기 위해 차이
를 지우는 반면, 도널리는 동시대 생활의 디스토피아적 맥락 안에서
'진정한' 인간성의 유토피아적 잠재력을 (문제적으로) 보여주기 위해

유대인, 유색인종과 순결하지 않은 여인에 대한 부정적 묘사를 통해 차이를 악마화한다. 이후의 SF에서, 타자성의 문제는 외계인이나 로봇 같은 존재들로 대체되는 일이 더 많을 것이다.

식민지 모험소설

식민지 모험소설

- 쥘 베른, 『신비의 섬The Mysterious Island』(1874~1875)
- H. 라이더 해거드H. Rider Haggard, 『그녀She』(1896~1887)
- 제임스 드 밀James De Mille, 『구리 실린더 안에서 발견된 이상한 원고A Strange Manuscript Found in a Copper Cylinder』(1888)
- 윌리엄 R. 브래드쇼William R. Bradshaw, 『아트바타바의 여신The Goddess of Atvatabar』(1892)
- 주디스 메릴, 『지구의 딸들Daughters of Earth』(1952)
- J. G. 밸러드J. G. Ballard, 『물에 잠긴 세계The Drowned World』(1962)
- 마이클 크라이튼Michael Crichton, 『쥬라기 공원Jurassic Park』(1990)
- 엘리너 아너슨Eleanor Arnason, 『강철 민족의 여인A Woman of the Iron People』(1991)

"과학소설의 역사가들 중 어떤 사람들은 루치안Lucian과 스위프트 같은 고전시대, 계몽주의 시대의 상상 속 항해와 SF 사이의 관계를 강조하는 데 열심"이었지만, 그런 편입은 보통 필연적으로 "H. 라이더 해거드와 그를 모방한 수많은 사람의 작품과 과학소설 사이의 관련성을 경시하거나 노골적으로 무시"(리더Rieder, 2008)하는 결과를 낳게 된다. 예를 들자면, 심지어 에버렛 블레일러Everett Bleiler의 1990년 SF 참고문헌에서 1930년대 이전 텍스트 목록의 10퍼센트 넘는 작품이 사라진 종족에 대한 이야기인데도 말이다. 많은 식민지 모험소설이 SF에 편입될 수 있게 만든 '과학'은 고고학, 문헌학, 이집트학, 인류학 같은 학문과, 원시적이고 백인의 것이 아닌 과거에서 유토피아적인 백인의 미래로 진화와 기술적 진보가 이뤄진다는 구조에서 유래한 경우가 많다.

식민지와 조우한 결과에 대해 리더는 이렇게 주장한다.

> 자민족 중심주의가 교란되고, 자신의 문화가 여러 가지 가능한 문화 중 하나일 뿐이라는 시각을 성취한 것은 물리적 과학이 발전하면서 과학소설 장르의 조건이 갖춰진 것만큼이나 과학소설 역사에서 중요한 부분이다.

식민지 모험소설은 균질적이지 않은 발전의 복잡한 역사와, 자본주의적·제국주의적 착취와 사라진 종족의 이야기들을 중개한다. 사라진 종족의 이야기에 대해서는 다음과 같이 말한다.

미지의 영토를 발견했다고 왁자지껄하게 축하하는 동시에 잃어버
린 유산이 '돌아오는' 것으로 그 여정을 그리면서, 소유권이라는 기
본적 문제를 넘어간다. 잃어버린 유산이란 여행자들이 원주민 속에
자리 잡은 자기네 역사의 파편을 발견하는 장소다. 원주민들은 보
통 그 연관 관계를 잊어버리고 있다.

해거드의 『그녀』 같은 작품들은 그런 소설들에서 보상적 환상이
작동하는 것을 보여준다. 아프리카에서 유럽인 모험가들은 강력하
지만 위험한 여인의 거미줄에 걸려든다. 그녀는 고대의 비밀스러운
힘을 대표하는데(의미심장하게도, 아프리카에 기원을 둔 힘이 아니고 고
대 그리스에서 나온 힘이다), 엄청난 개인적 품성을 가져야만 그녀에게
서 도망칠 수 있다.

피에르 브누아Pierre Benoit의 『아틀란티스의 여왕Queen of Atlantis』
(1919)은 멀고 적막한 전초기지의 사령관으로 새로 발령받은 생따
비 선장이 자기 부관에게 회고하는 이야기다. 생따비는 아프리카의
프랑스 식민 행정가들 사이에서 따돌림을 받는데, 사람들은 생따비
가 알제리 사막으로 들어가는 원정 중에 모란지 선장을 살해했다고
믿는다. 생따비의 이야기에서는, "그리스와 로마 문명이 아프리카에
미친 영향"(2005)에 사로잡힌 학자인 모란지가 에스석이라는 고대
도시를 찾기 위해 원정대의 방향을 바꾸게 만든다. 원주민 안내원이
준 약을 먹고 그들은 몇 장의 유럽 미술품과 "유럽 스타일 가구가 놓
인" 거대한 홀 안에서 깨어난다. 그곳의 도서관에는 유럽 문명에서
는 사라졌지만 카르타고와 알렉산드리아에서 되찾은 고전 작품들이

들어 있다. 그들은 사하라가 바다였고 자신들이 온 도시는 아틀란티스에서 남은 전부라는 것을 알게 된다. 안티니 여왕은 넵튠과 클레오파트라의 신비롭고 아름다운 후손으로, 사람들을 사랑에 빠지게 했다가 상사병으로 죽게 만든다. 100명의 희생자를 모으면(희생자들의 몸은 그녀의 왕릉을 장식하기 위해 특수한 금속으로 도금한다) 여왕도 죽어 그들 사이에 누울 것이다. 그러나 모란지는 도서관에 쌓인 광대한 지식(특히 아프리카 기원의 지식보다 더 고전적인 것)에만 흥미가 있고 안티니에게 관심을 보이지 않기 때문에 그녀는 그를 사랑하게 된다. 그가 안티니를 거부하자, 여왕은 생따비에게 그를 죽이라고 강요한다.

이 소설은 아프리카 국가를 식민지로 점유하는 데 따르는 고유의 폭력에 대한 분석이자 동시에 방어다. 가치 있는 지식은 서양에 기원을 둔 것뿐이고, 생따비가 저지른 살인은 그의 타락에 책임이 있는 것이 아니라, 위험하고 강력한 여인으로 표상되는 아프리카가 그를 그렇게 하도록 유혹했기 때문이라고 이 소설은 주장한다. 이 소설은 여러 면에서 식민주의에 대해 어느 정도 비판적인 모습을 보여주지만, 그런 비판은 이 혹독한 땅과 그곳의 거친 사람들 속에서 유럽인들이 맞서는 위험을 더욱 강조한다. 아프리카는 모험소설의 배경이 될 수 있지만, 원주민들은 주인공이 될 수 없다.

폴린 홉킨스Pauline Hopkins의 『한 핏줄Of One Blood』(1902~1903)은 에티오피아로 가는 고고학 탐험대에 있는 모호한 혈통(아프리카계 미국인 노예와 백인 주인 사이에서 난 피부색이 밝은 아들)의 루얼 브리그스를 따라가면서 이 패턴을 다시 쓴다. 떠나기 직전 그는 신비로운 기억상실증에 걸린 밝은 피부색 '흑인' 여성 디안뜨와 결혼한다. 루얼이 위험에 직면하지만, 진짜 위험이 있는 곳은 아프리카가 아니라 미국이다. 그의 친구 오브리 리빙스턴은 디안뜨를 사랑하기 때문에, 부재중인 루얼의 살해를 계획한다. 계획은 실패했지만, 그는 디안뜨가 루얼이 죽었다고 믿게 한 다음 그녀와 결혼하고, 루얼을 속여 그녀가 물에 빠져 죽었다고 믿게 만든다. 그 결과, 숨은 고대의 아프리카 도시 들라살^{Telassar}("예수 탄생 6,000년 전에 절정에 이른"(1996))의 초과학 기술로 그녀가 아직 살아 있다는 것을 알게 될 때까지, 루얼은 미국으로 돌아가려는 노력을 전혀 하지 않는다. 결말에서 놀랍게도, 루얼과 디안뜨, 오브리가 한 핏줄이라는 것이 드러난다. 오브리는 그들의 백인 아버지의 합법적 아이가 사산하자 남몰래 그 아이와 바꿔치기 되고 그 대신 키워진 것이다.

리더가 서술한 식민지 모험 요소 중 많은 것을 재생산하지만, 『한 핏줄』은 흑인 주인공이 아프리카로 돌아가는 모습을 그리고, 오브리와 디안뜨가 죽은 후 결과적으로 들라살로 돌아가는 것으로 끝난다. 아프리카에서 루얼은 그곳의 흑인 여왕과 결혼하고 "세상에 검은 피부의 지배자들이 세운 왕조를 줄 것이다. 그들의 운명은 고대인들의 특권을 되찾는 것이 되리라"라고 묘사된다. 이 혁신은 식민지 모험소설에 전형적으로 나타나고 그것을 편입한 SF에서도 자주 재생산되는, 백인의 서구 문화와 과학과 진보를 연결하는 이데올로기적 연상에 도전한다. 홉킨스는 식민주의적 태도를 합리화하고 강화하기보다, 자기 독자들에게 "한 핏줄의" 신이 "모든 인종을 만드셨다"라고 가르치며 소설을 끝맺는다.

미래의 전쟁

식민지 모험소설은 더 강력한 군대의 침공에서 조국을 방어하는 상상으로 서부 식민주의를 반전시킨 장르를 낳기도 했다. 가장 유명한 작품은 H. G. 웰스의 『우주 전쟁』이다. 웰스는 미래 전쟁 이야기(1870년에서 제1차 세계대전 기간 사이에 나타나 그동안 특히 널리 퍼진 전통)에 빚을 지기도 했다. 미래 전쟁 이야기에서 식민주의 세력 사이의 충돌은 보통 식민 소유지를 둔 경쟁 속에서 발생하기보다 고국에서 일어난다. 영국에서, 프로이센·프랑스 전쟁(1870~1871)에서 독일이 승리를 거둘 때 기술이 한 역할(주로 포술의 발전과 군대 물자를 빠르게 수송하기 위해 철도를 사용한 것)은 미래의 군대 운용술과 기술에 대한 수많은 불안으로 이어졌다. 독일의 영국 침공을 소재로 삼은 조지 톰킨스 체스니^{George Tomkyns Chesney}의 『도킹 전투^{The Battle of Dorking}』(1871)는 이 전통에서 가장 영향력이 큰 최초 텍스트 중 하나다. 독일이 승리하고 50년 후에 한 영국 지원병의 회상으로 서술되는 이 짧은 소설은 더 많은 군자금을 확보하기 위해 선전하면서 대영제국의 심장부에 박힌 불안을 드러냈다. "우리가 가져오던 부유함(자유무역)에는 끝이 없어 보였던" 좋았던 옛 시절을 애도하면서도, 소설은 영국이 "세계의 모든 곳에서 나온 물건들을 만들어 내는 거대한 작업장"이 됐기 때문에 다른 나라들의 "원료"에 의존하게 된 것을 염려한다. 그러나 체스니에게, 식민주의의 문제는 피식민지 국가들에게 달려 있는 것이 아니다. 그는 피식민지 국가들이 기꺼이 "습관적으로" 영국에 물자를 수출한다고 단순하게 생각하고 있는 것 같다. 그가 생각하는 식민주의의 문제는 군이 다른 식민 세력들에게서 영국의 헤게모니를 방어할 기금을 제대로 마련하는 데 실패한 것이다. 궁극적으로, 패배는 정치적인 변동 탓이고 그런 변동은 권력이 다음과 같은 결과를 낳았기 때문이다.

> 지배와 정치적 위험을 직면하는 데 익숙하고, 예전에 투쟁을 통해 이 나라에 더럽혀지지 않은 영예를 가져왔던 계급에서 빠져나가 무지하고, 정치적 권리를 행사하는 법을 훈련받지 못하고, 선동가들에게 흔들리는 하층계급의 손에 들어왔다. 그들의 세대에서 현명한 소수는 기우를 자아낸다고, 아니면 공공의 돈을 부풀어 오른 군비를 확충하는 데 낭비하면서 자신들의 권력 강화를 추구하는 귀족이라고 비난받았다.

케네스 매카이Kenneth Mackay의 『노란 물결The Yellow Wave』(1895)은 변하고 있는 정치적 지형에 대해 이야기하고 전통적인 권력 분배를 강화하기 위해 식민지 모험 서사와 미래 전쟁 서사의 요소들을 이용한다. 그 소설은 '진정한' 오스트레일리아인이 자력으로 이뤄낸 실용적인 독립과 이윤만을 추구하는 부재 자본가들의 한정된 통찰 사이의 충돌을 보여준다. 1901년 "백인 오스트레일리아를 지키기 위한 유색인종 외국인 노동 폐지"(엔스티스와 웹Enstice and Webb, 2003)를 포함하는 공약 때문에 오스트레일리아 의회를 지지했던 매카이는 융자를 두고 벌어진 분쟁 속에서 자기 소 떼를 잃어버린 백인 지주 딕 해튼의 이야기를 통해 이런 충돌을 전개한다. 금융 회사는 대부분 값싼 노동력으로 수입되는 아시아인 인구가 늘어나면서 백인 헤게모니를 약화하고 위협하는 데 관심이 없고, 제대로 된(즉, 백인의) 나라를 건설

하기 위해 의지할 수 있는 백인 정착민을 농업과 적절한 가치를 통해 격려하기 위한 일은 아무것도 하지 않는다. 매카이는 오스트레일리아가 대영제국에서 갖는 정치·경제적 위치와, 오스트레일리아의 위대함을 위협하는 오스트레일리아의 지정학적 위치(아시아에 가까운)를 연관 짓는다. 오스트레일리아 군대가 대부분 인도에 있는 영국 회사들을 러시아의 잠재적 도전으로부터 보호하고 있기 때문에, 오스트레일리아는 중국의 침공에 약점을 드러낸 채 남겨진다. 이런 약점은 철도 시스템에 외국자본 투자를 유치하려는 시도로 더 악화된다. 그런 시도 때문에 러시아·중국 비밀동맹을 위해 일하고, 오스트레일리아와 아시아에 대한 서구 제국주의 권력을 빼앗으려고 하는 악랄한 젠스키 백작이 이 중요한 운송망과 통신망의 통제권을 쥐게 된다.

서사의 많은 부분이 인간관계의 멜로드라마에 바쳐져 있지만(이 멜로드라마는 부분적으로 해튼과 (변방 두 군데에서 침공을 이끄는) 러시아 장교가 참여하는 사랑의 삼각관계 때문에 생겨난다), 주된 서사는 오스트레일리아에서 백인의 미래를 지킬 필요가 있다는 것이다. 서둘러 징집된 오스트레일리아 군대의 군인들은 다음과 같이 묘사된다.

> 태어날 때부터 중국인이 열등한 존재고, 주로 채소를 키워서 소비자들에게 도움이 되기 때문에 참아주는 생물이고, 젊은 불량배가 강력한 발차기를 안전하게 연습할 수 있는 인간 축구공이라고 배웠다.(매카이, 2003)

오스트레일리아 군은 참담한 패배를 당한다. 매카이가 나중에

하는 "전투로 상처 입은 기병들은 … 기관총과 자동소총으로 무장하면 중국인들조차도 둘 다 없는 오스트레일리아인을 능가한다는 불유쾌한 사실을 천천히 소화시켰다"라는 묘사는 그의 진정한 관심사가 인종적·문화적 우월감을 떨쳐버리는 것이 아니라 (체스니처럼) 군의 준비를 촉구하는 것임을 알려준다. 사실, 여자도 아이들도 봐주지 않는 잔인하고 탐욕스러운 '몽골' 무리들은, 무관심한 대영제국이 자신들의 의기양양한 정치가들과 무능력한 장교 계급들만큼이나 오스트레일리아의 방어를 준비하지 않았기 때문에 성공한 것으로 나온다. 침략자들을 괴롭히는 병사들은 임시변통 무기와 정착민의 노하우로 무장한 자립적인 개척자들인 해튼의 비정규 기병대뿐이다. 교묘한 이데올로기적 속임수 속에서, 매카이는 그들을 고국을 위해 필사적으로 싸우는 '원주민' 오스트레일리아인들로 보여준다. 심지어 그들을 "영국 침입자들의 기관총 앞에서 조국을 위해 싸우게 된 용감한 마타벨레족"과 비교하기까지 한다.

체스니와 매카이 같은 작가들이 자신의 정치적 입장을 지지하기 위해 미래 소설 서사를 이용했지만, 그 형식 자체는 국제적 음모, 간첩 행위, 전투, 테러리스트, 무정부주의자, 혁명가, 미친 과학자와 초강력 무기가 나오는 모험소설 일반으로 더 빠르게 퍼졌다.

아포칼립스 소설

아포칼립스 소설

- 쿠쟁 드 그랑빌Cousin de Grainville, 『최후의 인간The Last Man』(1806)
- 리처드 제프리스Richard Jefferies, 『런던 이후After London』(1885)
- 조지 앨런 잉글랜드George Allan England, 『어둠과 여명Darkness and Dawn』
  (1912~1913)
- 잭 런던, 『적사병The Scarlet Plague』(1915)
- 에드윈 S. 발머와 필립 와일리Edwin S. Balmer and Philip Wylie, 『별들이 충돌할
  때When Worlds Collide』(1933)
- 앤절라 카터Angela Carter, 『영웅과 악당Heroes and Villains』(1969)
- 케이트 윌헬름Kate Wilhelm, 『노래하는 새들도 지금은 사라지고Where Late the
  Sweet Birds Sang』(1976)
- 코맥 매카시Cormac McCarthy, 『로드The Road』(2006)

전후 세계에 대한 일관된 추측보다 충돌에 초점을 맞추는 쪽을 택했다고 해도, 미래 전쟁소설은 (긍정적이건 부정적이건) 인간의 충돌에서 나오는 새로운 세계 질서의 가능성을 상기시킨다. 이와 유사하게 아포칼립스 소설은 흔히 자연재해에서 일어나는 대규모 파괴 장면을 자주 등장시키지만, 사회 재조직의 구실로 세계 종말을 사용할 때가 많았다.

1970년대부터 점점 더 SF에 편입돼 온 『프랑켄슈타인』으로 잘 알려진 메리 셸리는 『최후의 인간The Last Man』(1826)도 썼다. 쿠마에의 무녀 시빌의 예언글 형태로 쓰인 이 소설은 21세기 말 공화국의 귀족들 무리가 군주제를 복원하기 위한 왕조의 정치적 권모술수에 저항하는 이야기다. 연애 관계건 아니건, 그들의 복잡한 관계는 페스트라는 대재앙을 배경으로 펼쳐진다. 과학도 낭만적인 천재도 치료법을 찾을 수 없기 때문에 그 병은 전 지구를 휩쓸며 인류를 뿌리 뽑는다. 결국, 남은 주인공들은 인구가 감소한 대륙에서 생존에 더 적합한 기후를 찾으려는 희망을 가지고 영국 대탈출을 주도한다. 그들 중 넷은 행복한 몇 년을 보내지만, 티푸스와 사고 때문에 결국 라이어널 버니 혼자 살아남아 지구 최후의 인간이 된다. 미래를 배경으로 하고 전 지구적 종말을 그리고 있지만, 이 소설은 자신의 남편 퍼시 셸리Percy Shelley, 아이들과 바이런 경Lord Byron을 포함하는 친구들 동아리에 대한 애도를, 그리고 자기 부모 메리 울스턴크래프트Mary Wollstonecraft와 윌리엄 고드윈William Godwin의 정치적 이상과 프랑스대혁명의 명백한 실패에 대한 자신의 감정을 이상할 정도로 사적으로 드러내고 있다. 『프랑켄슈타인』이 SF에 편입되면서 거둔 더 큰 성공은,

페미니스트 학자들이 주의를 쏟고 브라이언 올디스가 『10억 년의 잔치』에서 그 작품을 최초의 SF 소설이라고 주장하기 전부터 그 작품과 작품을 바탕으로 한 무대나 영화 각색이 이미 문화적 상상력을 사로잡은 방식으로 설명할 수 있다. 대조적으로 비평가들에게 무참하게 비난받은 『최후의 인간』은 1833년에서 1965년까지 절판된 상태였다. 그때부터 그 작품이 상대적으로 SF에 편입되는 데 실패했다는 사실은 SF 장르의 발달 정도가 죽음을 정복한다는 개념보다 인류의 불가피한 패배를 별로 좋아하지 않았다는 것을 보여주는 듯하다.

M. P. 실M. P. Shiel의 『보라색 구름The Purple Cloud』(1901)은 상대적으로 낙관주의적인 결말 때문에 SF 장르에 더 성공적으로 편입된 것 같다. 애덤 제프슨은 북극에 도달하려던 최초 원정대에서 유일하게 살아남은 사람이다. 그러나 그는 몰랐지만, 이 성취 때문에 태평양의 화산이 분화하고 유독가스 구름이 뿜어진다. 그 구름은 세계를 휩쓸고 모든 사람을 죽게 만든다(흑인(선한 자들)과 백인(악한 자들)이라는 두 가지 세력의 철학적 전투가 그 소설을 뒷받침한다). 제프슨은 미쳐서 도시들에 불을 지르며 지구를 방랑하다가 에게해의 한 섬에 정착한다. 20년 후 그는 최후의 여자를 발견하지만, 파괴적인 인류를 새로 낳는 위험을 감수하지 않기로 결심한다. 백인 세력이 개입하고, 제프슨은 "주인인 쪽은 백인"(실, 1963)이라고 단언하면서 자기 결정을 후회한다. SF를 올바로 구성하는 것이 무엇인가 하는 미래의 논쟁에는 우주에 직면한 인간의 하찮음에 대해 어떤 태도를 취하는지에 대한 논점이 들어갈 것이다. 실리의 주인공도 쉘의 주인공도 종말을 받

아들이지 못하지만, 제프슨만이 뒤늦게나마 그것을 극복하기 시작한다. 바로 이런 태도가 SF 장르에 더 일반적으로 편입됐다. 특히 그 태도가 과학적 방법을 입증하거나 미국이 겪을 명백한 운명이라는 신화의 형태로 분명히 나타날 때 더욱 그랬다.

이런 초기 아포칼립스 소설들은 기술을 통해 종말을 피하려는 영웅적인 투쟁보다 인간 존재의 조건이 근본적으로 변화할 때 나타나는 사회적 결과에 초점을 맞춘다. 유토피아 소설에서, 일반적으로 이상 사회는 이미 성취돼 있지만(지리학적이거나 역사적인 급격한 파열 후, 결코 세부적으로 기록할 필요가 없는 이행이 일어난 후에 자리 잡고 있다) 아포칼립스 소설은 사회가 어떻게 조직돼야 하는지에 대한 투쟁의 한가운데에 놓일 때가 많다. 시드니 파울러 라이트Sydney Fowler Wright 의 『홍수Deluge』(1928)에서는 지리학적 격변과 홍수로 세계가 파괴되지만, 이 소설의 진짜 관심사는 근대성의 해악을 논하고 가부장제를 다시 주장하는 것이다. 연약한 아내 헬렌과 아이들이 죽었다고 잘못 믿고 있는 중산층 변호사 마틴 웹스터는 남자답게 계속 살아가기로 결심한다. 군대에 들어간 그는 독립적이고 충동적인 클레어를 만난다. 클레어는 육체적 단련과 어떤 남자가 자신을 소유하려고 해도 굴복하지 않는 것으로 유명하다. 그들이 먹을 돼지를 죽이는 것은 마틴이 아니라 클레어고, 그녀는 마틴이 죽이려다가 주저한 "낙오한 적"(2003)에게서 우연히 마틴을 구하면서 예비 강간범을 없애기도 한다. 그러나 그녀는 "그가 자기보다 더 강하다는 것만큼, 그가 더 현명하다는 것을 의심하지 않았다. 그는 그녀보다 더 넓게, 더 진실하게 볼 것이다. 모든 면을 본다고 행동으로 이어지지는 않는다".

마틴과 클레어가 서로에게 행사하는 매력은 관습적인 영국의 도덕성에 대해 숙고하고 홍수 이후에도 그 도덕이 계속 타당성을 가질 것인지 의문을 던질 기회를 수없이 준다. 마틴이 "언제나 그랬고 언제나" 클레어가 자신의 것이라고 주장하지만, 원기 왕성하지 않은 헬렌은 "모두에게 돌아갈 만큼 여자가 충분히 많지 않다"라고 근심하는 어느 공동체에 의해 구출된다. 그들은 그 문제를 해결할 수 있는 "평화적인 방법"은 "여자들이 스스로 선택하도록 하는 것"뿐이라고 결정하지만, 여자들이 선택하지 않을 권리는 부정한다. 마틴이 우연히 도착해서 그들의 결혼에 우선권이 있다고 인정받았기 때문에 헬렌은 구출된다. 그러나 그는 클레어도 포기하고 싶지 않다. 그는 "두 여자에게 동시에 똑같이 충실할 수 있다고" 느끼지만, 어느 쪽이든 다른 남자와 공유한다는 생각은 "말도 안 된다"라고 생각한다. 그는 이것이 "한 여자가 두 남자와 산다면 그녀가 낳는 아이들의 혈통이 의심스럽"지만 "한 남자가 두 여자와 산다면 그런 혼란은 없"기 때문이라고 추론한다. 계속 명시되지 않지만 "그것을 무시하는 것은 사실을 무시하는 것인" "다른 차이들"도 있다.

마틴은 결국 이 공동체의 지도자가 되기로 동의하지만, 그가 절대적인 권력을 갖는 것에 공동체가 동의할 때에만 그렇게 하겠다고 한다. "위원회는 없다. 투표도 없다. 이야기하느라 시간을 낭비하는 것도 없다. 협상한다는 바보짓도 없다." 그는 이런 분명하고 단일한 비전만이 노인들의 월권과 위선 없이 새롭고 "더 깨끗한 사회질서"를 창조할 수 있다고 느낀다. 소유권과 조세 등 그가 직면하는 여러 가지 결정들은 의문을 불러일으키지만, 그중 아무것도 해결되지 않는다. 대신, 소설은 계속 가족 관계와 성적 관계에 초점을 맞추면서 여성의 선택이라는 원칙을 클레어와 헬렌 둘 다 마틴을 선택할 수 있도록 확장한다. 따라서 그의 예외론은 그를 식민지 모험소설의 영웅적인 백인과 비슷한 위치에 놓고, 이 소설이 여성에게 부여했다고 추정되는 권한은 가부장제에 대한 찬양 아래 사라진다.

선사시대와 진화 판타지

선사시대 모험담

- 스탠리 워털루Stanley Waterloo, 『앱 이야기The Story of Ab』(1897)
- 아서 코넌 도일Arthur Conan Doyle, 『잃어버린 세계The Lost World』(1912)
- 에드거 라이스 버로스, 『동굴 소녀The Cave Girl』(1913~1917)
- 윌리엄 골딩William Golding, 『상속자들The Inheritors』(1955)
- 진 M. 아우얼Jean M. Auel, 『대지의 아이들The Clan of the Cave Bear』(1980)
- 마이클 비숍Michael Bishop, 『시간 말고는 무적No Enemy but Time』(1982)

진화 판타지

- 카미유 플라마리옹Camille Flammarion, 『루멘Lumen』(1867)
- 새뮤얼 버틀러Samuel Butler, 『에레혼Erewhon』(1872)
- 에드거 라이스 버로스, 『잃어버린 세계를 찾아서The Land That Time Forget』(1918)
- 아서 C. 클라크Arthur C. Clarke, 『유년기의 끝Childhood's End』(1953)
- 커트 보니것Kurt Vonnegut, 『갈라파고스Galápagos』(1985)
- 로버트 J. 소여Robert J. Sawyer, 『호미니드Hominids』(2003)

사회적 변화도 선사시대 모험담의 중심에 있을 때가 많다. 선사시대 모험담에서는 다윈 사상의 영향이 분명히 나타나곤 한다. 이런 소설들에는 낯선 타자들(즉, 선사시대 영장류의 다른 종)과의 조우, 또는 기술을 통해 선사시대 사람들이 우리 자신과 더 비슷한 인간성으로 '전진'하는 연대기적 발전 등이 자주 나온다. 이런 소설의 조상 격인 J. H. 로스니J. H. Rosny의 『불을 찾아서Quest for Fire』(1909)에서, 네안데르탈인의 어느 부족에게는 불을 만들어 낼 기술이 없지만, 자연적으로 일어나는 불길을 보살필 수 있는 문화적 전통이 있다. 그중 한 명이 호모사피엔스 부족에게 입양되고, 그 부족은 그에게 불을 다루는 법을 가르친다. 그가 자신의 부족으로 돌아올 때 이 혁신은 그곳의 생활양식을 바꾼다. 잭 런던의 『비포 아담Before Adam』(1906~1907)은 유전적으로 암호화된 종족적 기억이라는 개념을 이용해서 현대의 주인공이 선사시대 조상의 경험에 접근하여, 오스트랄로피테쿠스로부터 현대의 인간성으로 이행하는 과정을 상상할 수 있게 한다. 기술(불, 활, 화살)이 이런 발전의 열쇠가 된다. 기술과 발전하는 인간성의 이 가까운 연관성은 잡지와 페이퍼백 전통에서 발전한 SF에서 중심적으로 나타나며, 진화의 다음 단계로 인공적으로 강화된 포스트휴먼을 묘사할 때 가장 분명히 나타난다. 인간이 텔레파시 같은 새로운 능력을 얻게 되는 돌연변이를 통해 진화적 발전이 이뤄진다는 판타지는, 이와 비슷하게 진화적 발전의 서사를 포스트휴먼의 미래로 확장한다.

에드워드 불워 리턴Edward Bulwer-Lytton의 『다가오는 인종The Coming Race』(1871) 같은 이런 진화 판타지들 속에서 동시대의 인간성 너머

미래에 대한 관심이 펼쳐진다. 이 소설은 신비의 물질 브릴을 따서 이름 지어진 '브릴야'라는 우월한 지하 생물 사회를 묘사한다. 그들은 (기계 날개를 이용해서) 날 수 있고, 정신적 훈련을 통해 브릴의 놀라운 힘을 제어할 수 있다. 그 힘은 생명의 치료와 변화, 창조와 멸절에 쓰일 수 있다. 어린 브릴도 도시 전체를 파괴하기에 충분한 힘을 휘두를 수 있다. 브릴야는 분명 자신들의 사회조직을 유토피아라고 보고 있지만, 인간 화자는 거기서 도망쳐 자신의 세계로 돌아온다. 거기서 그는 "피할 수 없는 우리의 파괴자가 햇빛 속에 나타나기 전까지 수많은 세월이 남아 있기를"(1989) 기도한다. 불워 리턴은 브릴야 안에 있는 냉정하고 무심한 고대의 지혜에 대한 오리엔탈리즘적 판타지를 미래의 차갑고 이성적인 공업 프롤레타리아 이미지와 모호하게 결합한다. 그것은 유토피아와 디스토피아 전통에서처럼 우월한 인류를 고대함과 동시에 현재 구성된 인류와 인류의 사회적 질서에 대한 불안을 표현한다.

진화 판타지의 다른 버전들은 인류를 계승하는 종에 의해서가 아니라 현재 종의 표준을 넘어 변이한 한 명 또는 더 많은 개인의 탄생을 통해 인류를 대신한다. 일반적으로, 세계는 이 신참자들을 반기지 않는다. 때때로 그들은 승리하지만, J. D. 베리스퍼드J. D. Beresford의 『햄든셔의 경이The Hampdenshire Wonder』(1911)에서처럼, 보수주의와 공포에 휩싸인 세력들이 새로운 다른 것의 가능성을 파괴할 때가 많다. 빅터 스토트(제목의 '경이'가 뜻하는 인물)는 신동이다. 그의 지적 능력은 주위 모든 사람을 훨씬 앞서기 때문에, 그는 어른들을 이해시키기 위해 아주 간단한 수준으로 대화하려고 애쓴다. 그러나 몸은 연약한

2장. 건스백 이전의 과학소설

어린아이의 육체로 남아 있기 때문에, 그가 나타내는 것이 무슨 위협이건 간에 쉽게 제거할 수 있다. 자신의 사회적 지위 때문에 그 어린아이를 다스릴 권위를 갖고 있다고 주장하는 억압적인 신부 크래쇼는 그를 물에 빠뜨린다. 크래쇼가 확실히 공감이 가는 인물은 아니지만, 어느 정도 지지를 얻는다. "모든 상상을 뛰어넘는 수학자와 논리학자의 상상력을" 소유하고 있지만 "시인의 상상력이라곤 한 톨도 없는"(1999) 것으로 묘사되는 스토트도 나오는데, 그는 "사람들을 다룰 수 없다. 그들의 약점과 한계를 이해할 수 없기 때문이다"라고 설명된다. 『햄든셔의 경이』는 점점 증가하는 과학의 헤게모니에 대한 불안을 드러내는데, 그 책이 나올 때 SF의 주요 관심사가 바로 그것이었다.

과학과 발명

가장 완전하게 SF에 포괄된 소설들은 과학과 발명을 소재로 한 것들이다. 한쪽 극단에서 우리는 마리 코렐리^{Marie Corelli}의 『두 세계의 로맨스^{A Romance of Two Worlds}』(1886) 같은 형이상학적 로맨스를 발견할 수도 있다. 이 소설에서는 사람을 쇠약하게 만드는 병에 걸린 젊은 여성이 마법 같은 영약으로 자신의 힘을 회복한 것을 깨닫는다. 그 약을 만들어 낸 신비주의 철학자 헬리오바스의 지도를 받아, 그녀는 긴 유체 이탈 경험을 겪는다. 그 경험은 우주의 신성하고 전기적인 본성을 계시할 때 극에 달하고, 그녀에게 물질적 구현을 넘어선 영혼에 가치를 두고 "당신이 보고, 열망하거나, 상상할 수 있는 모든 것의 장엄한 현실성과 완벽함을 붙잡으라고"(1890) 가르친다. 고대의 지혜와 영성에 대한 이런 관심은 이 소설과 식민지 모험소설의 어느 측면들을 동조하게 만들지만, 이 소설은 과학적 발견에 지나칠 정도로 열광하면서, 전기를 형이상학적인 것과 세속적인 것을 연결하는 브릴 같은 생명력이라고 설명하는 데 엄청난 길이를 할애하기도 한다. 다른 극단에는 에드윈 애벗^{Edwin Abbott}의 『플랫랜드^{Flatland}』(1884)가 있다. 이 소설에 나오는 이차원적 기하학 문명의 엄격한 사회적 규칙에 대한 논의는 빅토리아시대의 계급을 풍자하고 있지만, 이 소설의 여전한 매력은 원근법이라는 아이디어를 다루는 데 뿌리박고 있는 것 같다. 서사는 도해로 보충되는데, 이 도해는 (플랫랜드 들판 위의 자리에서만 뚜렷이 볼 수 있는) 모양에 따라 서열이 결정되는 이차원 세계에 갇힌 관점에서 삶이 어떻게 보일 것인지 독자들이 시각화하도록 도와준다. 주인공인 A. 스퀘어는 일차원적인 라인랜드 꿈을 꾸기도 하고 삼차원적인 스페이스랜드를 갖고 있다. 스페이스랜드는 그에게 플랫랜드와 교차하는 구로 설명된다. 풍자적이고 교육적인 측면과 함께, 『플랫랜드』는 모더니즘 문학과 비평 이론 양쪽 모두에서 중요해지게 될 주체의 위치와 관점이라는 개념과 맞물려 있다. 신비주의와 수학이라는 이 양쪽 극단에서, 과학과 발명 이야기는 여러 가지 형태를 취한다.

『프랑켄슈타인』은 가장 오래가는 SF 아이콘 두 가지를 제공했다. (때로는 영웅이고, 때로는 미친) 신들린 과학자와 인공적 존재다. 프랑켄슈타인의 피조물은 생물학적으로 만들어졌고, 셸리가 세부 사항을 애매하게 묘사한 실험을 통해 생기를 받는다. 그가 겪는 괴로운 고독은 다른 존재들에 대한 인간의 책임을 강조하기 때문에 (어느 지점에서는 그가 신과 (인류를 포함한) 신의 창조물 사이의 관계와 유사하다는 점을 지적하기까지 한다) 그 뒤의 편입은 기술과학의 시대에 나오는 도덕적이고 윤리적인 질문에 근거를 두고 있다. 대조적으로, 빌리에 드릴라당Villiers de l'Isle-Adam의 『미래의 이브Tomorrow's Eve』는 오로지 주인의 욕망만 만족시키도록 만들어진 인공의 존재를 소개한다. 아름다운 알리시아와 사랑에 빠진 에발트 경은 그녀의 따분함에 짓눌리고 "그녀는 '자기가 할 수 있는 단 하나의 사랑'을 준다"(2001)라는 사실에 끔찍해한다. 그는 '영혼'이 몸만큼 아름다워서 자기 사랑을 받을 자격이 있는 여자를 열망한다. 그래서 그의 친구 토머스 에디슨은 그 자리를 차지할 만한 아달리를 창조한다. 에디슨의 묘사에서는 두 가지가 특별히 흥미로운데, 둘 다 기술과학의 떠오르는 헤게모니와 협상하는 방식과 연관돼 있다. 첫째, 에디슨은 "어수선한 테이블들, 여러 가지 정밀 기기들, 복잡하고 모호한 변속장치, 전기 기구들, 망원

경, 거울, 거대한 자석, 뒤얽힌 튜브들 속의 증류기, 수수께끼의 액체가 가득한 플라스크들, 방정식이 마구 휘갈겨 쓰인 석판들"에 둘러싸여 자기 실험실에 있는 것으로 묘사되지만, 그가 작업 중인 모습은 절대 보이지 않고 이 도구들의 목적도 절대 나오지 않는다. 이 에디슨은 캠벨의 《어스타운딩》에 나오는 유명하고 유능한 공학자라기보다는 셸리의 『프랑켄슈타인』의 전통 속에 있는 '낭만적 천재'고, 그의 기구들에는 건스백이 좋아하던 세부적인 면이 없다. 둘째, '완벽보다 더 완벽한' 알리시아의 모방이 되도록 에디슨이 아달리를 제작하는 것에는 어느 정도 과학적 근거가 있는 것처럼 나오지만, 그녀의 영혼은 에디슨의 신비주의 조수 소웨나가 준 것이다. 그래서 실용적인 발명가의 이런 형태는 코렐리 같은 작가들을 떠올리게 만드는 형이상학적 힘과 보조를 같이한다. 소설은 아달리가 완벽한 짝이라는 것을 증명하고, 그녀의 프로그램된 완벽함이 진짜 여자가 남자들을 속이고 옭아매기 위해 의지하는 계략들(향수, 가발, 화장품 등등)보다 더 자연스럽다고 길게 주장한다. 여성 혐오에 대한 논문이자 낭만적 감수성의 소멸에 대한 애도인 『미래의 이브』는 인공적 여성을 단순히 소설의 철학을 위한 배경으로 사용하고, 『프랑켄슈타인』과는 달리 자신이 창조한 타자의 운명에 무관심하다.

단 하나의 발명이나 발견에 초점을 맞추는 텍스트들이 많지만, 알베르 로비다Albert Robida의 『20세기The Twentieth Century』(1882)는 기술적으로 탈바꿈한 세계의 경이가 가득 차 있다. 직업을 찾으려는 헬렌 콜로브리의 시도를 유머러스하게 설명하는, 삽화가 풍성한 로비다의 소설은 자동화되고 미디어로 포화된 미래의 파리를 여행시켜 준다. 로비다는 자신의 여러 가지 기술적 혁신이 가져올 사회적 결과에 대해 베른보다 더 관심이 많고, 그 혁신의 발전과 사용을 뒷받침하는 자본주의 사회조직을 자주 풍자한다. 예를 들어, 사람들의 집으로 가는 파이프 망을 통해 음식을 배달하는 두 케이터링 회사를 비교하면서 한 기업가는 이렇게 말한다. "우리 음식은 이류지만 우리 배당금은 일급이라고 … 당신의 새 '회사'는 일급 음식을 만들지만, 배당금이 너무 형편없어서 주주들에게 불리한 인상을 남기겠지"(2004). 로비다는 정부가 늘 신선하도록 무혈혁명들이 정기적으로 일정에 짜여 있는 (그리고 최고의 바리케이드 대회를 포함하는) 미래를 상정하면서 프랑스의 정치사를 가볍게 다루기도 한다. 이 행사 기간에 대부분의 사업체는 점포를 닫고 모두 자기에게 지정된 혁명 역할에 참여한다. 그러나 진취적인 가게 하나는 "정부와 함께 문을 닫고! 우리 상품과 함께 문을 연다!"라는 구호 아래 여전히 문을 열고 있다. 유력한 중역인 헬렌의 삼촌은 재정 안전을 지키기 위해서 정부가 혁명을 통한 갱신 방법을 완전히 없애고 회사처럼 경영돼야 한다고 말한다.

> 언제나 대가를 치러야 하는 것들이 있어. 구식 체제에서는 모든 시민은 세무과 집행관들이 아주 야만적이고 몰인정한 방식으로 최대한 많은 돈을 짜내야 하는 채무자들이지. 하지만 내 체계는 이런 걸 전부 없애. 나의 새 행정부에서는, 시민은 주주들이고 그들이 받는 배당금은 그들이 정부를 운영하는 데에서 아끼는 돈이야.

로비다는 20세기에는 미디어와 소비가 점점 생활의 구심점 역할을 하게 된다고 묘사하기도 한다. 예를 들어, 이탈리아는 테마파크로 변한다. 원주민들은 관광객들에게 자기 민족성을 연기하기 위해 고용되거나 아니면 우간다의 새 자치구역으로 재배치된다.

헬렌은 결코 직업을 찾지 못한다(이 책에서 미래의 여자들은 해방되지만 이 주제는 다른 것과 마찬가지로 가볍게 다뤄진다). 대신 자기 친척인 필립과 결혼하고, 그들은 수많은 인공 섬을 함께 연결시켜 새 대륙을 창조할 계획을 짠다. 그 대륙은 계속 확장할 공간이 있고, 그전 사람들이 "불편하고 결함이 있어도 발견하면" 억지로 받아들여야 했던 자연적으로 출현한 땅보다 더 낫다. "여기는 물이 너무 많고, 저기는 산이 너무 많고, 아주 작은 개울 하나 없이 공간이 엄청나게 많고 등등." 따라서 로비다의 미래 묘사는 기술적 혁신과 변화를 주도하는 사회적·정치적·경제적 세력들에 대한 느낌이 뒤얽혀 있다. 그후에 나오는 건스백의 『랠프 124C 41+』같은 SF는 이런 시각을 잃어버리고, 경이로운 미래 세계를 축하하기 위해 매우 빈약한 이야기들을 내놓을 것이다. 건스백의 《모던 일렉트릭스Modern Electrics》에서 SF에 대한 그의 최초의 통찰이 나오는데, 그것은 문학적 문화와 사회 비판에 연관된 사람들보다는 과학 호사가들과 사업가들에게 더 강하게 설파됐다는 것을 보여준다.

안쪽인가 바깥쪽인가

과학 판타지

- C. J. 컷클리프 하인C. J. Cutcliffe Hyne, 『잃어버린 대륙The Lost Continent』(1900)
- 에드윈 레스터 아널드Edwin Lester Arnold, 『걸리버 존스 소위: 그의 휴가Lieut. Gulliver Jones: His Vacation』(1905)
- 레이 커밍스Ray Cummings, 『반지 속으로The Girl in the Golden Atom』(1919~1920)
- 에드거 라이스 버로스, 『달의 처녀The Moon Maid』(1923~1925)
- 잭 반스Jack Vance, 『죽어가는 지구The Dying Earth』(1950)
- 안드레 노턴Andre Norton, 『마법 세계Witch World』(1963)
- 로저 젤라즈니Roger Zelazny, 『신들의 사회Lord of Light』(1967)
- 마리온 짐머 브래들리Marion Zimmer Bradley, 『새로운 땅 다크오버Darkover Landfall』(1972)

괴기 SF와 우주적 공포

- 아서 매컨Arthur Machen, 『위대한 신 판The Great God Pan』(1894)
- 윌리엄 호프 호지슨William Hope Hodgson, 『이계의 집The House on the Borderland』(1908)
- A. 메릿A. Merritt, 『푸른달빛The Moon Pool』(1918~1919)
- 데이비드 린지David Lindsay, 『아르크투루스로의 여행A Voyage to Arcturus』(1920)
- H. P. 러브크래프트, 『우주에서 온 색채The Color Out of Space』(1927)
- 셜리 잭슨Shirley Jackson, 『힐 하우스의 유령The Haunting of Hill House』(1959)
- 마이크 미뇰라Mike Mignola, 『헬보이Hellboy』(1993)
- 제프 밴더미어Jeff VanderMeer, 『베니스 언더그라운드Veniss Underground』(2003)

이런 (그리고 다른) 전통들의 측면은 SF라고 불린 새 장르와 합쳐졌다. 이렇게 잠깐 조사해 봐도 알 수 있듯이, 그런 것들을 'SF'라고 부를 생각을 하기 훨씬 전부터 SF의 중심적인 요소가 될 것들이 많이 유통되고 있었다. 그러나 이런 텍스트 중 어느 것이든 (아니면 그 텍스트들이 전형적인 예를 보여주는 전통들을) SF라고 명명하는 것은 문제가 있다. 왜냐하면 SF라는 장르의 이름과 개념이 소개됐을 때에야 행위자들은 과거를 거슬러 올라가며 변덕스럽게 그런 요소들을 (적어도 잠재적으로) SF에 속한 것으로 이해하기 시작했기 때문이다. 소설의 이런 여러 가지 전통들 자체가 시간에 따라 발달했고, 그것들이 읽히고 이해되는 맥락은 일단 'SF'의 존재가 행위자들에게 그 텍스트들을 함께 생각할 수 있도록 한 다음에 상당히 바뀌었다. 더구나, 이런 전통들은 중요한 문화적 변화 기간에 발달했다. 그 변화는 그런 종류의 소설이 쓰이고 소비되는 데 깊은 영향을 미쳤다. 새로운 교통·통신과 군사기술은 제국주의와 식민주의의 경험을 바꿨다. 기술 발전과 혁신의 합리화와 상품화의 가속도는 점점 높아지는 독자들의 문해 수준과 과학 교육의 성장과 결합해 과학과 기술뿐만 아니라 과학기술의 상상적 정교함이나 잠재적 결과에도 관심이 있는 작가와 독자들이 만들어지는 데 도움이 됐다.

앞에서 논의된 여러 가지 전통들은 모두 그 후 SF의 발전에서 자기 역할을 수행했지만, SF 장르를 어떻게 개념화하느냐에 따라 어느 전통은 다른 전통보다 더 큰 특권을 갖게 된다. 그 결과, 어느 텍스트가 그 장르의 중심적인 것으로 간주됐는지 주변적인 것으로 간주됐는지는 언제나 이데올로기적이고 문화적인 투쟁의 문제라는 것을 반드시 기억해야 한다. 미국 잡지와 페이퍼백 전통의 많은 부분이 인간의 영혼과 영웅적인 인간에 대한 믿음을 단언한다. 이 전통 바깥에서 온 (상업적인 동기부여가 덜 됐다고 생각될 때가 많은) SF는 기술 문화에 대한 비관적 해설을 담고 있을 때가 많다. 잡지와 페이퍼백 전통의 발달과 함께, 그것을 SF 장르와 융합하면서 다른 양식으로 다른 장소에서 출간되는 작가들의 편입에 저항하는 경향이 있었다. 전후 기간, SF 장르에 대한 대안 시장과 학문적 흥미가 발전하면서, 다른 작가들을 편입하고 잡지와 페이퍼백 전통의 측면들을 주변화하려는 압력이 더 강해졌다. 그러나 어떤 것들을 '진짜' SF라고 이름 붙이고 싶은 욕망을 포함해 텍스트들을 '순수한' 범주들로 조직하려는 모든 시도는 모든 분류 체계의 임의성을 드러내며 범주와 혼종을 급증시켰다. 예를 들어, 오직 존 W. 캠벨의 《어스타운딩》에 실리는 특권을 받은 소설이라는 관점에서 SF가 정의돼야 한다는 요구 때문에 버로스의 『화성의 공주』는 '과학 판타지'라는 꼬리표가, 러브크래프트의 『광기의 산맥』은 '우주적 공포'라는 꼬리표가 붙어 주변화됐다.

　『화성의 공주』는 우주 모험담이다. 남북전쟁에 참전했던 퇴역 군인 존 카터는 애리조나 황무지에서 아파치족과 가망 없어 보이는 전투를 벌이다가 어떻게인지 몰라도 자신이 퇴폐적이고 죽어가는 화성에 던져진 것을 알게 된다. 화성의 줄어든 중력은 그에게 뛰어난 힘을 준다. 그는 전투에서 자신의 가치를 증명하고, 녹색 피부에 팔 네 개가 달린 공격적인 사크Thark족 속에서 자신이 있을 자리를 찾는다. 사크족이 아름다운 붉은 피부를 가진 난생卵生의 인간형 '헬륨 제국의 공주' 데자 토리스를 잡았을 때, 카터는 그녀와 사랑에 빠진다.

그들은 결국 탈출해서 헬륨으로 돌아가 결혼하고 가족을 만든다. 결말에서, 카터는 자신의 희생으로 화성에 숨 쉴 수 있는 대기권을 주는 기계들을 되찾지만, 죽지 않고 도로 지구에서 깨어난다. 이 소설은 10년 후에 쓰인 설명 형식으로 나온다. 카터는 여전히 화성인 가족의 운명을 모르며, 그 의문은 열 권의 후편 앞부분에서 풀린다.

버로스의 소설은 앞에서 논의한 몇 가지 소설적 전통이라는 관점에서 이해할 수 있다. 식민지 모험소설처럼, 백인 영웅을 고대 문화를 구할 수 있는 사람으로 바라보고, 이식된 국경 지대의 이데올로기적 함의보다 그의 영웅적인 위업과 위험한 탈주에 더 초점을 맞춘다. 형이상학적 모험담처럼, 이 소설에서는 과학적 합리화를 제공하지 않는 우주여행이 나온다. 그리고 미래 전쟁소설처럼, 혁신적 무기가 나오는 엄청난 전투들을 그린다. 이 소설 안에서 나오는 기술은 긍정적으로 표현되고, 다른 기술들이 생산해 냈을 수도 (그리고 의존할 수도) 있는 다른 사회적 협의 방식에 대해서는 별로 생각하지 않는다. 사크족은 고귀한 미개인이거나 잔인성 속에 잠겨 가족생활에 대한 이해가 전혀 없는 피에 주린 야만인들로 그려진다. 데자 토리스는 아름답다고 정의된다. 그녀의 내적 삶은 카터를 존경하고 구출을 기다리는 것으로만 이뤄져 있다. SF라는 용어가 처음 유통되기 시작했을 때, 버로스의 화성 소설들은 우주를 배경으로 하기 때문에 쉽게 그 장르에 편입되는 것으로 보였다. 이 소설들이 모험에 대해 강조하는 것(오히려 '외삽'이나 '낯설게하기'라고 말할 수 있겠다)도, 화성에 대한 과학적 합의에서 멀어지는 것도, 아직은 SF 장르와 일치하는 것으로 보였다. 이와 비슷하게, 이 소설들이 서부극을 포함해 식민지 모험소설과 근연성affinities을 갖는 것도 아직 이 소설들과 다른 장르를 구분하는 데 실패한 것으로 보이지 않았다. 마지막으로, 카터가 화성으로 전송되는 신비스러운 수단은 아직 SF 편입을 막는 장벽이 되지 않았다. 그래서 『화성의 공주』는 다른 행성을 배경으로 하고 있으며 외계에서 영웅적 지구인이 이룬 위업을 이야기하기 때문에 SF로 편입될 수 있었다. 그러나 과학적 지식과 이 소설의 괴리(이 괴리는 시간이 지나면서 점점 더 커지기만 한다)와 성간 여행을 하는 마법적 방식 때문에, 그것은 SF로 편입될 수 없고 **과학 판타지**라는 이름이 붙어야 한다. 많은 사람이 '과학 판타지'를 본질적으로 더 열등한 형태로 간주한다. 어떤 사람이 차용하는 이런 입장은 어느 것이건 '진실'이나 '정확성'의 문제가 아니라 자신의 이데올로기적·문화적 가치 부여의 지표가 된다.

『광기의 산맥』은 이와 비슷하게 우리에게 경계에 대한 논쟁의 감각을 일깨운다. 이런 경계 논쟁은 SF를 정체화하고 그 주위에 구성되고 재구성되는 장르들에서 SF를 분리하려는 투쟁 속에서 나타났다. 고대의 남극 문명을 발견하는 러브크래프트의 이 중편소설은 처음에는 건스백적 SF의 일부로 성립된 관습을 따르는 것 같아 보인다. 이 소설은 포의 『아서 고든 핌의 이야기The Narrative of A. Gordon Pym』 (1837) 위에 의식적으로 구성되고 베른의 전형적인 정확한 측정술과 지도 제작술을 배치하지만, 다른 한편 고고학적 신화에서 온 소재들을 도입하기도 한다. 탐험대는 지구 진화에 대해 확립된 합의 안에 전혀 들어맞지 않는 생명체의 흔적(75퍼센트는 동물이고 25퍼센트는 식물인 날개를 가진 해양 생물)을 발견한다. 지금은 사라진 엄청난 도

러브크래프트의 크툴루 신화에서, 헤아릴 수 없는 고대부터 있었던 강력한 종족.

시 속에서 발견하는 더 많은 증거는 '올드 원'들의 고대 외계 문명에 대해 암시한다. 그들은 "다른 행성들에서 누리던 기계화된 삶의 단계"를 포기했다. "그 결과가 감정적으로 불만스러웠"기 때문이고, "우주의 여러 적들"을 이기고 나서(러브크래프트, 2005) 지구에 정착하고 지구 생명체를 만들기 시작했다. 그중에는 쇼고스라는 유연한 원형질 노예 종족도 있다. 투쟁의 파도가 인류가 나타나기 전의 지구를 휩쓸었고, 올드 원들은 결국 남극 아래 깊은 곳으로 물러났지만 여전히 그곳에 살아 있을 수도 있다. 쇼고스와 그들의 만남만큼이나 이런 끔찍한 역사의 폭로는 화자와 그의 동료들이 "극한의 심연에 대한 우주적 공포의 성격"을 이해할 수 있도록 해준다. 이런 비정상적인 것들과 그것이 과학적 지식의 한계에 대해 암시하는 것에 대해 합리적 통제 수단을 만들기 위해 더 조사하는 대신, 이 탐험대의 생존자들은 달아난다. 그중 한 명은 미쳐버렸다. 그들은 더 이상 탐험하는 것을 막기 위해 분투한다. 그런 탐험이 세계의 종말을 가져올지도 모르기 때문이다. 그리고 "인류의 평화와 안전을 위해, 지구의 어둡고 죽은 구석 어떤 곳과 깊이를 알 수 없는 심연들을 단연코 가만히 놓아둘 필요가 있다".

『광기의 산맥』은 1930년대에는 SF에 쉽게 편입될 수 있었을 요소들이 담겨 있다. 러브크래프트는 실제 남극 탐험대의 연장으로 원정대를 논의하고, 동시대 과학에 대해 다루기 때문이다(그는 1912년 처음 진지하게 제안된 대륙표류설과 1930년에 발견된 명왕성에 대해 언급한다). 동시에, 로드 던세이니^{Lord Dunsany}, 클라크 애슈턴 스미스^{Clarke}

Ashton Smith와 화가 니컬러스 레리히^{Nicholas Roerich} 같은 초자연적이고 기이하고 동양적인 환상 예술가들에 대한 암시와 자신이 만든 크툴루 신화에서 온 소재의 결합은 이 중편소설을 당시 《위어드 테일스》 같은 잡지에 나오던 호러 장르에 편입시킬 수도 있게 만들었다. 나중에 캠벨이 옹호하게 될 SF와는 달리, 러브크래프트는 우주 속의 숭고에 대한 감각을 유지한다. 더 큰 지식이 반드시 더 큰 통제로 이어질 필요는 없다. 올드 원들에 대해서 알게 될수록 수수께끼는 더 깊어진다. 그리고 상상할 수 없을 정도로 오래되고 강력한 이런 존재들 앞에서 인간의 문화는 무의미하게 사라진다.

『화성의 공주』는 점점 더 기존의 과학 지식과 충돌하기 때문에 SF에 편입시키는 것이 문제가 된 반면, 『광기의 산맥』의 경우, 인류의 과학 지식과 물리적 우주의 본성 사이의 관계에 대한 태도나, 인류 예외론을 찬양하기를 거부하는 태도가 점점 더 잡지나 페이퍼백 전통으로 하여금 그 작품을 지지하기 힘들게 만들었다. 캠벨 같은 강력한 행위자(캠벨의 「누가 그곳에 가는가^{Who Goes There}」(《어스타운딩》, 1938)는 그 소설에 대한 반박이 됐다)가 SF를 위해 근본적으로 다른 의제를 추구하고 있을 때는 특히 그랬다. 결과적으로, 누군가가 러브크래프트 소설의 어떤 면들(과학 탐험대, 외계종, 우주 전쟁, 인공생명, 시간의 깊이)을 얼마나 과학소설적이라고 여기건 간에, 많은 사람이 그 글의 분위기 때문에 그 작품은 '우주적 공포'라는 범주, '진짜' SF의 바깥에 있는 '열등한' 형식에 속한다고 여겼다.

이 장에서 개략적으로 서술한 여러 가지 전통은 SF가 자라나 온 복잡한 현장을 어느 정도 시사한다. 일단 이 장르가 명명되고 유통되기 시작하자, 여러 행위자가 'SF'의 의미에 대한 여전히 진행 중인 협상과 편입과 배제의 과정에 참여했다. 『화성의 공주』와 『광기의 산맥』이 보여주듯이, 어떤 텍스트도 단 하나의 유전적 범주 안에 완전히 또는 안전하게 자리 잡을 수 없다. SF의 정의에 편입된 건스백 이전 소설의 요소들은 이 장르의 역사에 걸쳐 무수히 많은 조합으로 나타나지만, 어떤 요소도 단 하나만으로는 어떤 텍스트를 그 장르에 포함시키거나 배제할 수 있는, 또는 텍스트의 상대적 중심성이나 주변성을 결정하는 필요충분조건을 구성할 수 없다.

- SF에서 과학의 구체적 역할은 논쟁거리지만, SF 텍스트들에는 보통 과학과 기술로 가능해지는 모험부터 과학적 전제의 세부적인 탐구에 이르기까지, 과학과 기술이 여러 가지 방식으로 나온다.

- SF는 새로운 기술에서 생겨나는 사회 문화적 변화들에 대해 다룰 때가 많으며, 때로는 근본적으로 다른 사회조직 양식을 상정한다.

- SF는 지구상에서건 다른 세계에서건, 정복, 변경, 탐험, 지도화, 땅의 소유와 식민지를 배경으로 한 경쟁 문화들 사이의 투쟁이라는 이미지로 되돌아갈 때가 많다.

- 로봇 같은 인공 존재나 (지상의 것이건 외계의 것이건) 비인간 생명체에 대해 SF가 매료되는 현상은 계급, 인종, 젠더와 섹슈얼리티 문제에 대한 관심을 명백하게 표현할 때가 많다.

- SF가 남성적인 장르로 여겨지는 경우가 많고, 많은 SF 텍스트들이 경솔하게 가부장제 이데올로기를 재생산하고 성차별주의적 인물 전형을 강화하지만, 가장 보수적인 텍스트에서도 SF는 성차^{性差}의 문제들과 맞물려 있다.

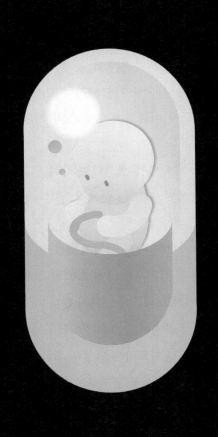

3장

확산:
1930년대

미국에서 틈새 잡지들이 성장하기에 좋은 조건이었던 1930년대에 펄프 SF는 그 자체를 뚜렷한 전통으로 확립하기 시작했지만, 동시에 SF는 다른 형태로도 계속 나타났다. 어떤 행위자들은 이미 SF를 특정한 유형의 이야기로 제한하려고 노력한 반면, 독자들은 일반적인 순수성의 개념에 구애받지 않고 여러 출처에서 나온 소설을 소비했다. 동시에 라디오, 코믹스와 영화를 포함한 다른 미디어들도 SF로 볼 수 있는 수많은 텍스트를 생산했다. 의미 있는 팬 커뮤니티가 펄프를 둘러싸고 발전하기 시작하면서, 많은 팬들이 작가와 편집자가 됐다. 초기 팬덤의 주요 논쟁은 SF가 과학 대중화의 도구 기능을 해야 하는가, 엔터테인먼트의 한 형식인가, 혹은 사회 정치적 비판을 전개하고 소통하는 수단인가 하는 것이었다.

잡지 SF의 기원

《어메이징》은 2장에서 묘사된 다양한 문학에만 의존한 것이 아니라 19세기에 확립된 소설 잡지의 전통 위에서 확립되기도 했다. 1905년 룩셈부르크에서 미국으로 이민 간 휴고 건스백은 판타지와 과학과 발명 전문 잡지들인 프랑스, 독일, 스위스 잡지들뿐만 아니라 《스트랜드The Strand》(1891~1895)와 《피어슨스 매거진Pearson's Magazine》(1896~1939) 같은 영국 정기간행물들도 알고 있었을 것이다. 그런 영국 간행물들에는 나중에 SF 장르에 편입되는 소설과 단편들이 자주 실렸다. 《아르고시》(여러 가지 제호로 1882~1978)와 《올스토리》(1905년 창간해서 1920년에 《아르고시》와 합병됐다) 같은 미국 일반 소설 잡지들이 그랬던 것처럼 말이다. 《디텍티브 스토리 매거진Detective Story Magazine》(1915~1949)과 함께, 개별 펄프 잡지들은 로맨스, 서부극, 스포츠, 비행 모험담이나 항해·모험담 같은 특정 소설 범주에 전문화되기 시작했다. 환상 문학에 전념한 최초의 펄프 잡지《스릴 북The Thrill Book》(1919)은 겨우 격주간지 16호 동안만 존속했지만,《위어드 테일스》는 1923년부터 1954년까지 초자연적 공포와 영웅 판타지heroic fantasy와 동시에 SF(H. P. 러브크래프트의 우주적 공포, 에드먼드 해밀턴Edmond Hamilton의 스페이스오페라, C. L. 무어C. L. Moore의 우주 로맨스)를 출판하며 운영됐다. 건스백의 첫 출판은 과학 취미와 아마추어 무선 잡지였다. 그는 1908년부터 1913년까지《모던 일렉트릭스》를 출간했고 이 잡지에『랠프 124C 41+』를 연재했다. 그리고 1913년부터 1929년까지《일렉트리컬 익스페리멘터Electrical Experimenter》(나중에《사이언스 앤드 인벤션》으로 개명됨)를 출간하는데 거기에는 그의『뮌히하우젠 남작의 과학적 모험Baron Muenchhausen's Scientific Adventures』과 클레멘트 페잔디Clement Fezandie의 (과학적 경이에 대해 상당히 길게 설명하는 버릇이 있는)「하켄쇼 박사 이야기」40편(1921~1925)이 실린다.

　　1926년 4월 호《위어드 테일스》에는 "더 으스스하고, 오싹하고, 소름 돋는 이야기들"(브랠리Bralley, 1926)과 함께 "기이한 과학적 발명"(카원Cowan, 1926)과 "다른 행성으로 가는 여행이나, 어떤 식이건 낯선 항해 … 거대하게 커진 동물들"(피셔 주니어Fischer Jr, 1926)에 대해 더 많은 이야기를 실어달라고 부탁하는 독자 편지가 실려 있지만, 대부분의 독자는 여러 가지 환상적인 소설들이 섞여 있는 쪽을 더 좋아하는 것 같았다. 그러나 같은 달에 건스백의《어메이징》은 SF만 출간하는 데 전념하는 듯 보인다. 이런 전문화 혹은 분리를 통해 환상적인 것이라는 더 넓은 분야에서 SF를 떼어내 별개의 장르 또는 마케팅 범주로 만들어 내고자 했다. 1930년《어메이징》은《어스타운딩 스토리스 오브 슈퍼사이언스》와 합쳐졌고, 그 잡지들은 1936년《스릴링 원더 스토리스》로 합쳐지게 된다. 1930년대 동안 몇 가지 다른 SF 펄프 잡지들이 나타나는데, 작품의 이름과 같은 영웅의 과학소설적 모험담만 싣는 잡지들도 있었다.《섀도 매거진The Shadow Magazine》(1921~1949),《닥 새비지 매거진Doc Savage Magazine》(1933~1949),《G-8과 그의 배틀 에이스G-8 and His Battle Aces》(1933~1944)와《스파이더The Spider》(1933~1943) 등이 대표적이다. 1930년대 말 SF 잡지의 출간 붐이 잠깐 일었다. 1938년《마블 사이언스 스토리스Marvel Science Stories》가, 1939년에는《다이나믹 사이언스 스토리스Dynamic Science Stories》,《판타스틱 어드벤처스Fantastic Adventures》,《퓨처 픽션Future Fiction》,《플래닛 스토리스Planet Stories》,《사이언스 픽션Science Fiction》,《스타틀링 스토리스Startling Stories》,《스트레인지 스토리스Strange Stories》가, 1940년에는《어스토니싱 스토리스Astonishing Stories》,《캡틴 퓨처Captain Future》,《코멧Comet》,《계간 사이언스 픽션Science Fiction Quarterly》,《슈퍼 사이언스 스토리스Super Science Stories》가 창간됐다. 그러나 이 잡지들 중 오래간 것은 별로 없었다.

SF가 새로운 종류의 문학으로 떠오른 것은 잡지 시장의 팽창이라는 맥락 속에서였다. 잡지 시장에서는 한눈에 알아볼 수 있는 총체적인 '브랜드'가 재정적 성공의 더 큰 요인이 됐기 때문이다. 건스백은 자기가 출간한 소설들과 그 주위에 펼쳐지는 기술적 세계 사이의 연관을 강조하는 브랜드 이름을 붙이려고 했다. 그는 사설에 붙은 플래카드를 통해 "지금 이것을 읽고 … 내일 이대로 살아라!", "오늘날에는 과장된 소설이지만 … 내일은 냉정한 사실"이라고 선언한다. 그러나 모든 펄프 SF 작가들이 이런 상상력을 공유하지는 않았고,《어메이징》과 다른 펄프 잡지들의 독자 편지란을 보면 펄프 독자들 사이에는 SF 속에 나오는 과학의 중요성에 대한 합의가 거의 없었음을 알 수 있다. 어떤 사람들은 과학적인 타당성에 관심이 있었지만, 대부분은 그 소설들의 오락적 요소에 집중했다. 예를 들어, 1926년《위어드 테일스》의 한 독자는 포보다 러브크래프트를 찬양했다. 왜냐하면 "포는 한 발을 땅에 딛고 있었던 반면 러브크래프트는 대담하게 초현실로 뛰어들고, 톱니바퀴가 돌아가기"(프라이스[Price], 1926) 때문이다. 반면 1937년 어느《어메이징》독자는 "정확한 과학 논문을 읽는 것보다는 논리적 판타지를 정독할 때 더 많은 기쁨을 누릴 수 있다"(코노버 주니어[Conover Jr], 1937)라고 말한다. 이 기간을 통틀어 독자들은 독자 편지와 팬진으로 자신의 선호를 표현하고 SF 장르의 형태를 만드는 데 능동적인 역할을 했다. 건스백은 1926년《어메이징》6월 호에서 그것을 빠르게 인정했다.

> 재출간 제안이 들어오는 것을 보면, 이 '팬'들은 영어로 된 것뿐만 아니라 다른 여러 언어로 된 과학적 소설을 뒤지는 … 취미를 가진 것 같다. 우리가 과학적 소설의 목록을 600~700권 갖고 있지만, 솔직히 우리 기록에 없는 이야기들을 10~50편쯤 제안받지 않고 … 지나가는 날이 하루도 없다.(워너[Warner], 1969에서 인용)

《어메이징》의 편집자 레이먼드 A. 파머[Raymond A. Palmer]가 "억지 사랑 이야기"(벤슨[Benson], 1939)에 대한 불만에 직면했을 때 자기가 출간하는 소설에서 섹스 이야기를 없애기로 약속했던 것처럼, 독자들은 잡지의 정책에 영향을 미칠 수도 있었다. 그러나 SF는 펄프픽션에 국한되지 않았고, 펄프들이 자립하는 동안에도 SF는 다른 미디어들에서 확산되고 있었다.

다른 미디어에서의 SF

1928년 8월 《어메이징》은 필립 프랜시스 놀런[Philip Frances Nowlan]의 「아마겟돈 2419 AD[Armageddon 2419 AD]」(책 1962)를 출간했다. 이 소설에서 앤서니 로저스는 500년 동안의 가사 상태에서 깨어나, 미국이 중국에 패배하고 중국 식민지가 된 미래를 발견한다. 미국이 "세계에서 가장 강력한 국가"(놀런)였던 시대에서 온 그는 타고난 지도자임을 보여주며, 미국 백인들이 자신들의 퇴폐적인 주인들보다 우월성을 타고났다는 것을 다시 깨닫도록 돕는다. 이 소설은 그가 "지구 표면에서 황해黃害를 없애버리겠다고" 맹세하는 것으로 끝난다. 그러나 이 목표를 성취하기 전에 (「한의 군주들[The Warlords of Han]」(《어메이징》 1929년 3월 호)에서) 앤서니 로저스는 놀런이 글을 쓰고 딕 칼킨스[Dick Calkins]가 그림을 그린 1929년 1월 일간신문 만화 〈25세기의 벅 로저스[Buck Rogers in the 25th Century]〉의 연재를 위해 "덜 종족적이고 더 영웅적으로 들리는" 벽 로저스(와인스타인Weinstein, 2005)로 재등장했다. 잡지에 실린 두 소설이 전자電子를 파괴했다가 재조립하는 것을 기반으로 하는 미래 기술에 대한 묘사를 어느 정도 포함하고 있지만, 소설의 강조점은 영웅적인 모험에 있었다. 대조적으로, 만화는 외계 행성 몽고의 "초과학적이고 훌륭한 도시"(놀런과 칼킨스, 2008)의 경이로움과 비행선, 잠수함, 우주선, 이너트론 동력 제트 엔진 벨트, 광선총, 로봇, 무선전화기, 파괴 광선, 격퇴 광선, 전기 최면 거짓말탐지기, 무선전화와 텔레비전 감시 시스템 같은 기술을 상상하는 데 더 많은 시간을 보낸다. 곧 만화가 재빨리 서부와 항공 모험 요소를 도입하면서 서사가 기술의 상상에서 벗어났다가, 다음 해에 우주 모험으로 확대된다. 로저의 애정 상대 윌마 디어링도 (마지막에 자기 남편이 될 수도 있었던) 자신의 동시대 남성과 한 치도 다르지 않은 군인이었다가, 질투에 차서 벽의 행동을 오해하고 곤경에 처해 구출돼야 하는 인물로 완전히 변형된다. 10만 명 정도의 독자를 얻었을 원래 이야기는 대부분 잊혔지만, "결국 거의 400개의 신문에 나오고 독자가 5,000만 명에 달한"(밴턴Benton, 1992) 이 만화는 1967년까지 중단 없이 연재됐다. 윌마의 남동생 버디의 모험이 나오는 일요일 만화(1930~1965), CBS 라디오 연속극(1932~1947), 뉴욕 세계박람회(1939~1940)를 위해 특별히 제작된 10분짜리 영화, 버스터 크래브Buster Crabbe가 나오는 12부작 연작 영화로 각색된 〈벅 로저스Buck Rogers〉(비비와 굿카인드Beebe and Goodkind, 1939)(같은 해 〈목적지 토성Destination Saturn〉 특집 방송으로 재편집됐다), 그리고 매우 많은 스핀오프와 최초의 레이저 총 장난감을 포함한 많은 관련 캐릭터 상품들이 함께 나왔다. 1934년 크리스마스에《뉴요커The New Yorker》가 "올해 시장에 나온 15종 이상의 벅 로저스 장난감"(루카니오와 코빌Lucanio and Coville, 2002에서 인용)의 인기에 대해 논평할 정도였다. SF는 많은 사람에게 빠르게 '벅 로저스 같은 것'의 동의어가 됐고, 그래서 수많은 모방자가 생겨나게 됐다.

일요일 만화였던 알렉스 레이먼드Alex Raymond의〈플래시 고든Flash Gorden〉은〈벅 로저스〉의 직접적인 경쟁자로 1934년 시작됐다. 놀런과 칼킨스는 공업적인 경이로움에 매료된 것 같았지만, 레이먼드는 이국적인 세계에서 옷을 입는 둥 마는 둥한 남녀들 사이에서 벌어지는 허세 가득 찬 모험을 더 좋아했다. 그의 만화는 라디오 프로그램(1935~1936)과, 마찬가지로 크래브가 나오는 3부작 영화로 각색됐다. 이 3부작은〈플래시 고든〉(스테파니Stephani, 1936)으로 시작하는데, 이는 유니버설 영화사가 그해 두 번째로 큰 수익을 올린 영화였다. 패트릭 루카니오Patrick Lucanio와 게리 코빌Gary Coville은 일간 연재만화〈벅 로저스〉가 펄프 SF 소설에서 유래했고 따라서 기술관료제적 합리주의의 가치를 보여줬기 때문에 더 우월하다고 주장한다. 그런 주장은 연관된 문화 자본이 편입 과정에서 할 수 있는 역할을 시사한다. 다른 매체 형식보다 산문 소설에 더 큰 특권을 줄 뿐만 아니라, 다른 것보다 SF의 어느 종류에 특권을 주고 있는 것이다.〈플래시 고든〉에 나오는 다른 세계에서의 로빈 후드, 사막, 동양 모험 유형의 혼합물은 이국적인 배경에서 다채로운 모험이 벌어지는 '하위lesser' 공상과학science fantasy 전통을 더 많이 닮았기 때문에 더 열등해야만 했다.

일간 만화〈벅 로저스〉는 서너 개를 넘는 칸으로 구성되는 일이

드물었다. 그 안에서 보통 한 인물은 전날의 위기 상황에서 구출돼 다른 상황에 던져져야 했다. 주간 만화 〈플래시 고든〉(그것도 이런 종류의 서사 구조를 전개하는 것에 지나지 않았다)은 보통 적어도 여덟 칸으로 이뤄졌고, 그래서 서사가 더 복잡해질 수 있었다. 그리고 칸의 모양과 위치, 구성이라는 면에서도 형식의 변화를 더 누릴 수 있었다. 칼킨스의 기술적 상상력은 리벳과 단순한 기계공학으로 이뤄진 반면, 레이먼드는 늘씬한 초과학 기술의 표면 디자인에 더 주의를 기울였다. 칼킨스는 흰색 배경의 검은색 선화를 썼는데 그것은 일반적으로 행동의 평면과 일치했으나 조야해지기 쉬웠다. 반면 레이먼드는 역동적인 구성과 점점 더 강력한 색채 사용을 내보였다. 일요일 만화 〈벅 로저스〉의 대담한 채색 삽화는 칼킨스의 이름으로 나오지만 실제로는 러셀 키튼Russell Keaton과 릭 예이거Rick Yager의 작품이었다. 그들 둘 다 구성과 원근법과 피사계 심도depth of field 감각을 더 강하게 도입하고, 한 페이지 열두 칸 형식을 자주 실험했다. 그런데도 그들의 작품은 칼킨스의 것처럼 레이먼드의 시각 자료가 주는 에로틱한 면이 없었다. 칼킨스의 인물들은 구별해 내기 어려울 때가 많지만, 레이먼드는 인간의 형태에 점점 더 주의를 기울였다. 플래시는 점점 더 부피가 커져서 윤곽이 분명한 '근육질 남자beefcake'가 됐고, 언제나 잘 다듬어지고 앙증맞은 여성 인물들은 플래시에 반할 때보다 더 자주 달콤한 자세를 취하곤 했다. 그와 '결혼하고' 싶다고 말할 때, 그 여자들은 분명 마음속에 좀 더 음탕한 생각을 품고 있다.

〈벅 로저스〉와 〈플래시 고든〉은 최초의 SF 만화가 아니다. 예를 들어 1910년, 윈저 매케이[Winsor McCay]의 〈꿈나라의 리틀 네모[Little Nemo in Slumberland]〉는 화성에서 겪는 17주짜리 모험을 선보였다. 그러나 앞서 말한 두 작품은 SF 만화와 만화책[comic book]이 발전하는 데 중심적인 역할을 했다. 1930년대 중반에서 후반까지, 다른 SF 만화책 인물들이 수없이 많이 등장했다. 닥터 미스틱, 닥터 헤이스팅즈, 더크 더 데몬, 더 플레임, 화성의 렉스 덱스터, 코스믹 카슨, 스타더스트, 더 코멧, 실버 스트리크, 스페이스호크, 서브 제로, 블루 볼트, 그리고 당연하게도, 슈퍼맨이 있다. 제리 시겔[Jerry Siegel]과 조 슈스터[Joe Shuster]의 팬진 《사이언스 픽션》의 1933년 1월 호에는 필립 와일리의 「글래디에이터[The Gladiator]」(1930)와 존 W. 캠벨의 「가장 강력한 기계[The Mightiest Machine]」(《어스타운딩》, 1934~1935; 책 1947)에 영감을 받은 시겔의 작품 「슈퍼맨의 시대[The Reign of the Superman]」가 실려 있다. 슈퍼맨은 거기서 점차 발전해 《액션 코믹스 1[Action Comics 1]》(1938년 6월 호)에서 데뷔하고 1939년 자신을 제목으로 한 『슈퍼맨』을 시작한다. 슈퍼맨의 모험은 현대를 배경으로 하지만 처음 두 칸은 그의 외계 출신 이야기에 대해 자세히 그리고, 첫 페이지는 그의 놀라운 힘에 대한 소위 과학적인 설명으로 끝난다. 이 연재만화에는 곧 초과학적 악당들과 다른 SF적 요소들이 들어갔다.

슈퍼맨은 즉각적으로 성공을 거두었다. 1940년, 《액션 코믹스》는 한 달에 100만 권이 팔렸고 『슈퍼맨』은 150만 권이 팔렸다. 같은 해, 1939년 시작한 일간신문 만화는 "230종의 신문에 실리고 합계 2,500만 명의 독자들"을 얻었고, 마찬가지로 1939년 시작된 '일요만화'는 90종의 신문에 실리고 있었다(스턴[Stern], 2006). 1940년, MBS 는

the Mutual Broadcasting System. 1934년 네 개의 라디오 방송국이 연합하여 설립한 미국의 상업 라디오 방송사.

일주일에 세 번 15분짜리 라디오 연속극을 도입했다. 이 연속극은 일주일에 다섯 번이 됐고 1942년에는 "220개 라디오 방송국의 방송망 전체에 방송"됐다. 역시 1942년에 슈퍼맨의 미국 팬클럽이 25만 명의 회원을 유치했다(반스Vance, 2006). 1941년 플라이셔 스튜디오the Fleischer Studios는 영화로 개봉될 17편의 슈퍼맨 만화 중 첫 편을 만들어 냈고, 1948년에는 컬럼비아사가 15부 애니메이션 연작을 만들어 냈다. 슈퍼맨은 1930년대 후반과 1940년대 초반의 수많은 모방자들에게 영감을 줬다. 그중에는 배트맨, 원더우먼, 캡틴 아메리카, 캡틴 마블과 플라스틱 맨이 있다.

SF의 역사는 보통 슈퍼영웅 만화책을 펄프 잡지에서 발전한 '진짜' SF보다 주변적이고, SF 장르에 대한 대중적 인식에 바람직하지 않은 영향을 미치는 것으로 취급한다. 즉, "과학소설에 유치한 이미지를 줬고 과학소설은 거기서 결코 빠져나오지 못했"(애슐리Ashley, 2000)다는 것이다. 그러나 그 시대의 팬들은 다른 미디어들 속에 나오는 SF에 대해 더 다양한 반응을 보였다. 주간 팬진《판타지 뉴스Fantasy News》는 '과학 라디오scientiradio' 프로그램, '과학 영화scientifilms'와 '별들의 음악astronomusic'에 대한 리뷰들을 정기적으로 실었고, 1939년 7월 호에는 "매우 탁월한 만화comic par excellent[sic]인 슈퍼맨이 이번 주《뉴욕 포스트The New York Post》에 연재되기 시작했다. 슈퍼맨은 몇 달 동안 전국에 실렸지만 이 신문은 뉴욕에서는 최초로 그것을 싣는 신문이다"('The Visascreen' 3)라는 흥미진진한 소식을 실었다. 그러나 두 달 후, 존 지운타John Giunta는 "출판계에서 **무서운** 일이 일어나고 있다.

모든 사람이 코믹스 잡지 사업에 뛰어들고 있는 것 같다"(1939)라고 한탄한다. 그중에는 SF 펄프 잡지의 편집자들과 출판사들도 있었다 (사실, 앨프리드 베스터Alfred Bester, 오토 바인더Otto Binder, 에드먼드 해밀턴, 해리 해리슨Harry Harrison과 맨리 웨이드 웰먼Manly Wade Wellman 같은 작가들은 곧 만화 대본을 쓰게 되고 두 명의 유명한 팬인 모티머 와이징어Mortimer Weisinger와 율리우스 슈워츠Julius Schwartz는 제2차 세계대전 후 DC 코믹스의 많은 베스트셀러를 편집하게 된다). 팬진《이스케이프Escape》에서, C. M. 콘블루스는 어느 펄프픽션의 질을 비판하기 위해 많은 사람이 공유하고 있다고 생각하는 SF 만화에 대한 낮은 평가를 들이민다. 그는 "우리는 대단히 귀중한 초창기의 〈벅 로저스〉에 대해 이야기할 수 없다. 그런 종류에 대해 아무것도 모르기 때문이다"라고 선언하다가(1939), "우리는 그것들이 모두 터무니없는 소리라고 생각한다. 순전히 후기 《스릴링 원더 스토리스》가 그런 것들을 선호했기 때문에 넘어간 것이다"라고 말하게 된다.

팬들도 이와 비슷하게 이 시기 SF 영화들에 대해 서로 엇갈리는 관점을 갖고 있었다. 1939년《어메이징》에 온 편지 한 통은 〈벅 로저스〉가《어메이징》에서 시작됐지만, "코믹스가 된 불쌍한 〈벅 로저스〉는 지역 극장에서 〈자기의 아찔한 여자〉와 함께 12부 연작으로 상영되고 있다"(쉐퍼Schaeffer, 1939)라고 슬퍼한다. 또 다른 편지(브링왈드Bringwald, 1939)는 〈플래시 고든의 화성 여행Flash Gordon's Trip to Mars〉(비비와 힐Beebe and Hill, 1938)에서 68분으로 압축된 영화 〈화성의 침공Mars Attacks the World〉을 조롱하면서 시작하지만, 〈미스티어리어스 아일랜드The Mysterious Island〉(허버드Hubbard, 1929), 〈프랑켄슈타인Frankenstein〉

(웨일Whale, 1931), 〈투명 인간The Invisible Man〉(웨일, 1933)과 〈다가올 세상Things to Come〉(멘지스Menzies, 1936)에 대한 찬양으로 넘어간다. 무엇이 진짜 SF를 만드는가에 대한 이런 다양한 서술은, 그것이 사실 그 텍스트가 나오는 매체의 문제가 아니라는 것을 보여준다.

SF의 발전에서 관건은, 이미 유통되고 있는 텍스트의 성공 위에서 더 시장성 있는 텍스트를 발전시키려는 힘이었다. 예를 들어, 〈플래시 고든〉 만화는 1935년《뉴 펀 코믹스New Fun Comics》의 모방 만화 〈사로 행성의 돈 드레이크Don Drake on the Planet Saro〉를 만들어 냈고, 남성의 체격을 강조한 최초의 〈플래시 고든〉 영화 연작은 〈대서양비밀Undersea Kingdom〉(이슨과 케인Eason and Cane, 1936) 같은 모방작을 만들어 냈다. 〈대서양비밀〉은 남성 스턴트맨 레이 '크래시Crash' 코리건이 해군 장교로 출연해 초과학적 대륙 아틀란티스에서 모험을 겪는 영화였다. 이미 존재하는 공식과 새로운 요소를 결합하는 이런 과정은 이제는 매우 독특해 보이는 텍스트들을 생산했다. 〈상상해 보라Just Imagine〉(버틀러, 1930)는 유성영화를 매우 현대적으로 표현한 뮤지컬과 디스토피아 SF, 기발한 우주 모험과 보드빌 스타 엘 브렌들El Brendel의 소수민족 코미디를 혼합했다. 이 영화의 속편 〈환영 제국The Phantom Empire〉(브라우어와 이슨Brower and Eason, 1935)은 녹화된 노래하는 카우보이와 라디오 스타 진 오트리Gene Autry를 초과학적 지하도시 무Mu에 풀어놓았다. 이 시기 아주 높이 평가되는 영화 중 상당수가 유명한 서적들을 (보통 아주 자유롭게) 각색한 것이지만, 펄프 SF가 각색되는 일은 상대적으로 드물었다. 가장 유명한 것이 A. 메릿의 『마녀를 태워라Burn Witch Burn!』(《아르고시》, 1932; 책 1933)에 기반을 둔 〈악마의 인형The Devil-Doll〉(브라우닝Browning, 1936)이었다. 성공한 영화들은 모방작을 낳았는데, 그중에는 〈프랑켄슈타인 2 – 프랑켄슈타인의 신부Bride of Frankenstein〉(웨일, 1935)와 〈투명인간 돌아오다The Invisible Man Returns〉(메이, 1940) 같은 후속편들이 있다. 〈닥터 XDoctor X〉(커티즈Curtiz, 1932)와 〈닥터 X의 귀환The Return of Doctor X〉(셔먼Sherman, 1939) 사이에 아무 연관이 없다는 사실을 보면 이런 식의 제작 주기는 기회주의를 바탕으로 하고 있다는 것을 알 수 있다. 이 시기의 주요 SF 영화는 광적인 과학mad science에 사로잡혔지만, 고딕 호러와 범죄 영화의 양상을 차용하는 일도 많았다. 영화 〈닥터 X〉에는 식인을 위한 살인과 다양한 하이테크 흡혈 행위들이 나온다. 〈인비저블 레이The Invisible Ray〉(힐리어Hillyer, 1936)와 〈악마의 인형〉은 복수 멜로드라마다. 〈인비저블 레이〉에는 질투에 찬 라이벌이 자기가 발견한 것을 훔쳐 갔다고 믿는 과학자가 나오고, 〈악마의 인형〉에는 자신이 저지르지 않은 범죄의 누명을 벗고 자기 딸을 다시 만나려는 탈옥자가 나온다. 시각적 스펙터클은 이런 영화가 갖는 매력의 중요한 측면이다. 이런 영화는 발전된 과학과 기술이 만들어 내는 경이에 대한 이야기만 하는 것이 아니라, 그런 경이를 묘사하기 위해 진보한 영화 기술을 사용했다. 〈닥터 X〉의 테크니컬러technicolor, 〈상상해 보라〉에 나오는 미래 메트로폴리스를 구현하기 위한 복잡한 모델 작업, '투명 인간'을 투명하게 만든 매트 처리기술matte-work, 〈킹콩King Kong〉(쿠퍼와 쇼드색Cooper and Schoedsack, 1933)에서 공룡과 거대 원숭이에게 생명을 불어넣은 결합 효과 등이 그것이다.

  SF 장르의 역사는 보통 이런 SF들을 주변화하거나 배제한다. 특히 잡지와 페이퍼백 전통에서 나온 사람들(예를 들어 건Gunn, 1975, 델 레이[del Rey], 1979)이나 주로 문학자들이(예를 들어 룩허스트, 2005, 로버츠[Roberts], 2006) 이런 설명을 생산했기 때문이다. 그러나 SF는 이런 다른 미디어를 통해, 펄프로 얻은 독자들보다 훨씬 더 많은 대중에게 도달했다. 현대 학계가 학제 간 연구와 학문 교차성을 강조하면서, SF 연구는 점점 더 넓은 범위의 자료와 만나고 있다. SF 장르에 대한 초기 개념이 그런 자료들이 내미는 도전장을 받고 있는 것이다.

펄프 SF: 스페이스오페라와 그 너머

「아마겟돈 2419 AD」를 실은 《어메이징》은 E. E. 스미스E.E. Smith
의 「우주의 스카이라크The Skylark of Space」(1928; 책 1946)의 첫 연재분
도 실었다. 이 작품은 행성 간, 성간 혹은 은하 간 모험소설의 한 형
태로 스페이스오페라라고 알려질 종류의 최초의 예다. SF가 잡지에
서 발전하면서, 스페이스오페라의 정형화된 플롯과 로켓 우주선과
광선총 같은 장치 이상으로는 과학소설적인 것이 전혀 없다는 사실
은 그런 소설을 점점 더 폄하하고 주변화하는 결과를 가져왔다. 이것
은 1930년대 SF를 비판적으로 도외시하는 이유 중 하나가 틀림없다.
또, 캠벨의 《어스타운딩》이 펼친 '황금시대'에 SF 장르가 시작된다고
보는 것이 좀 더 적절하다고 생각하는 사람들이 많았던 것도 그런 이
유일 것이다. 그러나 우주의 압도적 규모와 잠재적 위험과 보상, 남
성적인 모험에 대해 강조한 스페이스오페라는 여전히 SF의 중심적
인 요소로 남아 있다.

때로는 에드먼드 해밀턴의 『우주 패트롤Interstellar Patrol』 소설들(《위
어드 테일스》, 1929~1934; 책 1964~1965)이 그 형식을 만들어 낸 것으
로 알려져 있다. 패트롤은 태양계를 순찰하고, 우주 해적과 전투를
벌이고, 외계의 침입에 저항하고 행성들의 충돌을 막는다. 해밀턴은
많은 위업과 자기희생적 영웅성을 강조하고, 미래의 기술들에 대해
설명하기보다는 그 기술들을 효율적으로 배치한다. 그 후의 많은 작
가와는 달리, 그는 으스스한uncanny 것에 대한 감각을 유지한다. 특히
외계인들을 묘사할 때 그렇다. 「별을 훔치는 자들The Star-Stealers」(1929)
에서, 외계인은 "지름 몇 피트에 높이는 3피트 남짓이고, 10여 개가
넘는 미끈한 긴 촉수들로 지탱되는 검은 살로 된 수직 원뿔인데, 그

촉수들은 아래쪽 끝에서 갈라졌다. 탄력이 있지만, 뼈가 없는 문어 팔 같았다"(2009b)라고 묘사한다. 그리고 「혜성 운전자$^{The Comet-Drivers}$」 (1930)에서, 패트롤들은 외계인들과 마주친다. 외계인들은 자고 있 지만 서로 의사소통을 하기 위해 "함께 하나의 액체 덩어리로 녹아 들었다. 거대한 검은 웅덩이 안에 그들의 눈이 전부 둥둥 떠 있고, 그 들의 액체 몸은 서로 섞여 있었다!"(2009a)라고 설명한다. 해밀턴은 다른 종류의 SF도 썼지만 스페이스오페라에 매우 뛰어났고, 캠벨 의 '황금시대'에 기여하는 대신 거의 혼자서《캡틴 퓨처》(1940~1944; 책 1968~1969) 펄프픽션을 썼다. 1930년대 다른 주요 스페이스오페 라로는 캠벨의 『아코트, 모리와 웨이드$^{Arcot, Morey and Wade}$』(1930~1932; 책 1953~1961), 잭 윌리엄슨의 『우주 군단$^{Legion of Space}$』(1934~1939; 책 1947~1967)과 스미스의 『스카이라크^{Skylark}』(1928~1935, 1965; 책 1946~1949, 1966)와 『렌즈맨^{Lensmen}』(1934~1950; 책 1948~1954) 시리 즈가 있다. 이것들은 대부분《어메이징》이나《어스타운딩》에 연재됐 던 분량을 묶은 것이다.

『우주의 스카이라크』(초과학적 발명, 우주의 업적, 식민주의적 모험 과 부자연스러운 로맨스의 혼합)는 1915년에서 1920년 사이 리 호킨 스 가비$^{Lee Hawkins Garby}$와 함께 쓴 것인데, 처음에는 출판사를 찾지 못 했다. 주인공 딕 시튼은 "물질을 통제할 수 있는 에너지로 순수하게, 전체적으로 전환해"(1977) 생산하는 방법을 우연히 발견하고, 백만 장자 친구 마틴 크레인에게 재정적인 도움을 얻어 그 에너지로 동력 을 얻는 우주선 스카이라크호를 만든다. 라이벌 발명가인 마크 C. 듀 케인은 그 발명을 훔치고, 시튼과 크레인을 살해한 다음 "완전한 핵

에너지 변환"을 자기가 차지하기 위해 세계 강철 법인의 브루킹스에게 접근한다. 브루킹스의 교묘한 책략이 실패하자, 듀케인은 시튼의 약혼자 도러시를 납치한다. 그러나 어쩌다 보니 자기 우주선으로 지구에서 멀리 떨어진 곳을 여행하게 돼버린다. 시튼과 크레인은 세계 강철 법인에 비서로 잠입해 있던 마거릿 스펜서와 함께 그들을 추적하러 출발한다. 마거릿은 브루킹스가 "(자기) 아버지에게서 수백만 달러의 가치가 있는 발명품을 사기로 빼앗은 다음 그를 죽였다"라는 증거를 찾고 있었다. 그들은 도러시를 구출하고, 듀케인을 포로로 잡고 호의적인 콘달리안들과 동맹을 맺는다. 시튼과 크레인은 각각 도러시와 마거릿과 결혼한 다음 외계 금속 아레낙으로 강한 선체를 가진 새로운 스카이라크호를 만들고, 그것으로 사악한 마도날리안의 침략 함대를 이긴다. 지구로 돌아오는 길에 듀케인은 도망치고, 후편에서 더한 악행을 저지른다. 그 후편에서 우주선은 더 크고 더 빠르고 더 강해지고, 행성은 좀 더 위험해지고, 시튼은 더 탁월하고 걸출해진다. 「발레론의 스카이라크Skylark of Valeron」(《어스타운딩》, 1934~1935; 책 1949)에서 주인공은 우주를 기분 좋게 정화한다. "인류는 최고다. 우주의 모든 해충에 대항하는 호모사피엔스다!"(1978)라고 시튼은 외치고, 그 직후 크레인은 이렇게 말한다. "질량, 대기, 온도가 지구와 비슷한 행성이라면 어디에 있건 인간은 발전한다. 궁극의 유전자는 우주 공간 전체에 침투할 것이다."

스미스는 사회적 계급을 대단치 않게 생각하기 때문에, 크레인과 시튼의 사회적 배경이 매우 다른데도 그들의 우정을 순탄한 것으로 묘사한다. 여성 인물들은 순종의 전형이다. 도러시는 속물적이고 사교적인 어머니처럼 천박하지 않다. 시튼이 한눈을 팔거나 도외시해도 참고 크레인과 친구가 될 수 있기 때문이다. 마거릿은 남자들이 심우주를 관찰할 때 그들을 도울 기회를 기꺼이 받아들인다. "'내가 할 수 있는 최선의 일은 노트를 적는 거야!' 마거릿은 그렇게 외치고 공책과 연필을 요구했다"(1977). 유색인종은 잠깐만 나올 뿐이다. 크레인의 아프리카계 미국인 하인들이 언급되는 문장은 단 하나뿐이다. "별나지만 낭랑하고 재치 있는 단어를 쓰는" 그의 일본인 시종 시로는 약간 희극적인 방식으로 취급된다. 그는 후속편에서 스카이라크 승무원으로 들어오지만, 실제로는 거의 등장하지 않는다. 발명품의 자금을 댈 필요가 있다는 스미스의 인식은 펄프 SF에서 드문 것이 아니지만, 이 문제는 기업의 투자보다는 보통 우연히 얻게 되는 개인적 자산이나 연줄로 해결된다. 이와 비슷하게, 펄프 SF는 그 특유의 반지성주의도 계속 보여준다. 펄프 SF는 추상적인 이론화보다 공학적 노하우에 더 큰 특권을 준다. 그런 면은 광속을 넘어 가속하는 듀케인의 우주선에 대해 오가는 크레인과 시튼의 대화에서 분명히 드러난다.

> *"어떤 것도 그렇게 빠르게 갈 수 없어 … E=MC²이야."*
> *"아인슈타인의 이론은 여전히 이론이야. 하지만 이건 … 관찰된 사실이야."*

스미스의 〈렌즈맨〉 시리즈는 해밀턴의 『우주 패트롤』 이야기를 바탕으로 태양계 안, 성간, 궁극적으로는 은하 간 경찰력의 예외성을 신화화해 만들어진다. 우리의 은하는 자애로운 아리시안과 사악한 에도리안이라는 두 우월한 외계인종의 전장이다. 영겁에 걸쳐 아리시안은 에도리안들과 싸울 수 있는 병력을 만들어 내기 위해 여러 종의 진화와 사회적 발달에 손을 댔다. 그들은 에도리안의 대리인들이 우주를 정복하려는 시도에 직접적으로 개입하지는 않는다. "그것 때문에 일어나는 스트레스와 투쟁은 존재해야 하고 존재하게 될 문명을 만들어 내는 데 필요하고 … 충분하"(1972)기 때문이다. 원래 실린 《어메이징》1934년 판에서는 「은하계 방위군Triplanetary」은 〈렌즈맨〉 시리즈가 아니었다. 그러나 스미스는 1948년 책으로 만들면서 개정된 확장판을 〈렌즈맨〉 시리즈에 새로 넣었다. 거기서 은하계 방위군 패트롤 대원들은 우주 해적과 싸우고, 외계인 침입자들과 매우 파괴적인 전쟁을 한 후, 최초의 성간 조약에 서명하고, 그러면서 은하 패트롤이 형성된다. 『최초의 렌즈맨First Lensman』(1950)에서, 아리시안들은 패트롤 대원들에게 절대 위조할 수 없는 대원 배지를 준다. 배지는 반쯤 살아 있는 '렌즈'로, 렌즈를 찬 사람과 끊을 수 없는 유대를 형성하고 다른 사람이 그것을 차려고 하면 죽이고, 텔레파시를 쓸 수 있게 해준다. 오직 "매우 특별한 남자들"만이 렌즈를 찰 자격이 있다. "엄청난 힘과 추진력, 능력을 가진 남자 … 빙하와 마찬가지로 막을 수 없고, 빙하보다 두 배는 더 단단하고 열 배는 더 차가운 자. 여자는 절대 그런 마음을 가질 수 없다"(1972). 소설의 규모가 커지면서(더 크고 많은 무기를 가진 더 크고 많은 우주선이 점점 더 많은 성계에서 싸우게 되면서) 렌즈맨은 점차 에도레의 군대를 패배시킨다. 남녀 관계는 「스카이라크」에서처럼 여전히 부자연스러웠고, 스미스의 성차별주의는 점점 더 공공연해졌다. 예를 들어, 「2단계의 렌즈맨Second Stage Lensmen」(《어스타운딩》, 1941~1942; 책 1953)에서, 주인공 킴벌 키니슨은 "단순히 성 사이의 평등과 협력의 유전자를 가지고 있기 때문에, 불쾌한 파충류처럼 나타나는 종이" "타고난 형태는 아름답지만" 모계 중심의 인간형 외계인 라이레인 2보다 "본질적으로 더 인간에 가깝다"(1973)라는 결론을 내린다.

우리가 현재 스페이스오페라라고 부르는 모든 것이, 용어의 원래 의미가 암시하는 것처럼 형편없는 작품은 아니다. 또, 반드시 조야한 팽창주의와 활기가 넘치는 것들도 아니다. 그리고 펄프 SF라고 전부 스페이스오페라도 아니다. 스탠리 G. 웨인바움Stanley G. Weinbaum의 우주 모험소설들은 언어와 '경험'이 근본적으로 다른 종족과 의사소통을 한다는 도전에 관한 것이다. 그의 「화성 오디세이A Martian Odyssey」(《원더 스토리스》, 1934)와 「꿈의 계곡Valley of Dreams」(《원더 스토리스》, 1934)은 외계 환경을 탐험하고 지성체가 가질 수 있는 형태의 다양성을 상상하는 데 훨씬 더 관심을 보인다. 머리 레인스터Murray Leinster의 「시간 속의 샛길Sidewise in Time」(《어스타운딩》, 1934)과 「프록시마 켄타우리Proxima Centauri」(《어스타운딩》, 1935)는 모험 SF 시나리오 속에 불안이나 의심을 조금 도입한다. 「시간 속의 샛길」은 지구가 2주 동안 시간지진timequakes을 경험하는 이야기다. 시간지진 때문에 지구의 어느 부분들은 대체 현실로 미끄러져 들어가고, 그 안에서는 역사가 다르게 펼쳐진다(예를 들어, 미국을 식민지로 만든 것은 로마인이나 중국인이다). 형편없는 대학에서 뜻을 이루지 못하는 생활 때문에 한스러워하는 수학 교수 미노트는 한 무리의 학생들을 이끌고 영국인이 아니라 바이킹이 북아메리카를 식민지로 만든 시간선을 찾는다. 그는 거기서 자신의 우월한 지식으로 "제국의 형성을 시작하"(1978d)려고 한다. 펄프에서는 백인의 식민지 정복에 대해 긍정적으로 묘사하는 쪽이 더 전형적인데, 미노트의 성격 묘사는 그런 긍정적인 묘사를 훼손한다. 권력에 굶주린 그는 탐욕스러우며 자기 학생들을 괴롭히고, 가장 아름다운 여성을 자신의 성적 파트너로 삼으려고 한다. 이 이야기는 그 무리들이 대부분 자기 세계로 무사히 돌아오고 시간지진이 중지되는 것으로 끝나지만, 엄중히 폐쇄됐던 시공간이 부서지며 자연은 신비롭고 위험하다는 으스스한 감각을 남겨준다. 어떤 사람들은 오도 가도 못한 채 대체 현실에 남는다. "디트로이트는 원래 그대로, 손상되지 않고, 약탈되지도 않고, 하나도 건드려지지 않은 채 자신의 시공간으로 돌아오지만, 돌아왔을 때 그 안에는 어떤 생물도, 가축이나 새장 안의 새 한 마리조차 없었다." 화자가 꽤 불충분하게 말하듯이, "우리는 그것을 전혀 이해하지 못했다".

「프록시마켄타우리」에서 우주 탐험은, 우주 해적이 아니라 "정확한 일과"(1978c)의 지루함에 희생된다. 반란은 실패하고 장교들과 '뮤트^{Mut}'들의 적대적인 카스트 체제가 생겨난다.

반란mutiny에서 유래한 조어로 보인다.

'프록시마켄타우리' 성계의 주민들이 동물 조직을 먹고 사는 지성을 가진 생물들이라는 것을 발견하자, 외계인과 평화롭게 교류한다는 희망은 죄다 박살난다. 그다음 이 소설은 영웅적인 결심과 남자다운 희생이 나오는 이야기가 되지만 (뮤트 주인공과 주인공의 아름다운 장교 계급 연인을 제외한 탐험대 전체가 죽고 외계인종이 학살되는 장면에서 절정을 이루는) 이것은 식민주의에 대한 양가성에서 다른 이야기들과 구별된다. 자신들의 체계 속에서 동물 조직을 전부 소비해 온 외계인들은 약탈해야 할 풍요의 뿔^{cornucopia}로 지구를 바라본다.

> 수십억 명의 인간들! 수조 마리의 더 하등한 동물들! 바닷속의 무수한 생물들! 켄타우리의 모든 종족들이 이 부유하고 황홀한 왕국을 침공하고 싶어 미칠 지경일 것이다! 어떤 켄타우리인이라도 자기 종족이 선사시대부터 먹어온 식량을 소비하면서 그런 황홀경을 느낄 것이다.

인간의 식민주의와 비슷한 이런 유사점뿐만 아니라, 켄타우리인들이 인간의 우주선에서 옷과 비누를 비롯해 모든 동물 조직을 벗겨낼 때, 주인공들은 자신들이 다른 동물을 착취하고 있다는 사실을 의식하며 불편해한다.

캠벨이 돈 A. 스튜어트^{Don A. Stuart}라는 필명으로 쓴 소설들 중 「기계^{The Machine}」(《어스타운딩》, 1935), 「침략자들^{The Invaders}」(《어스타운딩》, 1935), 「폭동^{Rebellion}」(《어스타운딩》, 1935) 같은 연작소설은 『아코트, 모리와 웨이드』스페이스오페라만큼이나 인간 예외주의를 축복하지만, 다른 소설들은 그 시대의 영웅적인 경향에 복잡성과 양가성을 도입한다. 「트와일라잇^{Twilight}」(《어스타운딩》, 1934)에는 태양이 "눈으로 보기엔 … 거의 비어버린 하늘"(2003b)을 남기고 은하수 바깥으로 떠내려가 버린 700만 년 후 미래에서 돌아가다가 우연히 현재에 도착하는 31세기 시간여행자가 등장한다. 인류는 태양계를 식민화했지만, 이 먼 미래의 "이상할 정도로 조용한 인간들"(호기심이 완전히 결여되고, 그들이 이해하지 못하는 완벽한 기계들 덕분에 살아가는)은 이제 "인간의 황혼의 아직 남아 있는, 죽어가는 광휘" 속의 "고향 행성"으로 돌아가고 있다. H. G. 웰스의 『타임머신』을 연상시키지만, 미국 펄프 잡지의 맥락에서 이 작품의 비관주의는 혁신적이었다. 어느 과학자가 원자력을 생산하기 위해 헌신하다가 시력을 잃는 이야기인 「맹목Blindness」(《어스타운딩》, 1935)은 인간의 노력이 얼마나 연약한지 주목한다. 그는 원자력을 생산하는 데 성공하지만, 지구로 돌아와 자신의 프로젝트에 꼭 필요했던 덤렉트리움이 그 자체로 값싸고 끝없는 동력의 원천이며, 이를 통해 인류의 에너지 수요를 더 쉽게 해결할 수 있다는 것을 알게 된다. 그는 덤렉트리움을 발견했지만 그것이 가진 다른 가능성을 무시해 버렸던 것이다. 「누가 거기에 가는가?Who Goes There?」(《어스타운딩》, 1938)에서, 영웅적인 인간들은 신체를 변형하는 외계인의 위협을 결국 이겨내지만, 누가 '진짜' 인간이고 누가 인간으로 위장한 외계인인지 판단하기 불가능하다는 사실이 인간과 외계인 사이의 (인간이 자기 자신임을 느끼는 감각의 기본이 되는) 차이가 아슬아슬하다는 것을 드러낸다. 그러나 아마 그가 쓴 가장 불편한 소설은 「탈주The Escape」(《어스타운딩》, 1935)일 것이다. 소설의 배경은 엄격한 우생학이 지배하고, 유전학적으로 짝지어진 사람들이 반드시 서로 사랑하도록 조건화된 미래다. 인구 조절 위원회는 독립적인 여성 주인공 아이스와 그녀가 매우 싫어하는 브루스를 짝짓는다. 그러나 그는 아이스를 "지금까지 태어난 어떤 여자보다도 영리한"(2003a) 바람직한 파트너라고 생각한다. 아이스는 (브루스가 아닌) 연인과 함께 도망치면서 공식 추적자들보다 계속 한 수 앞서지만, 브루스의 능력들이 약간 더 뛰어나기 때문에 결국 붙잡힌다. 아이스가 조건화된 후 그들은 연인이 되고, 브루스가 "사랑은 세상에서 가장 큰 행복이야. 그렇지 않아, 내 사랑? … 그것이 어디서 왜 오는지가 중요할까?" 하고 선포할 때 그녀는 그 말에 동의한다.

펄프 SF: 여성 작가들

1920·1930년대 SF 펄프 잡지의 여성 작가들

- 팬지 E. 블랙Pansy E. Black
- 클라라 E. 체스트넛Clara E. Chestnut
- 메랍 에벌리Merab Eberle
- 소피 벤젤 엘리스Sophie Wenzel Ellis
- 모나 판스워스(뮤리얼 뉴홀)Mona Fansworth(Muriel Newhall)
- 리 호킨스 가비Lee Hawkins Garby
- 프랜시스 가필드Frances Garfield
- L. 테일러 핸슨L. Taylor Hansen
- 클레어 윙거 해리스Clare Winger Harris
- 헤이즐 힐드Hazel Heald
- 민나 어빙Minna Irving
- 어밀리아 레이놀즈 롱Amelia Reynolds Long
- 릴리스 로렌(메리 모드 던 라이트)Lilith Lorraine(Mary Maude Dunn Wright)
- 캐슬린 루드윅Kathleen Ludwick
- C. L. 무어C. L. Moore
- 도러시 퀵Dorothy Quick
- 케이 레이먼드Kaye Raymond
- 마거릿타 W. 리Margaretta W. Rea
- 루이스 라이스Louise Rice
- M. F. 루퍼트M. F. Rupert
- G. 세인트존로G. St.John-Loe
- I. M. 스티븐스I. M. Stephens
- 레슬리 F. 스톤Leslie F. Stone
- 에마 밴Emma Vanne

- 헬렌 웨인바움Helen Weinbaum
- 가브리엘 윌슨Gabriel Wilson

여성 작가(와 독자)들의 SF 잡지 기여도는 보통 알려진 것보다 훨씬 크다. 여성 작가와 독자들이 이렇게 등한시된 이유 중 일부분은 1930년대 펄프 SF가 재발행되는 일이 상대적으로 거의 없었고, 선집들은 수십 년 동안 경력을 유지한 남성 작가들에게 특권을 주는 경향이 있었기 때문이다. 예를 들어, 아시모프의 『황금시대 이전Before the Golden Age』(1974)과 나이트의 『30년대의 과학소설Science Fiction of the Thirties』(1975)에 들어간 소설 44편 중에서 여성이 쓴 것은 겨우 한 편, 레슬리 F. 스톤의 「화성의 인간 애완동물The Human Pets of Mars」이었다. 이와 비슷하게, 1970년대에 델 레이는 『최고 선집Best of...』들을 20권 이상 출간했다. 그 책들은 1930년대, 1940년대, 1950년대에 잡지에서 유명해진 저자들이 쓴 소설을 수집한 것이었다. 그중 두 명만이 여성의 몫이었다. C. L. 무어와 리 브래킷Leigh Brackett.

무어는 분명 그 시대의 가장 유명한 여성 SF 작가였다. 그녀의 〈노스웨스트 스미스Northwest Smith〉 소설들(1933~1940; 책 1954~1958)은 괴기소설과 우주 로맨스, 스페이스오페라의 요소들을 성공적으로 혼합했다. 「샴블로Shambleau」(《위어드 테일스》, 1933)는 "10여 개의 야생 행성 위에 있는 모든 싸구려 술집과 자생 소도시들에 이름이 알려져 있고 존경받는"(2002b) 하드보일드 무법자 모험가를 소개한다. 화성의 개척자 마을에서, 스미스는 피에 굶주린 폭도들에게서 "귀엽게 생긴" 소녀를 구출한다. 그러나 그녀는 알고 보니 메두사 신화에 영감을 준 종의 일원이다. 그 소녀는 나른하고 관능적인 꿈으로 그의 "혐오감"과 "황홀감"을 극복하면서 그의 마음을 사로잡고, 텔레파시로 그를 먹어치운다. 도망칠 수 없이 무력한 그는 금성인 친구 야롤에게 구출될 수밖에 없다.

스미스, 캠벨과 윌리엄슨의 스페이스오페라와는 대조적으로, 〈노스웨스트 스미스〉 소설들은 우주에 대한 러브크래프트적 감각을 담고 있다. 인간의 이해와 지배력을 넘어서고, 자극받지 않고 남아 있는 쪽이 제일 좋은 우주인 것이다. 샴블로에 직면할 때, 스미스는 인간이 "그 앞의 우주를 정복했던" 이집트 이전의 고대, "안개에 덮인 역사 속까지 이르는 광대한 배경을 깨닫고 얼어붙는 공포 때문에" 잠깐 흔들린다. 「검은 갈증Black Thirst」(《위어드 테일스》, 1934)에서, 그는 "어둡고 신비롭고 너무나 낯설고 끔찍해서 차마 볼 수 없는"(2002a) 모습의 금성인들에게 위협을 받는다. 그리고 「생명의 나무The Tree of Life」(《위어드 테일스》, 1936)의 그림자 없는 배경에서는 "회색이 모든 것을 삼켜 풍경은 형편없이 그려진 그림처럼 기묘하게 납작해졌다"(2002c)라고 묘사한다. 이 소설들 대부분에서 나타나는 스미스의 수동성은 무어가 만든 가상인물 '조이리의 지렐Jirel of Joiry'의 행동력과 대조된다. 여성 주인공인 조이리의 지젤이 나오는 작품들은 전형적으로, 거기에 나오는 신비로운 세계들을 뒷받침하기 위해 과학보다 마법의 담론을 효율적으로 사용하기 때문에 전형적으로 SF에서 배제돼 판타지에 편입된 이야기 연작(1934~1939)이다.

다른 여성 펄프 SF 작가들의 작품은 SF라는 새로운 장르와 그 잠재력이 1930년대에 개념화된 방식에 대한 통찰을 보여준다. 스톤의 「화성의 인간 애완동물」은 화성의 십각류가 인간을 납치해서 애완동물로 만든다는 관습적인 모험소설이다. 그들은 나중에 브렛 랜드의 공학 기술과 남자답고 영웅적인 행위를 통해 우주선을 훔치고, 추적자들을 죽인 후 지구로 돌아온다. 그러나 「진공에서Out of the Void」(《어메이징》, 1929)에는 성공적으로 남성으로 패싱passing되는 여성 인물이 나온다. 그리고 「날개를 가진 남자들Men with Wings」(《에어 원더 스토리스》, 1929)은 사유재산을 폐지하고 자유로운 사랑을 포용하는 사회를 그린다. 후속편인 「날개를 가진 여인들Women with Wings」(《에어 원더 스토리스》, 1930)에서, 임신한 여성의 90퍼센트가 출산하다가 죽기 시작하자 인간은 인공 자궁이 개발될 때까지 금성에서 임신 가능한 번식용 가축을 얻을 수 있을지 알아내기 위해 출발한다. 한편 금성의 가모장제(물고기에서 진화한 인간형)는 번식용 가축 수컷이 줄어드는 사태에 직면한다. 이 소설 마지막에는 우주의 다른 인종 간의 출산 프로그램이 설립된다. 「골라의 정복The Conquest of Gola」(《원더 스토리스》, 1931)은 젠더 역할 반전을 더 유머러스하게 다룬다. 「지옥 행성The Hell Planet」(《원더 스토리스》, 1932)은 수성 궤도 안에 있는 행성 벌컨을 탐험한 경험을 이야기하면서 식민지 모험 서사를 날카롭게 비판한다. 벌컨에는 인간에게는 유독하지만 우주선을 건조하는 데 필수적인 희소금속 코스미사이트가 풍부하다. 승무원은 원주민 신의 강력한 종복인 척하면서 주저하는 원주민을 속여서 광산의 위치를 알아낸다. 그 여행에서, 그리고 점점 의심하는 원주민들 사이에서 단 한 사람 짐슨만이 살아남는다. 그는 모든 역경과 희생을 정당화할 수 있을 만큼 충분한 코스미사이트를 가지고 돌아온다. 그러나 작품은 영웅적인 어조로 끝나지 않는다. 벌컨을 발견한 탐험대의 유일한 생존자 웬델은 짐슨이 그 재산을 즐기는 대신 "새로운 재산을 찾아 우주의 모든 낯선 구석을 들여다보며 … 끝없이 가다가"(1932) 살해당할 것이라고 예언한다. 다른 사람들은 짐슨이 거둔 성공을 자기도 얻으려고 하면서 이 "고약한 정글에서, 맹렬한 태양 아래에서, 음식 알약을 먹고 살며 땀 흘려 일하게 될 것이다"라고 묘사된다. 그리고 미래에 사람들은 그들에 대해서 이렇게 말할 것이다. "'그 개척자들 … 그들은 사나이들이었다!' 매애애! 양! 우리는 그런 존재다 … 도살당할 돼지들이다 … 도살당할 돼지들!"(생략부호는 원문)

릴리스 로렌은 과학적 발전에서 생겨나는 다른 사회적 관계를 상상하기 위해 SF를 이용한다. 『행성의 두뇌The Brain of the Planet』(《사이언스 픽션 시리즈Science Fiction Series》, 1929)는 "논리적이고 편견 없이"(1929) 인류의 능력이 진화의 초기 단계에 고착된다고 상상한다. 어느 과학자가 "여기 느릿느릿 움직이는 사르가소해Sargasso sea, 전통이라는 해초와 대중 심리라는 문어의 촉수 속에 우리의 두뇌인 배를 멈추게 하는" 행성의 정신적 정수essence에 대한 통제력을 얻고 이타적 사고 패턴이 습관이 될 때까지, 인간을 더 이타적인 사고 패턴에 강제로 집어넣기 위해 강력한 사념파thought waves를 투사하는 탑을 짓는다. 계급 평등과 젠더 평등이 인간 조직과 심리의 규범으로 확립되자마자, 그는 그 투사기를 파괴한다. 「28세기로Into the 28th Century」(《계간 사이언스 원더》, 1930)는 유토피아적 미래를 그린다. 미래에 "애국주의와 민주주의와 … 100퍼센트 미국 정신Americanism"(1930) 같은 "패티시"들이 페미니스트 사회주의로 대체된 이 소설은 그 기간의 많은 이야기처럼 우생학이 미래의 인간 발전에 한몫하는 상상을 한다. 그러나 여기서는 적어도 "여러 인종의 우월한 혈통을 주의 깊게 보존"하고 "슈퍼인종을 형성"하기 위해 "국제결혼"을 통해 인종들을 통합한다는 원칙에 따라 설명된다.

과학과 사회 비판

반파시스트 SF

1926년에서 1936년 사이의 펄프 SF는 "스페인 내전 … 이탈리아의 에티오피아 침공 … 인도의 시민 불복종, 독일의 국제연맹 탈퇴, (혹은) 일본의 중국 침공에 대해 언급하지 않"(블레일러, 1998)았다. 그러나 반파시스트 SF 소설은 매우 많았다.

- 에드먼드 스넬Edmund Snell, 『콘트롤Kontrol』(1928)
- J. 레슬리 미첼J. Leslie Mitchell, 『게이 헌터Gay Hunter』(1934)
- 싱클레어 루이스Sinclair Lewis, 『있을 수 없는 일이야It Can't Happen Here』(1935)
- 나오미 미치슨Naomi Mitchison, 『우리는 경고를 받았다We have been warned』(1935)
- 스톰 제이미슨Storm Jameson, 『두 번째 해에In the Second Year』(1936), 『그때 우리는 노랫소리를 들을 것이다Then We Shall Hear Singing』(1942)
- 조지프 오닐Joseph O'neil, 『영국 아래의 땅Land Under England』(1935)
- V. F. 캘버튼V. F. Calverton, 『내부의 인간The Man Inside』(1936)
- 렉스 워너Rex Warner, 『헛된 추적The Wild Goose Chase』(1936), 『에어로드롬The Aerodrom』(1941)
- 캐서린 버드킨Katharine Burdekin, 『스와스티카의 밤Swastika Night』(1937)
- 앤드루 마벌Andrew Marvell, 『최소한의 인간Minimum Man』(1938)
- 에른스트 윙거Ernst Jünger, 『대리석 절벽 위에서On the Marble Cliffs』(1939)
- 비타 색빌웨스트Vita Sackville-west, 『그랜드캐니언Grand Canyon』(1942)
- M. 바너드 엘더쇼M. Barnard Eldershaw, 『내일과 내일과 내일Tomorrow and Tomorrow and Tomorrow』(1947)
- 힌코 고틀리프Hinko Gottlieb, 『거대한 문의 열쇠The Key to the Great Gate』(1947)

많은 펄프 SF 소설들이 과학적으로 의심스럽기 때문에 독자들에게 비판을 받고 후대의 비평가들에게 무시당한다. 그러나 '진짜'와 '사이비' 과학 사이의 경계는 계속 유동한다는 것을 기억해야만 한다. 독일과 미국의 로켓 기술과 원자력 에너지 실험은 곧 제2차 세계대전의 결과를 결정지었다. 그러나 1930년대만 하더라도 우주여행과 원자력이라는 꿈이 공학 프로젝트들에서 실행될 수 있는지는 분명하지 않았다. 어떤 이야기들은 기술로 가장한 마술적인 해법들을 실행할 수 있는 것으로 상정했지만(가령, 스미스의 아레낙과 캠벨의 덤렉트리움), 그것은 새로운 물질들로 변형되고 있는 세계에 사는 독자들에게 어느 정도 설득력이 있어 보였을 수도 있다. 베이크라이트bakelite, 타맥tarmac, 네오프렌neoprene, 나일론과 200피트가 넘어가는 마천루를 지을 수 있게 하는 강철 골조, 새로운 미디어, 축음기, 유성영화, 라디오와 텔레비전 같은 물건들이 세계를 바꾸고 있었다. 미국 최초로 허가를 받은 상업 라디오 방송국은 1920년대에 방송을 하기 시작했지만, 10년이 지나자 최초의 텔레비전 방송 실험이 독일과 영국, 미국에서 이뤄지고 있었다. 그러나 제2차 세계대전 기간 정규방송 텔레비전 서비스는 중단됐다. 1925년, 건스백이 뉴욕 라디오 방송국 WRNY를 개국했고, 1928년 매일 5분간 텔레비전 방송을 시작했다. 당시 시청자는 2,000명으로 추정된다. 그는 취미 애호가 잡지인 《텔레비전Television》(1927~1928)도 출간했다.

발명에 대한 펄프픽션들은 기술적 혁신을 사회 변화에 별로 큰 영향을 미치지 않는 고립된 현상이거나, 더 큰 영향을 미치기 전에 파괴되고 있는 것으로 상상하는 경향이 있었다. 예를 들어, 마일스 J.

브로이어Miles J. Breur의 「이상한 머리를 가진 사나이The Man with the Strange Head」(《어메이징》, 1927)에서, 죽은 과학자는 라듐 동력으로 움직이는 로봇의 몸체 속에 노쇠한 몸을 보관하고 있었던 것으로 밝혀지지만, 이 기술적 위업은 수수께끼에 대한 해답으로만 취급된다. 이앤도 바인더Eando Binder의 「노예가 된 두뇌Enslaved Brains」(《원더 스토리스》, 1934; 책 1965)에서처럼, 어떤 소설들은 기술적 변화에 대한 디스토피아적 비판을 광범위하게 다룬다. 이 소설에서 죽은 자들의 두뇌는 계속 살아서 고통을 당하면서 자동화된 시스템을 조종한다. 그러나 이것은 기술 관료 국가의 결함이라기보다 독재자의 지배가 가진 결함이다. 더 이상한 발명 펄프픽션은 캠벨의 「증오의 전지The Battery of Hate」(《어메이징》, 1933)다. 여기서 브루스 케네디는 싸고 믿을 만한 에너지원을 발명한다. 그는 그것을 억누르려고 하는 자본가들에 대항해 영웅적으로 싸운다. 그러나 승리의 순간 그는 하룻밤 사이에 정유 회사와 전력 회사가 쓸모없어지면, 경제가 혼돈에 빠지고 수백만의 사람들이 파멸하리라는 것을 깨닫는다. 이런 사회적 결과가 일어날 수 있는 가능성과 "그것 때문에 세상이 빠질 불행"에 직면하자, 케네디는 현존하는 회사들이 "이 전지를 만들어 팔면서 공장을 차츰 없앨 수 있도록"(1975) 회사들에 그 권리를 임대하기로 결정한다.

펄프픽션 바깥에서도 작가들은 인종주의, 우생학과 파시즘의 발흥과 함께 기술적 변화가 일으킬 사회적·문화적 결과에 관심을 가졌다. 그리고 독자들은 매우 다양할 때가 많았다. 예를 들어, 민주당 지명을 받은 다음 캘리포니아 주지사로 출마하려던 업턴 싱클레어Upton Sinclair의 "캘리포니아에서 가난을 몰아내기End Poverty in California, EPIC" 운동은 결국 성공하지 못했지만, 그는 그 운동의 일환으로 64페이지짜리 팸플릿 〈캘리포니아 주지사인 나는 어떻게 가난을 몰아냈는가 Governor of California, and How I Ended Poverty〉(1933)를 간행했다. 팸플릿은 그가 무너지던 캘리포니아 경제를 사회주의 형태로 변형시키는 데 성공하는 이야기를 미래의 시점에서 말한다. 그는 미국의 탈바꿈에 대해서도 이와 비슷한 과학소설적인 이야기를 써서 전국 총선의 활동가들에게 바쳤다. 〈우리 미국인들은 어떻게 가난을 끝냈는가 We, People of America, and How We Ended Poverty〉(1934)가 그것이다.

1930년대 가장 유명한 비非펄프픽션 중에는 올더스 헉슬리의 『멋진 신세계 Brave New World』(1932)가 있다. 이 소설은 매우 자동화되고 질서정연한 632AF After Ford, 즉 기원후 2540년의 런던을 그린다. 미래의 이 세계 국가는 완벽하게 평화롭고 행복하지만, 그것은 전체적으로 인구를 생화학적·심리학적으로 관리하기 때문이다. 인공 자궁 안에서 태아가 발달할 때 선택적으로 개입하고, 그 결과 나오는 아이들을 조건화하여 알파부터 입실론까지 다섯 가지 사회계급의 인원을 충분히 보장한다. 더 낮은 계층은 환각을 유발하는 소마와 감각을 자극하며 몰입하게 하는 매체 때문에 계속 산만해진다. 이 소설은 비정상적인 알파 한 명, 즉 이 사회에서 소외되고 조건화 제도에 의문을 품은 심리학자 버나드 마르크스와 보호구역에서 길러진 젊은 남자 존 새비지에게 초점을 맞춘다. 존은 런던을 공허하고 의미 없는 사회로 보고 겁에 질리는 반면, 런던 주민들은 그의 원시적인 감정 반응에 흥분하고 흥미를 느낀다. 제정신이 아닌 상태에서 그가 스스로 채찍질하는데, 그 장면은 그것을 지켜보기 위해 모여 있던 관중을 자극한다. 섹스와 폭력의 향연이 벌어지고, 존도 결국 거기에 참여한다. 그다음 날 아침, 인간적인 연결과 목적이 있는 삶을 상실한 존은 목을 매어 죽는다.

카렐 차페크Karel Čapek도 이와 비슷하게 자본주의 세계 시장의 팽창과 문명의 발전이 동의어가 되는 경향에 대해 우려한다. 이런 경향은 그의 1920년 희곡 『로봇R.U.R.(Rossum's Universal Robots)』에서 풍자됐다. 그 책은 재빨리 영어로 번역됐고 미국과 영국에서 성공적으로 제작됐다. 1938년과 1948년 BBC 방송 텔레비전 버전도 있다. 로섬 1세는 "꼭 살아 있는 물질처럼 행동하는" "콜로이드성 젤리"(2004)에서 인조인간을 만들어 내어 "과학으로 신을 권좌에서 몰아내"겠다고 시도하지만 실패한다. 그의 아들은 "살아 있고 지능을 가진 노동 기계를 만들기" 시작한다. "공학자 관점에서의 생산"에 착수하며, 그는 "일과 직접 연결되지 않은 모든 것을 없애(버리도록)" 인간의 형태를 단순화해서 "로봇, 최고의 노동자를 창조했다". "가장 싸고, 필요한 것이 가장 적은" 노동자. 점점 더 로봇에 의존하면서, 인류 문화는 아무것도 생산하지 못하게 된다. 로봇 평등권 활동가로 활동을 시작한 헬레나는 로봇이 반란을 일으켜 모든 인간을 죽일 때 그들의 생산에 대한 비밀을 파괴한다. 그러나 로봇들이 서로 사랑하는 법을 발견해 공장이 개입하지 않고도 재생산을 할 수 있게 된 다음의 일이다. 차페크의 주요 SF 소설 『도롱뇽과의 전쟁War with the Newts』(1936)도 이와 비슷하게 식민지 획득, 물질의 축적과 노동(이 경우 노예화됐지만 지성이 있는 도롱뇽 종족)의 평가절하가 진보와 혼동되는 현상을 풍자한다. 차페크는 노동 투쟁을 묘사하면서 종족 편견의 개념을 도입해서, 도

룸농들을 착취당하고 길들여진 동물들이자 식민 사업으로 노예화된 유색인종들로 묘사한다.

조지 S. 스카일러의 『이제 검지 않다Black No More』(1931)는 아프리카계 미국인 과학자가 검은 피부를 희게 만들 수 있는 방법을 발명하고, 그 결과가 지대한 영향을 가져온다는 이야기를 한다. 스카일러가 주장하듯이, 인종은 생물학적 차이를 표시한다고 하지만 그것의 진정한 사회적 기능은 경제 계급 사이의 차이를 강화하는 데 어떻게 효율적으로 사용되느냐에 있다. 자본주의 체제는 평가절하된 하층계급이 필요하다. 체제는 그런 하층계급을 통해 고용된 노동자들의 위태로운 위치와 이른바 고용된 행운을 강조해서 노동자들을 위협한다. 일단 이렇게 계급 차이를 확립하는 기준에서 인종이 빠진다면, 그 기준은 다른 수단을 통해 다시 각인돼야 한다. 이 소설은 미백 요법을 시술한 사람들이 백인으로 태어난 사람들보다 더 하얗다는 사실이 발견되고, 따라서 인종적 위계질서를 재구성하기 위해 백인으로 태어난 사람들 사이에서 그을린 피부가 새로이 유행하게 된다는 것으로 끝난다.

올라프 스태플든Olaf Stapledon은 숭고한 규모를 소설에 담는 저자로 SF에 편입됐다. 그는 H. G. 웰스와 그 밖의 다른 사람들의 영국 과학 모험담과 아서 C. 클라크와 스티븐 백스터Stephen Baxter 같은 후대의 저자들을 연결한다. 그의 첫 소설『최후이자 최초의 인간Last and First Men』(1930)은 18종의 인류가 20억 년 동안 진화해 온 역사를 18번째 인간이 최초의 인간에게 이야기하는 형식으로 말한다. "유럽은 1914년보다 더 심한 재앙을 당할 위험 속에 있다"(2004)라는 감각을 갖고 쓴 『스타메이커Star Maker』(1937)는 지구를 일주하면서 끝난다. 그 작품은 독일과 이탈리아, 일본에서 발흥하는 파시즘과 군사주의를 지적하고, 다른 곳에 사회주의와 반식민주의 저항의 희망이 있다고 지적한다. 이 소설은 인류의 객관적인 하찮음과 주관적인 중요성 사이의 격차를 화해시키고, 우주적 시간과 공간이라는 대우주와 인간의 삶이라는 소우주에 다리를 놓고, "무시무시하지만 중요한 사물 전체의 상상적인 스케치를 구성하려고" 한다.

소규모로 글을 쓸 때 스태플든은 비관주의로 기우는 경향이 있다. 그는 현재 구성된 인간성이라는 시시한 우연을 넘어설 수 있는 영혼의 감각에 계속 관심을 갖고 있지만, 그렇게 더 계몽된 존재 양식으로 향하는 길은 뚜렷이 보지 못한다. 『이상한 존Odd John』(1935)은 진화적으로 더 발전한 주인공의 삶을 이야기한다. 그는 자신의 더 '객관적인' 관점에서, 재미있어하는 애정도 자주 곁들이면서, 인간의 사회적·성적 관습(청소년인 그는 남자, 여자와 섹스를 하지만 궁극적으로는 양쪽 경험 다 수간과 비슷하다는 것을 깨닫는다)을 비판한다. 그는 자신과 같은 다른 사람들이 있는 곳을 찾는다. 그는 이들이 세계에 다른 종류의 영혼을 길러낼 운명을 타고났다고 믿는다. "(그들에게는) 너무 어려운 상황, 즉 현재의 세계 상황에 빠져 허우적거리고 있는"(1972) 호모사피엔스는 그런 영혼을 이뤄낼 수 없다. 계급 투쟁, 파시즘과 기술 관료 체제는 모두 여러 가지 도덕 체계로 억압되고 왜곡돼 부적절해진 인간의 영혼에서 일어나는 "증오 수요" 때문이다. 헉슬리의 존 새비지처럼, "이상한 존"과 그의 추종자들은 자살한다. 그러나 그들의 죽음은 비극이라기보다는 신격화로 표현된다.

캐서린 버드킨은 파시즘에 대한 비판에 젠더 역할에 대한 관심을 더 명백하게 덧붙인다. 『자랑스러운 남자Proud Man』(1934)에서, 미래의 양성적 인간인 '개인the Person'이 20세기를 방문한다. 그 서사는 네 부분으로 나뉘어 있다. 도입부는 '개인'의 동시대인들에게 '하급인' 문화를 설명한다. 그리고 세 부분은 그녀가 각각 성직자, 여자, 남자로 보내는 시간을 서술한다. 스태플든과 비슷하게, 버드킨은 하급인의 쇠약하고 비뚤어진 영혼에 관심을 갖는다. 특히 사람들을 성별과 젠더라는 관점으로 범주화하는 그들의 고집스러움에 관심을 보인다. '개인'은 대부분의 문제가 특권 개념에서 나온다고 생각한다. 이런 것이다.

> 하급인들은 자기들이 모두 어떤 의미에서 동물보다 '더 낫다고' 믿는다. 그래서 그들은 어떤 하급인들은 자기들의 피부색이나 양육 방식, 성별, 다른 색깔, '계급' 때문에 다른 하급인들보다 더 가치 있고 '더 낫다고' 믿는다 … 성별이라는 특권이 하급인 사회를 수직적으로 나누는 반면, 계급이라는 특권은 그 사회를 수평으로 나눈다.(1993)

'개인'은 차례로, 영적인 권태감에 빠진 성직자를 낫게 해준다. 신은 종교적 구조 너머에 있다는 것을 그가 이해하도록 도와준다. 혼외자로 태어난 자기 아이의 죽음 때문에 죄책감을 가진 여자도, 젊은 여자들을 살해하는 충동을 가진 남자도 치유한다. '개인'의 관점에서는 이 일탈적인 행위가 하급인들의 다른 관습보다 별로 더 소름

끼치지 않는다고 버드킨이 물러남 없이 고집하기 때문에 이 마지막 부분은 가장 흥미롭다. 이 소설은 '개인'이 그것이 꿈이었다고 깨닫고 그런 문화가 자신의 유토피아적 세계에서 생길 리가 없다고 판단하면서 끝난다.『스와스티카의 밤』은 나치가 세계대전에서 승리하면서 유럽이 나치의 지배를 받는 미래를 상정한다. 기독교는 살아남지만, 종교 대신 히틀러 숭배와 엄격한 사회적 위계질서로 거의 대체된다. 히틀러는 위풍당당한 금발 신으로 받들어지고, 위계질서에 따라 '기사들(독일 엘리트)'이 비독일인, 기독교인과 여성들을 예속시키고 지배한다. 여성들은 동물과 거의 동급으로 취급되고, 수용소에 살면서 재생산 기능만 가진 생물로 축소된다. 나치는 여성들이 한때는 인간이었고, 비독일 국가들이 원시적이지 않았고, 히틀러는 키 작은 갈색 머리에 죽을 수 있는 인간이었다는 위험한 역사 지식을 억압한다.『스와스티카의 밤』은 남성 우월주의적 문화 속에 있는 파시즘의 뿌리를 강조함으로써 동시대의 미래 전쟁소설들에서 찾을 수 있는 초기 독일 국가에 대한 불안 너머까지 파시즘 비판을 확장한다.

팬들과 다른 관중들

[더욱 깊이 읽기 위한 안내] 스페이스오페라

1941년 밥 터커Bob Tucker가 자신의 팬진 《르 좀비Le Zombie》에서 만들어 낸 '스페이스오페라'라는 말은 (멜로드라마에 '소프 오페라'라는 말을 붙이고 진부한 서부극을 '호스 오페라horse opera'라고 한 것처럼) 처음에는 형편없이 쓴 SF를 말하는 경멸적인 용어로 쓰였다. 하트웰과 크레이머는 1950년에서 1970년 사이에 펄프 SF에 대한 향수어린 태도를 취할 수 있게 되면서부터 그 용어가 원래의 비난하는 의미를 잃기 시작했다고 말한다. 또 그제야 "보통 호감이 가고 영웅적인 중심인물에 초점을 맞추고 … 상대적으로 먼 미래와 우주나 다른 세계를 배경으로 하며 전쟁, 해적 행위, 군대의 미덕, 매우 큰 규모의 액션과 커다란 위험에 대한 … 다채롭고 극적이며 규모가 큰 과학소설 모험담"에 대한 중립적인 묘사로 탈바꿈했다고 주장한다.

지난 절에서 논의한 텍스트들은 즉시 SF에 편입되지는 않았지만, 확실히 배제되지도 않았다. 사실 1930년대는 SF 팬들 사이에 생겨난 분열을 통해 장르가 발전한 전환점으로 볼 수 있다. 그 팬들 중 상당수가 SF 잡지와 페이퍼백 분야, 여러 선집의 저자와 편집자가 됐다.

1934년 5월, 건스백의 《원더 스토리스》가 공식 팬클럽인 과학소설리그Science Fiction League, SFL의 편성을 알렸다. 이 팬클럽은 미국 전역과 그 너머까지도 지부들을 갖게 될 것이며, 충성스러운 독자층을 형성하기 위해 만들어진 것처럼 보인다. 한편으로는 팬들을 과학 취향에서 SF 그 자체에 대한 흥미를 갖도록 변화시키는 것으로 보였다. 다른 한편, 그것은 스스로 조직되고 있던 팬덤을 장악해 출판사들의 상업적 관심에 종속시키려는 시도로 여겨졌다. 1937년 컨벤션에서, 사회를 비판할 수 있는 SF의 잠재력에 의미를 부여한 어느 집단이 '과학소설의 정치적 진보를 위한 위원회the Committee for the Political Advancement of Science Fiction'를 만들었다. 후에 주요 저자이자 편집자이자 에이전트가 될 프레더릭 폴, 중요한 편집자들이 되는 도널드 월하임과 로버트 라운즈, 그리고 존 B. 미셸John B. Michel이 회원으로 있었다. 그들은 뉴욕에서 미셸의 마르크스주의와 좌파 활동주의에 영향을 받아, SF 장르를 위한 사회주의적 기획을 표명한다. 1938년, 미셸주의자들은 미래주의과학문학협회Futurian Science Literary Society를 만든다. 이 기간의 팬진과 잡지의 독자 편지란에서 미셸주의자들과 샘 모스코비츠Sam Moskowitz 같은 더 보수적인 팬들 사이의 긴장이 뚜렷이 보인다. 이런 노골적인 좌파들에게 경각심을 갖게 된 모스코비츠와 다른 사람들은 팬덤에서 정치를 배제하는 데 주력하는 조직인 뉴팬덤New Fandom을 만든다. 그다음 그들은 1939년 뉴욕 세계박람회와 동시에 개최하기로 결정돼 있던 초대 '세계 SF 컨벤션World SF Convention'의 통제권을 미래주의자들에게서 빼앗아 장악하기 위해 계책을 꾸민다. 이 두 집단이 출판한 자료들에서, 어떤 것이 SF에 편입되거나 편입되지 않아야 하는지를 둔 전투는 언제나 정치적 차이의 관점에서만 생겨난 것은 아니었다. 예를 들어, 뉴팬덤 팬진에서 레이 반 휴튼Ray Van Houten은 이렇게 쓴다.

> 모든 기생충들을 과학소설에서 몰아내는 일이 가능했으면 좋겠다. 모든 유사 과학적인 것들, 코믹스, 싸구려 장식들, 호러 소설들, 마블Marvel, 그리고 내가 이렇게 게으르지 않다면 이름을 더 열거할 수 있는 다른 것들 말이다. 그런 것들은 사실 진짜 과학소설이 정당하게 받아야 할 인정을 받지 못하게 만든다. 현재의 과학적 상황에서 생겨날 수 있을 것 같은 것을 정말로 예언하는 이야기들은 전반적으로 세계에 중요하고 흥미로운 것이다. 그러나 대중은, 특히 과학은, (SF를) 그렇게 생각하지 않는다. 그들에게 보이는 것은 … 죽음을 가져오는 광선들로 화성인들을 죽이고, 외계 침략군을 싸워 물리치고, '회전-우주적-상대화 기계' 같은 말도 안 되는 것으로 엄청난 곤경을 극복하는 것이라면 뭐든지 읽고 있는 한 무리의 아이들 뿐이다!(1938)

반 휴튼은 그런 것을 '진짜' SF에서 쫓아내려고 했을 뿐만 아니라,

팬 커뮤니티가 한때 SF로 간주한 H. P. 러브크래프트의 『광기의 산맥』
과 E. E. 스미스의 『은하 패트롤Galactic Patrol』(《어스타운딩》, 1937~1938,
책 1950) 같은 소설들을 편입에서 배제하려고 했다(1939). 그와 동시
에, 미래주의 팬진인 《이스케이프》에서 C. M. 콘블루스(1939)는 여
러 SF의 정형화된 성격에 대해 통탄하며, 사회 비판에 더 진지하게
참여하는 SF를 위해서 해밀턴의 스페이스오페라들과 《닥 새비지 매
거진》 부류의 펄프픽션들을 편입하지 말자고 주장했다. 미래주의
자들은 서로 사회 비판적 SF를 쓰도록 격려했고, 나중에는 창작 워
크숍, 편집과 다른 노력들을 통해 고취시켰다. 나이트에 따르면, 미
래주의자들의 경력이 쌓여가면서 그들은 자신들이 "존 캠벨을 중심
으로 한 전문 과학소설 작가들의 지배적 문화에 반대하는 카운터컬

지배문화에 대항하는 하위문
화. 또는 지배문화에 대항하
여 새로이 창조되려고 하는
문화.

처counterculture 의 일부"(1977)라고 봤다.

　　　　　　　　그러나 단기적으로 캠벨은 SF 편입에서 가
장 영향력 있는 행위자였고, 'SF'라고 이해되는
것을 형성하는 데 강한 영향을 미쳤다. 1940년대 초기, 미래주의자
들은 SF 장르에서 유력해지기 시작했다. 1942년 말에는 129편을 출
판했다. 그 대부분은 필명을 쓴 작가들의 공동 작업물이었다. 그들은
"그 분야의 잡지들 절반 이상을"(나이트, 1977) 잠깐 지배하기도 했
다. 라운즈가 《퓨처 픽션》과 《사이언스 픽션》, 《계간 사이언스 픽션》
을 편집하고, 폴이 《어스토니싱 스토리스》와 《슈퍼 사이언스 스토리
스》를, 월하임이 《코스믹 스토리스Cosmic Stories》와 《스터링 사이언스
스토리스Stirring Science Stories》를 편집할 때다. 그러나 자금 사정이 안 좋
았던 이 벤처기업들은 전시에 종이, 잉크와 활자가 배급되고 기고자

가 될 잠재력이 있던 사람들이 징집되면서 악영향을 받았다. 그 잡지들은 1943년이 끝나기 전에 전부 출판을 멈췄다.

그래서 캠벨이 어느 정도 잡지 SF를 지배하는 것처럼 보였지만, SF 장르 자체는 결코 펄프에 한정되지 않았다. 사실, 1930년대에 SF에 일어난 가장 중요한 사건 중 하나는 인쇄물에서 벌어진 것도 아니었다. 오슨 웰스Orson Welles가 1938년 10월 라디오로 각색한 H. G. 웰스 원작 〈우주 전쟁〉은 매체의 기술적이고 문화적인 특수성을 활용해서 외계인의 침공 현장을 방송이 실시간으로 취재하고 있다는 인상을 만들어 냈다. 특히, 많은 청취자가 그랬듯이 누군가가 그 프로그램의 시작 부분을 놓치고 허구성의 표현이 점점 더 분명해지는 것을 간과했다면 더욱 그렇게 믿었을 것이다. 그 방송은 600만 명의 청취자들 중에서 "적어도 100만 명"이 "겁을 먹거나 불안에 빠지게"(캔트릴Cantril, 1966) 만들었고, 여론조사에서 청취자의 28퍼센트가 뉴스 방송을 듣고 있다고 믿었다는 유명한 공황을 일으켰다.《어메이징》의 편집자 파머가 세계박람회와 〈투명 인간〉을 언급한 사설에서 말한 것처럼, 이 사건은 SF가 "오늘의 뉴스 특집 중 하나가 되고 있다"(1939)라는 것을 증명했다. 그 방송 직후 프린스턴 라디오 프로젝트가 수행한 청취자 연구에서 인터뷰한 상당수가 SF란 "〈벅 로저스〉 이야기"나 "내가《어메이징》에서 읽은 어떤 소설들" 같은 것이라고 응답했다(캔트릴, 1966). 1930년대 말 즈음 SF는 문화적 풍경의 중요하고 눈에 띄는 특색이 됐고, 미국에서는 특히 더 그랬다.

결론

- 1930년대에, SF는 미디어를 통틀어 빠르게 확산됐다. 만화와 라디오 연속극은 영웅적 개인을 강조하는 경향이 있었던 반면, 영화는 호러, 코미디와 멜로드라마를 포함한 다른 대중적 양식들에 연결되는 경우가 많았다. 이 미디어들은 아이들과 가족 관중을 겨냥한 SF에 더 알맞을 때가 많았다. 펄프와 팬덤 관련자들 중에서 어떤 사람들은 다른 미디어에서 나오는 SF를 환영했고, 다른 사람들은 무시했다.

- 모험소설을 새로운 배경 속으로 옮겨놓고 생각 없이 현재의 사회적 방식을 미래로 연장하는 SF도 많았지만, 펄프 공간 밖에서 출간된 SF 소설들은 사회적 질서의 변경과 비판이라는 영역을 탐험하는 경우가 많았다.

- 과학과 기술에 관한 문학을 중요시하는 사람들과 정교한 글쓰기를 통해 의미 있는 주제들을 탐험하는 장르에 관심을 가진

사람들 사이에 긴장이 펼쳐졌다.

- SF는 차이에 대해 강한 불편함을 보일 때가 잦았지만 그래도 타자성을 표현하는 데 있어서 관심이 커져가는 모습을 보여줬고, 그 타자성은 젠더와 인종을 중심으로 조직될 때가 많았다.

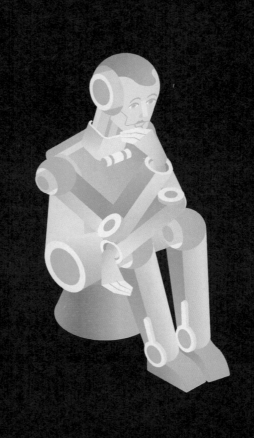

4장

캠벨의 문맥 '혁명': 1940년대

SF 잡지와 페이퍼백 전통에 특권을 부여하는 사람들은 1940년대를 SF 장르의 '황금시대'로 간주하는 경우가 많다. 1940년대 10년 동안 아이작 아시모프, 아서 C. 클라크와 로버트 A. 하인라인의 경력이 확립됐고, 존 W. 캠벨이 《어스타운딩》 편집자로 안정적으로 재임하고 있었다. 그는 인쇄되는 이야기의 종류에 강력한 영향력을 행사했고, 아직 상대적으로 적은 분야에는 응집력이라는 감각을 줬고, SF와 판타지를 분리하기 위해 특히 노력했다. 그러나 그 10년이 끝나갈 무렵 잡지 SF가 팽창하고 다양화되면서 그의 영향력은 약화됐다. 전후 경제 부흥은 새로운 소비품과 세계박람회와 기업이 후원한 다른 전시회들에서 친숙해진 가정용 기술 제품들을 생산했다. 원자력과 컴퓨터의 발달과 함께, 그런 물건들은 일상적인 세계가 SF 잡지에 나오는 소설들을 닮아가고 있다는 감각을 만들어 냈다. 그러는 와중에 사회 비판은 SF 장르의 중요한 부분으로 남아, 기업 권력, 관료화, 자동화의 성장과 원자력에 대한 불안을 이야기했다.

미래의 기획

1940년대 SF는 펄프 장르로 굳게 확립됐고, 기술 발전이 계속 일상생활을 변형시키면서 세계가 점점 더 과학소설처럼 돼가고 있었다. 1893년 시카고의 컬럼비아 세계박람회부터 미국의 사회 문화적 풍경의 중요한 부분이 된 세계박람회와 전시회들은 오랫동안 과학의 경이를 대중에게 새로운 기술과 소비재라는 형식으로 자주 보여줬다. 1930년대 이런 행사들은 펄프에서 발견된 많은 아이디어와 이미지들에 물리적인 형태를 부여했고, 유색인종에 대한 문제적 재현도 공유했다. 혁신과 제국에 대한 이런 기념행사는 두 가지 주요 목적에 봉사했다. 즉, "미국의 미래 진보가 해외 경제 팽창에 달렸고, 필요하다면 경제적 목적을 달성하기 위해 미국의 정치·군사적 영향력을 확장해야 한다는 것을 미국 국민들에게 설득하는 것"과 "문명을 향한 진보란 이른바 선천적인 인종적 특성들이라는 면에서 이해할 수 있다는 관점을 담은 세계관에 대해 사회적 계층을 불문하고 백인 미국인들의 지지를 획득하는 것"이다(라이델Rydell 등, 2000).

과학자들보다는 기업들이 기술을 보여주는 방식을 지배했고, 기업들은 미래에 시장에 내놓으려고 계획한 상품을 전시했다. 제너럴 일렉트릭의 전시회들은 로봇을 포함해 여러 가지 가정용 노동 절약 장치들을 소개했고, 1933년 시카고 '진보의 세기Century of Progress' 세계 박람회에서 벨Bell은 무료 장거리 통화가 가능한 전화를 전시했다. 그러나 같은 박람회의 '과학의 전당Hall of Science' 특집은 우생학을 대변하는 '인종 개량' 전시회였다. 박람회의 민족학 전시들에서는 식민주의와 인종적 차이에 대한 더 큰 불안이 명백히 드러났다. 그런 전시는 미래를 생산하는 자본주의와 기술의 백인 행위자들과 공업화되지 않은 나라들의 "원시적인" 사람들을 대조시켰다. '진보의 세기'의 모토는 "과학은 발견한다. 산업은 적용한다. 인간은 따라간다"였고, 대공황 동안 이 박람회와 다른 세계박람회들은 진보의 개념을 점점 더 '미래의 유토피아'와 연결 지었다. 그 유토피아란 "이제 세계박람회 후원자들로서 돈을 쓰는 소비자들을 의미했다. 그들은 미국인들에게 검약과 절제 같은 오래된 가치들을 젖혀놓고 미국의 공장과 농장 생산물의 소비자가 돼야 한다고 미국인들을 설득하려 했다".

1939년 뉴욕 세계박람회와 그 상징인 '트라일론과 페리스피어 Trylon and Perisphere'는 '내일의 세계'라는 주제를 중심으로 만들어졌다. 페리스피어에 자리 잡은 민주도시 디오라마는 공중 7000피트에서 2039년의 정원도시를 본 것처럼 모형화했다. 민주도시는 수력발전으로 동력을 제공하고 외진 공업 지역과 농업 지역에 쉽게 연결될

4장. 캠벨의 문맥 '혁명': 1940년대

수 있는 깨끗하고 혼잡하지 않은 도시의 유토피아적 비전을 제공했다. 하루 7,000명의 관객을 끌어들인 그 도시는 단순히 건축적인 디자인만이 아니라 적절한 도시계획이 사회 통합과 민주주의적 가치를 촉진할 것이라고 강조했다. 그 박람회에서 가장 인기 있었던 전시는 제너럴 모터스의 '퓨처라마Futurama'로, 2,600만 명의 관객이 관람했다. 이것은 1960년 미국 조감도를 표현한 것으로, 나라를 십자형으로 가로지를 자동화된 슈퍼고속도로와 근접 센서로 충돌을 방지하며 저속에서 고속 차선으로 순조롭게 옮겨 가는 차량들을 강조했다. 이 도로들은 이상적으로 계획된 도시들과 효율적으로 자리 잡은 농업 지역, 조심스럽게 경영하는 목재 자원을 연결하면서 효율과 풍요의 미래를 암시했다. 이런 유토피아적 비전에도 불구하고, 제너럴 모터스는 능동적으로 "의식적으로, 체계적으로, 가차 없이 경쟁하는 다른 모든 형태의 대량 운송 수단과 전기 도시 철도를 파괴하는"(프랭클린Franklin, 1982) 상당히 다른 미래를 추구하고 있었고, 정부 기금으로 만들어지는 주간州間고속도로를 옹호했다. 그것이 더 큰 이익을 확보하기 때문이었다. 상업을 통한 번영이라는 이런 기업의 비전과 실제로 독점 자본주의가 만들어 내는 더 애매한 세계 사이의 모순을 펄프 SF도 알고 있었다. 따라서, 앤드루 로스Andrew Ross는 펄프 SF를 유럽 SF와는 달리 파시즘적 현실과 싸우는 데 실패한 "순진한 형성기"(1991)로 취급하기보다는 "1930년대에 자본주의가 직면했던 문제에 대해 기술 관료적 포디즘과 파시즘은 서로 대체 가능한 해법일 뿐이었다"라는 사실을 알아차리는 것이 중요하다고 주장한다.

　기술 관료주의 운동은 "모든 결정에 이르는 과학적 기법"과 "소비 자본주의의 공허한 약속이었던 결핍이 제거된 미래postscarcity future에 진지하게 헌신한 유일한 프로그램"을 내놓은 것 같았다. 얼마간의 미래주의자들과 다른 SF 인사들은 1930년대의 기

인간의 최소 노동으로 대부분의 물품을 풍부하게 생산하여 아주 싼 가격이나 공짜로 얻을 수 있게 된다는 이론상의 경제 상황.

술 관료주의 운동에 참여했고, 1940년대 펄프의 몇몇 중요 텍스트들은 이와 유사하게 '범용', '과학적' 철학을 중심으로 구조화됐다. 나중에 『파운데이션Foundation』(1951), 『파운데이션과 제국Foundation and Empire』(1952), 『제2파운데이션Second Foundation』(1953)으로 개정된 아이작 아시모프의 〈파운데이션〉 소설들(《어스타운딩》, 1942~1949)은 심리역사학이라는 학문을 상정했다. 그것은 극중 인물 하리 셀던이 "고정된 사회경제적 자극에 대한 인간 집합의 반응"(2004a)에서 추론해 미래를 예측하기 위해 발전시킨 학문이다. '은하제국'의 쇠망기에 살면서 셀던은 '파운데이션'을 설립한다. 그것은 제국이 무너진 후 불가피하게 겪을 야만적 기간을 3만 년에서 겨우 1,000년으로 줄이게 될 것이다. 〈파운데이션〉은 '파운데이션'이 제어하는 핵 기술에 뿌리를 둔 사이비 종교의 창립과 경제 조작을 비롯해 '셀던 계획'에 대한 여러 가지 위협을 극복하는 과정을 보여준다. 심리역사학적 '계획'은 수학적으로 정확하리라 생각되지만, 이 소설은 예외적인 개인들의 행동을 통해 '계획'이 실패할 가능성과 인간의 행동이란 결정주의적 모델링을 넘어서는 것이 아닌가 하는 의심을 따라 진행된다.

파운데이션은 "과학이 다시 살아나게 만들기 위해 필요한 조건 아래에서 은하의 죽어가는 (물리적) 과학의 집중"을 대표한다. 또 셀던은 "물리학이 아니라 심리학이 왕좌를 차지하는" "정신과학자들

의 세계"(2004b)인 '제2파운데이션'을 비밀리에 설립한다. 그것의 목적은 '계획'에 대한 예지가 '제1파운데이션'을 현실에 안주하지 않게 만드는 것이다. 그렇게 되면 총체적 행동이 바뀌어 '계획'이 무효로 될 수도 있기 때문이다. 셀던은 인간 행동에 대한 과학이 안정적일 수 없다는 것을 인지하고 '진화 메커니즘'으로서 심리역사학을 창조하고, '그 진화의 기구'로서 '제2파운데이션'(2004c)을 창조한다. 이 소설들은 인간과 인구의 합리적 경영에 대한 소망을 드러내지만, 동시에 그런 계획의 가능성을 약화시키는 '셀던 계획'을 지켜보고 조정해야 할 필요도 드러낸다. 아시모프가 공학의 형태로 심리학을 배치한 것은 그 학문이 다른 과학적 학문과 마찬가지로 그 대상에 통달할 수 있다고 암시하지만, 소설의 재미는 삶이 그런 통제를 넘어서는 방식들에 있다.

A. E. 밴 보그트^{A. E. van Vogt}의 〈스페이스 비글호^{Space Beagle}〉 소설들(《어스타운딩》, 1939~1943; 책 1950)은 "한 학습 분야의 지식을 다른 분야들의 지식과 질서 있는 방식으로 결합시키는 과학"(1981)인 정보종합학^{nexialism}을 특징으로 삼는다. 정보종합학은 "삶과 물질을 지식과 존재라는 분리된 구획으로 나누는" 것 때문에 만들어지는 문제들을 극복한다. 앨프리드 코집스키^{Alfred Korzybski}의 일반의미론^{general semantics} 이론에 영향을 받은 보트의 〈널-A^{Null-A}〉 소설들도 이와 비슷하게 범용으로 적용할 수 있는 생각의 과학에 관한 이야기다. 코집스키에 따르면, 서구 문화를 지배하는 아리스토텔레스 논리학은 물질적인 다양성을 추상적인 정체성으로 축소시키기 때문에 우리가 세계의 다양성을 고려하지 못하게 만든다. 「널-A의 세계^{The World of}

Null-A」(《어스타운딩》, 1945; 책 1948)에서, 여러 몸을 옮겨 다니는 길버트 고세인의 의식은 자신의 진정한 정체성을 알아내려고 한다. 복잡한 모험길 도중에, 그는 "지도는 영토가 아니고", 그가 믿는 것은 "현실에서 추상화된 것이지, 현실 그 자체가 아니"(2002)라는 말을 듣는다. "널-A의 이야기 …는 시공간에서 벌어지는 비슷하지만 다른 객관적 사건들을 구별하도록 두뇌를 훈련하려는 인간의 투쟁기다"라는 말도 듣는다. 「널-A의 플레이어들The Players of Null-A」(《어스타운딩》, 1948~1949; 책 1956)에서 고세인은 고그지드 행성의 퇴위한 왕자의 육체를 일시적으로 점유하고, 일반의미론을 받아들이고 생각 없는 반응을 비환원적 널-A 논리로 바꿔서 현재의 사회적 조직의 문제들을 극복할 수 있다고 주장한다. 밴 보그트는 독자에게 이렇게 알린다. "개인이 삶에 다음과 같이 적용할 수 있도록 한다. 1) 논리적으로 미래를 예측할 수 있다. 2) 자신의 능력에 따라 성취할 수 있다. 3) 행동이 환경에 적합해진다"(1966). 따라서 밴 보그트는 예측적 합리성이 인간의 행동을 유토피아적 미래로 이끌 수 있다는 아시모프의 관심사를 공유하는 것으로 볼 수 있다.

그러나 밴 보그트는 아시모프보다 권위에 더 큰 의심을 품고 있다. 그의 〈무기 상점Weapon Shop〉 소설들(《어스타운딩》, 1941~1943, 《스릴링 원더 스토리스》, 1949; 책 1947과, 1951)은 세계박람회의 기업 전시와 〈파운데이션〉 소설들이 광고하는 것 같은 중앙집권화된 사회경제적·이데올로기적 질서에 대한 불안을 드러낸다. "무기를 살 권리는 자유로울 권리다"(1969)라는 모토를 가진 무기 상점은 정부의 억압에 저항할 시민의 능력을 보장함으로써 제국 중심부의 헤게모니에 대응하기 위해 만들어졌다. 상점은 시민들을 "탐욕스러운 사기업"으로부터 보호하기 위해 사법 체계도 가동한다. 문명이 "너무나 복잡해져서 평균적인 인간은 그의 돈을 빼앗기 위해 경쟁하는 자들의 교묘한 장치에서 자신을 보호할 수가 없기 때문"(1970)이다. 이 소설들에서 밴 보그트는 집중화된 정치·경제적 질서에 맞서 개인의 중요성을 강조한다.

캠벨이 모집하기 전에도 이미 다른 장르에서 인정받은 펄프 작가였던 L. 론 허버드L. Ron Hubbard는 사회적 질서와 위축되는 개인의 역할이라는 문제를 다루기도 했다. 「최후의 등화관제Final Blackout」(《어스타운딩》, 1940; 책 1948)는 끊임없는 전쟁과 거기에 연관된 환경 재앙으로 황폐화된 미래를 보여준다. 카리스마 있는 소위가 부하들과 함께 전염병이 들끓어 격리된 유럽에 발이 묶이고, 고국인 영국에서 일어난 공산주의 쿠데타 때문에 더욱 고립된다. 이 "명문 태생의 영국 젊은이"(1996)는 무능력한 군 사령부를 전복하고, 영국을 침공해서 "해방시키고" "자비로운" 독재를 확립하여, 선견지명 있는 공정성으로 질서와 문명을 회복한다. 그러나 자기가 시작한 핵전쟁에서 살아남은 미국은 이제 미국의 잉여 인구를 영국에 정착시키려고 한다. 소위는 자신의 법이 보장받고, 무상 토지 불하가 존중받고 이민이 제한될 것이라는 조건으로 퇴위한 다음 자기가 선택한 후계자의 장애물을 없애기 위해 새 꼭두각시 정부의 지도자들을 죽인다. 그러나 허버드의 소설은 미국 제국주의에 대한 비판에 그치지 않고 훨씬 더 보수적이었다. 전체주의에 대한 우려에도 불구하고, 좌파 정치학과 개인주의 정치학에 대한 허버드의 비방, 단순한 사람들의 미덕을 치하하고 타고난 귀족에 대한 애정을 보여주는 서술은 원형적 파시스트 상상력이 작용하고 있음을 시사한다.

　그 시대의 정치적 권위에 대한 덜 모순되고 더 영향력 있는 참여는 조지 오웰George Orwell의 반스탈린주의적 작품 『1984』(1949)다. 전형적인 디스토피아를 보여준 것으로 종종 간주되는 이 작품은 계속되는 전쟁과 끊임없는 감시, 공개적인 정신 조종을 통해 빅브라더가 전체주의적 지배를 하는 것을 묘사한다. 윈스턴 스미스는 오세아니아의 '진리부'에서 일한다. 그는 진실의 기록이 공식적 이데올로기와 맞아떨어지고, 아무도 '당' 버전의 사건들에 의문을 품을 수 없도록 주의 깊게 서류들을 편집한다. 진리부는 '뉴스피크'도 개발하고 있다. '뉴스피크'는 영어에서 가장 기본적인 것만 남기고 나머지는 모두 없애버린 버전으로, 어떤 개념들에 대한 단어가 없기 때문에 인간의 생각을 편협하게 규정된 수단으로 제약해 버릴 것이다. 윈스턴은 정치적·성적 저항의 짧은 기간을 즐기지만, 그것은 환상에 불과한 자유였고 당이 그를 체포하자 자유는 산산이 부서진다. 고문은 외적인 행동만 강요할 수 있고 자기 마음은 자신의 것으로 남아 있을 거라고 믿으면서, 그는 "그들을 증오하며 죽는 것, 그것이 자유"(1987)라고 생각한다. 그러나 허버드의 소위와는 달리, 그는 그런 멜로드라마적 영웅성을 부정당한다. 사람들을 최악의 공포에 무릎 꿇리는 101호실에 직면하자, 그는 연인을 배신하고 그녀를 대신 고문하라고 애원한다. 완전히 무너져 내린 그는 심지어 빅브라더를 사랑하게 된다.

　하인라인의 「만약 이것이 계속되면If This Goes On」(《어스타운딩》,

1940)은 아마 『1984』와 가장 가까운 펄프물일 것이다. 미래의 신정
국가 미국을 배경으로, 이 소설은 '신의 천사'군 병사 조니 라일이 저
항군으로 개종하는 과정을 추적한다. 오웰의 '당'과 같이, 전체주의
적 신정국가의 정치적 지배는 행동, 특히 사랑과 섹스를 감시하는 데
에만 의존하는 것이 아니라, 신민들의 마음을 식민화하는 데에도 의
지한다. 그러나 이번 경우 언어를 조작하고 과학적으로 정밀한 선전
을 설계하려는 것은 저항군 쪽이다. 그들은 단어 연결의 미적분학을
개발한다.

> 특정한 방식으로 특정한 독자나 독자 유형에게 사용된 특정한 단어
> 가 그 사람에게 적합하게 작용할지, 적합하지 않게 작용할지, 아니
> 면 그냥 그를 냉담하게 놓아둘지 알려준다. 집단을 적절히 측정한
> 다면 그것은 다른 공학 부문과 마찬가지로 수학적으로 정확해질 수
> 있다.(1967d)

저항군은 최면약과 함께 사용하면 "인구의 83퍼센트에게 최적
의 정치적 기질을" 만들어 낼 수 있는 "재교육 영화"를 완성하지만,
그들은 예언자의 군대를 이기려면 필요한 대중의 지지를 얻기 위해
그런 수단을 사용하지 않는다. 그런 제약이 그들의 민주주의적 목적
에 더 적합할 것이기 때문이다. 예상대로, 그들은 성공한다.

하인라인의 정치학은 모순적일 때가 많다. 대체로 그는 기술과
통치, 경제의 교차점에 관심을 갖지만 강한 개인들, 특히 공학자들을
숭앙하는 경향이 있는 우익 자유주의자의 특징을 가졌다고 할 수 있

다. 그는 엘리트 교육보다 현장 경험을 더 중시하고, 조직된 노동에 의심을 품고 더 큰 이상을 향한 (군사적이거나 유사 군사적일 때가 많은) 봉사라는 개념을 더 좋아한다. 따라서 그는 사회질서를 이성적이고 기술과학적으로 경영하면 최선의 사회를 성취할 것이라는 감각을 기술 관료 체제와 공유하지만, 동시에 보수적인 개인주의를 옹호한다. 이 모순의 전형적인 예는 「길은 펼쳐져야 한다^{The Roads Must Roll}」 (《어스타운딩》, 1940)에서 볼 수 있다. 여기에서 미래 사회는 거대한 컨베이어 벨트처럼 기능하는 자동화된 도로의 복잡한 체계에 의존하고 있다. 체계를 유지하는 기술자들에게 노동 조직가들이 더 큰 정치적 역할을 달라고 요구할 때, 하인라인은 이 청원과 노동쟁의 행위를 근본적으로 비합리적인 것으로 나타내고 기술자들을 심리학적으로 부적절한 선동 정치가에게 사기를 당한 사람들로 표현한다. 일어날 뻔했던 재앙을 피하는 것은 영웅적인 기술자이자 감독관인 게인스 덕분일 뿐이다. 기술적으로 발전한 사회에서 "진짜 위험 …은 기계가 아니라 그 기계를 조종하는 인간들"(1967f)이라는 게인스의 믿음은 하인라인의 기술 관료주의적 개인주의 안에 있는 긴장을 깔끔하게 포착한다. 「달을 판 사나이^{The Man Who Sold the Moon}」(1950)는 주인공 D. D. 해리먼이 정기적 달 여행을 할 수 있는 환경을 생산하고 유지하기 위해서 달에 가려는 자신의 소망을 접는 순간, 개인과 기술, 경제, 법과 통치 체계 사이의 관계를 보여준다. 이런 여러 가지 체계들의 요구에 그가 복종하는 모습은 그가 그 체계들을 (윤리적으로는 미심쩍다고 해도) 최상의 방식으로 조작해서 "새로운 변경과 미국의 부활이라는 멋진 꿈"을 만들어 내는 것으로 완화된다. 그러나 그 꿈은 "평등주의적 개인주의라는 수사를 주장할 때에도 독재적"(킬고어^{Kilgore}, 2003)이다.

미국의 변경 신화$^{frontier\ mythology}$를 환기시키기는 하지만, 우주 시대에 대한 하인라인의 묘사는 예지적이라기보다는 일상적인 것이다. 그리고 그는 그것을 가능하게 하는 기계를 만들고 보살피는 인간 하나하나에 공감한다. 「신사 여러분, 착석하십시오$^{Gentlemen,\ Be\ Seated}$」(《아르고시》, 1948)에서, 건설 노동자는 밀봉된 달 터널에 난, 작지만 치명적인 구멍을 자기 엉덩이로 틀어막아 재앙을 피한다. 하지만 그 때문에 그는 생명을 잃는다. 「달의 검은 구덩이$^{The\ Black\ Pits\ of\ Luna}$」(《새터데이 이브닝 포스트$^{Saturday\ Evening\ Post}$》, 1947)는 역량이 없는 기업인과 그의 결단력 있고 유능한 아들을 대조시킨다. 기업인은 결국 "달에서 떨어져 있어요. 당신은 이곳에 있을 사람이 아닙니다. 당신은 개척자 유형이 아니에요"(1967a)라는 말을 듣는 반면, 아들의 귀환은 환영받는다. 「지구의 푸른 언덕$^{The\ Green\ Hills\ of\ Earth}$」(《새터데이 이브닝 포스트》, 1947)은 우주여행의 개척 시대 동안 제트맨으로 일했던 노이지 리슬링을 등장시킨다. 그렇게 문명화된 세부 사항이 안전 규정으로 시행되기 전 그는 엔진실 사고로 시력을 잃었다. 오랜 세월 후, 그는 "해리먼 홀에서 5년 지냈지만 알찬 심우주 경험 대신 간부 후보생 연습 여행만 해본"(1967c) 우주선 선장이 집행하는 엄격한 새 규정 때문에 지구로 돌아가는 회송 차량에 타지 못한다. 리슬링은 선상에서 자기 방식을 주장하고, 폭발 때문에 그 우주선의 제트맨이 죽었을 때 결국 그 배를 구한다. 눈이 멀었는데도 낯선 엔진실에서 새 장비를 조종하는 그의 능력은 하인라인이 밀접한 관계가 있는 사회와 기술의 변화를 그럴듯하게 외삽해 넣는 것을 맹렬히 추구했다기보다는, 바람직한 서사적 효과(여기서는 감상적인 옹호)를 얼마나 강하게 또 자주 추구했는지 보여준다.

「제국의 논리^{Logic of Empire}」(《어스타운딩》, 1941)에서, 하인라인은 사회조직을 더 직접적으로 다룬다. 이 작품에서 금성의 식민화는 노동자들을 속여 연기 계약 노예 상태로 두고 계속 빚을 지게 해서 지구로 도로 돌아갈 배편을 얻지 못하도록 만드는 데 의존하고 있다. 부유한 이민자 샘 존스와 험프리 윈게이트가 마침내 금성에서 구출됐을 때, 험프리는 격렬한 대중적 항의를 조직하는 데 착수하지만 아무도 그의 경험에 관심이 없다는 것을 깨닫게 된다. 반면, 그는 "과장된 언어", "짜릿한 구절들"과 "싸구려 선정주의"(1967e)를 위한 분석을 그만두라는 충고를 받는다. 또 한편, 그는 자기 분석이 부적절하고, "사회적이고 경제적인 주제를 다룰 때 가장 흔하게 빠지는 오류 … 상황을 순전히 어리석음의 결과인 악행 때문으로 치부하는 오류에 빠졌다"라는 말을 듣는다. 이 경우, 노예제도가 성간 식민주의의 팽창과 "구식 재정 구조"의 결합이기 때문이 아니라 탐욕에 기초했기 때문에 어리석음의 탓이다. 이 소설은 자본주의 너머로 가야 할 필요를 암시하지만, 샘과 험프리는 자신들이 그 체제를 바꾸기 위해 아무것도 할 수 없다는 결론을 내린다. 인간 노동자들 밑에서 일하지만 그들의 반식민주의적 저항운동에서는 배제된 금성의 토착 양서류의 운명에 대해서는 전혀 나오지 않는다.

로봇, 컴퓨터와 주체들

「로비Robbie」(《슈퍼 사이언스 스토리스》, 1940)로 시작하는 아시모프의 〈로봇〉 소설들은 사회적·경제적·인종적인 위계질서에 대한 불안을 인공적으로 창조된 존재에 옮겨놓는다. 어린 여주인에 대한 로비의 헌신은 엉클 톰Uncle Tom˙ 고정관념을 아무 생각 없이 반영한다. 그러나 아시모프의 로봇이 점점 더 주체가 돼가면서(언어 능력과 뚜렷한 개성을 발전시키면서) 계급과 인종 때문에 주변화되는 인간과의 유사점이 점점 더 커진다. '로봇 제3원칙'(로봇은 인간을 해치거나 어떤 행위를 하지 않아 인간이 해를 입도록 놔둬서는 안 된다. 첫 번째 원칙과 충돌할 경우만 제외하고 로봇은 인간이 내린 명령에 복종해야 한다. 첫 번째나 두 번째 원칙과 충돌하지 않는 한 로봇은 자신을 보호해야 한다(2008b))은 로봇 정체성의 핵심에 위계질서를 새겨 넣는다. 그리고 그중 많은 소설

과거 미국인의 시중을 들거나 그들의 비위를 맞추려는 흑인을 가리킬 때 종종 쓰였다.

이 겉보기에는 단순한 이런 규칙들이 어떻게 복잡한 행동을 야기할 수 있는지를 탐구한다. 「길 잃은 작은 로봇Little Lost Robot」(《어스타운딩》, 1947)에서, 인간들이 해로운 방사능에 노출돼야만 하는 군사 프로젝트를 로봇들이 방해하지 못하도록 하기 위해 제1원칙이 수정된 로봇 몇 대를 생산할 필요가 생겼다. 로봇 심리학자 수전 캘버트는 다른 로봇들 사이에 숨어 있는 수정된 로봇을 찾아야 한다. 육체적으로는 보통 로봇과 수정된 로봇을 구별할 수 없다. 수전은 제1원칙의 구속력이 약해지면 로봇이 인간에게 대들 수 있게 되거나 심지어 그런 현상이 촉진될 것이라고 주장한다.

> *의식적이든 아니든 … 모든 정상적 생명체는 지배를 받을 때 분개합니다. 만약 열등한 자가 그런 지배를 한다면, 분개심은 더욱 강해집니다. 육체적으로도, 어떤 면에서는 정신적으로도, 로봇 …은 인간보다 우월합니다. 그렇다면 로봇은 무엇 때문에 복종합니까? '오직 제1원칙입니다!' 자, 제1원칙이 없다면, 로봇에게 처음 명령을 내리려는 순간 당신은 죽음을 당할 것입니다.(2008a)*

수전은 결국 로봇을 속여 자기 정체를 드러내게 만들어서, 로봇 무리 전체를 파괴하는 비용을 절약한다. 로봇의 정체를 드러나게 만든, 발전 중인 "우월 콤플렉스"는 (맥락과는 달리) 억압자의 이데올로기적 제약을 거부하는, 그 당시 생겨나던 하위 주체의 혁명적 의식으로 읽을 수 있다. 그러나 아시모프는 잠재적인 사회적 비판이나 은유적 정교함보다 그 소설의 논리 문제 구조를 더 좋아한다.

최초의 범용 컴퓨터 에니악Electronic Numerical Integrator and Automatic Calculator, ENIAC의 개발은 컴퓨터가 사회를 변화시킬 수 있는 방식에 대한 흥미를 부채질했다. 머리 레인스터의 「조라는 이름의 로직A Logic Named Joe」(《어스타운딩》, 1946)은 '로직'이라고 불리는 컴퓨터가 아주 일상적인 활동에 완전히 통합된 미래를 상상한다. 로직들은 "뭐든지 알거나 보거나 듣고 싶은 것에" 접근할 수 있다. "처넣기만 하면 얻을 수 있다. 매우 편리하다. 또, 로직은 당신을 위해 수학을 하고, 책을 저장하고, 화학자·물리학자·천문학자 자문을 하고 '점쟁이'로서 행동한다"(1978b). 만들어질 때 아주 사소한 결함이 있었기 때문에, 한 로직이 개성을 발달시키고 정보를 제공할 뿐만 아니라 충고도 하도록(질문자의 아내를 죽이는 법 같은 질문에도 대답하도록) 컴퓨터 네트워크를 향상시키는 일에 착수한다. 사회가 로직에 너무나 의존하고 있기 때문에 네트워크를 그냥 꺼버릴 수가 없다. 아시모프의 「피할 수 있는 분쟁The Evitable Conflict」(《어스타운딩》, 1950)에서, 제3원칙의 지배를 받는 컴퓨터들은 합리적으로 지구 사회를 운영하고, 최적의 결과를 위태롭게 하지 않으면서 컴퓨터가 인간적 기벽과 결함도 가질 수 있도록 허락하는 피드백 시스템을 발전시킨다. 극도로 합리적인 통찰력은 악몽이라는 것을 깨닫게 되는 예브게니 자먀찐의 『우리들』과 잭 윌리엄슨의 「양손을 포개고…With Folded Hands…」(《어스타운딩》, 1947)와는 달리, 아시모프는 정치를 넘어선 기술 관료주의적 유토피아의 출현을 상상한다. 그는 최적성을 어떤 기준으로 판단해야 하는지에 대해 의문을 품지도 않는다.

다른 작가들은 인간과 기계 인터페이스의 종류를 탐구하기 시작하고, 이런 조류는 후대의 SF에서 두드러지게 된다. C. L. 무어의 「여자가 태어나지 않는No Woman Born」(《어스타운딩》, 1944)은 불 때문에 육체가 죽은 다음 아름다운 기계 몸체에 두뇌가 이식되는 데어드리라는 가수에 대한 소설이다. 데어드리는 청중들이 곧 로봇 가수의 참신성에 질려버릴 것이라는 공포를 떨치면서 늘 매력적인 연기자로 남아 있다. 그러나 그녀의 생명을 구한 과학자는 새로운 형태가 된 그녀에게서 무언가 결여돼 있다는 느낌과 그녀가 더 이상 인간이 아니라는 불안을 느낀다. 결국 데어드리는 인간성의 감각을 잃어버릴까 봐 외롭고 불안하다는 것을 고백한다. 그건 그녀가 인간보다 열등해서가 아니라 초인이기 때문이었다. "이미 그녀의 목소리 안에 있는 아련한 금속성"을 이야기하는 이 소설의 마지막 구절은 그녀의 불안감이 정당하다는 것을 암시한다. 헨리 커트너의 「위장Camouflage」(《어스타운딩》, 1945)에서도 육체와 정체성 사이의 관계가 탐구된다. 사고를 당한 후, 바트 쿠엔틴의 두뇌는 실린더 안에 계속 살아 있다. 그 실린더는 그가 조종하는 우주선에 연결될 수 있다. 그는 아내와 함께 계속 살아가고, 인간적 습관(센서를 통해 음식 맛을 보고, 취한 상태를 시뮬레이트하기 위해 "유도된 고주파 전류"(1984)를 사용하는)을 보유하고 있는 것이 자신의 인간성을 증명한다고 주장한다. "당신이 잠재의식에서 생각하는 대로 내가 슈퍼도구 같은 것이라면, 나는 완전히 내성적으로 변해 우리의 우주 방정식을 푸는 데 시간을 바칠 것이다." 어린 시절의 친구 탤먼은 범죄자가 됐고, 엔진을 훔치기 위해 쿠엔틴의 배에 탔다. 그는 쿠엔틴이 먹고 마시는 것 같은 인간의 행위를 복사하는 것은 "그것들이 현실이기를 바라면서" 인간성의 '상징'에 집착하는 것뿐이라고 주장한다. 그러나, 그가 "네가 여전히 쿠엔틴이라면 난 절대 너를 죽이려고 하지 않았을 거야"라고 말할 때, 그가 선택한 동사는 그의 속을 드러내 보인다. 그는 여전히 자신의 옛 친구를 단순한 기계가 아니라 죽일 수 있는 사람이라고 생각한다. 인공 존재에 대한 이런 소설들(인공 존재는 그것을 생산하기 위해 필요한 기술보다는 자동화와 사이버네틱스^{cybernetics} 가 사회적 관계에 미치는 영향과 더 관계가 있다)은 건스백의 과학의 대중화 의제에서 캠벨의 일상생활에서의 과학과 기술의 구현이라는 더 넓은 감각으로 이동했음을 보여준다.

생물 및 기계를 포함하는 계
系에서의 제어와 통신 문제를
종합적으로 연구하는 학문.
미국의 수학자 워너가 창시했
으며, 인공지능·제어공학·통
신공학 따위에 응용한다.

원자의 분열, 돌연변이 인간, 외계인과의 만남

이런 이동은 편입시키는 행위자로서 편집자가 갖는 상대적 힘만이 아니라 중대한 새 기술이 눈에 띄게 세계를 변화시키는 방식들과도 관련돼 있다. 그중에서 가장 중대한 것은 원자폭탄이었다. 적어도 H. G. 웰스의 『세계가 자유로워졌다The World Set Free』(1914)부터 SF는 원자력 무기에 관심이 있었다. 그리고 1940년대 SF에서 가장 사람들이 좋아하는 일화 중 하나는 클레베 카트밀Cleve Cartmill의 「데드라인Deadline」(《어스타운딩》, 1944)의 출판 때문에 군 방첩대가《어스타운딩》사무실에 방문한 사건이다. 그 작품은 우라늄 235 동위원소와 제어되지 않는 연쇄반응의 가능성에 대해 이야기했다. 그러나 펄프계가 처음에 흥미를 느낀 건 원자력 기술이 약속하는 무한한 공업 동력이었다. 하인라인의 「폭발이 일어난다Blowups Happen」(《어스타운딩》, 1940)는 원자력 기술자 생활의 압도적 스트레스에 대한 것이다.

"어떤 조종사, 어떤 장군, 어떤 외과의도 이렇게 다른 사람들의 생명에 대해 피할 수 없고 항상 존재하는 책임의 무게를 나날이 진 적이 없다"(1967b). 조사에 나선 심리학자들은 스트레스와 연관된 폭발이 정기적으로 업무 현장을 파괴하고 있으며, 이 폭발에는 해법이 없다고 판단한다. 원자로 폭발이라는 항시 존재하는 위험에 대한 인간의 반응은 정신건강과는 상관없이 이런 일상적 현실(항상 존재하는 위험)과 일치하기 때문이다. 다행히, 설명되지 않은 기술적 돌파구 덕분에 "안전하고 농축되고 통제할 수 있는 원자력 연료"를 인간들에게서 안전할 정도로 멀리 떨어진 인공위성에서 생산할 수 있게 된다. 이것은 어떤 현재의 위험도 짊어질 가치가 있다고 암시하는 교묘한 이데올로기적 속임수다.

펄프픽션들은 이 행성을 파괴할 힘을 소유한 인간의 무시무시한 현실을 더 진지하게 다루는 이야기들도 내놓았다. 시어도어 스터전Theodore Sturgeon의 「기념비Memorial」(《어스타운딩》, 1946)에서, 어느 과학자는 "언제나 쓸모없는 땅이었던 … 사막 속에" 핵 파괴로 "거대한" 구덩이를 만든다. 그 구덩이는 "인류가 스스로 준비했던 파괴의 살아 있는 기념물 … 끝없는 설교와 경고이자, 평화의 끔찍한 대조물의 예"(1984)로서, "부글부글 끓는 용암으로 살아 있는 듯하지만, 만년 동안 죽음을 내뿜"는다. 그는 원자력을 "무한한 이야기 재료의 배경에 들어가는 무한한 동력 원천"으로만 다루는 SF 작가들을 노골적으로 비판한다. 그런 작가들은 "인류 때문에 두려워한다지만 자신들은 기분 좋은 응접실에서 걱정할 때만 빼고 정말로 두려워하지는 않는다. 그들은 이 〈벽 로저스〉 같은 사건이 후대에 일어난다고밖에 상상할 수 없기 때문"이라고 주장한다. 주디스 메릴의 「오직 어머니That Only a Mother」(《어스타운딩》, 1948)는 원자폭탄의 사용이 아니라 방사능에 오염된 세계에 초점을 맞춘다. 마거릿은 자신의 아이들이 방사능 노출 때문에 결함을 가지고 태어날까 봐 걱정한다. 군인이라 옆에 없는 남편 행크가 맨해튼 프로젝트에서 일했기 때문이다(명시되지 않은 전쟁에서 핵폭탄이 계속 사용되고 있다는 암시들도 있다). 돌연변이의 발생 빈도가 높고, 돌연변이인 아이들을 죽이는 아버지들을 벌하지 않는 배심원단 때문에 그녀는 조마조마하다. 다행히 그녀는 행크에게 건강한 딸이 출생했다는 편지를 쓸 수 있게 됐다. 그러나 그 아기는 7개월에 네 살의 정신적 능력을 갖게 되고, 어머니에게 아버지와 처음 만날 날이 임박했다고 말한다. 행크가 도착했을 때 그는 공포를 느끼며 아기에게 사지가 없고, 마거릿은 모성애에 눈이 멀어 그 사실을 "모른다"(2005b)라는 것을 깨닫는다.

원자력 돌연변이에 대한 이런 무시무시한 통찰과 동시에, 인류 진화의 다음 단계가 출현하는 이야기들도 계속 나온다. 가장 유명한 것은 밴 보그트의 「슬랜Slan」(《어스타운딩》, 1940; 책 1946)이다. 슬랜들은 보통 인간보다 더 강하고 더 지능적이며 텔레파시를 쓰지만, 핍박받고 종족 살해의 위협을 당하는 소수자다. 이 소설은 그 시대에 유럽에서 일어나던 사건들과 별로 공명하지 않았지만, SF에 대한 흥미가 점점 기술화돼 가는 세계에 더 적합하다는 증표라고 느꼈던 어떤 팬들은 그것을 자신들의 문화적 주변화에 대한 은유적 표현이라고 받아들였다. 캐서린 맥린Katherine MacLean의 「방어기제Defense Mechanism」(《어스타운딩》, 1949)는 초인적인 맥락보다 가정적인 맥락에서 정신

능력을 다룬다. 테드는 텔레파시 능력을 가진 아기 제이크의 정신이 "외부 생각의 단순한 선택적 메아리"에서 "진정한 개성"(1973a)으로 발전하는 것을 즐겁게 관찰한다. 어느 날 제이크는, 사냥꾼에게 목이 매달렸지만 아직 죽지 않은 토끼의 고통을 느끼고 깊이 우울해진다. 왜 제이크가 "절대 어른의 마음과 접촉하지 않았는지" 궁금했던 테드는 그 사냥꾼에게 텔레파시 접촉을 했다가 그가 다른 사람의 고통을 즐기는 정신질환자임을 발견한다. 집으로 돌아오며, 테드는 제이크가 자기 힘을 거부하고 다른 "정상적인" 인간들처럼 "외부의 생각에 문을 닫고 걸어 잠그게" 됐다는 것을 깨닫는다. 돌연변이 이야기에 자주 나타나는 정신 능력에 대한 관심은 부분적으로는 초감각적 지각extra sensory perception, ESP과 염력에 대한 J. B. 라인J. B. Rhine의 조사에 기반한 것이었다. 그 조사는 듀크대학 실험실이라는 환경에서 이뤄졌고, 라인의 『정신의 새로운 경계New Frontiers of the Mind』(1937)로 대중화되면서 캠벨의 옹호를 얻었다. 알베르트 아인슈타인Albert Einstein, 베르너 하이젠베르크Werner Heisenberg, 에르빈 슈뢰딩거Erwin Schrödinger 등의 양자물리학 때문에 시간과 공간 같은 근본적 개념을 급진적으로 수정해야 했던 그 당시에는, 그런 현상을 경험적으로 입증하는 것도 가능해 보였다.

「슬랜」처럼, 하인라인의 「므드셀라의 아이들Methuselah's Children」(《어스타운딩》, 1941)은 종족 간의 분쟁을 불가피한 것으로 표현한다. 장수하는 사람들의 존재를 발견하자, 인간들은 긴 수명이 과학적 절차에 따라 나온 것이 틀림없다고 결론을 내리고 (존재하지도 않는) 비밀을 밝히기 위해 고문을 준비한다. 대조적으로 커트너와 무어가 함께 루이스 패짓Lewis Padgett이라는 필명으로 쓴 〈뮤턴트Mutant〉 소설들(《어스타운딩》, 1945, 책 1953)에서는 원자력 방사선 때문에 생겨난 텔레파시 능력이 있는 돌연변이인 발디스가 인간의 의심과 공포라는 도전을 침착하게 마주하면서 평화로운 공존을 위해 분투하는 모습을 보여준다. 『피리 부는 사나이의 아들The Piper's Son』에서, 부르칼테르는 이렇게 설명한다.

> 우리에게는 너무 많은 부나 권력을 갖는 것이 이치에 맞지 않습니다. 우리에게 방해가 될 것이기 때문입니다. 그리고 어쨌든 우리에게는 그런 것이 필요 없습니다. 아무도 가난하지 않으니까요. 우리는 우리가 할 일을 발견하고, 그 일을 하고, 적당히 행복합니다. 우리는 비非발디스들이 갖지 못한 이점을 갖고 있습니다. 예를 들어 결혼에서 그렇습니다. 정신적 친밀성은 육체적인 것만큼 중요합니다. 그러나 발디로 태어나 사는 것이 신 같다고 느끼지는 않았으면 좋겠습니다. 그렇지 않으니까요.(1984)

발디 한 명이 인간과 다투도록 분쟁을 조장하고 있다는 것을 발견하자, 그들은 직접 그를 죽인다. 그러나 미국의 인종차별을 다루려는 많은 소설에서처럼, 아프리카계 미국인과 비인간 타자라는 있을 수 있는 은유적 방정식은 돌연변이들이 가진 근본적인 생물학적 차이와 그들이 누리는 경제적 복지 때문에 약화된다.

클리퍼드 D. 시맥Clifford D. Simak의 〈도시City〉 소설들(《어스타운딩》, 1944~1947, 《판타스틱 어드벤처스》, 1951; 책 1952)은 기술을 써서 목성 원주민의 형태와 걸맞게 자기 몸을 변형시킨 지적인 개들에게 인간이 어쩔 수 없이 지구를 양도하는 미래를 그린다. 「탈주^{Desertion}」(1944)는 텔레파시를 쓰는 공동체와 "다른 생명체들과 갖는 개인적이고 은밀한 연결을 영원히 끊어버리고" "구름에서 아름다움을 볼 수 없"거나 "부서지는 급류에서 생겨나는 영롱한 음악을 느끼지"(1971b) 못하는 인간의 몸을 훨씬 뛰어넘는 고양된 감각적 경험을 내보이며 이런 대안적 전형을 보여준다. 「낙원^{Paradise}」(1946)에서, 파울러 사령관은 이 경이로운 이질성을 알리기 위해 인간 형태로 되돌아가는 희생을 하지만, 그는 "인류가 사라지고" "인류가 수천 년에 걸쳐 이룬 모든 진보가 폐기처분"(1971c)될까 봐 두려워하는 사람들에게 억압된다. 『이솝^{Aesop}』(1947)에서, 이런 미래 진화를 관찰해 온 충실한 로봇 시종은 인간은 인간 아닌 다른 존재가 돼야만 폭력의 끝없는 순환을 피할 수 있다고 말한다. "인간이 갈 수 있는 길은 단 하나밖에 없다. 활과 화살의 길 … 무슨 일을 한다고 해도 인간은 활과 화살을 발명할 것이기 때문이다"(1971a).

외계인이 나오는 많은 소설은 계속 식민지 모험소설의 패턴을 따라갔지만, 어떤 작가들은 타자성과의 만남에 대해 더 진지하게 생각하기 시작했다. 레인스터의 「최초의 만남^{First Contact}」(《어스타운딩》, 1945)은 다르게 형상화된 종족들 사이에서 의사소통을 하려고 할 때 겪을 어려움을 상상한다. 우주의 심연 속에서 인간과 외계 우주선이 만난다. 양쪽 승무원들은 무역과 기술을 교환하고 평화로운 성간 관계를 확립하고 싶어 하지만, 양쪽 다 상대가 자기들의 고향 세계를 발견할지도 모른다는 위험을 무릅쓰려고 하지 않는다. "서로 같지 않은 인간 문화가 접촉할 때, 보통 한쪽이 굴종해야 하거나 전쟁이 일어나기"(1978a) 때문이다. 서로 의사소통을 하고 이 교착상태를 극복하기 위해 함께 일하면서, 인간들은 외계인들을 좋아하게 되고, 외계인들과 어느 정도 문화적 기반을 공유한다. 소설이 끝날 때, 한 인간 승무원은 생물학적인 차이를 넘어서는 이런 유사성이 더 중요하다고 생각한다. 외계인들은 "아가미로 숨 쉬고" "열파를 통해 볼" 수 있고, 철이 아니라 구리를 바탕으로 한 피를 갖고 있을지도 모르지만, "그것 말고는 우리는 매우 비슷하다!"라고 묘사된다. 불행히도, 이런 유사감은 여성 혐오적 이성애중심주의heterosexism 가부장적 문화를 공유하면서 표현된다. 외계인들은 "우리처럼 두 가지 성을 갖고 있고 가족을 갖"지만 "승무원들은 남자들뿐이었다". 게다가 "더러운 농담"을 즐기는 남자들이다.

　오랫동안 고전소설로 간주된 「최초의 만남」은 펄프 SF의 중심적 기반과 동시에 주된 한계를 어느 정도 드러내는 전형적인 예다. 비인간 주체와 기술의 미래에 깊은 흥미를 갖고 있지만, 펄프 SF는 타자성에 대해서, 또 기술적 변화가 사회 문화적 맥락과 얼마나 불가분의 것인지 충분히 급진적으로 상상하지 못할 때가 많았다. 그래서 레인스터는 외계 세상의 자연에서 나온 생리학적 차이를 외삽하여 인간과 달라 보이는 외계인을 상상할 수는 있지만, 우주여행을 할 수 있는 종족이 자신들의 사회를 서구의 공업화된 국가들과 다르게 조직했을지도 모른다는 상상은 하지 못한다. 우리 사회의 가부장제가 외계에도 있을 것이라는 추정뿐만 아니라, 인간들 사이에서나 인간과 외계인들 사이 양쪽에서 지배의 위계질서를 사실상 피할 수 없다는 주장이기도 하다. 그런 이데올로기적 추정을 우주의 물리적 법칙처럼 취급하는 것은 SF의 형성에 계속 영향을 미쳤고, 이제는 하드 SF라고 불리는 전통 속에서 특히 더 그랬다.

아서 C. 클라크는 외계인과의 만남이라는 소재에서 조금 다른 패턴을 보인다. 클라크의 소설들은 1940년대 미국 펄프계에서 나타나기 시작했다. 더 아이로니컬하고 절제된 그의 어조는 영국인이라는 것, 따라서 이울어 가는 제국의 국민이라는 데서 유래하는 것이 거의 확실하다. 그리고 우주 시공간의 엄청난 규모를 장악하는 방식은 그가 웰스와 스태플든의 과학적 모험소설에 훨씬 더 가깝기 때문에 가능한 것이다. 사실, 그의 소설은 미국 펄프의 관습을 통해 내려온 이 전통을 분명히 표현한다고 볼 수 있을 때가 많다. 예를 들어, 「구조대^{Rescue Party}」(《어스타운딩》, 1946)에서 외계인들은 태양이 초신성이 되기 직전에 지구에 온다. 그들은 "불운한 인종과 연락"을 확립하고 "그 사람들 중 얼마간을" 구하는 "비극적인 임무"(2002c)를 띠고 온 것이다. 클라크의 많은 소설에서 그렇듯이, 여기에는 위계질서에 대한 감각이 있지만 이 만남은 공격적이라기보다는 자비로운 것으로 보인다. 그러나 외계인들이 발견하는 세계에는 생명이 전혀 없다. 마치 인류의 시간이 이미 끝난 것처럼 보인다. 이런 분위기는 효율적인 성간 운행 수단이 없었는데도 인간들이 태양계를 포기하고 초신성을 피해 도망쳤다는 루곤의 발견으로 뒤집힌다. "가장 가까운 별에 닿을 때까지 몇 세기가 걸렸을 겁니다. 종족 전체가 여러 세대가 지난 후 후손들이 그 여행을 완수할 거라는 희망을 품고 이 여행을 시작했을 겁니다." 그는 오랫동안 캠벨이 편집할 때 요구했던 인간 예외주의적 어조를 도입해 설명한다. 이것은 이 소설의 양가적인 마지막 몇 줄에서 강조되기도 하고 약화되기도 한다.

> "그들은 매우 단호한 사람들일 거라는 생각이 들어 … 그들을 정중하게 대하는 게 좋을 거야. 어쨌든, 그들 한 명당 우리는 10억 명 정도밖에 안 되잖아."
> 루곤은 선장의 가벼운 농담에 웃었다.
> 20년 후, 그 말은 우스워 보이지 않았다.

「역사적 교훈History Lesson」(《스타틀링 스토리스》, 1949)도 외계인이 버려진 지구를 탐사하는 모습을 보여준다. 5,000년 후, 시간이 흐르고 빙하시대가 돌아오면서 인류 문화는 거의 다 지워진다. 금성인 철학자 한 명은 "지구 글을 단 한 단어도 해석하지 못하고 여러 세기 동안 결실 없는 조사"(2002b)를 한 것을 한탄하다가 새로 발견된 필름을 틀어본다. 그 영화는 "실제로 제3행성에서 있었던 양식화된 … 생명의 재생산"을, 이 사라진 인종의 일상생활 모습을 보여준다. 그 영화를 해석하려는 시도로 "수천 권의 책이 저술되고 복잡한 철학들이 고안"된다. 그러나 "아무도 그 영화의 마지막 말의 의미를 추측할 수 없었기" 때문에 "이 모든 노동과 연구"는 "완전히 헛수고"가 된다. 그 마지막 말은 "월트 디즈니 프로덕션"이다.

「파괴 변형Breaking Strain」(《스릴링 원더 스토리스》, 1949)은 영웅적인 노력과 즉흥적인 공학적 해법으로 사건을 해결하는 펄프 SF의 관습을 비판한다. 유성과 충돌한 후, 스타 퀸의 승무원 두 명 그랜트와 맥닐은 겨우 20일 치의 산소만 남았지만 자신들이 항구에서 30일 거리에 있다는 것을 알게 된다. 화자는 말한다. "적절한 해법은 배를 웅장한 온실이나 수경재배 농장으로 만들어 버리고, 나머지 일은 광합성에게 맡기는 것이었다. 그렇지 않으면, 화학이나 원자력 공학의 신동 역할을 해서 (지루한 기술적 세부 사항이 설명된다) 산소 대량생산 공장을 짓는다. 그것은 당신들의 (물론 여주인공도) 생명을 구할 뿐만 아니라 엄청난 가치를 가진 특허의 소유자가 되도록 해줄 것이다. 세 번째 혹은 '데우스 엑스 마키나' 해법은 당신의 항로와 속도와 우연히도 정확히 맞아떨어지는 편리한 우주선이 도착하는 것이다"(2002a). 그러나 "현실에서는 사정이 달랐다". "선상에는 풀씨 한 주머니조차 없었다." "아무리 영리하고 아무리 필사적이더라도, 거대한 산업 연구 조직들이 한 세기에 걸쳐 해야 할 수십 가지 일을 두 남자가 며칠 만에 개발할 수는 없을 것 같았다." 그리고 지나가는 우주선이란 "당연히 거의 불가능했다". 따라서 클라크는 승무원들이 이 상황에 어떻게 서로 다르게 반응하는지에 초점을 맞춘다. 맥닐이 비싼 알코올 수송품을 소비하는 반면 그랜트는 자기 임무를 계속 수행한다. 그랜트가 맥닐의 결점 같아 보이는 것에 동요해서 그를 살해하기로 결심할 때 클라크는 다시 멜로드라마틱한 플롯을 도입한다. 그러나 맥닐은 그가 시도한 독살을 피하고, 두 남자는 침착하게 둘 중 누가 자살하고 누가 살아남아야 하는지 오래 미뤘던 대화를 한다. 클라크는 펄프 SF의 한도 내에서 잘 쓰고 있었고, 곧 아시모프와 하인라인과 함께 20세기 중반 SF 작가의 '빅3'로 간주되지만, 이런 어조의 차이와 상상의 차이는 왜 그가 1955년 미국 펄프계에 판 24편의 소설 중 겨우 세 편만《어스타운딩》에 실렸는지 설명할 만하다.

커트너와 무어의 많은 공동 작업도 우주가 인간이 손댈 수 있는 것이라는 감각을 흔들거나 수축시킨다. 그들이 로런스 오도널Lawrence O'Donnell이라는 필명으로 쓴 「빈티지 시즌Vintage Season」(《어스타운딩》, 1946)에서, 수수께끼의 단체 여행객이 5월의 특정한 날 올리버의 게스트하우스에 머물러야겠다고 고집한다. 유성이 충돌해 근처 도시를 황폐화할 때, 이 여행객들은 미래에서 그 파괴 현장을 목격하기 위해 왔다는 것이 분명해진다. 그들은 그 장관의 장엄함에는 감동하는 반면 그에 따르는 인간의 고통에는 완전히 초연하다. 그들은 "어떤 비非도락가도 제대로 맛볼 수 없는 진귀한 것을 음미하도록"(오도널, 1984) '전문가' 켄베를 뒤에 남기고 다른 관광거리를 찾아 떠난다. 그 진귀한 것이란 유성 때문에 생겨나 인류를 거의 파괴할 전염병의 발발이다. 그들이 루이스 패짓이라는 필명으로 쓴 「프라이빗 아이Private Eye」(《어스타운딩》, 1949)는 "사물에 새겨지는 빛과 음파의 '지문'"이 "벌어진 일의 이미지를 재생산하기 위해" "조정되고 판독될" 수 있는 미래에 어떻게 살인을 저지르고 빠져나갈 수 있는지 계획한다. 18개월 동안, 샘 클레이는 라이벌의 살해를 공들여 계획하면서 모든 것을 보는 미래의 '눈' 앞에서는 교묘하게 결백을 연기한다. 그러나 그가 그 정도로 영리했다는 것을 아무도 믿지 않자 만족감이 사라졌다. 이 소설은 그가 '눈'에게 "잘 봐둬"라고 말하면서 다시 사람을 죽이는 것으로 끝난다. 또 패짓이 쓴 「보로고브는 밈지했네Mimsy Were the Borogoves」(《어스타운딩》, 1943)에서, 두 아이는 미래에서 온 장난감을 발견해 가지고 노는 바람에 비非유클리드적 사고를 교육받게 된다. 갈피를 못 잡는 부모에게서 점점 소외된 아이들은 결국 다른 차원으로 미끄러져 들어간다.

SF의 '핵심'이 생겨나고
SF와 판타지가 갈라지다

하드 SF 전통

- 존 W. 캠벨, 〈아코트, 모리와 웨이드〉 시리즈(1931~1932)
- 조지 O. 스미스George O. Smith, 『비너스 이퀄래터럴Venus Equilateral』(1942~1947, 1973)
- 핼 클레멘트Hal Clement, 『중력의 임무Mission of Gravity』(1953)
- 제임스 블리시, 『씨 뿌리는 별들The Seeding Stars』(1957)
- 폴 앤더슨Poul Anderson, 『타우 제로Tau Zero』(1970)
- 래리 니븐Larry Niven, 『링월드Ringworld』(1970)
- 아이작 아시모프, 『신들 자신The Gods Themselves』(1972)
- 밥 쇼Bob Shaw, 『다른 날, 다른 눈Other Days, Other Eyes』(1972)
- 아서 C. 클라크, 『라마와의 랑데부Rendezvous with Rama』(1973)
- 로버트 L. 포워드Robert L. Forward, 『드래곤의 알Dragon's Egg』(1980)
- 그레고리 벤포드Gregory Benford, 『태양의 바다를 지나Across the Sea of Suns』(1984)
- 폴 J. 매콜리Paul J. McAuley, 『영원한 빛Eternal Light』(1991)
- 캐서린 아사로Catherine Asaro, 『최초의 바꿔치기Primary Inversion』(1995)
- 조앤 슬론체우스키Joan Slonczewski, 『아이들 별The Children Star』(1998)
- 닐 스티븐슨Neal Stephenson, 『크립토노미콘Cryptonomicon』(1999)
- 제프리 A. 랜디스Geoffrey A. Landis, 『화성 횡단Mars Crossing』(2000)
- 낸시 크레스Nancy Kress, 『확률 달Probability Moon』(2000)
- 세라 A. 제텔Sarah A. Zettel, 『우리들의 왕국Kingdom of Cages』(2001)
- 린다 나가타Linda Nagata, 『시야의 한계Limit of Vision』(2001)
- 스티븐 백스터, 『진화Evolution』(2003)

캠벨의 《어스타운딩》이 이 시기의 지배적인 SF라고 이야기될 때가 많지만, 《플래닛 스토리스》의 우주 모험담 같은 다른 종류의 SF도 이 시기 10년에 걸쳐 번성했고, 1940년대 후반에는 많은 작가와 독자들이 샘 머윈Sam Merwin의 《스릴링 원더 스토리스》와 《스타틀링 스토리스》를 더 좋아하기 시작했다. 게다가, 《어스타운딩》은 정기적으로 다른 펄프지들에게 판매 부수를 추월당했다. 어떤 면에서는, 이 펄프지들 중에서 가장 중요한 것은 《어메이징》이었다. 《어메이징》에

리처드 S. 셰이버Richard S. Shaver가 자신이 겪은 실화라고 주장하며 SF 잡지들에 연재한 지저왕국 경험담과 환생 이야기.

서 홍보한 〈셰이버 미스터리Shaver Mysteries〉는 세계에 일어나는 사건들에 영향을 미치는 악의에 찬 지하 초과학 문명의 이른바 실화로서, 편집자 레이먼드 A. 파머가 가진 SF 장르에 대한 비非캠벨적 시각의 본보기가 됐다. 그것은 초자연적인 것에 관심을 가진 새로운 독자들을 끌어들이기도 해서, 1940년대 후반에 《어메이징》은 단연코 가장 잘 팔리는 SF 펄프지가 됐다. 《어스타운딩》이 출간한 소설은 획일적인 캠벨적 SF가 시사하는 후기 개념보다 훨씬 더 다양했다. 그러나 플롯 아이디어들을 작가들에게 주고 이야기를 고쳐 쓰도록 요구하는 것까지 포함하는 캠벨의 악명 높은 능동적 편집자 역할과 《어스타운딩》의 안정적인 재정 때문에, 특정 종류의 글만 SF 장르에 편입시키려는 (언제나 《어스타운딩》과 나머지 경쟁자들을 구별하려는 상업적인 긴요성과 얽혀 있는) 캠벨의 공격적인 프로젝트는 엄청난 영향을 끼쳤다. 어느 정도까지는, 그의 의제는 리 브래킷과 조지 O. 스미스의 작품을 비교하면 알 수 있다.

브래킷은 이국적인 스페이스오페라, 버로스적 행성 로맨스와 비

록 겉보기에는 마법적인 현상을 초과학적으로 합리화하기는 하지만, 로버트 E. 하워드Robert E. Howard 스타일의 검과 마법을 섞은 소설들로 가장 잘 알려져 있다. 버로스, E. E. 스미스, 캠벨과는 대조적으로 브래킷은 인간의 식민주의적 팽창에 대한 비판적 회의를 자주 드러내 보였다. 특히 그의 〈에릭 존 스타크Eric John Stark〉 소설들(《플래닛 스토리스》, 1949~1951)에서 그렇다. 인간 아이인 스타크는 수성의 원주민 부족 은차카에 의해 길러진다. 은차카가 인간 광부들에게 학살당한 후, 지구 경찰 통제실의 장교인 사이먼 애슈턴이 케이지에 갇혀 곧 다가올 죽음을 기다리는 스타크를 구출한다. 그래서 그의 충성은 그의 의식만큼 분열된다.

> 스타크의 마음은 … 그에게 말했다. 마음의 전기적 패턴과 수정들의 민감성, 전도체와 전자기적 자극에 대해서 필사적인 이성의 말들을 서둘러 전했다. 그러나 그것은 그의 두뇌의 표면일 뿐이었다. 근본적으로 그것은 여전히 신과 악령들과 모든 어둠의 소환술을 믿는 은차카의 두뇌였다.(2005b)

짙은 색 피부와 짙은 색 머리를 갖고, 어렸을 때 배운 군대 기술과 생존 기술에 의존할 때가 많은 그는 "목성 식민지 어딘가에서 원주민 반란을 이끌고 있었다"(2005a). 그리고 처음 소개될 때, 그는 "'늪 한가운데' 부족이 지구·금성 금속 회사에 대항해 반란을 일으켰을 때 그들에게 총을 밀수한"것 때문에 선고된 20년의 형기를 피해 도망치고 있다. 브래킷은 처음 두 소설 「화성 원정Martian Quest」(《어스타운딩》, 1940)과 「프타쿠스의 보물The Treasure of Ptakuth」(《어스타운딩》, 1940) 을 캠벨에게 팔았지만, 그 후로는 「라이어넌의 소환술사The Sorcerer of Rhiannon」(《어스타운딩》, 1942) 한 편만 그에게 더 팔았다. 브래킷의 소설은 대체로 《어스타운딩 스토리스》, 《스타틀링 스토리스》, 《슈퍼 사이언스 스토리스》, 《스릴링 원더 스토리스》, 특히 《플래닛 스토리스》 같은 모험 중심의 SF 펄프지에 나왔다.

〈비너스 이퀄래터럴〉 소설(《어스타운딩》, 1942~1947; 책 1947) 첫 편에서 전기공학자 스미스는 《어스타운딩》에 처음 등장했다. 그곳의 유머러스한 공학자들은 지구와 금성과 화성 사이의 의사소통 연결을 유지하는 우주정거장에 자리 잡고 있다. 스미스는 1940년대 후반까지 《어스타운딩》 잡지의 중심이 됐다. 「QRM 행성 간QRM-Interplanetary」(1942)에서, 그 우주정거장은 공학이나 과학에 아무 배경 지식이 없고 비용을 절감하기 위해 들여온 새 운영자가 일으킨 위협에 직면한다. 그의 무지 때문에 거의 모든 사람을 죽일 뻔한 다음에야 상급 전자공학 기술자 돈 채닝은 운영자를 교체한다. "사업가가 기술자들을 고용하는 것과 마찬가지로 사업가를 고용하는 과학기술적인 사람"이 우주정거장을 운영해야 한다는 기술 관료주의적 관념(1976)은 시리즈 전체에서 되풀이되지만, 그것은 과학의 실천을 둘러싼 더 넓은 쟁점으로 확대되기 시작한다. 「빔 해적Beam Pirate」(1944)은 과학적이고 공학적인 문제들만큼 큰 비중으로 세 행성의 주식시장을 불법 조작해서 이뤄지는 적대적 기업 인수를 피하는 사건을 다루고 있다. 「특별 배달Special Delivery」(1945)에서는 '비너스 이퀄래터럴'이 발전시킨 물질 재생산 기술(물체를 원자 수준에서 스캔해서 그 패턴을 멀리 떨어진 수신자에게 전송해 동일한 대상을 만들어 낸다)은 동력이나 정보의 전송을 구성하는데, 그 기술을 이용할 권리가 실제로 다른 회사에 있는지 아닌지는 전송 결과로 판정된다. 「판도라의 수백만Pandora's Millions」(1945)은 어떻게 이 새로운 기술이 자본주의를 완전히 파괴하는지 이야기한다. 그러나 새로운 사회적 관계와 대안적 경제체제를 상상할 기회는 '비너스 이퀄래터럴'이 '아이덴티움'을 발견하면서 축소된다. '아이덴티움'은 재생산할 수 없기 때문에 새 통화체제의 기반을 형성할 수 있는 원소다.

스미스의 「잃어버린 기술Lost Art」과 브래킷의 「라이어넌의 소환술사」에는 고대 화성 기술을 발견하는 것이 나온다. 스미스의 소설은 짧은 구절들을 번갈아 교차시킨다. 그 구절들은 고대 화성인 한 명이 행성 맞은편으로 동력을 전송하는 기계 한 대를 유지하고 조작하는 자신의 역할을 맡을 수 있도록 아들을 훈련시키는 이야기와, 4,000년 후 인간 고고학자들이 장치의 남은 부분을 발견하고 그것을 복제하려고 착수하는 주요 활동을 담고 있다. 브래킷의 소설에서, 고고학자이자 모험가인 막스 브랜던은 고대의 병에 들어 있던 것을 마시고 4만 년 전 "(그의) 의식을 형성하는 집합적 주파수"(2005)를 거기에 전송해 놓았던 토불에 빙의된다. 브랜던의 연인 실비아는 반지 속에 간직돼 있던 토불의 고대 적수 킴라의 의식에 빙의된다. 고대의 분쟁이 되살아나지 않도록 하기 위해 브랜던과 실비아는 자신들에게 빙의된 영혼들과 협력과 반대 사이를 오가야 한다. 브래킷은 최소한의 기술적 용어로 공간과 빠른 속도의 행동에 감각적으로 참여하는 느낌을 준다. 반면, 기술적인 긴 논의를 더 좋아하는 스미스는 장소로서의 화성에 대한 감각을 거의 만들어 내지 않는다. 두 작가 모두 자신들의 사라진 화성인 종족이 인간과 근본적으로 달랐을 가능성을 상상하려고 하지 않지만, 브래킷이 유능한 여성 인물들을 묘사하고 식민주의 비판이라는 요소로 자신의 이국정취에 변화를 주는 반면, 스미스의 두 가지 서사는 모든 발전된 사회에서 과학적 방법론과 기술적 진보, 가부장제 구조가 불가피하고 근본적인 것이라고 단언한다. 이제 와서 보면 브래킷의 소설은 《어스타운딩》에서 비정상적으로 보이는 반면, 스미스의 소설은 철저하게 캠벨적이라고 할 수 있다. 스미스의 소설은 **하드 SF**로 간주되고 브래킷의 소설은 **과학 판타지**가 됐다. 이런 명칭은 1940년대의 여러 행위자가 이미 만들고 있었던 위계질서의 구분을 다시 새기는 꼬리표들이었다.

캠벨은 SF의 종류를 분류하는 것뿐만 아니라, SF와 다른 판타지 장르fantastic genres를 구분하는 데도 관심이 있었다. 1939년 2월 《어스타운딩》에서, 판타지를 전문으로 하는 새 잡지 《언노운Unknown》이 출시된다고 알렸다. 캠벨은 SF 독자들이 판타지를 "아주 싫어하는 것"은 "당신이 과거에 읽은 판타지의 (형편없는) 품질"(1939) 때문이라고 주장하고, 《언노운》이 판타지 형식을 SF와는 분리되지만 동등한 것으로 확립하고 정화할 것이라고 시사했다. 초기 《언노운》 독자들의 편지를 보면 이런 정화와 분리가 어떤 팬들에게도 의미를 갖고 있었다는 것을 알 수 있다. 찰스 코트렐Charles Cottrell은 "싸구려 호러, 스릴러와 테러소설 잡지들에서 온 삼류 작가들이 길고 오싹한 이야기로 《언노운》을 침공하려고 할지도 모른다. '그들이 그렇게 하도록 놔두면 안 된다!'"(1939)라는 두려움을 보였고, 존 V. 발타도니스John V.

Baltadonis는 "《어스타운딩》에서 온" 팬들은 "과학소설, 그것만을 원하"지만 "원래 있어야 할 곳, 《언노운》 같은 곳에 있다면 판타지도 좋아한다"(1939)라고 주장한다.

《언노운》은 L. 스프레이그 드 캠프^{L. Sprague de Camp}와 플레처 프랫^{Fletcher Pratt}의 초기 〈해럴드 셰이^{Harold Shea}〉(1941~1954) 소설 같은 유머러스한 판타지로 가장 기억에 남는다. 이 소설은 주인공을 스칸디나비아 신화, 에드먼드 스펜서^{Edmund Spenser}의 『선녀여왕^{Faerie Queene}』(1590~1596)과 아리오스토^{Ariosto}의 『광란의 오를란도^{Orlando Furioso}』(1516~1532), 프리츠 리버^{Fritz Leiber}의 〈파프르드와 그레이 마우저^{Fafhrd and the Gray Mouser}〉(1939~1988) 초기 검과 마법 세계로 던져 넣는다. 그러나 후대라는 유리한 위치에서 돌아보자면, 《어스타운딩》과 《언노운》사이의 경계가 늘 그렇게 분명한 것은 아니었다. 그 두 잡지가 카트밀, 하인라인, 허버드, 커트너, 스터전과 밴 보그트를 포함해 여러 필진을 공유하고 있었을 뿐만 아니라, 드 캠프의 시간여행 모험물 〈암흑을 저지하라^{Lest Darkness Fall}〉(1939; 책 1941) 같은 많은 《언노운》 연재물들은 《어스타운딩》에 실렸어도 어색하지 않았을 것이다. 사실, 《언노운》의 첫 번째 주요 소설인 에릭 프랭크 러셀^{Eric Frank Russell}의 『사악한 장막^{Sinister Barrier}』(1939; 책 1943)은 원래 《어스타운딩》에 투고됐다. 이 소설은 정부 요원 짐 그레이엄이 광학 과학자 몇 명의 특이한 죽음을 조사하는 미스터리 스릴러로 시작한다. 이 사건은 마음을 읽는 생물 바이튼이 그들을 살해한 것으로 밝혀진다. 인간은 전자기장 스펙트럼에서 작은 부분만 지각할 수 있기 때문에 바이튼은 사실상 인간 눈에는 보이지 않는다. 아득한 옛날부터 인간의 감정적 에너지를 먹어온 바이튼은 사람들이 그들을 볼 수 있게 만드는 새로운 광학 기술의 위협을 받는다. 전쟁이 발발하고, 인간들은 결국 바이튼에게 치명적인 기술을 개발해 전쟁에서 이긴다. 이 소설은 이제 지구를 "방문했던 친절한 사람들"(1966)과 자유롭게 합류할 수 있는, 인간을 위한 황금시대를 약속하면서 끝난다. 바이튼이 없었다면 오래전에 이미 그럴 수 있었을 것이다.

　잭 윌리엄슨의 『당신이 생각하는 것보다 더 어두운Darker Than You Think』(《언노운》, 1940; 책 1948)에서, 윌 바비가 "오늘날 세계 인류에서 가장 위대한 전방위 학생. 생물학자, 심리학자, 고고학자, 사회학자, 민족학자"(1984)인 몬드릭 교수의 죽음에 대해 조사하면서 마법과 늑대인간들의 세계가 드러난다. 바비는 거대한 늑대로 변해서, (마찬가지로 변신한 수수께끼 여성) 아름다운 에이프릴 벨과 함께 몬드릭의 나머지 일행이 아시아에서 발견해 온 마녀들에게 치명적인 무기를 사용하기 전에 그들을 죽이는 꿈을 꾼다. 윌리엄슨은 변신하는 마녀의 존재를 문자 문화가 출현하기 전에 일어난 인간의 다양한 진화의 산물로 합리화한다. 마녀들 속에서 정체성의 "중요한 패턴"은 "진짜 인간보다 더 강하다 … 더 유동적이고 물질적 몸에 덜 의존한다"라는 것이다. 그래서 그들은 몸을 남겨두고 떠나서 다른 형태로 물질화하고, 원자 수준에서 확률의 물리학을 이용할 수 있다. 윌리엄슨의 전설 속 생물들이 약간 에로틱한 그의 소설을 오컬트 판타지나 호러 소설로 보이게 하고, 그래서 그 소설들이 《어스타운딩》에서 배제됐지만, 거기 나오는 진화와 확률과 물리학에 대한 설명 구절들은(《어스타운딩》 소설들에서 나오는 여러 가지 기술적 설명만큼 그럴듯한) 그 소설을 SF로 보이게 한다. 이것은 때때로 캠벨이 시도했던 판타지의 정화란, 판타지를 가능한 한 SF와 비슷하게 만든 다음 그것이 SF라는 것을 부인해서 '진짜' SF의 제한선을 지켜주는 것임을 시사한다.

타자와 만나기

캠벨에게 특권을 부여받아 SF 장르에서 더 중심적인 것으로 간주되는 SF들은 일반적으로 숭고를 피하고, 환경에 압도되기보다는 환경에 승리를 거두는 인간에게 초점을 맞춘다. 가장 중요한 예외는 아시모프의 「나이트폴Nightfall」(《어스타운딩》, 1941)이다. 이 소설은 여섯 개의 해를 가졌기 때문에 밤이 2050년에 한 번만 올 수 있는 행성 라가쉬에 대해 이야기한다. 과학자들은 밤의 완전한 어둠이 사람들을 미치게 하기 때문에 과거 라가쉬인들의 문명이 파괴됐다고 믿는다. 그러나 마지막 해가 지면서, 3만 개의 별들이 갑자기 드러난다. 그 별들은 "영혼을 태울 것 같은 광휘로 아래를 비추며 … 오싹한 무관심 속에서 무섭도록 차갑게"(1970) 빛나면서, 문명의 붕괴를 추측하는 언어의 히스테리컬한 실패를 가져온다. "우리가 전혀 몰랐던 별들. 모든 별들. 우리는 아무것도 몰랐다. 우리는 여섯 개의 별들이 우주고 무엇인가고 그 별들이 알아채지 못한 것이 영원한 어둠이고 영원이고 영원이고 그 벽은 안으로 부서지고 있었고 우리는 몰랐고 알 수가 없었고 아무 것도."

『침묵의 행성 밖에서Out of the Silent Planet』(1938), 『페렐란드라Perelandra』(1943), 『그 가공할 힘That Hideous Strength』(1945)에서, C. S. 루이스는 자신의 작품을 웰스와 스태플든의 과학적 모험담 전통과 동일시하지만, 그들의 유물론을 거부하고 기독교 신화를 이용해 막연하게 알레고리적이고 신화적인 공명을 불러일으키는 우주적 질서를 건축하고, 광대한 시공간과 인간의 만남에서 경외감과 겸손의 감각을 되찾으려고 시도한다. 첫 번째 소설에서, 기업가 대바인과 가차없는 물리학자 웨스턴은 케임브리지 문헌학자 랜섬을 말라칸드라

(화성)로 유괴한다. 가는 도중에, 그는 그 공간이("세계들을 갈라놓도록 돼 있는 검고 차가운 공허함, 완전한 죽음"이) "이 빛의 지고한 태양에 대한 신성모독적 명예훼손이다 … 옛날 사상가들이 이것을 **천당**이라고만 이름 붙인 것은 더 현명했다"(1996)라는 것을 깨닫는다. 이 구절은 과학적으로 파악된 우주와 거기에 다시 마법을 걸어야 할 필요성 사이에 끼어버린 루이스의 딜레마를 요약한다. 그가 고대인들의 권위와 비판적으로 싸우기를 포기하는 것도 당연하다.

죽어가는 말라칸드라의 비옥한 고지대에는 온화한 흐로사, 근면한 피프트리기와 현명한 소른스가 거주한다. 그들은 평화롭게 공존하는 지성종들이고, 가끔 천사 같은 엘딜라의 방문을 받는다. 루이스의 3부작은 오랫동안 기독교 독자들 사이에서 인기가 있었지만, 영적이고 신화적인 것을 강조하고 식민주의, 공업화, 상업주의, 인간 우월주의와 제국주의적 팽창을 비판하는, 이 인류 타락 전 조화로운 세상에 대한 상상은 카운터컬처적이고 환경주의적인 독자들 사이에서도 동의할 사람들이 있을 것이다. 그러나, 이 비판적인 차원은 『그 가공할 힘』에서 도덕주의적 선언과 씁쓸한 맹비난으로 전락한다. 『그 가공할 힘』에서 툴칸드라(지구)의 악마적인 수호령인 '뒤틀린 자들'의 대리자들이 국립협력실험기관을 설립한다. 그 기관은 더 큰 계획의 첫 번째 단계로 영국을 장악하기로 결심한 공격적인 유물론자 단체지만, 정확한 목표는 계속 불분명하다. 하지만 그들의 계획에는 세뇌, 생체 해부, 종족 학살, 우생학과 전쟁을 통해 인류를 10분의 1(앞으로 올 "기술 관료주의적이고 객관적인 인간"을 지원하기에 최적인 수준(2003b))로 줄이거나 이 행성에서 효율의 이름으로 모든 비인간 유기 생명체를 제거하는 일 등이 포함돼 있을 것이다.

『페렐란드라』에서 루이스는 펄프 SF가 이런 착상을 끊임없이 재생산한다고 비난한다.

> '과학적 소설'이라는 애매한 작품들로, '우주협회와 로켓공학클럽'들 속에서, 괴물 같은 잡지 표지로 뒤덮여 지금 이 순간 우리 행성 전체에 유통되고 있는 아이디어들을 지성인들은 무시하거나 조롱한다. 그러나 만약 그 손아귀에 힘이 쥐어진다면, 우주적 불행의 새 장이 열릴 것이다. 그것은 인간이 자신이 생겨난 행성은 이제 충분히 타락시켰으니 무슨 수를 써서라도 더 넓은 영역에 (인류의) 씨를 뿌려야겠다는 생각이다. 신의 격리 규정인 광대한 천문학적 거리를 어떻게든 극복하겠다는 아이디어.(2003a)

그러나 캠벨의 인간 중심 쇼비니즘*과 대조되는, 모든 지성 생명체가 동등하다는 루이스의 서술은 '우주는 고정되고 위계질서가 있는 곳'이라는 그의 주장과 모순된다. 그의 그런 주장은 다른 곳에서 타자성에 대한 공포를 드러낸다. 루이스의 세계관, 특히 그 속에 있는 여성에 대한 비방은 그 '괴물 같은 잡지들'의 세계관과 다르지 않다.

> *국가의 이익을 위해서는 방법과 수단을 가리지 않는 광신적인 애국주의나 국수적인 이기주의.

이 장에서 논의되는 소설들 대부분에서 여성과 유색인종들은 부재하거나, 그게 아니면 아내와 시종들로만 존재한다. 성차별주의적 가정과 전형들이 만연해 있다. 예를 들어, 아시모프의 「거짓말쟁

4장. 캠벨의 문맥 '혁명': 1940년대

이!Liar!」(《어스타운딩》, 1941)에서, 어느 로봇은 사람들의 자아를 해치지 않기 위해 그들이 듣고 싶어 하는 대로 말한다. 그래서 총명하지만 매력 없는 노처녀로 꾸준히 묘사되는 수전 캘빈은 그 거짓말 때문에 다른 과학자가 그녀에게 감정이 있다고 믿고 화장도 하기 시작한다. 진실을 발견하고 소망이 좌절되자 그녀는 악의적으로 그 로봇을 파괴한다. 밴 보그트의 〈무기 상점〉 소설들에서, 로버트 헤드록은 예비 모병자와 연락할 사람으로 루시를 선택하지만, 그것은 그녀가 능란하기 때문이 아니라 그 모병자가 "집착을 느낄" 가능성이 많은 "높은 감정 지수를 가진 결혼하지 않은 여자"(1969)기 때문이다. 나중에 그들이 서둘러 결혼한 이야기를 하면서, 헤드록은 "아무튼 루시는 힘들지 않을 거야. 아이를 갖는다는 흥미로운 경험을 하게 될 테고, 아내로서 부부 공동 재산권도 가지고 있으니까"라고 말한다.

인종문제는 더욱 형편없이 다뤄진다. 비백인 인물들은 배경에서 차 문을 열거나 음료를 서빙한다. 어느 정도 예외는 있지만, 하인라인의 「제국의 논리」에서처럼 인종적 특성을 띤 외계인들의 외모는 식민주의적 가정들을 비판 없이 재생산한다. 그 시대의 인종차별을 노골적으로 다루는 얼마 안 되는 SF 소설 중 하나는 조지 P. 엘리엇George P. Elliott의 「전미 유색인 재배치국NRACP」(《허드슨 리뷰Hudson Review》, 1949)이다. 주인공은 전미 유색인 재배치국을 위해 일하면서, 아프리카계 미국인들에게 먼 지역에 있는 격리된 공동체에 이주하라고 설득하는 안내용 책자를 쓰고, 부자와 유명인사(예능과 스포츠 스타들만이 유용한 목적에 봉사하기 때문에 남겨진다)들부터 이주 작업을 시작한다. 외부 세계와의 연락은 제한되고, 고의로 만들어진 복잡한 행정절차 때문에 좌절되고, 궁극적으로는 날조될 수밖에 없다. 그 격리 공동체, 즉 수용소가 사실은 아프리카계 미국인들을 음식으로 만드는 일을 위장하고 있기 때문이다. 처음에는 사회적 정의에 헌신하던 백인 화자는 그 음모의 규모에 대해 알게 되면서 점점 무관심해진다. 대신 그는 자기의 개인적인 상황에 집중하고 자기 아이들에게 이렇게 가르칠 거라고 맹세한다.

> 인류는 인간적인 전통을 시도했지만 부족하다는 것을 깨달았다. 그것은 끝났다. 결말이 나고, 망가졌다. 문명의 새 세대가 시작된다. 친절과 자유, 한때 그것들은 어디엔가 소용이 있었지만 더 이상은 아니다. '역지사지'는 절대로 안 된다. 오히려 네가 있는 곳을 지키기 위해 싸워라.(1963)

이 암울한 소설은 유색인종을 펄프 SF에서 삭제한 것에 대한 삭막한 기소장이다. 이 소설이 처음에 SF 잡지가 아니라 문학 계간지에 나왔다는 것은 펄프 SF 전통이 전후 미국의 인종차별주의적 현실에 참여할 준비가 얼마나 안 돼 있었는지 보여준다.

결론

- 1940년대 캠벨의 《어스타운딩》은 엄청난 영향력을 갖고 있었고, 그의 편집 영향력이 기울면서 나오기 시작한 리프린트 선집들에서도 SF에 대한 캠벨의 관점은 특권을 누렸다.
- 여러 편의 연결된 이야기들을 통해 아이디어가 발전하는 방식(예를 들면 아시모프의 〈로봇〉과 〈파운데이션〉, 하인라인의 〈미래 역사Future History〉, 밴 보그트의 〈널-A〉, 〈스페이스 비글호〉, 〈무기 상점〉 시리즈)은 《어스타운딩》의 정체성을 확실히 하고 시장에서의 위치를 확고히 하도록 도왔다. 그다음 수십 년 동안 단행본 형태로 재간행됐을 때, 이 소설들은 편입 행위자로서의 캠벨과 그 이야기 저자들의 영향력을 확장했고, SF 장르의 특정한 관점을 지속시켰다.
- 타자성에 대해 SF가 계속 관심을 가지면서, 그 속에서 차이에 대한 공감은 타자성에 대한 공포를 완화하기 위해 분투한다.

로봇, 외계인과 돌연변이들은 젠더gender, 인종적, 성적sexual 차이를 표상할 수 있는 은유적 능력을 갖고 있지만, 기술적으로 교육받은 중산층 이성애자 백인 미국 남성의 가치를 인간성과 동일시하려는 경향 때문에 그 능력이 축소될 때가 많다.

• 1940년대에는 기술과학적 발전이 인간의 문화와 개인에게 끼치는 영향의 중요성이 점점 더 강조됐다. 그중에는 사회적 통제 기술에 대한 매료의 감정도 섞여 있었다. 1950년대에 더 유명해지는 메릴과 맥린 같은 많은 여성 작가들은 기술과학의 영향이 나타나는 현장으로서 가정 영역이 중요하다고 주장하기 시작했다.

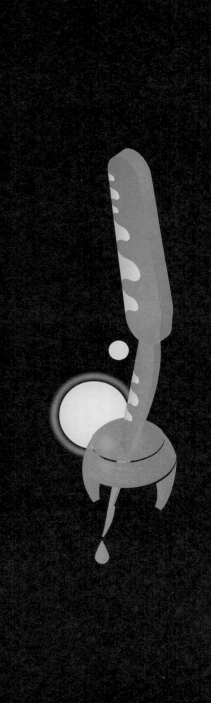

5장

냉전, 소비지상주의, 사이버네틱스: 1950년대

1950년대에는 소비자 중심 사회, 냉전으로 인한 편집증과 핵에 대한 불안이 부상했다. 일상생활의 균질화와 이데올로기적 타자의 침투에 대한 불안이 널리 퍼졌다. 사람들은 영원한 초강대국의 경쟁이나 (그것이 낳을 불가피한 결과인) 폐허가 된 황무지로만 미래를 상상하는 경우가 많았다. SF는 헤게모니를 쥔 규범을 지원하기도 했지만 그만큼 비판적이기도 한 것 같았다. 팬들과의 상호작용의 현장으로서 팬진보다는 컨벤션이 더 중요해졌지만, 팬 커뮤니티는 SF 편입에서 중요한 행위자 역할을 계속했다. 1950년대 초반에는 SF 잡지 붐이 일었지만 그 붐은 상당히 빠르게 무너졌다. 페이퍼백의 성장은 잡지 편집자들의 영향력을 더 감소시켰다. 할리우드는 주요 SF 영화들을 많이 생산했지만 반독점 입법은 독립영화 제작자들에게 기회를 줬다. 많은 독립영화 제작자들이 SF를 10대 관객에게 먹히는 싸고 믿을 만한 손님 끌이 상품으로 봤다.

시대적 변화

1950년대 〈에이스 더블스Ace Doubles〉 선집 시리즈

〈에이스 더블스〉는 두 권의 짧은 장편소설을 한 장정으로 묶어 인쇄했다. 독자가 두 번째 소설을 읽기 위해 책을 뒤집어 보도록 한 것이었다.

- 31 A. E. 밴 보그트, 『널-A의 세계』· 『우주의 창조자The Universe Maker』(1953)
- 36 로버트 E. 하워드, 『정복자 코난Conan the Conqueror』· 리 브래킷, 『라이어넌의 칼The Sword of Rhiannon』(1953)
- 44 도널드 A. 월하임 편집, 『궁극의 침략자와 다른 과학소설The Ultimate Invader and Other Science-Fiction』· 에릭 프랭크 러셀, 『우주에서 온 보초병Sentinels from Space』(1954)
- 61 L. 스프레이그 드 캠프, 『우주의 인간 사냥Cosmic Manhunt』· 클리퍼드 D. 시맥, 『태양의 고리Ring Around the Sun』(1954)
- 84 아이작 아시모프, 『반역의 별들The Rebellious Stars』· 로저 디Roger Dee, 『미친 지구An Earth Gone Mad』(1954)
- 103 필립 K. 딕Philip K. Dick, 『태양계 복권Solar Lottery』· 리 브래킷, 『빅 점프The Big Jump』(1955)
- 150 필립 K. 딕, 『존스가 만든 세계The World Jones Made』· 마거릿 세인트클레어Magaret St Clair, 『미지의 대행자Agent of the Unknown』(1956)
- 164 고든 R. 딕슨, 『도주하는 인류Mankind on the Run』· 안드레 노턴, 『시간의 교차로The Crossroads of Time』(1956)
- 295 잭 반스, 『거대 행성Big Planet』· 『클라우의 노예들The Slaves of the Klau』(1958)
- 375 데이먼 나이트, 『진화의 주인들Masters of Evolution』· 조지 O. 스미스, 『천상의 불Fire in the Heavens』(1959)

제2차 세계대전이 끝나기 전, 미국은 소비 물품을 생산하기 위해 전시 산업을 개편하기 시작했다. 마셜플랜(1948~1952)은 전쟁 때문에 황폐해진 유럽 국가들이 산업구조를 재건하고 현대화하고, 통화를 강화하고 무역 장벽을 줄이는 것을 돕기 위해 130억 달러의 원조를 퍼부었다. 또 소련과 유럽 공산당들의 영향력과 싸우고 유럽 국가들의 고갈된 달러 보유고를 채워 미국의 물건을 구매하고 수입할 수 있도록 하려는 의도기도 했다. 미국의 물리적·문화적 풍경은 1956년 시작되고 국가가 기금을 댄 주간고속도로 체제의 건축 때문에 근본적으로 바뀌었다. 그리고 교외 생활양식이 퍼지면서 1950년에서 1960년 사이 1,800만 명의 사람들이 교외로 이사했다. 냉장고, 세탁기, 식기세척기, 트랜지스터라디오와 텔레비전 같은 새로운 소비 내구재들의 영향으로 가정생활은 완전히 바뀌었다. 1946년, 미국에는 텔레비전 방송국이 겨우 여섯 개 있었다. 1956년에는 442개의 방송국이 있었고 전 가정의 3분의 2가 텔레비전을 소유했다. 이 새로운 생활양식에서 자동차가 중심이 됐다는 것은 자동차극장의 성장으로 입증된다. 1942년 100개였던 자동차극장은 1958년 5,000개로 늘어났다. 이런 장소는 교외의 가족들만이 아니라 10대들도 끌어들였다. 처음으로 10대가 특별한 소비자 집단으로 정체화됐고, 로큰롤의 발전에 박차를 가했다. 테크노컬처는 정치적·사회적 담론에서 점점 중요해졌다. 1946년 발표된 최초의 범용 컴퓨터 에니악은 수소폭탄 연구에 사용됐다. 처음에는 1952년에 미국이 시험했고, 1953년에는 소련이 시험했다. 냉전은 군비 경쟁뿐 아니라 우주 경쟁에도 자금을 대게 만들었다. 소련이 1957년 스푸트니크 위성을 발사하자 미국은 1958년 미국항공우주국National Aeronautics and Space Administration, NASA(이하 NASA)을 설립했다.

1950년대의 특징은 정치적 보수주의다. 조지프 매카시Joseph McCarthy의 비미활동위원회Senate Permanent Subcommittee on Investigations and the House Un-American Activities Committee, HUAC는 이른바 체제 전복을 꾀하는 공산주의자들에 대한 마녀사냥의 선봉에 섰다. 전시 노동력에 대거 진입했던 여성들에게 아내와 어머니로서 무임금 가사노동에 복귀하라는 이데올로기적·물리적 압박이 엄청나게 가해졌다. 아이로니컬하게도, 체제 순응주의와 미국 문화·미국 사회의 균질화에 대한 불안이 커져가면서 공산주의자의 영향력, 호모섹슈얼리티, 마약, 공포 만화, 진정제 중독 등 수많은 도덕적 공황이 일어났다.

1950년대에, 미국 출판에 일어난 큰 변화는 SF의 새 시장을 열고 잡지와 잡지 편집자들이 현장에 미치는 중요성을 감소시켰다. 필립 K. 딕과 데이먼 나이트 같은 주요 신진 작가들은 각각 오직 소설한 편만을《어스타운딩》에 판매했다. 1950년대 초기에는 잡지 수가 엄청나게 팽창했으며 37종의 잡지가 176호를 발간한 1953년 절정에 달했다(애슐리, 2005). 1955년에는《어메이징》,《어스타운딩》과《판타지 앤드 사이언스 픽션 매거진The Magazine of Fantasy and Science Fiction, F&SF》과《갤럭시Galaxy》같은 영향력 있는 신규 진입자들을 포함해 11종의 잡지만 남았다. 레이 브래드버리, 아서 C. 클라크, 존 크리스토퍼John Christopher, 잭 피니Jack Finney, 로버트 A. 하인라인, 워드 무어Ward Moore, 로버트 셰클리Robert Sheckley, 커트 보니것과 존 윈덤John Wyndham은 SF를 더 비싸고 '번드르르한' 잡지들(예를 들면《콜리어스Collier's》,《하퍼

스Harper's》,《뉴요커》,《새터데이 이브닝 포스트》)에 팔기 시작했고, 브래드
버리, 셰클리, 로버트 블로흐Robert Bloch, 프레드릭 브라운Fredric Brown과
맥 레이놀즈Mack Reynolds는 모두《플레이보이》에 SF를 팔았다. 하인라
인은 10대 독자들을 위한 SF라는 새로운 분야로 진출해서, 1947년
에서 1958년 사이에 스크리브너스Scribner's와 함께 "그의 가장 빼어난
작품들이 틀림없는"(클루트와 니컬스Clute and, 1993) 10대 소설을 열두
편 출간하기도 했다. 이 시기에 출현한 10대 청소년young adult SF의 다
른 작가들 중 가장 중요한 사람은 안드레 노턴이다. 동시에, 1940년
대에 확립된 페이퍼백 시장은 점점 더 중요해지고 있었다. 1950년
에이번Avon, 밴텀Bantam과 시그닛Signet은 SF 서적들을 출판하기 시작했
지만, 많은 부분이 잡지에 실렸던 SF의 재판 간행이었다.《갤럭시》의
편집자 호레이스 골드Horace Gold는 〈갤럭시 과학소설 장편Galaxy Science-
Fiction Novels〉 시리즈를 출간하기 시작했다. 예전에는 미래주의자였고
에이스북스Ace Books의 창립 편집자인 도널드 A. 월하임은 1952년 〈에
이스 더블스〉의 첫 권을 출간했는데, 이 시리즈는 오랫동안 계속됐
다. 밸런타인북스Ballantine Books의 초기 출간물 중에는 프레더릭 폴이
편집한 〈원본 선집original anthology〉 시리즈의 첫 권인 『스타 사이언스
픽션 스토리스Star Science Fiction Stories』(1953)도 있다.《어스타운딩》의 여
러 소설을 드라마로 각색한 〈X 차원Dimension X〉(1950~1951)과 대부분
《갤럭시》에서 원전을 가져온 〈X 마이너스 1X Minus One〉(1955~1958)
을 포함한 라디오 선집 시리즈는 잡지 SF를 새로운 관객들에게 소
개했다. 〈X 마이너스 1〉이 더 큰 성공을 거둔 반면, 존 W. 캠벨이 진
행하고《어스타운딩》정기 필자 고든 R. 딕슨, 랜들 개릿Randall Garrett,

로버트 실버버그가 대본을 쓴 〈내일을 탐험하며Exploring Tomorrow〉(1957~1958)가 주변으로 밀려난 것은 라디오 청중들이 (캠벨이 특권을 준) SF와 질이 다른 것들을 더 좋아했음을 보여준다. 이 시기 SF 영화, 코믹스와 텔레비전 시리즈의 관객들에 대해서도 같은 주장을 할 수 있다. 이런 변화에 직면하자, 새로운 분야로 이렇게 팽창한 것을 SF 장르의 파경이라고 매도한 사람들의 소망은 달랐겠지만, 특정한 편집자, 잡지나 작가 집단이 SF 장르의 핵심을 구성한다고 주장하기가 점점 더 어려워졌다.

조직된 팬덤은 SF 소비자들의 비율이 줄어드는 것을 보여줬다. 한때 연락과 의사소통의 매우 중요한 통로였던 잡지의 독자 편지란은 드물어졌다. 팬진이 계속 나오기는 했지만, 컨벤션이 더 중요한 팬들과의 상호작용의 장소가 됐다. 헬렌 메릭Helen Merrick이 언급한 것처럼 SF 팬 역사는 1930년대와 1940년대 여성 팬들의 존재와 기여를 주변화하고 평가절하하는 경향이 있었고, 그들이 남성 팬의 친척이거나 여자친구 혹은 아내고 그들의 활동은 조력일 뿐이라고 일반적으로 무시했지만(2009), 여성들은 팬덤에 합류하기 시작했고 그수는 점점 늘어났다. 아프리카계 미국인들도 컨벤션에 나타나기 시작했고, 해리 워너Harry Warner는 1951년 남부 주세계 과학소설 컨벤션The World Science Fiction Convention들에서 월드콘Worldcon을 개최하려던 노력이 "분리된 시설을 이용하지 않겠다는 전반적인 팬들의 결정"(1976) 때문에 실패했다고 진술한다. 1956년, SF 팬인 샘 마르티네스Sam Martinez는 "만약 흑인이 갑자기 팬덤에서 전반적인 주의를 끌게 된다면" 남부 팬덤이 어떻게 할 것인지 궁금해한다. 그에 대한 대답으로, 3년 동안 글쓰기로 인기를 얻었지만 정체를 드러내지 않았던 팬 칼 조슈아 브랜던Carl Joshua Brandon은 자기가 우연히도 "니그로(흑인)"지만 "그것이 중요하지 않다고 생각해서 문제 삼지 않는다"라고 발표한다(워너, 1977). 그러나 사실 브랜던은 존재하지 않았다. 1958년, 브랜던은 테리 카와 다른 사람들이 창조해 낸 가짜 인물로 드러났다. 이 가상의 흑인 팬은 인종이 상관없다는 것을 보여주고 인종 간 갈등 이후의 이상적인 미래를 상정하기 위해 발명됐던 것 같다. 그러나 좋은 의도임에도 한 아프리카계 미국인의 목소리를 도용한 이 사건은 SF가 여전히 인종차별주의의 유산과 경험에 대한 협상에서 배워야 할 것이 많음을 보여준다.

하드에서 소프트로

캠벨적인 SF는 1950년대에도 계속 출판됐고 많은 사람에게 SF
장르의 정의에 맞는 중심적인 위치에 남아 있었다. 캠벨의 「우주의
섬Islands of Space」(《계간 어메이징 스토리스》)을 리뷰한 1957년 10월 《어
스타운딩》 칼럼에서, P. 스카일러 밀러P. Schuyler Miller는 기술적 세부 사
항과 과학적 정밀성을 강조하는 작품들을 정체화하기 위해 '딱딱한
과학소설hard science fiction'이라는 용어를 만들어 낸다. 이 용어는 나중에
딱딱한 자연과학(예를 들어 물리학, 화학)에 뿌리를 둔 소설과 **부드러**
운 사회과학(예를 들어 인류학, 사회학)에 기반을 둔 것들을 구별하기
위해 사용된다. 이런 대립에 젠더적 함의가 들어 있다는 것은 설명
할 필요도 없다. 여러 편입 행위, 특히 펄프의 중요성을 강조하는 것
들은 **딱딱함**을 모든 SF를 판단하는 표준으로 취급했다. 톰 고드윈Tom
Godwin의 「차가운 방정식The Cold Equations」(《어스타운딩》, 1954)은 딱딱함

의 모범적인 텍스트 기능을 했다. 이 소설은 먼 식민지 세계로 비상 식량을 운반하는 우주선이, 그 우주선에 탄 한 여성 밀항자의 초과 질량을 허용할 만큼 충분한 연료가 없기 때문에 그 밀항자를 버려야 한다는 시나리오를 구성한다. 어떤 사람들은 이 소설이 순수하고 이성적인 객관성을 위해 골치 아픈 인간적 긴급 사태와 감상주의를 가차 없이 제거했다는 이유로 찬양하지만, 그런 독해는 이 소설이 애초에 그 문제를 만들어 낸 모든 인간적인 결정을 체계적으로 억압한 다는 것을 단호하게 무시한다. 핼 클레멘트의 『중력의 임무』(《어스타운딩》, 1953; 책 1954)도 이와 비슷하게 딱딱하다고 찬양을 받는다. 이 소설은 적도에서는 지구 평균 중력의 3배, 극에서는 지구 평균 중력의 700배에 이르는 타원형 행성 메스클린을 탐험하는 이야기다. 극지에 오도 가도 못하고 묶인 우주선에서 장비를 되찾기 위해 인간이 모집한 지네 같은 원주민의 모험 이야기인 이 소설은 중력이 꾸준히 증가하면서 주인공들이 여러 가지 문화를 만날 때 식민지 모험소설과 기초물리학의 여러 가지 내용을 연결시킨다. 클레멘트가 거기에 붙인 에세이 「회전목마 세계Whirligig World」(《어스타운딩》, 1953)가 설명하듯이, 이런 소설이 주는 즐거움은 과학적 전제의 세부적 구현이다.

그러나 과학학은 사회적 구조와 인간의 주관성에서 동떨어진 순수한 과학 자체의 실천과 결론은 없다는 것을 보여준다. 그렇다면 SF에도 그런 요소들이 포함돼 있다는 것은 놀랍지 않다. 주디스 메릴의 「데드 센터Dead Center」(《F&SF》, 1954)는 SF 잡지에 실린 작품으로서는 명망 높은 〈미국 최고 단편선Best American Short Stories〉(1915~) 선집에 최초로 선정된 소설로서, 가부장적 과학의 한계를 명쾌하게 보여준다. 로켓 설계사 루스는 조종사인 남편이 앞둔 화성 탐험에 대한 걱정과 육아를 곡예하듯이 동시에 한다. 그녀는 남편 조크를 내조하기 위해서 자신의 의심과 공포를 숨겨야 한다고 느낀다. 임무가 잘못돼 그가 달에서 오도 가도 못하게 되자, 루스는 어린 아들 토비가 조크가 마주친 위험을 알지 못하게 보호하려고 하는 한편, 구출 로켓의 설계 작업을 하라는 압력을 받는다. 그러나 토비는 루스가 발사 장소를 오래 비우는 것을 보며 자기도 버릴 거라는 결론을 내린다. 로켓을 발사하는 날, 토비는 여러 명의 어른 사이에서 이리저리 움직이다가 로켓에 몰래 타버린다. 토비의 초과 중량 때문에 로켓은 충돌한다. 토비는 죽고 조크도 죽을 운명에 처한다. 슬픔에 빠진 루스는 자살한다. 리사 야젝Lisa Yaszek이 주장하듯, 이 소설은 "삶의 경험과 개인 간의 관계를 고려하지 않는 가부장적 과학과 사회 체계"(2008)를 비판하고 "진정으로 성공할 수 있는 과학은 과학자의 주관성과 과학자와 연결된 모든 사람의 주관성 양쪽 다 설명할 수 있어야 한다"라는 것을 보여준다. 메릴의 결말은 우주 프로그램과 달로 돌아가는 여행을 위한 선전에 자금을 대기 위해 조작된 비극에 애도하는 대중을 보여주며 기존의 권력 구조에 대한 냉소를 시사하기도 한다.

　　제2차 세계대전 후, 미국 여성들은 돌아온 전역병사들이 노동시장으로 재진입할 수 있도록 전쟁이 만든 일자리와 함께 도래했던 경제적·사회적 독립을 포기하라는 압력을 받았다. 이 여성들은 결혼과 가정생활, 모성을 받아들여야 한다는 요구를 받았다. 이런 역할들은 "자연스럽다"라고도, 새로운 소비재 때문에 기술적으로 향상됐다고도 그려졌다. 필립 와일리의 『실종The Disappearance』(1951)에서, 알 수 없는 사건이 세계를 두 가지 현실로 갈라놓는다. 한쪽에서는 모든 여자가, 다른 쪽에서는 모든 남자가 사라진다. 대체로, 여성들은 이 갑작스러운 변화에 더 잘 대처하고 안정적이고 상호지원하는 사회질서를 확립하는 것으로 보인다. 반면 남자들은 혼돈과 폭력 속으로 붕괴한다. 그러나 이 소설의 보수적인 결말에서 세계가 다시 병합되고 각 성이 다른 쪽이 직면한 시련을 더 잘 알게 되면서, 양쪽 성은 자기의 젠더화된 영역에 남아 있는 것에 더 만족하고 기뻐하게 된다. 〈금지된 세계Forbidden Planet〉(윌콕스Wilcox, 1956)도 가부장적 권위와 함께 딸에서 아내로 '적절하게' 이행할 것을 강조하지만, 그 전에 그런 '정상성'이 억압해야 하는 오이디푸스적 폭력을 드러낸다.

대조적으로, 앤 워런 그리피스Ann Warren Griffith의 「붙잡힌 청중Captive Audience」(《F&SF》, 1953)은 가정주부들을 해방시키는 것이 아니라 노예로 만드는 상품 문화와 가정 광고 기술에 초점을 맞춘다. 그리고 개런 드러사이Garen Drussai의 「여자의 일Woman's Work」(《F&SF》, 1956)은 끈질긴 가정방문 세일즈맨에 대한 어느 가정주부의 영웅적인 저항이 남편의 임금노동(아이로니컬하게도, 남편도 세일즈맨이다)만큼이나 진 빠지는 일이고 가정의 생존에 필수적이라는 것을 보여준다. 캐서린 맥린의 「눈덩이 효과The Snowball Effect」(《갤럭시》, 1952)는 교외의 가정생활에 한정됐을 때에도 지속되는 여성의 힘과 영향력의 잠재력을 보여준다. 사회학의 유용성을 증명하라는 도전을 받고, 월턴 캐스웰은 조직의 성공이나 실패를 뒷받침하는 수학을 만들어 어느 지방 여성들의 바느질 동아리에 적용한다. 넉 달이 지나자 이 동아리는 옛날 옷을 수선하는 모임에서 가난한 사람들 사이에 상호 육아 서비스를 퍼뜨리는 것으로, 도시 빈민가 개선책에 참여하는 것으로, 새로운 산업을 도시에 유치하는 것으로 바뀐다. 그것은 '시민 발전 단체'가 되고 '시민 공동 재산 자금'으로 발전하고 '사회 배당금'이 된다. 여성의 자선사업은 통치의 성격을 바꿨고, 이 소설은 12년 후에, 과거 바느질 동아리였던 이 모임이 세계 정부를 세울 것이라는 예측으로 결말을 짓는다.

메릴의 「레인 체크Rain Check」(《사이언스 픽션 어드벤처스Science Fiction Adventures》, 1954)의 화자는 신체 변형을 할 수 있고 매력적인 젊은 여성의 모습을 한 외계인이다. '그녀'는 만나는 남자들의 '정상적인' 행동을 어쩌다 보니 멀리하게 된다. 반면 EC의 SF 코믹스에서 출간된 이야기들 중 어떤 것은 규범적인 젠더 역할에 의문을 던지는 것에 멈추지 않고 훨씬 더 전진한다. 알 펠드스타인Al Feldstein과 조 올랜도Joe Orlando의 「남자의 일A Man's Job」(《위어드 판타지Weird Fantasy》, 1951)에서, 남성 화자는 1960년 최초의 여성 대통령 선거에 뒤이어 젠더 역할이 어떻게 변했는지 이야기한다. 곧 여성들은 정부와 사업의 권력을 쥐는 모든 위치를 차지했다. 겉보기로는 1950년대의 교외와 비슷한 세상을 만들어 냈지만, 젠더 역할은 뒤바뀌었다. 결말에서는 (여성 의사가 남성 간호사들에게 출산을 위해 화자를 아버지 병동으로 데려가라고 명령한다) 젠더 차이의 임의성을 지적하면서도 생물학적 차이가 구체화된다. 펠드스타인과 월리 우드Wally Wood의 「변형 완료Transformation Completed」(《위어드 사이언스Weird Science》, 1951)에서도 비슷한 효과가 이뤄진다. 홀몸이 되고 딸에게 버려질까 봐 두려워하는 과학자는 딸의 약혼자에게 엄청난 양의 여성 호르몬을 투여해 그를 여성으로 만들어서 결혼을 좌절시킨다. 딸이 이 사실을 알게 되자, 딸은 자신에게 엄청난 양의 남성 호르몬을 투여해 자기 성도 바꿔버린다. 이 소설은 원래 역할이 뒤바뀐 채 커플이 재결합해 행복한 결혼을 하는, 규범적인 이성애중심성heterosexuality을 강화하면서 동시에 약화하는 결말로 끝난다.

소비

냉전에서 가정용 제품 기술은 물질적 풍요에 뿌리를 둔 미국 중심주의를 이데올로기적으로 구성하는 데 핵심적인 역할을 했다. 풍요로운 핵가족과 소비지상주의라는 도그마를 구현하고 연기하는 모델 가정은 "이데올로기적 개념을 추출하는 데 물질적이고 감정적인 직접성을 부여했"(카스틸로Castillo, 2010)고, 미국 선전 활동에 나올 때가 많았다. 마셜플랜과 자본주의적 사회조직이 미래의 풍요와 안전성의 원천이라고 홍보하기 위해 1952년 베를린에서 열린 '우리는 더 나은 삶을 만들고 있다We're Building a Better Life' 전시회가 그 예다. 1959년 모스크바에서 미국 박람회가 열리는 동안, 내부가 공개된 교외 가정 모델은 닉슨Nixon 부통령과 흐루쇼프Khrushchev 총리 사이에 벌어진 '부엌 논쟁'의 현장이었다. 그 논쟁은 각각의 경제체제가 갖는 상대적 장점들에 대한 비공식적인 대화였다. 닉슨은 이 '전형적인' 미국 가정이 갖고 있는 편리한 소품(현대적인 노동 절약 장치와 오락 장치)을 잘 이용했다. 그러나 식기세척기, 잔디깎이, 컬러텔레비전, 케이크 믹스와 병 콜라 같은 경이로운 물건들에는 대가가 따랐다. 즉, 이런 미국적 생활양식을 지속시키는 국제적인 불공평(과 그 환경적 결과) 이 점점 더 분명해졌다. 심지어 1950년대에도, 고삐 풀린 소비지상 주의의 위험과 1950년대를 괴롭힌 핵 위협 사이의 관계를 알고 있는 사람들이 많았다. 예를 들어, 필립 K. 딕의 「전시품Exhibit Piece」(《이프If》, 1954)에서는 아이젠하워 시대 미국을 전공한 22세기 역사가가 자기 가 가진 교외 가정 모델에 그것이 묘사하는 세계로 가는 입구가 있다 는 것을 발견한다. "로봇과 로켓선들이 모든 일을 할 수 있는"(1990b) 더 나은 미래를 상상할 수 있었던 과거를 더 좋아하기 때문에, 그는 영원히 과거로 이동하기로 결정한다. 관문이 봉인된 후에야 그는 신 문 표제가 "러시아가 코발트폭탄을 공개, 전 세계 파괴가 눈앞에"라 는 것을 알아차린다.

1950년대에는 신용을 얻기 쉽고 지불 계획을 유예함으로써 가 능해진 소비문화가 엄청나게 팽창했고, 보통 이 시기의 SF는 기술의 생산과 분배에 대한 사고실험보다 소비문화에 동반하는 사회적 변 화에 더 관심이 있었다. 딕의 「세일즈 설득Sales Pitch」(《퓨처 사이언스 픽 션Future Science Fiction》, 1954)에서, 사업가 에드 모리스는 시청각 광고와 세 일즈 로봇의 끊임없는 침입에서 도망칠 수가 없어 곤경에 빠진다. 세 일즈 로봇은 완전히 자동화되고 자기 조절을 하는 안드로이드 파스 라드Fasrad, Fully Automated, Self-Regulating Android(가정용)에서 정점에 이른다. 파스라드는 그의 집에 침입한다. 그가 결국 굴복해서 구매할 때까지 자신의 많은 능력을 보여주는 데 열중하다가, 파스라드는 자기 제조자들이 그런 결과를 불가피한 것으로 간주했기 때문에 이미 그에게 계산서를 보내고 있다는 것을 드러내 버린다. 에드는 저개발된 식민지 행성으로 도망간다(아이로니컬하게도 그 행성은 1950년대 미국 교외와 비슷하다). 그러나 파스라드는 세일즈 설득을 포기할 수 없기 때문에 그를 추적한다. 「프린터 지불Pay for the Printer」(《새틀라이트 사이언스 픽션Satellite Science Fiction》, 1956)에서, 포스트아포칼립스 정착지는 그곳의 빌통(정착민들이 의존하고 있는 물품들을 복제하는 외계인)이 죽어가고 있다는 재앙에 직면한다. 그들은 자신의 생활양식을 바꾸는 것을 상상할 수도 없고 그 생활양식을 유지할 방법을 알아낼 수도 없기 때문이다. 조잡한 칼과 나무 컵을 직접 만든 한 급진주의자가 그들에게 스스로 물건을 만드는 법을 배워야 한다고 제안하지만, 불신에 직면한다. 「오토팩Autofac」(《갤럭시》, 1955)에서, 제3차 세계대전 후의 인간들은 자동화된 생산 장비에게 오래전에 프로그램된 서비스가 더 이상 필요하지 않다고 설득하려고 한다. 결국 그들은 생산 장비를 속여 제한된 자원을 두고 다른 공장들과 전쟁을 하게 만든다. 대대적인 파괴가 뒤따르는데도, 그 공장은 모형 장치들을 생산하기 시작한다. 그 모형 장치들은 자신의 복제품을 만들어 행성에 (그리고 아마 우주에도) 뿌리면서, 끊임없는 물품 생산이라는 악몽 같은 미래를 약속한다.

프레더릭 폴과 C. M. 콘블루스의 「우주 상인The Space Merchants」(《갤럭시》, 1952; 책 1953)은 소비지상주의에 대한 주목할 만한 비판을 내놓는다. 광고에서 심리학적 기술들을 사용하고 그 기술들이 정치적 과정까지 세력을 확대한다는 밴스 패커드Vance Packard의 『숨은 설득자들The Hidden Persuaders』(1957)을 예고하며, 폴과 콘블루스는 날카로운 통찰력으로 "이미 생산된 물건들을 파는 단순한 시녀 같은 일에서 상업의 요구에 맞춰 산업들을 창조하고 세계의 풍속을 재설계하는 현재의 역할을 맡게 된"(1981) 산업의 논리를 해부한다. 기업들은 낮은 시판 가격으로 소비자들을 유인하고, 과자를 먹으면 음료수를 마시고 싶어지고 음료수를 마시면 담배를 피우고 싶어지고 담배를 피우면 과자를 먹고 싶게 만드는 식으로 수요 주기를 자극하고 소비자들이 반복 구매를 하도록 생산물에 중독 물질을 더한다. 특정 상품들의 이름은 더 포괄적인 범주를 가리키는 말을 대체하고, 상업광고 음악과 생리적인 의존으로 더욱 각인된다. 상원의원들은 출신 주보다는 어느 기업에 충성하는지에 따라 식별되고, 등록된 상업 분쟁 중에 일어나는 살인은 경범죄일 뿐이지만 계약 위반은 중대한 범죄가 된다. 이 소설은 파울러 쇼켄 어소시에이츠("아ⁿ 대륙 전체를 단 하나의 대량생산 복합단지로 합병하면서" 인도를 인도스트리Indiastries로 바꾼 조직)의 중역이었다가, 기업이 지배하는 미래에 대한 저항군의 핵심 멤버가 되는 미첼 코트니의 변모를 따라간다. 코트니는 금성 식민화 광고를 하도록 임명됐다가 납치돼 노예노동을 하게 된다. 그는 지하에 있는 클로렐라 대농장의 비참한 상태와 인간이 소비하기 위해 생산하는 값싼 단백질을 광고하려고 예전에 썼던 카피인 "태양에 흠뻑 젖은 코스타리카의 대농장들에서 자기 일에 자부심을 가진 독립적인 농부들이 능숙한 손으로 돌봤기 때문에 클로렐라 단백질의 즙 많고 잘 익은 영양분이 나옵니다"라는 문장 사이의 차이에 직면한다. '콘시consie', 즉 대화주의conservationist 선동가와 접촉하고, 그는 그 운동에서 출세하기 위해 자신이 가진 기술을 쓴다. 즉, "필요 없는 가난과 인간의 불행을 만들어 내면서 자연 자원을 무모하게 착취"하는 것에 대해 썼던 솔직한 성명들을 영웅주의에 호소하고 모병을 독려하는 관점으로 다시 쓴다. 콘시들을 포기하고 특권을 누리는 삶으로 돌아가려고 뉴욕에 돌아갔을 때에야 그는 자신이 이제 얼마나 콘시들의 주장(생산자와 소비자의 이익은 같지 않다. 세계의 대부분은 불행에 빠져 있다. 노동자들은 자신들이 가장 잘하는 일을 자동으로 찾을 수 없다. 기업가들은 규칙에 따라 어렵고 공정한 게임을 하고 있는 것이 아니다)에 동의하는지 깨닫게 된다. 그는 콘시들이 금성을 식민화해서, 그들이 다른 경제원칙에 따라 새로운 세계를 만들 수 있게 한다.

『법률상의 검투사Gladiator-at-Law』(1955)는 전후 미국에 대한 폴과 콘블루스의 풍자적인 분석을 확장하고, 사람들을 희생시키면서 재산을 보호하는 법률 체계의 공모를 강조한다. 이 소설은 이상적인 거품 집의 생산자 G.M.L.하우징 회사의 소유권 4분의 1을 물려받을 상속자들이 회의 투표권을 되찾으려고 노력하는 과정을 추적한다. 그들의 아버지가 가진 꿈은 모든 사람이 합리적인 가격으로 거품 집을 사용할 수 있도록 해서 전후 경제 부흥이 만든 부채의 함정인 교외 주택을 대체하는 것이었다. 교외 주택은 처음으로 집을 사는 구매자들에게 쉬운 자금 조달과 독립적이고 모델하우스 같은 생활양식을 약속하면서 유인하지만, 지불의 반복적 순환으로 빠져들게 만들 뿐이다. "제목 조사 요금. 더하기 취급 수수료. 더하기 이자. 더하기 변호사 비용. 더하기 하수관 평가액. 더하기 토지세. 더하기 도로세"(1955). 필연적으로, 가전제품은 닳아 고장 나고 건물은 마모돼 부서지면서, 더 큰 비용을 발생시킨다. 이런 문제를 피할 수 있는 거품 집들은 기업의 피고용인들만 사용할 수 있다. 그들은 노쇠한 교외를 떠나 더 안전한 지역 공동체를 찾고, 교외를 더욱 쇠락하게 만든다.

전후에 누린 번영에 대한 이런 비판은 냉전 논리가 점점 더 애국주의와 연결되는 기념비적 소비 자본주의의 더 어두운 면을 드러낸다. 특히 딕의 소설들에서, 상품 문화의 따스한 포옹은 재앙과 분리될 수 없다. 『포스터, 너는 죽었다』Foster, You're Dead』(1955)의 주인공 남학생 마이크는 학교에서 하는 종말 후 생존 훈련을 하는 동안 동료들로부터 소외된다. 그의 아버지가 다음과 같은 이유로 방사능 낙진 대피소를 사지 않기 때문이다.

> 그놈들은 사람들에게 최대한 많은 차와 식기세척기와 텔레비전 세트를 팔았어 … 폭탄 대피소는 아무 소용도 없기 때문에, 사람들은 사용할 수 있는 물건을 전부 얻을 수가 없어 … 공장들은 총과 방독면을 영원히 만들어 낼 수 있고, 사람들이 두려워하는 한 계속 돈을 내고 사겠지. 그렇게 하지 않으면 자기들이 죽을지도 모른다고 생각하니까. 사람이 매년 새 차를 사다가 질려서 그만둘 수는 있지만, 자기 아이들을 보호할 대피소를 사는 일은 절대 그만두지 못할 거야.(1990c)

마이크는 대피소를 갈망하며 낙진 전시실을 방문하고, 결국 아버지를 설득해 1972 모델을 산다. 그러나 러시아가 새로운 기술을 개발했기 때문에 그 모델은 설치되자마자 쓸모가 없어져서, 차단막을 더 사야만 한다. 마이크의 아버지는 그런 돈을 지불할 여유가 없어서 전시실에 대피소를 반품한다. "물건을 사거나 죽으라는 완벽한 세일즈 설득"에 푹 빠진 마이크를 대피소에서 억지로 떼어내야 한다. 그는 "멍하니, 공허하고 죽은 마음으로" 밤거리를 헤맨다.

「총The Gun」(《플래닛 스토리스》, 1952)은 냉전이 지속적인 파괴성과 낭비성을 가지고 있다는 것을 강조한다. 핵전쟁 때문에 인류가 멸망한 후, 외계인들은 미래에 올 고고학 탐험대의 안전을 보장하기 위해 도시의 유적을 보호하고 있는 자동화 총기를 망가뜨려야만 한다. 그들은 자동 수리 시스템이 재깍 작동하기 시작한 것을 알아채지 못한 채 떠난다. 「방어자들The Dependers」(《갤럭시》, 1953)에서, 로봇 대리자들이 전쟁을 계속하고 지하에 살아남은 인간들은 정기적으로 그 소식을 듣는다. 한 무리의 미국인들이 폐허가 된 표면을 직접 보겠다고 고집할 때, 전쟁은 오래전에 끝났고 지구는 회복되고 있고, 로봇들은 "문화 자체의 힘으로 위기를 넘길 수 있기 때문에 문화 속의 증오가 바깥을, 외부 집단을 향할"(딕, 1990a) 필요가 없을 정도로 인간이 진화하기를 기다리고 있었다는 것이 밝혀진다. 미국인들은 소련을 이기기 위해서 그 상황을 어떻게 이용해야 할지 계획을 짜기 시작하지만, 로봇들은 소비에트 내의 유사한 집단과 협력하도록 그들에게 압력을 가한다. 남은 인간들이 도로 지표면에 나와도 될 때 공존의 모델을 만들기 위해서다. 「두 번째 변종Second Variety」(《스페이스 사이언스 픽션Space Science Fiction》, 1953)에서는, 전쟁 때문에 인간들의 생명은 거의 다 파괴됐다. 자체 수리 기계들은 몇몇 남은 부대들과 계속 싸우고,

더 이상 양쪽 편을 구분하지도 않는다. 인간처럼 보이는 새로운 변종 (부상병, 테디베어 인형을 가진 소년, 난민 여성)은 인간을 속여 비밀 벙커에 들어갈 수 있다. 첫 번째와 세 번째 변종은 식별되고, 등장인물들은 자기들 중 누가 두 번째 변종인지 알아내기 위해 애를 쓴다. 소설의 결말에서, 홀로 살아남은 병사는 자기가 죽인 기계가 사실 네 번째 변종이고 전에는 기계가 잠입한 적이 없던 달 본부로 도망치도록 도와준 여자가 두 번째 변종이라는 것을 깨닫는다.

아포칼립스 소설

1950년대에는 SF와 비SF 양쪽 분야 모두에서 세계 종말 이야기가 많이 나왔다. 몇몇 사람들이 비SF 분야의 아포칼립스 소설들을 빠르게 SF에 편입시켰다. 인류 생존과 인간 문화의 재수립에 대한 전망은 매우 광범위하고 다양했다. 조지 R. 스튜어트Geoge R. Stewart의 『지구는 머무른다Earth Abides』(1949)에서, 이셔우드 윌리엄스는 외떨어진 고고학 탐사캠프에서 돌아와 어떤 바이러스 때문에 인류 대부분이 멸망했다는 것을 알게 된다. 이셔우드는 유적 속을 헤매면서 고립된 사람들을 찾아내 강탈하다가 밝은 피부의 아프리카계 미국인 에마를 만난다. 그는 에마와 가족을 이루고 공동체를 세운다. 사라진 것을 전부 복원하기로 결심한 그는 조숙한 아들 조이가 신기술의 르네상스를 주도할 것이라고 믿는다. 그러나 조이가 살해당하자, 그는 자신이 기억하는 문화를 후손들이 다시 만들어 낼 수 없다는 생각과 타협해야 한다. 결국, 젊은 전사들은 거의 신화가 된 옛날 미국인들의 통조림을 뒤져 찾는 일을 중단하고 이셔우드가 장난감이라고 소개한 활과 화살을 사용하기 시작한다. 그는 이것이 자기가 한때 바랐던 부활과 인류가 "기어 다니는 반원숭이들"(2006)로 퇴화한 상태 사이의 타협이라고 생각한다.

존 크리스토퍼의 『풀의 죽음The Death of Grass』(1956)은 어떤 바이러스가 모든 곡물을 파괴하면서 문명이 빠르게 붕괴하는 모습을 그린다. 망설이던 총리는 경질되고 나머지 사람들이 생존에 더 유리한 기회를 갖도록 3,000만 명의 사람들을 즉시 죽이기 위해 주요 인구 중심지에 핵 폭격을 명령할 정도로 냉철한 사람이 새로 총리직에 오른다. 주인공 존은 런던 밖으로 작은 집단을 데리고 나와, 고립돼 외부 공격을 방어할 수 있는 계곡에 있는 자기 형제 데이비드의 농장으로 간다. 그 집단에 있는 사람인 피리는 이렇게 주장한다.

> 상상력이 부진한 영국인들은 자기네 상식선에서 봐도 수백만 명이 아사하게 될 수단들을 쉽게 묵인할 겁니다. 그러나 직접적인 행동, 즉 자기 보존을 위한 살인은 다른 문제죠 … 그들은 마지막까지 환상을 보존할 겁니다. 그다음에야 그들은 엄청나게 야만적인 호랑이들처럼 싸울 겁니다.(1958)

부르주아 자유주의의 외관을 어느 정도 유지하기 위해 애쓰는 존 윈덤의 『트리피드의 날The Day of the Triffids』(1951)과 『크라켄이 깨어나다The Kraken Wakes』(1953)의 주인공들과 달리, 존은 그런 환상을 빠르게 포기한다. 북쪽으로 가는 길에 그는 피리가 바람기 많은 자신의 아내를 '처형'하는 것을 비롯한 몇 건의 살인에 가담한다. 계곡으로 들어가도 된다는 허락을 얻지 못하자, 존은 계곡에 들어가기 위한 공격을 이끈다. 그 공격에서 데이비드는 살해된다. 아마 존이 살해했을 것이다. 존은 이 새로운 가부장적 봉건제의 권력을 받아들이는 것을 더 이상 망설이지 않는다. 리처드 매드슨Richard Matheson의 『나는 전설이다I Am Legend』(1954)도 새로운 사회질서가 탄생하는 것을 상상한다. 간균 때문에 뱀파이어로 변한 인간들의 세계에서 생존하기 위해 로버트 네빌이 벌이는 영웅적인 투쟁의 이야기는 마지막 몇 장에서 그가 붙잡히면서 근본적으로 역전된다. 새로운 세계에서 그는 자신이 인류의 마지막 방어자가 아니라 "비정상적인 자"(1987), "그들이 지니고 살게 된 질병보다 훨씬 더 나쁜 재앙"이라는 것을 깨닫고, 처형을 받아들인다.

핵 멸망 소설들은 넓은 정치적 스펙트럼을 보여주기도 한다. 팻 프랭크Pat Frank의 『아아, 바빌론Alas, Babylon』(1959)은 한국전쟁 퇴역 군인 랜디 브래그가 플로리다주 포트 리포즈 공동체를 보존하는 데 초점을 맞춘다. 핵전쟁의 여파는 그를 목적 없는 알코올중독자에서 지도자로 탈바꿈시키면서, "어떤 국가와 어떤 민족들은 위기의 열기에 녹아 프라이팬의 기름처럼 흩어져 버린다. 다른 국가나 민족들은 도전에 맞서 싸우고 단단해진다"(2005)라는 이 소설의 믿음을 전형적으로 보여준다. 그는 가부장이 돼, 자기 형제의 아내와 아이들과 "자기 땅을 갖고 생활을 꾸려가고 있었지만 어떤 의미에서는 … 그의 피보호자인" 집 가까이 사는 아프리카계 미국인 가족에게 자비로운 권위를 행사한다. 포트 리포즈는 편리하게도 낙진의 위험이 없는 곳에 자리 잡고 있기 때문에, 핵전쟁의 물리적 영향은 소설에 나오지 않는다. 마을이 직면한 가장 중요한 문제는 민간 당국과 전력이 없다는 것이다. 랜디는 재빨리 민간인 당국을 내놓고, 전력 문제는 예전 기술이 돌아오면서 극복된다. 종말은 개척자 정신의 부활을 위한 배경일 뿐이다. 결국 정부가 포트 리포즈에 연락했을 때, 그 고립된 공동체의 견고함을 찬양하고 당연히 승리를 거둔 미국의 재건 사업에 그것을 영입하는 것밖에 별로 할 일이 없다.

대조적으로, 모르데카이 로시왈트Mordecai Roshwald의 『레벨 7Level 7』(1959)은 핵전쟁의 무가치함과 상호확증파괴Mutually Assured Destruction, MAD라는 정책의 부상에 대한 음산한 고발장이다. 로시왈트는 주인공 화자인 X-127이 어느 편인지 절대 알려주지 않는다. 대신 양편의 유사하고 상호 강화되는 전략을 강조한다. 그는 핵전쟁에서 살아남는다는 것이 치명적인 환상이라는 가정에서 출발해 진행하고, 대신 대량파괴무기를 발사할 수 있는 인간을 생산하는 문화에 초점을 맞춘다. X-127은 핵전쟁에서 살아남아 존속하도록 지어진 가장 깊은 지하 7층 시설에서 특수 임무를 수행하기 위해 선발됐다. 이 소설은 대부분 그가 적응하기 위해 분투하는 이야기다. 그는 햇빛을 그리워하고, 광대한 저장 터널을 계속 상상한다. 그 터널은 음식으로 채워져 있지만 인간의 폐기물을 움직이는 벽 뒤에 저장하도록 설계돼 있고, 그 비율은 그들이 지하에 있는 세월 동안 변한다. X-127과는 달리, 전쟁이 일어났을 때 X-117은 결정적인 순간 미사일 발사 키를 돌릴 수가 없다. 나중에 그는 자살한다. X-127은 "그가 불가피한 것을 받아들이지 못했기 때문이다. 그는 거기에 저항했다. 있는 그대로 의 현실에 적응하지 못했다"(2004)라고 생각한다. X-127은 "맨손으로 죽이는 것과 단추를 누르는 것을 구별할 수 없는" X-117의 무능력이 문제의 근원이 아니었을까 의심한다. 결국, 지표면에서 아래로 스며 내려온 방사능이 지하 6층에 있는 사람을 전부 죽이고, 7층에 있는 사람들은 핵원자로에서 새어 나온 방사능 때문에 죽는다. 따라서 모든 인간의 생명은 소멸된다.

메릴의 『난로 위의 그림자Shadow on the Hearth』(1950)와 네빌 슈트Neville Shute의 『해변에서On the Beach』(1957)는 가정적인 배경을 통해 핵전쟁의 결과에 초점을 맞춘다. 교외 가정을 배경으로 하는 『난로 위의 그림자』는 핵 공격의 여파에 대처하려는 가정주부 글래디스를 그린다. 그녀는 자기 가족이 안내 정보도 거의 없이 (있는 정보도 틀릴 때가 많다) 남겨져 자력으로 살아나가야 할 때 예상치 못했던 힘의 저장고를 발견한다. 그녀는 반핵 활동 때문에 블랙리스트에 오른 전 핵 과학자 가르 레비에게 피난처를 주고, 그들이 처한 위험을 정부가 경시하고 있을 때 그의 도움을 받아 자기 아이들을 보호한다. 글래디스가 급진적인 페미니스트 영웅은 아니지만, 이 소설은 핵 폭격 자체가 만들어 낸 것만큼이나 가부장제가 만들어 낸 불안이 점점 거세지고 그녀가 거기에 대항해 싸우는 모습을 그려낸다는 점에서 주목할 만하다. 가부장제는 그녀가 지식을 갖지 못하도록 배제하고 온정주의적인 국가는 시민들을 정직하게 대하려고 하지 않는다. 대조적으로, 소설의 배경인 슈트는 최남단의 대도시여서 낙진에 마지막으로 파괴되는 멜버른 안과 그 주위에 남은 마지막 인간들이 1년 동안 생활하는 모습을 자세히 그린다. 미국에서 오는 전파 신호가 불규칙한 잡음일 뿐이었다는 것이 밝혀지자, 방사선이 사라지거나 방사능에서 살아남을 수 있다는 모든 희망이 끝장난다. 그러나 오스트레일리아인들은 계속 살아가고, 침착을 유지하고, 정원을 돌보고, 결코 맞지 못한다는 것을 알면서도 새해를 계획한다. 때가 오자 그들은 순순히 정부가 배급한 시안화물을 먹고 평화롭게 죽음을 맞이한다. 미국 잠수함 선장 드와이트 타워스와 그 지방의 미녀 모이라 데이비드슨 사이의 로맨스는 절대 완전해지지 못한다. 남자 쪽이 곧 집에 돌아갈 거라고 상상하는 쪽을 택하고 아내에 대한 신의를 지키기 때문이다. 그의 영향으로 모이라는 냉소주의에서 벗어나 희망에 찬 불굴의 용기를 갖게 된다.

메릴의 소설은 1954년 〈모토롤라 텔레비전 시간Motorola Television Hour〉의 한 시간짜리 드라마 〈핵 공격Atomic Attack〉으로 각색됐고, 슈트의 책은 대규모 예산의 영화 〈그날이 오면On The Beach〉(크레이머Kramer, 1959)이 됐다. 이 시대의 다른 많은 영화도 핵으로 인한 절멸과 방사능 오염에 대한 불만을 표현한다. 해리 베이츠Harry Bates의 「주인에게 고별을Farewell to the Master」(《어스타운딩》, 1940)이 원작인 〈지구 최후의 날The Day the Earth Stood Still〉(와이즈Wise, 1951)에서, 외계인 사절은 인류가 폭력을 그치지 않으면 인류가 핵무기와 우주비행 기술을 가졌기 때문에 일어나는 것과 같은 위협에서 생명이 거주하는 모든 세계를 보호하도록 프로그램된 우주 로봇 경찰에 의해 파괴될 거라고 인류에게 경고한다. 브래드버리의 「무적The Fog Horn, 霧笛」(《새터데이 이브닝 포스트》, 1951)을 원작으로 한 〈심해에서 온 괴물The Beast from 20,000 Fathoms〉

(루리Lourie, 1953)과 〈뎀Them!〉(더글러스, 1954)에서, 미국은 핵실험 때문에 깨어나거나 괴물이 된 거대한 생물에게 위협당하는 반면,〈고질라Godzilla〉(혼다Honda, 1954)에서 도쿄가 파괴되는 장면은 히로시마와 나가사키 핵 폭격이 남긴 심리적 낙진에 대해 분명히 표현한다. 피터 조지Peter George의『적색 경보Red Alert』(1958)가 원작인 풍자 영화〈닥터 스트레인지러브Dr Strangelove, or, How I Learned to Stop Worrying and Love the Bomb〉(큐브릭Kubrick, 1964)는 핵 확산과 남성성 수행 불안을 예리하게 관련지어서,〈전략 공군 사령부Strategic Air Command〉(만Mann, 1955) 같은 '애국적인' 냉전 영화에 나오는 영웅적인 활약의 신화를 조롱하고 페네문데에서 베른헤르 폰 브라운이 강제수용소의 노예노동을 이용해 나치 로켓 무기를 개발한 사실과 그가 나중에 미국 핵미사일 프로그램에서 한 일을 연결한다.

월터 M. 밀러 주니어Walter M. Miller Jr의『레보비츠를 위한 찬송A Canticle for Lebowitz』(1959)은 홀로코스트 이후의 세계를 묘사한다. 그 세계에서 문명은 대부분 파괴되고 살아남은 문화는 과학과 기술에 완강히 저항한다. 소설의 첫 부분에서, 세인트 레보비츠 사원의 수도승들은 '파괴'에서 살아남은 텍스트들을 모두 베껴서 보관하지만, 기독교 신화와 악마 '낙진'이라는 새 이야기를 섞은 종교의 성유물로 취급한다. 오랜 세월이 지난 다음을 배경으로 하는 2부에서, 세속적인 과학자 한 명이 "지구에 대한 인간의 지배"(1988)를 재확립하며 과학의 새 시대를 창조하기 위해 보관소 안의 지식을 이용하려는 계획을 갖고 보관소에 방문한다. 수도원장은 그에게, 그런 기술을 통제하려는 투쟁에는 반드시 폭력이 따라온다는 것을 받아들이지 말라고 경고한다. 그것은 단순히 "자신의 양심을 회피하고 책임을 부인하는" 수단일 뿐이기 때문이다. 훨씬 더 시간이 지난 미래를 배경으로 한 마지막 부분에서, 핵전쟁이 발발하고 파괴의 주기가 되풀이된다. 이 시대의 수도원장은 '방사능 재해법'이 안락사 시설을 공급하는 것을 격하게 비판한다.

> 누구에게 더 좋다는 거지? 거리 청소부들? 살아 있는 시체들이 아직 걸을 수 있을 때 중앙 처리시설로 걸어가는 게 더 좋다는 건가? 눈에 덜 띄는 구경거리? 주변의 공포를 더 걷어내는 데? 무질서를 줄이는 데? 몇백만 명의 시체들이 널려 있으면 책임자들에 대한 저항이 시작될 수도 있으니까.

밀러가 가질 수 있는 작은 희망의 상징은 폭격이 절정에 이르렀을 때 깨어난 돌연변이 생물이다. 그 생물은 수도원장의 세례와 정치적인 질서 양쪽을 다 거부하면서, 새로운 도덕적 감성의 탄생을 보여 주는 것이리라.

종교와 과학 사이의 갈등은 리 브래킷의 『기나긴 내일The Long Tomorrow』(1955)도 낳았다. 핵전쟁이 일어나고 한 세기 후, 미국은 메노파교도의 가치관을 채택해서 산업혁명 전의 토지 균등 분배론으로 되돌아갔다. "전혀 사치하지 않은 자들, 자기 손으로 직접 일을 해온 사람들만"(1975) 도시나 복잡한 공공 기반 시설이 없는 세계에서 살아남을 준비가 돼 있기 때문이다. 여기에 필연적으로 따라오는 지식에 대한 제한 때문에 사촌지간인 두 젊은이 렌 콜터와 에서 콜터는 덫에 갇힌 것 같은 기분이 되고, 잃어버린 기술적 경이를 열망한다. 전쟁 전 생활을 사악한 것이 아니라 "모든 것이 쉽고 생기 있고 편안했던" 것으로 기억하는 렌의 할머니가 기술적 경이에 대해 암시한다. 밀수한 라디오를 갖고 있었던 것 때문에 공개 태형을 받게 되자, 렌과 에서는 도망쳐서 결국 바터스타운으로 간다. 전쟁 전 정부가 핵무기 방어책을 찾기 위해 뒤늦게 만든 과학 프로젝트의 자손들인 이 공동체는 원자로와 슈퍼컴퓨터를 갖고 있었고, 새로운 공업 사회가 시작돼 반드시 핵무기를 다시 발명할 것이라고 믿으면서 과학 분야에 계속 노력을 기울였다. 시간이 지나면서, 렌은 진전 없는 그들에게 환멸을 느끼게 되고, "그들은 자기들이 찾고 있는 것이 존재하지 않는다는 명제의 수학적 증명만을 얻게 될 것"이라고 걱정한다. 그러나 궁극적으로는 "그것이 100년 전 세계에 풀려났던 **악마**더라도 … 악마의 눈에 다시 띄지 않으려는 희망 속에 영토 전체를 묶어놓는 것보다는 그 악마를 쇠사슬로 묶으려고 하는 것이 더 합리적"이라는 결론을 내린다.

종말 후의 래브라도를 배경으로 한 존 윈덤의 『번데기The Chrysalids』(1955)도 신정정부를 상상한다. 그 정부는 자신들이 정상이자 신이 명하신 사물의 형상이라고 믿는 것과, 다른 모든 돌연변이나 변형을 절멸시키는 데 전념하는 청교도적 전제정치를 한다. 세상에 태어난 돌연변이들은 박해받고 살해된다. 텔레파시를 쓸 수 있는 아이들 한 무리가 발견되자, 그 아이들은 열렬한 추적을 당한다. 심지어 자기 가족들도 그들을 추적한다. 그중 한 아이는 "사람들은 우리가 전혀 티가 나지 않기 때문에 그렇게 동요하는 거야. 우리는 그 사람들 사이에서 거의 20년이나 살았는데 그동안 사람들은 그런 의심을 하지 않았어"(1987)라고 말한다. 가장 강한 힘을 가진 아이인 페트라는 뉴질랜드에 있는 동류들과 연락한다. 그들은 래브라도 사람들이 이루기 힘든 안정성을 미친 듯이 추구하기 때문에 "화석 사이의 장소"에 들어가게 될 거라고 믿는다. 이 소설은 뉴질랜드인들에 대해 꽤 양가적인 태도를 취한다. 비非텔레파시인들이 "절대로 할 수 없을 정도로" "함께 생각할 수 있고 서로 이해할 수 있게" 만드는 텔레파시 능력은 그들이 과거의 실수를 되풀이하지 않을 것이라고 암시한다. 그러나 그들이 자신들의 돌연변이를 단순한 인간을 넘어서는 진화적 도약으로 받아들이려는 열성적 태도는 사회적 다위니즘의 낌새를 풍긴다.

사이버네틱스

    규제 시스템과 피드백 시스템의 구조에 관한 학문인 사이버네틱스는 전후 시기에 신과학으로서 엄청나게 눈에 띄게 됐다. 특히 노버트 위너Norbert Wiener의 작품 『인간의 인간적 활용The Human Use of Human Beings』(1950)은 사이버네틱스의 교리를 대중화하는 데 큰 역할을 했다. 로봇공학robotics과 다른 자동화 시스템 발전의 중심이 되는 사이버네틱스가 인간의 사회적 조직에도 적용할 수 있다고 믿어지면서, 많은 작가는 사이버네틱 사회통제라는 가능성을 두려움과 함께 보게 됐다.

    딕의 「마이너리티 리포트Minority Report」(《판타스틱 유니버스Fantastic Universe》, 1950)에서, 예지력을 사용해 미리 범죄를 예방하는 프리크라임 경찰국장 자신이 살인죄로 고발당한다. 그다음 그의 행동은 새로운 정보가 도입됐을 때 나타나는 피드백 효과의 전형적인 예시다. 그는 명백한 운명에서 도망치지만 이 소설은 도망칠 수 없는 결정론적 체계라는 감각을 강화시킨다. C. L. 무어의 『파멸의 날 아침Doomsday Morning』(1957)에서는 더 낙천주의적인 결론을 찾을 수 있다. 미국 의사소통부 코뮤스Comus, Communications of the United States는 불만을 탐지하기 위해 여론조사 기술을 활용하고 미디어를 조작해서 그 불만을 누그러뜨리면서 안정적인 사회를 수립했다. 이 사회는 세밀하게 운영된다.

> 모든 사람이 코뮤스다. 그것은 신문이고, 학교고, 예능이다. 언어를 수량화하는 의사소통 이론을 익힌 소년들, 홍보 활동을 하는 사람들, 심리학자들, 컴퓨터가 주는 처방전을 받아들여 사회가 불평의 발생을 알기도 전에 모든 사회적 불평을 치료하는 당의를 입힌 진실을 만드는 모든 매체 속 예술가들이다.(1987)

국무장관은 실패한 알코올중독자 배우 하워드 로한을 뽑아 유랑 극단으로 가장하고 반군이 장악한 지역을 감시하게 한다. 로한은 관중이 저항군 소속인지, 코뮤스에 위협이 되는 비밀 무기를 알고 있는지 판단할 수 있는 심리학적 여론조사 기술이 자기 극단의 휴대용 객석에 담겨 있다는 것을 모른다. 연인과 함께 차 사고로 죽은 아내에 대한 기억 때문에 괴로워하다가, 로한은 결국 아내가 바람을 피우고 있었는데도 언제나 "사랑과 정절과 광명과 아름다움"이라는 관점으로 그녀를 생각하는 모순적인 생활을 하고 있다는 것을 깨닫는다. 그리고 이제 아내가 "사랑스럽고 부도덕했던" 것과 마찬가지로 코뮤스는 "아름답고 강하고 부도덕"하며, 파괴돼야 한다는 것을 깨닫는다.

이 소설은 코뮤스가 사라진 후의 세계를 창조한다는 과제로 끝난다. "땀과 유혈 사태와 불확실성으로 가득한 가혹한 세계가 될 것이다. 그러나 그것은 살아 숨 쉬는 진짜 세계일 것이다."

위너는 커트 보니것의 『자동 피아노Player Piano』(1952)에 직접 호출된다. 이 소설의 배경은 육체노동뿐만 아니라 정신노동의 틀도 자동화하고 인구 대다수를 실업 상태로 남겨둔 제2차 산업혁명 이후다. ("미국과 미국 소비자들이 가질 수 있는 모든 것의 수와 그들이 지불할 액수"(1988)를 계산하고, 중요한 노동과 그에 따른 물질적 복지에 대한 접근권을 통제하는 컴퓨터 에피칵EPICAC은 흔한 구토제 이름과 동음이의어다.) 누구도 정리해고에서 벗어나 안전할 수 없다. 뛰어난 엔지니어가 자기 일을 대신할 수 있는 기계를 발명하면, 그는 자기 자리를 잃고 설계직을 얻을 수가 없다. "시험에서 안 된다고 하고 … 기계가 안 된다고 하기" 때문이다. 폴 프로테우스는 특권적 지위를 누리지만 점점 사회에 환멸을 느낀다. 군대 복무나 '재건과 간척 회사' 근무밖에 선택할 수 없는 사람들을 둘러싼 무력감의 영향 때문이다. 그는 자동화를 통해 더 능률적인 생산을 할 때 지불해야 하는 사회적 비용에 대해 의문을 갖기 시작하고, "여러분은 경제에서, 시장에서 갖는 역할에서 벗어나도록 그것들을 설계했습니다. 그리고 그들은 (그들 대부분은) 남은 것이 거의 0밖에 없다는 것을 깨달았습니다"라고 주장한다. 그는 19세기의 '미국 원주민 유령 셔츠 반란'을 본떠 만든 어느 반역자 집단에 관여하게 된다. 그 반란은 지금과 비슷하게 새로운 사회적 질서 때문에 주변화된 인구를 대표하는 불운한 봉기였다. 그들의 선택지가 "이급 백인이 되든가 백인의 피보호자가 되는" 것 아니면 "옛 가치들을 갖고 마지막 한판 싸움을 벌이는" 것밖에 없었던 것과 마찬가지로, 폴의 동시대인들은 "인류 기계가 되든지 기계의 피후견자가 되는" 수밖에 없다. 재판을 받으며 폴은 "기계와 조직과 능률 추구는 미국인들에게서 자유와 행복 추구를 박탈했다"라고 증언한다.

버나드 울프Bernard Wolfe의 『림보Limbo』(1952)는 핵전쟁에 대한 불안과 사이버네틱스 지배에 대한 공포를 결합했다. 이 소설은 두 시간대를 오간다. 마틴 박사가 제3차 세계대전에 계속 참전하지 않고 아프리카의 섬으로 도망간 1972년과, 그가 망명을 끝내고 라자루스라는 이름으로 미국에 돌아와 자기 멋대로 쓴 풍자적 일기가 새로운 사회질서의 기반이 됐다는 것을 발견하는 1990년이다. 그는 수백만 명을 죽인 영웅적인 폭격기 조종사 테디 고먼 같은 군인을 기껏 고쳐 다시 폭력이 일어나는 분쟁으로 돌아가게 만드는 일이 얼마나 가치 없는가 하는 분노와 절망 속에서 마지막 일기를 쓴다. 새로운 특권과 명예와 봉사 개념을 수립할 대안적 방법이 발견될 때까지 전쟁은 계속될 것이라고 주장하는 윌리엄 제임스William James의 『전쟁의 도덕적 등가물Moral Equivalent of War』(1906)에 대해 숙고하면서, 마틴은 자발적인 사지 절단 수술이 그런 역할(새로운 특권과 명예와 봉사 개념을 수립할 대안적 방법)을 충족시키는 사회에 대해 생각하고, 고먼이 슈퍼컴퓨터 엠시악EMSIAC의 명령을 따르지 않고 그것을 폭격해 망각 속에 파묻었기를 바란다. 중심 부분만 거주할 수 있기 때문에 이제 '스트립'이라고 불리는 미국은 자발적인 사지 절단 수술이

사지를 절단해 인공 사지로 대체하는 것이다. 얼마나 많은 부위를 인공 보철물로 대체했는지가 신분의 높낮이를 가리는 기준이 된다.

전쟁 기능에 복무하게 만드는 데 성공했다. 전쟁을 향한 심리학적 수요를 만들어 내는 것은 사지의 운동성과 주먹을 쥐려는 본능이기 때문이다('무기냐 인간이냐', '수동성이 평화주의다', '고정화 없이 동원은 해제되지 않는다' 같은 것이 흔한 슬로건이다). 백인 가부장제는 온전히 남아 있고 "천한 일을 하는 사람들(식당 창문으로 플랩잭flapjack*을 던지거

귀리, 버터, 설탕으로 만든 두꺼운 비스킷이나 팬케이크.

나, 가게 카운터 뒤에서 점원 노릇을 하거나, 엘리베이터를 작동시키거나 버스와 택시를 모는 사람들)은

비절단자다. 사실 그들 대부분은 여성이고, 적지 않은 수가 흑인들이었다(1963)". 마지막 일기를 쓴 그날의 주요 정치적 이슈는 인공기관

절단 수술을 통해 움직일 수 없게 된 사람들.

의 사용이 이모브Immob*의 정신에 해로운가 아닌가였다.

　마틴은 자기가 풍자적으로 했던 말이 이렇게 현실화된 것에 몸서리친다. 그러나 그의 자발적 절단 문화에 대한 거부는 자신의 심리학적 한계와 복잡하게 얽혀 있다. 그는 동부연합(예전 소련에서 남은 부분)에서 한 여자와 섹스하지만, 그 여자가 자기 자신의 성적 쾌락에 대해 솔직담백하고 그가 자기 아래에서 계속 수동적으로 있을 거라는 기대를 품은 것에 깊이 분개한다. 그는 나중에 "이제 내 차례야"라고 주장하며 그녀를 강간한다. "여성 내부에 한 점의 양가감정도 없다면 강간은 매우 힘든 일"이기 때문에 그는 그런 역전을 "동등한 권리"라고 부른다. 사지가 절단되고 어린아이처럼 변한 자기 아들을 볼 때에야 그를 그렇게 이모브로 만든 여성적 양육에 의존하는 일에 대한 무의식적 공포를 겪어내기 시작한다. 그는 "정말로 그의 어머니에 대해서 가졌던 반감은 이런저런 진짜 고통이 아니라 어머

니의 존재 자체였다. 어머니가 '타자'로서만 존재하고, 그가 끌어들여 흡수하려는 것을 '거부'하는 것이었다. 그의 피부와 어머니의 피부 사이의 간격이었다"라는 것을 깨닫는다. 따라서 그의 강간과 이모브 문화 둘 다 어린아이처럼 총체성과 완전한 의존을 열망하는 것에 지나지 않았다. 거기에 거부에 대한 두려움이 따라붙자 증오로 바뀐 것이다. 그는 자기에게 결점이 있지만 자기가 이모브를 수용한 사람들보다 도덕적으로 우월하다는 결론을 내린다. 왜냐하면 그는 정신이상의 폭군 정치로 이어지는 절대성과 정화를 고집하는 대신 자신의 양가감정과 모순적인 자아를 받아들일 수 있기 때문이다.

편집증

사회를 통제하는 사이버네틱스 시스템에 대한 불안은 차이에 대한 정치적·문화적 편집증과 자웅을 겨뤘다. 그것은 빨갱이에 대한 공포와 공산주의자 마녀사냥 속에서 가장 분명하게 나타났다. **지배적인 미국**이라는 이데올로기는 개인의 자유와 대량생산된 상품의 애국적 소비를 동시에 강조했다. 그것은 곧 순응하지 않는 모든 것이 체제전복적이라고 해석될 수 있다는 모순이었다. 캐서린 맥린의 「피드백Feedback」(《어스타운딩》, 1951)은 개인에게 다수 의견에 순응하도록 강요하는 민주주의의 독재를 비판한다. 윌리엄 더너는 자기 반 학생들에게 이렇게 말한다. "모든 기본적 진보는 사람들이 아직 알지 못하고 믿지 않는 진실을 발견하면서 시작된다." "새로운 아이디어와 다른 생각을 가진 사람이 말할 수 없고 법으로 보호받지 못한다면 그 사람들은 공격을 받을 것이다. 사람들은 언제나 차이와 범죄 연관성을 혼동해 왔기 때문이다"(1973b). 이 말에 영감을 받은 젊은 조니는 반 학생들의 조롱을 무릅쓰고 모자를 뒤로 쓰는 개성에 대한 실험을 한다. 과학과 혁신 때문에 전쟁이 일어났다고 비난받던 대학살 시대를 기억하는 그의 어머니는 그런 일탈에 겁을 먹고 이웃들을 조직해 더너에게 조치를 취한다. 더너는 혁신을 촉진하는 사람들의 이름을 대라고 고문을 받다가 순응주의와 소비문화 사이의 밀접한 관계에 주목하는 동료 선동가에 의해 구출된다.

> 잘 작동하지만 "매년 똑같다고 비난받은 내 콥터"를 장식만 다르게 한 콥터와 바꿔가면서 20년을 지냈어. 해마다 편안한 옷을 미친 것 같은 패션과 바꾸고, 좋은 구두를 발에 안 맞는 것과 바꿨어. 다른 사람과 똑같이 보이려고.

딕의 「매달린 이방인The Hanging Stranger」(《사이언스 픽션 어드벤처스》, 1953)도 다른 것이나 다르게 보이기만 하는 것의 위험을 보여준다. 하루 종일 지하실에서 일한 후, 에드 로이스는 밖에 나와 전봇대에 한 남자가 매달려 있는 것을 본다. 다른 사람은 아무도 그 시체를 못 보거나, 봤어도 신경 쓰는 것 같지 않다. 경찰은 그 시체가 그럴 만한 이유가 있어서 거기에 있다고 확언하고, 그는 그것이 "큐클럭스클랜Ku Klux Klan, KKK 같은 것. 폭력. 공산주의자나 파시스트의 점령"(1990d)이 아니라는 것에 안심한다. 그러나 그는 곧 외계인이 그 마을에 잠입해서 시민들을 그림자 같은 존재로 만들고 있다는 것을 알아낸다. "그들의 정신은 죽었다. 조종당하고, 갑자기 나타나 그들

5장. 냉전, 소비지상주의, 사이버네틱스: 1950년대

을, 그들의 마을을, 그들의 삶을 장악한 외계인의 가면에 덮여버렸다."로이스는 당국에 위험을 알리기 위해 이웃 마을로 달아나지만, 외계인들이 개조되지 않은 인간들을 끌어내기 위한 미끼로 그 시체를 남겨두었다는 것, 자신은 다음 미끼가 되리라는 것을 너무 늦게 깨닫는다. 잭 피니의 『바디 스내처The Body Snatchers』가 원작인 〈외계의 침입자Invasion of the Body Snatchers〉(시겔, 1956)도 비슷한 불안을 뚜렷이 보여준다. 의사 마일스 베넬은 작은 고향 마을의 주민들이 외계 콩꼬투리에서 자라난 감정 없는 복사품으로 대체되고 있다는 것을 알게 된다. 소비주의적 교외 생활양식과 기계적 재생산 기술(그 지역 나이트클럽 밴드는 주크박스로 대체되기까지 한다)의 반복되는 비유는 이미 인간을 자동인형으로 바꾸고 있는 문화를 암시한다. 예전 여자친구였던, (마일스와 마찬가지로) 지금은 이혼한 베키 드리스컬과 마일스가 얽힌다. 콩꼬투리 외계인들이 미혼이지만 성적으로 능동적인 것 같은 이 커플을 추적할 때의 단호한 태도는, 성적인 관행에 따르지 않을 때 그 시대에 가한 도덕적 박해(정부와 교육이 동성애에 대한 도덕적 공황 상태에서 그랬던 것처럼)와 욕망이라는 물꼬를 통해 개인의 자유를 제약하겠다는 단호함('한 상대와 꾸준히'가 10대의 규범이 되고, 평균 결혼연령이 의미심장하게 낮아졌다)을 암시한다.

낯선 재생산 방식, 종족 간 번식과 '적절한' 젠더 역할에 대한 불안은 〈뎀〉, 〈금지된 세계〉, 캠벨의 「누가 그곳에 가는가」를 원작으로 한 〈괴물 디 오리지널The Thing from Another World〉(니비Nyby, 1951), 〈해양 괴물The Creature from the Black Lagoon〉(아널드Arnold, 1954), 〈50피트 우먼Attack of the 50 Foot Woman〉(주란Juran, 1958)과 〈에이리언 몬스터I Married a Monster from Outer

Space〉(파울러 주니어^{Fowler Jr}, 1958) 같은 영화에서도 다시 나타난다. 〈저주받은 도시^{Village of the Damned}〉(릴라^{Rilla}, 1960)로 영화화된 윈덤의 『미드위치의 뻐꾸기들^{The Midwich Cuckoos}』(1957)에서는 신비로운 사건이 일어나 작은 영국 마을의 모든 여자가 임신한다. 그들은 금발에 초능력을 가진 30쌍의 소년·소녀를 낳는다. 그 아이들은 자라면서 공동체에서 떨어져 나가고 자기들 중 누구라도 해치는 사람에게는 폭력적으로 변한다. 몇몇 외계 식민지 중 하나가 지구에 이주했고, 그 아이들은 사실 심리적으로는 연결됐지만 육체적으로 여러 개의 몸으로 나뉜 두 개의 유기체일 뿐이다. 아이들을 동정하면서도, 그들의 선생은 그 아이들의 위험한 타자성이 인류에게 치명적인 위협이 되기 때문에 아이들을 죽여야 한다는 것을 깨닫는다. 시어도어 스터전의 『인간을 넘어서^{More Than Human}』(1953)는 인류와 관계를 협상하기 위해 아이들의 공동체가 투쟁하는 모습을 그리면서 '외계의' 타자 편에 선다. 아이들 개개인은 장애를 갖고 있지만 '호모게슈탈트'로 통합되면 그들은 엄청난 힘을 갖는다. 그들의 지도자 게리는 자기들을 돌봐주던 여자를 죽여야 한다. 그 여자의 영향을 받아 아이들이 상호보완적이고 집합적인 자아를 부인하고 '정상적'이고 원자화된 개인이 돼가고 있기 때문이다. 그는 그녀를 죽여야 한다는 것을 유감스럽게 생각하고, '호모사피엔스'와 상호작용을 할 때 가져야 할 윤리를 확립할 필요를 인식한다.

인종

　　이렇게 타자성과 공감하며 맺는 관계는 인종주의적 태도와 관습을 비판하는 수많은 텍스트에서도 찾을 수 있다. 인종주의적 태도와 관습은 '시민권 운동'과 '브라운 대 교육위원회'(1954) 판결 같은 입법부의 개입에 도전을 받았다. '브라운 대 교육위원회' 판결은 학교의 인종 격리 폐지를 요구한 미국 대법원의 결정으로, 많은 남부 지역사회에서 히스테리와 폭력을 불러일으켰다. 리 브래킷의 『무지개의 모든 색깔All the Colors of the Rainbow』(《벤처 사이언스 픽션Venture Science Fiction》, 1957)은 온화한 녹색 외계인들이 남부를 여행하면서 "유색에 짓밟힐 것. 무지개의 모든 색깔에!"(1963) 물드는 것을 두려워하는 백인들에게 밀쳐지고, 열변을 들어야 하고, 공격받고 강간당하는 것을 보여준다. 1만 명 중 한 명의 외계인만 흰색이었기 때문이다. 백인들은 그 외계인들이 세 가지 기본적인 규칙을 알아야 한다고 주장한다. "깜둥이들은 언제나 길에서 자기네 쪽으로만 다녀야 한다." "백인이 깜둥이 여자에게 마음이 끌려도, 그 여자는 그것 때문에 건방져지면 안 된다." "결코 백인에게 상처를 입혀서는 안 된다." 프레드릭 브라운과 맥 레이놀즈의 「암흑의 간주곡Dark Interlude」(《갤럭시》, 1951)은 루 알렌비가 미래에서 온 어떤 남자를 살해한 이야기를 한다. 그 남자가 미래에는 인종 간 출산이 흔하다고 이야기했기 때문에 루는 그의 여동생이 "깜둥이"(1963)와 결혼했다고 확신한 것이다. 루는 보안관에게 이 이야기를 털어놓고, 보안관은 루가 옳은 일을 했다고 그를 안심시킨다. 알 펠드스타인과 조 올랜도의 「심판의 날Judgement Day」(《위어드 판타지》, 1953)에서는, 자기 재생산을 하는 로봇 콜로니가 문명에 합류할 준비가 돼 있는지 평가하도록 인간 우주비행사 한 명이 파견된다. 오렌지색 로봇 하나가 인간의 민주주의, 조립 라인과 사회계획을 충실하게 모방한 모습을 그에게 보여주고, 모두 인정을 받는다. 비행사는 도시의 파란 로봇 지역을 둘러보겠다고 고집하고, 그는 그곳에는 모든 것에 자금이 없고 유지 보수가 잘 되지 않는다는 것을 발견한다. 파란 로봇 생산 체계는 오렌지색 로봇 생산 체계와 동일하지만, 마지막 몸체의 색깔만 다르다. 그 색깔은 파란 로봇을 천한 일, 기준에 미달하는 교육과 격리된 시설에 제한시켜 두기 위해 사용되는 차이다. 희극의 마지막 부분에서야 비행사는 헬멧을 벗고 자기가 흑인임을 드러낸다.

주디스 메릴의 「공포의 방어막Barrier of Dread」(《퓨처 컴바인드 위드 사이언스 픽션 스토리스Future combined with Science Fiction Stories》, 1950)은 우주 식민주의 SF 소설들을 뒷받침하는 가정을 비판한다. 먼 미래에, 인간 문명은 여러 개의 은하에 걸친 "팽창(무기한·무한정의 팽창)에 기반해 있다"(2005a). 그러나 정부의 수뇌는 자기 아내의 예술작품 하나 때문에 고민이다. 그 작품은 그가 팽창의 지속 가능성을 조사하도록 만든다. 그는 우주가 유한하기 때문에 인간은 "역학의 법칙에 의존하지 않고" "고정적인" "새로운 형태의 사회를 찾아야" 한다는 결론을 내린다. 딕의 「토니와 비틀들^{Tony and the Beetles}」(《궤도^{Orbit}》, 1953)는 핵전쟁 후 세워졌고 지구의 많은 부분이 거주할 수 없게 되면서 혼잡해진 베텔게우스 근처의 인간 식민지에서 태어난 아이 시점에서 전개된다. 추방된 외계인들은 인간의 제국주의에 대항해 계속 저항 전쟁을 한다. 토니의 아버지는 외계인 '비틀'들에게 공격적인 인종차별주의자다. 그러나 토니는 외계인들 사이에 친구가 있고, 외계인들을 그들의 이름인 파스 우데티로 고집스럽게 부른다. 전쟁이 파스 우데티에 유리하게 돌아가면서 어쩔 수 없이 식민지를 포기해야 하자, 자신이 알아온 유일한 행성의 시민이라고 자기 정체화를 한 토니는 큰 혼란에 빠진다. 토니는 그들의 친구지만 인간이 그 행성을 점령하는 것은 받아들일 수 없다고, 동정적인 파스 우데티 하나가 설명해 준다. "너는 네가 여기 있을 권리가 있다고 말했지. 하지만 너에게는 그런 권리가 없어." 그는 온화하게 토니에게 말한다. "넌 네 잘못이 아니라고 했지. 나도 그렇게 생각해. 하지만 그건 내 잘못도 아니야. 아마 누구의 잘못도 아닐 거야"(1990e).

레이 브래드버리의 『화성 연대기^{The Martian Chronicles}』(1950)는 잡지 전통 속에서 만들어졌지만 그 전통 밖에서 상당한 독자들을 찾아낸 최초의 책이었다. 그 책은 1946년부터 《플래닛 스토리스》, 《스릴링 원더 스토리스》,《위어드 테일스》와《콜리어스》에 실린 이야기들과 새 소설들을 한데 묶었다. 그중 어떤 소설들은 동시대의 인종 관계와 서부극에서 신화화된 미국의 역사적 팽창을 비판했다. 브래드버리의 화성인들은 초기 탐험대가 실어 나른 성홍열 때문에 대대적으로 죽어간다. 「그리고 달은 여전히 밝다And the Moon Be Still as Bright」(《스릴링 원더 스토리스》, 1948)는 한 우주비행사가 인간의 식민주의를 규탄하면서 아메리카 원주민 종족 학살을 노골적으로 들먹인다. 그러나 그 소설은 그것이 불가피하다고 물러나는 것처럼 보인다. 「공중의 길Way in the Middle of the Air」(《아더 월즈Other Worlds》, 1950)에서, 인종 격리되고 주변화된 아프리카계 미국인들은 남부를 떠나 화성으로 간다. 어떤 백인들은 가족처럼 가까운 사람들의 이주를 슬퍼하는 반면, 심술궂은 티스는 그들이 떠나는 것을 개인적인 모욕으로 받아들인다. "저놈들은 매일 더 많은 권리를 갖지 … 이제 인두세도 사라졌고, 반反린치법안과 온갖 동등한 권리를 통과시키는 주들이 점점 더 많아지는데. 저놈들은 뭘 '더' 원하는 거야? 거의 백인만큼 많은 돈을 벌면서. 하지만 저놈들은 간다고"(1963). 떠나는 아프리카계 미국인 한 명은 티스가 가난한 흑인들을 공포에 떨게 하고 린치하는 밤의 재미를 잃어버려 정말로 슬퍼하고 있다고 암시한다. 『화성 연대기』에 들어가지 않은 「다른 발The Other Foot」(《뉴 스토리 매거진New Story Magazine》, 1951)에서, 외로운 백인 우주비행사 한 명이 곧 도착한다는 소식에, 원한을 품고 있던 윌리는 20년 된 흑인 화성인 정착지에 백인 격리 전용 시설들을 만들자고 선동한다. 그 우주비행사는 핵전쟁이 지구를 파괴했고, 자신은 백인 생존자들을 구출해 달라고 부탁하려고 이곳에 왔다고 설명하면서, 그 대가로 들판에서 일을 하겠다고 제안한다. 우주비행사가 지구가 어느 정도로 파괴됐는지 자세히 알려주면서, 결정적으로 윌리의 아버지가 린치를 당했던 나무도 파괴됐다고 말하자 윌리는 누그러지고 화성 공동체는 화성에 사는 모든 사람을 위해 새롭게 시작하기로 합의한다. 이 소설은 아프리카계 미국인에게 과도할 정도로 덕성을 보여주기를 요구하며, 사실상 백인 우월주의의 무죄를 선언한다.

UFO에서 다이어네틱스로

1950년대에는 앞에서 대략적으로 서술한 문화와 SF 사이에 여러 가지 교환이 일어났지만, 잡지 SF의 전통이 편입을 강하게 거부한 현상 한 가지가 있었다. 바로 UFO였다. 중요한 예외는《어메이징》의 편집자 레이먼드 A. 파머였는데, 그는 이미 〈셰이버 미스터리〉를 홍보한 것으로 악명 높았다. 1948년 봄, 그는 초자연적 현상을 다루는 잡지《페이트Fate》를 창간한다. 그 잡지의 첫 번째 특집은 케네스 아널드Kenneth Arnold의 〈비행접시의 진실The Truth About Flying Saucer〉이었다. 3년 후, 그 잡지에는 조지 애덤스키George Adamski가 UFO를 목격한 이야기가 실린다. 1949년《어메이징》에서 떠난 후 파머는 SF 잡지《아더 월즈》를 직접 창간하는데, 이 잡지는 1950년대 말 SF를 포기하고 UFO 연구지《플라잉 소서스Flying Saucers, the Magazine of Space Conquest》가 된다.

UFO 연구의 서사는 점점 더 대기업화되는 문화에 대한 불안을 노골적으로 드러낼 때가 많다. 그 서사 안에서 정부는 민주주의적 투명성이라는 개념에서 공학적 전문지식과 국가보안정책으로 바뀐다. 『비행접시가 착륙했다Flying Saucers Have Landed』(1953)의 2부인 애덤스키가 금성인과 만난 이야기에서는 그가 공식 교육을 받지 않았다는 사실을 강조하지만 합리화된 기업 문화가 일반적으로 억압하고 배제하는 실질적이고 직관적인 것에 가치를 둔다. 그러나《어스타운딩》의 주인공과는 달리 그는 실험적인 지식보다 비전지식을 더 선호한다. 이 책 1부의 저자인 데즈먼드 레슬리Desmond Leslie는 비전지식에 더 열성을 올리며, UFO를 고대 신화와 연결 짓는다. 그는 자신들의 지위를 보존하기 위해 안달이 난 펜타곤과 정치가들이 공모해서, 아틀란티스 난민의 후손인 금성에서 온 자애로운 방문자들의 존재를 감추고 있다는 주장도 한다. 도널드 키호Donald Keyhoe의 『비행접시는 실재한다The Flying Saucers Are Real』(1950)는 공식 성명서들 간의 모순이 비밀 정부의 변화하는 정책들을 보여준다고 주장한다. 그 정부는 UFO가 다른 세계에서 온 방문자들이라는 것을 드러내기 위해 시민들에게 준비를 시키고 있다는 것이다. 사람들에게 진실을 말하라고 미국 공군에게 도전하는 EC 코믹스의 『위어드 사이언스 판타지 4Weird Science-Fantasy 4』(1954) 특별호 〈비행접시 리포트Flying Saucer Report〉에서도 반복되는 입장이다.

잡지 SF 전통은, 전 세계에서 모은 수많은 신화가 실제로 일어난 천문학적 사건들을 서술했다고 주장하는 이마누엘 벨리코프스키Immanuel Velikovsky의 베스트셀러 『세계의 충돌Worlds in Collision』(1950)과 그 속편들도 편입시키기를 거부한다. 비교신화학의 이 독특한 적용은 태양계의 복잡한 역사를 필요로 한다. 그 역사에서 금성은 사실 기원전 15세기에 목성에서 튀어나온 혜성이고, 금성이 현재 위치로 떨어져 나가면서 기원전 8세기와 7세기에 화성이 지구 근처로 지나가게 됐다고도 한다. 과학 공동체는 그의 견해를 부정했지만, 이 견해는 매우 널리 퍼져서 1974년 미국과학진흥협회American Association for the Advancement of Science는 이에 대한 공공토론을 개최했다. 거기서 칼 세이건Carl Sagan은 벨리코프스키가 물리학을 모른다는 것을 다시 한번 보여줬다. 그러나 비정통적 과학의 몇몇 사례들은 비록 짧고 불편하게나마《어스타운딩》에서 자신들이 들어갈 자리를 발견했다. 1950년대에《어스타운딩》에서는 초심리학 혹은 심령학, 딘 드라이브Dean Drive(이것은 뉴턴의 운동 제3법칙을 벗어난다고 한다), 히에로니무스 기계Hieronymous Machine(이것은 정신 에너지를 이용해서, 전기회로 도식만 담고 있어도 작동할 수 있다고 했다)에 대한 캠벨의 흥미가 점점 두드러지면서, 편협한 전문가들의 과학보다 아마추어 과학자들의 시도를 더욱 높이 쳐줬다. 1950년 5월,《어스타운딩》은 허버드의 「다이어네틱스 : 마음의 신과학Dianetics: A New Science of the Mind」을 실으면서, 『다이어네틱스: 현대 정신건강과 학Dianetics: The Modern Science of Mental Health』의 출간을 예고했다.

해로운 심상心象을 제거하려는 심리요법.

관련 기사 몇 개가 있지만 첫 기사부터 전문 심리분석을 비켜 가는 심리요법 측면들의 윤곽을 보여준다. 허버드의 체계는 과학적·학문적 확인과 공동 확인을 회피하면서 실용적이고 평범한 사람들의 공학적 감성에 호소하며, 정상적인 인간 두뇌(최적의 컴퓨터)는 개인이 수정될 때부터 쌓은 트라우마 때문에 적절하게 기능하지 못한다고 주장한다. 이 트라우마들은 "악마 회로"(2007)를 만들어서 개인이 "일탈하고" "생존 능력을 낮추도록" 만든다. 다이어네틱스는 이 일탈을 역전시키고 개인의 외부에서 침입하는 힘을 정화시켜 위험한 심리학적 피드백 고리를 극복하게 한다고 약속한다. 허버드는 《타임Time》과 《뉴스위크Newsweek》에 실렸고, 다이어네틱스로 여러 팬과 작가들(단적으로 A. E. 밴 보그트)을 끌어들였다. 허버드가 사이언톨로지라는 종교로 탈바꿈시킨 이 비정통적 과학에 대해 캠벨이 초기에 지원을 했다는 사실은 잡지 SF에 대한 그의 영향력이 줄어들고 있음을 보여줬고, 부분적으로는 그렇게 영향력이 줄어든 이유기도 하다.

결론

- 1950년대에, 냉전(핵에 대한 불안, 반공주의, 기념할 만한 소비지상주의를 포함해서)이 미국 문화뿐만 아니라 SF 잡지와 페이퍼백 전통을 지배했다.
- SF 잡지와 페이퍼백은 사이버네틱스, 핵전쟁, 소비지상주의, 대기업과 통치 방식에 대한 양가적 감정과, 인종·젠더·섹슈얼리티의 배치를 포함한 사회조직의 문제에 대해 커져가는 관심을 보여줬다.
- 시장과 엔터테인먼트 기술의 중대한 변화는 SF 생산의 현장이었던 잡지를 탈중심화하고 생산자와 팬들 사이의 상호작용을 더 분산시켰다.
- UFO 연구 같은 SF 상상력의 대중적 발현을 장르 편입에서 배제한 행위자들이 많았고, 《어스타운딩》에서 캠벨이 비정통적 과학을 옹호한 것은 독자들을 소외시킬 때가 많았다.

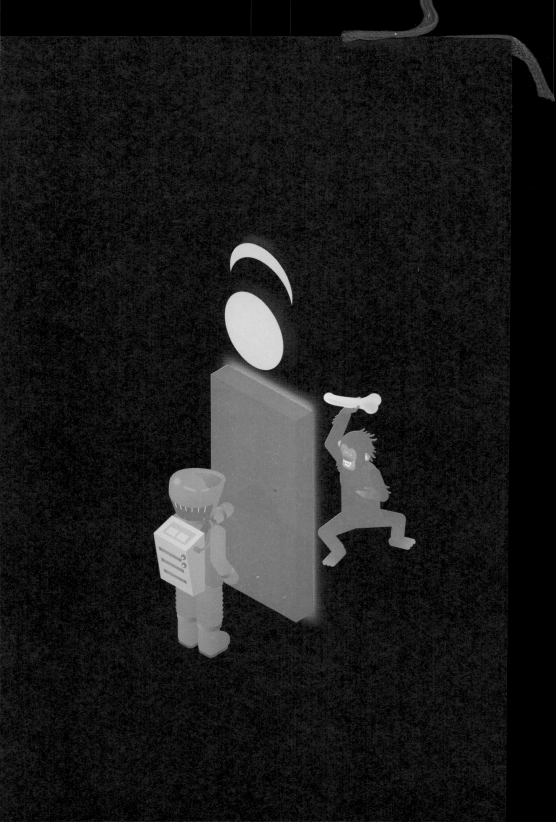

6장

새로운 현실, 새로운 소설: 1960년대와 1970년대

이 시기는 행위자들이 SF의 성격을 두고 맹렬한 논쟁을 벌이던 기간이다. 작가와 편집자들은 산문의 문체와 공식적인 텍스트의 특징들로 실험을 하고 그 시기 문학, 시각예술, 대중문화의 혁신 속에 SF의 자리를 만들기 시작했다. 어떤 사람들에게는 새로운 성숙의 증거로 환영받았지만, 다른 사람들은 이것을 SF의 종말이라고 애통해했다. 이런 발전과 동시에, 과학적 외삽과 모험소설의 전통도 이어졌다. 양쪽 경향을 다 보이는 많은 주요 작가들이 이 시기에 직업 생활을 시작했다. 미국과 소련이 우주에서 이룬 성취(결정적으로 아폴로의 달 착륙)는 양쪽 다 찬양을 받고 풍자됐다. 당연한 것으로 여겨지던 전후의 합의들이 여러 가지, 그중에서도 시민 평등권, 여성해방, 게이 프라이드 운동, 그리고 미국의 베트남 침략과 점령에 대한 항의로 산산조각 나면서, SF 안에서의 분열에 대한 감각은 그 시대의 다른 문화적 분열들을 보여줬고, 그런 분열들을 자주 언급하기도 했다. 학술지들, 작가와 비평가 전문 조직들이 SF의 발전과 정의를 이끄는 새로운 행위자에 합류했다.

시대적 변화

[더욱 깊이 읽기 위한 안내]

베트남전쟁의 뿌리는 프랑스가 동남아시아를 식민화한 데 있다. 제2차 세계대전 동안 프랑스 식민주의 세력은 일본 침략자들에게 쫓겨났고, 전쟁 후 프랑스인들의 귀환은 강한 저항을 받았다. 이 갈등은 소련과 이후 중국의 지원을 받은 베트남 북부와, 아이젠하워Eisenhower 대통령 때 '조언자'로 시작해서 케네디Kennedy 대통령 때 극적으로 수가 증가한 미국군의 도움을 받은 베트남 남부의 내전으로 변했다. 이 갈등이 공산주의가 전 지구적으로 확산되는 것을 막을 저항이라 생각한 존슨Johnson 대통령은 미국의 참여를 더 확장했다. 1964년, 북베트남이 통킹만의 미국 선박을 두 번 공격했다는 주장이 있었다. 이 날조된 사건은 갈등이 고조되면서 미국군이 배치될 핑계를 줬다. 1973년 닉슨Nixon 대통령은 미국군을 철수시키기 시작했고 전쟁은 1975년에 끝났다. 전쟁의 야만성과 미국군이 민간인과 전투원을 구분하지 못했다는 사실은 많은 미국인이 군대에 대한 인식을 근본적으로 바꾸는 계기가 됐다. 1968년 3월 16일 미국군이 400~500명의 비무장 민간인들을 학살한 미라이 대학살은 가장 악명 높은 사건으로 꼽힌다. 피해자 대부분은 여성과 아이와 노인이었다.

그 이전에 SF에서 그렸던 꿈과 통찰 중 많은 것이 현실이 됐으므로, 1960년대와 1970년대는 SF에게 영광스러운 시대였어야 했다. 1961년 유리 가가린Yuri Gagarin의 보스토크 1호는 처음으로 인간의 우주여행을 보여줬고, 몇 주 후 앨런 셰퍼드Alan Shepard의 프리덤 7호가 그 뒤를 따랐다. 이 밖에도 이 시기에는 최초로 인간들을 달에 착륙시킨 미국의 아폴로 프로그램(1969), 소련의 살류트 장기 우주정거장 프로그램(1971~1982)과 NASA가 재사용할 수 있는 우주 셔틀을 만들어 내는 다른 성취들도 이뤄졌다. 게다가 수많은 인공위성과 무인 탐험선이 발사됐다. 동시에, 통신과 엔터테인먼트 기술의 발전은 휴대용 카세트 플레이어와 가정용 VCR뿐만 아니라 나중에 인터넷이 되는 컴퓨터 네트워크 아르파넷ARPANET(1969)으로 이어졌다.

하이테크 미래의 개념을 둘러싼 열기와 에너지는 에에로 아르니오Eero Aarnio의 의자들, 루디 건릭Rudi Gernreich의 옷, 마티 수로넨Matti Suuronen의 조립식·휴대용 미래형Futuro 주택들, 데이비드 보위David Bowie의 외계의 페르소나인 지기 스타더스트, 호크윈드Hawkwind의 사이키델릭 스페이스 락과 크라프트베르크Kraftwerk의 전자음악 같은 그 시대의 디자인, 패션과 대중음악에 반영됐다. 사이키델릭psychedelic 문화는 의식의 새로운 형태들을 포용했고, 막연하게

환각제를 복용하여 환각 상태에 있는 것.

좌파적인 사랑의 정치학에 자주 연결됐다. 에리히 폰 데니켄Erich von Daniken의 『신들의 전차Chariots of the Gods』(1968)에서 나타나는 비정통 과학과 역사는 아프리카와 아시아, 라틴아메리카의 고대 기념비적 건축양식은 인간의 기술로 만들어졌을 리가 없고, 따라서 기술적으로 발전한 외계인들이 고대에 지구를 방문한 것

이라고 주장했다. 그의 아이디어들은 잭 커비Jack Kirby의 〈이터널스The Eternals〉 코믹 시리즈(1976~1978), 〈배틀스타 갤럭티카〉(1978~1979), 〈스타게이트Stargate〉(에머리히Emmerich, 1994)와 〈헤일로HALO〉 게임 프랜차이즈(2001~) 등 다양한 SF 텍스트에 차용됐다. 이와 대조적으로, 자기가 토성에서 왔다고 주장한 아프리카계 미국인 재즈 음악가 선 라Sun Ra는 해방적인 아스트로블랙 신화에 이집트와 다른 아프리카 문명의 고대 지혜와 성취를 포함시켰다.

이 기간에는 전문적 조직과 협회와 비평 출판물들이 형성되기도 했다. 이런 조직과 협회, 출판물들은 SF의 편입 과정에서 능동적인 역할을 계속했다. 1965년, 데이먼 나이트는 작가 대표 단체인 미국과학소설작가협회를 설립하고, 매년 단체 회원들이 투표로 뽑은 뛰어난 작품에 네뷸러상을 수여했다(마찬가지로 명망 높은 휴고상은 1955년 설립됐고, 월드콘 회원들의 투표로 뽑힌다). 더 '의미 있는 커리큘럼에 대한 수요가 생기고 SF가 문학적 기술과 그 기술이 동시대 현실에 대해 갖는 비평적 관계에 대해 새로이 눈에 띄게 강조하면서, 학문적 관심이 우후죽순처럼 자라나기 시작했다. 1959년 최초의 SF 학술지《외삽Extrapolation》이 나왔다. 1970년에 과학소설연구협회Science Fiction Research Association와 과학소설재단Science Fiction Foundation이 설립됐고, 과학소설재단은 1972년부터《파운데이션》을 발행하고 있다. 1973년, 다르코 수빈과 R. D. 멀린R. D. Mullen이《과학소설연구Science-Fiction Studies》를 처음 발행했다. 1979년 제1회 연례 환상예술국제회의International Conference of the Fantastic in the Arts가 개최됐고, 이는 1982년 환상예술국제협회International Association of the Fantastic in the Arts 설립으로 이어졌다.

이 기간에는 유럽과 소련 작가들의 작품이 많이 번역되면서, 비영어권 SF에 대한 흥미가 커져가기도 했다. 가장 중요한 작가로는 스타니스와프 렘^{Stanisław Lem}과 보리스^{Boris}와 아르카디 스트루가츠키^{Arkady Strugatsky}가 있다.

세계 사회는 대변동을 겪고 있었다. 베를린장벽(1961), 쿠바 미사일 위기(1962)와, 베트남전쟁(1955~1975)을 포함해 수많은 반식민주의 투쟁을 거치면서 냉전이 가열된 반면, 카운터컬처는 전통적인 권위와 소비지상주의라는 명령에 도전했다. 정치적인 불안과 희망에 찬 항의 운동은 여러 가지 형태(시민권 운동, 흑인 민권운동, 멕시코계 미국인의 민권운동, 미국 원주민 권리운동, 제2의 물결 페미니즘, 뉴레프트 운동, 학생 봉기, 반전운동, 스톤월 항쟁과 최초의 게이 프라이드 행진, 반핵운동과 환경운동)를 취했지만 언제나 억압과 폭력에 부딪쳤다. 케네디 대통령, 맬컴 엑스^{Malcolm X}, 마틴 루서 킹 주니어^{Martin Luther King Jr}, 로버트 케네디^{Robert Kennedy}, 하비 밀크^{Harvey Milk}와 존 레넌^{John Lennon}이 살해됐다. 미국연방수사국^{Federal Bureau of Investigation, FBI}(이하 FBI)은 반체제 조직들을 감시하고 방해하고 헐뜯고 억압했고, 그러면서 불법적인 일도 많이 저질렀다. 미국중앙정보국^{Central Intelligence Agency, CIA}(이하 CIA)은 1961년 콩고 총리 파트리스 루뭄바^{Patrice Lumumba}의 암살과 민주적으로 선출된 살바도르 아옌데^{Salvador Allende}의 사회주의 정부를 전복시키고 피노체트^{Pinochet} 장군의 잔인한 정권을 수립한 1973년 칠레 쿠데타에 관여했다. 1968년 소련의 체코슬로바키아 침공은 알렉산드르 둡체크^{Alexander Dubček}의 민주화 개혁을 끝장냈다. 반反아파르트헤이트^{Anti-apartheid} 지도자 넬슨 만델라^{Nelson Mandela}가 1964년 투옥됐고 1977년 스티브 비코Steve Biko가 구금 중에 죽었다. 중국의 문화혁명 (1966~1976)은 이른바 친자본주의적 요소를 야만적으로 숙청하면서, 수십만 명을 죽이고 수백만 명을 하방 시키면서 사회를 빈곤하게 만들었다.

중국에서, 당원이나 공무원의 관료화를 방지하기 위하여 이들을 일정한 기간 동안 농촌이나 공장에 보내서 노동에 종사하게 한 운동. 1957년 정풍운동 때 시작돼 문화대혁명 시기에도 시행됐다.

1961년, 미국은 역사상 두 번째로 긴 경제 성장기에 들어섰다. 이 성장기는 1973~1975년 불경기까지 지속된다. 그러나 미국에서도 모든 사정이 좋지는 않았다. 1964년, 전해진 바에 따르면 40명이 목격했지만 그중 아무도 개입하지 않은 캐서린 제노비스Catherine Genovese 강간·살해 사건은 대도시 거주자들의 사회적 책임감 결여에 대한 도덕적 공황을 일으켰다. 미국에서 159번의 인종 폭동이 일어난 1967년의 '길고 뜨거운 여름'과 함께 그런 사건들은 이미 상당히 교외로 빠져나갔던 백인들의 탈출에 속도를 더했다. 그 결과 도시의 과세표준이 감소하고 사회복지에 대한 연방의 자금 지원도 감소하면서, 도시 내부의 상태가 빠르게 하락했다. 예를 들어 뉴욕에서는, 1960년대와 1970년대에 **슬럼 청소**가 일어나 17만 명의 노동계급이 강제로 재배치되면서, 공동체가 파괴되고 친족 네트워크가 혼란에 빠졌다. 1973년 제4차 중동전쟁 동안 미국이 이스라엘군에 재보급을 해준 것에 항의하며 석유수출국기구Organization of the Petroleum Exporting Countries, OPEC(이하 OPEC)의 아랍 회원들이 석유 금수조치를 내리고, OPEC이 회원국들의 국내 경제를 안정시키기 위해 원유 가격을 두 배로 올리고, 1973~1974년 주식시장 붕괴가 일어나면서, 불경기가 악화됐다. 동시에, 미국은 1973년 부패 혐의로 부통령 스피로 애그뉴Spiro Agnew가 사임했고 1974년 워터게이트사건에 연관된 범죄행위로 탄핵되는 것을 피하기 위해 리처드 닉슨 대통령이 사임하는 것을 받아들일 수밖에 없었다. 앨터몬트 프리 콘서트에서 일어난 네 명의 죽음과 찰스 맨슨Charles Manson의 '패밀리'들이 저지른 여러 건의 살인과 더불어, 1969년 우드스톡페스티벌 이후 몇 달 동안 카운터컬처는 거울 속의 어두운 모습을 깨닫게 됐다. 그러나 스리마일섬 핵연료 유출, 소련의 아프가니스탄 침공, 이란의 인질극 사태와 로널드 레이건Ronald Reagan 당선과 함께 1970년대가 끝나고 있었는데도, 버려진 흑인과 히스패닉 공동체들은 힙합 문화를 낳고 있었다.

메타픽션 SF

[더욱 깊이 읽기 위한 안내]

여러 뉴웨이브New Wave 작가들이 모더니즘 기법을 차용했다. 존 브루너John Brunner
의 『잔지바르에 서다Stand on Zanzibar』(1968)는 존 더스 패서스John Dos Passos의
〈U.S.A.〉 3부작(1930~1936)을 다시 고쳐 썼고, 브라이언 올디스의 『확률 A에 대한
보고서Report on Probability A』(1967)는 알랭 로브그리예Alain Robbe-Grillet의 누보로망
에 의지하고 있다. 올디스의 『머릿속 맨발Barefoot in the Head』(1969)과 필립 호세 파
머Phillip Jose Farmer의 『라이더스 오브 더 퍼플 웨이지Riders of the Purple Wage』(1967)
는 양쪽 다 조이스적인 언어유희를 한다. 이 시기 SF에서 실험적 산문이 완전히 새
로운 것은 아니었다. 앨프리드 베스터Alfred Bester의 『파괴된 사나이The Demolished
Man』(1953)는 타이포그래피를 사용해 텔레파시를 쓰는 인물들 사이의 대화를 표현
하고, 『타이거! 타이거!The Stars My Destination』(1957)는 주인공의 공감각 경험을 묘사
할 때 가장 획기적이다.

제인 그레이Zane Gray의 서부소설 『라이더스 오브 더 퍼플 세이지Riders of the Purple Sage』의 패러디. 퍼
플 세이지Purple Sage는 은색을 띤 잎과 자줏빛 꽃을 피우는 허브의 일종이다.

모든 종류의 소설이 이런 새로운 정치적·사회적 현실을 이야기 하려고 애썼다. 낡은 서사 형태로는 이런 도전에 대처할 수 없다는 것을 느끼고, 특히 미국 문학은 메타픽션, 아이 러니, 패스티시, 파편화와 알레고리에 눈을 돌 린다. 존 바스John Barth의 『고갈의 문학The Literature of Exhaustion』(1967)은 동시대의 소설에서 "어떤 형 식들이 닳아빠졌다거나 어떤 가능성들의 고갈 을 느낀다면" 그것은 그 전에 구상된 문학의 기 획이 끝났다는 것을 가리키지만, 이것이 "꼭 절

작가가 자신의 글을 되돌아보며 의심하고, 환상이나 상상을 가하는 등 글쓰기 행위에 대한 자의식이 드러나는 서술.

기존의 작품을 차용하거나 모방하는 기법. 패러디와 유사한 기법이지만 풍자나 희극적인 요소가 배제돼 있다는 점에서 패러디와 다르다.

망의 원인이 될 필요는 없다"(1984)라고 말한다. 왜냐하면 현재 시대에 더 알맞은 문학과 삶의 새로운 통합이 가능하기 때문이라는 것이다. 여러 작가 중에서도 특히 바스, 도널드 바셀미Donald Barthelme, 윌리엄 버로스, 로버트 쿠버Robert Coover, 조이스 캐럴 오츠Joyce Carol Oates, 토머스 핀천Thomas Pynchon과 이스마엘 리드Ishmael Reed가 실천한 이 새로운 문학은 나중에 포스트모더니즘이라고 불렸다. 그것은 인간과 기계나 다른 제어 시스템들이 사이버네틱스적으로 융합할 때 나타나는 사회적 효과를 분명히 보여주기 위해 기술적 상상에 의존할 때가 많았다. 〈노바 경찰Nova Police〉 3부작(1961~1964)에서, 버로스가 실험적으로 사용한 비선형적 서사 조각을 잘라내는cut-up 기법은 화학적 중독과 억압적 사회통제의 이미지를 반복하면서 편집증적 우주 시대의 신화를 창조했다. 핀천의 『중력의 무지개Gravity's Rainbow』(1973)는 V2 로켓의 설계와 생산, 사용을 그리는 역사적 환상곡이다. 이 책은 계속 주제에서 벗어나고 불손하며, 400명의 인물과 어조의 변화를

보인다. 그러면서 사이키델릭 약물의 경험을 철학적 개념에 대한 진지한 대화와 기술적 세부 사항의 간결한 낭독에 쏟아낸다. 리드의 『멈보 점보Mumbo Jumbo』(1972)는 흑인 문화를 해방시키려는 제스 그루 바이러스와 유럽 문화를 지지하며 아프리카계 미국 문화를 단념하게 되는 한 흑인 안드로이드를 통해 그것을 억제하려는 월플라워 기사단의 시도에 대한 이야기다. 이런 소설들의 특징은 현실과 현실의 재현을 분리하기 힘들게 만드는 판타지, 자연주의, SF와 초현실주의의 하이퍼리얼hyperreal 모호함이다. 이것은 앤절라 카터의 『호프먼 박사의 지옥 같은 소망 기계The Infernal Desire Machines of Doctor Hoffman』(1972)에서 글자 그대로 해석된다. 이 소설에서는 현실을 왜곡하는 기계들의 배치를 통해 전쟁이 벌어진다.

일상적인 지각의 한계를 넘어서는 방식으로 지극히 사실적이고 즉물적으로 묘사된 현실.

이런 맥락에서, SF와 동시대의 다른 허구들을 구분하기가 점점 더 어려워지거나 의미가 없어졌다. 그렇지만 어떤 사람들은 SF가 동시대 문학의 역할을 수용하면서 새 주제와 기법들에 집중해야 한다고 주장했고, 다른 사람들은 잡지와 페이퍼백 전통에 대한 자신들의 합의와 일치하는 명확한 장르 정체성을 지키기 위해 싸웠다. 그러나 전통적인 SF 영역 밖에서 출간되는 텍스트들이 SF 분야에 편입되는 양상은 균일하지 않았다. 버로스를 찬양하는 마이클 무어콕Michael Moorcock과 J. G. 밸러드 같은 작가들은 카터도 리드도 옹호하지 않았다. 그리고 『중력의 무지개』는 네뷸러상 최종 후보였지만, 상은 아서 C. 클라크의 『라마와의 랑데부』(1973)에 돌아갔다. 1960년대에 《아날로그》로 이름을 바꾼 《어스타운딩》은 1971년 캠벨이 죽은 후 벤

보바[Ben Bova]가 편집장직을 인수했을 때에도 하드 SF의 고향으로 남아 있었다. 그리고 그렉 베어[Greg Bear], 그레고리 벤포드, 로버트 L. 포워드[Robert L. Forward], 제임스 P. 호건[James P. Hogan], 찰스 셰필드[Charles Sheffield], 브라이언 스테이블포드와 래리 니븐 등 하드 SF 작가들은 계속해서 나타났다. 래리 니븐의 『링월드』(1970)는 휴고상, 네뷸러상과 로커스상을 탔다. 실험적인 소설 형식에 저항하는 사람들은 SF 장르의 역사와 과거를 돌아보며 하드 SF 같은 소설들을 편입시키는 서사들로 한정할 때가 많았다. 그런 주장이 잡지와 페이퍼백 전통의 대부분을 무시한다는 의미더라도, 그들은 그런 서사가 언제나 중심에 있었다고 주장했다. 1960년대 동안 프레더릭 폴이 편집한 《갤럭시》와 《이프》, 무어콕이 편집할 때의 《뉴월즈[New Worlds]》(1964~1971)와 주디스 메릴의 〈올해 최고의 SF[Year's Best SF]〉(1956~1968), 데이먼 나이트의 〈궤도[Orbit]〉(1966~1980), 테리 카의 〈우주[Universe]〉(1971~1987)와 로버트 실버버그의 〈새로운 차원[New Dimension]〉(1971~1981) 같은 주요 선집 시리즈가 SF의 구성에 대해 훨씬 더 넓은 시각을 가지고 있었다.

이렇게 갈라진 경향들 사이의 긴장은 "소설이라기보다는 소설을 지향하는 연속적인 메모"(1975)인 배리 N. 맬즈버그[Barry N. Malzberg]의 『은하들[Galaxies]』(1975)에서 드러난다. 화자는 "중성자별의 검은 은하계에 붙잡혀 … 영원히 사라진" 40세기의 우주선 선장에 대한 하드 SF 소설을 쓰려고 할 때 겪는 어려움에 대해 길게 이야기한다. 반면 동시에 "기술의 확장은 의식의 범위를 한정해 버리고, 더 큰 소외감, 무력감, 절망감 등등을 창조할 것"이라는 그의 "낯익은 주제"에 대해 말하고, "치버, 바스, 바셀미, 오츠"의 "불안[angst]"을 능가하고 싶어 한다. 그가 계획한 소설은 검은 은하계들에 대해 캠벨이 쓴 두 편의 1971년《아날로그》기사를 바탕으로 할 테지만, 화자는 하드 SF의 요구와 문학적 목적을 조화시키기 위해 애를 쓴다. "과학소설은 통제에 관한 것이지, 기능장애에 관한 것이 아니기" 때문이다. 그는 더 이상《아날로그》를 "읽거나 그 잡지의 내용에 대해 이야기할" 수가 "없기" 때문에 1960년대에《아날로그》를 포기한다고 인정한다. 그는《아날로그》스타일 SF의 야심이 한정돼 있는 것이 문제라고 암시한다. 그 대신 다음과 같이 말한다.

> 우리에게는 마구잡이 편집증 식이 아니라 더 체계적으로 기계들이 우리에게 무슨 일을 하고 있는지 보여줄 수 있는 작가들이 필요하다. 현대소설의 기법과 과학의 진정한 요구를 결합할 수 있는 작가는 몇 년 만에 이 분야의 정상이 될 수 있을 것이다. 또한 그런 작가는 홀로 우뚝 설 것이다.

화자는 글쓰기와 자신이 사용할 기술에 대해 심사숙고하는 여러 가지 장면들을 스케치한다. 그는 SF의 전형적인 피상적인 인물 묘사에 대해 한탄하고("중성자별은 이 소설의 영원한 주인공이나 마찬가지다") 이것이 통상적인 규범을 위반한다는 것을 알지만 선장의 섹슈얼리티를 부인하지 않겠다고 선언한다. 어떤 결말들이 가능할지 곰곰이 생각하면서(여성 선장은 검은 은하에서 도망칠 것인가? 도망치려고 하다가 죽을 것인가? 그런 시도가 우주에 재앙을 불러올 것인가?) 그는 장르 출판사들이 감정적으로 만족스럽고 승리에 찬 결말을 제공하라는 압력을 넣는다는 사실을 시인한다. 그는 동시대의 뉴저지주 리지 필드 공원에 우주선이 나타나게 하기로 결정한다. 그러면 그가 이런 질문을 제기할 수 있기 때문이다. 어떻게 "우리 시대의 모든 리지필드 공원에서" "우리를 별들로 데려갈 거대한 엔진을 조립할" 수 있을까?

조애나 러스Joanna Russ의 『여성 인간The Female Man』(1975)은 새로운 현실과 새로운 형식이 충돌하는 전형적인 예시가 된다. 이 소설은 과학소설적 평행 세계와 포스트모던 메타픽션을 결합해 가부장제 문화가 여성들의 정신에 미치는 파괴적 영향을 맹렬히 비난한다. 이 소설에서는 한 여성의 네 가지 삶(지니, 조애나, 자엘, 재닛)이 대조되는데, 각각 다른 젠더 이데올로기 경험에서 나온 극적으로 다른 개성과 능력을 갖고 있다. 대공황이 결코 끝나지 않은 세계에 사는 소심한 사서 지니는 남편의 마음을 끌 수 있는 능력으로 스스로를 규정하고, 남자친구가 자신을 불행하게 만드는데도 그에게 집착한다. 러스 자신과 비슷한 세계에서 사는 학자 조애나는 인간으로서의 정체성과 여성으로서 받은 젠더 훈련의 균형을 맞추기 위해 분투하면서, 일상적인 모욕을 우아하게 받아들일 수 없는 자신의 무능력을 스스로 비난하면서도 동시에 도처에서 일어나는 그런 사건이 여성을 억압한다는 것을 기록한다. 조애나는 가부장제에서 벗어나는 것이 불가능하다고 언급한다.

> 당신을 이 위나 아래, 이 너머나 밖으로 밀어낼 수 있는 것은 아무것도 없다. 아무것도, 아무것도, 그 무엇도. 당신의 근육이나 두뇌로도 안 된다. 남자아이 노릇을 해도 여자아이 노릇을 해도, 책을 쓰거나

편지를 쓰거나 비명을 지르거나 손을 배배 꼬거나 상추를 씻거나 키가 너무 크거나 너무 작거나 여행을 하거나 집에 머물러 있거나 못생겼거나 여드름이 있거나 수줍거나 겁이 많거나 계속 쪼그라들고 늙어도 벗어날 수 없다.

가부장제 아래에서 완전한 인간이 되는 단 하나의 길은 남성이되는 것이기 때문에, 조애나는 자신을 여성 인간으로 묘사한다. 모든남성들에 대항해 교차 세계 혁명을 하려고 하는 자엘은 남성과 여성이 40년 동안 전쟁을 하고 있는 디스토피아적 미래 출신인데, 그곳에서는 젠더 역할은 보존되지만 더 이상 남성이나 여성의 신체에 연결돼 있지 않다. 그녀는 침팬지의 DNA에서 창조되고 뇌엽절리술을시술받은 인조인간 데이비로 자신의 성적 욕구를 만족시키지만 그를지성이 없는 물체처럼 다룬다. 재닛은 800년 전 남자들이 멸종되고 여성들은 완전한 인간으로 자유롭게 성장할 수 있는 미래 유토피아인 와일어웨이 출신이다. 재닛은 자신감에 넘치고, 육체적 힘과 감정을 표현할 때 아주 편안하고, (레즈비언) 결혼과 직업생활 양쪽을 다 꾸려간다. 다른 사람들이 염원하는 여성 주체성의 이상인 그녀는 데이비 때문에 질겁을 하고, 여성들이 전인성을 가질 수 있는 길이 공격적인 성차별뿐이라면 여성들에게는 뭔가 결여돼 있다고 말한다. 그러나 자엘은 전염병이 아니라 그런 공격성이 남성이 멸종한 원인이며, 남성이멸종했기 때문에 와일어웨이가 생겨날 수 있었다고 암시한다.

이 소설은 일종의 통합을 향해 나아간다. 그 통합에서 욕구 충족은 젠더 전쟁이나, 단일 젠더 사회나 여성 인간의 역할을 차용한다는 전제를 둘 필요가 없다. 메타픽션적 결말에서, 화자는 네 명의 여성들 모두 하나의 '나'라는 정체를 밝히면서 그들과 그들이 구현하는 주제에 작별을 고한다. 이 책 자체에 대해 직설적으로 말하는 마지막 문단은 세계로 나아가라고, "무시당할 때 비명을 지르지" 말고, "결국 예스러운 골동품 취급을 받게 될 때 불평하지" 말라고 말한다. 독자들이 더 이상 이 책을 이해할 수 없는 날이 "우리가 자유로워질" 날이기 때문이다.

필립 K. 딕의 가장 중요한 소설들이 이 시기에 나왔다. 딕의 소설들은 밴 보그트적인 플롯 반전과 함께 화성인, 로봇, 우주선 같은 아주 표준적인 SF 소품들을 배치해서 변화하는 현실에 대한 독특하고 편집증적인 통찰을 만들어 냈다. 추축국 측이 제2차 세계대전에서 이긴 대체 역사소설인 『높은 성의 사내The Man in the High Castle』(1962)의 허구 세계에는 금지된 대체 역사소설 『메뚜기는 무겁게 누워 있다The Grasshopper Lies Heavy』가 있는데, 여기에서는 연합국이 전쟁에서 이긴다. 하지만 메타픽션적 전개 속에서, 그 소설이 묘사하는 곳은 우리의 세계가 아니다. 『흘러라 내 눈물, 경관은 말했다Flow My Tears, the Policeman Said』(1974)의 배경은 1960년대의 카운터컬처적이고 인종적인 사회 불안이 두 번째 미국 내전으로 이어진 후 세워진 권위주의 국가다. 유명인사 제이슨 태버너는 어느 날 깨어나 보니, 이 세계에 자신에 대한 기록이나 기억이 전혀 남아 있지 않다는 것을 알게 된다. 그를 알아보던 단 한 사람이 죽은 후, 그녀가 먹었던 현실을 왜곡하는 실험 약물의 효과가 사라져 가면서 세상은 천천히 정상으로 돌아간다. 『유빅Ubik』(1969)에서, 기업의 암살 시도로부터 살아남은 사람들은 수수께끼의 개체가 자신들의 생명력을 소비하려고 하는 동안 역사가 회귀하고 물건들이 예전 형태로 퇴화하는 것을 경험하기 시작한다. 주인공은 결국 그들이 그 폭발에서 살아남지 못했다는 것을 깨닫는다. 「화성의 타임 슬립Martian Time-Slip」(《월즈 오브 투모로Worlds of Tomorrow》, 1963; 책 1964)에서는 미래를 볼 수 있다고 사람들이 믿는 한 자폐 아동이 실제로 현실을 바꿀 수 있는 것처럼 보인다. 이 소설은 주요 인물들 사이의 만남으로 몇 번 되돌아가면서, 반복될 때마다 더 꿈속 같아진다.

친숙하고 포괄적인 요소들을 사용한 딕과 대조적으로, 이 시기의 어떤 SF들에서는 그런 요소를 거의 볼 수 없다. 예를 들어, 랭던 존스Langdon Zones의 『새로운 SFThe New SF』 선집에 실린 패멀라 졸린Pamela Zoline의 『마음의 홀랜드The Holland of the Mind』(1969)는 지겨워진 반복적 일상을 통해 무너지는 결혼이라는 상당히 세속적인 이야기를 네덜란드 역사, 네덜란드어/영어 단어 목록, 네덜란드 거장들의 그림에 대한 분석과 인공호흡 지시 설명서 발췌를 묘사하는 다른 구절들 속에 배치했다. 이 내삽은 실패한 결혼이, 때때로 읽는 사람들을 오도하여 의사소통을 방해할 수 있는 언어들과 유사하고, 인공적으로 강제로 숨 쉬도록 만드는 과정과도, 또 도처에 만연한 홍수의 위협과도 유사하다고 암시한다. 홀랜드는 "문명의 패러다임, 문명을 만들려는 시도의 패러다임이다. 물 위에 솟아 있기 위해 보석금을 내고 있는, 꽃이 심어진 섬"(1971)이지만, 결말에서 주인공은 "우리가 알고도 믿지 않는 것, 홀랜드가 부서지기 쉽다는 것, 제방들은 물과 불안한 평화협정을 맺었을 뿐이고, 결국에는 물이 더 크고 승리를 더 오래 기다릴 수 있다는 것"을 알게 된다.

흔들리는 새로운 통찰들

　서로 다른 방식들이긴 했지만, 세 가지 주요 출판물이 이 SF 뉴웨이브의 윤곽을 분명히 드러낸다. 할런 엘리슨의 선집 『위험한 통찰Dangerous Visions』(1967)은 '너무 논란이 많아' 출간하지 못했던 원작들을 모아, 대체로 낙관주의적이고 성적으로 활발하지 못한 잡지와 페이퍼백 전통에 도전한다. 주디스 메릴의 선집 『영국 SF의 변화England Swings SF』(1968)는 미국 독자들에게 자신이 영국에서 만났던 문학적이고 아방가르드한 SF를 소개하고, 자신의 《F&SF》 칼럼과 〈올해 최고의 SF〉 선집들을 홍보하고 있다. **사변소설**이라는 용어를 더 선호하고, 충격적인 내용보다 문체의 혁신을 더 선호하는 메릴은 과학·기술과 갖는 관계나 SF와 다른 환상적 양식들을 구분하는 선이 더 모호한 소설들을 재간행했다. 메릴이 선택한 소설 중 많은 것이 세 번째 주요 출판물, 즉 무어콕이 편집한 영국 잡지 《뉴월즈》에서 나왔다. 첫 번째 논설 「우주 시대의 새로운 문학A New Literature for the Space Age 」 (1964)에서 무어콕은 SF가 우주 시대의 현실을 깊이 생각하고 이야 기하는 새로운 방법을 발전시켜야 한다고 말한다. 윌리엄 버로스를 예로 들면서, 새로운 문학적 기법은 SF뿐만이 아니라 소설 그 자체 의 침체에 대한 대답이라고 그는 주장한다. 그는 이 시기에 다른 잡 지에서는 생각도 해보지 않았을 이야기들을 포함해 중요한 단편과 장편소설들을 많이 출간했다. 노먼 스핀래드Norman Spinrad의 〈벌레 잭 배론Bug Jack Barron〉(1967; 책 1969)은 WH스미스 서점이 《뉴월즈》를 들

기차역 등 교통. 중심지에서   여놓지 않겠다고 거절하게 만들어 재정적인 재
간단한 먹을거리와 잡지 등을   앙을 불러왔고, 의회에서는 예술위원회Arts Council
파는 영국의 서점.   가 그 잡지에 지급하는 기금에 대해 질의하도록

만들었다. 무어콕의 편집 능력을 통해,《뉴월즈》는 동시대의 다른 문 화·예술 운동과 연결됐고 1969년에서 1971년 사이에 더 큰 판형을 발 행해 그래픽디자인을 강조했다.

　『위험한 통찰』은 부르주아적·기독교적 도덕 감성에 도전하는 소설들에 호의를 보였다. 로버트 블로흐의 「줄리엣을 위한 장난감A Toy for Juliette 」에서, 시간여행자는 드 사드의 줄리엣de Sade's Juliette을 본떠 이름을 지은 손녀딸이 성적 가학 행위를 하고, 고문하고, 죽일 수 있 도록 사람들을 유괴한다. 그가 실수로 잭 더 리퍼를 데려갔을 때 살 해당하는 쪽은 줄리엣이었다. 엘리슨의 속편 「세계의 끝 도시의 포 식자The Prowler in the City at the Edge of the World 」에서 줄리엣은 자기가 끌려온 미래 도시에 대해 알게 되는 잭을 따라간다. 그는 그곳의 주민들을 살해하지만, 이 싫증 난 불멸자들이 자신의 즐거움을 위해 그가 죽이

도록 허락해 줬다는 것을 알게 될 뿐이다. 엘리슨의 '위험한 것'에 대한 감각이 상당히 유치해 보일 수도 있지만(줄리엣의 할아버지는 손녀의 죽음에 당황하기는커녕, 잭에게 이렇게 말한다. "자네가 그 애를 없앤 방식에 만족했네. 어떤 면에서는 그 꼬마 멍청이가 그리울 거야. 그 애는 아주 좋은 년이었거든"(2009b)) 그는 독자들을 "우리 모두의 내면에 있는 잭", "캐서린 제노비스가 칼에 찔릴 때 가만히 서서 구경하라고 우리에게 말하는 잭, 우리가 말리들고 싶지 않기 때문에 베트남을 용납하는 잭, 우리가 필요로 하는 잭"(2009a)과 정면으로 대면시키는 소설을 만들겠다는 더 큰 야심을 그린다. 시어도어 스터전의 「모든 남자들이 형제라면, 당신의 여동생과 남자가 결혼하게 놓아둘 것인가?If All Men Were Brothers, Would You Let One Marry Your Sister」는 우주적 미래의 마지막 남은 성적 금기에 대해 힐문한다. 그 미래에서는 근친 관계만 제외하고 "돈만 지불할 수 있다면 원하는 것을 뭐든지, 어떤 종류의 인간과도, 인간의 수나 조합에 구애받지 않고 할 수 있다"(2009). 스터전은 근친교배의 생리학적 결과가 과장돼 왔으며, 우리는 그것과 (다른 것들도 암시하면서) 오래된 편견을 버려야 한다고 주장한다. 폴 앤더슨의 「유토피아Eutopia」는 평행 북미 세계에 있는 여러 작은 봉건국가 중하나인 놀랜드 출신의 시간착오연구소Parachronic Research Institute 요원이 무분별한 성적 행동에 대한

파라크로니즘: 날짜를 실제보다 뒤로 매기는 일을 뜻한다.

처형을 피해 도망가는 이야기다. 이웃 나라 다코티의 동정적인 지배자는 놀랜드 가정의 아이와 상호 합의한 치정은 사형을 받을 만한 죄가 아니라는 데 동의하지만, 그 아이가 남성이라는 것을 깨닫자 달라진다. 소냐 도먼Sonya Dorman의 「가라, 가라, 가라, 새가 말했다Go, Go, Go,

Said the Bird」는 가족의 감정적 관념에 대해 도전한다. 포스트아포칼립스의 미래에서, 음식이 아주 귀하기 때문에 식인이 관습으로 받아들여진다. 소설은 사냥하는 무리를 피해 달아나는 한 여성의 생각을 보여준다. 그녀는 자기가 키웠던 아이들과 장애 때문에 살해당한 아이들을 떠올리고, 자기 아들 닐리가 어떻게 부족의 지도자가 됐는지를 기억한다. 그녀는 만약 집처럼 안전한 곳에 닿는다면 손자·손녀들을 돌보며 살 것이라고 상상하지만, 마지막 순간 추적을 이끄는 닐리가 휘두른 도끼에 거꾸러진다. 그녀가 살려달라고 애원하자 닐리는 "우리 모두 배고파"(2009)라고 대답하고, 그녀의 몸을 해체한다.

래리 니븐의 「지그소 맨The Jigsaw Man」은 수혈과 장기이식이 결국 사형제 폐지 운동을 물리칠 것이라고 주장한다. 루는 자기가 사형선고를 받으리라는 것을 알고 장기 밀매업자와 같이 지내던 교도소에서 대담하게 탈주하지만, 합법적으로 장기이식을 하는 교도소 옆 병원에서 궁지에 몰리게 될 뿐이다. 다시 잡히기 전에 루는 중죄인으로 사형을 받으려고 장기 보존 은행을 파괴한다. 그러나 법정에서 그것이 언급되지도 않는 것을 보고 그는 경악한다. 교통법규 위반으로 그를 사형시키고 그의 장기를 거둬 갈 만한 증거가 충분하기 때문이다. 후

중죄로 사형을 선고받을 경우에는 장기를 거둬 가지 않고, 경범죄로 사형을 선고받을 땐 장기를 거둬 간다.

기에서 니븐은 "진짜 범죄자 한 명의 죽음이 납세자 20명의 생명을 구할 수 있다면 무슨 일이 일어날까?"라고 묻고 "도덕이 바뀐다. 심리학이라는 과학·기술의 많은 부분이 범죄자의 갱생을 다뤄왔다. 이런 기법은 곧 연금술처럼 잊힌 전승지식이 될 것이다"(2009)라고 대답한다. 이 평가는 하드 SF 전통이라고 알려지기 시작한 것 안에서

사회적 외삽이 갖는 몇 가지 한계를 드러낸다. 이 소설은 이데올로기적 구성의 탄력성을 인식하고 있는 것 같지만, 니븐이 '진짜' 범죄자와 납세자를 이분법적으로 대조하는 것은 하드 SF에서 우익 성향이 성장하고 있음을 가리킨다.

『영국 SF의 변화』의 주요 관심사는 사회 비판과 예술 사이의 관계다. 키스 로버츠Keith Roberts의 「맨스케어러Manscarer」(1966)의 배경은 노동자들이 살고 있는 광대한 지하 토끼굴에서 나와 해변으로 당일 여행을 갈 때 그들에게 어리석고 화려한 엔터테인먼트를 제공하기 위해 정부에서 수립한 예술가 콜로니다. 치명적인 사고가 일어난 후, 자신들이 사회적 책임을 다하지 못했다고 확신하며 동요하는 한 예술가는 그런 구경거리를 계속 만들어 내지 않겠다고 거부한다. "우리는 창조성과 딜레탕티슴, 자유로운 사상과 박수를 받기 위한 의미 없는 가식 사이의 곡예 줄에서, 그 아슬아슬한 가장자리에서 떨어졌다

> 예술이나 학문 따위를 직업으로 하는 것이 아니고 취미 삼아 하는 태도나 경향.

… 우리가 없어지면, 그들은 자기들이 '지옥'에 살고 있다는 것을 잊어버리리라. 그들은 꿈틀거리며 내려가 거대하고 질척거리는 덩어리 속으로 들어가고, 생각하는 법과 먹는 법을 잊어버리리라. 그리고 어느 날 숨 쉬는 법을 잊어버리리라"(1968). 불편과 어려움을 겪겠지만, 그들은 콜로니를 포기하고 지하로 돌아간다. 더 완곡하게, 토머스 M. 디쉬는 「다람쥐 우리The Squirrel Cage」(《뉴월즈》, 1967)에서 자신이 붙잡히기 전에 어떤 삶을 살았는지 아무 기억도 하지 못하고 그래서 그곳에 얼마나 오래 있었는지도 모르는 채로 특징 없는 방에 갇혀 있는 상상을 한다. 자살하거나 탈출하는 것은 불가능하다. 그는 "무엇

이든"느끼는 대로 타이프라이터로 "자유롭게 쓸" 수 있지만, 자기가 무엇을 쓰든 "아무 차이가 없으리라고"(1968) 확신한다. 그는 이런 결론을 내린다.

> 이 타이프라이터를 두드리거나 역기를 들거나 마찬가지일 것이다. 언덕 꼭대기로 돌을 굴려 올리고 꼭대기에서 돌들이 도로 굴러 내려가는 것도. 그렇다. 그리고 내가 진실을 말하나 거짓을 말하나 마찬가지일 것이다. 내가 무슨 말을 하건 아무 차이가 없다.

그는 외계인이 자기를 동물원에 가둔 게 아닌지 의문을 품지만, 외계인보다는 인간들이 그 동물원을 운영할 가능성이 더 크다고 판단한다. 그러나 끔찍한 일은 상상 속의 관리자와 구경꾼들의 무심함이 아니라 누군가가 어느 날 "좋아. 디쉬, 이제 넌 가도 돼" 하고 말할지도 모른다는 것이다.

메릴은 뉴웨이브에서 가장 중요하고 논란이 많은 인물일 J. G. 밸러드의 단편 세 편도 재출간했다. 「당신과 나와 연속체You and Me and the Continuum」(《임펄스Impulse》, 1966)는 작가의 주석으로 시작한다. 그 주석은 '무명용사들의 무덤'에서 일어난 침입 사건과 '그The Him'라고 알려진 팝 가수의 음반 회사에서 발견된 침입자의 여러 흔적에 대한 것으로, 조현병에 대한 논문과 팔리지 않은 파일럿 프로그램 속에 나온다. 그는 "불면증을 앓으며 돌아오는 우주비행사, 잘못 만들어진 광고의 상상, 아니면 어떤 사람들이 암시하는 것처럼 예수의 재림"(1968)일지도 모른다. 이 주석 뒤에는 양가감정ambivalent부터 황도대^{zodiac}까지 알파벳순 제목이 붙은 문단 26개가 나온다. 그 문단들은 동시대의 소비문화에서 나온 이미지들과 과학적 산문과 주인공의 성적 상상에 나오는 장면을 병치한다. 주인공은 밸러드가 나중에 『잔혹 전시회The Atrocity Exhibition』(1971)에 싣는 여러 편의 소설에 걸쳐 여러 가지 모습으로 되돌아온다. 이 단편들은 주로 일상 현실의 허구적인 요소들과 연관돼 있다. 그는 그런 요소들을 공적인 사건들의 세계, 당면한 개인적 환경과 내적 심리 세계와 연관시키려고 한다. "이런 차원들이 교차하는 곳에서 이미지들이 태어난다"(메릴과 밸러드, 1968). 현실은 이제 소비주의적 이미지들에 큰 영향을 받고 그런 이미지들과 매우 뒤섞여 있기 때문에, 프로이트적 꿈 해석에서처럼 그것의 드러난 내용과 잠재적인 내용 양쪽 다 고려할 필요가 생겼다. 따라서 밸러드는 소설의 내용이 매우 다른 잠재적 의미와 초현실적인 결과를 보여주도록 만들고, 그 결과를 통해 강력한 공적 담론과 자신의 심리학적 흐름을 통해 만들어지고 경험되는 세계의 특색을 나타낸다. 「다운힐 자동차 경주로 생각된 존 피츠제럴드 케네디의 암살The Assassination of John Fitzgerald Kennedy Considered as a Downhill Motor Race」(《앰빗Ambit》, 1967)과 「재클린 케네디 암살 계획Plan for the Assassination of Jacqueline Kennedy」(《앰빗》, 1967)에서, 밸러드는 반복되는 대중문화 이미지들(재프루더가 찍은 케네디 암살 장면, 화려한 영화배우들, 명사와 정치가의 부인들)과 주관적 경험과 정신 성욕적 소망을 간접적으로 연관시킨다. 광고 기법과 이미지 관리가 정치에 침투한다는 것은 뉴웨이브 소설에서 흔한 주제지만, 밸러드의 「나는 왜 로널드 레이건과 섹스하고 싶은가Why I Want to Fuck Ronald Reagan」(《인터내셔널 타임스International Times》, 1968)

보다 더 강력한 소설은 없을 것이다. 『영국 SF의 변화』에 함께 묶이지는 않았지만, 그 글은 당시 캘리포니아 주지사였던 로널드 레이건의 정신 성욕적 매력과, 정치광고에서 그 매력이 조작되는 것을 분석하기 위해 과학적이고 정신분석학적인 산문을 전개한다. 밸러드는 레이건이 거둔 정치적 성공의 불안한 근거(불안감을 없애주는 이미지를 전달하는 능력)를 들춰내기 위해 레이건을 "일련의 가식적 개념, 공격성과 항문기의 역할을 달리 표현하는 기본 방정식"(1990)으로 축소한다.

무어콕의 《뉴월즈》는 기술 예찬론자, 남성성, 제국주의, 관리주의, 그리고 우주 시대에 대한 과장법 사이의 관계에 대해 아이로니컬한 시선으로 자세히 설명하곤 했고, 장르 관습들의 잠재적 내용을 명백히 보여줬다. 예를 들어, 하비 제이콥스$^{Harvey Jacobs}$의 「중력^{Gravity}」(1968)의 주인공은 미국의 우주 프로그램을 열정적으로 믿는다. 우주 프로그램의 자원이 사회적 문제를 해결하는 데 쓰여야 한다는 의견을 전부 묵살하고, 그는 자기애에 빠져 로켓 발사의 형상을 사정하는 남근의 이미지로 받아들인다. 그는 환멸을 느끼는 우주비행사 부인과 섹스하면서 그 남편의 임무에 대한 뉴스 방송을 본다. 언론이 우주비행사 부인을 인터뷰하러 오자 그는 청소도구 창고에 숨어 "질병과 굶주림의 제거 … 설화석고로 된 도시들의 건설. 우주 정복. 열렬히 응용되는 기술을 통한 사랑의 해방"(2004)이라는 싸구려 꿈을 꾼다. 배링턴 베일리$^{Barrington Bayley}$의 「4색 문제$^{The Four-Colour Problem}$」(1971)는 정치적 경계의 색칠 지도를 만들기 위한 수학적 공식을 조사하면서, 과학이 사회생활의 은유가 될 수 있는 방식들을 보여주기 위해 난해한 '기술 부문'과 사회적 해설을 뒤섞는다. 연속되는 담론 양식과 서사의 파편들(참조문헌부터 버로스의 소설까지, 케네디 암살부터 한 인종차별주의자가 고환을 이식해 그 결과 흑인과 중국인 아이들의 아버지가 되는 이야기까지)은 과학의 군사화, 기업 속 주체의 비인간화, 정치적 사고, 많은 SF에 나타나는 인정받지 못한 성적 판타지를 풍자한다. 찰스 플랫Charles Platt의 「재앙 이야기The Disaster Story」(1966)는 아포칼립스 소설의 매력을 드러낸다. 최후의 남자는 서구 문명의 저장고 전체를 자기 영토로 삼고 다른 사람과 복잡한 문제를 겪을 필요 없이 원하는 대로 여기저기 돌아다닐 수 있다. "지구의 마지막 여자 …는 젊고 육체적으로 매력적이고 나를 사랑하고 의문 없이 나를 떠받들 것이다. 그녀는 나에게 필요한 마지막 상징일 것이다." 하지만 "나는 여전히 유일한 인간으로 존재할 것이다. 내가 그녀를 절대로 한 인간으로 대우하지 않을 것이기 때문이다"(2004). 이런 세계에서, "내가 예전에 느꼈던 (혹은 내가 느낀다고 상상했던) **결여**감이 충족될 것이다". 아이로니컬하게도, 밸러드, 무어콕과 M. 존 해리슨M. John Harrison 등 많은 뉴웨이브 작가들은 의식적으로라도, 자신들의 소설에서 여성을 계속 상징으로 취급한다.

밸러드는 《뉴월즈》에 자주 기고했다. 그곳에서는 다른 작가들이 소비주의 문화에 대한 그의 관심을 받아들였다. 그가 보기에 소비주의 문화는 환상과 현실 사이의 구분을 흐리면서 점점 더 간접적으로 변해가고 있었다. 무어콕의 제리 코넬리우스(유행에 빠르고, 양성애자고, 때로는 흑인이고, 일종의 비밀요원이고 가끔 양성 구유의 구세주로 나오는)에 대한 소설들은 영국의 세계여행 모험과 존 버컨John Buchan, 색스 로머Sax Rohmer, 레슬리 채터리스Leslie Charteris와 이언 플레밍Ian Fleming 의 스파이소설과 〈댄저맨Danger Man〉(1960~1961, 1964~1966), 〈어벤저 스The Avengers〉(1961~1969)와 〈세인트The Saint〉(1962~1969) 같은 텔레비 전 모험극 시리즈들에서 가져온 소재를 반복해서, 자애로운 제국이 라는 판타지와 냉전이라는 현실 사이의 간극을 드러내려고 한다. 예 를 들어, 「탱크 공중곡예The Tank Trapeze」(1969)는 오리엔탈리즘적 배경 속에서 제리와 다른 인물들이 연속적으로 만나도록 하고, 이런 장면 들을 소련의 체코슬로바키아 침공에 대한 《가디언The Guardian》 보도에 서 가져온 사건들의 연대표와 함께 배치한다.

코넬리우스 단편들은 《뉴월즈》가 엔트로피라는 개념을 은유적 으로 외삽하는 데에도 기여했다. 열역학에서, 닫힌 계 안의 에너지의 양은 변하지 않는다. 그러나 완전히 효율적으로 에너지를 사용할 수 는 없기 때문에, 그 계 안에서 일을 하기 위해 사용할 수 있는 에너지 의 양은 감소할 것이다. 혹은 그 계의 엔트로피는 열역학적 죽음(그 계 안에서 에너지의 차이가 전혀 남아 있지 않기 때문에 일을 위해 사용할 수 있는 에너지가 없는 지점)에 이르기까지 증가할 것이다. 이 복잡하 고 얼핏 보기에는 역설적인 개념들의 집합에서, 제국주의 세계 질서 의 소멸과 미디어와 정보의 확산에 대한 강력한 은유가 만들어졌다. 1969년, 《뉴월즈》는 토머스 핀천의 「엔트로피Entropy」(《케넌 리뷰Kenyon Review》, 1960)를 재간행했다. 이 소설에서는 완전히 밀폐된 온실(열역 학적 엔트로피)과 이웃 아파트에서 벌어지는 시끌벅적한 파티(정보 엔트로피)를 대조한다. 패멀라 졸린의 「우주의 열역학적 죽음The Heat Death of the Universe」(1967)은 육아와 가사노동이라는 끝없이 힘들고 단조로운 일을 표현하기 위해 엔트로피를 사용한다. 사라는 "같은 종족을 거울처럼 복제하는 단순한 재생산을 넘어, 바라는 것과 소망할 성취가 있는"(2004) 생활을 열망하지만 "거대한 우주 공간을 기막히게 달콤한 냄새와 딥클렌징 거품으로 채우는" 것으로 좁아진 교외라는 닫힌 계에 갇혀 있다. 그녀는 "명랑하고 … 재치 있고 … 행복하고 바쁘고 … 가끔씩 시간·엔트로피·혼돈과 죽음에 대한 강박관념을 가질 뿐"이지만, 결국 폭발해서, 방금 청소한 부엌에서 맹렬하게 물건들을 박살 낸다.

《뉴월즈》는 부조리하고 사람을 비인간적으로 만드는 회사 생활 일과도 풍자한다. 존 T. 슬라덱John T. Sladek의 「마스터슨과 점원들Masterson and the Clerks」(1967)에서, 마스터슨 엔지니어링 회사에서 헨리 C. 헨리가 맡은 사무직은 무의미하고 순환적이지만 꼼꼼하게 수행되는 문서의 생산, 배포, 처리, 보관이다. 하지만 그것의 기능이라곤 더 많은 서류 작업을 만드는 것뿐인 듯하다. 지루함이 시작되고 엔트로피에 대한 점원들의 전투가 약세를 보이면서 서사는 점점 초현실적으로 돼간다. 건강식품을 먹고 자기 사무실에서 역기를 들어 올리기 시작한 마스터슨은 매일 더 젊어지는 것 같아 보이는 반면, 그의 점원들은 하나하나 해고된다. 그들의 해고 통지서를 준비하는 아트는 마스터슨의 아버지로 밝혀진다. 그 회사의 창립자인 아트는 열정적으로 자신의 해고 통지서를 준비하고 그 통지서가 자기 월급봉투에 들어 있는 것을 발견하자 정말로 놀라고 슬픈 반응을 보인다. 직원이 점점 줄어들면서 사무실에 공포와 편집증이 만연한다. 유대인, 유색인종과 공산주의자들이 효율과 진보, 문명을 방해하고 있다고 비난하는 집단이 나타난다. 진부한 동기부여 포스터들은 **"정확성"**(2004)을 가지라고 독려하고, 헨리가 고용될 때 그가 받은 격언(당신이 일을 잘한다면, 우리는 당신을 통해 좋은 일을 할 겁니다)은 반복되면서 점점 기괴하고 터무니없이 변한다. "일을 잘하는 사람이 거의 없다면, 당신이 잘합시다." "잃을 자라는 사람이 거위라면, 자랍시다." 이런 엔트로피 감소는 버려진 것 같은 건물을 파괴하기 위해 한 팀이 도착할 때까지 계속된다.

언어, 의사소통과 권력

《뉴월즈》의 작가들은 단순히 세계를 반영하는 것 이상의 일을 하는, 구성되고 확정되지 않은 의미 체계로서의 언어 그 자체에 대해서도 깊이 생각했다. 예를 들어, 데이비드 하비$^{David\ Harvey}$의 기사 「과학의 언어$^{The\ Language\ of\ Science}$」(1967)는 자기가 객관적이라고 주장하고 사회적 과정을 자연적이고 변경할 수 없는 것으로 축소하는 경향이 있는 과학의 언어가 동시대의 생활을 지배하게 된 정도의 영향에 주목한다. 언어에 대해 생각하지 않는 태도는 우리가 사용하는 언어가 우리의 세계 인식을 만드는 정도나 세계 속에서 할 수 있는 사회적 행동의 가능성에 대해 보지 못하게 만든다고 그는 경고한다. 예를 들어, 경제학 언어는 경제가 균형 상태로 가는 경향이 있다고 은연중에 암시하지만, 현실은 "빈익빈 부익부"(2004)다.

문화적으로 명확하고, 의존적인 차원들에 대한 언어의 감수성은 이 시기 SF의 많은 작품을 풍요롭게 했다. 언어는 의식을 바꿀 수 있다는 견해를 다루는 인간과 외계인의 의사소통을 소재로 한 소설인 새뮤얼 R. 딜레이니의 『바벨-17$^{Babel-17}$』(1966)과 이언 왓슨$^{Ian\ Watson}$의 『임베딩$^{The\ Embedding}$』(1973)이 대표적인 예다. 딜레이니의 베스트셀러 『달그렌^{Dhalgren}』(1975)은 부패해 가는 미국 도심지 생활의 이미지를 강력하게 보여준다. 이 소설은 자기 이름을 기억하지 못하지만 키드$^{Kidd\ or\ Kid}$로 알려진 한 젊은 남자의 모험 이야기다. 나머지 세계에서 거의 완전히 단절되고 사실상 버림받은 벨로나라는 무법 도시에서, 그는 카운터컬처적 젊은이들, 거리의 갱들과 버려진 아파트 건물에서 살면서 남은 부르주아 생활양식에 집착하는 한 중산층 가족과 섞인다. 인종 면에서 다양한 딜레이니의 인물들은 미국의 인종 정치학에 대해 공공연하게 말한다. 반복해서 나오는 이야기 중 하나는 이른바 "세상에서 가장 크고 가장 검은 사내놈"(2001) 조지 해리슨이 "어린 금발머리 17세" 소녀 준을 강간했다는 사건이다. 경험과 경험의 표현 사이의 간극을 계속 강조하는 이 소설은 이런 선동적인 이미지가 어떤 담론의 산물인지 보여주고, 그 두 사람을 아는 사람들은 "세상에서 가장 크고 가장 검은 사내놈"이라는 관념이 얼마나 준의 욕망 형성에 영향을 끼쳤는지 언급하면서, 준이 조지를 성적으로 추구했다고 말한다(성적 욕망의 유동성은 반복해서 나오는 주제다. 키드가 스트레이트, 게이 섹스와 그룹 섹스에 참여하는 장면은 매우 생생하게 묘사된다).

『달그렌』은 문장 한중간, "가을의 도시를 상처 입히기 위해"에서 시작해 "나는 오게 됐다"라는 문장 파편으로 끝나면서 끝없는 독서의 원을 형성한다. 또 키드가 벨로나에 도착할 때, 그는 이 문장으로 시작하는 일기를 발견하고 그 일기의 빈 페이지에 시를 쓰기 시작한다. 이 소설의 마지막인 여섯 번째 장에서는 벨로나에서 자기가 쓴 일기장 페이지를 옮겨 쓴다. 글 위에 줄을 그은 것, 수정 사항, 어떤 구절들을 나중에 돌아보면서 붙인 해설, 손으로 쓴 원고의 물성을 보여주는 것들(스테이플, 없어진 페이지나 읽을 수 없는 단어들에 대한 언급), 두 명의 서로 다른 편집자들이 써넣은 글들까지. 그는 글로 쓰인 것과 자기가 경험하고 기억하는 것 사이의 간극에 대해 이야기하며, 그 일기는 가짜라는 결론을 내린다. 어떤 사건이 일어나는 순간 그 사건에 대해 쓰고, 생각하고, 다시 숙고하며 "발생할 때에는 존재하지 않는 전체성을 가질 잠재력이 있는 사건들의 연대기"를 만들 시간은 절대로 있을 수 없기 때문이다.

그의 시집 『황동 난초Brass Orchid』가 성공한 후 한 기자가 키드에게 그와 같이 살았던 집단이 폭력을 "믿느냐"라고 질문한다. 그는 "그것은 믿는 것이 아니라 일어나는 것입니다"(딜레이니, 2001)라고 대답한다. 그의 생활양식이 "좋은 생활양식"이라고 "객관적으로" 생각하느냐는 압박을 받자, 그는 "그건 당신이 나머지 세계의 생활양식을 어떻게 생각하느냐에 달려 있습니다"라고 대답한다. 따라서 『달그렌』은 미국의 지배적 가치관에서 많은 젊은이가 겪는 소외와 현대 도시 생활의 인종적·계급적 양극화, 성적인 다양성에 대한 이성애규범적인 억압뿐만이 아니라 언어가 갖는 정치적 연관성에 대해서도 다루고 있다.

노먼 스핀래드의 〈벌레 잭 배론〉의 핵심도 현실에 대한 매개다.

잭 배론의 텔레비전 프로그램 〈벌레 잭 배론〉은 시청자들을 괴롭히는 문제들을 조사하고 해결한다. 하지만 겉으로는 격분하면서도 그는 회사의 스폰서에 너무 의존하고 있기 때문에 현 상황에 도전하지 못한다. 그는 '사회정의연합'의 창립자지만, 나중에 카운터컬처 정치와 경제적 안전을 거래하다가 그 과정에서 아내 세라를 잃는다. '불멸재단'을, 치료법이 발견됐을 때 중환자들이 소생하도록 냉동시킬 수 있는 유일한 허가 조직으로 만들려는 의회 법안을 둘러싼 교묘한 책략에 얽히게 된다. 잭이 인종차별을 한다는 주장에 대한 조사 때문에 그 법안이 주의를 끄는 것이 달갑지 않게 되자, 베네딕트 하워드는 '재단'이 사람들을 불멸로 만드는 방법을 발견했다는 사실을 드러내면서라도 그의 대중적 지지를 사려고 한다. 한편, 오랫동안 재임하고 있는 민주당을 백악관에서 몰아내려고 하면서, 잭은 공화당원들과 '사회정의연합'의 대통령 후보가 돼달라는 공동 제안을 받는다. 그의 정치관(그는 더 이상 그런 것을 갖고 있지 않은 듯하다) 때문이 아니라 그가 "잘 익은 림버거 치즈처럼 잘 팔리는 상품 … 그 뒤에서 (공화당이) 사회정의연합과 결합해 대통령직을 얻어낼 수 있는 이미지"(1972)기 때문이다. 잭과 세라는 재결합하고 영원히 함께 있기 위해 하워드의 뇌물(불멸 요법)을 받아들인다. 그 요법이 치명적인 광선을 쐰 흑인 아이들의 내분비선을 이식하는 요법이라는 것을 잭이 알았을 때는 이미 늦은 상태였다. 세라가 자살하자 잭은 자기 프로그램으로 진실을 드러낼 수 있게 된다. 불멸이 됐지만 이제 제정신을 잃은 하워드는 보호시설에 수감된다. 이 소설은 실각한 민주당의 새 후보 맬컴 샤바즈(즉, 맬컴 엑스)에 대항해 대통령 선거가 벌어질 것을 예상하며 끝난다. 잭이 선출된다고 해도 자신의 흑인 부통령 후보를 위해 사임할 거라고는 아무도 의심하지 않는다.

토머스 M. 디쉬의 「강제수용소Camp Concentration」(《뉴월즈》, 1967; 책 1972)도 언어와 권력의 관계를 반영한다. 이 소설 제목은 수용됨campness, 집중concentration이라는 정신적 활동과 화학적 과정이나 강제수용소를 통해 뭔가를 농축하는 과정을 갖고 말장난을 하고 있다. 양심적 병역 거부자로 투옥된 사케티는 5월 11일 일지를 쓰기 시작한다. 6월 2일, 그는 민간 회사가 운영하는 다른 교도소로 납치됐다고 알린다. '아르키메데스 수용소'의 상태는 전보다 더 나아졌지만 그는 이제 자신이 법 너머에서 끝없는 형기를 살아야 한다는 것을 두려워한다. 교도소장 하스트는 그를 환영하고 그의 경험에 대한 일기를 썼으면 좋겠다고 설명한다. 동료 수감자들은 매독 약을 사용하는 실험의 대상이다. 과학자들은 그 약이 "그때까지는 별개였던 준거 혹은 기반의 영역들을 통합할" 수 있게 만들어 독창적이고 천재적인 생각을 해내게 할 것이라고 믿는다. "문자 그대로 정신은 붕괴되고, 예전에는 별개의 범주였던 것들이 잠깐 유동하게 돼 재형성할 수 있다"(1980). 그러나 그것은 신경을 손상시켜 정신이 이상해지고, 90일 후에는 죽도록 만든다. 베트남전쟁 동안 쓰인 이 소설은 이런 실험과 전쟁에서 미국이 저지른 다른 과정들(합법적인 것과 불법적인 것 양쪽 모두)을 연결 짓는다.

사케티는 자기가 그곳에서 사건들을 기록할 뿐이라고 믿지만, 점점 더 미친 듯한 일기를 쓰면서 그도 감염됐다는 것이 곧 분명해진다. 그는 결국 연금술을 억압된 과학이라고 생각하는 동료 수감자들의 강박관념이 탈출 계획을 위장하기 위한 것일 뿐임을 알게 된다. 그들은 비밀리에 육체에서 육체로 의식을 이동시키는 방법을 개발했고, 경비원들과 자리를 바꾸기 위해 그 방법을 사용한다. 그러나 결말은 계속 비관적이다. 뒤에 남긴 병든 육체를 새로운 눈으로 보면서 사케티는 이렇게 쓴다. "마음은 궁핍하고 헐벗었다. 마침내 그것은 물성 없는 힘이라는 최고의 빈곤 상태가 됐다. 나는 본능 없이, 이미지도 거의 없이 존재하고, 더 이상 목적도 없다."

로버트 실버버그의 「다잉 인사이드Dying Inside」(《갤럭시》, 1972; 책 1972)도 차이의 경험에서 일어나는 고립과 소외에 관심을 둔다. 이 소설은 텔레파시 능력이 있는 돌연변이를, 의기양양한 초인이나 인간 이후의 진화를 보여주는 순교적 징후가 아니라 실수할 수 있고 약하고 외로울 때가 많은, 우연히 마음을 읽을 수 있게 됐을 뿐인 데이비드 셀릭으로 재이미지화한다. 머리가 벗겨지고 시력이 약화되는 41세의 데이비드 셀릭은 자신의 능력이 약해지고 있고, 다른 사람의 생각에 접근할 수 있는 힘이 흐려지고 있다는 것을 느낀다. 자신의 일상생활을 들려주고 자기가 어떻게 혼자가 됐고 콜롬비아 대학생들의 기말 리포트 대필로 생계를 이어가는지 설명하면서, 그는 자기 삶의 분수령과 비슷한 시기에 일어난 미라이 대학살 같은 사건들에 대해 논평한다. 아이로니컬하게도, 언어의 단점을 피할 수 있고 다른 사람들의 마음을 완전히 알 수 있는 능력 때문에 그는 누구와도 결코 가까워지지 못한다. 여동생은 언제나 염탐을 당하고 있다는 느낌을 받고 분개한다. 생각을 읽을 수 없었던 첫사랑은 "(그녀의) 감정적 욕구에 대해서 본능적이고 직관적으로 파악"(1972)하는 것 같은 그보다 더 포식성인 텔레파시 능력 때문에 그를 떠난다. 또 한 번의 진지한 관계는 파트너가 산을 마시면서 끝났다. 그는 그녀의 텔레파시 투영에 압도된 반면, 그의 자기혐오가 그녀의 경험에 스며들면서 그녀가 그를 보는 방식을 바꾸게 된다. 소설이 끝날 때 데이비드와 여동생은 아슬아슬하게 화해한다. 능력이 완전히 사라졌을 때 그는 슬퍼하지만, 동등한 사람들 사이의 의사소통이라는 어려운 일이 그를 더 충만한 삶으로 이끌 것이라고 느낀다.

생활양식 SF

반권위적인 카운터컬처 SF 영화들

- 〈방파제La Jetee〉(마커Marker, 1962)
- 〈알파빌Alphaville〉(고다르Godard, 1965)
- 〈플레샤포이드의 원죄Sins of the Fleshapoids〉(쿠처Kuchar, 1965)
- 〈데인저: 디아볼릭Diabolik〉(바바Bava, 1968)
- 〈살아있는 시체들의 밤Night of the Living Dead〉(로메로Romero, 1968)
- 〈수박 사나이Watermelon Man〉(반 피블스Van Peebles, 1970)
- 〈THX 1138〉(루카스Lucas, 1971)
- 〈퍼니시먼트 파크Punishment Park〉(왓킨스Watkins, 1971)
- 〈혹성 탈출 4: 노예들의 반란Conquest of the Planet of the Apes〉(톰슨Thompson, 1972)
- 〈자도즈Zardoz〉(부어먼Boorman, 1974)
- 〈다크 스타Dark Star〉(카펜터Carpenter, 1974)
- 〈실험 인간The Terminal Man〉(호지스Hodges, 1974)
- 〈소년과 개A Boy and His Dog〉(존스Jones, 1975)
- 〈롤러볼Rollerball〉(주이슨Jewison, 1975)
- 〈신이 내게 말하길God Told Me To〉(코언Cohen, 1976)
- 〈지구에 떨어진 사나이The Man Who Fell to Earth〉(뢰그Roeg, 1976)
- 〈죽음의 가스Coma〉(크라이튼Crichton, 1978)
- 〈외계의 침입자Invasion of the Body Snatchers〉(코프먼Kaufman, 1978)
- 〈에이리언Alien〉(스콧Scott, 1979)
- 〈불꽃 속에 태어나서Born in Flames〉(보든Borden, 1983)

이 시기의 SF에는 성 해방적 생활양식과 기분 전환용 약물 사용이 반복적으로 나타나고, 커다란 카운터컬처 독자층이 로버트 A. 하인라인의 『낯선 땅 이방인$^{Stranger\ on\ a\ Strange\ Land}$』(1961) 같은 텍스트들을 받아들였다. 화성 사절단 임무가 실패하고 두 대원 사이에서 살아남은 아들 마이클 밸런타인 스미스는 화성인들에게 양육되면서 그들의 문화와 초능력(텔레파시, 텔레포테이션, 염동력과 사물을 '유체이탈' 하는 능력)을 배운다. 나중에 온 탐험대가 그를 지구로 데려가고, 그가 '사절단' 승무원의 엄청난 부를 상속받았거나 지구 법에 따르면 화성의 소유자일 수도 있기 때문에, 불안해진 정부는 그를 억류한다. 그러나 동정적인 간호사 덕분에 자유로워지고 "법학학사, 의학박사, 이학박사, 인생을 즐기며 사는 사람, 미식가, 사치와 향락을 즐기는 사람, 뛰어난 대중작가, 그리고 신新비관주의 철학자"(1971)인 주발 하쇼의 보호를 받으며, 그는 화성의 지혜에 기반을 둔 카운터컬처 운동을 발전시킨다.

주발은 반지성주의 선동가다. 예를 들어 그는 가식적인 예술보다 보통 사람이 타고난 양식을 더 좋아하고, 이렇게 선언한다.

> 이해할 수 있는 언어를 사용하는 건 예술가에게 달려 있어. 이 익살꾼들 대부분은 너나 내가 배울 수 있는 언어를 쓰려고 '하지 않아'. 오히려 우리가 자기들이 의도하는 것을 보지 '못한'다고 비웃지. 그런 게 있기나 한지 모르겠지만. 모호함은 무능의 도피처야.

그는 "(그것의) 대부분은 여러 번 읽을 가치가 없지만" 자신의 예술 작품을 옹호하고, 상업적 성공을 비평적 찬사보다 높이 평가한다. 주발은 미국 민주주의의 개인주의적 스타일을 포용하는 우익 자유주의자다. 그가 경멸하고 그 책이 풍자하는 명확한 목표는 '신新계시의 포스터라이트 교회'다. 소비주의, 수익성, 더 많은 헌금을 하면 더 큰 지식에 접근할 권리를 갖게 되는 이 교회는 사이언톨로지와 전후 프로테스탄트 부흥기의 대형 교회들 양쪽 모두를 패러디했다. 마이클은 결국 자신의 종교인 "모든 세계의 교회 주식회사"를 창시한다. 그 종교는 교인들에게 화성어를 가르치고 화성어를 통해 우주를 실제 그대로·(신은 모든 것에 있고 모든 것은 신이다) '그록grok'하라고 가르친다. '그록'의 뜻은 다음과 같다.

> 철저히 이해해서 관찰자를 관찰 대상의 일부로 만드는 것, 어우러지고, 섞이고, 서로 다른 사람들끼리 결혼하고, 단체 경험 속에서 정체성을 잃는 것이다. 그것은 우리가 종교, 철학, 과학이라는 말로 의미하는 거의 모든 것을 뜻한다. 그리고 완전한 시각장애인에게 색채가 갖는 의미처럼 우리에게 거의 아무것도 뜻하지 않는다.

인간 문화의 기반이 되는 가정들은 대부분의 사람이 그록하지 못하게 만들지만, 성적 이형성sexual dimorphism 은 인간이 이성애자 간의 섹스를 통해 화성인들의 성취를 능가하는 의식 상태에 도달할 수 있게 만든다. "영혼이 합쳐지는 육체의 결합은 황홀경 속에서 주고받고, 서로에게 기쁨을 주면서 공유됐다. 자, 화성에는 그것에 접촉할 수 있

암수에 따라 외부 형질이 다른 것. 즉, 암컷과 수컷의 크기나 생김새가 다른 것을 말한다.

는 것이 없고, 그것은 원천이다. 나는 완전성 속에서 이 행성을 이토록 풍요롭고 경이롭게 만드는 모든 것을 그록한다." 의식의 변성 상태, 자아와 타자 사이의 융합이라는 이 모호한 영적 감각은 (성적인 난잡성에 대한 이 소설의 축복과 함께) 떠오르는 카운터컬처에 호소했다(그것은 신이교異敎주의 운동의 요소와, 악명은 더 높지만 실제 증거는 거의 없는 찰스 맨슨에게 영감을 줬다). 어떤 면에서는 이성애적 규범과 젠더 역할의 사회적 구성을 인지하고 있지만, 이 소설에 나오는 성차별주의와 호모포비아는 소설의 명성을 시들게 했다.

프랭크 허버트Frank Herbert의 〈듄Dune〉(《아날로그》, 1963~1964, 1965; 책 1965)은 컬트적 독자층을 얻었고, 역대 베스트셀러 SF 소설이 되고, 후편, 전편, 게임, 영화 각색(린치Lynch, 1984), 텔레비전 미니시리즈(2000)를 낳았다. 그것은 귀족주의적 아트레이드 가문과 하코넨 가문이 우주를 항해하기 위해 필요한 향정신성 스파이스 멜란지의 산지인 사막 행성 아라키스를 두고 벌이는 정치적 투쟁 이야기다. 레토 아트레이드 공작과 엘리트적이고 신비스러운 집단 베네 게세리트의 일원인 첩 제시카 사이의 아들 폴이 이 투쟁의 중심에 있다. 하코넨이 아라키스를 침공하자, 폴과 제시카는 사막으로 달아나 원주민 프레멘과 함께 도피한다. 폴은 아라키스의 복잡한 생태계와 사막을 개화시키려는 프레멘의 비밀 장기 계획에 대해 배운다. 그는 프레멘들에게 베네 게세리트의 '기이한 방식'을 가르치고 하코넨을 전복하기 위한 투쟁에서 그들을 이끌어서 결국 황제를 대신하게 된다. 이 소설의 다양한 매력은 세 가지 특성에 기인한다. 첫째, SF적 전제와, 1960년대 중반 J. R. R. 톨킨의 『반지의 제왕The Lord of the Rings』

(1954~1955)이 미국에서 극적으로 성공한 후 영웅 판타지가 갖게 된 문체와 서사적 관습을 혼합했다. 궁정의 음모, 역동적 연쇄, 불화, 이국적인 배경과 민족들, 엄청난 야수, 비밀스러운 무술, 칼과 단검이 보통 SF의 관중보다 더 넓은 관중을 끌어들이는 데 도움이 됐다. 둘째, 아라키스 생태계와 그런 극한적인 환경에서 인간의 삶에 필요한 기술과 기법에 대한 묘사는 기술적인 세부 사항을 원하는 하드 SF 관중들과 떠오르는 생태주의적 운동 양쪽을 만족시켰다. 마지막으로, 대안적 종교, 명상과 의식의 변형에 대한 관심은 『낯선 땅 이방인』과 비슷한 카운터컬처적 매력을 갖고 있었다. 하인라인과 대조적으로, 허버트는 젠더화되고 위계적인 사회구조의 한계 내부와 그 주위에서 일할 방법을 찾는 강한 여성 인물들을 많이 그렸기 때문에, 아마 페미니스트 독자층도 끌어들였을 것이다. 그러나 허버트의 관점은 하인라인만큼 가차 없는 이성애적 성차별주의자(그리고 호모포비아)의 관점이고, 그 기간의 많은 뉴웨이브와 페미니즘 SF보다 훨씬 더 보수주의적인 모습을 보였다.

필립 K. 딕의 『스캐너 다클리A Scanner Darkly』(1977)의 후기는 이 소설이 죽음이건, 육체적인 장애건(그 목록에 자신도 포함시킨다), 영구적인 정신착란이건, 약물 사용 때문에 망가진 유명한 친구들에 대한 애도라고 말한다. 이 소설은 약물 사용자들을 범죄화하고 치료보다 처벌에 우선순위를 두는 것을 비판하기도 한다. 하우스메이트들은 알지 못하지만, 밥 악터는 오렌지 카운티 보안관 부서의 비밀 마약반 요원이다. 게다가 법 집행기관들의 부패가 너무 만연

밥 악터는 마약 딜러로 일하는 인물이자 마약을 단속하는 위장 경찰 프레드와 동일 인물이다. 밥은 자신이 프레드라는 사실을 자각하지 못하며, 프레드 역시 자신이 밥이라는 사실을 알지 못한다.

해 있기 때문에 그는 고용주들에게도 정체를 비밀로 해야 한다. 프레드 요원일 때 그는 스크램블 슈트를 입는다. 그 슈트는 그의 이목구비 위에 수백 개의 얼굴에서 추출한 표본 조각을 투영해 동료와 조언자들에게 "애매하고 흐릿한 모습"(1991)으로만 보이게 만든다. 프레드가 밥을 감시하라는 명령을 받게 되자, 그의 정체성 감각이 무너지기 시작한다. 밥의 감시 기록을 지켜보면서 그는 밥의 어떤 행동에 놀라고, 밥으로 위장하고 있을 때는 점점 더 마약 사용자들과 자신을 동일시하고 임무에 대한 의무감을 느끼지 못한다. 그가 뇌의 두 반구를 서로 분리해 경쟁하게 만드는 향정신성 '약물 D'에 점점 중독되면서 그런 증상은 악화된다. 그는 마침내 정신착란을 경험하는데, 그것도 줄곧 그에게 알려주지 않은 연방 당국의 계획이었다. 그가 '약물 D'의 출처라고 의심받는 회복 센터 중 한 곳에 잠입할 수 있도록 계획한 것이다. 소설 마지막에서, 그의 진짜 이름은 결코 밝혀지지 않지만 이제 그는 브루스로 불리고, 모든 정체성의 흔적을 잃어버리고, 애매하고 흐릿한 모습이 돼갈 뿐이다.

낙관주의적·자유주의적 SF는 계속 인기가 있었고, 가장 확실한 인기는 텔레비전에서 끌었다. 영국에서는 아동용 프로그램으로 구상된 〈닥터 후Doctor Who〉(1963~1989)가 관습적인 서사 형식으로긴 해도 제국주의에 대한 뉴웨이브의 양가성을 반영하고, 반복해서 나오는 달렉과 사이버맨 적대 인물들을 통해 자동화와 권위주의에 대해 추궁했다. 〈더 프리즈너The Prisoner〉(1967~1968)는 냉전을 부조리한 게임으로 묘사하고, 카운터컬처의 가치를 수용하지 않고도 자동화와 관료주의를 규탄했다. 반면 음울한 스페이스오페라 〈블레이크스 7$^{Blakes\ 7}$〉(1978~1981)은 이상하게도 마거릿 대처$^{Margaret\ Thatcher}$의 1980년대에 대한 선견지명을 보여줬다. 미국에서는 〈환상 특급$^{The\ Twilight\ Zone}$〉(1959~1964)이 판타지와 호러 드라마들을 한 편씩 방영했는데, 그중 불관용, 순응과 정치적 안주를 경고하는 이야기들이 많았다. 〈환상 특급〉의 모방작에는 〈제3의 눈$^{The\ Outer\ Limits}$〉(1963~1965)과 〈제6지대$^{Night\ Gallery}$〉(1970~1973) 등이 있다. 〈스타 트렉: 디 오리지널 시리즈$^{Star\ Trek}$〉(1966~1969)는 많은 스페이스오페라에서 나오는 식민주의적 시각을 다시 쓰고, 성차별주의와 인종주의가 사라지고 단 하나의 평화로운 정부 아래 통일된 결핍 없는 지구의 미래를 상상하려고 시도했다. 그것이 미친 궁극적인 영향은 아무도 예측하지 못했다. 〈스타 트렉: 디 오리지널 시리즈〉는 시즌 2가 방영된 후 취소될 뻔했지만, 팬들이 조직한 운동이 더 많은 시즌으로 연장되는 데 어느 정도 역할을 했다. 이 운동이 방송사 경영진들에게 얼마나 무게 있게 다가갔는지 알아낼 수는 없지만, 자신의 개입으로 그 프로그램을 살렸다는 믿음은 팬덤에게 새로운 자신감과 에너지를 줬고, 인쇄 형태의 SF에 특권을 주던 현상에서 팬덤이 멀어지게 만든 분수령이 됐다. 배급에서 그 시리즈가 누린 인기는 지금도 계속되고 있는 영화 프랜차이즈와 〈스타 트렉$^{Star\ Trek:\ The\ Motion\ Picture}$〉(와이즈, 1979)과 〈스타 트렉: 넥스트 제너레이션$^{Star\ Trek:\ The\ Next\ Generation}$〉(1987~1994)으로 각각 시작되는 네 편의 스핀오프 시리즈를 시작하는 데 도움이 됐다.

〈듄〉처럼, 〈2001 스페이스 오디세이$^{2001:\ A\ Space\ Odyssey}$〉(큐브릭, 1968)는 우주여행과 기술에 대해 공들여 묘사하고 예술영화적 경향, 기업에 대한 풍자와 길고 사이키델릭한 효과를 주는 시퀀스들을 활용해 하드 SF 관중과 카운터컬처 관중을 양쪽 다 끌어들였다. 큐브릭의 시청각적 광경에 기반을 두고, 〈스타워즈Star Wars〉(루카스, 1977)는 SF를 톨킨 이후의 판타지에 영향을 받은 다채로운 스페이스오페라적 뿌리로 되돌렸다. 루카스는 에드거 라이스 버로스와 플래시 고든에 대해 진 빚을 의식하고 있었지만, 아름다운 공주, 포위된 저항세력, 신비로운 포스와 우주를 악의 제국에서 구하는 농장 소년의 역할이라는 그의 이야기는 잡식성이고 상호 텍스트적이라는 점을 제외한다면 동시대의 인쇄된 SF에서 일어난 혁신과 거의 공통점이 없었다. 그러나 그것은 현재까지 계속되는 SF 영화의 부흥에 큰 공을 세웠을 수도 있다. 한편으로는 SF 영화를 끼워팔기 식으로 매우 상품화된 액션 중심의 화려한 블록버스터로 축소시켰다고 비난받을 수도 있을 것이다. 그럼에도 불구하고, 〈스타워즈〉도 카운터컬처의 매력을 갖고 있었다. 영웅의 신화적 여행에 대한 재작업과 애매한 신비주의 너머에서, 악의 제국은 카운터컬처가 대항해서 싸우고 있는 억압적인 미국이라고 상상할 수 있었다. 그러나 〈스타워즈〉가 거둔 광범위한 성공은 그것을 이런 방식으로 이해해야 한다고 요구하지 않았다는 사실에 어느 정도 기인한다. 〈미지와의 조우Close Encounters of the Third Kind〉(스필버그Spielberg, 1977)도 카운터컬처 운동에서의 퇴각을 보여준다. 주인공 로이 니리는 중하층 생활과 강한 여성들과 책임감의 부담에서 도망친다. 자애롭고 어린아이 같은 외계인이 그 모든 문제에서 그를 빼내는 것이다. 그 이후 〈이티E.T.: The Extra-Terrestrial〉(1982)부터 〈인디아나 존스: 크리스탈 해골의 왕국Indiana Jones and the Kingdom of the Crystal Skull〉(2008)까지 스필버그의 SF 영화들은 교외 가족들의 편협

한 세계와 아버지와 아들 사이에서 힘들게 이룬 타협에 초점을 맞추
면서 점점 커져가는 보수주의를 보여줬다.

반전 SF

SF가 베트남 분쟁에 응답하다

1968년 6월 《갤럭시》는 서로 마주보는 페이지에 두 개의 유료 광고를 실었다. 미국의 베트남전쟁 개입에 대한 SF 작가들의 입장을 보여주는 광고였다. 왼쪽 광고는 72명의 서명을 받았고 오른쪽에는 82명이 서명했다. 그중에는 다음과 같은 작가들이 있었다.

우리 서명인들은 미국이 베트남 인민에 대한 책임을 다하기 위해 베트남에 남아 있어야 한다고 믿는다.

- 폴 앤더슨
- 리 브래킷
- 마리온 짐머 브래들리
- 존 W. 캠벨
- 핼 클레멘트
- L. 스프레이그 드 캠프
- 에드먼드 해밀턴
- 로버트 A. 하인라인
- 딘 C. 잉Dean C. Ing
- P. 스카일러 밀러
- 샘 모스코비츠
- 래리 니븐
- 제리 E. 퍼넬Jerry E. Pournelle
- 조지 O. 스미스
- 잭 반스
- 잭 윌리엄슨

우리는 미국의 베트남전쟁 참여를 반대한다.

- 포러스트 J. 애커먼Forrest J. Ackerman
- 아이작 아시모프
- 레이 브래드버리
- 새뮤얼 R. 딜레이니
- 레스터 델 레이Lester del Ray
- 필립 K. 딕
- 토머스 M. 디쉬
- 할런 엘리슨
- 캐럴 엠쉴러Carol Emshwiller
- 데이먼 나이트
- 어슐러 르 귄
- 캐서린 맥린
- 배리 맬즈버그
- 주디스 메릴
- 맥 레이놀즈
- 진 로든버리Gene Roddenberry
- 조애나 러스
- 노먼 스핀래드
- 케이트 윌헬름
- 도널드 A. 월하임

정복보다 탐험과 의사소통을 강조하는 〈스타 트렉〉은 반전 시위자들에게도 공명을 얻었다(이 시리즈가 자신이 주장하는 불간섭 원칙을 침해하고 연방의 '우월한' 도덕성을 다른 행성과 종족들에게 강요할 때가 많지만). 명백하게 〈스타 트렉〉을 암시하는 제임스 팁트리 주니어James Tiptree Jr의 「집으로 전송해 줘Beam Us Home」(1969)는 그런 자유주의 휴머니즘적 미래의 매력을 고려하면서도, 거기에 얽혀 있는 현실도피도 고발한다. 호비 는 동시대의 세계에 대처할 수 없다.

호비는 역사를 관찰하기 위해 지구로 보내진 승무원이라고 믿는 지적이고 재능 있는 소년이다.

> 그 세계는 그때 매우 번영하고 있었고 평화로웠다. 다시 말해, 약 7,000만 명의 사람들이 굶주려 죽어가고 있었고, 많은 선진국들이 공안 전략으로 버티고 있었고, 네다섯 군데의 국경은 분쟁 중이었고, 교외의 치안 유지 분대가 호비 가족의 가정부에게 큰 부상을 입혔고, 학교는 경비 시설에 전기 철조망과 개 두 마리를 더했다. 그러나 큰 나라 중 아무도 핵분열을 실험하지 않았고, 미국·중국·소련 데탕트는 20년째 현실에서 유지되고 있었다.(1978)

그는 자기가 결국 "원시적 단계"를 넘어 발전할 이 세계의 방문자일 뿐이라고 상상한다. 그는 우주비행사가 되기 위해 공군에 들어가지만, 미국이 라틴아메리카의 게바라주의 혁명군에 대항해 야만적인 전쟁을 벌이기 위해 우주 프로그램이 당분간 중지된다. 전시 근무를 하도록 재지정된 그는 자기가 목격하는 것에 몸서리를 치고, 세균무기의 효과로 의식이 혼미해져서 자기 비행기를 똑바로 하늘로 날아오르게 만든다. 외계 우주선의 구조를 받은 그는 진짜 "고향!"으로 돌아간 것이거나, 죽기 직전 이 모든 것을 환각으로 본 것이다.

어슐러 르 귄의 『세상을 가리키는 말은 숲The Word for World Is Forest』(1976)은 우주 식민주의 서사를 해체하고 미국의 제국주의를 비판한다. 뉴타히티의 지구 군대는 원주민 애스시인들을 쫓아내고 노예로 삼았고, 그 행성의 삼림을 공격적으로 벌채한다. **세상**을 가리키는 애스시인의 단어는 **땅**이 아니라 **숲**이기 때문에, 이것은 그들의 생활양식을 크게 침해한다. 유전적 조성은 같지만, 인간들은 녹색 피부의 원주민들을 인간으로 간주하지 않는다. 그러나 그들이 여성 애스시인을 자주 (그리고 처벌받지 않고) 강간한다는 것은 이 관계에 대한 인식과 부인을 동시에 나타낸다. 인류학자 류보프가 이렇게 설명하려고 할 때 당국은 듣지 않는다.

> 4년 동안 (애스시인들은) 서로를 대하듯이 우리를 대했습니다. 육체적인 차이가 있지만, 그들은 우리를 자기 종족의 일원으로, 인간으로 인정했습니다. 그러나 우리는 종족의 일원이 해야 하는 대로 응답하지 않았습니다. 우리는 응답과, 비폭력의 권리와 의무를 무시했습니다. 우리는 원주민들을 죽이고, 강간하고, 흩어놓고, 노예로 삼았습니다. 그들의 공동체를 파괴하고, 그들의 숲을 잘라 쓰러뜨렸습니다. 그들이 우리가 인간이 아니라고 판단했어도 놀랍지 않습니다.(1982)

우주선 한 대가, 지구와의 의사소통이 50년 12개월 지연되는 이

외딴곳과 지구 사이의 의사소통 수단을 즉각적인 의사소통으로 대체할 장치를 가지고 도착한다. 이제 식민주의자들은 그들의 행동에 대해서 "설명해야 하"게 된다. 이것이 속임수라고 믿는 분파 하나가 미라이 대학살을 상기시키는 공격으로 애스시인 마을 하나를 파괴한다. 그 결과 반란이 일어나고, 인간들은 그 행성에서 쫓겨난다. 미국이 베트남에서 물러나는 것을 보고 많은 사람이 패배라고 생각하는 것과 달리, 이 퇴각은 패배로 묘사되는 것이 아니라 뒤늦었지만 적절하고 경의를 표하는 행동, 애스시인들이 원한다면 미래에 의사소통을 할 가능성을 연 채로 남겨두는 행동으로 묘사된다.

베트남전쟁 퇴역군인 조 홀드먼^{Joe Haldeman}의 『영원한 전쟁^{The Forever War}』(1974)은 만델라 이등병의 경험을 이야기한다. 그는 1990년대에 이등병으로 징집돼 1,000년 후 전쟁 말기에는 만델라 소령이 된다. 예전에는 알려지지 않은 외계인 종족인 타우란들은 콜랩사^{collapsar}(은하계의 먼 부분들 사이에서 운동할 수 있게 한다)에서 나타날

자신의 중력에 못 이겨 붕괴한 항성.

때 인간의 우주선을 공격했다는 의심을 받는다. 이에 대응하여, 유엔탐사군은 무장 호위선들을 보내 콜랩사 근처의 행성들을 점거한다. 그런 우주여행의 시간 확장 효과로 전쟁은 1,000년 동안 지속되지만 만델라가 주관적으로 경험하는 전쟁은 약 5년이 된다. 소설의 많은 부분은 군대 훈련과 전술의 어리석음, 아무 생각 없이 생명을 기꺼이 낭비하려는 열정과 군의 부적절한 무장전투 준비에 대한 쓰디쓴 풍자다. 첫 번째 복무 기간이 끝났을 때 만델라는 그가 있을 자리가 없는 인구과잉 상태의 지구로 돌아온다. 그래서 그는 마지못해 재입대하고 곧장 일선 근무에 배

치된다. 타우란들이 여성을 강간하고 아기들을 학살하는 마귀로 보이며, "터무니없이 과장되고 논리적으로 말도 안 되지만 소름끼치는 세세한 부분들이 전부 1분 전의 사건들처럼 선명하게 기억되"(1976)는 최면에 걸리는 준비를 한 다음, 적과 처음으로 근접교전을 할 때 그는 전투가 아니라 전혀 저항하지 않는, 혼란에 빠진 존재들을 대학살하게 된다. 나중에 이 경험에 대해 이야기하려고 할 때, 그가 했던 비판적 논평은 군대에 대한 찬양으로 변형된다. 전쟁이 끝났을 때, 만델라는 (통킹만 사건의 반향 속에서) 20세기 군 엘리트들이 약화된 경제를 자극하기 위해 전쟁을 일으켰다는 것을 알게 된다. 그는 이런 결론을 내린다. "그러나 전부 군대 탓으로 돌릴 수는 없다. 타우란들이 그전에 사상자를 낸 책임이 있다고 주장하며 그들이 내놓은 증거는 터무니없이 빈약했다. 이것을 지적한 몇몇 사람들은 무시당했다."

결론

- SF 장르가 새로운 사회운동에 응답하고 포스트모던 소설의 에너지와 기법에 의지하게 되면서, SF와 과학·공학의 관계는 점점 더 중요해졌다. 캠벨적 SF는 여전히 중요했지만, 더 이상 이 장르의 핵심이라고 주장할 수는 없었다. 그래서 과거를 돌아보며 하드 SF 전통이 구성되는 과정이 본격적으로 시작했다. 이 과정은 보수적인 정치학과 결부될 때가 많았다.

- SF 작가가 직업화되고 SF 연구가 발흥하면서 계속 진행되던 편입 과정에 새로운 목소리들이 더해졌다.

- 책 형태로 나오고 뚜렷한 마케팅 상표를 가진 SF의 존재감은 여러 베스트셀러가 나오면서 공고해졌다. 그러나 톨킨의 『반지의 제왕』에 뒤이어 영웅 판타지가 만만찮은 경쟁자로 나타나기 시작한다. 심지어 SF가 판타지 형식에 의지할 때에도, 그 둘을 구분하려는 대중적·이론적인 동력이 있었다.

• 어떤 SF 영화들은 그 시대 예술영화의 실험적 스타일을 띠기
  는 했지만, 이 시기 말에 SF 영화는 점점 더 극적인 블록버스터
  로 변해간다.

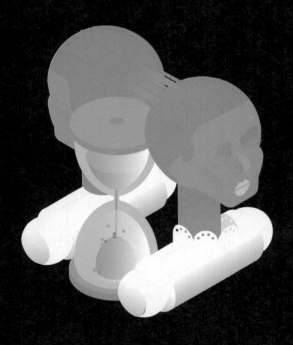

7장

새로운 목소리, 새로운 관심: 1960년대와 1970년대

이 기간의 정치적 운동 중에서, SF 이미지와 기법이 자신들의 관심사를 탐구하는 데 쓸모가 있다는 것을 깨달은 운동은 특히 세 가지다. 반인종차별주의, 페미니즘, 환경보호주의. 분명하게는 페미니즘 텍스트들을 포함해 젠더와 섹슈얼리티를 비판하는 작품들이 문학적 SF에 편입되는 데 제일 성공했다. 부분적으로는 페미니즘 작가, 편집자와 팬들이 편입 과정에 능동적 행위자로 참여했기 때문이다. 환경문제는 SF 영화에서 더 두드러지게 나타났다. 정치적으로 급진적이고 형식 면에서 실험적인 텍스트들은 더 관습적인 서사들보다 SF에 완전히 편입되지 못하는 경향이 있었고, 뉴웨이브 논란 속에서 미적 우선순위와 상업적 우선순위 사이의 긴장을 되풀이했다. 이렇게 사회적·정치적 주제로 향한 SF는 '딱딱한' 과학 대신 문화인류학, 경제학, 사회학 같은 '부드러운' 과학에 의지하는 경향이 있었다.

인종

흑인 우화소설fabulation

많은 아프로디아스포릭afrodiasporic• 작가들은 SF, 판타지, 우화, 민담, 호러, 신화, 마술적 리얼리즘, 자연주의와 메타픽션과 동등하게 연관될 수 있는 요소들을 담은 소설들을 생산했다.

- 랠프 엘리슨, 『보이지 않는 인간Invisible Man』(1952)
- 이스마엘 리드, 『캐나다로 가는 비행Flight to Canada』(1972)
- 배리 베컴Barry Beckham, 『달리는 맥Runner Mack』(1972)
- 게일 존스Gayl Jones, 『코레지도라Corregidora』(1975)
- 체스터 B. 하임스Chester B. Himes, 『플랜 BPlan B』(1983)
- A. R. 플라워스A. R. Flowers, 『드 모조 블루스De Mojo Blues』(1983)
- 토니 모리슨Toni Morrison, 『빌러비드Beloved』(1987)
- 찰스 존슨Charles Johnson, 『중간 항로Middle Passage』(1990)
- 주엘 고메즈Jewelle Gomez, 『길다 이야기The Gilda Stories』(1991)
- 필리스 알레시아 페리Pyllis Alesia Perry, 『성흔Stigmata』(1998)
- 콜슨 화이트헤드Colson Whitehead, 『직관주의자The Intuistionist』(1999)
- 타나나리브 듀Tananarive Due, 『살아 있는 피The Living Blood』(2001)
- 날로 홉킨슨Nalo Hopkinson, 『솔트 로드The Salt Roads』(2003)
- 앤서니 조지프Anthony Joseph, 『UFO의 아프리카 기원The African Origins of UFOs』(2006)

• 아프리카계 이주자들 또는 그 후손들.

미국의 민권운동 투쟁은 점점 더 가열됐다. 1960년대, 남부의 인종차별정책 폐지는 폭력적인 충돌로 이어질 때가 많았다. 1957년, 아칸소 주지사는 주 방위군에게 흑인 학생들이 리틀록고등학교에 출석하지 못하게 막으라고 지시했다. 그 때문에 아이젠하워 대통령은 방위군을 폐지하고 그 학생들을 보호하기 위해 101 공수사단을 파견했다. 그리고 1962년, 제임스 메러디스James Meredith는 미시시피대학을 고소해 입학 허가를 받아내는 데 성공했지만, 연방 집행관과 함께 가야만 했다. 몽고메리 버스 보이콧(1955~1956)과 점심 식탁에 앉기lunch counter sit-ins(1960년 그린즈버러에서 시작됐다)같이 수동적인 항의가 더 공공연한 대립으로 변했다. 주간州間버스는 인종 분리돼서는 안 된다는 1960년 대법원 판결을 시험하는 '프리덤 라이더스Freedom Riders'는 남부 주들에서 괴롭힘과 폭력에 맞닥뜨렸다. 그중에는 경찰이 가담한 것도 있었다. 1964년 미시시피 프리덤 서머Freedom Summer 캠페인 도중에, 흑인 투표자 등록을 돕고 있던 민권운동 노동자들 세 명이 살해됐다. 1966년, 멤피스부터 잭슨까지 '공포에 저항하는 행진March Against Fear'을 하던 중 제임스 메러디스는 저격수에 의해

미국의 흑인 이슬람교도로 구성된 과격파 흑인 단체.

상해를 입었고, 행진이 빠르게 커지자 나중에는 주 경찰이 행진을 공격했다. 많은 활동가가 혁명을 지향했고, 마틴 루서 킹 주니어는 '이슬람 국가Nation of Islam'의 맬컴 엑스와 '자기방어를 위한 흑표범당Black Panther Party for Self-Defense'의 바비 실Bobby Seale, 스토클리 카마이클Stokely Carmichael과 휴이 P. 뉴턴Huey P. Newton 같은 지도자들에게 가려지기 시작했다. 동시에, 많은 아프리카 국가들이 유럽의 제국주의 세력에게서 독립을 얻어내고 있었다. 1960년 카메룬, 세네갈, 토고, 마다가스카르와 나이지리아, 1961년에 시에라리온, 탄자니아와 르완다, 1962년 알제리와 우간다 등이 그랬다. 어떤 아프리카계 미국인 활동가들은 미국의 노예제 유산과 식민주의의 아프리카 점령 사이의 연관을 강조하면서 범아프리카주의 비전을 분명히 표현하기 시작했다. 흑인권리운동black power과 흑인

의 자부심black pride을 주장하는 사람들은 흑인예술운동Black Arts Movement
의 발전을 전통적인 아프리카 형식을 회복하고 적용하는 것으로 봤
다. 지미 헨드릭스Jimi Hendrix, 선 라, 팔러먼트 펑크델릭Parliament-Funkadelic
과 어스 윈드 앤드 파이어Earth, Wind & Fire 같은 연주자들이 대중음악
에 과학소설적 측면을 뚜렷이 부여했다.

우주 시대의 승리에 회의적이었던 것은 뉴웨이브뿐만이 아니었
다. 아폴로 11호의 달 착륙 후에 에모리 더글러스Emory Douglas의 흑표
범당 기관지(1969년 7월 26일)에는 "뭐든지 억압자들에게 좋은 것은
분명 우리에게 나쁜 것이다"라는 카툰 표제가 실렸고, 카툰은 돼지
경찰이 노예들을 달에 실어 내리는 모습을 그린다. 한 노예가 중얼거
린다. "우리는 이 엉터리 짓이 시작되기 전에 막았어야 했는데." 두
번째 카툰(1969년 8월 23일)은 우주복을 입은 돼지가 '백인만 출입 가
능' 표지판을 달에 못질하고 있는 그림이다(듀랜트Durant 2007). 길 스
콧 헤론Gil Scott-Heron의 〈스몰 토크 앳 125th 앤드 레녹스Small Talk at 125th
and Lenox〉 앨범에 있는 〈달의 흰둥이Whitey on the Moon〉는 게토 생활의 일
상에서 겪는 불행 이야기를 '하지만 흰둥이는 달에 있지'라는 후렴구
와 대조시킨다. 시민권이 박탈됐다는 이런 감각은 이 시대 아프리카
계 미국 SF의 중심을 이루고, 백인 작가들도 일차원적이거나 대체로
부수적인 흑인 인물들에게 어느 정도 복잡성을 주기 위해 자주 사용
한다. 〈UFO〉(1970~1973)와 벤 보바의 『밀레니엄Millennium』(1976)과
『킨즈먼kinsman』(1979)의 흑인 우주여행사들이 그런 예다.

마블 코믹스에서 백인 작가가 그린 슈퍼히어로 루크 케이지는
1972년에 데뷔했는데, 이 인물은 이렇게 제한된 인물화라도 얼마나

아프리카계 미국인의 경험에 공명할 수 있었는지 보여준다. 캡틴 아메리카의 원래 이야기와 터스키기 실험에 대한 재작업에서, 자기가 저지르지 않은 범죄 때문에 수감된 칼 루카스는 가석방 심의 위원회에 잘 보이기 위해 실험적인 과학 절차를 겪는다. 그는 엄청난 근육을 갖게 되고, 피부는 강철처럼 단단해진다. 결백을 증명하기 위해 뉴욕으로 도망치면서, 그는 용병 히어로가 되고, 부끄러워하면서도 슈퍼히어로 행세를 한다. 슈퍼히어로가 "그가 가진 것 같은 힘이 자연스럽게 보일 수 있는 일의 한 계보"(굿윈Goodwin, 1972)기 때문이다. 〈루크 케이지, 용병 히어로Luke Cage, Hero for Hire〉는 기술과 부에 대한 차별적 접근권과 피부색에 따르는 특권을 연결하고, W. E. B. 듀보이스W. E. B. Du Bois와 프란츠 파농Frantz Fanon이 이중의식과 식민화된 주체성이라는 용어로 표현했던 소외된 흑인 정체성을 분명히 표현한다. 그가 차용한 이름은 더 이상 감옥에 있지 않아도 그가 느끼는 감금을 암시한다. 그는 관습적으로 쓰이는, 히어로가 아닐 때의 비밀 정체성을 갖고 있지 않고, 얼굴에 쓰고 떠날 가면이 없다. 그는 언제나 루크 케이지고, 살아남기 위해 해야 하는 역할 속에서도 가시성을 가지고 있다. 그리고 그의 초능력은 대상을 강타하는 것과 강타당해도 견디는 것으로 이뤄져 있기 때문에, 그는 이런 고정관념을 받아들이고 흑인 남성의 분노를 너무나 설득력 있게 연기하는 나머지, 적수들은 그가 그들보다 영리하기도 하다는 것을 거의 알아차리지 못한다.

1940년대부터 자유주의적 SF 작가들은 인종에 구애받지 않는 미래를 가정하는 경향이 있었다. 그 미래에서 인종은 더 이상 문제가 되지 않기 때문에 언급조차 되지 않거나(그러나 보통 유색인종 인물들을 등장시키지도 못한다) 외계인과 로봇을 타자성을 은유하는 인물로 사용한다(그러나 보통 그 시대의 인종적 정치학을 구체적으로 말하지 못한다). 이 기간에, 어떤 사람들이 인종문제를 도발적으로 다루려고 시도하는 반면 어떤 사람들은 인종차별주의적 가정을 생각 없이 계속 재생산한다. 가장 지독한 예로는 로버트 A. 하인라인의 『패넘의 프리홀드Farnham's Freehold』(1964)와 리처드 W. 브라운Richard W. Brown의 『끼리끼리Two of a Kind』(《어메이징》, 1977)가 있다. 그러나 점점 많은 작가가 SF라는 체계로 식민주의와 체계적 인종차별주의의 결과를 탐구하기 시작했다. 로버트 베이트먼Robert Bateman의 『백인들이 갔을 때When the Whites Went』(1963), 앨런 시모어Alan Seymour의 『미국의 자멸이 임박하다The Coming Self-Destruction of the U.S.A.』(1969)와 크리스토퍼 프리스트의 『어두워지는 섬을 위한 푸가Fugue for a Darkening Island』(1972)는 재앙 소설의 전통 위에 세워져 있고, 존 허시John Hersey의 『하얀 연꽃White Lotus』(1965)은 황화黃禍 시나리오를 다시 써서 백인 미국인들이 노예제를 경험하게 만든다. 존 브루너의 『들쭉날쭉한 궤도The Jagged Orbit』(1969)와 피터 디킨슨Peter Dickinson의 『녹색 유전자The Green Gene』(1973)는 격리된 디스토피아를 그린다. 배리 노먼Barry Norman의 스릴러 『최종 산물End Product』(1975)은 아프리카에서 기원한 모든 사람이 집단학살 전쟁으로 절멸하고 질병 때문에 가축 수가 대폭 감소한 후 수 세대가 지난 상태를 배경으로 한다. 정부는 기업들과 공모해서 고기 자원의 대체물로 '아프로호미니드afrohominids' 혹은 '에디블랙ediblacks'(알려진 대로라면 꼬리와 털이 없고 피부가 검은 영장류 종)을 대량 사육한다. 워런 밀러Warren Miller의 『할렘 포위The Siege of Harlem』(1964)와 에드윈 콜리Edwin

Corley의 『포위Siege』(1969)는 맨해튼을 포위한 흑인 분리독립 운동가들을 그린다. 반면 시간여행 모험물인 존 제이크John Jakes의 『시간 속의 흑인Black in Time』(1970)에는 백인 우월주의자들과 역사적인 인물들을 암살해 세계를 '개선'하려고 하는 흑인 혁명가들이 나온다. 잡지와 페이퍼백 전통에서 작업하는 몇 안 되는 흑인 작가 중 한 명인 새뮤얼 R. 딜레이니는 『제국의 별Empire Star』(1966)에서 식민주의 이데올로기를 비판하기 위해 스페이스오페라의 관습을 사용하고, 마이클 무어콕의 〈오즈월드 바스타블Oswald Bastable〉 3부작(1971~1981)은 에드워드 시대와 비슷한 미래 전쟁소설을 가져와 유럽과 미국 제국주의의 야만성과 유산을 드러내는 20세기 대체 역사를 구성한다.

A. M. 라이트너A. M. Lightner의 『드론의 날The Day of the Drones』(1969)과 맥 레이놀즈의 〈북아프리카North Africa〉 3부작(1961~1978)은 특정한 형태의 역사적 관성을 갖고 작업하면서 그것에 대항할 때의 문제점과 가능성을 입증한다. 라이트너는 엄청나게 파괴적인 핵전쟁이 일어난 후 500년이 흐른 세상을 묘사한다. 그곳에서 아프리카 사회는 백인 생존자들을 찾기 위해 유럽에 탐험대를 파견한다. 역할이 반전된 이 식민주의적 모험에서, 미래의 아프리카인들은 (중앙화된 시민 정치 정부 아래에서긴 하지만) 부족 체제를 계속 유지하고, 더 밝은 피부색에 대해 직관적인 편견을 지니고 있다. 그들은 발전한 과학과 기술을 금기하에 두고 탐험대를 수송하기 위해 오래된 백인 기술에 의존하고 있다. 아니나 다를까, 여성 주인공 암하라는 그들이 발견한 문명의 일원을 사랑하게 되고, 사라진 백인들의 우월성을 다시 암시하는 매우 귀중한 보물, 즉 셰익스피어 전집을 가지고 아프리카로 돌

아간다. 그러나 그 결말은 보통 식민지 모험소설에서보다 더 타협적이다. 암하라는 그들이 고대의 보물을 약탈하기만 하면 안 된다고 주장한다. "우리가 백인 형제들에게 우정의 손을 뻗지 않는다면 우리는 그들의 유산에서 이득을 얻을 수 없어요 … 우리가 가려고만 한다면 그 길은 열려 있어요"(1969).

레이놀즈의 3부작 중 처음 두 권은 《아날로그》(1961~1962)에 연재됐다. 그 3부작은 아프리카를 사람과 장소, 문화와 언어들로 이뤄진 다채로운 태피스트리로 나타내려고 하지만, 궁극적으로는 그 대륙을 연속적인 물리적·사회적 공학 프로젝트이자 이탈한 아프리카계 미국인 구호원들이 원시적이고 부족적인 주민들을 통일하고 현대화하려고 시도하는 군사·정치적 전략·전술의 장소로 다룬다. 그 3부작은 듀보이스의 '소수의 재능 있는 흑인talented tenth'이라는 개념, 즉 투쟁의 지도자가 될 수 있는 교육받은 아프리카계 미국인을 외삽한 것으로 볼 수 있다. 그리고 (이 작품도 그 일부를 이루고 있는 캠벨·하인라인 SF 전통 덕분에) 스카일러의 〈검은 제국〉(《피츠버그 쿠리어Pittsburg Courier》, 1936~1938)을 대단히 '합리적으로' 수정한 것으로서, 테러리즘적 복수 판타지를 벗겨내지만 여전히 카리스마적 권위주의를 필요로 한다. 호머 크로퍼드와 다른 구호원들은 아프리카인의 행동과 전통을 변화시키려고 시도할 때 신비로운 지도자 엘 하산의 이름을 들면 유용하다는 것을 깨달았다. 결국 크로퍼드는 북아프리카 혁명을 이끌기 위해 엘 하산의 역할을 차용하게 된다. 레이놀즈는 제1세계 국가들이 어떻게 구호를 이용해 자기 산업에 보조금을 주고 제3세계의 **수혜자들**을 자신들의 정치적·경제적 구조와 목적에 묶어두었는지 보여주는 몇 구절을 통해 **발전** 이데올로기를 비판한다. 이 소설은 전자본주의적pre-capitalist 사회들이 곧장 사회주의사회로 탈바꿈할 수 없다는 소비에트의 정통적 교리를 조롱한다. 그 교리 때문에 소련은 은밀히 반공주의자 엘 하산을 지원하게 된다. 그의 혁명이 아프리카에 사회주의혁명을 준비시킬 것이기 때문이다. 반면 미국은 자신의 경제적 이익을 지키기 위해 엘 하산이 반공주의자인데도 그를 반대한다. 그렇지만 레이놀즈는 진보 이데올로기를 복제하고 아프리카인들의 역능agency을 부인한다. 아프리카인들은 속아서 그런 요구에 따르는 것으로 그려진다. 그리고 엘 하산과 그의 제1세계 동료들의 아프로디아스포라 유산이 반복해서 언급되지만, 그들과 백인 인물들은 구별할 수 없을 때가 많다.

윌슨 터커Wilson Tucker의 『조용한 태양의 해The Year of the Quiet Sun』 (1970)는 더 비가悲歌적인 인상을 준다. 미래학자 브라이언 체니는 자기 예측의 정확성을 밝혀 미래 정책을 만들기 위해 벌이는 정부의 시간여행 프로젝트에 내키지 않지만 참여한다. 소설의 처음 절반에서만 암시되는 그의 흑인성blackness은 대통령이 1980년에 가서 자신의 재선 가능성을 알아보라는 임무를 명령할 때 점점 의미를 갖는다. 1980년에 도착한 체니는 시카고가 포위된 채 임시로 만든 벽으로 나뉘어 있다는 것을 알게 된다. 그 벽은 처음에는 폭도들이 "경찰과 소방차들의 통로"를 막기 위해 세웠고, "흑인들과 공격적인 백인들 양쪽"(1972)이 완성한 방어막이다. 그것은 이제 "시멘트와 콘크리트 블록, 망가지거나 훔친 자동차, 타버린 도시버스 외피들, 파괴된 경찰차들, 약탈되고 뜯어져 나온 세미트레일러 트럭들, 뒤집어진 가구들,

부서진 콘크리트, 벽돌, 파편, 쓰레기, 배설물 … 시체들로 지어진" 영구적인 붙박이 벽이다. 더 먼 미래로 가는 여행들은 인종 전쟁이 빠르게 미국을 분열시켰다는 것을 드러낸다. 포스트아포칼립스적 미래에서 오도 가도 못하게 된 체니는 그런 사건을 전부 겪으며 살아온 동료를 만난다. 그녀는 만약 그가 멀리서 목격한 가족이 건강했다면, 다음과 같았을 거라고 말한다.

> 가족이 건강했다면, 그들은 잘 먹고 어느 정도 안전하게 살고 있습니다. 그 남자가 아무 무기도 갖고 있지 않다면, 무기가 필요 없다고 생각한 것이지요. 그들이 아이를 데리고 함께 있다면, 가족생활이 다시 수립된 겁니다. 그리고 그 아이가 출생을 겪고 살아남아 잘 자라고 있다면, 조용한 정상 상태가, 어느 정도의 분별이 세계에 되돌아왔다는 뜻입니다.

이 죽어가는 여자의 "미래에 대한 희망"을 체니도 공유하는지는 불분명하다.

아프리카계 미국인 작가들은 전통적으로는 SF에 편입되지 않았던 전투적인 근미래 소설의 한 주기를 만들었다. 샘 그린리Sam Greenlee 의 『문가에 앉아 있던 귀신The Spook Who Sat By the Door』(1969)에서, 프리맨은 두 가지 역할(백인 근처에서는 복종하고 고마워하는 검둥이로, 흑인 중산층 근처에서는 사회적으로 상향 이동을 하는 바람둥이로)을 하면서 오랜 시간을 보낸다. 그래서 그는 CIA 요원 훈련을 받은 다음 게토 갱들을 군대로 조직할 수 있게 된다. 소설은 도시에서 도시로 혁명이 퍼지기 시작하면서 끝난다(전해진 바에 따르면, 이반 딕슨Ivan Dixon의 1973년 영화 각색은 FBI로부터 억압받았다고 한다). 니비코피 A. 이즐리Nivi-kofi A. Easley의 『투사들The Militants』(1974)에서, "총체적으로 정부, 자본주의, 흰둥이주의honkyism의 전복에 헌신하는 흑인 조직"(1974)인 민족주의자 공동조직은 뉴욕에서 짧은 공포 통치를 실행한다. 그다음 이 소설은 이런 정치적 목적들을 놓치고, 대신 호화로운 새 아파트 건물에서 성적으로 노골적인 인종 간의 삼자 동거라는 견지에서 유토피아적 미래를 생각하기 시작한다. 이 소설은 아프리카계 미국인 남자들의 사회적·정치적·경제적·문화적 거세 상태라는 관점에서 억압의 몇 세대를 그리는 흑인 정치학에서 일어난 곤경들을 보여주며 여성 혐오를 드러낸다. 그런 정치학은 때로 아프리카계 미국인 여성들의 주변화와 억압을 더 심화시키는 담론과 실천으로 이어진다. 흑인 남성 섹슈얼리티에 대해 마찬가지로 문제적인 취급을 하는 태도(특히 백인 여성들에 대한 관계에서)는 백인 저자들의 소설에서 흔히 볼 수 있다. 심지어 작품의 전반적인 취지가 반인종차별주의적일 때에도 그렇다. 딜레이니의 『달그렌』이 시사하듯이, 다른 인종 사이에서 일어나는 출산에 대한 그런 고정관념과 불안들은 위험하지만 복잡한 지속성을 가지고 있다.

줄리언 모로Julian Moreau의 『흑인 특공대The Black Commandos』(1967)에서, "자기 몸을 온 역사를 통틀어 다른 어떤 남자도 획득하지 못한 육체적 완벽의 최고조에 이르게!"(1967) 하고 "지금까지 알려진 어떤 지성 측정 테스트가 잴 수 있는 척도를 훨씬 넘어설!" 때까지 아이큐를 올리는 데 몰두해 온 데니스 잭슨은 구조의 완전한 붕괴를 가속시키기 위해 "인종차별 권력 구조의 핵심 멤버를 처형"하는 작전에서 흑인 초과학 전사들의 군대를 이끈다. "그들은 보통 깜둥이들이 아니었다 … 마치 미래에서 온 것 같았다." 블리든 잭슨Blyden Jackson의 『타오르는 촛불 작전Operation Burning Candle』(1973)은 이와 비슷한 기호학적 전쟁을 시도하지만, 더욱 노골적인 과학소설적 전제에 기반을 두고 있다. 에런 로저스는 일종의 "집합적인 의식" 속에 흑인 민중을 함께 "묶고 있는 실"이 어떻게인지 몰라도 "통신의 기술적 진보"(1973) 때문에 증강됐다고 믿고 있다. 그래서 그는 매우 큰 트라우마를 줄 수 있는 사건을 벌이면 그 사건이 아프리카계 미국인들에게 충격을 주고, 그로 인해 그들이 "수용과 체념"에서 벗어나 혁명적 변화의 방아쇠를 당길 수 있을 거라고 추론한다. 베트남에서 복무했던 그는 흑인 미국 군대를 모집해 "마지막 상징적 행동"을 수행할 게릴라 군을 만든다. 그것은 "백인들조차도 빠져나갈 수 없는 트라우마일 것이다. 그것이 성취됐다는 사실은 그들 자신의 자아개념과 모든 신화, 현상 안주, 흑인이 수동적이고 고분고분 수용하고 두려워한다는 관념을 산산조각 낼 것이기 때문이다". 이 소설의 결말은 모호하다. 부상 당한 로저스는 과다 출혈로 죽어가지만, 민주당 전당대회에서 일어난 저명한 인종차별주의자 암살이 실제로 "사슬을 끊어버려 다음 세대의 흑인 아이들은 완전히 새로운 심리학적 체계를 가지고 시작할 것"이라고 암시된다.

이 주기에서 가장 중요한 작가는 존 A. 윌리엄스John A. Williams다. 그는 서로 뒤얽힌 자본과 인종 체계들이 체계적으로 그날그날 활동하는 것을 보여주는 반#자서전적 소설로 소설가 생활을 시작해, 이

후 이 구조를 더 제대로 분석하는 SF와 스릴러로 향한다. 『나라고 외쳤던 남자The Man Who Cried I Am』(1967)는 소설의 상당 부분을 맥스 레딕스의 1964년 5월의 삶과 그 이전 25년간 그가 소설가와 저널리스트로서 해왔던 직업 생활 사이를 오가면서, 그의 이전 작품을 더 야심차게 보여주는 것 같아 보인다. 그러나 이 역사적·사회적 배경은 그가 발견한 두 가지 끔찍한 음모를 작품에 고정시키는 역할을 한다. 1958년 영국, 프랑스, 벨기에, 포르투갈, 오스트레일리아, 스페인, 브라질, 남아프리카와 미국은 새로 독립한 아프리카 국가들이 범아프리카연맹을 세우는 것을 막기 위해 백인동맹을 세운다. 그리고 "부글부글 끓는 검은 가마솥 위에 앉아 있는"(1971) 미국은 종족 학살적인 '알프레드대왕' 계획도 전개한다. 그것은 "(국내) 인종 소동이 광범위하게 계속되는 경우" "2,200만 명의 **소수자들**, 남자, 여자, 아이들"이 가하는 "미국 사회 전체에 대한, 그리고 분명 **자유 세계**에 대한 위협을 … 완전히 종결한다"라는 계획이다. 이 소설은 일어날 수 있는 미래들 사이에서 주저하면서 끝난다. 맥스가 이 정보를 퍼뜨린다면 광범위한 폭동이 일어날 수도 있다. 그가 아무것도 하지 않는다면, 어쨌든 흑인들의 저항이 위협으로 여겨질 만큼 강해지면 '알프레드대왕' 조항은 그대로 유지될 것이다. 상상할 수 있는 **최고의** 미래는 종족 학살을 막는 것인데, 그것은 거의 불가능하다. 배상금과 개혁의 대가로 맨해튼을 인질로 잡는 계획이 나오는 『어둠의 자식들, 빛의 자식들Sons of Darkness, Sons of Light』(1969)은 권리가 박탈되고 동조하는 백인들과 진정한 동맹을 이루는 가능성에 대해 약간 더 낙관적이다. 『블랙맨 대위Captain Blackman』(1972)는 베트남에서 복무하고 있는 에이브러햄 블랙맨 대위가 부하들을 기습에서 구하려다가 부상을 당한 현재의 순간과, 독립전쟁 때부터 아프리카계 미국인 군인들이 겪은 억압된 역사를 엇바꾼다. 블랙맨이 1775년의 렉싱턴과 그다음 찰스턴 전투, 인디언 전쟁, 스페인·미국 전쟁, 양차 세계대전, 스페인 내전과 한국전쟁에 던져지는 것 같은 (또는 의식이 혼미한 가운데 상상하는) 후자의 갈래가 소설 대부분을 차지한다. 이 이야기는 흑인 병사들이 자신의 군대에서 얼마나 지속적으로 학대당했는지만 보여주는 것이 아니라 블랙맨의 상황을 역사화해 그가 무엇을 해야 하는지 알 수 있게 해준다. 30년 후를 배경으로 하는 마지막 장은 고위 공무원들이 군대를 통해 흑인들의 내란 시도를 억압할 수 있도록 미국 군대의 인종차별을 부활시키려고 계획하고 있는 것으로 시작한다. 그러나 블랙맨은 아프리카에 비밀 군대를 만들고, 미국의 핵 보유 능력과 전 지구적 통신과 제어 시스템을 장악하기 위해 그 군대에서 피부색이 밝은 군인들을 첨단기술 군대의 모든 분야에 침투시키고 있었다.

　아프리카계 미국 SF 소설들 중 긴급하고 급진적인 변화에 대한 욕구를 넘어 다르게 구성된 미래를 상상할 수 있었던 것은 하나도 없었다. 옥타비아 E. 버틀러의 『킨Kindred』(1979)은 역사가 일상생활에 계속 행사하는 제약을 바라보며, 시간여행 서사와 특별히 아프리카계 미국인의 문학적 형식인 노예 서사를 결합시킨다. 미국 건국 200주년의 해인 1976년, 아프리카계 미국인 다나는 몇 번 시간을 거슬러 자기 선조들이 노예였던 남북전쟁 전 메릴랜드 대농장으로 던져진다. 버틀러는 이 SF적 효과를 통해 다나가 과거에 대한 학습된 지식을 현실주의적으로 그려진 주관적 노예제 경험을 통해 더 구체화하고, 체계적인 인종차별주의가 이런 과거를 현재에도 영속시키는 정도를 보여주고, 그것이 계속된다면 어떤 미래가 올지 보여줄 수 있다.

페미니즘

페미니즘 SF 20선

- 로젤 조지 브라운Rosel George Brown, 『은하의 시빌 수 블루Galactic Sibyl Sue Blue』 (1968)
- 모니크 위티그Monique Wittig, 『게릴라들The Guerilleres』(1969)
- 도리스 레싱Doris Lessing, 『생존자의 회고록Memoirs of a Survivor』(1974)
- 킷 리드Kit Reed, 『킬러 쥐들The Killer Mice』(1976, 1959~1976년 단편 모음)
- 본다 N. 매킨타이어Vonda N. McIntyre, 『드림스네이크Dreamsnake』(1978)
- 조애나 러스, 『그들 중 둘The Two of Them』(1978)
- 수젯 헤이든 엘긴Suzette Haden Elgin, 『모국어Native Tongue』(1984)
- 조디 스콧Jody Scott, 『나, 뱀파이어I, Vampire』(1984)
- 어슐러 르 귄, 『늘 집으로 돌아가며Always Coming Home』(1985)
- 코니 윌리스Connie Willis, 『화재감시원Fire Watch』(1985, 1978~1985년 단편 모음)
- 패멀라 사전트Pamela Sargent, 『여성 국가The Shore of Women』(1986)
- 캐럴 엠쉴러, 『카르멘 독Carmen Dog』(1988)
- 팻 머피Pat Murphy, 『출발점Points of Departure』(1990, 1980~1990년 단편 모음)
- 제임스 팁트리 주니어, 『체체파리의 비법Her Smoke Rose Up Forever』(1990, 1969~1981년 단편 모음)
- 캐서린 버드킨, 『오늘의 사업은 끝The End of This Day's Business』(1990, 1935년 집필)
- 리베카 오어Rebecca Ore, 『빌리 더 키드의 비합법 거듭남The Illegal Rebirth of Billy the Kid』(1991)
- 마지 피어시Marge Piercy, 『그, 그녀와 그것He, She and It』(1991)
- 멜리사 스콧Melissa Scott, 『그림자 인간Shadow Man』(1995)
- 캔더스 제인 도시Candas Jane Dorsey, 『검은 포도주Black Wine』(1997)
- 트리시아 설리번Tricia Sullivan, 『난폭한 공격Maul』(2004)

이 시기에, 더 분명하게 운동 지향적인 **제2의 물결** 페미니즘이
나타났다. 많은 국가에서 몇 가지 법적 평등(선거권 부여와 교육, 고
용, 부동산 소유의 권리)은 성취됐지만, 여성에 대한 구조적 차별은 모
든 곳에서 계속됐다. 서구 국가들에서 페미니스트들은 재생산권, 가
정폭력과 성폭력, 핵가족 때문에 영속되는 노동 분업에 대해 관심을
끌기 시작했다. 심지어 헬렌 걸리Helen Gurley의 『섹스와 독신여성Sex and
Single Girl』(1961)이 여성은 재정적 독립뿐만 아니라 성적인 독립도 즐
길 수 있어야 한다고 주장하면서, 피임약을 사용할 수 있게 됐다. 베
티 프리단Betty Friedan의 『여성성의 신화The Feminine Mystique』는 교외에 사
는 중산층 가정주부의 소외 경험을 자세히 알렸다. 3년 후 베티 프리
단은 전미여성연합National Organization for Woman, NOW의 초대 회장이 됐다.
여성이 가부장제 구조 너머로 자신의 정체성을 탐험하도록 도운 의
식화 단체들이 미국 전역에 퍼졌고, 페미니즘 학문은 학계에 진출했
다. 1967년, 슐라미스 파이어스톤Shulamith Firestone과 다른 좌파 페미니
스트들은 뉴욕급진여성회New York Radical Women를 만들었고, 이 단체는
1968년 미스아메리카 미인대회장 밖에서 양 한 마리에 왕관을 씌우
고 관습적 여성성을 나타내는 물품들(하이힐, 화장품, 가짜 눈썹, 거들,
브래지어)을 '자유의 쓰레기통'에 버리면서 항의했다. 파이어스톤의
『성의 변증법The Dialectic of Sex』은 가부장제는 여성과 아이들이 완전한
사람 노릇을 하지 못하게 막는 계급 체제의 일부라고 주장하고, 재생
산에서 여성이 하는 역할 위에 세워진 억압적 사회구조에서 여성들
을 해방시키기 위해 기술을 창조적으로 사용하자고 촉구한다. 미국
헌법 평등권 수정안은 1972년 의회를 통과했고(비준된 적은 한 번도

없었지만), 1973년 로 대 웨이드와 도 대 볼턴 대법원 판결은 임신을 선택할 수 있는 여성의 권리를 확인했다.

많은 여성 SF 팬들, 편집자들, 작가들과 학자들은 페미니즘을 받아들이고 페미니즘의 통찰을 통해 SF를 변형시키려고 했다. 가장 유명한 사람은 조애나 러스로, 그녀는 이 커뮤니티들을 유동적으로 넘나들었다. 러스의 에세이 「SF에 나오는 여성의 이미지The Image of Women in SF」(1970)는 SF가 단순히 여성의 제한된 문화적 역할을 재생산하는 것 이상의 일을 해야 하고 SF가 가진 외삽적·사변적 잠재력을 정치적 실천praxis을 위해 사용해야 한다고 주장해 논쟁을 불러일으켰다. 《외삽》과 《과학소설연구》도 1970년대에 SF를 페미니즘적으로 분석하는 기사들을 실었지만, 더 실질적인 개입은 컨벤션 프로그램 기획과 《워치WatCh》나 《야누스Janus》 같은 팬진에서 일어났다. 1975년, 팬진 《카트루Khatru》는 이런 젠더 논쟁의 면면을 포착한 논쟁을 실었다. 러스, 어슐러 르 귄, 제임스 팁트리 주니어(앨리스 셸던으로 알려지기 전) 그리고 새뮤얼 R. 딜레이니 등이 이 논쟁에 참여했다. 패멀라 사전트의 『경이의 여성들Women of Wonder』(1974), 『더 많은 경이의 여성들More Women of Wonder』(1976)과 『새로운 경이의 여성들The New Women of Wonder』(1978) 선집들은 르 귄, 러스, 팁트리, 엘리너 아너슨, 리 브래킷, 마리온 짐머 브래들리, 수지 맥키 차나스Suzy MeKee Charnas, 소냐 도먼, 캐럴 엠쉴러, 앤 맥카프리Anne McCaffrey, 본다 매킨타이어, 캐서린 맥린, 주디스 메릴, C. L. 무어, 킷 리드, 조지핀 색스턴Josephine Saxton, 조앤 D. 빈지Joan D. Vinge, 케이트 윌헬름, 첼시 퀸 야브로Chelsea Quinn Yarbro, 패멀라 졸린 등 SF에 대한 여성의 기여를 강조했다. 사전트의 서문은 폴린 애시웰Pauline Ashwell, 로다 브로턴Rhoda Broughton, 밀드러드 클링어맨Mildred Clingerman, 앤 워런 그리피스, 제나 헨더슨Zenna Henderson, E. 메인 헐E. Mayne Hull, 앨리스 엘리너 존스Alice Eleanor Jones, 안드레 노턴, 윌마 쉬라스Wilma Shiras, 프랜시스 스티븐스와 마거릿 세인트클레어 같은 작가들에 주목하면서 여성 SF의 역사를 회복하는 데 일조한다. 사전트는 젠더를 다루는 동시대 SF에 대한 비판적 논평도 내놓았고, 페미니즘적 감수성이 SF 장르를 변형시켰다고 주장하면서 "어떤 사람이 미래의 가부장적 세계에 대해 쓴다면, 그 사람은 적어도 (지금) 그것을 당연히 여기는 대신 왜 그런지 설명해야 한다"(1978)라고 말했다. 이 선집들에서 상을 받은 소설의 숫자(러스의 「그것이 변했을 때When It Changed」(1972), 매킨타이어의 「안개와 풀과 모래의Of Mist, and Grass, and Sand」(1973), 르 귄의 「혁명 전날The Day before the Revolution」(1974))는 이 시기 페미니즘 SF의 성공을 나타내는 하나의 지표일 뿐이다.

　　이 시기를 페미니즘이 SF를 '발견'하고 그 역도 성립하는 시기라고 서술하는 비판적 평가는 SF 장르에 대해 여성들이 그 전에 했던 기여를 간과하고 있다. 그러나 러스와 팁트리 같은 작가들은 노골적으로 페미니즘 정치학을 분명히 드러내는 데 SF를 사용했다. 러스는 여러 중요한 에세이들도 출간했는데, 그것들은 나중에 『여성처럼 쓴다는 것To Write Like a Woman』(1995)과 『당신이 본 적 없는 나라The Country You Never Have Seen』(2007)로 묶인다. 이 책들은 SF 작가들과 비평가들이 젠더를 말하는 방식의 한계를 강조한다. 팁트리의 「보이지 않는 여자들The Women Men Don't See」(1973)에서 제목을 따온 세라 르파누Sarah Kefanu의 『세계 기계의 틈새 속에서In the Chinks of the World Machine』(1988)는 차나스, 르 귄, 러스와 팁트리를 페미니즘 비평으로 읽는다. 여성이 문학 정전에서 배제되는 의식적·무의식적 전략들의 윤곽을 풍자적으로 보여주는 러스의 『여자들이 글 못 쓰게 만드는 방법How to Suppress Women's Writing』(1983)을 기반으로, 르파누는 여성 작가와 가족, 섹스와 젠더에 대한 소설들이 동시대의 비평 논쟁에서 선택적으로 삭제된 것을 확인했다. 그녀는 여성의 고딕소설(『프랑켄슈타인』을 제외하면 대체로 무시된)을 SF에 편입시키려고 했다. 르파누는 SF가 대안적 현실을 탐구할 수 있도록 하기 때문에, 예를 들면 당연하다고 여겨지는 가부장적 구조의 자연스러움에 의문을 품을 수도 있기 때문에, SF는 페미니즘과 타고난 친화성이 있다고 주장했다. 그녀는 그런 통찰과 현실 세계의 정치적 투쟁은 서로 불가분하며, "세계에 있을 수 있는 것에 대한 상상력의 리허설"(1988)을 제공한다고 주장한다.

이 시기에 가장 열정적인 정치적 작품들은 모두 여성으로 이뤄진 사회를 상상하거나, 남성과 여성의 관계를 완전히 다른 개체들 사이의 전쟁으로 그렸다. 그런 것은 마거릿 애트우드Margaret Atwood의 『시녀 이야기The Handmaid's Tale』(1985)와 셰리 S. 테퍼Sheri S. Tepper의 『여성의 나라로 가는 문The Gate to Women's Country』(1988) 같은 1980년대의 중요한 페미니즘 작품들에서 더 깊게 탐구되는 아이디어다. 『세계의 끝으로 가는 소풍Walk to the End of the World』(1974)에서, 수지 맥키 차나스는 여성 혐오적인 홀로코스트 이후 완전히 남성의 통치를 받고, 굴종하는 '녀'들Fems을 가축으로 다루고 인류의 잘못이 그들 탓이라고 여기는 미래를 그린다.

첫 번째 후속편인 『모계Motherline』(1978)는 이런 미래와 두 개의 여성 공동체를 대조시킨다. 도망친 '녀'들이 수립했기 때문에 극단적 성 분리 정책에 따라 만들어진 첫 번째 공동체는 단순히 남녀 사이의 위계만 역전시킨 디스토피아로 남아 있다. 무성생식으로 재생산하는 여성들이 구성한 다른 공동체는 유토피아적 대안을 대표한다. 그 후 두 편의 후속편 『복수의 여신들The Furies』(1994)과 『정복자의 아이The Conqueror's Child』(1999)는 남녀 사이의 전쟁과 그들이 궁극적으로 타협한 결과 다원적이고 포괄적인 사회를 이루게 되는 이야기를 한다. 제임스 팁트리의 「휴스턴, 휴스턴, 들리는가?Houston, Houston, Do You Read?」(1976)에서, 일시적으로 유랑하게 된 우주비행사들은 지구의 미래에서 모두 여성으로 이뤄진 사회를 발견한다. 이 여성들은 우주비행사들이 유전자 풀에 쓸모 있는 기여를 할 수도 있지만, 지배하려 드는 그들의 태도 때문에 살려두기에는 너무 위험하다는 결론을 내린다. 조애나 러스의 「그것이 변했을 때」(1972)는 『여성 인간』의 와일어웨이를 대안적 미래가 아니라 완전히 여성만 거주하는 고립된 식민 행성으로 표현한다(바이러스 때문에 첫 세대의 모든 남자가 죽었다). 지구에서 우주선 한 대가 도착했을 때, (남성) 승무원 한 명은 계속 "사람들은 모두 어디 있어요?"라고 묻고, 화자는 깨닫게 된다. "그는 사람들을 뜻한 것이 아니라 남자들을 뜻했다. 그리고 그 말에 와일어웨이에 6세기 동안 존재하지 않았던 의미를 부여하고 있었다"(1978). 남자들은 여성들의 삶이 자연스럽지 않다고, "여기에는 한 종의 절반밖에 없고" "남자들이 돌아와야 한다"라고 고집한다. 이 이야기는 화자가 그들의 도착에 대해 곰곰이 생각하다가, "한 문화에 커다란 대포가 있고 다른 문화에는 없을 때, 그 결과는 어느 정도 예측할 수 있다"라고 인정하면서 끝난다. 팁트리의 「보이지 않는 여자들」에서도 마찬가지로 비타협적인 비전이 보인다. 비행기 충돌 사고 후 화자 돈 펜턴은 동료 승객 루스와 앨시어 파슨스를 묘사하면서 묵살과 정욕 사이에서 동요한다. 그들이 그 사고에 자기가 여성들에게서 기대했던 대로 동요하지 않자 그는 속상해하고 화를 낸다. 그녀가 "직업적으로 남자를 싫어하는 사람"이거나 "레즈비언"(1995)이기 때문에, 아니면 "여성해방운동 투사"기 때문에 침착하고 능숙하고 비혼 상태라는 펜턴의 암시를 거부하며 루스는 이렇게 주장한다.

> 여자들에게는 권리가 없어요. 남자들이 우리에게 허락한 것을 제외하면요. 남자들은 더 공격적이고 강력하고, 세상을 움직여요. 다음 번 진짜 위기 때문에 그들이 화나면, 우리의 이른바 권리들은 사라질 거예요 … 우리는 언제나 그랬던 곳으로 돌아갈 거예요. 소유물로요. 그리고 뭐든지 잘못되면 우리의 자유를 비난하겠죠. 로마 멸망 때처럼요.(1995)

외계인들이 도착하자 루스와 앨시어는 지구에 남아 있기보다 그들과 함께 미지의 장소로 가겠다고 간청한다.

조디 스콧의 풍자적인 작품 『인간으로 통하다^{Passing for Human}』 (1977)는 대중문화를 모델로 대량생산된 인간 신체를 뒤집어쓰고 지구를 방문한, 돌고래와 비슷한 외계인 인류학자의 이야기 속에서 성차별주의와 종차별주의 양쪽 모두를 재기발랄하게 비판한다. 여자 주인공 베나로야는 현장 연구를 하면서 브렌다 스타, 에마 필과 버지니아 울프로 다양하게 헌신한다. 현장 연구의 일부는 여성이 "정말로 그들이 주장한 것처럼 2등급 시민이었는지"(1977)를 밝혀내기 위한 것이다. 필 부인의 육체 속에서 그녀는 "다섯 번 강도를 당하고 … 두 번 강간당하고 … 열한 번 소매치기를 당하고 … 자주 발에 채고 철썩 맞고 … 837번 종교 책자를 받았다. 159번 누군가가 몸을 더듬었고, 섹스하자는 제의를 반복적으로 받았다". 그러나 그 풍자의 궁극적 목표는 "미친 미신이 … 자기들은 귀중하고 신성하다고, 그러나 동물들은 대규모로 학살당해도 된다고 가르치는" 문화 때문에 살해당하고 학대당하거나 착취당하는 많은 동물들의 고통이다. 앤절라 카터도 『새로운 이브의 열정The Passion of New Eve』(1977)에서 변형된 육체라는 아이디어를 사용한다. 매력적인 여자에게 유인당해 급진적 페미니스트 '마더'의 본부로 오게 된 바람둥이 에벌린은 "나 자신의 머릿속에 존재했던 모든 불분명한 욕망들의 대상"으로 변형된다. 그는 "나는 나 자신의 자위 판타지가 됐다"(2005)라고 말한다. 여자가 된 에벌린은 성적 학대와 굴욕을 경험하고 자기가 이상화했던 아름다운 여배우지만 실제로는 여장 남자이자, 여성 정체성에 대한 남성 판타지를 투영하는 빈 화면인 트리스테샤와 섹스하도록 강요당한다. 궁극적으로 에벌린은 유아기로 퇴행하고, 남성과 여성으로서의 생활과 사회화를 경험하고 결합해 젠더 차별의 늪을 뚫는 길을 발견할지도 모를 새로운 개체가 탄생한다.

젠더 차이가 생물학적으로 생산되기보다 사회적으로 생산되는 (제2의 물결 페미니즘의 공리 중 하나다) 정도는 1960년대 SF의 중요한 주제가 됐다. 시어도어 스터전의 『비너스 플러스 X Venus Plus X』(1960)

는 두 가지 서사를 번갈아 오간다. 한 서사에서 허브와 지넷은 두 아이 캐런과 데이비를 키우면서 20세기 중반 교외의 성 역할과 타협하기 위해 애쓴다. 허브는 친구 스미티의 성차별주의적 유머에 절대 이의를 제기하지 않지만, 어린 딸의 아버지로서 그 농담의 공격적인 암시가 점점 불편해진다. 데이비는 남자답게 행동해야 하므로 그는 데이비에게 관대함을 보이지 않는다. 하지만 캐런에게는 관대하게 대하면서 캐런을 응석받이로 키우고, 따라서 데이비는 자기도 모르게 캐런에 대한 분개심을 쌓게 된다. 이렇게 그는 젠더화된 정체성과 적대감을 영속시킨다. 다른 서사에서는, 찰리는 레돔이라는 장소에서 깨어난다. 그리고 레돔의 거주자들 중에는 아무도 성별이나 젠더를 판별할 수 없는 가운데 찰리는 그곳의 관습과 풍습을 이해하려고 애쓴다. 그는 결국 자기가 "그렇게 속속들이 사람들 사이에서 그렇게 극단적이지 않은 차이에 집중하는 문화 출신이 아니었다면, (그는) 그 차이가 사실은 얼마나 작은지 알 수 있었을"(1998) 것임을 받아들이기 시작한다. 찰리와 허브 둘 다 젠더가 사회적으로 구성됐다는 것 (성적 차이의 표시들은 "그 자체로는 아무것도 아니다. 그중 어떤 것도 시간과 장소가 달라지면 양쪽 성에 다 속할 수도, 다른 성에 속하거나 어느 쪽에도 속하지 않을 수도 있다. 다른 말로 하면, 치마는 사회적 개체를 여성으로 만들지 않는다. 사회적 개체를 여성으로 만드는 데에는 치마에 사회적 태도를 더할 필요가 있다")에 점점 더 설득되는 것을 깨닫지만, 둘 다 자신의 태도와 행동을 완전히 변화시킬 수 없다. 결말은 놀라운데, 찰리는 레돔인들이 유전적인 돌연변이 때문이 아니라 자기 선택으로 양성구유가 됐다는 것을 깨닫고, 비자연적이라는 이유로 그들을 거부한다. 그때 그가 레돔인이라는 것이 드러난다. 그들의 더 평등주의적인 문화를 받아들일 수 있는지 시험하기 위해 외부인의 개성을 그에게 각인했던 것이다. 레돔인들은 계속 (지구를) 지켜보며 기다려야 한다고 결론을 내린다.

어슬러 르 귄의 『어둠의 왼손The Left Hand of Darkness』(1969)은 영구적인 성이 없는 사회를 상상한다. 게센인들은 주기적으로 '케머'에 들어간다. 케머는 연인의 한쪽이 다른 쪽이 겪고 있는 변화에 대응해 남성적이나 여성적인 두 번째 성적 특징을 갖는 단계다(이 소설이 비판받고 있는 이성애가 필수라는 시각은 유지한다). 주인공 겐리 아이는 다른 젠더 역할과 기대를 갖고 있는 고정된 성적 자웅이체 세계에서 온 사절이다. 르 귄의 정치적 음모와 협상 이야기는 성과 젠더 차이라는 관념이 가정이나 행동에 얼마나 무의식적으로 침투해 있는지 강조한다. 아이는 계속해서 사람들과 사건들을 오인하고, 그 때문에 생명이 위험에 처하는 실수를 하게 된다. 그 후 게센인과 상호작용을 할 때는 젠더와 무관하다는 것을 알고, "매우 자존감이 높거나 노망이 들지 않았다면, 그의 (후계자의) 자존심이 상할 것입니다. 인정의 말이 아무리 간접적이고 미묘할지라도, 남자는 자신의 강인함을 인정받고 싶어 하고 여자는 자신의 여성스러움을 인정받고 싶어 합니다. (게센에서는) 그런 것이 존재하지 않습니다. 사람은 한 인간으로서만 존중받고 판단됩니다. 그것은 끔찍한 경험이었습니다"(2003)라고 경고한다. 이 가설적 후계자에게 하는 것처럼, 르 귄은 젠더가 없는 게센인에게 남성 대명사를 씀으로써 영어 문법의 가부장적 가정을 비판하고 후대의 SF가 성 중립적 대명사를 사용하도록 격려한다.

SF는 사람이 자기 몸을 마음대로 바꿀 수 있기 때문에 인간의 주관성을 육체화와 젠더 정체성 관념에서 분리하는 미래도 상상하기 시작했다. 새뮤얼 R. 딜레이니의 『트리톤^{Triton}』(1976)에서 비판적으로 탐구된 아이디어다. 이 소설은 사람이 (합의하에) 어떤 성적 욕망이나 페티시를 충족시키고 육체화와 심리학적 지향을 그 사람이 원하는 대로 수정할 수 있는 유토피아를 그린다. 브론 헬스트롬은 자신의 성적 지향(논리적 사디즘)이 남성의 지배와 여성의 복종이라는 거의 뿌리 뽑힌 가부장적 이상의 전형적인 모습이기 때문에 불행하다. 그가 푹 빠진 한 여자는 그의 제의("나와 함께하는 사람이 돼줘. 내 것이 돼. 내가 너를 완전히 소유하게 해줘"(1976))가 로맨틱하다기보다 억압적이라는 것을 깨닫는다. 절망 속에서, 그는 자기 같은 남자가 가져야 마땅하다고 생각하지만 실제로는 거의 존재하지 않는 종류의 여자로 자신을 변형시킨다. 그는 가장 전형적인 펄프 SF에서 발견할 수 있는 면에서 남성성을 찬양하고 여성성을 폄하한다.

> 여성, 혹은 개성에 여성적 요소가 많은 사람은 너무 사회적이라서 사회 바깥에서 행동하는 데 필요한 고독을 누리지 못한다. 나는 그렇게 생각한다. 그러나 우리에게 사회적 위기가 있는 한(이 전쟁처럼 사람이 일으킨 것이든 빙진^{icequake}같이 자연적인 것이든) 통속극에서 나오는 것과는 달리, 우리 종의 나머지가 살아남기 위해서는 '남성적' 고독이 필요하다. 그것이 길러내는 독창성 때문만이라도 그렇다.

브론의 관점은 여러 차례 도전받는다. 그는 이 냉담한 남성성이

막아냈던 죽음과 인류의 생존 위협보다 그것이 책임져야 할 죽음과 위협이 더 많다는 것을 생각해야 하고, "남자가 지난 4,000년 동안 그런 대접을 받는 호사를 누려온 반면 여자는 … 지난 … 65년 동안만 실제 인간으로 취급됐기" 때문에, 그들은 남자들보다, 그가 그들에게 바란 굴종적인 역할 같은 "헛소리를 참아낼" "의지가 약간 약할 뿐이다". 브론은 어느 쪽 젠더도 만족하지 못하는 채로 그 소설을 끝낸다.

"임신은 야만적이다"(1988)라는 슐라미스 파이어스톤의 주장에 공명하며, 존 발리John Varley의 「마네킹Manikins」(1976)은 여성이 유일한 진짜 인간이고 남성은 외계 기생충에게 점령된 여성이라는 생각에 전제를 두고 있다. 남자들은 삽입 성교를 하는 동안 "하얀 … 노폐물"을 여자들에게 주입해 자궁을 오염시키고 태아가 "산도보다 너무 크게 자라도록"(1983), 따라서 출산이 고통스럽고 때때로 생명을 잃게 만들도록 한다. "그들은 당신이 그들의 가치, 그들의 체계를 믿도록 훈련시켰다"라고 바바라는 설명한다. "당신은 그들이 불완전한 여성이지, 그 반대가 아니라는 것을 깨닫기 시작하는 겁니다." 재생산은 조애나 러스의 『…하려는 우리We Who Are About To...』(1975)의 표적 중 하나다. 이 소설은 한 줌의 우주선 승객들이 혹독하지만 살 수 있는 세계에 좌초됐을 때 문명을 다시 시작한다는 영웅적인 이상을 풍자적으로 반박한다. 화자는 그런 제안과 그 행성에 식민을 하기 위해 여성이 재생산 능력에 종속돼야 한다는 그들의 요구를 거부하며, 대신 그들의 기술 부족과 풍토병과 불확실한 식량 같은 문제들을 지적한다. 그녀는 "문명은 보존돼야 한다"라는 주장을 풍자하며 동료 생존자들에게 "문명은 멀쩡"하지만 그들이 "문명이 있는 곳에 있지 않게 됐을 뿐"(1977)이라고 말한다. 조 페어바이른스^{Zoe Fairbairns}의 『수당^{Benefits}』(1979)은 사회복지에 대한 신자유주의적 담론과 이른바 전통적인 가족구조에 특권을 부여하는 보수적 사회정책에서 디스토피아적 미래를 외삽한다. 이 소설은 영국의 가사노동임금운동^{Wages for Housework Campaign}과 여성에게 약간의 재정적 독립을 허용하지만 동시에 젠더 역할을 강화하는, 새로 도입된 아동 수당^{child benefit}이 아버지보다 어머니에게 지불돼야 하는가에 대한 논쟁에서 나왔다. 소설에서는, 일을 "하고 있어야" 하는 남자들이 복지 수당을 받지 못하게 하고 여성이 직장에서 나와 모성적 역할에 투입되도록 아동복지 시스템을 수정하는 정책이 도입된다. 국가가 점점 더 파시즘화되면서, 모성성의 컬트 종교가 발전한다. 갓 생겨난 여성의 운동은 범죄화되고, '가족의 가치'라는 언어가 여성을 더 억압하기 위해 사용된다. "타고난 역할에 대한 여성의 증오로 정의되는"(1979) 성차별은 범법행위가 된다. 우생학적 정책과 동시에, 기술과학적 발전은 임신과 출산에 개입하는 데 사용된다. 그러나 이것은 예기치 못한 결과를 낳는다. 상수도 속의 예방 화학물질, 어머니가 되기에 걸맞다고 여겨지는 여성들에게 주는 해독제, 그들에게 강요된 다이어트 보조제 제도가 복합적 효과를 내면서 괴물 같고 명이 짧은 아이들이 태어난다. 마지막 부분에서, 이 비극은 여성들의 통찰과 우선권이 미래의 사회적·기술적 정책을 만드는 미래가 나올 수 있도록 한다.

〈소머즈^{The Bionic Woman}〉(1976~1978) 같은 이 시대의 텔레비전 시리즈는 기계적 힘과 결합된 여성성의 이미지를 내놓았다. 그러나, 제이미 소머즈는 생체공학적 능력 때문에 위험한 정부의 임무에 착수하게 됐지만 이 능력은 더 전통적이고 여성적인 교사라는 직업에 대한 보충물이었고, 그녀는 계속해서 생체공학적 속도로 가사노동을 수행하는 모습을 보인다. 아이라 레빈Ira Levin의 1972년 소설을 바탕으로 한 〈스텝포드 와이프The Stepford Wives〉(《포브스Forbes》, 1975)는 교외의 규범을 파괴하는 페미니즘에 관심이 없는 순응적인 로봇 복사체가 아내들을 대체하는 더 사악한 이미지를 보여준다. 그렇지만 기술이 꼭 여성을 억압하는 것으로 보일 필요는 없다. "인공 재생산은 본질적으로 비인간적인 것이 아니"(1988)라는 파이어스톤의 주장은 여성을 재생산 노동(가부장제가 이것을 통해 여성의 열등한 사회적 역할을 정당화하는)에서 자유롭게 하는 데 기술이 사용될 수 있는 방식을 생각할 여지를 준다. 새로운 재생산 기술은 인간 생명의 재생산뿐만 아니라 사회적 생활의 생산에 여성과 남성이 동등하게 참여하게 만들 수도 있다. 마지 피어시의 『시간의 경계에 선 여자Woman on the Edge of Time』(1976)는 이런 이상을 유토피아적 미래에 포함시킨다. 코니 라모스는 인종차별, 성차별과 가정폭력에 맞서 싸우고 조카딸에게 가해지는 공격을 폭력을 써서 방어한 후 정신병원에 보내진다. 거기서 그녀는 자기가 환경과 조화를 이루고 사는 주민들이 있는 잠재적 미래를 방문할 수 있다는 것을 알게 된다. "우리의 자원은 제한돼 있어. 우리는 협력해서 계획해. 우리는 … 아무것도 낭비할 수 없어. 당신은 우리의 생각(당신은 종교라고 말할지도?) 때문에 우리가 자신을 물, 공기, 새, 물고기, 나무의 파트너로 보게 된다고 말할지도 몰라"(1991). 아이들은 인공 자궁에서 태어나 여러 부모에게 키워지고,

양육이나 다른 어떤 종류의 노동도 젠더 경계에 따라 나뉘지 않는다. 이 미래 세계에 대한 믿음은 현재 코니를 억압하고 있는 가부장적 힘에 대한 코니의 저항을 더욱 부채질한다. 그리고 착취적이고 오염된 다른 미래를 짧게 마주치자 그녀는 압도적인 역경을 겪으면서도 그 미래의 실현을 위해 더 단호하게 싸우게 된다.

환경보호주의

특히 공해와 인구과잉에 초점을 맞춘 환경운동이 이 기간에 증가했다. 로마클럽 싱크탱크는 21세기에 경제적·사회적 붕괴가 일어나리라 예견한 세계 인구, 공업화, 오염, 식량 생산과 자원 고갈에 대한 보고서 〈성장의 한계Limits to Growth〉(1972)를 의뢰했다. 10년 전, 레이철 카슨Rachel Carson의 『침묵의 봄Silent Spring』(1962)은 농업과 병충해 방제에서 점점 강해지는 (제3세계에 '녹색혁명' 원조로 수출된) 화학물질에 대한 의존이 가져올 파괴적 결과를 강렬하게 포착했다. 다른 종에 대한 관심은 1966년 세계야생생명기금World Wildlife Fund(이제는 세계자연기금Worldwide Fund for Nature이다)의 설립으로 이어졌고, 1972년에는 알래스카에서 벌어질 미국의 미사일 시험에 반대하는 반핵운동에서 발전한 그린피스Green Peace가 설립됐다. 제1회 '지구의 날'이 1970년 제정됐고, 1972년 최초로 환경에 대한 유엔 회의가 열렸다. 녹색당은 상당한 정치적 존재감을 보이기 시작했지만, 미국보다는 유럽에서 훨씬 더 그랬다. 미국에서는 랠프 네이더^{Ralph Nader}가 대기와 수질 오염을 조사하는 프로젝트들과 미국 식약청(FDA)의 식품첨가물 승인을 감독했다. 그는 환경, 특히 수자원 파괴에 대해서도 널리 강연을 했다. 1970년대 말에는 어스 퍼스트!^{Earth First!} 같은 단체들이 직접적인 행동을 받아들이면서 환경운동이 점점 더 급진적이게 됐다.

이런 사태 전개에 SF는 여러 가지 방식으로 응답했다. 어떤 것은 오염되고 인구가 넘쳐나는 디스토피아를, 어떤 것은 생태학적 유토피아를 그렸고, 반면 다른 것들은 지구의 생태계 너머 우주로 확장하는 것만이 합리적인 해답이라고 주장했다. 토머스 M. 디쉬가 편집한 『지구의 폐허^{Ruin of Earth}』(1973)는 유비쿼터스 자동화, 일상 경험에서의 자연의 사라짐, 정체 상태, 환경오염과 인류 멸종 같은 주제들을 이야기하는 단편소설 16편을 생태학적 지식을 담은 SF의 디스토피아적 경향을 가리키는 네 개의 제목 아래 정리했다. **있는 그대로, 왜 그런가, 어떻게 더 나빠질 수 있는가, 불행한 해법들**이라는 제목이었다. 환경오염과 인구과잉은 그 시기 SF 영화들에서도 흔히 볼 수 있다. 〈싸일런트 러닝^{Silent Running}〉(트럼블^{Trumbull}, 1972)은 지구 동식물의 마지막 본보기를 태우고 있는 우주 방주를 구하려는 한 남자의 시도가 허사로 돌아가는 것을 그린다. 〈Z. P. G.〉(캠퍼스^{Campus} 1972)에서, '인구 성장 0'이라는 정책은 한 세대 동안 출산을 불법으로 만든다. 〈그것은 살아있다^{It's Alive}〉(코언, 1974)는 돌연변이 출산의 발생을 인간이 오염된 세계에 맞게 진화하기 시작하는 것으로 본다. 그리고 윌리엄 F. 놀런^{William F. Nolan}의 1967년 소설이 원작인 〈로건의 탈출^{Logan's Run}〉(앤더슨, 1976)에 나오는 쾌락주의적 미래는 30세가 넘는 모든 사람이 자원 절약을 위해 안락사하는 것에 입각해 있다.

어니스트 캘런배치Ernest Callenbach의 『에코토피아Ecotopia』(1975)는 더 긍정적인 비전을 보여준다. 1980년 북캘리포니아주, 워싱턴주, 오리건주는 분리 독립해서 대안적·생태학적으로 보이는 경제와 생활방식을 수립했다. 1999년, 윌리엄 웨스턴은 이 탈퇴한 주에 들어갈 허락을 받은 최초의 미국 저널리스트였다. 처음에는 회의적이었던 그는 점차 그곳에서 보게 된 공동체에 설득됐다. 이 소설은 그의 저널리즘적 공문과 개인적 일기 사이를 오간다. 그 안에서 그는 자기의 관찰과 경험에 대해 곰곰이 생각한다. 그는 오염과 폐기물을 줄이기 위한 기술의 전략적 사용에 대해 언급하고(책들은 주문형 출판을 하고, 원격 화상회의를 하면 여행이 줄어든다) 생산과 자연 세계에 대한 태도 변화에서 나오는 사회적 조건의 변형에 대해서도 말한다. 노동자들은 이윤보다 다른 관심사를 우선하는 경제체제(수익 감소와 더 낮은 임금을 선호한다. 작업환경이 더 좋아지고 근무시간이 더 짧아질 수 있기 때문이다) 안에서 자율권을 갖고, 무상의료가 보편적이다. 석유를 기반으로 하는 생산물들은 사실상 제거됐고, 자원 소비 비용에는 자원을 보충할 비용이 들어가 있다(목재 대량구매를 하기 전에 구매자는 먼저 몇 달간 새로 나무를 심고 숲을 돌보면서 지내야 한다). "우리의 근본적 생태, 정치적 목표인 생활 체계의 안정 상태를 성취"(1977)하기 위해서다. 여성들은 남성과 같은 비율로 권력 있는 지위를 맡고, 가부장적 젠더 위계라는 부담이 전혀 없이 관계들이 이뤄진다. 사실, 웨스턴의 궁극적인 변절 이유는 대체로 한 여성과 다른 종류의 동반 관계를 가질 수 있는 기회 때문이다. 노골적으로 논쟁적인 『에코토피아』는 환경을 파괴하는 가부장적 자본주의에 대한 현실적이고 매력적인 대안을 제시하기 위해 새로운 기술과 사회적 관계를 외삽했다.

존 브루너의 『양이 쳐다보다The Sheep Look Up』(1972)는 훨씬 더 암울하다. 배고픈 양 떼를 먹이지 못하는 부패한 교회를 그린 존 밀턴John Milton의 시 〈리시다스Lycidas〉(1638)에서 제목을 따온 이 소설은 환경을 파괴하면서 동시에 자기가 오염시킨 공기와 물을 여과하는 생산품을 팔고, 음식에서 영양을 박탈하면서 영양 보충제를 파는 자본주의를 비판한다. 오염된 사회 속 서로 다른 사회경제적 배경을 가진 사람들의 삶의 장면들을 엮어 짠 이 소설의 플롯은 제3세계 국가들에 대한 일괄 원조에 들어가는 식품 뉴트리폰에 대한 것이다. 오염된 선적 화물은 환각과 살인적 폭력을 일으키고, 어떤 사람들은 그것이 유색인종들에 대한 대량 학살 음모라고 믿는다. 그 사태는 국제적 위기를 일으킨다. 유엔은 조사를 통해 결국 그 화물이 뉴트리폰 공장 공급수 속에 든 유독 폐기물 때문에 오염됐다는 것을 밝혀낸다. 그것은 음모가 없어도 이익 주도형 시스템은 그런 처참한 결과를 충분히 낳을 수 있다는 것을 암시한다. 한편, 미국의 빈민층과 중산층은 오염과 공업화된 식량 생산이 낳은 파괴적 결과에 직면한다. 재정적 손실을 피하기 위해 농업 공급자들이 흙을 가공하려고 미국에 수입되는 보통 벌레 무리에 살충제 면역이 있는 유해한 벌레들을 넣으면서 곡물 성장기가 전부 사라진다. 공급되는 물은 여과하지 않으면 위험할 때가 많고, 새 여과기는 박테리아 폐기물로 빠르게 막힌다. 활동가들은 유기농이라는 이름이 붙은 비싼 청교도적 음식이 빈민층(이와 벼

룩, 오염된 공기와 어디에나 만연한 눈·피부·인후 감염에 노출돼 있는)이 먹는 더 싼 상품들만큼 많은 화학물질을 담고 있다는 것을 알게 된다. 활동가였던 오스틴 트레인은, 부유한 뱀버리에게 빈민층을 위한 물 여과기를 제공하도록 강요하려는 유괴범들이 그의 이름을 사용하는 바람에 다시 유명해진다. 트레인은 자기 재판에서 마지막 간청을 한다. "무슨 수를 써서라도, 내게건, 누구에게건, 무슨 수를 써서라도, 인류가 살아남으려면, 이 어리석은 인간들이 발명한 생활양식의 강제 수출은 … 중단해야 … 한다"(2003, 생략부호는 원문). 이 소설은 이렇게 결론짓는다. "우리는 생태학, 생물권, 기타 등등에서 균형을 거의 되찾을 수 있다. 다른 말로 하면, 우리는 갚을 수 없는 마이너스 통장을 쓰는 대신 지난 반세기 동안 해온 것처럼 분수에 맞게 생활할 수 있다. 우리 종에서 가장 사치스럽고 낭비를 일삼는 사람들 2억을 몰살시킨다면."

브루너의 『잔지바르에 서다』는 인구과잉에 초점을 맞춘다. 인구가 과잉된 근미래에 대한 이 소설의 상상의 중심은 채드 C. 멀리건, 도널드 호건과 노먼 하우스다. 멀리건은 '사회학자'였지만 모든 사람이 자신의 우상 파괴적 책을 읽었음에도 그에 따라 행동하지 못한다는 것을 알고 "그것을 포기했다"(1978). 어느 순간, 그는 뭔가 바꾸기에는 이제 너무 늦었기 때문에 지구라는 가라앉는 배에서 찾을 수 있는 모든 쾌락을 누려보겠다는 결정을 합리화한다. 대학에 다닐 때 정부에 모병된 호건은 갑자기 인간의 배아를 자궁 내에서 최적화시킬 수 있다고 믿는 유전학자 수가이군퉁을 조사하고 필요하면 암살하라는 임무를 맡아 파견된다. 미국 정부는 제3세계 국가가 이 기술을 소유하기를 바라지 않기 때문이다. 호건은 거대 회사인 제너럴 테크닉스를 위해 일하는 아프리카계 미국인 노먼 하우스와 같은 방을 쓴다. 제너럴 테크닉스는 해저 원료 시장을 지키기 위해 독립적인 아프리카 국가 베니니아의 경제를 손에 넣으려고 한다. 그렇지 않으면 원료를 추출해 내는 데 너무 많은 비용이 들 것이기 때문이다. 그 대가로, 회사는 그 나라의 빠른 발전을 가능하게 하고 보장할 것이다.『잔지바르에 서다』는 여러 가지 음모와 모의를 통해 초만원 세계를 돌아보게 해주고, 점점 더 많은 사람이 점점 더 적은 자원을 두고 경쟁할 때, 증가한 사회적 파편화와 폭력을 인구과잉 상태와 연결하고 전지구적 불평등의 격화에 주목하게 한다. 어느 순간, 달 식민주의자는 달에서의 생활이 음울한 지구에서처럼 사람을 소외시키지는 않는다고 말한다.

해리 해리슨의『자리 좀! 자리 좀!Make Room! Make Room!』도 인구과잉인 데다 자원이 대폭 감소한 미래를 그린다. 이 소설은 산아제한에 대한 종교적 편견과 자원에 대한 요구가 커지면서 전후 미국 중산층 생활양식을 계속 즐길 수 있는 사람들은 점점 줄어들고, 빈부 사이의 격차는 넓어지는 상황에 대해 비판한다. 인구과잉으로 빈곤해진 환경 속에서 인간 공동체와 사랑이 불가능하다는 이야기인 이 소설은 경찰관 앤디와 그의 룸메이트 솔, 앤디가 사랑하게 되는 고급 창녀 쉬리를 따라간다. 쉬리는 앤디에게 말한다. "나는 행복해지는 것밖에 이 세상에서 바라는 게 없어. 그리고 요 몇 주 동안 너와 함께 지내면서 예전의 삶 어느 때보다도 행복했어"(2008). 하지만 전기나 공간이 충분하지 못한 채 배급받는 물로 몇 달 동안 생활한 후, 그녀는 도로 예전에 누리던 삶에 끌린다. 솔이 폐렴 치료를 받지 못해 죽을 때, 가족 열 명이 그 아파트에 이사 오면서 쉬리가 확실히 떠날 수 있게 만든다. 이 소설은 절망 속에서 끝난다.『양이 쳐다보다』에서처럼, 가장 권리가 박탈된 자들은 자신의 가난을 만든, 잘 보호받는 자들이 아니라 서로에 대해서만 타격을 날릴 수 있다. 해리슨의 소설을 각색한 〈소일렌트 그린Soylent Green〉(플라이셔Fleischer, 1972)은 인간의 시체를 이른바 콩 기반의 식품 속에 사용한다는 음모를 도입하지만, 더 넓은 사회적 맥락과 인구와 자원 관리에 대한 비평적 참여를 많은 부분 버린다.

자연과 타자성에 대한 태도 변화의 일부로, 종간 관계를 강조하는 SF 텍스트들이 많다. 필립 K. 딕의『안드로이드는 전기양의 꿈을 꾸는가?Do Androids Dream of Electric Sheep?』(1968)는 비인간화에 대한 불안과 다른 존재와 인간 사이의 연결에 대한 강조를 결합한다. 동물들은 거의 멸종했기 때문에 너무나 소중히 여겨져서, 살아 있는 애완동물을 얻을 수 없는 사람들은 대신 로봇 동물에 큰 관심을 기울인다. 이것은 지구 밖 노동을 하기 위해 창조된 인조인간에 대한 사람들의 야만적인 취급과 대조된다. 릭 데카드 같은 현상금 사냥꾼들이 노예 상태에서 도망쳐 지구로 온 안드로이드들을 거리낌 없이 사냥하고 살해한다. 데카드는 로봇 동물들마저 사랑하지만 인조인간을 근절해야 할 결함 있는 기계로 취급한다(취급해야 한다). 이런 상황에서 그는 자신의 인간성을 찾고 유지하기 위해 투쟁한다. 여러 잡지에 실렸지만 주로《갤럭시》에 많이 실렸던 코드웨이너 스미스Cordwainer Smith의 〈기관機關, Instrumentality〉 단편들(1950~1951)은 인간과 비슷하도록 유전공학적으로 만들어진 동물들이 하층민 노릇을 하는 미래 역사를 정교하게 만들어 냈다. 그들은 인간 자신에게서의 인간소외와 인간이 자원이라는 관점에서만 유용성을 보는 비인간 주체들에게서의 인간소외를 탐구한다. 「방황하는 씨멜의 연가The Ballard of the Lost C'Mell」(《갤럭시》, 1962), 「광대 마을의 죽은 여인The Dead Lady of Clown Town」(《갤럭시》, 1964)과 『노스트릴리아Nostrilia』(1971)는 하층민들의 혁명적 봉기를 보여준다. 그 봉기는 하층 노동계급과 맺은 관계를 변형시키고, 동시에 비인간 종족들과 맺은 관계를 변형시킨다. 나오미 미치슨의 『여성 우주인의 회고록Memoirs of a Spacewoman』(1962)은 식민주의적 야심을 무시하고 동료 주체들로서의 외계 종족과 단순히 모험을 위한 배경이 아니라 환경으로서의 외계 장소들에 더 관심을 보인다. 이 소설은 자원 획득이 아니라 의사소통과 낯선 타자들의 관점을 포용할 때 자아에 대해 알 수 있는 것에 초점을 맞춘다. "최초의 탐험대들은 에너지와 장비를 **탐험**에 낭비했다. 반면 현재의 경향은 모두 환경에 대한 순응과 그 장소를 **고향**으로 만들기 위한 세부적 지식의 종류를 향하고 있다"(1985). 주인공이 만나는 종은 대부분 인간보다는 애벌레, 불가사리, 해파리와 더 비슷하게 생겼지만, 그들과 의사소통을 하려고 할 때 그녀는 그런 차별을 하지 않는다.

마거릿 세인트클레어의 『알테어의 돌고래The Dolphins of Altair』는 인간이 돌고래 거주지를 침략하고 연구와 오락적 목적으로 돌고래 종족을 노예화하기 때문에 일어난 돌고래들의 반란에서 돌고래들이 인간을 파트너로 선택하는 것을 상상한다. 양쪽 종족 모두 몇십만 년 전 지구에 정착한 외계인들의 후손이다. 자기 세계에서 수륙 양쪽 생활이 다 가능했던 그 외계인들은 육지 생활과 바다 생활 사이에서 선택해야 하자 결국 두 갈래로 나뉘었고, 약속에 묶였다. 돌고래들은 일종의 텔레파시를 사용하는데, 어떤 인간들은 거기에 예민하다. 그들은 텔레파시를 써서 사로잡힌 돌고래들을 해방시키는 일을 도와달라고 매들린, 스벤과 닥터 로렌스에게 요청한다. 군에 추적당한 돌고래들은 결국 고대의 기술을 되찾기로 결정한다. 이 기술은 대양의 오염을 희석하고 동시에 적수인 인간들의 주의를 다른 데로 끌기 위해 극지방의 만년설을 녹이는 데 사용할 수 있다. 그러나 그렇게 했을 경우 인간들에게 아주 해로운 해일과 홍수가 일어날 것이므로 돌고래들은 그 계획을 포기한다. 하지만 로렌스가 그 기술을 훔쳐 자신의 계획에 사용한다. 바다 사람들은 다시 안전해지고, 생명의 손실은 유감스럽지만 "어떤 인구 통계학자들은 그 홍수를 가면을 쓴 축복이라고 불렀다. 세계의 자원과 양립할 수 있는 지점까지 세계의 인구를 감소시켰기 때문이다"(1967). 이언 왓슨Ian Watson의 『요나 세트The Jonah Kit』(1972)도 인간과 고래목의 협력과 의사소통에 대해 탐구하지만, 더 비관적인 결론에 도달한다. 고래목 동물들은 인간이 만든 세계에서 계속 살기보다는 자살하기로 결심한다. 〈프로그Frogs〉(맥코원McCowan, 1972), 〈제4의 종말Phase IV〉(바스Bass, 1974), 〈죠스Jaws〉(스필버그, 1975), 〈동물들의 날Day of the Animals〉(거들러Girdler, 1977), 〈식인어파라나Piranha〉(단테Dante, 1978), 〈롱 위크엔드Long Weekend〉(에글스턴Eggleston, 1978)과 〈스웜The Swarm〉(앨런Allen, 1978) 같은 그 시대 많은 영화는 환경오염이나 다른 종족의 서식지를 파괴한 결과로 나온 돌연변이를 통해 인류에게 가차 없이 반격하는 자연을 그린다.

'성장 한계' 논지와 환경적 관심에 대한 기술애호적 SF의 응답은 상당히 다른데(인간이 우주로 팽창하기를 촉구한다) 벤 보바의 〈킨즈먼〉 소설들이 그것을 전형적으로 보여준다. 1965년에서 1978년 사이에 여러 잡지와 선집들에 실렸던 몇 가지 이야기들을 다시 고친 『킨즈먼』에서, 쳇 킨즈먼은 우주비행사가 되기만을 바란다. 우주 프로그램에 들어가기 위해 공군에 입대했다고 그를 비난하는 퀘이커 교도 아버지에게 소외된 젊은 킨즈먼은 자기의 열망이 군의 의도 때문에 오염되지 않을 것이라고 주장한다. 그는 반전 집회에 참여하기를 거부하면서, 집회 조직자에게 이렇게 말한다. "너희가 저 밖에서 너희의 권리를 위해 시위할 때 누군가는 반드시 국가를 방위해야 해"(1981). 그는 전시 임무를 수행하기 위해 비행하지만 어찌어찌 전투를 피할 수 있다. 그러나 나중에 그는 소비에트 위성을 방어하기 위해 자신의 간첩 행위를 막던 우주비행사 한 명을 죽인다. 그는 죄의식으로 괴로워하지만, 그 죄의식은 알고 보니 그의 희생자가 주로 여성이었기 때문에 일어난다. 그럼에도 그는 우주 프로그램의 확대가 미국의 문제를 해결할 단 하나의 방법이라는 확신을 유지한다.

> 강력한 우주 활동이 없다면 도시들을 재건하는 데 필요한 에너지, 원료, 새로운 부를 얻을 수 없다. 우주는 우리에게 기회를 준다. 희망을 준다. 우주 공장과 우주 발전 위성들은 새로운 일자리를 창출하고, 국민총생산을 증가시키고, 경제에 새로운 부를 가져다줄 것이다.

인류에 봉사한다는 이런 수사학에도 불구하고, 그의 주요 동기는 자기가 경멸하는 세계에서 도망쳐 우주로 가는 것이다. 우주는 "새롭고 신선하고 깨끗하게 다시 시작할 수 있는 곳"이다. "우리가 해야 할 가장 중요한 일은 우주에 영구적인 콜로니들을 세우는 것이다. 인류가 생태계에 가진 틈새를 확장해야 할 때다." 왜냐하면 "이 행성 전체가 붐비는 슬럼가가 돼가고 있기 때문"이다. 이 소설은 킨즈먼이 새로운 달 식민지의 수장으로 임명되기 위해 기계화를 하는 것으로 마무리된다. 그는 자기가 군 기지를 통솔하겠지만 달에 어떤 무기도 들여놓지 않는다고 보장할 수 있다고 믿는다. 『밀레니엄』은 자신의 비전을 보존하려는 킨즈먼의 영웅적인 노력 이후의 일로, 그는 러시아 달 기지 지도자의 협력을 받아 달 시설과 미국과 소비에트의 반아이시비엠anti-ICBM 위성들을 점령하면서 달의 독립을 선언한다. 킨즈먼은 이 미사일 방어 시스템들을 사용해 전 지구적 평화와 마법 같은 새로운 기후 제어 기술을 도입한다. 그 기술은 "곡물 수확량을 최적화하고, 건강을 증진시키고, 리조트를 지을 수 있는 돈을 벌고, 폭풍의 방향을 바꾸고, 어류 개체군을 향상시키고, 심지어 고래의 길을 뒤따르기 전에 돌고래들을 구할 수 있도록"(1977) 한다. 그는 그렇게 하지 않았으면 멸망했을 세계에, 우주에 기반한 번영과 부활을 가져온다.

결론

- 이 시기의 인종, 젠더, 환경주의에 관한 텍스트들은 불균등하게 편입됐다. 페미니즘 SF는 편입에 가장 성공했고, 주요 상들을 여럿 수상했다. 반면 유색인종 작가들이 잡지와 페이퍼백 전통 밖에서 쓴 소설은 이제야 겨우 주목받고 있다.

- SF는 광범위한 정치적 입장에서 환경문제들에 참여했다. 이것은 아마 오염, 인구과잉, 자원 고갈에 대한 텍스트들에서 가장 명백하게 보일 것이다. 그 텍스트들의 범위는 디스토피아적 경고와 생태계 대변동에서부터 개척지대의 부활이라는 낙관적 입장까지 아우른다. 후자의 입장은 지구를 유한한 것으로 보지 않음으로써 이 문제들을 회피한다.

- SF 장르의 본질적 특징으로서의 과학에 대한 강조가 줄어들었고, 페이퍼백 시장이 팽창하고 다른 미디어들이 SF 장르를 향하면서 잡지들의 영향력이 시들었다. 페미니즘이나 환경보호주의 활동 같은 기획에 SF를 편입하려고 하는 사람들은 캠벨적 외삽보다 긴급한 정치적 관심사를 분명히 표현할 수 있는 SF 이미지, 아이디어와 기법들의 수용력에 더 관심을 쏟았다.

8장

새로운 정치, 새로운 기술: 1980년대와 1990년대

이 시기에는 신자유주의가 대두하면서 극적인 정치적·사회적·문화적 변화가 함께 일어났다. 1990년대가 되자 냉전 시대의 긴장과 핵 전멸의 위협은 새로운 경제적·정치적 환경에 밀려났다. 정보 기술에서 일어난 중요한 혁신들은 전 지구화된 세계에 대한 감각을 점점 더 키워줬다. 하드 SF에 대한 흥미가 새롭게 일어났는데, 처음에는 주로 보수적인 작가들과 연관돼 있었다. 사이버펑크의 출현은 반드시 SF적인 것만은 아닌 맥락 속에서 대중적이고 학문적인 상상력의 조명을 받으며, 주체성에 대한 사변적 논의와 가상현실과 유전공학에 관한 구체화를 촉진했다. 하드 SF도 이런 문제들을 다루게 됐다.

시대적 변화

로널드 레이건과 마거릿 대처의 정치적 의제들이 1980년대를
지배했다. 그들은 모두 신자유주의적 경제 이론을 받아들였고, 다른
고려 사항(즉, 삶의 질, 환경에 미치는 영향, 최대 고용, 빈곤 감소)들의 이
윤과 이른바 건강한 경제의 중요성을 강조했고, 자본의 흐름에 대한
국가의 통제를 최소화한 반면, 동시에 노동의 세계적인 흐름을 위해
규제들을 강화했다. 두 지도자는 연금과 보건, 실업수당에 대해 정부
가 져야 할 책임을 감소시키면서 복지국가 구조를 해체하고 조직된
노동에 대해 맹렬하게 공격하기 시작했다. 개인에 대한 직접 과세는
줄어든 반면, 간접 과세는 올라가면서 빈민에게 불균형한 결과를 낳
았다. 기업과 부자들은 엄청난 세금 감면으로 이익을 봤지만, 공공사
업을 포함해 여러 가지 공적 부문이 민영화됐다. 그 결과 초래된 경
제 부문들의 경기 부양은 극빈층과 더 가난한 나라들의 복지를 희생

하며 이뤄졌고, 빈부격차가 가속화됐다. 1970년대 중반부터, 국제통화기금(IMF)과 세계은행에서 대출받기 위한 접근권은 물과 전기 같은 공공사업을 외국자본에 팔아 민영화하고, 이자 상환을 보증하기 위해 사회적 프로그램에 대한 지출을 감소시킨다는 요건에 달려 있었다.

1980년대 미국 국력 회복의 경제적 추동 요인 중에는 첨단기술 군사·항공우주 산업에 대한 국가의 투자도 있었다. 그중에는 우주 계획이 포함돼 있었는데, 이것은 냉전의 목표에 긴밀하게 연결된 전략이었다. 1982년 우주왕복선 컬럼비아호 발사로 유인 우주선의 새로운 세대가 시작됐지만, 상대적으로 싸고 재사용할 수 있는 운송 시스템에 의존한 우주 미사일 방어 프로그램 계획은 핵전쟁의 공포를 더 고조시켰다. 특히 레이건이 악의 제국과 겨룬다는 입장에서 초강대국 사이의 경쟁의식을 불러일으켰기 때문이다. 이 냉전은 1989년 베를린장벽이 붕괴하면서 끝났다. 동유럽을 휩쓴 대중 봉기의 물결은 공산당을 권좌에서 내쫓고 1993년 소비에트연방을 해체시켰다. 그 시기의 많은 무장투쟁 중에서 중동의 무장투쟁, 특히 최초의 팔레스타인 인티파다*(1987~1993)와 최초의 미국 주도 이라크 침공(1991) 때문에 냉전의 이분법이

팔레스타인 사람들의 반이스라엘 저항운동.

'테러리스트들'의 무정형의 위협으로 바뀌는 커다란 담론의 변화가 생겨났다. 그 '테러리스트들'은 비이성적이지만 잘 조직돼 있고, 보이지 않지만 동시에 어디에나 있는 민족적·종교적 타자들이라는 전형적 특징으로 설명됐다.

이 시대에는 여러 가지 신기술이 일상생활로 들어오기도 했다.

1980년대에 레코드판과 오디오 카세트가 CD로 바뀌기 시작했고, 1981년 워크맨이 출시됐고, 이 시대가 끝날 무렵에는 가정용 VCR이 흔해졌다. 이 모든 것이 이미 더 새로운 디지털 기술로 대체됐다. 최초의 개인용 컴퓨터인 코모도어 펫$^{Commodore\ PET}$과 애플 II가 1977년에 출시됐다. 7년 후, 애플 매킨토시가 소개됐다. 리들리 스콧$^{Ridley\ Scott}$이 감독하고 슈퍼볼 기간 동안 방송된 매킨토시의 광고는 조지 오웰의 『1984』 이미지를 이용해 '휴대용' 개인용 컴퓨터가 가진 해방적 가능성을 암시했고, 이제는 전설적인 광고가 됐다. 최초의 인터넷 브라우저는 1991년 도입됐다. 서구 문화가 컴퓨터에 얼마나 의존하게 됐는지는 1999년에서 2000년으로 날짜가 바뀔 때 컴퓨터의 오작동이 일어날 가능성을 두고 생겨난 Y2K 공포로 알 수 있다. 이 시기는 유전학 연구와 생물학적 공포라는 특징도 가지고 있다. 에이즈(AIDS)는 1981년, 그 원인인 HIV는 1983년 처음 확인됐다. 이와 관련해 게이 남성들이 매우 위험한 인구 계층으로 여겨졌기 때문에, 에이즈는 맹렬한 호모포비아의 초점이 됐다. 1990년 인간 게놈의 지도를 그리는 프로젝트가 시작돼 2003년에 끝났다. 유전자 변형 유기체, 특히 유전자 변형 농작물이 시작되면서, 1994년 최초의 GM$^{genetically\ modified}$ 소비재, 프레브 세이브$^{flavr\ savr}$ 토마토가 미국 식약청으로부터 인정받았다. 1997년에는 최초의 복제 포유동물 돌리가 태어났다.

사회적·기술적 변화, 특히 정보 기술과 유전학에 관한 변화가 빠르게 진행되면서, SF 장르에 힘을 실어줬고, 동시에 도전 과제를 안겨줬다. SF는 대중문화에 확산되면서 광고에서 문화 이론까지, 현재와 연관된 여러 가지 문화적 형태에 도상학圖像學과 형상화를 제공했다. 동시에 현재는 SF를 따라잡고 추월하는 것처럼 보였고, 때로는 SF 장르가 일상적인 현실이나 고아한 옛것을 묘사하기만 하는 것처럼 보이도록 만들었다. 새로운 잡지 몇 종(아이작 아시모프의《사이언스 픽션 매거진Science Fiction Magazine》(1977~),《옴니Omni》(1978~1995),《인터존Interzone》(1982~))은 명성을 얻었지만, 잡지 판매는 전반적으로 계속 쇠퇴했다. 소설 시장도 점점 더 경쟁이 심해졌다. 재고 수준과 판매를 모니터하는 새로운 컴퓨터 기술을 이용하는 대형서점 체인의 요구에 어느 정도 이끌려서, 편집자들은 유명한 저자와 베스트셀러를 홍보하는 데 집중했다. 그것은 상대적으로 생산적이지만 소규모의 성공만 거둔 저자들이 오른 '중간 목록'에 재앙과 같은 효과를 미쳤다. SF와 함께 책장에 꽂히는 경우가 많은 판타지 소설의 계속된 팽창, 성공한 영화와 텔레비전 시리즈, 게임과 만화에 바탕을 둔 소설 프랜차이즈가 SF에 더 큰 압력을 줬다. 디지털 게임의 발전, 새로운 세대의 만화 스토리 작가와 그림 작가들(그중 많은 사람이 한때 영국 만화〈2000 AD〉(1977~)와 연관돼 있었다), 일본 만화와 아니메* 번역본의 이용성이 점점 더 커지는 추세 때문에 SF 생

> 일본 애니메이션의 대명사로 국제적으로 통용된다.

산과 정의는 새로운 장소에서 나타났고, 잡지와 페이퍼백 전통에 얽혀 있는 작가와 편집자, 팬들의 오래된 공동체 밖에서 빠르게 확산됐다.

하드 SF와 뉴라이트

1980년대 하드 SF 소설의 모범은 그레고리 벤포드의 『타임스케이프Timescape』(1980)일 것이다. 이 소설은 이른바 과학의 핵심과, 과학은 발견되기만 기다리고 있는 추상적 규칙의 집합이 아니라 인류 역사의 산물이라는 과학에 대한 비판적 이해를 절충했다. 소설에서는 1960년대와 1998년의 환경 위기가 번갈아 나온다. 뒤의 시기에, 물리학자들은 빛보다 빠르게 여행해서 시간을 거슬러 가는 입자인 타키온을 사용해 과거로 신호를 보내려고 한다. 그들은 어떤 오염 물질이 엄청나게 파괴적인 결과를 일으킨다고 과거에 경고해서 현재 절망적인 상황이 벌어지지 않게 막으려는 것이다. 그러나 이 메시지를 받을 수 있는 단 하나의 방법은 35년 전 고든 베른슈타인이 수행하고 있던 실험에서 가져온 자료 속에 간섭하는 것뿐이다. 양쪽 시간틀 모두에서, 벤포드는 단순히 실험이 구성되고 가설이 시험받는 과정을 보여주는 것이 아니라 그와 연관된 인류 경험의 전 세계를 보여준다. 이 세계는 인정받지 못할 때가 많지만, 과학적 실천을 형성한다. 독립성과 대인관계는 연구의 기금 마련, 실행과 평판에 영향을 미친다. 베른슈타인의 윗사람들은 미래로부터 온 신호인 '잡음'이 의도적인 의사소통이 아니며 다른 것으로 원인을 돌리라고 부추긴다. 과학적 패러다임을 두고 벌어지는 이 싸움 때문에 그들은 처음에는 그의 박사학위 종합시험을 통과시키지 못한다. '잡음'이라는 범주 자체가 이상 현상을 실험과 무관한 것으로 분류해 버리도록 촉구했다. 그 메시지를 수신할 수 있었던 것은 오로지 관습에 얽매이지 않으려는 베른슈타인의 의지 덕분이었다. 하지만 그 메시지의 실제 효과는 예상치 못한 방식으로 일어난다.

1960년대에 대여된 귀중품 보관소에 남겨진 쪽지는 1998년 주인공들에게 "메시지가 수신"(1980)됐다고 알려주지만, 그들의 개입이 얼마나 효과적이었는지는 알 방법이 없고 그들의 상황은 계속 악화된다. 결말에 이르러서야 우리는 미래를 위한 희망이 있다는 것을 깨닫는다. 1960년대의 서사는 베트남전쟁, 마틴 루서 킹 주니어의 워싱턴 행진과 케네디 대통령 암살 실패 같은 사건들을 언급한다. 1974년의 대통령은 포드가 아니라 스크랜턴이고, 도청 스캔들로 사임해야만 하는 사람은 닉슨이 아니라 로버트 케네디다. 베른슈타인은 그레고리 마컴을 만난다. 그는 1990년대 부분에서 가장 중요한 과학자지만, 필수적인 이해를 공유하기 전에 죽은 사람이다. 그러나 이러한 대체 1974년은 독자가 이미 목격한 미래의 비극적 죽음, 다른 미래가 펼쳐질 수도 있는 터전을 지워버린다.

『타임스케이프』에는 양자 얽힘에 대해 세세하게 고찰하고 화학적 공해의 결과를 묘사하는 부분들이 포함돼 있다. 경고를 받고 생태학적 재앙을 막는 과학자들에 대한 서술은, 우리 자신이 만들어 낸 문제들을 언제나 기술로 풀 수 있다고 생각하기 때문에 이런 문제에 대한 체계적 분석과 사회적 변화를 지지해야 할 필요를 회피하는 하드 SF의 어떤 경향을 떠올리게 만든다. 그러나 『타임스케이프』는 과학적 실천에서 일어나는 우발성, 관계성과 복합적 결정론을 강조하고, 시간을 거슬러 보낸 메시지가 기적적이고 기술적인 해법을 과거에 전송해 주는 것이 아니라 이미 갔던 길을 피하라고 경고한다는 점에서 그런 소설과 구분된다.

하드 SF라는 용어의 사용은 노골적으로 판타지적인 글들뿐만 아니라 과학에 대한 이른바 핵심적 관계에서 떨어져 나온 좌파 혹은 페미니즘적 정치 비판, 특히 자본주의적·가부장적 기술과학에 대한 비판으로 향한다고 보이는 글들을 배제하려는 행위자의 욕망을 때때로 반영한다. 벤포드의 그다음 소설은 이보다 덜 미묘한 어조를 띠게 되는데, 그는 미국 정치에서 뉴라이트가 발흥하며 나타낸 놀라운 모습 중 하나인 국가 우주 정책National Space Policy의 시민자문위원회Citizens Advisory Council 위원이었다. 이 집단은 과학자, 기술자, 전 우주비행사, 퇴역 군인들과 그렉 베어, 로버트 A. 하인라인, 딘 잉Dean Ing, 래리 니븐, 제리 퍼넬과 G. 해리 스타인G. Harry Stine 같은 SF 작가들, SF 출판인 짐 밴Jim Baen과 〈스타 트렉〉을 재개하고 실제 우주왕복선에 '엔터프라이즈호'라는 이름을 붙이는 운동에서 큰 역할을 했던 팬 비오 트림블Bio Trimble로 이뤄져 있었다. 레이건 대통령은 핵무기를 막을 첨단기술 방어책 개발을 지지하는 그들의 보고서를 잘 받았고(그가 보낸 찬사 편지가 『상호 확증 생존Mutual Assured Survival』(1984) 뒤쪽을 장식하고 있다. 이 책은 그 보고서를 퍼넬과 잉이 대중화한 버전으로, 밴이 출간했다), 자신의 '전략방위구상Strategic Defense Initiative' 혹은 '스타워즈' 프로그램의 개발을 알렸다.

『상호 확증 생존』은 군비 축소가 바보의 몽상이라고 주장한다. 군비 축소는 소련 때문에 반드시 약화될 것이기 때문이다. 이 책은 소련이 원래부터 의심스럽고 무기 개발 측면에서 깜짝 놀랄 정도로 미국에 앞서 있다고 특징짓는다. 또한 민영기업이 지원하는 우주 프로그램에 재정 지원을 늘리는 것이 전 세계 평화의 초석을 다지는 일이라고 주장한다. 그러면 민영기업은 곧 엄청난 이윤을 거둬들일 것이다. 달 기지는 조기 경보 시스템을 설치할 안전한 장소만 제공하는 것이 아니라, 달 자원을 수익성 있게 채굴할 수 있도록 해준다. 우주는 미국인들이 군사력으로 정복해야 하는 새로운 변경지대로 묘사된다. '순수하게 과학적인 대우주 탐험'이 바람직하지만 그건 비현실적이기 때문이다. NASA를 상급직이 너무 많은 빈사 상태의 관료 체제인 것으로 묘사하고 이윤 추구적인 우주 계획에서 민영기업이 가져올(그리고 가져갈) 이윤을 자주 호소한다는 점에서, 시민자문위원회가 신자유주의적 경제학과 우익 자유주의 경제학에 전념하고 있다는 사실은 명백하다. 어떤 부록에서는 "1980년대 미국의 목표로는 **진보의 재발견**이 합당하다. 진보는 가능하다. 우리는 성장의 한계를 받아들일 필요가 없다"라고 주장한다. 또 다른 부분은 이렇게 주장한다.

우리의 적, 우리 같은 자유 사회의 적들과 대립하지 않고 협상하기만 열망하는 정치인들과 공공 매체들이 말하는 이른바 국제적 압력과 '세계 여론'과 20년 이상 협상하면서, 우리는 우리나라의 최선의 이익을 위해 행동할 수 있는 능력이 점진적으로 침식되는 것을 목격해 왔다.

이것은 미국 역사에서 대단히 과학소설적인 순간, 캠벨과 보바 전통에서 곧장 나온 텍스트가 국가정책에 영향을 미치고 전 세계적 결과를 가져온 순간이다. 전략방위구상(SDI)은 1984년에 가동됐고

그것이 남긴 면면은 미사일 방어국Missile Defense Agency 안에서 이어졌지만, SF 작가들은 대통령에게 오래 신뢰를 얻지 못했고 그들이 품었던 더욱 야심 찬 희망들은 실현되지 않았다.

그러나 우주가 군사화될 것이라는 추정은 끊이지 않는다. 휴고상과 네뷸러상을 수상한 오슨 스콧 카드Orson Scott Card의 『엔더의 게임Ender's Game』(1985)은 한 아이가 통과의례의 연속선상에서 외계인 종족을 집단학살할 수 있는 생각 없는 살인 기계로 야수화하는 모습을 보여준다(후속작들은 좀 더 신중한 어조를 취한다). 베어, 벤포드, 잉, 니븐, 퍼넬, 폴 앤더슨, 도널드 킹스베리Donald Kingsbury, S. M. 스털링S. M. Stirling과 다른 사람들의 소설이 들어 있는 열두 권짜리 시리즈 〈인간-진 전쟁Man-Kzin Wars〉(1988~2009)은 어느 외계 종족에 대해 인간이 거두는 연속적인 승리를 그린다. 이 행성 간 분쟁은 다른 종이 시행하는 비밀 실험의 일부다. 그들은 다섯 번의 연속적인 전쟁을 통해

소거법으로 진 인구 속에서 가장 폭력적인 부분을 제거해 진들의 공격성을 없애려고 한다. 이 기간에는 크레이그 토머스Craig Thomas의 『파이어폭스Firefox』(1977), 톰 클랜시Tom Clancy의 『붉은 10월호The Hunt for Red October』(1984)와 데일 브라운Dale Brown의 『은빛 탑Silver Tower』(1988) 같은 베스트셀러 테크노스릴러, 제리 어헌Jerry Ahern의 〈생존주의자Survivalist〉(1981~1993)와 윌리엄 W. 존스턴William W. Johnstone의 〈재Ashes〉(1983~2003) 시리즈 같은 생존주의자 소설들도 나타났다. 그리고 대체로 밴 출판사를 중심으로 밀리터리 SF가 뚜렷한 서브 장르로 출현했다. 또, 이 시기에 팽창한 서브 장르인 대체 역사물은 어떤 전투를 역사적 분기점으로 삼는다는 점에서 워드 무어Ward Moore의 『희년을 가져오다Bring the Jubilee』(1953)의 예를 따르는 경우가 많았다. 예를 들어, 해리 터틀도브Harry Turtledove의 『남부의 총The Guns of the South』(1992)에서는, 시간여행을 하는 아프리카너afrikaner 들이 리 장군에게 AK-47을 공급하면서 미국 남북전쟁의 경로가 바뀐다. 더 소박한 경우, 에릭 플린트Eric Flint의 『전쟁의 강줄기The Rivers of War』(2005)에서는 샘 휴스턴이 호스슈벤드 전투 에서 자신이 실제로 겪었던 것보다 가벼운 부상을 입는다. 그러나 이 사건은 근본적으로 다른 미국의 출현으로 이어진다. 그 시기에 윌리엄 루서 피어스William Luther Pierce의 『터너 다이어리The Turner Diaries』(1978)가 50만부 이상이 팔리는 조용한 성공을 거둔다. 이 소설은 엄격한 총기규제법을 시행할 정도로 독재적인, 유대인이 조종하는 연방 정부가 근미래를 파괴하는 모습을 그린다. 그러자 저항 세력

아프리카에 거주하는 유럽 백인과 그 후손들이 스스로를 칭하는 용어.

1813년 미국 원주민 내전과 미국의 군사 개입이 얽히며 발발한 크리크 전쟁을 종식시킨 1814년의 대규모 전투.

들은 미국의 인종 청소와 유색인종의 전 세계적 학살을 관리한다.

이런 예들은 대체로 주변적이거나 극단적인 것으로 생각할 수 있지만, 〈스타워즈〉와 〈스타 트렉〉 프랜차이즈들, 〈스타게이트〉와 〈스타쉽 트루퍼스Starship Troopers〉(버호벤Verhoeven, 1997) 같은 영화와 〈바빌론 5Babylon 5〉(1994~1998)와 〈스타게이트 SG-1Stargate SG-1〉(1997~2007) 등의 텔레비전 시리즈들을 포함하는 이 시기의 다수 SF가 가진 기본적인 매력은 첨단기술 분쟁의 묘사였다. 확실히, 광범위한 이 텍스트들이 똑같이 뉴라이트의 시각을 반영한다고 말할 수는 없다. 예를 들어, 데이비드 드레이크David Drake의 〈해머스 슬래머스Hammer's Slammers〉 소설들(1974~2006)에는 베트남 퇴역 군인의 태도일 거라고 독자들이 기대할 만한 장교 불신, 정치인에 대한 회의적 태도와 전투병들에 대한 동정이 보인다. 루시우스 셰퍼드Lucius Shepard의 『전쟁 중의 삶Life During Wartime』(1987)과 루이스 샤이너Lewis Shiner의 『마음속 버려진 도시Deserted Cities of the Heart』(1988)는 라틴아메리카에서 보이는 미국의 제국주의를 공공연히 비판한다. 그러나 이렇게 군사 시나리오들이 만연했다는 것은 바로 그 시대 SF 속에서 우주 탐사, 식민화와 갈등 해소의 군사화가 정상적으로 받아들여졌음을 보여준다.

뉴라이트 가치는 니븐과 퍼넬의 『발걸음Footfall』(1985)과 『충성의 서약Oath of Fealty』(1981)에서 찬양받는다. 『발걸음』은 SF 작가들의 싱크탱크가 대통령에게 불려가 외계 침공을 이겨내는 법을 조언하는 상상을 그린다. 자족적인 첨단기술 도시 토도스 산토스를 배경으로 한 『충성의 서약』은 이 '생태 도시계획'에 대한 두 가지 윤리적 질문을 탐구한다. 첫째, 적대적인 외부인들에 대항하는 무력의 방어적 사용은 어느 정도까지 정당화되는가? 토도스 산토스는 물품의 원료와 소비자들을 로스앤젤레스에 의존한다. 그렇다면 로스앤젤레스 인근에 계속 존재하기 위해 그 도시는 어떻게 해야 하는가? 비판자들은 토도스 산토스를 '둥지' 혹은 '벌집'이라고 부른다. 그 도시의 카스트 체계와, 결여돼 있는 것 같은 시민들의 개성과 근처의 도시에 기생하는 관계를 강조하는 곤충 비유다. 어느 10대들이 토도스 산토스의 보안 체계를 뚫었을 때, 그 아이들이 폭탄을 운반하는 테러리스트인 척하고 있을 뿐이라는 사실을 알 수 없었던 프레스턴 샌더스는 다른 모든 방도가 실패했을 때 살인 가스를 써서 그들을 막겠다는 힘든 결정을 내린다. 그의 재판에 두 도시 사이의 긴장이 집중된다. 토도스 산토스에서 주로 반대하는 세력은 환경운동가 단체인 프로메이츠다. 그들은 생태 도시계획이 도시가 차지하는 몫보다 자원을 훨씬 더 많이 소모하며, 더 큰 인구로 확산된다면 지속 가능하지 않은 생활양식을 만들어 낸다고 주장한다. 이런 주장에 대한 소설의 답변은 프로메이츠를 비이성적인 러다이트들로 묘사하고 대신 토도스 산토스 관리부의 높은 계층 인물이 보여주는 영웅적인 힘에 초점을 맞추는 것이다.

『상호 확증 생존』과 일관성 있게, 이 소설은 자본주의와 자유의 경계를 흐리고 기술적 진보란 경제 성장에 한계가 없다는 뜻이라고 주장한다. 토도스 산토스의 경제적 성공은 신자유주의적 기업 인수를 전공한, 영리한 바버라 처치워드 덕분이다. 어느 공장의 구매 여부를 숙고하다가 그녀는 그곳에서 일하는 사람들이 수익 생산을 오래 지속하지 못할 테지만 공장의 다른 자산들을 뜯어낼 가치가 있다는 결론을 내린다. 토도스 산토스가 상대적으로 자율적이고, "외부 사업들이 감수해야 하는 어리석은 규제들 대부분"(1981)에 구속받지 않기 때문에 가능한 일이다. 사실 신자유주의적 규제 완화가 일반적인 규칙이 될 때까지는, (사회마저 이윤 동기에 완전히 지배당하지 않도록) 그런 규제들이 사회생활의 많은 면을 지켜왔다. 마지 피어시의 『그, 그녀와 그것』이나 옥타비아 버틀러의 〈우화Parable〉 시리즈(1993~1998) 같은 소설들에서와 달리 토도스 산토스는 후기 자본주의 디스토피아로 묘사되지 않는다. 오히려 그곳은 기업적·봉건적 유토피아다. 그 안에는 "평등 혹은 권리, 의무와 책임이라는 가식"도 없지만 "충성이 있고, 충성은 양쪽 모두에 작용한다". 토도스 산토스는 상당한 기술적 혁신을 요구하지만(주민들이 도시에서 떠나지 않고도 달을 포함해 멀리 떨어진 위치에서 일할 수 있도록 하는 운송 체계와 원격조종 기술, 건축 기술), 이 소설은 그것들의 발명이나 사회적 결과에는 상관하지 않는다. 그런 것들은 인류 사회를 어떻게 해야 가장 잘 조직할 수 있는가 하는 주장을 뒷받침하기 위해 사용되는 한에서만 존재할 뿐이다.

카운터컬처 운동에서 환멸을 느끼고 빠져나온 리포터 토머스 루넌은 토도스 산토스에 대한 다큐멘터리를 만들어 달라는 부탁을 받는다. 그는 필연적으로 공동체가 공유하는 비전, 공동체 안에서 감시와 보안 병력이 독단적인 압제자가 아니라 상냥한 보호자라는 비전에 유혹된다. (소외시키고, 관료주의적이고, 비인간적이고, 부패한) 자유민주주의에 대한 기업 봉건주의의 우월성('진화가 진행되고 있다고 생각하라'라는 구호가 계속 되풀이된다) 때문에 토도스 산토스의 CEO 아트 보너는 10대 침입자들을 죽인 샌더스를 재판하는 미국의 합법적 권위에 거역하고 그를 탈옥시켜, 나라 밖으로 몰래 빼내고 새로운 아프리카 생태 도시계획의 CEO로 만든다. 로스앤젤레스 수사관 한 명이 토도스 산토스가 "완전히 법 위에, 판사와 배심원과 검사 위에" 있다고 비난하자, 루넌은 바버라를 납치하고 강간한 프로메이츠 회원들을 처형하지 않기로 한 그들의 결정이 "당신네 정의에 항의하지만" 인류 공동체의 테두리 안에서 "인류의 일부로 남아 있기로 한 선택"을 보여준다고 주장한다.

아포칼립스 소설

기술 발전과 미국의 헤게모니라는 뉴라이트적 환상에 대한 그 시기의 양가감정은 핵에 대한 불안이 부활하면서 명백하게 드러났다. 1986년 체르노빌 원자로 용융이라는 처참한 사건에도 불구하고, 핵 불안은 거의 전적으로 핵전쟁이라는 가능성에만 초점이 맞춰져 있었다. 수십 년 동안, 자동화된 보복 체계와 과잉 살상 능력으로 핵전쟁에서 이긴다는 것을 불가능하게 만든 상호확증파괴 정책은 초강대국 사이의 관계에 어느 정도 안정성을 가져왔다. 그러나 전략방위구상 홍보와 선전, 소련에 대한 레이건의 호전성은 세계를 여러 번 파괴하기에 충분한 핵무기가 실려 있는 이 세계에 점점 더 불안감을 키웠다. 다가오는 아포칼립스에 대한 대중적 상상에 가장 공헌한 것은 인쇄물 외의 SF들이었다. 〈매드 맥스〉 3부작(밀러^{Miller}, 1979~1985)은 봉건 부족과 제한된 자원, 폭력의 지배가 일어나는 황폐화된 미래를 상정했다. 〈사이보그 하드웨어Hardware〉(스탠리Stanley, 1990)는 핵 아포칼립스와 인간들에게 반항하는 기계에 대한 공포를 결합했다. 남은 군사용 로봇 마크 13Mark XIII들은 인간을 죽이는 주요 임무를 성취하기 위해 전력 공급 설비에 접근해서 새 몸체를 조립한다. 그 임무는 인간이 너무 많고 자원은 너무 적은 상황에 대한 냉소적 정부의 해법이다. 〈터미네이터The Terminator〉(캐머런Cameron, 1984)와 〈터미네이터 2: 오리지널Terminator 2: Judgment Day〉(캐머런, 1991)에서, 미래의 사이보그들이 현재로 돌아온다. 처음에는 미래의 저항군 지도자의 어머니인 세라 코너를 죽이기 위해서고, 나중에는 코너의 10대 아들 존을 죽이기 위해서다. 세라를 보호하기 위해 과거로 보내진 병사 카일 리스는 세라에게 미래의 역사 이야기를 한다. 그 역사에서는 핵방위 컴퓨터 네트워크가 자기 인식을 갖게 되면서 모든 인간을 단순한 적이 아닌 위협으로 인식하고 전 세계적 핵전쟁을 일으킨 다음, 남은 인류를 뿌리 뽑아 파괴하기 위해 기계들을 만들기 시작했다. 첫 번째 영화는 카일의 아이를 임신한 세라가 존의 운명을 이루기 위해 그 아이를 키우기로 결심하면서 끝난다. 두 번째 영화는 고정된 미래라는 생각에서 벗어나, 미래는 변화할 수 있으며 핵 대학살은 피할 수 있다는 것을 암시한다. 〈위험한 게임WarGames〉(바담Badham, 1983)도 핵전쟁과 자동화된 시스템에 대한 이런 이중의 공포를 다룬다. 군용 컴퓨터의 전 세계적 수소폭탄 전쟁 게임에 자신도 모르게 참여하게 된 10대 해커는 컴퓨터가 이 시뮬레이션을 현실로 대하고 공격을 시작하지 못하게 막을 방법을 찾아내야만 한다. 그러나 이 영화의 노골적인 메시지는 자동화된 결정에 지휘권을 이양하는 것의 위협이 아니라, 가능한 모든 핵전쟁 시나리오를 시뮬레이션할 때 컴퓨터가 무엇을 배우는지에 대한 것이다. 일단 첫 번째 미사일이 발사되면 어느 쪽이든 승자는 존재할 수 없다.

텔레비전 영화 〈그날 이후The Day After〉(1983)와 〈스레즈Threads〉(1984)는 핵 공격을 겪으며 생활하는 경험을 그

린다. 둘 다 대단히 파괴적인 결과를 보여주지만, 미국에서 만들어진 〈그날 이후〉는 영국에서 만들어진 〈스레즈〉보다 훨씬 더 낙관적이다. 〈그날 이후〉는 캔자스 사람들 한 무리의 고통을 보여주지만 동시에 승리도 보여준다. 그들은 오염되지 않은 음식과 물의 공급을 확보하고 서로 돕기 위해 함께 뭉친다. 극 속에서 문명이 지속되기는 하지만, 단조로워진 풍경, 죽고 부패해 가는 가축들, 타버린 시체들과 방사선 병 희생자들의 이미지는 첫 시청자들 대다수에게 충격을 줬다. 〈스레즈〉는 사회를 단결시키는 상호연결의 유연하지만 섬약한 구조에서 제목을 따왔고, 셰필드의 주민들이 가까운 곳에 일어난 핵 공격에서 살아남아 낙진과 핵겨울을 겪을 때 그 구조가 침식되는 모습을 기록한다. BBC에서 의뢰를 받았으나 1985년까지 방송이 금지됐던 피터 왓킨스Peter Watkins의 반핵 다큐드라마 〈워 게임The War Game〉(1965)에서 빌려 온 기법으로, 〈스레즈〉는 폭발로 죽은 사망자 수, 방사능과 나중에는 기아, 저체온증, 콜레라와 이질로 죽은 사망자 수의 통계와 함께 서사를 배치한다. 거기에는 〈그날 이후〉에 나오는 암울한 장면들도 포함돼 있지만, 거리와 집에 버려진 썩어가는 시체들을 먹고 있는 쥐와, 음식 조각을 얻으려고 서로 공격하다가 법과 질서를 유지하려는 몇몇 사람들의 총에 사격 당

국내에서는 두 편 다 〈그날 이후〉라는 제목으로 방영됐다.

하는 사람들도 보여준다. 이 영화는 적절한 햇빛과 비료, 연료가 없을 때 농업이 빨리 회복할 가능성이 없다는 것을 〈그날 이후〉보다 훨씬 더 무자비하게 보여준다. 동시에 핵이 폭발한 지 15년 후 기술은 중세 수준에 있고 기대 수명은 30대인 데다가 재앙 이후에 자란 아이들은 인간의 언어를 희미하게 닮은 소리로 말하는 미래를 그린다.

러셀 호반Russell Hoban의 『리들리 워커Riddley Walker』(1980)도 이와 비슷할 정도로 암울하다. 억양이 심한 말을 소리 나는 대로 쓴 산문은 연상의 복잡한 거미줄을 형성하는 말장난으로 가득하다. 이 글은 독자가 문장 하나하나의 의미를 알아내야 할 뿐만 아니라 글의 전체적인 의미를 파악하기 위해 여러 가지 가능한 해석을 염두에 두도록 요구한다. 이 획기적인 접근법은 핵전쟁이 일어난 지 200년 후, 글쓰기가 거의 다 사라지고 인류는 산업혁명 전 기술 수준으로 돌아간 시기의 언어 실패를 모사한다. 이 소설은 프라이 민서(프라임 미니스터Prime Minister·)와 웨스 민서(웨스트민스터Westminster·) 사이의 정치적 투쟁에 대해서 알려준다. 그중에서

<dd>· 국무총리를 뜻한다.</dd>
<dd>· 영국 의회와 정부를 가리킨다.</dd>

도 이 세계를 만들어 낸 핵 재앙을 설명하는 데 쓰인 성 유스터스의 중세 전설과 느슨하게 연결돼 있는 유사의 꼭두각시극에 초점을 맞춘다. 유사의 이야기에서는 사탄의 꼭두각시에 해당하는 미스터 클레버와 "쟉고 빈나는 남자 애돔·"이 유사를 유혹하고, 애돔은 유사가 "NO. 자외선 1 커다란 1·"(1998)을 발견하자 쪼개진다. 그리고 서로 다른 여러 전설들의 이본이 합성되면서, 애돔은 예수와 혼동되기도 한다. 어떤 분파는 인간들이 "구워느 은아 바다 너

<dd>· 원문은 "Littl Shynin Man the Addom".</dd>
<dd>· 원문은 "the NO. uv the 1 Big 1".</dd>

머로 공중 보트를 추락시키는" 세계로 귀환하기를 꿈꾸며 폭발 에

원문은 "set the air boats out beyond the sarvering gallack seas".

너지의 힘을 재발견하려고 하지만, 결국 자폭했을 뿐이다. 어둠의 시대 전반에 걸쳐 문명이 영웅적으로 커 나가지도 않고, 과거가 재건되지도 않는다. 오직 인간의 어리석음만 지속된다.

1980년대와 1990년대의 비관주의는 다른 종류의 아포칼립스 서사들에도 반영된다. 팀 라하예Tim LaHaye와 제리 B. 젠킨Jerry B. Jenkin의 〈레프트 비하인드Left Behind Novels〉(1995~2007)와 그 스핀오프들은 휴거와 남은 죄인들이 고통받는 '종말의 때'에 대한 성서 예언의 세대

기독교 일부 종파에서 심판의 날 신이 선별한 선인들은 모두 하늘로 올라가고 나머지 죄인들은 지상에서 고통받는다고 믿는데, 이때 '들려 올라감'을 휴거라고 한다.

『요한계시록』에 나온 예언에 대해서만은 문자 그대로 해석해야 한다는 주장이다.

주의적dispensationalist 해석과 SF를 혼합한다. 텔레비전 시리즈 〈브이V〉(1984~1985)에는 겉보기에는 자애롭지만 사실은 포식자인 외계인들이 나오는 한편, 〈X 파일The X-Files〉(1993~2002)에서는 이상 현상 이야기들이 외계 침입자들이 남긴 증거를 은폐할 뿐 아니라 실제로 외계인과 협력하고 있는 정부가 나오는 음모론 서사 갈등 곡선conspiratorial narrative arc과 결합한다. 1999년 12월 31일 로스앤젤레스를 배경으로 하는 〈스트레인지 데이즈Strange Days〉(비글로Bigelow, 1995)는 이런 세기말의 불안과 편집증을 포착한다. 전직 경찰 레니 네로는 디지털로 기록된 타인의 경험을 재생할 수 있는 기술을 통해 어느 인종주의적 음모를 알아낸다. 백인 경찰 네 명이 아프리카계 미국인 로드니 킹을 야만적이고 부당하게 공격하고 비디오에 찍히기까지 했지만 무죄 선고를 받은 후 1992년 로스앤젤레스 폭동이 일어났다. 그 폭동까지 이르는 사건

들을 의식적으로 반영하는 서사 속에서, 어느 창녀의 강간 및 살해 사건 불법 녹화물에 대한 레니의 수사는 결국 로스앤젤레스 경찰국이 영향력 있고 정치적으로 참여하는 래퍼 한 명을 살해했다는 것을 드러낸다. 사회의 진보가 기술의 진보를 따라가지 못했다는 사실을 인정하며 새천년은 환영받는다.

사이버펑크와 포스트모더니즘

다른 사이버펑크 소설들

- 루디 러커Rudy Rucker, 『소프트웨어Software』(1982)
- 스티븐 반스Steven Barnes, 『스트리트리썰Streetlethal』(1982)
- 루이스 샤이너, 『프론테라Frontera』(1984)
- K. W. 지터K. W. Jeter, 『유리 망치The Glass Hammer』(1985)
- 존 셜리John Shirley, 〈이클립스Eclipse〉 3부작(1985~1990)
- 조지 앨릭 에핑거, 『중력이 작동하지 않을 때When Gravity Fails』(1987)
- 마이클 스완윅Michael Swanwick, 『진공 꽃들Vacuum Flowers』(1987)
- 리사 메이슨Lisa Mason, 『아라크네Arachne』(1990)
- 미샤Misha, 『붉은 거미 흰 거미집Red Spider White Web』(1990)
- 로라 믹슨Laura Mixon, 『유리 집Glass Houses』(1992)
- 멜리사 스콧, 『트러블과 그 친구들Trouble and Her Friends』(1994)
- 니컬라 그리피스Nicola Griffith, 『느린 강Slow River』(1995)
- 리처드 K. 모건Richard K. Morgan, 『얼터드 카본Altered Carbon』(2002)

스털링의 슬립스트림목록에서 뽑은 책

- 윌리엄 S. 버로스, 『네이키드 런치Naked Lunch』(1959)
- 존 바스, 『염소 소년 가일즈Giles Goat-Boy』(1966)
- 존 파울즈John Fowles, 『마법사The Magus』(1966)
- 토머스 핀천, 『제49호 품목의 경매The Crying of Lot 49』(1966)
- 윌리엄 코츠윙클William Kotzwinkle, 『닥터 래트Doctor Rat』(1976)
- 로버트 쿠버, 『공개 화형The Public Burning』(1977)
- 데이비드 모렐David Morrell, 『토템The Totem』(1979)
- 앨러스데어 그레이Alasdair Gray, 『라나크Lanark』(1981)
- 크리스토퍼 프리스트, 『확인The Affirmation』(1981)
- 살만 루슈디Salman Rushdie, 『한밤의 아이들Midnight's Children』(1981)
- 테드 무니Ted Moony, 『다른 행성들로 쉽게 여행하기Easy Travel to Other Planets』 (1981)
- 존 캘빈 배첼러John Calvin Batchelor, 『남극 대륙 인민공화국의 탄생The birth of the People's Republic of Antarctica』(1983)
- 앤절라 카터, 『써커스의 밤Nights at the Circus』(1984)
- 폴 오스터Paul Auster, 『유리의 도시City of Glass』(1985)
- 캐럴린 힐Carolyn Hill, 『아만다와 팔백만 마일 높이의 댄서Amanda and the Eleven Million High Dancer』(1985)
- 데니스 존슨Denis Johnson, 『피스카도로Fiskadoro』(1985)
- 파트리크 쥐스킨트Patrick Süskind, 『향수Perfume』(1985)
- 이언 뱅크스Iain Banks, 『다리The Bridge』(1986)
- 이언 매큐언Ian McEwan, 『차일드 인 타임The Child in Time』(1987)
- 데이비드 포스터 월리스David Foster Wallace, 『체계의 빗자루The Broom of the System』(1987)

사이버펑크는 SF와 학문 분야 사이를 연결하는 데 어느 작가나 서브 장르, 운동보다도 더 큰일을 했다. 사이버펑크는 SF의 작은 부분만 대표하지만, SF 장르에 큰 영향을 끼쳤고 전통적 SF 독자들 안팎 양쪽으로(사이버펑크 작가 윌리엄 깁슨William Gibson은 텔레비전 미니시리즈 〈와일드 팜Wild Palms〉(1993)에 출연하기까지 했다) 이목을 끌었다는 사실은 사이버펑크가 그 시기의 인식을 지배했다는 의미기도 하다. 뉴웨이브처럼 사이버펑크도 기존 SF와 근본적으로 단절했다고 주장했다. 새로운 기술과 친숙한 기술, 즉 디지털 기술과 유전학 기술 양쪽을 상상적으로 검토하고 네트워크화된 정체성의 가능성을 바라봤다. 그런 본보기를 만든 사이버펑크 소설은 윌리엄 깁슨의 『뉴로맨서Neuromancer』(1984)로, 인공지능이 자신을 해방시키기 위해 한 무리의 부적응자들을 고용하는 범죄 서사다. 그 무리에는 사이버스페이스에 접속하는 능력을 박탈당하고 다운랜드로 쫓겨난 해커 케이스, 고기 인형 창녀로 일하면서 신체 변형 비용을 벌어 수술로 미러셰이

겉면에 반사 코팅이 된 선글라스.

드mirrorshade를 몸에 이식하고 몸 안으로 집어넣을 수 있는 메스를 손톱 아래에 단 낭인 사무라이 몰리, 전직 특수부대 장교의 부서진 잔해 위에 만들어진 인공 인격 아미티지, 홀로그램을 투사할 수 있는 장치를 이식한 약물중독 도둑 리비에라, 죽은 해커의 기술을 가진 녹화 인격 딕시 플랫라인 등이 있다. 자주 일어나는 정신없고 분주한 액션은 유비쿼터스 정보와 의사소통 기술과 생체공학적 신체 변형, 다국적 자본과 기업의 전 지구화, 사회적·생태적 붕괴로 이뤄진 디스토피아를 소개한다. 자연 세계는 거의 사라졌고, 시뮬레이션이 넘쳐나고 주변화된 인물들은

후기 산업의 폐기물들 속에서 살아남을 길을 찾는다. 「버닝 크롬Burning Chrome」(《옴니》, 1982)과 마찬가지로, 『뉴로맨서』도 사이버스페이스를 추상적이고 기하학적인 구조, 색채, 형체, 탄도와 속도의 가상 영역으로 보는 깁슨의 영향력 있는 통찰을 보여줬으며, 거기에 나오는 정보 순환의 묘사는 자본의 전 지구적 순환에 대한 강력한 은유다.

가장 격한 논쟁을 벌이는 사이버펑크 옹호자는 브루스 스털링이다. 1986년 『미러셰이드Mirrorshades』 선집에 붙인 그의 서문은 "사이버펑크는 과학소설의 문학적 전통 안에서가 아니라 진정한 과학소설적 세계에서 자라난 최초의 SF 세대일 것"(1986)이라고 주장했고, 사이버펑크를 펑크록이라는 저항문화와 연관 지었다. "첨단기술과 모던팝 언더그라운드의" 이 의기양양한 결합은 두 가지 핵심적인 면에서 다른 SF와는 다르다. 첫째, 사이버펑크 "기술은 본능적이다 … 우리 바깥이 아니라 우리 곁에 있다. 몸에 사무치고, 마음속에 자리 잡을 때도 많다". 두 번째, 사이버펑크는 지구화된 세계와 정치적으로 맞물려 있다. 그러나 사이버펑크의 체제 전복적 성격의 선언 너머의 정치학에 대해 스털링은 할 말이 거의 없고, 그 뒤를 이은 비평적 논쟁은 대부분 사이버펑크의 정치적 결점에 집중했다. 또, 많은 사람이 J. G. 밸러드, 앨프리드 베스터, 윌리엄 버로스, 필립 K. 딕, 새뮤얼 R. 딜레이니와 존 발리 같은 예전 작가들을 지목하며 사이버펑크의 새로움에 대해 질문을 던졌고, 스털링의 서문은 미국과 영국의 수많은 주요 작가들을 사이버펑크의 계보에 끼워 넣었다(그러나 제임스 팁트리 주니어와 조애나 러스 같은 중요한 여성 작가들은 도외시한다).

사이버펑크의 핵심에는 깁슨, 스털링, 팻 카디건Pat Cadigan, 루디 러커, 루이스 샤이너와 존 셜리의 작품이 있지만 그들은 모두 사이버 펑크라는 꼬리표에서 거리를 두고 있었고, 사이버펑크가 넓은 대중적 주의를 끌게 됐을 때 사이버펑크는 죽었다고 선언하고 있었다. 샤이너의 「예전 사이버펑크족의 고백Confessions of an Ex-Cyberpunk」(1991)은 새롭지 않은 작가들이 "형식을 공식으로" 축소시키고, 전 지구적 자본주의라는 현실에 대한 비판적 참여를 클리셰의 대조 목록으로 몽땅 대체해 버렸다고 불평한다. 널리 재생산된 이런 이미지와 개념에는 컴퓨터 시스템과 정보 네트워크에 인간이 직접 인터페이스하는 것, 일국 정부가 아닌 다국적기업이 지배하는 세계, 인간의 헤게모니와 경쟁하는 AI나 다른 지성 있는 네트워크 시스템들, 젊고 유행에 밝으며 신체를 그저 '고기'로 생각하는, 반쯤 범죄자인 아웃사이더 영웅들이 포함돼 있다. 기회주의적 모방자들도 있지만 다른 한편 미샤, 로라 믹슨과 멜리사 스콧 같은 작가들은 사이버펑크라는 재료를 잘 사용해서 사이버펑크의 전제를 추궁하고 비판했다. 그리고 사이버펑크는 멸종되기보다는 "상전벽해 같은 변화를 겪고 더 보편화된 문화적 형성물이"(포스터, 2005) 된 것이 틀림없다. 사이버펑크 이미지와 개념들은 분명히 다른 매체들에 확산됐다. 〈블레이드 러너Blade Runner〉(스콧, 1982)와 〈비디오드롬Videodrome〉(크로넌버그Cronenberg, 1983)에서 〈엑시스텐즈eXistenZ〉(크로넌버그, 1999)와 〈매트릭스The Matrix〉(워쇼스키Wachowski 자매, 1999)로, 〈맥스 헤드룸Max Headroom〉(영국 1985; 미국 1987~1988)에서 〈VR.5〉(1995)로, 그리고 하워드 체이킨Howard Chaykin의 〈아메리칸 플래그American Flagg!〉(1983~1986)에서 워런 엘리스Warren Ellis와 대릭 로버트슨Darick Robertson의 〈트랜스메트로폴리탄Transmetropolitan〉 (1997~2002) 코믹스까지 널리 퍼졌다. 그것은 일본 대중문화에도 강한 영향을 줬다. 〈철남Tetsuo〉(쓰카모토Tsukamoto, 1989)과 〈건헤드Gunhead〉 (하라다Harada, 1989) 같은 실사 영화에도 영향을 끼쳤지만, 더 분명히 드러나는 것은 당시에는 완결되지 않았던 오토모 가쓰히로Katsuhiro Otomo의 〈아키라Akira〉(1982~1990)를 1988년 영화로 각색한 작품 같은 망가 와 아니메, 시로 마사무네Masamune Shirow   일본 만화를 뜻하는 말. 의 〈공각기동대Ghost in the Shell〉(1989) 망가다. 오시이 마모루Mamoru Oshii 가 각색한 영화 〈공각기동대〉는 영화와 텔레비전 아니메 후속작들을 만들어 냈다. 전문 출판사, 가정용 비디오, DVD, 위성 기술과 케이블 기술과 인터넷을 통해 서구 시청자들이 점점 더 많이 볼 수 있게 된 망가와 아니메는 전반적으로 유럽과 미국 문화에, 특히 SF에 광범위한 영향을 끼쳤고, 일본이 지배하는 미래라는 『뉴로맨서』의 상상적 측면들을 현실에 반영했다.

사이버펑크는 여러 가지 형태를 취했다. 깁슨은 정보와 의사소통 기술에 집중하면서 시뮬레이트된 현실에서 인간과 기계의 경험이 융합될 때의 결과와, 우리의 경험 형성과 현실 이해에서 표상이 하는 역할을 탐구했다. 대조적으로 스털링은 포스트휴머니즘에 더 큰 관심을 가졌다. 그는 『스키즈매트릭스Schismatrix』(1985)에서 기계주의자들과 조작주의자들 사이의 투쟁을 통해 포스트휴머니즘을 탐구했다. 이 작품에서 우주를 돌아다니는 인간들은 자기 몸을 개조하는 다른 방법들을 선택했다. 기계주의자들은 디지털, 전자와 기계로 된 인공기관을 사용하고, 조작주의자들은 유전공학을 사용한다. 여전히 몸을 개조하지 않은 '원시적인' 인간들이 있지만, 인류의 진정한 운명은 계속 진화하는 것이다. 진화하는 옳은 방법을 두고 벌어지는 조작주의자와 기계주의자의 투쟁은 궁극적으로 주제와는 상관없는 눈요깃거리다. 포스트휴먼 인류가 채택할 최선의 형태는 하나만 있는 것이 아니기 때문에 최선의 방법이란 없다. 생태적 틈새의 다양성을 향한 여러 가지 적응 방식은 당연히 호모사피엔스의 '딸 종족들'을 만들어 낼 것이고, 그들은 서로 동등하게 정당하다.

닐 스티븐슨의 『스노 크래시Snow Crash』(1992)는 컴퓨터 코드와 생물학적 수액 양쪽으로 다 전염되는 바이러스에 관한 이야기다. 프랜차이즈가 된 외부인 출입 제한 주택지와 교외촌burbclaves으로 분열된 가까운 미래의 미국에서, 절반은 아프리카계 미국인, 절반은 한국계인 히로 프로타고니스트는 LAX 근처의 유-스토-잇U-Stor-It에 산다. 가상 메타버스 속의 해커 기술로 일상생활 능력의 부족을 보충하면서, 히로는 자신의 사이버 능력을 물질적 성공으로 바꾸려고 하기보다는 "5년 전까지만 해도 낭만적으로 들렸던" 게으름뱅이 "생활양식"(1992)을 즐긴다. 히로는 책 제목과 같은 이름의 바이러스가 수메르어와 관계가 있다는 것을 발견한다. 수메르어는 사제 계급이 고정된 문화를 통제하는 데 사용했던 최초의 인류 언어다. 바벨탑 이야기는 인류가 코드를 실행하는 지각없는 체계로 존재하는 대신 지각을 가진 개인으로 나타나도록 이 언어를 전복시킨 해커의 전설이라고 그는 추측한다. 인간이란 생물학적 기본 물질 위에서 실행되는, 육체에서 분리된 정신이라고 상상하고 따라서 컴퓨터 같은 다른 하드웨어 시스템에 업로드할 수 있는 것으로 생각한 것이 한스 모라벡Hans

Moravec과 레이 커즈와일Ray Kurzweil의 포스트휴먼 미래학적 공론이라면, 스티븐슨은 이런 방식으로 그 공론을 역전시킨다.

『스노 크래시』와 경제학의 관계(어떤 부분에서 화자는 "프랜차이즈와 바이러스는 똑같은 원칙으로 작동한다. 즉, 어떤 장소에서 번성하는 것은 다른 장소에서도 번성한다"라고 시사하면서, 프랜차이즈를 사회적 질병의 한 형태로 본다)는 마누엘 카스텔Manuel Castells의 세 권짜리 『정보시대: 경제, 사회, 문화The Information Age』(1996~1998)같이 그 뒤에 나오는 전 지구적 자본 분석과 계속 강하게 공명한다. 이 책은 정보 기술 때문에 새롭고 다른 자본주의가 도입됐다고 주장한다. 그 자본주의는 경계를 넘는 자본의 자유로운 흐름과 동시에 노동하는 신체들의 유동성에 가해진 제한에 의존한다. 카스텔의 주장은 육체 이탈이라는 사이버펑크 판타지가 자본주의 자체의 판타지와 자재 관리에 불가분하게 연결돼 있음을 시사한다.

사이버펑크는 남성 우위 사상과 여성 혐오에 기반해, 여성을 남성 판타지 입맛대로 주무를 수 있는 대상으로 묘사하고, 흔히 여성 신체를 끔찍하게 재현한 것 때문에 널리 비판받았다. 본래 사이버펑크와 연관된 유일한 여성 작가 팻 카디건은 구현과 행위 주체agency 문제에 대한 더 큰 감수성을 『시너스Synners』(1991)와 『바보들Fools』(1992)에서 보여줬다. 『바보들』은 자아가 코드처럼 쓰이고, 다시 쓰이고 구획될 수 있다는 개념을 탐구한다. 이 책의 서사는 같은 몸을 점유하지만 서로 거의 모르는 다른 사람(다른 활자체로 암시된다) 사이를 교대로 오간다. 여배우 마르바는 자신이 만들어 낸 인물인 마르셀린을 통제하기 위해 애쓰고 있다. 마르셀린은 계속 그녀의 몸을 빼앗고 있

8장. 새로운 정치, 새로운 기술: 1980년대와 1990년대

고, 프랜차이즈 주체성을 파는 어느 기업에 마르바의 정체성을 팔았을 수도 있다. 기억 중독자 마르셀린은 자기가 진짜이고 어떤 음모의 대상이라고 믿는다. 알고 보니 마르바는 비밀 두뇌 경찰 머사인에게 이식된 가짜 정체성이고, 일단 마르바가 불법 정체성 프랜차이즈 사업에 잠입해 내면 도로 나타나 자기 몸의 통제권을 다시 찾을 것이다. 마르바가 또 다른 배우인 소베이와 정신 대 정신 직접 의사소통을 실험했을 때, 층층이 겹쳐진 성격이 너무 이르게 드러나는 바람에 마르바는 머사인을 없애기 위해 마르셀린을 고용한다. 마르바의 주장으로는 머사인은 자기가 예전에 연기했던 인물의 한 조각일 뿐이다. 조사가 끝날 때, 머사인은 자기가 다른 사람의 몸속에 있다고 믿는다. 두뇌 경찰은 머사인이 위장 근무 때 수술로 몸을 개조했다고 주장하지만, 머사인은 마르바와 마르셀린 둘 다 이곳에 실제로 계속 존재하고 있다고 느낀다.

머사인이 맡은 다음 사건에서, 머사인이 소베이와 정신 대 정신 소통을 했을 때 소베이도 자신의 숨겨진 두뇌 경찰 페르소나를 발견했다는 것을 드러낸다. 여기서 머사인은 궁극적으로 전 인구가 그렇게 개조됐다는 결론을 내리게 된다. 모든 사람이 단 하나의 두뇌 경찰 인격의 한 면이 돼, 스스로는 의식적으로 지각할 수 없는 무시무시한 동질성을 만들어 내고 있다. 현실과 정체성은 더 이상 시뮬레이션과 분리되지 않고, 이 초간접적인 세계에서 **진짜와 가짜**는 더 이상 의미가 없다. 머사인과 마르바는 마르셀린에게서 스스로를 제거하기로 결심한다. "적어도 세상에 다른 사람 하나는 남을 것이다. 두뇌 경찰을 이 세계에서 데리고 나가고 세계를 다시 사람들에게 남겨줄 사람"(1992). 마르셀린은 자신의 최근 과거를 전혀 기억하지 못한 채 깨어난다. 기억 중독에서 자유로워진 그녀의 미래는 아직 쓰이지 않았다.

사이버펑크가 성공한 까닭은 부분적으로는 그것이 더 널리 보도된 정도와 동시대 문화에 대한 논쟁들 때문이라고 설명할 수 있다. 그 논쟁에는 사이버펑크가 "포스트모더니즘의 문학적 표현이 아니라고 해도, 후기 자본주의 그 자체의 최고의 문학적 표현"(제이미슨, 1991)이라고 추어올린 학문 분야의 관심도 포함돼 있다. 래리 맥카프리Larry McCaffery는 사이버펑크와 다른 포스트모던 문학들이, 기술이 "인간의 상호작용, 인식과 자기 개념을 다시 만들고"(카드리Kadrey와 맥카프리, 1991), 후기 산업자본주의가 사회 안전을 침식하고 있고, 주체성은 산산이 부서지고 현실과 시뮬레이션 사이의 어떤 구분도 점점 더 인지하기 어려워지는 현재 순간의 중요한 측면들을 비춘다고 주장했다. SF의 모티프와 기법들이 문학적 소설에서 점점 더 흔해지면서, 여러 해설자가 SF와 문학적 소설의 수렴을 깨달았다. 그리고 스털링(1989)은 이 과정에서 **슬립스트림**slipstream 이라는 새 장르가 나타나고 있다고 주장했다. 이 슈트반 시서리 로네이 주니어Istvan Csicsery-Ronay Jr가

주류문학과 장르의 중간쯤에 위치하는 경계문학을 뜻한다.

장 보드리야르Jean Baudrillard와 도나 해러웨이Donna Haraway의 작품을 비평 이론의 형식을 취한 SF로 다룬 것은 큰 영향을 미쳤다. 그는 "SF는 문학과 시뮬레이션 예술(**과학소설**이라는 표현의 일반적 느낌)의 포괄적 효과 기관機關을 이르는 것이 아니라 의식의 유형이고, 그 의식 유형의 특징은 두 가지 주저hesitation가 연결된 형식이다"(1991)라고 주장

했다. 그 두 가지 주저는 상상 속 미래를 현실화할 때의 타당성에 대한 논리적 주저와, 그렇게 할 때의 결과에 대한 윤리적 주저다.

보드리야르는 기호학적 신호에 대한 이해 방식이 역사적으로 변형되는 과정을 간략하게 보여준다. 그 과정에서 기호학적 신호들이 현실을 대신하고 충실히 표현한다고 믿던 안정적인 이해 방식은 점차 표현 체계 바깥의 현실을 파악하는 능력에 대한 회의로 변해간다. 그는 기호학적 신호들이 다른 기호학적 신호들에 대한 관계에서 의미를 얻기 때문에, 표상은 오직 자신들만을 나타내며, 표상과 현재 사이의 구분이 무너지고 의미 없어지는 시뮬레이션들을 만들어 낸다. 시뮬라크르simulacre들과 시뮬레이션은 자연적인 것과 원본을 대신하고, 세계의 강력한 모델이 현실을 지배하면서 사실상 현실에 선행한다. 그는 이런 상황을 포스트모더니즘이라고 밝힌다. 해러웨이는 SF 이미지와 개념에 되풀이해서 의지한다. 특히 가장 영향력이 큰 에세이 「사이보그 선언A Cyborg Manifesto」(1985)은 주체의 새로운 사회주의 페미니즘 정치학을 주장하기 위해 사이보그의 모습을 사용했다. 해러웨이의 작품은 특히 '자연'과 '문화'의 관계에 대한 것인데, 이것들은 늘 변화하는 이진법 속에서 담론적으로 (따라서 이데올로기적으로) 구축된 범주들이다. 해러웨이의 사이보그는 기술의 본질적인 지배라는 (젠더화된) 가정에 대한 반발이다. 그런 가정은 필연적으로 저항의 거점이 유기체적·자연적 몸이라는 신화에 의지할 수밖에 없기 때문이다. 따라서 "나는 여신보다는 사이보그가 되겠다"(1991)라는 유명한 결론이 나온다. 해러웨이는 사회주의 페미니스트들에게 기술 문화가 더 진보적인 목적을 갖도록 만들어 내라고 촉구한다.

이런 이론가들처럼 존 바스, 도널드 바셀미, 로버트 쿠버, 돈 드
릴로Don DeLillo와 마크 레이너Mark Leyner 같은 포스트모더니즘 작가들은
동시대 현실에 대해 질문하기 위해 SF의 자원들을 사용한다. 윌리
엄 T. 볼먼William T. Vollmann의 『그대 눈부신 승천 천사들You Bright and Risen
Angels』(1987)은 SF와 '포스트모더니즘적 알레고리'를 혼합하면서 곤
충 혁명가들과 반동적 전기 발명가들 사이의 전쟁 이야기를 한다. 포
스트모더니즘적 알레고리는 "독자에게서 알레고리적 해석"을 얻으
려고 하지만 "**구체적인** 알레고리적 내용을 하나도 암시"(매케일McHale,
1989)하지 않는다. 제사題詞들은 이 전쟁을 나치의 피험자 집단학살,
레닌의 소비에트 농업과 공업 현대화 선언, 총과 탄약 광고 등 여러
가지 맥락에 놓는다. 이 소설은 기술과 타자성 담론 양쪽 다 가진 비
인간화 효과에 대해 깊이 다루고, 기술적 혁신의 뿌리에 있는 이윤
동기를 분명히 보여주며 진보나 개척, 인류 정신에 대한 모든 수사
학적 축하에 대해 풍자적으로 기를 꺾어버린다. 캐시 애커Kathy Acker의
『분별없는 자들의 제국Empire of the Senseless』(1988)은 반은 인간, 반은 로
봇인 여성 청소년 애버와 그녀의 남자친구 시바이의 일인칭 목소리
들 사이를 오간다. "아버지들의 세계를 위한 애가Elegy for the World of the
Fathers"라는 부분으로 시작하는 이 소설은 노골적인 성적 표현에 사
로잡힌 가부장적 문화 속에서 문자 그대로, 상징적으로 벌어지는 여
성에 대한 폭력을 탐구한다. 애커의 문체는 출처를 밝히지 않고 다
른 문학 텍스트를 차용하고 리믹스하는데, 그 출처는 『뉴로맨서』다.
깁슨을 재맥락화하면서 애커는 여성의 몸에 대한 사이버스페이스

의 방정식에 내재하는 여성 혐오를 보여준다. 해커들에게 여성의 몸은 침투하고 정복해야 하는 적대적 영토인 것이다. 『분별없는 자들의 제국』은 전형적인 애커의 작품답게 섹슈얼리티와 폭력을 노골적으로 재현한다. 하지만 이스마엘 리드와 앤절라 카터의 소설처럼, 그 자체의 재현을 자기 반영적으로 질문하고, 물리적 폭력과 담론적 폭력 사이의 관계를 자세히 설명한다. 그 두 가지 폭력 모두 여성 주체들을 비인간화하고 정치적 권리 박탈을 숨기기 위해 낭만적 사랑의 개념을 사용한다.

하드 SF와 전형

하드 SF는 유전공학, 인간/기계 인터페이스와 나노 기술에 대해 응답하면서 기술의 구현, 정체성과 사회조직 속의 관계도 탐구했다. 그렉 이건Greg Egan의 철학적 소설들은 정체성의 근본적 개념들이 의문을 제기하기 위해 정신 개조 기술을 배치할 때가 많았다. 「나-됨을 배우기Learning to Be Me」(《인터존》, 1990)는 우리가 곧 인간의 의식을 컴퓨터로 업로드할 수 있게 되고, 따라서 기계 신체 속에서 불멸을 성취할 수 있게 된다는 모라벡의 주장에 대해 탐구한다. 아이들에게 설치된 '보석'이라는 장치는 개인의 두뇌를 충실하게 모니터하고 모델링한다. '보석'이 '진짜' 인간의 선택에서 벗어나면 수정되는데, 그것은 개인이 자신의 쇠퇴하는 생물학적 두뇌를 제거하고 '보석'이 그 자리를 영원히 물려받게 하겠다고 선택할 때까지 계속되는 과정이다. 화자의 '보석'은 동기화에 실패했기 때문에 그의 수술은 영원한 죽음이다. 그가 비정상인지, 정도는 달라도 이것이 모든 개인에게 일어나는 일인지는 분명하지 않다. 「클로저Closer」(〈에이돌런Eidolon〉, 1992)에서, 한 커플은 서로의 몸을 포함해 자기 '보석'들을 여러 신체에 이식시키는 실험을 하다가 서로 최대한 속속들이 알기 위해서 그들의 '보석'을 제3의 의식 속에서 일시적으로 융합시킨다. 다른 이유로, 이 경험은 그들이 서로에 대해 느끼던 욕망을 파괴한다. 「도덕적 바이러스 학자The Moral Virologist」(《펄프하우스Pulphouse》, 1990)는 에이즈 전염병을 환영했던 도덕주의적 히스테리에 응답한다. 이 소설에는 간통자와 동성애자들을 죽일 바이러스를 설계하는 정신 나간 기독교인 유전학자가 나온다. 한 창녀가, 그의 치명적인 바이러스가 가진 기발한 논리는 모유 수유를 하는 아이들에게도 그 바이러스가 전염된다는 뜻이라고 지적할 때, 생물학적으로 제작된 신의 의지에 대한 그의 믿음은 아주 잠깐만 흔들린다. 「자명한Axiomatic」(《인터존》, 1990)에서, 아내와 사별한 평화주의자가 아내의 살인자를 죽임으로써 죽음에 복수할 수 있도록 하는 두뇌 개조를 구입한다. 그러나 그 과정에서, 그는 자신의 슬픔을 극복하지도 못하고 복수를 즐기지도 못한 채, 인간의 생명에 대한 완전한 평가절하와 함께 일어나는 확실성에 대한 취향을 예기치 않게 깨닫게 된다.

낸시 크레스의 〈거지들Beggars〉 3부작(1993~1996)도 유전공학에서 생길 수 있는 사회적 변화와 문제들을 다룬다. 『스페인의 거지들Beggars in Spain』(1993)에서, 부모들은 유전자 개조로 아이들이 절대 잠을 잘 필요가 없기 때문에 생산적인 활동에 더 많은 시간을 쓸 수 있을 때 뒤따르는 이득을 누리도록 만든다. 불면인의 사회적 분노는 점점 더 커져간다. 특히 그들이 나이를 먹지 않는다는 것이 발견됐을 때 그렇다. 자신과 다른 불면인들이 안전과 고립을 지키며 살 수 있도록 피난처sanctuary를 만든 토니가 살해되면서, 불면인 공동체는 대부분 급진화된다. 그들은 자신들을 새로운 종족으로 보고, 강하고 유능한 자신들이 불면인이 만들어 내는 경제적 생산성의 '기생충'들인 약자들에게 빚진 것이 무엇인지 질문하기 시작한다. 이 문제는 사람들이 "스페인의 거지들"(2004)에게 무엇을 해야 하느냐는 질문으로 그려진다. 경제학자 겐조 요가이는 "문명의 기본 도구는 계약이다. 계약은 자발적이고 서로 이익이 된다"라고 주장한다. 그리고 "강압은 옳지 않으며, (계약은) 그런 강압"의 반대다. 따라서 요가이스트들은 '거지들'에게 주는 자선을 몽땅 도덕적으로 의심스럽다고 본다.

자선은 이용당하는 기부자를 약하게 하고 거지에게서 "성취할 기회와 자기가 성취하는 것을 다른 사람과 교역할 기회"를 빼앗고, "그에게서 영적인 존엄을 빼앗는" 것이다. 불면인 리샤는 점점 성숙해 가면서 이런 신자유주의의 유사철학적 정당화가 타당한지 의문을 갖게 된다. 요가이스트는 "가장 유능한 자들 사이의 경쟁은 강자와 약자 모든 사람에게 가장 이득이 되는 교역을 낳는다"라고 간주한다. 그러나 리샤는 이것이 틀렸음을 알게 된다. 약자는 자주 고통을 겪고, 소위 강자는 예상할 수 없었던 놀라운 방식들로 소위 약자를 필요로 한다. 리샤는 함께 나이를 먹어가면서 자신이 개조되지 않은 수면인인 자신의 쌍둥이에게 의지하고 있음을 깨닫는다. 그리고 어느 가난한 수면인 소년(자라서 예술가가 되는)에게 그녀가 베푼 자선 때문에 불면인들은 꿈꾸는 상태의 뇌파에 접근할 수 있게 되고, 따라서 그들의 무의식에 접근할 수 있게 된다. 리샤는 교역이 인간의 상호작용에 적합한 기준인지 의심하고 요가이스트의 선형적, 계약적, 일대일 교환이라는 사회 모델을 거부한다. 그녀는 대신 이렇게 주장한다. "그건 생태학이다 … 틈새 하나하나가 전부 필요하다. 그것들이 계약으로 묶이지 않았더라도 그렇다."

제니퍼 샤리피와 캘빈 호크는 리샤를 돋보이게 한다. 불면인들을 보호하려고 점점 더 가혹할 정도로 노력하는 샤리피는 "엄청나게 영리한" 불면인의 다음 세대를 설계한다. 그 세대의 시냅스 과정은 너무나 가속된 나머지 그들은 전통적인 문법이 아니라 복잡한 다차원적 연결 속에서 생각한다. 샤리피는 수면인 '거지들'을 부양하기 위해 세금을 걷어야만 하는 피난처 우주정거장에 분개해서, 몇 개의 도시를 생물학 무기로 파괴하겠다고 위협하며 미국으로부터 분리 독립하려고 한다. 그러나 초생산적 수준을 수행할 수 없는 사람들을 피난처가 안락사하는 것에 질겁한 "엄청나게 영리한" 사람들은 샤리피를 막기 위해 개입한다. 위슬립 인더스트리의 대표인 호크는 수면인들의 연대를 주장하며, 연대하지 않으면 새로운 경제에서 수면인들은 완전히 구식이 될 것이라고 말한다. 선동적이고 증오에 찬 호크의 방식이 비난받기는 하지만, 인간이 점점 더 불필요해진다는 그의 공포는 타당하다. 리샤는 결국 이런 결론을 내린다. "강자가 거지들에게 지는 빚은 왜 그가 거지이고 그에 따라 행동하는지 각자에게 묻는 것이다. 공동체는 결과가 아니라 가정이기 때문에, 비생산성에 탁월함과 똑같은 개성을 주고 그에 따라 행동할 때만 인간은 스페인의 거지들에 대한 의무를 수행하는 것이다." 리샤는 "스페인에는, 아니 다른 어디에도, 영원히 거지인 사람은 없다. 오늘 당신이 1달러를 건네는 거지가 내일 세계를 바꿀 수도 있다. 혹은 그럴 사람의 아버지가 될 수도 있다"라고 마음을 정한다. 『거지와 선택하는 자Beggars and Choosers』(1994)와 『거지들의 승차Beggars Ride』(1998)에서, 크레스는 사회를 변화시키기 위한 직접적인 정치적 동원과 투쟁의 필요성에 주목하게 된다.

조앤 슬론체우스키의 『대양으로 가는 문A Door into Ocean』은 대안적 정치 합의를 탐구하기 위해 생물학적 비유를 사용한다. 모든 구성체가 여성인 쇼라라는 대양 세계는 발레돈에 점령되고 합병할 위기에 처한다. 그들은 평화주의적 공유자Sharer의 생체변형lifeshaping 기술(일종의 비침략적인 유전공학)과 군사적 지배라는 남성 우월적 문화에 반대하는 생태주의적 공생에 대한 믿음에 큰 타격을 줄 것이다. 공유자들은 농업기술을 피하고 포식 종족들을 첨단 기술로 방어하며 쇼라의 다른 종족들과 공존한다. 이와 대조적으로, 발란들은 이미 발레돈의 다른 유인종類人種들을 멸종시켰고, 그곳의 다른 동물 종에 대한 언급은 거의 나오지 않는다. 긴장이 격화되면서, 어느 쪽도 다른 쪽을 인간으로 보지 않는다. 발란이 생태계와 다른 종족들에 너무나 파괴적이기 때문에, 공유자들은 발란이 인간으로 생활한다는 것을 믿지 않는다. 발란들은 공유자들을 동등하게 대할 필요가 없고 다른 동물들과 마찬가지로 몰살당해도 된다고 믿는다. 공유자 머웬은 발란 장군 리얼가에게 이렇게 말한다. "당신의 생존을 나의 생존과 분리할 수 없고 서로 구별할 수 없다는 것을 당신이 알게 된다면, 우리는 양쪽 다 이길 것이오"(1986). 그러나 그는 승자와 패자라는 이분법을 초월하지 못한다. 공유자는 비폭력 저항으로 궁극적으로 리얼가가 정복을 포기하도록 만든다. 있으면 안 되는 장소를 수동적으로 차지하고 있는 여자와 아이들을 공격하는 데 일반병들이 점점 염증을 내기 때문이다. 그러나 자신들이 바란 인간들 사이의 합의와 협동이 성취되지 않았기 때문에, 공유자들도 이것을 패배로 본다. 슬론체우스키의 『두뇌 전염병Brain Plague』(1991)도 어느 예술가가 지성이 있는 미생물의 콜로니에서 숙주 노릇을 하는 이야기 속에서 종족 간의 협력을 탐구한다.

그렉 베어의 『블러드 뮤직Blood Music』(1985)은 사이버펑크와 하드 SF 양쪽 모두에서 중심적인 위치를 차지한다. 이 소설은 "미생물만큼 작은 것이나 인간만큼 커다란 모든 생명체의 크기 서열"에 대해 고찰하면서, 인간들은 "자연의 농부들"인 엄청나게 많은 미생물들의 죽음보다 "단 하나의 인간의 죽음"을 훨씬 더 중요하게 생각하는데 그것은 전혀 적합하지 않다고 말한다. 이런 비유를 도발적으로 확장해서 "우리는 프랑스 왕이 자기네 계급을 믿는 것만큼 확고하게 이것을 믿는다"(1985)라고 덧붙이기까지 한다. 버질 울람은 끊임없는 자기 집착으로 동료들을 소외시키는 독불장군 유전학자다. 그는 안전 규범을 무시하고 포유류의 DNA로 실험했기 때문에 해고된다. 그는 나중에 바이오칩 기술에서 이룬 이런 진보를 자신의 특허로 획득하기 위해 감독관에게 이 작업을 비밀로 한다. 지시받은 대로 실험실 배양조직을 파괴하는 대신, 그는 그 누사이트oocyte(난모세포)를 채취하려고 자기 자신에게 주사한다. 그것을 채취하는 대신 그는 생체 연구 환경이 된다. 그 안에서 누사이트들은 계속 진화해서 결국 집합적 의식과 문명을 성취한다. 그들은 볼품없는 울람을 변화시키기 시작한다. 그들이 그를 "내부에서 외부로" 다시 만들면서, 그는 덜 어설퍼지고, 살이 빠지고 안경을 쓸 필요가 없어진다. 어떤 면에서, 이것은 더 큰 유기체와 복잡한 생물학적 기능은 개별 유전자가 자신의 재생산을 확보하는 방법일 뿐이라고 주장하는 리처드 도킨스Richard Dawkins의 '이기적 유전자' 이론의 소설 버전이다. 1980년대와 1990년대에, 보수적 사회평론가들은 인간의 사회적 행동을 설명하기 위해, 즉 사회경제적 차이와 문제들을 어쩔 수 없는 생물학적 전개로 축소하고, 따라서 사회적 프로그램을 지원하는 것은 '인간 본성'을 헛되이 부인하는 짓이라고 주장하기 위해 이 이론을 조야하게 차용했다.

훨씬 더 미묘한 부분을 보는 사상가인 베어는 종의 계층 구조에 대한 인간의 가정에 의문을 제기한다. 울람은 누사이트를 통제하거나 억압하려 하기보다는 그들에게 굴복해야겠다고 결심한다. "그들이 더 유능하기" 때문이다. 누사이트는 전염병처럼 퍼져서, 자신들의 집합적이고 의식을 가진 바이오매스에 생물들을 용해시키고 지구 표면을 완전히 바꿔놓는다. 그러나 생명은 계속된다. 누사이트들은 변화하지 않은 개인들에게도 친절하게 대한다. 그 사람들이 한때 알고 있었지만 지금은 누사이트 바이오매스의 일부가 된 사람들을 토대로 만든 아바타들을 통해 그들과 의사소통을 한다. 원본의 재건축이면서 동시에 원본 이상인 이 아바타들은 변화하지 않은 사람들에게 자신들과 함께하자고 격려한다. 그들은 미생물의 집합적 지성의 일부가 될 때 삶이 더 나아진다고 진심으로 믿는 것 같다. 아서 C. 클라크의 『유년기의 끝Childhood's End』(1953)을 상기시키면서, 이 소설은 정확한 본성을 알 수 없는 변화의 극적인 첨단에서 끝난다. 누사이트들은 지적인 관찰자로서 궁극적으로는 "정보에 지나지 않는" 현실의 양자적 성질을 바꾼다. 보통, 양자 수준의 사건들은 지적 존재의 관찰 능력 너머에 있지만 시공간에 "일종의 압력"을 만들어 내는 누사이트들에게는 그렇지 않다. 그것이 풀려날 때 우주는 재조직되면서, 모든 사람에게 예전의 삶보다 더 많은 기회, 더 나아질 수 있는 기회를 준다.

결론

- 좌파와 우파 SF 사이의 분열은 계속됐다. 우익 SF는 주로 하드 SF와 연관돼 있다. 그러나 사이버펑크의 보수주의, 특히 사이버펑크가 젠더, 섹슈얼리티, 인종과 전 지구적 불평등을 다루는 방식에 깃든 보수주의를 비판한 사람들도 많다. 후기 사이버펑크는 이런 비판을 분명히 표현하고 그에 대답했다. 동시에 하드 SF의 보수주의적 지배가 쇠퇴했다.

- 전통적 독자층 너머까지 미친 넓은 매력과 함께, 사이버펑크는 세 가지 중요한 유산을 남겼다. 첫째, 전 지구적 자본주의와 정보 기술에 의해 계속 만들어지는 세계를 서술하고 조사하는 이미지, 아이디어와 기법의 집합이다. 둘째, 예전에는 무관심했던 학문 공동체들 속에 SF에 대한 학제 간 관심을 키웠다. 셋째, 새로운 작가와 텍스트들을 혁신적인 서브 장르와 운동이라고 광고하려는 상업적 추동력이다.

- 이 시대 과학기술의 진보와 과학소설화된 문화 이론과 비평 이론은 인간 의식의 구현, 지성과 본성에 대한 새로운 탐구를 불러일으켰다.

- 현실이 SF에 따라잡혔다는 느낌이 점점 커지면서 문학적 소설은 필연적으로 과학소설화됐다. SF 장르가 개발한 도구들은 더 이상 SF만의 자산으로 간주될 수 없었다.

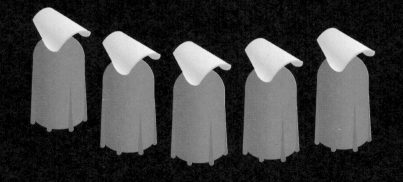

9장

제국과 확장: 1980년대와 1990년대

이 시기 사회운동은 점점 더 섹슈얼리티, 인종과 젠더의 정체성 정치와 환경주의, 반기업·반세계화 운동 중심으로 조직됐다. 이런 문제들에 참여한 SF는 타자성의 차별과 배제에 대해 대체로 비판적이었고, 지배 이데올로기의 기묘함을 드러내기 위해 외계인의 시각을 사용하는 일이 많았다. 스페이스 오페라는 극적인 재유행을 겪었고, 예전 SF의 식민지적 토대와 다른 곤란한 측면들에 대해 비판적으로 언급하는 아이로니컬하고 자기 성찰적인 형식을 자주 보여줬다. SF건 아니건 다른 텍스트들에 대한 노골적인 상호 텍스트적 암시가 흔해졌다. 전 지구적 엔터테인먼트 산업이 강화되면서 그런 종류의 SF에 큰 영향을 미쳤는데, 이 산업은 여러 매체를 넘나드는 듯이 보이는 수익성 좋은 작품들과 함께 강화됐다. 즉, 소설, 텔레비전 시리즈와 디지털 게임들이 영화로 만들어지고, 영화가 다시 소설과 텔레비전 시리즈와 디지털 게임에 영향을 주기도 했다.

시대적 변화

1980년대와 1990년대의 경제적 변화는 새로운 정보 기술과 결합하며 초국가적·신자유주의적 조직들과 서구 국가들에 유리한 구조적 불평등을 영속시키는 협정들 아래에 있는 전 지구적 자본주의 질서를 강화했다. 이런 조직과 협정들에는 국제통화기금, 세계무역기구, 세계은행, 공업화된 국가들의 G7과 G20 그룹, 유럽연합과 북미자유무역협정들이 포함돼 있다. 많은 논객들이 이제 국민국가가 국민의 이익을 대표하는 것이 아니라 경제적 질서 그 자체에 봉사하기 위해 존재한다고 주장하며, 국민국가의 힘이 쇠퇴했다고 한탄하기 시작했다. 그 경제적 질서는 자율적인 개체며, 피할 수 없고 어느 정도는 자연적인 것으로 묘사될 때가 많았다. 그러나 이런 경제적 전 세계화와 함께 다양한 공동체들의 접촉이 서로 증가하는 초국가적인 문화적 흐름이 생겨났다. 경제적 세계화가 민주적 행위 능력의 위기를 낳고 계급 정체성이 함께 상실되면서, 주체들은 "점점 더 자신들이 하는 일이 아니라 자신들이 무엇인가, 혹은 자신들이 무엇이라고 믿는가에 근거하여 스스로의 의미를 조직[했]다"(카스텔, 2000). 따라서 사람들은 점점 더 즉각적이고 물리적인 상황이 아니라 문화적 공동체와 정체성 공동체(젠더, 섹슈얼리티, 인종, 민족성과 종교의 유대를 중심으로 조직되는 일이 많고, 지리학적으로는 흩어져 있을 수도 있는)의 관점에서 스스로를 이해하게 됐다. 이 시기의 정체성 정치를 둘러싼 투쟁들은 디지털 경제 속에서 개인성과 공동체의 감각을 (다시) 주장하기 위해 정보 기술을 사용했다. 디지털 경제는 장소와 민족들 사이의 차이를 빠르게 지워나가며, 모든 것을 노동과 소비의 납작해진 지형으로 축소시키고 있었던 것이다.

전후 시대 동안 냉전 양극성의 관점에서만 미래를 상상했던 SF 는 변화하는 국제 질서를 반영하기 시작했다. 사이버펑크와 다른 디스토피아적 미래들은 (정치적이기보다는) 부유한 북반구와 가난한 남반구 국가들 사이에 일어나는 경제적 분열을 강조했고, 동아시아 경제 때문에 주변화된 미국을 자주 상상했다. 저항은 사회 주변부에서 발견됐고, 살아남기 위한 학습으로만 구성된 경우가 많았다. 예를 들면 제프 리먼Geoff Ryman의 『차일드 가든The Child Garden』(1989), 캐런 조이 파울러Karen Joy Fowler의 『사라 카나리Sarah Canary』(1991), 잭 워맥Jack Womack 의 『무분별한 폭력Random Acts of Senseless Violence』(1993)과 콜슨 화이트헤드 의 『직관주의자』(1999)에서 그러했다. SF의 제도적 구조는 SF 장르 에서 정체성 정치가 갖는 중요성을 점점 더 인정하게 됐다. 1977년 에 수립돼, 명시적으로 페미니즘 SF 컨벤션을 표방하는 위스콘WisCon 은 점점 중요해졌다. 1991년부터 위스콘에서 젠더를 탐구하는 사변소설에 주는 제임스팁트리주니어상이 만들어졌다. 그리고 1999년, 유색인종이 쓴 사변소설과 인종과 민족성에 대한 SF에 상을 수여하는 칼브랜던협회Carl Brandon Society가 설립됐다. 이 상들은 반드시 SF에만 국한하지 않고, SF와 판타지, 호러를 포함하는 더 넓은 범주를 대상으로 한다. 예전에는 더 엄격한 범주화 때문에 부인되거나 불가능 했던 이 장르들 사이의 공명과 수렴을 인정하는 것이다.

부분적으로, 이런 수렴은 시장의 압박이 낳은 결과다. 1960년 대 톨킨과 로버트 E. 하워드의 〈코난Conan〉 소설들이 재발행되고 〈던전 앤 드래곤Dungeons & Dragons〉 롤플레잉 게임이 성공하면서 만들어진 영웅 판타지는 테리 브룩스Terry Brooks, 스티븐 도널드슨Stephen Donaldson,

데이비드 에딩스David Eddings, 레이먼드 피스트Raymond Feist, 로빈 홉Robin Hobb, 로버트 조던Robert Jordan, 가이 가브리엘 케이Guy Gavriel Kay, 머세이디스 래키Mercedes Lackey, 태드 윌리엄스Tad Williams와 다른 사람들이 성공적으로 강화하면서 대중적 장르가 됐다. 동시에, 〈스타워즈〉 프랜차이즈는 과학소설 같은 배경에서 벌어지는 판타지와 비슷한 모험담 관중을 만들어 냈다. 이 "커지는 경쟁"에 대한 SF의 "한 가지 응답"은 "가까운 장르들에게서 질감과 어조를 차용"해서 "교차적인 매력"을 가진 "과학 판타지 작품"(레이섬, 2010)을 생산해 내는 것이었다. 또 하나는 **진짜** SF의 **딱딱함**을 점점 더 강조하는 것이었다. 그 **딱딱함**이란 이 시기에는 그렉 베어, 그레고리 벤포드, 데이비드 브린David Brin과 연관돼 있고 아이작 아시모프와 아서 C. 클라크의 베스트셀러들이 강화시킨 경향이었으나, 그 베스트셀러들은 대체로 예전의 성공작들을 다시 다룬 후기 작품들이었다. 사이버펑크도 이와 비슷하게 SF가 판타지적으로 향하는 경향을 호되게 비난했다. 심지어 사이버펑크가 고급문화와 저급문화의 경계를 지우고, 혼성화하고 샘플링하는 포스트모던 문화에 참여했으면서도 그렇다.

대중적 포스트모더니즘

스팀펑크

- 팀 파워스Tim Powers, 『아누비스의 문The Anubis Gates』(1983)
- 제임스 P. 블레이락James P. Blaylock, 『호문쿨루스Homunculus』(1986)
- K. W. 지터, 『지옥의 장치Infernal Devices』(1987)
- 윌리엄 깁슨과 브루스 스털링, 『차분기관The Difference Engine』(1990)
- 〈잃어버린 아이들의 도시The City of Lost Children〉(죄네와 카로Jeunet and Caro, 1995)
- 폴 디 필리포Paul Di Filippo 『스팀펑크 3부작The Steampunk Trilogy』(1995)
- 앨런 무어Alan Moore, 『젠틀맨 리그: 비범한 신사 연맹The League of Extraordinary Gentlemen』(2000)
- 토머스 핀천, 『어게인스트 더 데이Against the Day』(2006)

브라이언 애터베리Brian Attebery는 SF가 줄거리, 아이디어와 이미지들이 담긴 광대한 창고에서 그것들을 빌려 와 단순히 재활용하는 것이 아니라 자의식적으로 그것들을 따르고 거기서 벗어나는 독특한 방식을 가지고 있다고 주장한다. "가장 오래된 의미들은 사라지는 것이 아니라 그 결과 나오는 재상상들로 복잡하고 모호하고 아이로니컬해진다"(2005)라고 그는 주장한다. 이 시기 많은 작가들에게, SF는 전통의 죽어 있는 무게가 아니라 가능성의 거대한 공시적 그물망이었다. 이 그물망 위에서 그들은 기념비적이면서도 활기찬 발생 반복을 이끌어 낼 수 있었다. 다양성에 대한 이런 감각, 언제나 역사를 다르게 펼칠 수 있는 평행 세계들에 대한 이런 감각은 〈빽 투 더 퓨처Back to the Future〉 3부작(제메키스Zemeckis 1985~1990), 〈사선을 넘어Quantum Leap〉(1989~1993)와 〈슬라이더스Sliders〉(1995~2000) 같은 영화와 텔레비전 프로그램들, 어두운 디킨스적 배경에서 놀라운 빅토리아시대 기술들을 상상하며 즐거워하는 스팀펑크steampunk SF, 그리고 앨런 무어와 데이브 기번스Dave Gibbons의 〈왓치맨Watchmen〉(1986~1987)에서 명백히 드러난다.

역사적 배경에 공상과학이나 판타지 요소를 적용하고 전자 제품 대신 증기로 작동하는 기계가 등장하는 문학 장르.

워터게이트 사건이 벌어지지 않고 닉슨이 여전히 대통령인 대체 1980년대를 배경으로, 〈왓치맨〉은 냉전 시대 때 미국의 패권을 공고히 하는 데 자신의 힘을 사용했던 한 무리의 퇴역 슈퍼히어로들을 따라간다. 그들은 큰 피해를 입고 심한 결점을 가진 사람들이다. 그중 한 명이 전 지구적 대재앙만이 해체되고 있는 세계를 단결시킬 수 있다고 믿고, 뉴욕에 파괴적인 외계 침공을 가짜로 일으킨다. 그 서사는 나이트 아울의 자서전, 로르샤흐의 심리학적 기록들, 실크 스펙터의 스크랩북, 오지만디아스의 판매에 대한 사내 메모, 대체 세계 미국 만화책의 역사 중 어떤 부분을 상술하는 논문 등등을 발췌해 가며 자세히 설명한다. 재발행된 1960년대의 해적판 만화 〈검은 화물선Tales of the Black Freighter〉에서 뽑아 삽입한, 어느 중요하지 않은 등장인물이 쓰고 다른 중요하지 않은 등장인물이 읽는 이야기가 그 서사를 더 자세히 해설한다. 슈퍼히어로와 전체주의와 유토피아주의, 그리고 그들의 메타텍스트적이고 공적인 혁신들 사이의 관계에 대한 무어와 기번스의 해체적 반성 때문에 그들은 닐 게이먼, 프랭크 밀러Frank Miller, 그랜트 모리슨Grant Morrison, 워런 엘리스 등의 사람들과 함께 만화책을 성인 매체로 탈바꿈시킨 공을 얻게 된다.

하워드 월드롭Howard Waldrop과 킴 뉴먼Kim Newman의 소설은 아이로니컬한 샘플링과 상호 텍스트적 암시성이라는 이런 포스트모던한 미학의 전형적인 예다. 이 소설은 SF와 다른 대중소설들에 의지하여 우리 자신의 세계를 논평하는 대안적 세계들을 확산시킨다. 월드롭의 텍스트에서 드러나는 유머는 장르 비유에 구현된 문화적 편견을 자주 강조하고, 그런 편견을 더 통합적인 사회적 세계에 복원함으로써 그것들이 동시대 현실에서 회피하는 모습을 보여준다. 예를 들어, 『못생긴 닭들The Ugly Chickens』(1980)은 식민화와 노예제의 역사를 환기시키면서 1920년까지 미시시피 시골 속에 도도새들이 생존했음을 그럴듯하게 성립시킨다. 포스트아포칼립스 소설 「페리스피어의 상속자들Heirs of the Perisphere」(《플레이보이》, 1985)은 로봇 미키 마우스, 도널드 덕과 구피라는 애니메트로닉스animatronics* 삼인조를 그린다. 디즈

'애니메이션'과 '일렉트로닉스'의 합성어로 생물을 모방한 로봇으로 영화를 촬영하는 특수 기법.

니 테마파크에서 일하는 인간 노동자들을 대체할 의도로 만들어진 그들은 뉴욕 세계박람회장에 묻힌 타임캡슐이 세상에 무슨 일이 벌어졌는지 밝혀줄 것이라는 희망을 갖고 도쿄에서 뉴욕까지 걸어간다. 「늦거북의 밤Night of the Cooters」(《옴니》, 1987)은 웰스의 화성 침공자들이 텍사스의 파추초 카운티를 목표로 침공하고, 현실적인 보안관 린리가 외계의 위협에 대항하는 상상을 한다. 「가까운 과거의 이상한 괴물들All About Strange Monsters of the Recent Past」(섀욜Shayol, 1980)은 1950년대 SF 영화의 괴물과 외계인들이 파괴한 세계의 탈영병을 따라간다. 미국 남서부를 가로지르는 그의 여행("여기서 멀지 않은 곳에서 최초의 원자폭탄이 폭발했다 … 여기가 그 일이 시작된 곳이다. 이곳이 그 일이 끝나는 곳이다"(1989))은 여러 가지 암시와 무수한 영화들을 연결 짓는데, 그중 대부분이 잘 알려지지 않은 영화들이다. 그의 여행은 그가 여섯 살 때 처음 본 〈뎀〉에 나오는 거대 개미와 만날 때 정점에 달한다. "인간에게는 다 끝난 일이야." 그는 깨닫는다. "하지만 여전히 남은 것들이 있어. 선택 같은 것 … 개인적 괴물의 선택."

월드롭의 여러 소설들은 명백히 텍스트성과 매개, 일상생활에서 일어나는 현실과 소설의 복잡한 중첩에 대한 것이다. 『서부극의 소멸The Passing of the Western』(1989)에는 《필름 리뷰 월드Film Review World》 특별호에 대한 세 개의 기고문이 나온다. 그 특별호는 거의 다 잊혀진 클라우드버스터스 서부극에 대한 것인데, 이 대체 역사에서 그 극은 19세기 인공강우 기술로 미국 서부가 변형되는 모습을 그렸다. 한 에세이는 포말하우트 J. 앰커매캠Formalhaut J. Amkermackam의 영화를 생동감 넘치게 소개하고, 영향력 있는 팬이자 《영화 나라의 유명한 괴물들*Famous Monsters of Filmland*》잡지의 편집자인 포러스트 J. 애커먼에게 인사를 보낸다. 『브로드웨이에서 보낸 30분*Thirty Minutes over Broadway*』(1987)은 조지 R. R. 마틴*George R. R. Martin*이 여전히 진행하고 있는 공유 세계 슈퍼히어로 선집인 〈와일드 카드*Wild Cards*〉 시리즈의 첫 이야기다. 이 소설은 영웅적인 조종사 제트보이의 귀환을 그린다. 그는 제2차 세계대전 말에 한 섬에 고립돼 죽은 것으로 생각된다. 어린 시절의 연인은 다른 사람에게 떠났고, 그는 충성이라는 주제로 코시 코믹과 논쟁하고 있고, 사람들이 〈제트보이〉 만화에 가한 변화, 즉 더 환상적인 플롯을 위해 "비행과 전투와 간첩망 근절, 진짜 일"(1990)을 포기한 것을 싫어한다. 그는 영화를 보고 회고록을 붙잡고 쓰지 못한 채 대부분의 시간을 날리면서, "그가 전쟁 동안 G-2 소년들에게 이야기했던, 그때는 꼭 사실들처럼 보였던 것은 종이 위의 허풍 같았다"라는 것을 깨닫고 "이런 물건이 누구에게 필요하겠어?" 하고 의문을 품는다. 그는 추락한 외계인의 기술로 무장한 사악한 닥터 토드가 다시 등장하면서 이 따분한 운명에서 구원받는다. 악당이 재등장하면서, 마지막으로 그는 다시 세상을 구하도록 요청받는다.

혼성 작품 또는 합성 작품을 의미한다. 문체나 분위기 등 선구자에 영향을 받아 작풍이 닮는 것으로, 넓은 의미에서 패러디도 포함한다.

1920년대부터 미국 문학에 나타난 창작 태도. 현실의 냉혹하고 비정한 일을 감상에 빠지지 않고 간결한 문체로 묘사하는 수법이다.

뉴먼은 이와 비슷하게 매체를 망라해 SF와 다른 장르들에 대해서 패러디하고, 파스티슈*pastiches* 하고 오마주한다. 예를 들어 「빅 피시*The Big Fish*」(《인터존》 1993)에서 러브크래프트의 우주적 공포를 레이먼드 챈들러*Raymond Chandler*의 하드보일드*hard-boiled* 범죄소설과 믹스한다. 그의 많은 소설이 20세기의 대중소설을 통해 20세기 인종적 편견의 역사를 보여주거나 동시대의 우익 정치를 비판한다. 「유명한 괴물들Famous Monsters」(《인터존》, 1988)은 H. G. 웰즈의 『우주 전쟁』과 『달의 첫 방문자』가 현실에서 일어난 대체 역사 속에서 할리우드 단역배우가 된 한 화성인의 회고록이다. 그는 지구에서 화성 독재로부터 도망친 난민들 사이에서 태어났지만, 인종 때문에 주변화되고 차별과 학대를 당한다. 보통은 1930년대 아프리카계 미국인들이 연기하던 것 같은 희극 보조 역할들만 맡아 하다가, 제2차 세계대전이 발발하자 자신이 (피터 로어나 콘라트 파이트 같은 반나치 독일인 망명자들처럼) 악당 역할로 수요가 많다는 것을 깨닫는다. 전쟁이 끝난 후 이런 일이 끊기고, 그는 결국 저예산 드라이브인 SF 호러 영화에서 연기하게 된다. 관료제화된 영국 슈퍼히어로 선집인 〈템프스Temps〉 공유 세계 선집(1991~1992)에 실린 「핏불 브리턴Pitbull Brittan」(1991)은 "근육계가 완전히 발기 조직으로 이뤄져 있는" 슈퍼히어로를 상상한다. 그 근육계는 "발기했을 때, 육체적으로든 정신적으로든 표면 피부의 확연한 팽창, 엄청난 근력, 한계가 있지만 금강불괴 능력과 이타적인 영웅적 행위의 위업을 이룰 수 있는 심리적 능력"(1995a)을 만들어 낸다. 이 소설의 유머 대부분은 1984~1985년 파업 동안 영국 우익 타블로이드지들이 광부들에 대해 주장한 모든 말이 문자 그대로 사실이라고 그리는 것과, 변함없이 계속되는 발기로 인한 죽음을 피하기 위해 이성애규범적 섹슈얼리티 너머로 가야 하는 편협한 핏불에게서 나온다. 독일 표현주의 영화에 대한 암시가 흩어져 있는 「초인Ubermensch!」(《뉴월즈》, 1991)은 슈퍼맨이 캔자스가 아니라 독일에 추락해서 그곳에서 자라서 낯익은 의상("밝은 갈색

바디 스타킹, 검은 트렁크 팬티, 부츠와 망토. 가슴의 붉은 원에는 검은 스와 스티카"(1995b))을 입고 총통에게 봉사하는 광경을 상상한다. 그러나 자기 주인의 '최종 해결책'에 질린 그는 디데이 상륙작전에 개입하기를 거부하고, 전쟁이 끝나고 자발적으로 슈판다우 감옥에 갇힌다. 수년 후 파시즘의 부활을 염려하는 초로의 유대인 나치 사냥꾼이 그를 설득해서 자살하도록 한다.

이 아이로니컬한 인유들도, 정치적으로는 보수적일지 몰라도 비평적으로 유명한 진 울프Gene Wolfe의 〈새로운 태양의 서The Book of the New Sun〉(1980~1983) 옆에서 왜소해진다. 이 연작의 특징은 반복, 기억과 잔향, 유물과 부활이다. 이 이야기는 중세로 보이는 먼 미래의 어스를 배경으로 한다. 그곳은 지구일 수도 있고, 이 소설이 죽어가는 태양의 부활에 대한 이야기기 때문에, 마찬가지로 우리의 먼 과거를 배경으로 하는 것일 수도 있다. 이 불확실성은 이 배경이 시대에 뒤져 있음을 강조하는 고풍스러운 단어들과 어부왕Fisher King, 그리스도, 테세우스와 오이디푸스 같은 신화적 이미지들로 강화된다. 성채의 도서관은 울프의 상징주의의 전형인데, 도서관의 책장은 무한히 확장되는 것처럼 보인다. 그것은 도서관이 세계 안에 있는 것만큼이나 세계가 도서관 안에 있다는 의미다. 네 권의 연작은 고문자 길드의 젊은 회원 세베리안을 따라간다. 그는 자기와 얽혀든 죄수 테클라가 자살하는 것을 돕기 위해 수도 네서스에서 사라진다. 독재자의 지위에 올라간 후 세베리안이 쓴 회고록으로 돼 있는 이 소설은 이야기 서술이라는 행위와 화자의 신뢰할 수 없음에 주의를 끄는 일이 많다. 사건들은 때때로 연대기적 순서에서 벗어나 이야기되고, 중요한 정보의 뒤늦은 폭로는 독자에게 그전 사건들의 의미를 다시 생각해 보도록 요구한다. 꿈과 환상들의 해석은 실제로 어떤 사건들이 일어났는지 불분명한 채로 남겨둘 때가 많다. 세베리안의 어머니의 정체 같은 정보들은 전혀 드러나지 않는다. 독자는 세베리안의 정체에 대해서도 안정감을 가질 수 없다. 이야기를 시작하기 훨씬 전에 그는 약과 함께 테클라의 살점을 먹었다. 그래서 그는 그녀의 기억에 접근할 수 있고, 때때로 그녀는 그의 몸을 넘겨받을 수 있다. 그리고 이 비슷한 수단으로 그는 예전 모든 독재자들의 기억을 갖고 있다.

〈새로운 태양의 서〉의 뒤를 따르는 것이 『새로운 태양의 어스The Urth of the New Sun』(1987)와 두 개의 연관된 연작, 〈긴 태양의 서The Book of the Long Sun〉(1994~1996)와 〈짧은 태양의 서The Book of the Short Sun〉(1999~2001)다. 존 키츠John Keats의 시에 대한 암시가 가득한 댄 시먼스Dan Simmons의 네 권짜리 〈히페리온 서사시Hyperion Cantos〉(1989~1997)도 이와 비슷할 정도로 규모가 엄청나다. 『히페리온Hyperion』(1989)은 초서Chaucer의 『캔터베리 이야기Canterbury Tales』의 구조를 모사해서, 그들의 목적지인 '시간 무덤'과 연관된 괴물 같은 생물인 슈라이크와 전에 만났던 순례자들의 이야기를 한데 묶는다. 이렇게 여러 삽화로 이뤄진 구조는 시먼스가 서로 다른 종류의 이야기를 써서 SF가 역사적으로 취해온 다양한 형식들을 언급할 수 있도록 한다. 그중에는 인류학적 SF(성직자인 레나 호이트는 종족원들이 자기 가슴에 붙어 있는 십자형 기생충 때문에 각각 반복해서 되살아나는 고대 종족을, 한 동료가 발견했다는 이야기를 한다)도 있고, 사이버펑크(형사인 브라운 라미아는 인간 몸속에 있는 AI 개체인 사이브리드가 자기를 고용했다는 하드보일드적 이야기를 한다. 그 사이브리드의 페르소나는 키츠의 재현이고, 자신은 그의 일시적 살인을 조사하기 위해 고용됐다는 것이다)도 있다. 학자인 솔 아인트라우브는 가장 개인적이고 감정적인 이야기를 한다. 그의 고고학자 딸 레이첼은 '시간 무덤'에 의해 개조돼 나이를 거꾸로 먹고 있다. 이제 젖먹이인 그녀는 탄생에 가까워지고 있고, 그 후에는 아마 사라질 것이다. 그는 꿈 때문에 괴로워하는데, 그 꿈에서 자신은 성서의 아브라함이고 인류를 구하기 위해 레이첼을 슈라이크에게 바치라는 명령을 받았다. 그 순례자들의 이야기는 우주의 인류 패권의 세세한 부분에 살을 붙이고, 그 연작의 관심사를 구원과 영적인 진실로 발전시킨다.

『히페리온의 몰락Fall of Hyperion』(1990)에서, 우리는 솔이 『아브라함의 딜레마』라는 책을 썼다는 것을 알게 된다. 그 책은 "모든 희생을 거부하고, 상호 존중과 상호 이해를 하려는 솔직한 시도를 담은 것만 제외하고 신과 가질 수 있는 모든 관계를 거부한다"(1990)라고 주장한다. 시먼스는 가톨릭 철학자 피에르 테일라르 드 샤르댕을 되풀이해서 암시하는데, 그는 신성은 새로운 현상이고 "유기체적 의식의 모든 면은 신격과 궁극적으로 통합하기 위해 계획된 진화의 일부분이다"라고 주장했던 사람이다. '궁극의 지성'을 창조하는 데 남몰래 참여했던 자율적인 AI들은 다른 '궁극의 지성'이 우주의 양자 수준에서 인간의 의식에서 진화했다는 것을 발견한다. 키츠의 사이브리드가 낳은 브라운의 딸 아이네아는 가톨릭 신권정치가 패권을 지배하는 250년 후를 배경으로 한 『엔디미온Endymion』(1996)과 『엔디미온의 부상The Rise of Endymion』(1997)의 예수를 닮은 주인공이다. 그녀의 피에는 바이러스가 있어서, 그녀는 그 바이러스에 감염된 모든 사람과 양자 텔레파시로 의사소통을 할 수 있다. 그녀는 새로운 '종교재판'의 손에서 고문과 죽음에 굴복한다. 그러나 그것은 신권정치의 본성을 폭로하고 진정한 영성이 나타날 공간을 만들기 위해서다.

〈히페리온〉 소설들의 구조는 텍스트와 서사의 진행을 강조한다. 〈엔디미온〉 소설들은 이것이 쓰여진 서사임을 독자에게 자주 일깨운다. 그리고 양쪽 모두 현실과 재현 사이의 관계에 대한 것이다. 예를 들어, 순례자 중 하나인 마틴은 〈히페리온〉 소설들에서 이야기될 사건들에 대해서 '히페리온 서사시'를 쓴다. 그러나 〈엔디미온〉 소설들에서 그것은 신화의 지위를 갖게 된다. 이와 비슷한 맥락에서, 예전의 진실은 거짓으로 드러나고, 배경의 기본적 전제들은 반복해서 바뀐다. 시먼스가 세부와 서사의 가닥들을 급격히 증가시키면서, 이 시리즈는 점점 더 스페이스오페라에서도 모험적인 지역으로 들어간다.

새로운 스페이스오페라

스페이스오페라는 이 시기의 가장 성공한 SF 중 하나고 사이버 펑크만큼이나 영향을 미쳤지만, 그만큼 학계에 재빨리 포용되지는 못했다. 여기에서 등장한 비평적 논평을 보면 1990년대의 최고 SF 는 영국 작가들이 쓴 것처럼 느껴진다. '영국 붐'의 이유 중에는 가장 오래 운영되고 있는 영국 SF 잡지인 《인터존》의 정기적 발간과 영국 문화가 '제국'이라는 개념에서 미국 문화와 구별된다는 감각이 있다. 미국이 신자유주의적 경제 제국을 통해 전 지구적 영향력을 넓혀가 던 반면, 영국은 전쟁 후 자신의 위상과 식민지 제국의 상실을 슬퍼 하는, 제국 이후의 모호한 멜랑콜리라는 특징을 보였다. 영국 붐 SF 가 취한 형식은 스페이스오페라만이 아니었고 많은 비영국인들이 스페이스오페라 르네상스에 참여했지만, 콜린 그린랜드^{Colin Greenland}, 켄 매클라우드^{Ken MacLeod}와 이언 M. 뱅크스^{Iain M. Banks}의 소설들은 영국 붐 SF와 스페이스오페라 양쪽 모두에 매우 중요했다.

그린랜드의 스페이스오페라는 에드거 라이스 버로스부터 댄 데어^{Dan Dare} 만화(1950~1967), 장 자크 루소^{Jean Jacques Rousseau}부터 찰스 디킨스^{Charles Dickens}까지 예전 SF와 다른 문학 텍스트들에 대한 암시를 풍부하게 담고 있다. 『많이 되찾아 오자^{Take Back Plenty}』(1990)는 독립 우주선 앨리스 리델의 개성 강한 소유자인 주인공 태비사 주트 선장 때문에 유명하다. "보통의 밀크커피"색 피부와 "아주 진한 황갈색" 머리의, "넷미디어가 그녀를 보여주는 모습처럼 유능하고 약삭빠르고 화장품을 처바른 하이퍼스페이스의 영웅이 아니라 … 갈라진 포일 재킷과 기름으로 얼룩진 바지를 입은 작고 지친 젊은 여인"(1990)이고, 그녀에게는 남자든 여자든 양쪽 모두와 열광적으로 섹스하는 버릇과 정신을 잃을 때까지 술을 마시는 버릇이 있다. 그렇지만 아무리 위험해져도 그녀는 필사적으로 궁지에서 벗어난다. 『위험^{Harm's Way}』(1993)은 대영제국의 범선들을 닮은 선박이 오가는 스팀펑크 태양계를 그린다. 부랑아 소피 파딩은 자신의 진짜 정체와 자기 어머니의 운명을 알아내기 위해 지구로 밀항한다. 소피가 겪는 피카레스크^{picaresque} 모험에는 사실 소피가 모두 남성들로 이뤄진 강력한 '조종사 길드'의 수장 리치워시 경의 오래전 잃어버린 상속자라는 발견도 포함된다. 이런 총체적 혼합 속에는 식민지 모험소설, 19세기 사회적 역경 소설들, 고딕 미스터리들의 흔적들도 뒤섞여 있다. 리치워시는 자기가 사랑에 빠졌던 창녀인 소피의 어머니가 자기 위

16세기 중엽부터 17세기에 이르기까지 에스파냐에서 유행한 소설 양식. 주인공이 악한이며, 그의 행동과 범행을 중심으로 유머가 풍부한 사건이 연속되지만 대부분 악한의 뉘우침과 결혼으로 끝난다. 현재는 그 뜻이 바뀌어, 독립한 몇 개의 이야기를 모아 끝에는 어떤 계통을 세운 소설의 유형을 이른다.

치에 위협이 된다고 생각하고, 그녀가 살해당하도록 만든다. 소피도 마찬가지라고 믿고 딸도 죽이라고 명령하지만, 소피의 어머니를 살해한 암살자의 아들은 소피와 사랑에 빠지고, 소피가 진실을 알아내도록 돕는다. 리치워시 경을 죽이고 길드의 수장이 된 소피는 길드를 여성에게 개방한다. 이 소설은 소피가 모험을 하면서 사귄 색다른 친구들에 둘러싸여 결혼식을 올리는 것으로 끝난다.

정치적·기술적 사변이라는 특징을 가진 매클라우드의 소설들은 이보다 덜 엉뚱하지만, 유머 감각이 없는 것은 아니다. 〈가을 혁명Fall Revolution〉 4부작(1995~1999)은 서로 경쟁하는 정치적 이데올로기들에서 나올 수 있는 여러 가지 다른 미래들을 탐구하고, 주요 역사적 사건의 결과를 만드는 개인적 인생의 분기점들을 고찰한다. 〈빛의 엔진The Engines of Light〉 3부작(2000~2002)은 유럽을 포함하는 새로운 사회주의 소련과 자본주의 미국으로 양극화된 미래를 상상하고, 이것이 어떻게 외계 종족과의 우주 무역을 형성할지 결과를 꼼꼼히 짚어본다. 이와 대조적으로, 뱅크스의 〈컬처Culture〉 소설들(1987~)은 진지함과 변덕스러움을 결합해서 '컬처'라는 결핍 이후 유토피아적 은하 문명을 서술한다. 컬처에서 지성 없는 기계들이 노동을 수행하면서 자유로워진 인류는 예술적이고 지적인 시도든 뭐든 선택하는 대로 유희적 오락을 추구할 수 있게 된다. AI는 진화해서 우월한 지성이 됐지만 인간을 원망하지도 두려워하지도 않는다. 오히려 거대한 우주선, 넓은 우주정거장 등등을 조종함으로써 인류에게 봉사한다. 인체에는 오락용 약물을 무해하게 섭취할 수 있게 만드는 분비선들이 달려 있고, 인체는 쉽게 여러 가지 형태로 개조될 수 있고 거의 모든 상처에서 회복될 수 있다. 미래가 내놓는 이런 모든 경이로움에도 불구하고, 이 소설은 컬처의 주변부에 있거나 컬처 바깥에 있는 인물들에 집중한다. 그들은 정치적으로 바람직한 결과를 만들어 내기 위해 컬처와 다른 문명 사이의 관계에 직접 개입하는 부서인 특수상황부에서 일하는 경우가 많다. 자본주의적 사회조직이 갖는 불평등에서는 자유롭지만, 컬처에도 사악한 면이 있다. 미국의 경제적·문화적 제국주의를 상기시키는 컬처는 타자들을 정복하기보다는 개종시키려고 한다. 표면적으로, 이런 개종은 자비로운 것처럼 보인다. 경쟁 문명들이 보통 불공평하고, 계급 제도에 시달리고 폭력적이기 때문이다. 그러나 컬처의 도움은 뱅크스가 그것을 지지하는 것만큼이나 의문스러워하는 대가를 수반한다.

『플레바스를 생각하라Consider Phlebas』(1987)는 광대한 배경에서 액션의 기성 형식들을 결합하면서, 뱅크스가 경이와 엄청남의 감각을 되찾을 수 있게 해준다. 주인공 호르자는 자기 몸을 다시 형상화해서 다른 정체성을 가질 수 있는 변형자Changer다. 그는 컬처와 전쟁 중이며 종족 학살적이고 전체주의적인 신정 체제를 가진 이디란들의 편을 든다. 컬처는 이디란들이 다른 모든 생명체에게 매우 큰 위협이 되므로 그들을 파괴하는 것만이 합리적 선택이라고 생각한다. 하지만 이디란들의 잔혹 행위를 모두 알면서도, 호르자는 컬처가 더 나쁘다고 주장한다.

> (죽은 자들의) 머릿수만 세면 이디란들은 분명 맨 앞줄에 서야 할 것이다 … 그리고 나는 그들의 어떤 방법이나 열정은 전혀 좋아하지

않는다고 그들에게 말했다. 나는 사람들이 자신의 삶을 살 수 있어야 한다는 것에 완전히 찬성한다. 그러나 지금 그들은 (컬처에) 반기를 들었다. 그것이 내게 중요한 것이다. 내가 (이디란들을) 편든다기보다 (컬처에) 반대하기 때문에 … 나는 컬처가 얼마나 정당하다고 느끼든, 이디란들이 얼마나 많은 사람을 죽이든 상관하지 않는다. 그들은 삶의 편에 서 있다. 지루하고, 구식이고, 생물학적인 삶이다. 악취가 나고, 실수할 수 있고 식견이 짧은, 아무도 모르는, 하지만 '진짜' 삶의 편이다. 당신은 당신의 기계들에게 지배받는다. 당신은 진화의 막다른 골목이다 … 컬처가 이 전쟁에서 이기는 것은 은하에 일어날 수 있는 최악의 일이다.(1987)

그러나 컬처는 이긴다. 그리고 소설을 통틀어 거대한 규모를 보여줬지만, 부록 한 장이 그 모든 것의 상대적 무의미함을 말한다. "용적으로는 은하계의 0.02퍼센트 이상, 우주 인구의 0.01 이상을 거의 넘어서지 못한 작고 짧은 전쟁."

전체적으로 볼 때, 새로운 스페이스오페라는 신자유주의적 세계화 시대에 많은 사람이 박탈된 인간의 행위능력과 목적 감각의 회복을 다루는 것처럼 보인다. 그렇다면 컬처에서 기계가 갖는 중심성에 대한 호르자의 반대는 세계경제와 그것을 뒷받침하고 있는 전 지구적 거버넌스 시스템들이 얼마나 이해하기 어려울 뿐만 아니라 책임을 물을 수도 없는가 하는 불안을 표현하는 것으로 이해할 수 있다. 이와 대조적으로, 컬처의 자비로운 기계들은 인간의 행복을 사회질서의 중심에 놓는다. C. J. 체리의 〈유니언 얼라이언스Union-Alliance〉

(1976~), 데이비드 브린의 〈업리프트^{Uplift}〉(1980~1998)와 버너 빈지$^{Vernor\ Vinge}$의 〈딥^{Deep}〉(1992~1999) 시리즈 같은 성취가 있기는 했지만, 이 시기 미국의 스페이스오페라는 여전히 대체로 그 전 시기들의 스페이스오페라와 별반 다르지 않게 군국주의적 줄거리와 주제들을 보여줬다. 하지만 이전에 상정된 성격 묘사에 도전하는 작품들은 많았다. 예를 들어, 데이비드 웨버$^{David\ Weber}$의 〈아너 해링턴^{Honor} ^{Harrington}〉(1993~)과 로이스 맥마스터 부졸드$^{Lois\ McMaster\ Bujold}$의 〈마일즈 보르코시건$^{Miles\ Vorkosigan}$〉(1988~) 시리즈의 주인공은 각각 여성과 신체 장애인이다. 텔레비전에서는 여러 편의 새로운 〈스타 트렉〉 시리즈가 다문화적·자유주의적 휴머니즘 가치를 주장했고, 불간섭주의라는 프라임 디텍티브에 관한 윤리적 문제들을 중심으로 이야기를 자주 구성하면서 문화적 자율성에 대한 존중과 보편적 권리에 대한 헌신 사이에서 균형을 맞추려고 애썼다. 〈바빌론 5〉(1994~1998)는 텔레비전이라는 매체에 거대한 CGI 우주 전투 장면들을 가져오고 첫 에피소드가 방송되기 전에 다섯 시즌 이야기 곡선$^{story\ arc}$을 계획했다(따라서 대체로 독립적인 에피소드들과 단편적인 사건으로 이뤄진 텔레비전의 전통적 구조를 거부하고 시청자들이 계속 주의를 기울이도록 요구했다)는 점뿐만 아니라, 스페이스오페라의 전쟁 선호와 맞물리는 복잡성에서 신기원을 이뤘다. 예전 유고슬라비아(1990~1992)의 분쟁을 의식하고 있는 이 시리즈는 고대의 더욱 강력한 두 외계 종족 보를론과 섀도우스 사이의 전쟁 도중과 그 후에 우주여행을 하는 네 개의 종족(인간, 켄타우리, 민바리, 나른)의 교차하는 운명을 이야기한다. 은하라는 배경이 숭고의 규모 감각을 만들어 내는 반면(이 시리즈

는 의식적으로 E. E. 스미스의 스페이스오페라와 H. P. 러브크래프트의 우주적 공포를 암시한다), 시리즈 이름과 같은 인류의 우주정거장은 서로 다른 종족들이 만나고 협상하는 중립지대 기능을 하면서, 이 시리즈가 다문화주의 정치학을 탐구할 수 있도록 해준다. 보를론과 섀도우스는 처음에는 각각 빛과 어둠의 힘, 아마도 신과 악마에 대한 인류 신화의 근원으로 이해할 수 있다. 그러나 이 시리즈는 이런 이분법적 대립항이 정치적 현실을 이해하는 데 부적합하다는 사실을 천천히 드러낸다. 성격 묘사와 정치가 현실적으로, 점점 더 복잡해지면서 켄타우리와 나른 사이의 장기간의 적대감을 다루는 서사 가닥은 동맹이 적으로 변하는 것을 보여주고, 그 반대도 마찬가지임을 보여준다. 마지막 시즌은 우주정거장 바빌론 5가 지구로부터 독립한다고 선언한 후 새로운 우주 정치 질서가 탄생하는 것을 그린다. 협력과 상호 존중이라는 이상 위에 세워진 바빌론 5는 개별성과 차이에 높은 가치를 두지만, 자본주의의 팽창과 그에 따른 지속적인 문제를 상상하는 〈바빌론 5〉는 경제 문제를 마술적으로 삭제한 〈스타 트렉〉에 저항한다.

문화 다원주의와 정체성

이 시기 전반에 걸쳐 SF는 다문화 공동체 개념을 탐구하고 자세히 설명했으며, 팬과 학문 공동체 속에서 젠더, 인종과 섹슈얼리티에 대한 관심을 점점 더 키우고 발전시켰다. 〈세라노Serrano〉(1993~2000)의 저자 엘리자베스 문Elizabeth Moon은 스페이스오페라에서 떠나 〈나머지 사람들Remnant Population〉(1996)에서 젠더와 행위 주체를 탐구했다. 외계 행성의 심스 반코프 유한회사 식민지가 경제적으로 실패하자, 회사는 계약직 노동자에 지나지 않는 정착민들을 제거하라고 명령한다. 늙은 오펠리아는 자신이 냉동 이송 도중에 죽을 것이라고 예상되는데도, 심스 반코프 회사가 자기 아들에게 자신의 재배치 비용 책임을 맡길 것임을 깨닫는다. 그래서 오펠리아는 명령에 따라 대피하지 않고 숨는다. 분개를 불러일으키는 아들과 며느리의 권한에서 자유로워진 오펠리아는 독립적이고 매우 유능하게 자신과 남은 가축, 작물과 버려진 마을의 물리적 기반 시설들을 건사한다. 라이벌 회사 지오테카 O.S.가 근처에 식민지를 세우려고 시도하자, 오펠리아의 라디오는 지금까지 알려지지 않은 토착 종족에게 그들이 학살당하는 소리를 들려준다(착륙 팀이 모르고 알 품기 지대를 파괴해 버림으로써 그 공격을 유발했다는 것을 오펠리아는 나중에 알게 된다). 다친 사람 한 명이 섞인 토착 '사람들' 한 무리와 마주쳤을 때, 오펠리아의 동정심이 공포를 이기면서 오펠리아는 함께 폭풍을 피하려고 그들을 초대한다. 언어를 익히기 전 유아들과 하는 것처럼 그들과 소통하면서, 오펠리아는 종족 간의 의사소통과 우정을 수립하고, 언제나 빡빡하게 강요받는 삶을 살았던 나이 든 여인이 가진 가정에 대한 실용적 지식을 입증한다. 그녀는 결국 새로 부화한 '사람들'에게 "클릭 카우 케에르으으"(1996)가 된다. 문이 '사람들'의 말을 번역하지 않는 것은 완전한 언어적 이해 바깥에 있는 보살핌의 문화적 유대를 통한 의사소통 능력을 강조하기 위해서다.

'사람들'이 지성을 가지고 있는지 결정하기 위해 인간 전문가 팀이 도착한다. 이것이 식민지 정책을 좌우할 것이기 때문이다. 그들은 오펠리아를 노망나고 짜증 나는 존재로 대한다. "오펠리아는 중요하지 않았다. 계산에 들어 있지 않았다. 아무것도 아니었다. 바로 그거야, 그 오래된 목소리가 말했다. 그런 거라고. 언제나 그래왔어. 그걸 받아들여. 그러면 그들은 너를 받아들일 거야. 네 모습 그대로. 나이든 여자. 아무것도 아닌 존재." 그러나 '사람들'은 오펠리아의 지혜와 경험을 문화적·정치적 교환의 중심에 둬야 한다고 고집한다. "오펠리아는 그럴 가치가 있었다. 그녀는 그들의 둥지 지킴이였다. 그리고 둥지 지킴이는 '사람들'에게 가장 중요한 지위였다." 알고 보니 인간보다 지적으로 우월한 '사람들'은, 연락을 계속할 조건을 지시했다. 그 결과 차이에 개방적인 나이 든 인간 여성들을 종족 간 대사로 모집하게 된다.

SF 분야에서 끊임없이 작업하는 몇 안 되는 아프리카계 미국인인 옥타비아 버틀러는 인종적 정체성을 다른 정체성들, 특히 젠더와 섹슈얼리티와 교차하는 복잡한 현상으로 재현한 것으로 유명해졌다. 버틀러의 〈제노제네시스^{Xenogenesis}〉 3부작(1987~1989)은 유전적 결정론의 하드 SF와 공정한 공동체에 대한 관심과 문화적 차이의 존중을 혼합한다. 세계적 핵전쟁을 겪고 살아남은 몇 안 되는 생존자들은 외계인 오안칼리에 의해 구출된다. 오안칼리는 유전자를 다른 종족의 것과 뒤섞어 항상 진화하는 공동체를 만들어 내는 유전자 상인들이다. 그들은 인간에게서 지성과 위계질서를 지향하는 한 쌍의 유전자가 잘못 짝 지어졌고, 후자가 지배적일 때가 너무 많다는 것을 발견한다. "인간의 지성이 그걸 이끄는 대신 거기에 봉사할 때, 그것을 문제라고 인식하지도 못하고 자랑하거나 전혀 알아차리지 못할 때, 그것은 암을 무시하는 것과 같다"(1987). 따라서 오안칼리는 반드시 상호 교배를 해야 한다고 주장하고, 유전적 교환에 참여하기를 거부하는 인간들을 모두 불임으로 만든다. 오안칼리의 이질적인 외양은 인간들에게서 공포 반응을 불러일으키지만, 그들은 차이를 받아들이고 포용하는 법을 배워야 한다. 그러나 '저항자' 인간들은 유전자 혼합이 종족 말살의 한 형태라고 고집한다. 오안칼리는 그 주장에 회의적이지만, 결국 '저항자들'이 화성에 식민지를 만들 수 있게 해준다. 거기서 그들은 변화하지 않은 인간들이 과거의 파괴적인 잘못을 되풀이하지 않는 문명을 만드는 시도를 할 수 있을 것이다. 문화와 정체성에서 유전학이 하는 역할을 중시하면서도, 버틀러는 인간의 지성이란 우리가 단순히 우리 유전자에 쓰여 있는 지시들을 수행할 수밖에 없다는 뜻이 아니라고 주장한다.

귀네스 존스의 〈알류샨Aleutian〉 3부작(1991~1997)도 인간 공동체와 차이라는 관념을 탐구하기 위해 외계인을 사용해서, 타자성에 대한 선입견이 의사소통을 가능하게 하는 것이 아니라 방해할 수 있다는 것을 보여준다. 『하얀 여왕White Queen』(1991)은 외계인과 처음 조우하는 기간과, 각 종족이 다른 종족을 자신의 문화적 규범을 통해 읽을 때 일어나는 오해와 착오에 초점을 맞춘다. 인간은 알류샨들이 초광속 여행을 통해 이곳에 도착한 우월한 존재들이라고 생각한다. 그러나 이것은 오류고, 이 오류는 알류샨의 주체 연속성 때문에 악화된다. 인간들은 알류샨들이 자신들의 먼 행성에서 출발한, 처음과 동일한 '물리적' 개체라고 생각하는 반면, 알류샨들은 같은 인격이 여러 세대에 걸쳐 환생한다는 것을 인간들이 이해한다고 생각한다. 알류샨들은 인간을 잠재적인 무역 상대이자 이윤을 낼 수 있는 기회로 보는 반면, 인간들은 침공을 두려워하고 알류샨의 행동을 우주적 음모라는 관점으로 해석한다. 인간의 문화는 외계인과의 조우 때문에 돌이킬 수 없이 변화했다. 외계인의 기술은 빈민층의 삶을 엄청나게 증진시키지만 다른 곳에서는 끔찍한 결과를 가져온다. 많은 인간이 외계인의 방식을 흉내 내기 시작하자, '진정한' 인류 문화가 실종될지도 모른다는 불안이 생겨난다.

알류샨들은 '공용어'로 의사소통을 하는데, 이 공용어란 몸짓언어와 각 세대에 다시 반복되는 제한된 수의 인격들이 발전시킨 문화적 훈련의 조합이다. 이 비언어적 의사소통을 관찰하지 못한 인간들은 그들이 텔레파시 능력이 있고 그들 자신의 무의식적·비언어적 의사소통에 대해 모른다고 생각한다. 알류샨 클라벨은 공용어에 대한 오해 때문에, 자신이 인간 조니를 사랑하게 됐다고 믿는다. 클라벨은 외계인들이 자기 바이러스를 치료해 주기를 바라는 조니의 욕망을 자신이 조니에게 느끼는 욕망에 대한 반응이라고 오해하고, 성적 충족을 바라는 듯 보이는 조니의 요구에 응답한다. 클라벨이 조니를 '강간'한 것은 최초의 조우에서 일어난 중요한 사건이 되고, 『북풍North Wind』(1994)과 『피닉스 카페Phoenix Cafe』(1997)에서 환생 인격이 이런 개인적 연사를 이해하려고 하면서 다시 나타난다. 그 과정에서 두 문화 모두 서로 선의를 가진 사람들 사이에서도 재앙 같은 착취가 일어날 수 있다는 것을 이해하려고 애쓴다. 알류샨들은 인간의 젠더 개념을 전혀 이해하지 못하고, 세계여성연합을 국제 정부로 오인하는 바람에 이 문제는 더 악화된다. 알류샨들은 인간이 '임산부'와 '기생충'으로 나뉘어 있다고 판단한다. "**여자**의 편에 선 생물학적 남자들이 있고, **남자** 편에 선 생물학적 여자들이 있"(1994)지만, 남자들과 연합한 '전통주의자' 인간들과 여자들과 연합한 '개혁자들' 사이에서 정치적 분쟁이 전개된다. 알류샨의 생물학 무기를 적용하려는 인간들은 모든 인간을 절멸시킬 위험을 무릅쓰고 있다. "무기들은 생화학적 정체성을 공격한다. 그들은 정치적 당파들을 구별하지 못하"(1988)기 때문이다.

알류샨의 화신embodiment과 문화(그들은 "이 행성 전체에 사는 모든 것이 … 한배에 속해 있다. 생명을 공유하고, 자아를 공유한다"(1998)라고 믿는다)는 인간들이 우리들 사이에서 구분을 위해 사용하는 생물학적 차이에 대한 관념에 도전한다. 따라서 외계인과 조우한 결과는 긍정적인 결과와 부정적인 결과 양쪽 다, 최초의 조우 소설과 식민지 모험소설에 대해 비판적으로 고찰한다. 니컬라 그리피스의 『암모나이트Ammonite』(1992)도 이와 비슷하게 식민화 서사들을 다시 쓰며, 특히 젠더와 섹슈얼리티를 강조한다. 인류학자 마르게는 지프(그렌치스트롬의 행성)를 조사하기 위해 파견된다. 지프의 어느 바이러스 때문에 그곳의 남성 식민자들은 사라졌지만 여성들은 재생산을 할 수 있었다. 그래서 모두 여성으로 이뤄진 문화가 만들어지고, 수백 년 동안 나머지 인류와 연락이 두절돼 있었다. 지프의 자원들을 얻어내고 싶었던 '회사'는 그 바이러스를 해독할 수 있는 약을 개발하는데, 만약 성공한다면 이 약은 여성 콜로니를 종족 학살할 것이다. 동시에, 그 행성에 기반을 둔 '회사' 직원들은 그 해독제가 실패한다면 회사가 자신들을 지구 밖에 격리하는 것보다 그곳에 버리는 쪽이 더 비용 효과가 높다는 것을 안다.

'회사'의 상륙 교두보를 떠난 마르게는 두 개의 공동체와 접촉하게 된다. 사실상 자신을 납치한 유목민적 공동체 '에크라이데'와, 도망친 후 자신을 받아들여 주는 작은 정착지다. 마르게는 도망치는 도중 입은 상처를 테니케에게 치료받고, 테니케와 마르게는 연인이 된다. 그리고 지프의 재생산은 연인들의 연결된 명상 상태 동안 일어난다는 것을 발견한다. 그 상태에서 연인들은 서로의 몸에 대한 바이오피드백 변화에 참여할 수 있고, 수정란 생산이 활성화되는 것이다. 에크라이데는 타자들에게서 고립된 배타적이고 경직된 사회구조 때문에 멸종되고 있었다. 이것을 곱씹으면서, 마르게는 "해변에서 발견되는 조개껍질처럼 사람들을"(1992) 공부할 것이 아니라, 타인들의 삶에 관여해야 한다는 것을 배운다. 마르게는 해독제 복용을 멈추고, 바이러스가 일으키는 변화를 받아들여 테니케처럼 바이아제라, 즉 유랑 예인, 구술 역사가, 뉴스 기자, 판사와 함께 공동 지식의 저장고가 된다. 마르게는 에크라이데의 공격을 끝내는 중요한 수단이 되면서, 지프에서 그들과 남은 '회사' 직원들을 더 큰 공동체로 통합시킨다.

그리피스가 '레즈비언'이라는 단어를 실제로 전혀 사용할 필요가 없을 정도로, 『암모나이트』의 SF적 장치는 레즈비언 정체성과 공동체를 정상화할 수 있게 한다. 모린 F. 맥휴^{Maureen F. McHugh}의 『중국의 장산^{China Mountain Zhang}』(1992)은 중국이 지배하는 미래 속의 퀴어 정체성을 그린다. 이 미래에서 인종적 위계질서는 중국인을 우대하고 동성애는 범죄화돼 있다. 라파엘이라는 이름도 있는 중국계 히스패닉 장종산은 태아기의 유전적 변형 덕택에 완전한 중국인으로 통한다. 따라서 그는 노골적인 인종차별을 피하지만, 중국인 상사가 장이 자기 딸 산샹과 연애하기를 바라면서 그는 곤경에 빠진다. 장은 그 일에 관심이 없지만, 자기의 출신이나 섹슈얼리티에 대한 진실을 드러낼 수 없다. 그는 결국 중국에서 도교적 유기체 공학을 연구하게 되는데, 그곳에서 그의 성적 정체성은 그가 중국 민족으로 통용된다는 사실을 넘어 위험해진다. 그의 과외 교사는 그와 연인이 되지만, 자신이 게이라는 것을 당국이 발견했을 때 자살한다. 뉴욕으로 돌아간 장은, 기꺼이 그를 고용하려는 여러 회사의 고립된 사내를 택하는 대신 스스로 공학 회사를 차린다. 다른 비주류 서사의 가닥을 곱씹으며 (한 가닥은 사회혁명을 선동하는 산상을 따라간다. 다른 하나는 한정된 자원을 가지고 사회를 조직하기 위해 공정하게 투쟁하고 있는 장을 따라간다) 장은 자신의 우울한 아파트를 도교적 공학 원칙에 따라 개조하고, 그 쇠퇴한 블록에 사는 다른 사람들의 집도 그렇게 해주기 시작한다. 이런 과정을 통해 그는, 역사는 날씨처럼 "민감하고, 초기 조건들에 의존하"(1992)며 따라서 여러 가지 결과를 낳을 수 있는 복잡한 카오스 시스템이라는 관념을 가진 새로운 사회주의를 지향하게 된다.

생태학적 SF

　　SF는 사회적 구조와 물리적 환경 사이의 관계를 계속 탐구했다. 『육지The Drylands』(1994)에서, 메리 로젠블럼Mary Rosenblum은 계속 진행되는 대수층의 고갈과 지구 온난화 모델을 외삽해, '물 정책 위원회'의 권력이 대통령의 권력을 넘어설 정도로 건조해진 미래의 미국을 그린다. 음모 서사는 정치인들 사이에서 벌어지는 투쟁과, 물 파이프라인을 지킬 임무를 맡았지만 정책을 설정할 수는 없는 육군 공병과 그 파이프라인에 의존해 겨우 살아가는 농부들 한 무리를 기록한다. 이렇게 서로 연결된 복잡한 배경은 복잡계의 비선형적 역학에 대한 생태학적 감수성과 비견할 정도다. 한편, 해수로 관개할 수 있도록 유전공학 처리된 작물에 단기간 의존하는 것은 장기적으로 토양 비옥도에 영향을 미치는 결과를 낳는다. 또 한편, 환경은 초감각적 능력을 가진 아이들 세대를 만들어 냄으로써 증가하는 스트레스에 응답하는 것처럼 보인다. 이 아이들은 미래의 희망이 될 수도 있다.

생태학적 SF의 다른 작품들은 식민화 서사를 재고찰한다. 몰리 글로스의 『한낮의 눈부심The Dazzle of Day』(1997)에서는, 다인종 퀘이커 교도 집단이 몇 세대에 걸친 여행 끝에 식민화할 수 있는 행성에 도착한다. 그들은 우주선에 남는 것이 더 나을지 아니면 대담하게 이 신세계에 내려가 보는 것이 더 나을지 논쟁한다. 그들은 "사람들이 풍경을 존중하며 참여할 수 있고, 자손 대대로 그렇게 계속해 갈 수 있는 세계에 대한 꿈"(1997) 때문에 지구를 떠났다. 파타 빌라센서는 우주선에서의 삶이 지구에서는 사람들이 누릴 수 없었던 인간의 잠재성을 충족시키도록 해준다고 주장한다. 우주선이라는 닫힌 생태계가 모든 사람에게 언제나 "생활환경, 세계 전체가 붕괴하지 않도록 늘 일하고 있는 영혼과 정신의 모든 세부를 유념하라고" 요구하고, 일상생활을 "우주의 공허함에 맞서 이 땅, 이 나무들, 이 동물들을 사랑하고 보호하는 … 의식적인 숭배 행위"로 만들기 때문이다. 다른 사람들은 이것이 그 행성의 생물권에 더 많이 감사하고 예민하도록 만들어 줄 것이고, 따라서 지구에서의 실수를 되풀이하지 않을 것이라고 믿는다. "우리가 제대로 통제하고 있다는 것은 매우 분명하다. 나는 지구 사람들이 우리가 제대로 통제하지 못했다는 것을 잊어버렸다고 추측한다. 그들이 통제해야 한다는 것을 잊고 통제하지 못했다는 것이 너무 분명하기 때문이다."

셰리 S. 테퍼의 소설은 인간과 다른 동물들에 대한 착취가 더 넓은 가부장제 논리의 일부라는 것을 보여주는 세계들을 창조하며 환경 재앙, 인간과 동물 간의 관계와 젠더 차별을 탐구한다. 테퍼는 특히 유한한 자원 속 인구과잉의 원인으로 남성이 여성 신체를 통제한다는 것을 지목하고, 모든 존재의 자율성을 인정할 때 자라날 수 있는 종족 간의 친절과 조화를 강조한다.『그래스Grass』(1989)에서, 여우사냥 같은 것을 중심으로 조직된 귀족정이 통치하는 그래스라는 행성은 인류 문명을 휩쓸고 있는 전염병이 발생하지 않은 유일한 세계다. 올림픽 기수 마저리와 정치적으로 연관된 상류계급인 마저리의 가족은 그래스를 조사하기 위해 파견된다. 승마 문화라는 공통점이 그래스의 귀족들에게 반드시 다가가야 하는 마저리에게 접근로를 만들어 줄 것이라는 희망을 품고, 그들은 말을 데려간다. 그러나 마저리가 자기 말들과 감정을 공유하고 그들에게 신뢰받는 반면, 그래스에서의 사냥은 예상과 아주 다르다. 그곳의 말은 뾰족뾰족한 가시와 불타는 듯한 붉은 눈을 가진 거대한 토종 야수 히파이다. 흉포한 사냥개들은 말 크기만 하고, 간신히 스치듯이 본 그들의 사냥감 여우들은 "털이나 비늘, 송곳니, 발톱이었던 것들이 폭발한 듯한 … 호랑이 여섯 마리 크기"(1989)의 동물이다. 마저리는 즉각 그 위험하고 중독적인 사냥에 참가하지 않기로 결심한다. 반면 마저리와 달리 남편 리고는 자신의 남성성을 주장하고 귀족들의 존중을 받고 싶어 한다. 마저리는 조사 끝에 그 전염병의 기원을 드러내고 생물의 복잡한 생활 주기를 밝혀낸다. 그 생활 주기에서 한 종의 미숙한 단계이자 지각이 없는 퍼피들은 사냥개로 변신하고, 그다음 부분적으로 지각이 있는 히파이, 그 후 지성이 있는 여우들로 변신한다. 몇 세대 전의 유전적 일탈로 히파이는 여우들보다 수적으로 유리해졌고, 그들의 관계를 알지 못한 채 적으로 알고 추적한다. 여우들은 강력하지만,

히파이가 아르바이를 종족 학살하는 것을 막지 못했기 때문에 매우 괴로워한다. 아르바이는 한때 그래스에 살았고 함께 공동체를 세우려고 했던 온화한 외계 생물들이었다. 마저리는 결국 여우들에게 미래를 위해 행동하는 것이 왜 중요한지 설득한다. 두 적을 죽이면서, 마저리는 적대적 차이에 대해 자비는 한계가 있고 너무 순진한 해법이라고 설명한다.

> 아르바이는 자비로웠지만, 적과 마주쳤을 때 자비는 악이 됐죠. 그래서 아르바이는 살해당했고, 우리도 똑같이 살해당할 수 있어요. 이 둘이 돌아와 우리를 죽일 수 있기 때문이죠. 문제는 그들이 사악한가인데, 만약 사악하다면, 어쩌다가 그들이 사악해졌는지는 중요하지 않아요 … 우리가 이 둘을 용서한다면, 사실상 다른 살해가 벌어지게 놔두는 것일 수도 있어요 … 원한다고 해서 우리가 바보가 될 권리가 있을까요? 아뇨. 다른 사람을 희생하지 않는다면 그럴 수 없어요.

선과 악을 상대적으로 쉽게 구분하는 기준에 대한 이런 열렬한 비판과 악의 발본색원의 중요성은 테퍼의 소설들에서 반복해서 나타났고, 테퍼를 찬양하는 사람만큼이나 많은 비판자를 만들었다.

킴 스탠리 로빈슨Kim Stanley Robinson은 테퍼와 마찬가지로 환경적·사회적 정의에 강하게 전념한다. 그는 공공연한 마르크스주의자이자 녹색당원이지만, 그의 작품은 그다지 논쟁적이지 않았다. 아마도 그의 작품 주요 인물들 사이에 다양한 정치적 지향이 포함돼 있기 때

문일 것이다. 〈세 캘리포니아Three Californias〉 3부작은 오렌지 카운티의
다른 미래 세 가지를 상상한다. 『야생 해안The Wild Shore』(1984)에서, 핵
전쟁의 생존자들은 생계형 농업을 중심으로 사회를 재건한다. 디스
토피아적『황금 해안The Gold Coast』(1988)은 동시대 신자유주의적 로스
앤젤레스가 겪는 최악의 문제들을 외삽한다. 그리고『태평양 연안The
Pacific Edge』(1990)은 정책과 법률이 점점 변화하면서 생겨난 에코토피
아를 보여준다. 〈화성Mars〉 3부작(1993~1996)은 21세기 초기 최초의
인간 식민자들로부터 22세기 후반 부분적으로 테라포밍terraforming 된
한 주권국가의 완전한 독립까지 화성 식민화의   화성, 금성 등의 행성을 개조
역사를 기술한다. 이 3부작의 길이와 복잡성 덕   하여 인간의 생존이 가능할
택에 로빈슨은 더 긴 역사적 관점을 보여줄 수   수 있게끔 지구화하는 과정.
있지만, 이것을 쉽게 요약할 수는 없다. 각 소설은 화성의 사회적 질
서가 나아가는 새로운 단계를 보여주는 혁명으로 끝나며 미래는 열
려 있다는 감각을 창조한다. 하지만 정치적 과정의 세부적 묘사는
우리가 원하는 미래를 만들어 내는 데 모든 인간이 져야 할 책임을
보여준다. 그 시기의 다른 작품들과 마찬가지로 이 3부작은 예전의
SF들을 넌지시 언급하지만, 로빈슨은 토머스 쿤, 루이 알튀세르Louis
Althusser, A. J. 그레마스A. J. Greimas와 레이먼드 윌리엄스Raymond Williams 같
은 비판적 사상가들을 노골적으로 언급하기도 한다.

　　『붉은 화성Red Mars』(1993)은 원래의 식민자들이었던 '최초의
100명'을 소개하는데, 그중 열 명 정도가 후속 소설들에 다시 나온
다. 그들이 화성으로 와서 최초의 정착지를 세우면서, 소설 결말에서
'최초의 화성 혁명'을 낳게 되는 정치적 차이가 나타난다. 색스 러셀

은 인간이 거주할 수 있도록 가능한 한 빠르게 그 행성을 변화시켜야 한다고 주장하는 반면, 앤 클레이번은 테라포밍에 저항하고 다른 사람들에게도 변형되지 않은 환경의 진가를 알아보도록 요구하는 '붉은 화성'의 정치적 견해를 지지하게 된다. 색스는 자신의 계획을 실현 가능하게 해줄 지구 자본의 유입을 지지한다. 그러나 존 분을 비롯한 다른 사람들은 지구 자본이 유입되면, 화성 역시 지속 가능성보다 이윤 추구가 우선시돼 지구처럼 환경이 황폐화될 것이라고 걱정한다. '녹색 화성'의 입장이 점차 진화하면서 "우리는 화성뿐만 아니라 우리 자신을 테라포밍해야 한다"(1993)라고 주장하고, 진정으로 새로운 문화와 사회적 질서를 만들어 낸다. 식민자들은 "모든 사람은 … 인간 생태계에 진정 얼마나 기여하는가 하는 추정에 의거해서 … 생계를 유지해야 한다. 모든 사람은 자신이 사용하는 칼로리를 감소시키려는 노력으로 자신의 생태적 효율성을 증가시킬 수 있다"라는 전제에 의거한 환경 경제 시스템을 개발한다. 이 소설은 최초의 혁명이 지구의 군사력으로 진압되면서 끝난다.

『녹색 화성Green Mars』(1994) 시대에는, 화성에서 태어난 세대가 자신을 진짜 화성인들로 보고 지구에는 최소한의 관심만 가진다. 그들은 더 가벼운 화성 중력 속에서 살면서 육체적으로도 변화했고, 자본주의와 가부장제 구조 바깥에 존재하면서 사회적으로도 변화했다. 체외수정으로 임신된 사람이 많고, 어떤 사람들은 인공 자궁에서 태어났다. 공동체 안에서 자기 아버지의 정체를 모른 채 집합적으로 양육되는 일이 드물지 않다. 정치적 투쟁은 이제 대체로 행성들 간의 관계에 대한 것이다. 온도와 기압이 증가하고, 부분적으로는 혁명을 진압하는 동안의 피해로 환경에 대량의 물이 방류되면서 기후가 변하기 시작했다. 원래의 화성 식민조약에는 환경보호적인 부분이 상당히 포함돼 있었고, 땅의 개인 소유를 막았다. 사회 기반 시설 투자를 재정적으로 상환하라는 압력 때문에 기업들은 자주 조약을 위반한다. 본토박이 화성인들 사이에서는 살해된 온건파 녹색주의자 분과 연대하던 자유 화성 운동이 전개된다. 지구에서는, 다국적기업들의 약탈 때문에 선거권이 박탈된 남부 국가들 사이에서 점점 불안이 커진다. 화산 활동이 서남극 지역 대륙빙을 녹여 전 지구의 해수면이 몇 미터나 높아지고 엄청난 인구 이동과 사회적 붕괴가 일어나면서 상황은 악화된다. G7 국가들의 군부는 기업 이익을 보호하기 위해, 화성이 더 많은 식민자들을 받아들이고 자원 채취에 대한 환경 규제를 어기도록 압력을 가한다. 이 위기에 대한 대안적 대응 방법을 찾고 있는 프랙시스라는 기업이 화성의 환경 경제학과 지속 가능성 전략에 관심을 갖게 된다. 지구에서, 프랙시스는 "부채, 정치적 안정성, 환경 건강 기타 등등을 고려한 … 국가 미래 지표"를 사용한다. 그것은 "GNP에 대한 쓸모 있는 교차 점검이 되고, 우리의 도움을 이용할 수 있는 국가들을 표시하도록 돕는다. 우리는 그런 국가들을 확인하고, 그들에게 가서 엄청난 자본 투자와 정치적 조언, 치안, 무엇이든 그 국가에 필요한 것을 제의하고 대신 그곳의 생물학적 기반 시설을 관리한다. 우리는 그들의 노동에도 접근할 권리를 갖는다"(1994). 프랙시스는 화성과 그런 동반 관계를 추구하면서, 화성 정착자들이 공유하는 원칙의 선언을 작성하는 회의에 참여한다. 그 원칙들은 화성이 지구로부터 독립을 선언할 때 새 헌법의 기반이 될 것이다. 이 원

9장. 제국과 확장: 1980년대와 1990년대

칙들은 사실상 자본주의를 불법화하는 인간의 권리, 자율성과 다양성과 "토지, 공기, 물"의 공동 관리만 주장하는 것이 아니라, 환경 존중과 "이 행성과 우주에서의 생명의 희귀성에 대한 숭배의 정신"을 갖도록 명령하는 화성의 "장소의 권리"도 주장한다.

『파란 화성Blue Mars』(1996)은 그 헌법을 작성하고 집행하고 독립을 유지하는 힘든 과정을 차근차근 그려나간다. 여러 정치적 분파들은 결국 타협, 조정과 집합적 이상이 모두가 목표를 성취하기 위한 최선의 길이라고 받아들인다. 앤과 색스는 수명 연장 요법 덕택에 이 기간을 겪고 살아남은 다른 '최초의 100명'들과 함께 예전의 붉은색과 녹색 입장을 결합한 새로운 갈색 정치로 타협한다. 생명공학 처치를 받아 더 높은 이산화탄소 내성을 갖게 된 인간들은 이제 테라포밍된 대기권에서 개방된 채로 살 수 있다. 지구에서는 환경 황폐화 때문에 더 공정한 사회를 만들기 위해 사회적·경제적·정치적 구조를 다시 짤 기회가 생겼다. 미래 시점에서 쓴 이 경제사는 역사란 잔류와 신흥의 변증법적 상호작용이라고 주장한다. "자본주의는 … 잔여 봉건주의 속의 충돌하는 요소들과 새로 나타나는 미래의 질서로 이뤄졌다. 이 미래의 질서는 지금에야 겨우 자기 시대에서 정의되고 있고, 샬롯은 그것을 민주주의라고 불렀다"(1996). 대체로 동시에 나타나기는 했지만, 자본주의와 민주주의는 이데올로기적으로 반대였다. 이것은 자본주의적 민주주의가 "초국적 체제로 그토록 빨리 변할 수 있었던" 방식을 보면 분명하다. "그 체제 안에서 민주주의는 가장 약해지고 자본주의는 가장 강해졌다. 그 안에서 1퍼센트의 인구가 부의 절반을 소유했고, 5퍼센트의 인구가 부의 95퍼센트를 소유행다." 화성은 이제 "민주주의 너머의 어떤 질서가 새로 나타나는 측면들을" 인간이 관찰할 수 있는 장소다. "한 번도 존재한 적이 없었기에 아직 완전히 특징지을 수 없지만, 샬롯이 대담하게도 **조화** 또는 **보편적 선의**라고 부른 질서."

결론

- SF 잡지 유통은 이 기간에 더 쇠퇴했지만, 다른 매체의 SF 시장은 엄청나게 커졌다. SF 영화, 텔레비전, 만화와 음악과 관련지어 자신의 소설들을 놓고 본 작가들이 SF의 형성에서 비인쇄 매체의 커져가는 영향력을 인정했다.

- 스페이스오페라 같은 주요 SF 전통이 재활성화됐다. 그들의 부활은 포괄적인 재료를 전개하고 배치하는 자기 성찰적 고백을 시사한, 전면에 내세워진 상호 텍스트성 때문에 강조됐다.

- 기껏해야 '인종차별 없는' 미래를 상상할 수 있었던 예전 SF의 표준적이고 이성애적이고 가부장적인 상상들이 일상생활과 상상 속 세계에서의 젠더, 인종, 섹슈얼리티와 다른 정체성들의 중요성을 인정하는 것으로 바뀌었다. 이런 정체성에는 비인간 주체의 정체성도 포함된다.

- 어떤 사람들은 SF가 다른 장르와 혼성되고 다른 장르에 용해

되는 것에 대해 불평했다. 그러나 겉보기로는 SF 장르의 종말 같은 이런 모습은 더 큰 포용을 향한 움직임으로도 이해될 수 있다. 이런 편입으로 인해 SF는 전문화된 펄프지 속에서 장르 틈새가 성립하기 전 존재했던 환상적인 문학의 풍부한 혼합물로 복원됐고, 동시에 SF는 광대한 새 자원들을 얻었다.

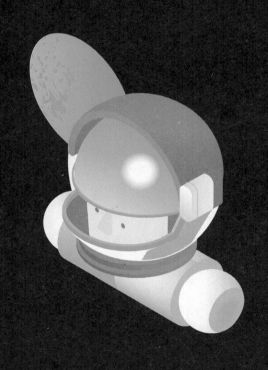

10장

여러 가지 미래가
가능하다

최근에, 많은 비평가들이 불안해하면서든 기대에 차서든 SF는 사라지고 있다고 주장해 왔다. SF의 이미지들은 동시대의 문화에 녹아들고, 한때 SF를 순수하고 독립된 것으로 지키던 경계들이 무너지고 있다는 것이다. 이런 상황을, 한편으로는 휴고 건스백과 다른 행위자들이 틈새 범주로 분할해 버렸던 환상 문학의 더 넓은 전통으로 회귀하는 것으로 볼 수도 있다. 하지만 그렇다고 해도, 그 넓은 전통은 한 세기 동안 SF로 포괄된 구분 때문에 급진적으로 변화했다. 그 구분 속에서 SF의 구성 요소들은 독특한 방식들로 발전해 왔기 때문이다. 21세기 초반 텍스트들이 지금부터 10년 후에 보더라도 SF의 중심으로 여겨질 만큼 성공적으로 '편입됐다 혹은 될 것이다' 하는 합의가 된다고 주장하기에는 너무 이르다. 대신, 이 마지막 장은 여섯 개의 소제목 아래 동시대 SF에서 관찰할 수 있는 경향들의 윤곽을 그릴 것이다. 우리는 이것이 불확실한 분류고 따라서 어떤 소제목 아래 논의된 텍스트들이 쉬이 다른 소제목 아래 나올 수 있다는 것을 인식하고 있다. 그러나 편입 과정은 이런 시도들을 통해 계속되는 것이다.

시대적 변화

필립 K. 딕이 영화에 끼친 영향

딕의 작품을 각색한 영화

- 〈블레이드 러너Blade Runner〉(스콧 1982)
- 〈토탈 리콜Total Recall〉(버호벤Verhoeven, 1990)
- 〈어느 미치광이의 고백Confession d'un Barjo〉(브아뱅Boivin, 1992)
- 〈스크리머스Screamers〉(두가이Duguay, 1995)
- 〈임포스터Impostor〉(플레더Fleder, 2001)
- 〈마이너리티 리포트Minority Report〉(스필버그, 2002)
- 〈페이첵Paycheck〉(오우삼Woo, 2003)
- 〈스캐너 다클리A Scanner Darkly〉(링클레이터Linklater, 2006)
- 〈넥스트Next〉(타마호리Tamahori, 2007)
- 〈컨트롤러The Adjustment Bureau〉(놀피Nolfi, 2011)

딕의 영향을 받은 영화

- 〈화성인 지구 정복They Live〉(카펜터, 1988)
- 〈다크 시티Dark City〉(프로야스Proyas, 1998)
- 〈엑시스텐즈〉(크로넌버그, 1999)
- 〈아바론Avalon〉(마모루 오시이Oshii, 2001)
- 〈도니 다코Donnie Darko〉(켈리Kelly, 2001)
- 〈싸이퍼Cypher〉(나탈리Natali, 2002)
- 〈이터널 선샤인Eternal Sunshine of the Spotless Mind〉(공드리Gondry, 2004)
- 〈르네상스Renaissance〉(볼크먼Volckman, 2006)
- 〈모크 업 온 무Mock-up on Mu〉(볼드윈Baldwin, 2008)
- 〈인셉션Inception〉(놀런Nolan, 2010)

21세기가 시작될 때, SF의 이미지와 아이디어, 기술들은 더 이상 잡지와 페이퍼백 전통만의 재산이 아니었고(그런 적이 있었는지도 불확실하지만) 심지어 SF 장르 자체도 구식으로 보일 수도 있었다. 이것은 확실히 2009년 사이파이^SciFi 채널(1992년 개국)이 사이파이^SyFy로 리브랜딩한 것이 끼친 영향 중 하나다. 사이파이^SyFy라는 이름은 누군가에게는 음성학상 SF 장르를 환기시키지만, 대중에게 가닿으려고 시도하면서 SF라는 소속을 경시한다. SF 영화는 이제 할리우드의 대들보다. 하지만 할리우드는 예전의 성공작들을 최첨단 효과 기술로 다시 만드는 데 큰 관심을 갖는 것으로 보인다. 예전 성공작 중 많은 작품이 문학적 자원을 각색한 것들이다. 진보에 대한 비관주의와 현실과 가상의 혼란을 품고 있는 필립 K. 딕의 소설은 오랫동안 영화의 원작이자 영화에 영감을 주는 존재였다. 만화 각색도 빠르게 확산됐다. 〈엑스맨^X-Men〉(싱어^Singer, 2000), 〈스파이더맨〉(레이미^Raimi, 2002), 〈배트맨 비긴즈^Batman Begins〉(놀런^Nolan, 2005), 〈판타스틱 포〉(스토리^Story, 2005)와 〈아이언맨^Iron Man〉(패브로^Favreau, 2008) 등은 모두 후편을 찍었다. 〈레지던트 이블^Resident Evil〉(앤더슨, 2002)과 그 후편들처럼 디지털 게임의 각색도 재정적으로 성공했다. 전 세계적 엔터테인먼트 산업에서, 끼워 팔 수 있는 작품들을 중심으로 SF 프랜차이즈들을 만드는 것이 중요한 이유는 게임을 기반으로 한 〈에이리언 VS. 프레데터^AVP: Aliens vs. Predator〉(앤더슨, 2004)에서 가장 잘 증명된 것 같다. 또 그 게임은 한 가지 만화를 기반으로 한 영화 프랜차이즈 두 개를 합친 것으로, 두 영화 다 재정적으로는 적당한 성공을 거뒀을 뿐이다. 후편인 〈에이리언 VS. 프레데터 2^AVPR: Alien vs. Predator – Requiem〉(스트로스 형제Strause brothers, 2007)가 나왔지만, 원래의 프랜차이즈로 되돌아가기도 했다. 〈프레데터스Predators〉(안탈Antal, 2010)와 〈에이리언〉(스콧, 1979)의 전편을 만들겠다고 선언한 리들리 스콧이 대표적이다. 또 〈스타워즈〉 전편들(루카스, 1999, 2002, 2005), 〈아바타Avatar〉(캐머런, 2009), 〈트론: 새로운 시작Tron: Legacy〉(코신스키Kosinski, 2010) 같은 블록버스터들은 기술적 성취를 계속 밀어붙였다. 반면 〈CSACSA: The Confederate States of America〉(윌모트Willmott, 2004), 〈프리머Primer〉(카루스Carruth, 2004), 〈스페셜Special〉(하버맨Haberman · 패스모어Passmore, 2006)과 〈더 문Moon〉(존스, 2009) 같이 예산이 크지 않은 영화들도 사회 비판 영화로 성공했다.

아마도 이 책이 출간된 2011년을 기점으로 지난 10년 동안 가장 의미 있었던 정치적 사건은 2001년 9월 11일 미국에 가해진 테러 공격이었을 것이다. 어떤 사람들은 역사의 파열이라고 제시한 이 사건은 내부에 숨은 적에 대한 편집증을 고조시키고, 타협할 수 없는 이데올로기적 차이라는 담론을 만들어 냈다. 이런 담론은 현재 진행 중인 경제적 불평등을 무시한다. 이 불평등 때문에 많은 사람이 현재의 세계 질서에 만족하지 못한다. 세계경제를 지배하는 조직들에 대한 항의는 시애틀(1999)과 제노바(2001)의 G8 회담에서 사람들이 시위를 벌이면서 가속도를 얻었다. 그러나 미국이 주도한 아프가니스탄과 이라크 침공과 점령을 포함한 이른바 '테러와의 전쟁'은 대체로 그런 문제들을 비가시화시키는 데 성공했다. 그 후 많은 SF가 그 후폭풍의 감각에 사로잡혔는데, 그중에는 〈로스트Lost〉(2004~2010), 〈닥터 후Doctor Who〉(2005~2020)와 〈히어로즈Heroes〉(2006~2010) 등이 있다. 또 종말론적 상상도 발흥했다. 그것은 조지 W. 부시George W. Bush

의 논란 많은 2000년 선거 이후 정치적 영향력이 커진 기독교 우파의 감수성에 영향을 받은 경우가 많았다. 첨단기술 테러리스트들이 핵이나 생물학적 무기로 공격하는 근미래 소설들이 급증했다. 〈제리코Jericho〉(2006~2008)나 브라이언 다마토Brian D'Amato의 『태양의 궁정에서In the Courts of the Sun』(2009) 같은 것은 명백히 과학소설적이었고, 〈24〉(2001~2010) 같은 다른 작품들은 그런 면이 좀 더 적었다. 존 버밍햄John Birmingham의 〈시간의 축Axis of Time〉 3부작(2004~2006)과 에릭 플린트의 〈1632〉 시리즈(2000~)는 미국 역사의 측면들을 다시 보고, 더 평등한 토대 위에서 미 공화국에 재시동을 건다. L. 티멜 듀챔프L. Timmel Duchamp의 〈마르크상 사이클Marq'ssan Cycle〉(2005~2007), 마블 코믹스의 〈시빌 워Civil War〉 줄거리(2006~2007), 켄 매클라우드의 『처형 채널The Execution Channel』(2007)과 코리 닥터로Cory Doctorow의 『리틀 브라더Little Brother』(2008)가 시민적 자유가 점점 더 독재적으로 축소되는 모습을 그리는 반면, 〈배틀스타 갤럭티카〉(2003~2009)는 1970년대의 우스꽝스러운 시리즈를 점령하의 생활, 민간인들에게 침투하는 적, 고문의 사용, 교회와 국가 사이의 투쟁에 대한 어두운 정치적 드라마로 성공적으로 바꿔냈다. 적의 침투에 대한 불안은 〈서바이버Survivors〉(2008~), 낸시 크레스의 『개들Dogs』(2009)과 수많은 좀비 소설들 같은 바이러스 서사를 통해 표현됐다. 그런 서사는 사스SARS(2002~2003)와 신종 인플루엔자H1N1(2009) 같은 현실 세계의 바이러스 팬데믹들과 결부될 때도 많았다.

모든 장르는 "자신의 시대에 묶여 있으며 그 시대와 함께 지나가야 하는" 역사적 현상이라는 데 주목하면서, 이슈트반 시서리 로

네이 주니어는 SF가 "우리가 과학소설의 세기로 보게 될지도 모를 20세기의 형식인가"(2008) 하는 의문을 가졌다. 이와 대조적으로, 이 장에서는 SF에 다가올 수 있는 밝은 미래들을 제시하는 동시대 SF의 여섯 가지 흐름에 대해 살펴볼 것이다.

근미래

냉전의 끝 무렵부터, 자본주의의 종말보다 세계 종말을 상상하는 편이 더 쉽다고 느끼는 사람들이 많았다. 이 시기에 나온 근미래 SF를 봐도 확실히 알 수 있다. 킴 스탠리 로빈슨의 〈자본의 과학^{Science} $_{in the Capital}$〉 3부작(2004~2007)은 상대적으로 보수적인 지구 온난화 모델에서 인류가 간신히, 그리고 당분간만 살아남아 있는 미래를 외삽한다. 귀네스 존스의 〈사랑의 대담함$^{Bold as Love}$〉 시리즈(2001~2006) 는 혁명과 반혁명 속에서, 생존을 위해 사회생활이 엄청나게 재조직 되면서 그 안에서 영국이 소멸하는 모습을 그린다. 양쪽 모두에서 상상할 수 있는 자본주의의 종말은 세계의 종말 그 자체에 접근할 때만 나타난다. 그리고 우리가 찾을 수 있는 해법은 "불완전하고 혼란스럽고 일시적인"(존스, 2001) 것뿐이다. 세계 종말이나 그 비슷한 것이 올 때, 그것이 유전공학(마거릿 애트우드의 『오릭스와 크레이크^{Oryx}

and Crake』(2003)) 때문이든 좀비 팬데믹(맥스 브룩스Max Brooks의『세계대전 Z World War Z』(2006)) 때문이든 미국 분노의 목표물이 돼서든(제임스 러브그로브James Lovegrove의『고삐 풀린 왕국Untied Kingdom』(2003)), 그 원인은 전 지구적 자본주의와 연관될 때가 많다. 아무 생각 없이 자본주의가 영속할 거라고 가정하는 SF 작가들이 많은 반면, 코리 닥터로의 『마법의 왕국 속 빈털터리Down and Out in the Magic Kingdom』(2003), 트리시아 설리번의『공격Maul』(2004)과 데이비드 마루섹David Marusek의『머릿수Counting Heads』(2005)처럼 미래 세계의 경제와 맞물리는 소설들은 대체로 희극적이거나 풍자적인 통렬한 부분이 있다. 윌리엄 깁슨은 사이버펑크 미래를 그리는 데에서 후퇴해서,『패턴 인지Pattern Recognition』(2003)에서는 인간의 주체성과 일상생활에서 계속되는 상업화에 대한 관심을 발전시켰다. 이 소설의 배경은 출간 시점으로부터 몇 달 전이다.

이제 더 상투화된 사이버펑크의 유산은 기업이 지배하는 디스토피아다. 태국을 배경으로 한 파올로 바치갈루피Paolo Bacigalupi의『와인드업 걸The Windup Girl』(2009)은 기업 소유와 유전학 식재료 공학이라는 추세를 외삽해서 이런 소재를 다시 생동감 있게 만들었다. '경기 수축' 기간 동안, 석유 저장고는 고갈됐고, 지구 온난화는 해수면을 높이고 '녹 질병'은 유전적으로 개조된 단일민족 사회를 초토화했다. 이제 '경기 팽창'의 새 시대에는 에너지는 칼로리로 측정되고 주전력원은 구부러진 용수철에 저장된 운동에너지다. 인간이나 동물들이 그 용수철을 감는다. 수입 법을 엄격하게 강화해 태국 사람들과 생태계를 생물학적 오염과 경제적 식민화로부터 보호하고 있는 환경부는 세계경제에 더욱 완전히 재진입하려고 하는 무역부와 충돌 중이다. 아그리젠^{AgriGen}의 활동 첩보원 앤더슨 레이크는 태국 종자은행이 있는 곳을 찾으려고 한다. 태국 종자은행은 오염되지 않은 작물용 유전형질이 남아 있는 몇 안 되는 공급원이기 때문이다.

제목에 나오는 와인드업 걸(태엽 소녀) 에미코는 인간과 동물 DNA를 결합한 인조인간이다. 순종적이고 고분고분하도록 개조된 에미코는 젊은 노동자들이 필요한 고령화사회인 일본에서 만들어졌지만, 그런 기술이 불법인 태국에 버려졌다. 에미코의 소유주 입장에서는 에미코를 실어 고국으로 함께 가는 것보다 대체하는 것이 돈이 덜 들기 때문이다. 에미코는 롤리와 함께 일종의 쉼터를 세운다. 롤리는 밤에 열리는 학대 섹스 쇼에서 에미코를 공연하도록 만드는 포주다. 이 소설은 에미코가 토착 종족을 몰아내는 유전공학 작물처럼, 혹은 다른 고양이들을 쫓아내고 새와 설치류를 초토화시키며 광범위한 생태계에 영향을 미친 유전공학 체셔 고양이처럼 부자연스러운 위협으로 간주돼야 하는지 묻는다. 이런 존재들은 자연적인 것으로, 이제 인간의 과학기술적 개입을 포함해 끊임없이 진화하고 있는 생태의 일부로 간주돼야 하는가? 아니면 모두 해로운 동물들일 뿐인가? 에미코는 계속 자신의 동물적 식욕을 누르고 "자기 자리와 동물적 충동 사이의 차이를 아는 … 문명화된 자아"(2009)를 받아들여야 한다고 배웠다. 이 소설의 생태학적 감수성은 이런 생각을 옹호하는 반면 '자연적인' 인간은 이런 구별을 존중하지 않는다는 것도 고통스럽게 의식하고 있다.

그러나 이 절망적인 통찰에 희망의 요소가 없는 것은 아니다. 에

미코는 자신을 아프게 만드는 남자들에게 저항하기 위해 자신의 우월한 속도와 힘을 사용하는 법을 알게 된다(그리고 그것은 태국 전체에 예기치 못한 결과를 가져온다). 엄청나게 청렴한 환경부 공무원 제이디가 자기 아내를 살해한 공모자들에게 복수할 때, 무역부는 라이벌 부서를 파괴하고 정치권력을 얻을 수 있게 된다. 그러나 제이디의 사례는 그의 부관으로 배치된 무역부 첩보원 카니야가 자신의 주인들에게 반항하게 만든다. 카니야는 서구 헤게모니에 굴복하는 것이 아니라 종자은행을 지키는 수도승들이 종자를 가지고 달아나 온 나라에 확산시키도록 돕는다. 『와인드업 걸』는 복잡하게 중층 결정된 세계를 상상한다. 불법 유전공학자 기번스가 에미코에게 "너에 대해서 필연적인 건 아무것도 없어"라고 말하는 것처럼, 그 세계에서 개인의 결정들은 자본주의적 사회경제 구조의 구속과 마찬가지로 예기치 못한 결과를 만들어 낼 수 있다. 소설의 끝에서, 미국 팽창주의는 적어도 태국에서는, 적어도 이번에는 실패한다. 그리고 "겨우 얼마 전만 하더라도 매우 경멸받고 망신스러웠던" 패배한 환경부의 "흰 셔츠가 사방에 있다".

대조적으로, 로버트 찰스 윌슨Robert Charles Wilson의 『줄리언 콤스톡Julian Comstock』(2009)에는 사이버펑크의 흔적이라곤 하나도 없다. "석유의 개화" 속 "악덕과 방탕의 세월"(2009)이 붕괴를 낳았고, 이제 극에서 적도로 팽창하고 있는 붕괴 후의 미국은 봉건제로 되돌아갔다. 소설은 2172년과 2175년 사이 줄리언 콤스톡과 나누었던 우정에 대한 애덤 해저드의 회고록으로 펼쳐진다. 조카인 줄리언이 자신의 지배에 도전할지도 모른다고 두려워하는 데클란 콤스톡 대통령은 남아 있는 북서 통로의 지배권을 둔 미텔유로파(중부 유럽)와의 전쟁 도중 점점 위험이 커져가는 상황에 줄리언을 배치한다. 북서 통로는 지구 온난화 때문에 남쪽으로 농업이 팽창하면서 점점 더 중요해진 곳이다. 줄리언은 살아남았을 뿐 아니라, 전쟁 영웅이 돼 돌아와 데클란을 쫓아내지만 그가 추구하는 개혁의 규모 때문에 완전히 실패한다.

애덤은 순진하고, 그렇기 때문에 믿을 수 없는 화자다. 그는 심지어 줄리언이 동성애자라는 것을 깨닫지도 못한다. 윌슨은 정치적 수사와 현실 사이에 있을 수 있는 간격을 드러내기 위해 애덤의 관점을 조종한다. 예를 들어, 애덤은 미국이 민주주의적이라고 믿지만 미국은 분명 전제적이고 신정주의적인 국가다. 경제가 붕괴될 때 토지 소유자들은, 극빈자들에게 음식과 쉼터만 제공하면 임금을 지불하지 않아도 그들이 작물을 수확하는 노동을 하리라는 것을 깨달았다. 따라서 계약 노동은 애국적인 것으로 간주됐다. 그 후 지주들은 세습 귀족정을 형성했고, 이제 그들의 노동자들이 하는 대리투표를 통해 그 귀족정이 미국을 지배한다. 남아 있는 정부의 세 부서는 **운영, 군사, 통치**다. 통치부는 정당하다고 인정한 기독교 교파들의 면허를 발행하고, 다른 교파들에게 징벌적 과세를 하고, 이단을 근절한다. 일종의 권리장전이 여전히 존재하지만, 그것은 "독실한 의회의 자유", "용인되는 언행의 자유"와 "기만적이거나 악마 숭배적 집단이 아니라 진짜 기독교 신도들의 교회라면 우리가 원하는 어느 교회에서든 예배할" 권리에 관한 것이다. 윌슨은 **테러와의 전쟁**이라는 수사와 동시대 미국에서 기독교 우파가 가진 영향력을 이렇게 풍자한다. "선과 악의 전투에서 선했던 것은 그것의 자연스러운 주인들인 북아메리카의 완전한 소유권이고, 악했던 것은 미텔유로파라고 알려진 국가들의 사악한 연방이 전개한 **영토 이익**이라는 주장이었다."

반체제적 자유사상가인 줄리언은 천지창조설이 아닌 진화를 믿는다. 대통령으로서 그는 통치부의 권력에 도전한다. 통치부가 영토의 과잉과 불평등의 대부분에 책임이 있다고 생각하기 때문이다. 그는 신을 초자연적인 개체가 아니라 양심이라고 본다. "그렇게 생각하는 사람들이 아주 많지만, 양심은 비열한 마음을 가진 감독관이 아니다. 진정한 양심은 모든 사람에게 모든 언어로 말하는데, 그것이 하는 말이 아주 단순한 몇 가지뿐이기 때문에 가능한 일이다. **네 이웃을 네 형제로서 사랑**하고 그에 따르는 모든 일을 하라는 것. 병든 자를 방문하고, 아내와 아이들을 때리지 않도록 삼가고, 이익을 위해 사람들을 죽이지 말고 등등을." 그러나 통치부의 권력을 축소하려는 입법 부문의 노력과 노동자들의 봉기를 진압하기 위해 군대를 보내지 않겠다는 그의 거부 때문에 필연적으로 또 다른 쿠데타가 일어난다. 이 소설은 종교적 불관용과 계급적 특권이 무서울 정도로 완강하다는 것을 증명하면서 매우 비관적으로 끝난다.

하드 SF

19세기부터 잡지와 페이퍼백 전통을 거쳐 1990년대 초반에 이르기까지 하드 SF의 진화를 보여주는 『경이의 상승The Ascent of Wonder』(1994)을 편집하고 8년 후, 데이비드 G. 하트웰David G. Hartwell과 캐스린 크레이머Kathryn Cramer는 하드 SF가 갑자기 유행하게 됐다고 『하드 SF 르네상스The Hard SF Renaissance』(2002)에서 지적했다. 그들은 대체로 정치적이고 사회적인 맥락과 과학적·기술적 발전의 결과를 강조하면서 이 유행을 하드 SF의 정치적 지향을 변화시킨 영국 작가들의 공로로 돌렸다. 예를 들어, 폴 J. 매콜리의 『하얀 악마들White Devils』(2004)은 또 한 번 서구 식민주의에 종속된 미래의 아프리카를 그린다. 이 소설에서 서구 식민주의는 상품화할 수 있는 유전물질을 얻기 위해 아프리카의 생물 다양성을 약탈하는 다국적기업으로 나타난다. 그러나 이런 변화는 영국 작가들에게 한정된 것이 아니다. 피터 와츠Peter Watts의『불가사리Starfish』(1999)에서, 심해 열수구에서 동력을 끌어내는 기계를 유지하도록 생체공학적으로 개조된, 심리적 손상을 입은 사람들은 베헤모스를 발견한다. 베헤모스는 표면 세계에 거주하는 생명 견본보다 더 효율적으로 영양소를 흡수하는 태고의 생명 견본이다. 〈리프터Rifters〉 3부작(2001~2005)은 베헤모스가 대양의 심연에서 나가는 방법을 찾았을 때 생물권에서 일어나는 변화를 기록한다. 줄리 E. 체네다Julie E. Czerneda의 〈종족적 명령Species Imperative〉 시리즈(2004~2006)에서, 생물학자 매켄지 코너는 캐즘이라는 우주의 어느 지역의 진화를 이해하고 외계인 드린의 파괴적인 전진에 맞서 싸우기 위해 자신의 전문 지식을 사용한다. 종족 간의 관계, 생태계와 이주 경로들에 대한 이해를 통해서만 코너는 지구를 구하고 드린이 정치적 구조와 생물학적 명령을 분리하도록 도울 수 있다. 최근의 여러 운동과 선언들 중 가장 흥미로운 것은 2002년 제프 리먼의 **세속적 SF**에 대한 요구로, 그것은 작가들에게 있음 직하지 않은 SF 판타지들(초광속 여행, 평행 우주)을 거부하라고 촉구했다. 이런 판타지들은 일단 지구가 자원을 다 탕진하고 살 수 없게 되면 인류가 빠져나갈 수 있는 일회용 물건이라는 암시를 준다는 것이다. 대신 세속적 SF는 실현 가능한 과학과 기후변화, 생물 멸종과 석유의 임박한 종말 같은 현실 세계의 문제들에 집중하고, 이런 수양을 통해 새로운 아이디어와 만날 때의 경이감을 회복할 것이다. 리먼이 편집한『변화했을 때When It Changed』(2009)는 이와 연관된 기획의 결과들을 보여준다. 그 기획은 나노 기술, 분자물리학, 유전체학, 이미징, 컴퓨터 과학, 신경 과학, 천체물리학, 기후적응과 인공 광합성의 현재 연구에 대해 과학자들과 작가들의 토론을 통해 작가들이 새로운 소설들을 전개하도록 독려하는 것이었다.

귀네스 존스의 『생명Life』(2004)의 주인공 안나 세노즈의 모델은 부분적으로, 전위轉位, transposition(제어 유전자가 염색체의 한 부분에서 다른 부분으로 도약하는 것)를 발견했지만 15년 동안 그 연구를 무시당한 여성 유전학자 바버라 매클린톡Barbara McClintock이다. 안나는 유전학을 공부하는 냉정하고 헌신적이며 지적인 학부생이다. 눈부신 성취를 향한 고속 출셋길에서 마주친 구조적·제도적 성차별 때문에 그녀는 여성 과학자, 그리고 인간의 유전적 차이를 연구하는 연구자 양쪽 측면에서 모두 방향을 바꿔 탈선하게 된다. 사람은 보통 각각 두 개의 성염색체를 갖는다. 여성은 대체로 두 개의 X염색체, 남성은 대체로 X염색체 하나와 Y염색체 하나다. 안나의 연구는 Y염색체의 일부가 X염색체로 점프해서 XX 남성을 임신할 수 있게 만드는 과정을 밝혀낸다. 안나는 이것이 Y염색체를 제거하고 모든 인간이 두 개의 X염색체를 갖게 되는 미래를 낳을 것이라고 예언한다. 존스는 이 염색체 변화가 모든 인간이 양성을 소유하게 됨을 반드시, 혹은 불가피하게 의미한다는 주장에는 조심스럽다. 하지만 안나의 연구에는 논란이 많다. "그 연구가 성에 관한 것이기 때문이다. 그리고 그것은 말썽을 의미한다 … 생명과학에는 매우 형편없는 반응을 보일 사람들이 상당히 많다. 그들은 **남성 염색체의 죽음**이라는 어리석은 면에 자기가 개인적으로 화났다는 것을 결코 인정하지 않겠지만"(2004).

안나는 일뿐만 아니라 개인적 생활에서도 젠더에 대한 문화적 기대와 투쟁한다. 안나와 스펜스는 섹스를 즐기고 질병을 피하는 최

10장. 여러 가지 미래가 가능하다

선의 방법이 일부일처제를 추구하는 것이라는 합리적 토대 위에서 관계를 시작한다. 그러나 안나는 스펜스가 이런 로맨스의 상실 때문에 "생득권이 뜯겨나가고 있는 듯이" 상처받았다고 느낀다는 것을 알지 못한다. 또 자신이 성차별주의적 관념을 얼마나 내면화했는지 알지 못하고, 자기 행동을 성적인 초대로 잘못 해석한 실험 파트너에게 강간당한 것을 자기 탓으로 돌린다. 안나는 이렇게 느낀다.

> 그는 특별히 끔찍한 짓은 아무것도 하지 않았다. 용서할 수 없이 부주의했던 쪽은 바로 안나였다. 안나는 세미나에서 그에게 대답하면서, 자기가 도전할 목표라고 그가 느끼도록 만들었다 … 그가 자기 어깨를 만지고, 허리를 꼭 안도록 놔뒀다. 그래서 그가 그런 일을 했을 것이다. 안나가 내숭을 부리고 있다고 상상하면서. 찰스에게는 그것이 마치 "제발 날 따먹어 줘" 하고 말하는 것 같았다. 그래서 그는 그렇게 했다.

안나와 스펜스는 대학 졸업 후 몇 년이 지나 재결합하지만, 스펜스가 어느 여자와 바람을 피울 뻔하고 나서야 결혼한다. 그 여자는 안나가 피하는 여성적 의존성의 모든 전형을 갖고 있었다. 그래서 안나는 정서와 문화적 유산이 이성을 뛰어넘는 방식으로 인간의 성적 행동을 만들어 낸다는 것을 깨닫는다. 안나는 결국 인간의 섹슈얼리티를 일종의 권력관계로 이해하게 된다. 그 권력관계는 부분적으로만 개인적 선택에 의한 것이고, 서구적인 인간성의 구조에서 매우 근본적이기 때문에 안나 자신을 포함한 모든 사람을 가끔 인정받지 못하는 방식으로 만들어 낸다.

자칭 '변혁주의자' 같은 사람들은 안나의 전위 Y염색체 발견을 환영한다. 그들은 젠더 역할과 성적 다양성으로 실험을 하고 있었고, "우리는 무슨 일이 일어나고 있는지 알았고, 그것을 살아내고 있었다. 그러나 당신은 우리에게 … **근거**를 줬다. 과학적 설명을"이라고 주장한다. 그러나 안나는 "염색체상의 성 변이와 개인행동 사이에는 간단한 대응이란 없다"라고 고집한다. 『생명』은 과학적 연구를 열렬히 묘사하고, 과학적 사실들과 그 위에 세워진 문화적·정치적 체계들 사이의 복잡하고 비선형적인 관계를 강조할 때에도 그와 마찬가지로 정밀하다. 젠더에 대한 이 작품의 예리한 논의는 페미니즘 SF의 비판적 상상력을 확장한다.

그렉 이건의 『실드의 사다리Schild's Ladder』(2001)도 이와 비슷하게 과학과 사회적 세계의 관계에 대한 작품이다. 이 소설은 인간성이 관찰할 수 있는 거시적 규모의 뉴턴 물리학이 다루는 현상적 경험에 빠져 있는 것이 아니라 우주의 아원자 규모를 지배하는 양자역학과 관계가 있다면 인간이 의미하는 건 무엇인지에 대해 탐구한다.

2만 년쯤 후의 미래에, 인간은 은하로 진출한 지 오래다. 성간 여행은 이제 자신을 정보로 암호화해서 신호가 목적지에 수신될 때 우주를 가로질러 전송하는 방식으로 성취됐다. 그 정보는 가상 구조에 업로드될 수도 있고 물리적 신체에 다운로드될 수도 있다. 어떤 사람들은 물리적 구현이 단순한 향수라고 거부하면서 완전히 비물질적인 쪽을 선호한다. 정기적으로 업데이트되는 자아의 디지털 백업들은 일종의 불멸을 만들어 내고, 그 속에서 자아의 한 인스턴스가 어느 지역에서 죽어도 그건 기껏해야 불편함 정도일 뿐이다.

21세기부터, 물리학은 양자 그래프 이론의 사룸빠엣 규칙들의 관점에서 이해돼 왔다. 그것은 일반 상대성과 양자역학을 수학적으로 조화시켜 현실의 근원적인 구조를 설명한다. (양자 그래프 이론은 이건의 창조물이지만, 책의 부록에서는 루프 양자 중력이 계속 연구되는 분야라고 지적한다. 이건은 거기에서 양자 그래프 이론을 만들어 냈다.) 양자 그래프 이론을 증명하려고 한 실험은 본의 아니게 새 진공novo-vacuum을 만들어 낸다. 광속의 절반 속도로 팽창하고 있는 새 진공의 전면은 물리적 우주를 소모하고 있다. 이 소설은 600년 후 이 현상을 이해하고 어쩌면 개입하려는 과학자들의 노력을 뒤따라간다. 양보자Yielder 분파는 그것을 두려워하지 말고 조사하고 탐구하고, 가능하면 새로운 구현 조건 아래에서 그곳에 거주해 봐야 한다고 주장한다. 보존자Preservationist들은 새 진공의 경로에 있는 거주 행성들은 소개疏開할 수 있지만, 물리적 장소를 상실하는 것은 비극이고, 따라서 새 진공에 생명이 담겨 있다고 해도 그것을 저지하거나 파괴해야 한다고 주장한다.

이건은 구현, 정체성과 영속성의 문제들을 탐구하기 위해 이 시나리오를 사용한다. 양자물리학과 관찰자 사이의 관계를 알고 있는 이 시대의 인간들은 어떤 계산 도중에도 물리 세계에서 의식을 분리시키는 양자처리기quantum processors, Qusps를 자기 머릿속에 설치한다. 그런 분리는 "한 번에 겨우 몇 마이크로초 지속하지만, 그 지속 시간 동안에는 완고하게 강요되고, 상태 벡터가 하나의 결과를 만들어 낼 때에만 격리가 깨어지는"(2001) 상태다. 따라서 그 처리기는 최초로

"인류 역사의 대부분 동안 자신들이 그렇다고 믿은, 어떤 것은 하고 다른 것은 하지 않는 선택의 생물"인 인간들을 만들어 낸다. 양자처리기 이전 문명에서 남은 시대착오 여행자들은 "여전히 칙칙거리는 기계에 실려 별들 사이를 퉁퉁거리며 다닌다 … 여행 한 번마다 수천 년이 걸린다". 포스트휴먼들은 시대착오 여행자들에게 그들이 가사 상태에 있는 동안 일어난 사회적 발전에 대한 황당한 이야기들을 하면서 즐거워한다. 시대착오 여행자들을 사로잡는 주제인 "남자와 여자 사이의 영원한 투쟁"을 강조하기도 한다. 그러나 사실, 젠더는 오래전에 사라졌고 중성이 기본값인 사람들이 서로 매료되는 개인들 사이의 화학적·생물학적 피드백을 통해 새롭고 신기한 성기를 만들어 낸다. 시대착오 여행자들은 극심한 외국인 혐오자고, 새 진공에서 극소규모의 생명이 있다는 증거가 발견되자 그들은 그것을 완전하고 즉각적으로 절멸하자고 주장한다. 외계의 것들은 모두 자신들에게 똑같은 계획을 세우고 있을 것이기 때문이다.

'실드의 사다리'라는 제목은 자기가 자라면 다른 사람으로 변할 것이라고 걱정하는 어느 아이에게 이야기되는 수학적 과정을 말한다. 이 과정을 통해 사람은 화살이 행성처럼 굽어진 표면을 가로질러 날아가는 길을 지도에 그릴 수 있고, 목표에 도달했을 때 그 화살이 같은 방향을 가리키고 있다고 보장할 수 있다. 이게 가능하려면 도중의 어떤 지점에서도 화살은 예전의 위치와 평행하다는 것을 보장해야 한다. 그러나 아이의 아버지가 설명하는 것처럼, 길이 달라지면 지도도 달라질 것이다.

변화는 절대 멈추지 않을 것이다. 그러나 그것이 바람 속을 마구 떠돌아야 한다는 뜻은 아니다. 매일, 너는 너였던 사람과 네가 목격한 새로운 것들을 가지고 네가 돼야 하는 존재를 네 스스로 진지하게 선택한다.

새 진공의 양자 공간 속에서, 결잃음^{decoherence}(양자 상태 사이의 머뭇거림을 붕괴시켜 하나의 지각할 수 있는 결과로 만드는)은 여러 개의 양자 가능성이 동시에 존재할 수 있게 만드는 매우 약한 힘이다. 이와 연관해 근본적으로 다른 구현을 할 수 있는 사람들은 몇몇 사람뿐이고, 다른 사람들은 보통 공간으로 돌아와 더욱 명백하게 '호모사피엔스'의 유산인 구현들과 재접속한다. 어느 쪽도 틀리거나 더 못한 선택이 아니다.

특이점 소설

『실드의 사다리』는 특이점 소설로도 간주될 수 있다. 특이점 소설이란 디지털 의식과 변화 가능한 구현에 대한 사이버펑크의 매료를 확장시킨 SF의 일종이다. **특이점**은 기술 변화가 매우 가속돼 그 다음에 무슨 일이 일어날지 예측하거나 그 이후에 존재하는 개체들의 생활을 이해하기 불가능해지는 지점을 말한다. 더 편집증적인 시나리오들에서, 기계들은 지성을 가지게 될 뿐만 아니라 인류를 자신의 미래에 장애가 되는 것으로 본다. 더 나쁜 경우에는, 기계가 자신의 창조자들을 훌쩍 능가해 자신들의 눈으로도 인간과 무관해져 버린다. 이 개념이 처음 대중화된 것은 컴퓨터 과학자이자 SF 작가인 버너 빈지의 영향력 있는 에세이 「다가오는 기술적 특이점The Coming Technological Singularity」(1993)을 통해서다. 더 최근에는, 레이 커즈와일의 『특이점이 온다The Singularity Is Near』(2005)가 지적 기계에 의해 증강

된 인간이 자연의 한계를 넘을 수 있는 미래를 옹호한다. 켄 매클라우드의 『카시니 간극The Cassini Division』(2000), 테드 창Ted Chiang의 「외모 지상주의에 관한 소고: 다큐멘터리Liking What You See: A Documentary」(2002), 알레스테어 레이놀즈Alastair Reynolds의 〈계시 우주Revelation Space〉 시리즈 (2000~2007)와 엘리자베스 베어Elizabeth Bear의 〈야곱의 사다리Jacob's Ladder〉 3부작(2008~2011)을 비롯해서 많은 SF들이 그런 전망에 상당히 회의적이었다.

특이점 소설은 세계화된 자본과 정보 네트워크의 상호 침투에 초점을 맞출 때가 많다. 칼 슈레더Karl Schroeder의 『영속Permanence』(2002)에서, 권리경제the rights economy는 모든 대상에 소유와 가치를 나타내는 정보를 붙이는 신경 인터페이스를 통해서 문자 그대로 자본주의 이데올로기를 물질세계의 인식과 연결시킨다. 그 인터페이스는 "사물의 본질이 돈으로 보이게 만든다. 팔거나 살 수 있을 때만 실제로 존재하는 것"으로 말이다(2002). "우리의 삶을 바꾸고 있는 인터넷 베이스의 인지 도구들. 위키피디아, 구글, 이베이, 그런 종류들"에 바쳐진 버너 빈지의 『무지개의 끝Rainbow's End』(2006)은 "전근대 세계 전체"에서 서기 2000년까지 널리 이용할 수 있는 정보를 만들려는 디지털화 기획을 등장시킨다. 그러나 스캐닝 과정에서 물리적 책들이 파괴되고, 이는 공공도서관들이 디지털 텍스트들의 개인적이고 이윤 추구적인 소유로 대체된다는 뜻이다. 『메이커스Makers』(2009)에서, 코리 닥터로(그는 창의적 작품들을 만들고, 리믹스하고 공유하도록 자유 저작권을 허가함으로써 지식의 사유화에 저항하는 오픈소스, 카피레프트와 크리에이티브코먼스 운동에서 활동한다)는 해커 설계자들이 미국 경제를 붕괴시키고 혁신적으로 재창조하는 모습을 상상한다.

찰스 스트로스$^{Charles Stross}$의 『아첼레란도^{Accelerando}』(2005)는 만프레드 막스와 그의 가족에 초점을 맞춰 인간이 포스트휴먼으로 진화하는 과정을 추적한다. 만프레드는 새로운 디지털 시대의 신동이다. 그는 마치 자신의 일부처럼 보이는 외부적 증강을 통해 네트워크에 지속적으로 연결돼서, 일종의 현금 없는 선물 경제 속에 살고 있다. 각 장은 21세기의 연속된 10년씩을 배경으로 하면서, 디지털 의식이 발흥할 수 있게 만든 기술적 혁신들을 소개한다. 그것은 새로운 경제 질서와 새로운 인간 정체성 양쪽 모두에 연결돼 있다. 디지털 의식 전송 실험 중 바닷가재들의 신경 경로가 업로드되면서 새로 태어난 의식은 지구 바깥 세계로 전송되는 도중 그에게 도움을 청한다. 그들을 대표하여, 그는 그들이 소프트웨어가 아니라 노동으로 대우받아야 한다고 주장한다. "시민권이 아니라 저작권으로 숨겨진 업로드들을 방치한다면 우리는 50년 동안 어디에 있을 것입니까?"(2006).

만프레드의 딸 앰버는 다른 지성종에게서 온 것으로 보이는 메시지가 어디서 왔는지 조사하기 위해 우주 탐험을 이끈다. 앰버의 승무원들은 특이점 같은 것이 있는지, 이런 "너드들의 황홀"이 일어났는지, 만약 일어났다면 언제 일어났는지 논쟁한다. 그들은 업로드된 의식을 은하 건너로 전송하고, 그것을 통해 자신의 어떤 버전들을 보낼 수 있는 라우터들의 시스템을 발견한다. 그들이 발견한 것 중에는 "생활형이 놀라울 정도로 화려하게 장식된 기업 생태권이고, 지나가는 지성체를 강탈해 통화로 사용하여 새끼를 낳고 자기 복제를 하는 법률 행위들"이 있다. 그것은 자기 태양계의 물리 질량을 분해해 광대한 컴퓨팅 네트워크를 만들어 냈고, 그 네트워크는 기하급수적으로 많은 의식이 대역폭 제한으로 묶인 채 행성 위의 물질적 신체들 속에서 살아가기보다는 업로드로 존재할 수 있게 해준다.

우리 태양계로 돌아오면서, 앰버의 승무원들은 이미 이런 식으로 해체되고 있는 행성 몇 개를 발견하고, 지구가 통제할 수 없는 나노 기술 때문에 오염돼 죽어가고 있는 생물권이라는 것을 깨닫는다. 자기 인식을 하는 기업들은 '호모사피엔스'를 구식으로 만들었다. '스마트머니'라는 표현에는 완전히 새로운 의미가 부가됐다. 국제 상법과 뉴로컴퓨팅 기술 사이의 충돌이 "넷 속의 고속 기업 육식동물"이라는 전혀 새로운 종족을 낳았기 때문이다. 경제는 포스트휴먼조차 이해할 수 없는 속도와 복잡성으로 진행되는 '이코노믹스 2.0'으로 발전하고, 앰버는 가난한 벽지에 남겨지지만 그조차도 역사상 대부분의 인간 생활에 비교하면 상상할 수도 없이 사치스럽다.

이와 비슷하게 저스티나 롭슨Justina Robson의 『자연사Natural History』 (2003)는 장기간에 걸친 인간 종족의 진화와, 변화하는 구현과 디지털 환경이 함축하는 것에 흥미를 보인다. 태양계는 미진화인Unevolved과 단조인Forged으로 나뉘어 있다. 미진화인은 지구에 남아 있고 개조되지 않은 인간들이며 사회적 위계질서의 꼭대기에 있다. 단조인은 지구 바깥의 여러 가지 환경에서 존재할 수 있고 특별한 노동을 수행하도록 설계된 사이보그 신체를 갖고 있으며 가상 환경에서 키워진다. 단조인 중 몇몇은 미진화인의 선천적인 우월감과 지배권에 도전한다.

은하 거리를 가로지를 수 있는 즉각적 여행 수단이 되는 듯한 외계 물건을 마주친 후, 단조인 탐험가 아이솔은 지구로부터 27광년 이상 떨어진(사실 훨씬 더 멀 수도 있지만) 지아 디 노테 별의 궤도를 도는 새 행성을 발견한다. 아이솔은 그곳이 단조인을 위한 고국이 되기를 바란다. 단조인들이 미진화인의 통치 없이 살 수 있고 기능에 맞는 형태로 공학적으로 만들어진 운명에서 해방될 수 있는 곳. 문화 인류학자 제피르는 다른 사람들이 아이솔의 새 추진 시스템을 제공한 그 '물건'을 조사하는 동안 그 행성에 외계 생명이 있는지 조사하도록 파견된다. 그 '물건'은 범주화라는 관습적 서술로 표현할 수 없는, 11차원 공간에 존재하는 집합적 의식인 것 같다. '기술'이 아니라 영원히 변화하며 "지성을 가진 의도에 반응하는" 개체인 것이다. "무엇이든 관찰자가 마음에 둔 목적에 따라 자기 구조를 바꿀 수 있다. 특정한 설계 같은 것도 요구하지 않는다. 그것은 스스로를 올바른 일에 맞는 올바른 도구로 만든다"(2004). '물건'은 자기와 상호작용하는 사람을 흡수한다. 단조인 코르백스는 그것을 이렇게 설명하려고 한다. "그것은 사람을 먹는 기술 같다. 그 사람들은 여전히 그 안에서 살아 있지만, 그들은 모두 하나이거나, 아무도 아니거나, 다른 사람이다 … 그것은 관찰자에게 반응한다"(생략부호는 원문).

소설의 초점은 정치적 투쟁 사이를 오간다. 단조인 노예들은 해방될 것인가? 그들은 스스로를 해방하기 위해 얼마나 멀리 가야 할 것인가? 그들에게는 고국이 필요한가? 고국을 가져야 하는가? 그렇다면 그 고국은 이 새로운 세계일까? 그리고 정체성의 본질에 대한 질문들이 있다. '물건'에 흡수된다는 건 일종의 죽음인가? 왜 그 '물건'은 미진화인들과 단조인들은 흡수하면서 AI는 흡수하지 않을까?

이런 구별은 어떤 중요성을 갖고 있을까? 아이솔은 자기 자아가 사라질 것 같은 두려움에 필사적으로 저항한다. 그러나 다른 사람들은 '물건'에 흡수되는 것이 자아의 확장이라고 주장한다.

> 나는 톰 코르백스다. 그리고 '나'라는 것은 없다. 더 큰 정신이 있다. 이 '물건'으로 있는 상태에 들어온 모든 정신의 중첩이다. 이 두 상태는 동시에 존재한다. 이 몸으로 만들어진 톰의 정신이 여기 있지만, 이 몸의 성분은 상상의 시간 속에 살고, 부피가 없고, 우주 전체를 차지하는 다른 사람들의 정신이 상호 관통하는 더 큰 물질 대양의 일부다.

아이솔이 발견한 행성은 **다른 우주로 번역되는 최초자**의 고향, 육신에서 분리된 존재들이 자신의 기원을 잊지 않도록 도서관으로 보존된 곳이었다. 존재와 그 도구들 사이의 화해인 '물건'은 모든 인간이 특정한 형태에 갇히지 않고도 기능할 수 있도록 만들어, 미진화인과 단조인 사이의 균열을 치유하겠다고 약속한다. 제피르에게는 그것이 단순히 다른 생명들을 공부하는 것이 아니라 "역사와 생명의 우주에서, 그 모든 것을 모든 각도에서 살아가는" 기회가 된다.

역사와 맞물리며

과거가 미래를 낳는 방식, 그리고 끝없는 자본주의, 전쟁과 환경 악화가 아닌 것으로 이뤄진 미래를 상상하는 것의 어려움에 대한 흥미가 대체 역사들과 SF와 역사소설의 요소들을 결합한 다른 소설들에서 상당히 증가했다. 킴 스탠리 로빈슨의 『쌀과 소금의 시대The Years of Rice and Salt』(2002)에서는 15세기 초 흑사병이 유럽 인구의 99퍼센트를 궤멸시키고, 기독교와 유럽 문화의 영향이 미치지 않은 세계를 만들어 낸다. 마이클 샤본Michael Chabon의 살인사건 미스터리 『유대인 경찰 연합The Yiddish Policeman's Union』(2007)의 배경은 1941년 알래스카에 수립된 유대인 국가며, 그 국가의 임대차 계약이 막 종료되고 그 땅을 미국에 돌려주려는 시점이다. 이런 주요 역사 분기와는 대조적으로, 캐슬린 앤 구넌Kathleen Ann Goonan의 『전쟁 중In War Times』(2007)은 우리가 겪은 1940년대, 1950년대, 1960년대와 미묘하게 다른 세계를 그린다. 그 세계에서는 양자역학과 유전학의 혼합이 근본적으로 폭력에 대한 인간의 성향을 바꿀 수 있다. 닐 스티븐슨의 『바로크 사이클Baroque Cycle』(2003~2004)은 17세기와 18세기를 배경으로 하는 역사 액션 오락물이다. 이 작품의 과학소설적인 주요 특징은 무역 자본의 발전을 정보 기술의 출현으로 상상하는 시대착오적 관점에 있다. 코니 윌리스의 『블랙아웃Blackout』(2010)과 『올클리어All Clear』(2010)는 '동시대인들' 속에 살면서 역사적 기록에 세부와 질감을 덧붙이기 위해 과거의 런던 대공습 장소를 방문해서 기본적인 조사를 수행하는 21세기 중반 역사학자들 집단을 따라간다. 케이지 베이커Kage Baker의 〈컴퍼니Company〉 시리즈(1997~2010)에 나오는 24세기 시간여행 사이보그들은 역사적 기록에 따라 값진 물건들이 파괴되기 전에 그것을 낚아채 미래에 '발견'될 수 있는 곳에 숨긴다. 역사적 정밀성에 대해 이렇게 세심하게 노력하는 작품들과 대조적으로, 셰리 프리스트Cherie Priest의 『본셰이커Boneshaker』(2009)는 좀비와 비행선이 나오는 스팀펑크 액션 오락물을 만들어 내기 위해 필요한 "역사, 지리, 기술의 매우 극심하고 뻔뻔한 왜곡"(2009)을 유쾌하게 인정한다.

조 월턴Jo Walton의 『파딩Farthing』(2006), 『하페니Ha'penny』(2007)와 『반 크라운Half a Crown』(2008)은 히틀러와 화해하고 1941년 전쟁에서 물러난 영국을 배경으로 한다. 파시즘이 유럽을 지배하고 있으며 반유대주의는 일상생활에서 용인된 부분이다. 영국인들은 일반적으로 노동수용소 같은 극단적인 모습에 눈살을 찌푸리지만, 그것들의 의미를 완전히 깨달은 많은 사람은 현실에 안주한다. 이 대체 현실 너머에는 과학소설적인 부분이 아무것도 없다. 이 소설들은 과거를 배경으로 하고 있다는 사실뿐만 아니라 애거사 크리스티$^{Agatha Christie}$와 도러시 L. 세이어스$^{Dorothy L. Sayers}$ 같은 작가들에 대한 부채 때문에도 시대 범죄소설처럼 읽힌다. 각 소설은 도덕적으로 모호한 세계 속에서 자기 길을 찾으려고 애쓰는 윤리적 개인들의 경험을 환기시키려는 두 개의 서사 가닥이 담겨 있다. 즉, 조사받는 사건들에 대한 여성 화자의 일인칭 서술과, 피터 카마이클의 삼인칭 서술이다. 피터 카마이클은 이 시리즈가 계속되는 도중 스코틀랜드 야드 수사관에서 새로 구성된 영국 버전의 게슈타포 '워치'의 수장으로 승진한다.

1949년 배경의 『파딩』은 파딩 가문의 시골 저택에서 상대적으로 자유주의적인 귀족 제임스 서키가 살해된 사건을 다룬다. 그것은 결국 수상 불신임 투표를 하기 위해 영국 파시스트들이 짠 음모의 일부분으로 밝혀진다. 파시스트들이 내세운 마크 노먼비라는 인물이 제임스 서키를 대신하는데, 노먼비는 정부의 민주주의적 기관들을 무너뜨리고 수상에게 더 큰 권력을 집중시키는 정치적 개혁을 도입하기 위해 대중의 볼셰비즘 공포를 조종한다. 민주주의적 형식 아래에서 히틀러가 차지한 지배적 위치를 떠오르게 하는 기동이다. 그 민주주의적 형식은 곧 독재 구조로 대치됐고, 이것은 최근 미국 대통령들이 행정력을 확대한 데에 대한 비판인 것 같다.

『파딩』의 여성 화자는 파딩 가문의 딸 루시다. 루시는 자기 유산을 포기하고 유대인인 데이비드 칸과 결혼한다. 데이비드는 전쟁 동안 루시의 오빠와 함께 복무했지만, 오빠는 살해당했다. 정권은 동성애와 양성애를 규탄하지만, 루시는 오빠와 데이비드가 연인이었다는 것도 받아들인다. 데이비드의 영향을 받아 루시는 자기 가족과 사회가 말도 안 되게 편협하다는 것을 깨닫기 시작한다.

> 나는 이 사람들이 작은 기벽들이 있는 것 같지만 기본적으로 모두
> 좋은 사람들이라고 계속 생각했을 것이다. 하지만 그들이 얼마나
> 더러운지는 전혀 알지 못했다. 데이비드는 내게서 눈가리개를 떼어
> 냈고, 난 절대 후회하지 않는다. 눈에 보이는 곳 끝까지 뻗어 나간
> 악취 나는 거름 밭에 끝없이 둘러싸인 예쁜 화원의 아주 작은 조각
> 같은 세계 안에서 돌아다니는 걸 누가 원하겠는가?(2006)

데이비드는 자기가 직면한 위험을 뒤늦게 깨닫는다. 대륙에서
온 유대인 피난민이 파시즘의 밀물이 올라오면 그가 가진 좋은 시민
성이 궁극적으로 아무 쓸모도 없을 것이라고 경고하자, 데이비드는
이렇게 주장한다. "영국에 대한 그이의 생각은 틀렸어. 사람들은 자
유와 정의에 관심을 갖고 있고, 분개는 하지만 그렇게 묻어놓은 증오
는 아니야. 그런 일은 여기서 절대 일어나지 않을 거야." 그도 루시도
파딩 가문이 품은 증오의 깊이를 추측하지 못하고, 자신들을 주말 파
티에 초대한 이유가 데이비드에게 서키를 살해했다는 누명을 씌워
반유대주의 감정을 격앙시키기 위해서라고는 의심하지 못한다.

카마이클은 진실을 밝혀내고 루시와 데이비드가 캐나다로 도망
가도록 돕는다. 그러나 그의 발견은 은폐되고 한 볼셰비키가 서키의
살해 누명을 쓴다. 그때까지는 카마이클의 신중한 동성애를 알고도
넘겼던 그의 상관들은 그 사실을 이용해 그가 침묵하고 '워치' 창조
에 협력하도록 강요한다. 『파딩』의 끝 무렵에서, 카마이클은 자신이

품었던 의문을 기억한다. "게슈타포가 어떻게 자존심을 버리지 않고 자신들이 해야 했던 어떤 일들을 할 수 있었는지. 이제 그는 알았다."

라리사 라이^{Larissa Lai}의 『절인 생선 소녀^{Salt Fish Girl}』(2002)는 19세기 후반과 20세기 초반의 중국과 21세기 중반 미 태평양 북서부를 오가면서 SF와 역사소설, 민속 판타지를 뒤섞는다. 이 소설은 황허의 진흙에서 존재들을 창조하는, 물속에 사는 불멸자 누 와와 함께 시작한다. 사람들이 누 와를 비웃자 그녀는 그들을 땅바닥에 내동댕이치고, 그들이 입은 부상은 두 갈래로 나뉜 꼬리나 다리로 변한다. 이 부상에 대한 보상을 하기 위해 누 와는 성적 쾌락을 발명하고, 나중에는 그 쾌락을 그 자체로 병과 죽음에 대한 보상이 되는 성적 재생산에 연결한다. 어떤 여자가 누 와를 삼키자 누 와는 19세기 중국에서 태어난다. 청소년기에, 누 와는 절인 생선 장수의 딸에게 넋이 나간다. 그러나 절인 생선 장수는 사회 통념에 어긋나는 그들의 사랑을 못마땅해한다. 누 와는 절인 생선 소녀와 함께 달아나지만, 도시의 빈곤한 주변부 생활은 그들의 관계를 압박한다. 장난감 공장에서 푼돈을 받기 위해 일하던 절인 생선 소녀는 병에 걸린다. 누 와는 약을 사러 가지만 어느 영국 여자가 그녀를 유혹해서 안개와 망각의 섬으로 데려간다. 하늘과 미래 양쪽에 있는 것 같은 그 섬에서는 시간이 다르게 흐른다. 누 와가 중국으로 돌아오자 노파가 된 절인 생선 소녀는 그녀를 거의 알아보지 못한다. 누 와는 자기 오빠의 딸인 척하고 절인 생선 소녀의 가족을 방문해, 두 가족 사이에 발전한 수익성 좋은 사업 관계를 지키기 위해 절인 생선 소녀의 오빠와 결혼한다. 누 와는 죽어서 물로 돌아가 두리안 나무 옆자리를 차지한다.

이 판타지적 역사 서사는 더 관습적인 SF 서사인 기업 봉건제 미래에 있는 미란다 이야기와 번갈아 나온다. 미란다가 잉태된 밤, 미란다의 어머니는 기업의 승인 도장이 없는 비규제 지대에서 자란 두리안 열매를 먹었고, 그녀가 탄생할 때부터 고양이 오줌이나 두리안 같은 이상한 냄새가 미란다의 피부에서 뿜어져 나왔다. 자라면서 미란다의 아버지는 전통 한의학과 경쟁 기업의 실험실에서 그 치료법을 찾는다. 비슷한 증후군을 가진 다른 아이들에 대한 소문이 돌기 시작한다. 그것은 흔히 '전염병'이라고 알려졌는데, 맨발을 통해 땅에서 흡수되는 것 같다. 그리고 "이 증후군이 신종 자가면역질환 특유의 것이라고 믿는 사람들이 있다. 그 질병은 식품 공급에 대한 유전적·공업적 개조와 연관됐으며, 다가올 수십 년 동안 매우 파괴적이라고 증명될 수도 있다"(2002).

가족과 함께 사투르나 기업의 세렌디피티 집단거주지에서 퇴거된 후, 미란다는 낯익은 소녀 에비와 마주치기 시작한다. 하지만 어디서 에비를 알게 됐는지 절대 추측할 수가 없다. 에비와 미란다가 절인 생선 소녀와 누 와의 한 버전이라는 것이 분명해진다. 이 환생은 주로 판타지와 신화에 나오는 것이지만, 잠재적인(하지만 기껏해야 부분적인) 과학적 이유는 이 두 여인의 출신으로 암시된다. 인간의 유전자가 "잉태할 수 없는 여성을 위한 생식력 요법으로" 두리안 열매에 이식됐지만, 이 나무들은 "다른 목적으로 재배된, 추운 기후를 견디기 위해 재배된 나무들, 혈통을 강화할 열매를 맺기 위해 재배된 나무들"과 교잡수분했다. 아마 이 야생나무 열매를 통해 누 와가 미란다의 어머니에게 들어갔을 것이다. 한편, 에비는 '소니아' 시리즈

클론 중 하나다. 오래전, 기업은 "이른바 제3세계 사람들, 오스트레일리아 원주민, 그리고 멸종 위기에 있는 사람들에 초점을 맞춘" **다양한 유전체 프로젝트**를 인수했기 때문에 복제 노동자들은 "모두 다 갈색 눈과 검은 머리카락을 갖고 있다". 즉, 우리 세계의 노동의 다양성 속에 있는 북반구·남반구와 민족적 분할을 구현한다. 소니아 복제인간은 부분적으로 물고기며, 그들의 DNA는 "0.03퍼센트 사이프리너스 카르피오^{Cyprinus carpio}인 담수잉어"다. 그 DNA 때문에 그들은 "특허 받은 새로운 망할 생명 형태"고 엄밀히 말해 인간이 아니다. 그 결과, 아직 남아 있는 노동에 대한 법적 보호 장치 몇 가지는 그들에게 적용되지 않는다. 그러나 복제인간들은 자기 환경에 분개할 정도로 영리하지 않다고 여겨진다. 에비가 소니아가 아닌 이름을 선택한 것은 그녀의 반항에 대한 강력한 상징이다. 이 소설은 에비가 딸을 낳으면서, 여성의 몸에 대한 자본주의적·가부장적 통제를 더욱 회피하는 것으로 끝난다.

세계화된 SF

사이버펑크는 비서구 사람들, 특히 일본인들을 이국적으로 보고 그들의 주체성을 부인하고, 아프리카와 라틴아메리카 같은 세계의 커다란 부분을 무시한다는 이유로 비판받았다. 최근, 프레드릭 제이미슨은 브루스 스털링과 윌리엄 깁슨이 그다음에 쓴 소설들을 **지구 관광 SF**(2005)라고 묘사했다. 다른 문화들과 더 많이 관계를 맺지만 완고한 거리를 두는 그들의 태도를 포착한 문구다. 이런 맥락에서, 존 코트니 그림우드Jon Courtenay Grimwood의 〈아라베스크Arabesk〉 시리즈(2001~2003)는 대체 세계의 21세기 북아프리카에서 사이버펑크를 다시 쓴다. 이 세계에서는 1915년, 제1차 세계대전이 끝나고 오토만제국이 살아남았다. 그리고 이언 맥도널드의 『신들의 강River of Gods』(2004), 『브라질』(2007)과 『데르비시 하우스The Dervish House』(2010)는 근미래 인도, 브라질, 터키에 신기술이 끼친 영향을 그린다. 이런 작품들과 동시에, 더욱더 많은 외국어 SF가 영어 번역본으로 나오고 있다. 웨슬리언대학 출판부의 〈과학소설 초기 고전Early Classics of Science Fiction〉은 쥘 베른, 알베르 로비다와 다른 비영어권 저자들의 새로운 번역을 비평판으로 출간했고, 블랙코트 출판사Black Coat Press는 로비다, J. H. 로스니 시니어J. H. Rosny-aîné, 모리스 르나르Maurice Renard와 다른 프랑스 작가들의 수많은 작품을 출간했다. 이전에는 한 번도 번역되지 않았던 작품들이다. 동시대 일본 SF의 번역판들은 하이카소루Haikasoru와 쿠로다한Kurodahan에서 살 수 있고, 2010년에는 과학소설과 판타지 번역상the Science Fiction and Fantasy Translation Awards이 시작됐다. 그러나 아마도 알리에트 드 보다르Aliette de Bodard, 타나나리브 듀, 날로 홉킨슨, 앤서니 조지프, 루치르 조시Rushir Joshi, 은네디 오코라포르Nnedi Okorafor, 니시 숄Nisi Shawl과 반다나 싱Vandana Singh 등을 포함하는 디아스포라와 유색인들이 쓴 SF가 점점 가시성을 획득한 것이 가장 중요한 지점일 것이다. 리미 B. 차터지Rimi B. Chatterjee의 『붉은 신호Signal Red』(2005)는 힌두 민족주의가 점점 더 적대적으로 변하고 지정학적 야심이 커지는 근미래의 인도를 그린다. 철통같은 경비를 받는 건물 내에서, "나노 와이어, 광통신 컴퓨팅, 여러 종류의 방어막과 센서들"(2005)이 들어가는 '새로운 안경 애플리케이션'을 과학자 고팔 찬드란은 마침내 군사적 응용으로 이어질 연구를 수행하는 데 윤리적 의문을 갖기 시작한다. 월터 모슬리Walter Mosley의 『퓨처랜드Futureland』(2001)는 디스토피아적 미래를 배경으로 한 아홉 개의 단편소설 모음집인데, 그 안에서 '백색소음'이라고 알려진 실업자들은 인생의 무의미함을 강조하는 끝없는 권태를 겪는다. 「내 안의 검둥이The Nig in Me」에서, 유색인종을 절멸시키기 위해 인종을 특정하는 바이러스를 만들어 내려는 백인 우월주의자 집단의 시도는 우연히 흑인 혈통이 없는 모든 사람을 제거하는 바이러스를 방출하게 된다. 그러나 '백인' 생존자들과 자원을 둔 충돌은 계속된다.「어둠 속의 속삭임Whispers in the Dark」에서, 칠은 신동인 조카에게 교육을 시킬 돈을 얻기 위해 페니스를 포함한 장기를 판다. 칠의 희생은 "자기 아이들에게 기회를 주기 위해 자기 몸 조각조각을 부자들에게 파는 일이 많았던"(2001) 이전 아프리카계 미국인들의 희생과 크게 다르지 않다.

제프 리먼의 『에어Air』(2004)는 카르지스탄의 한 마을 키줄다가 배경이다. 그곳은 아직 온라인으로 이어지지 않은 세계의 마지막 장소다. 소설은 하드웨어 기반 시설 없이 전 세계와 연결할 수 있고 두뇌와 직접 접속하는 무선 네트워크 서비스 에어의 테스트와 함께 시작한다. 테스트 도중, 청 매의 정신이 텅 부인의 정신과 융합되면서 초로의 여인 텅 부인은 죽고 매는 변화한다. 에어가 키줄다에 가져올 깊은 변화를 알아차리고, 매는 즉각 그것을 준비하기 시작하면서 자기 통찰을 무시하는 전통적이고 가부장적인 위계질서에 맞서 싸운다. 그녀는 무식하지만 키줄다의 학교에서 인터넷 연결 텔레비전을 사용해 마을 사람들에게 에어로 대표되는 기회를 교육하고, 자기가 속한 엘로이 소수민족의 전통 자수를 파는 지역 의상 회사를 세계로 확장한다.

이 소설은 문화적 특수성과 헤게모니라는 문제를 탐구한다. 교육 소프트웨어를 사용하기 위해, 마을 사람들은 부엉이 상징에 대한 편견을 극복해야만 한다. 부엉이는 서구인들에게는 지식과 지혜를 의미하지만, 카르지스탄인들에게는 죽음을 의미한다. 사실, 이 소프트웨어는 키줄다의 상대적 고립을 끝내고 삶의 양식을 파괴하면서 일종의 죽음을 가져온다. 따라서 매는 마을 사람들에게, 그들의 소망과 상관없이 도입될 체계의 수동적 희생자가 되지 말고, 다가오는 변화를 겪으면서도 키줄다의 정체성을 지키며 그 체계를 만들 방법을 찾자고 촉구한다. 매의 회사는 이런 이중적 위치의 전형적 본보기가 된다. 매는 사업 계획을 이해하고 은행 대출을 받기 위해 인터랙티브 소프트웨어를 사용하고, 자기 옷을 온라인에 전시하고 바이어들과 의사소통을 하기 위해 커뮤니케이션 소프트웨어를 사용한다. 하지만 엘로이 전통과 정체성을 자신의 디자인에 반영해, 자기 민족에 대한 정부의 부정적 고정관념에 반박하기도 한다. 또 한편으로는, 유엔의 형식을 채용할지 혹은 기업이 지원하는 에어의 게이츠 형식을 받아들일지를 두고 벌이는 정치적 투쟁이 그려진다. 그 결과는 미래의 자율성에 결정적인 차이를 일으킬 것이다. "우리는 사람들의 정신의 모습을 만드는 커다란 회사와 부자들을 원했는가?"(2004). 매의 뉴욕 바이어 벅시는 널리 유통되는 신문 두 개에 그들의 대화에 기반을 둔 칼럼을 실어, 시골 사람인 매의 전망을 더 널리 전파할 수 있도록 하고 유엔 형식이 실행되게 만든다.

　　사이버펑크와 특이점 소설들처럼, 『에어』는 정보 기술과 경제적 세계화가 인간의 사회적 존재를 변화시키는 영향을 다룬다. 그러나 이 소설은 서구 기술 엘리트의 시각을 상당히 탈중심화시킨다. 또, 실현 가능한 근미래 기술에 대한 현실적 추측과 단순한 상징주의가 아닌 판타지적 요소들을 결합함으로써 여러 SF들을 뒷받침하는 경험주의적 인식론을 복잡하게 만들기도 한다. 감옥에 갇혔을 때 매는 정신력을 사용해 "자신이 붙잡혀 있던 것처럼 현실을 붙잡아, 매우 간단하게, 매우 쉽게, 울타리의 금속을 (뜯어내) 버림"으로써 빠져나간다. 소설 마지막에서는, 기술 자체가 똑같이 마법적으로 돼버리는 것 같다. 매는 자기 위 속에서 손상을 입었지만 살아남은 아들을 낳는다. 에어 덕분에, 그 아이는 "볼 필요가 없을 것이다. 우리가 (그 대신) 모든 것을 볼 수 있기 때문이다. 그리고 우리가 그에게 시야와 소리를 그대로 전해줄 것이다". 그는 "손이 필요하지 않을 것이다. (그의) 정신으로 기계들을 통제하고, 기계들이 손처럼 움직여 줄 것이다". 그리고 귀가 손상당했지만 "그는 한 시간 동안 우리가 평생 듣는 것보다 더 많은 소리를 들을 것이다". 이상하지만 행복한 이 아기는 우리 모두 희망에 찬 괴물들일 수도 있는 미래를 나타낸다.

날로 홉킨슨의 『한밤중의 강도Midnight Robber』(2000)는 신화와 역사를 SF와 뒤섞으며, SF 장르의 기술과 미래에 대한 상상을 만들어왔던 서구의 문화적 형식들에 도전하고 그 형식들을 다시 쓴다. 영어와 자메이카어와 트리니다드의 크리올어를 결합하며, 이 소설은 주인공 탄탄의 일생 이야기를 중심으로 전통문화가 탄탄의 경험을 변화시키는 부분들을 사이사이 배치한다. 어린 소녀 탄탄은 아이티의 혁명가 투생 루베르튀르의 이름을 딴 투생 행성에 산다. 그 행성은 "타이노 카리브와 아라와크, 아프리카인, 아시아인, 인도인, 어떤 사람들은 그걸 별로 인정하고 싶어 하지 않았지만 심지어 유럽 혈통"(2000)이 식민화한 곳이다. 식민주의자들은 올라우다 에퀴아노의 일생에 기반을 둔 강도왕 전설을 기린다. 그는 고귀한 아프리카 가문의 아들이었고, 자기가 노예가 된 과정에 대한 유명한 서사를 써서 영국 노예폐지론 투쟁에서 유명해진 사람이었다. 투생에서 강도왕 이야기는 "언제나 노예제도의 공포에서 빠져나와, 자신들이 자리 잡게 된 새롭고 무서운 흰색 악마들의 땅에서 살아남는 방법을 통해 산적山賊으로 진출하는 이야기였다". 대조적으로 탄탄은 강도여왕이라는 관련 인물에 빠져든다.

투생은 복잡한 기술적 사회 기반 시설을 가지고 있다. 요루바 트릭스터 신을 딴 에슈라는 AI는 주인공의 가사를 운영한다(컴퓨터 언어는 에슈의 한 면을 본떠 엘레구아라고 한다). 그 식민지의 중앙 AI는 서아프리카와 카리브해 전통의 다른 트릭스터 신을 본떠 난시라고 하거나, 18세기 자메이카 혁명가를 본떠 그래니 내니라고 한다. 탄탄의 아버지 안토니오는 '새로운 도중 나무New Half-Way Tree'로 추방되는데, 그곳은 테라포밍되지 않고 발전한 기술이 없는 투생의 대안적 버전이다. 그는 탄탄을 함께 데려간다. 탄탄의 삶은 근본적으로 변화한다. 투생은 많은 생명 형태를 파괴하거나 수정하면서 식민화됐다. 그러나 이 새로운 세계에서 지성이 있는 조류 도우엔은 멸종되지 않았고, 공룡 크기의 생물인 마코 점보 새들은 유전적으로 변형되지 않았고 음식 자원에 의해 길들여지지 않았다. 아버지 안토니오로부터 성적으로 학대당하던 탄탄은 열여섯 번째 생일에 그를 죽인다. 안토니오 때문에 임신한 탄탄은 처형을 피하기 위해 망명한다. 그녀는 협력적인 생태계의 부분으로 사는 법과 인간들이 타자들을 사람이나 동물로 쉽사리 범주화하는 것에 질문을 던지는 법을 배운다. 외딴 공동체를 방문하며, 탄탄은 전통적인 권위를 카니발적으로 정지시키고,

10장. 여러 가지 미래가 가능하다

러시아 철학자 미하일 바흐친Mikhail Bakhtin은 중세 카니발을 기존의 권위가 정지되고 전복되는 곳으로 상정하는데, 거기서 나온 말로 보인다.

불의에 도전하고 비밀을 밝히는 강도여왕 역할을 하기 시작한다.

이 소설은 주로 자기 정체성에서 서로 충돌하는 측면들을 화해시키려는 탄탄의 욕구에 대한 이야기다. 권위에 순종해서 안토니오의 학대를 용인하는 '좋은' 탄탄과 타자들을 불신하고 맹렬히 몰아세우는 '나쁜' 탄탄. 강도여왕인 그녀는 자신의 '좋은' 정의감으로 '나쁜' 힘의 증진에 영향을 준다. 그러나 살인자라는 비난에 직면하면서 자기가 받은 학대 이야기를 드러낼 때가 돼서야 탄탄은 자신의 자아에 대해 정당하게 행동하고 앞으로 낳을 아이를 원망하지 않고 사랑할 수 있게 됐다. 노예제와 식민화의 역사에 영향을 받은 사람들에게 이 이야기가 갖는 울림은 복잡하고, 미묘하고 완곡하다.

평행 세계들

10장. 여러 가지 미래가 가능하다

제임스 패트릭 켈리James Patrick Kelly와 존 케셀John Kessel은 "전통적 SF는 오늘날 산산조각 났"고 그런 SF에 "변함없는 핵심이 있었던 적이 있다고 해도 … 그런 시기는 오래전에 지나가 버렸다"(2009)라고 주장한다. 이렇게 분명한 소멸에 행위자들이 응답한 방식 중 하나는 존 W. 캠벨이《언노운》을 사용한 것과 비슷한 방식으로 브루스 스털링의 슬립스트림 소설 개념을 활용해서, '진짜' SF와 문학적 현실주의의 패권적 다양성을 위반하고, 방해하거나 거부하는 다른 소설들 사이에 경계 지대를 만들어 내는 것이다. 다른 행위자들은 경계 부수기, 간성interstitiality, 위반, 혼종성, 융합과 매시업mash-up을 할 기회를 받아들였다. 어떻게 보이든 간에 이런 소설은 스토리텔링에 계속 전념하기 때문에 예전의 더 노골적인 실험적 포스트모던 메타픽션과 구분된다. 대체로, 서로 중복되는 두 개의 집단이 이런 소설을 생산한다. 에이미 벤더Aimee Bender, 마이클 샤본, 리베카 골드스타인Rebecca Goldstein, 조너선 레덤Jonathan Lethem, 스티븐 밀하우저Steven Millhauser, 데이비드 미첼David Mitchell, 리처드 파워스Richard Powers, 조지 손더스George Saunders같이 동시대의 문학적 소설과 연관된 작가들과, 테드 창, 켈리 링크, 차이나 미에빌, 벤저민 로젠바움Benjamin Rosenbaum, 스테프 스웨인스턴과 제프 밴더미어같이 장르 소설에 더 가까운 유대 관계가 있는 작가들이다. 그것은 '뉴위어드New Weird' 같은 여러 운동과 연계돼 있고,《결합Conjunctions》(1981~),《제3의 대안·검은 잡음The Third Alternative/Black Static》(1994~),《레이디 처칠의 장미 봉오리 팔찌Lady Churchill's Rosebud Wristlet》(1996~)와《맥스위니의 분기별 관심사McSweeney's Quarterly Concern》(1998~)를 포함한 SF 잡지와 문예지 양쪽에서 발전했다. 비판적 토론은 산문 소설에 집중돼 있었지만, 〈큐비스트Possible Worlds〉(러페이지Lepage, 2000), 〈6월의 뱀A Snake of June〉(쓰카모토, 2002), 〈늑대의 시간Time of the Wolf〉(하네케Haneke, 2003), 〈낫씽Nothing〉(나탈리, 2003), 〈4〉(크르자노프스키Khrjanovsky, 2005), 〈거친 창공 너머The Wild Blue Yonder〉(헤어초크Herzog, 2005), 〈성가신 남자The Bothersome Man〉(리엔Lien, 2006), 〈라 안테나La Antena〉(사피르Sapir, 2007) 등 이 경향에 편입시킬 수 있는 영화들도 많을 것이다.

장르의 경계를 흐리는 이런 소설들은 SF와 문학적 소설 훨씬 너머에도 존재한다. 베스트셀러 로맨스 작가 노라 로버츠Nora Roberts가 J. D. 롭J. D. Robb이라는 필명으로 쓴 21세기 중반을 배경으로 한 경찰 드라마 〈인 데스In Death〉(1995~) 시리즈는 거의 40권에 달한다. SF적 근거를 둔 연쇄살인범 스릴러인 미헬 파버르Michel Faber의 『언더 더 스킨Under the Skin』(2000)과 99퍼센트의 인구가 늑대인간인 대체 현실을 배경으로 한 음모 스릴러인 키트 휏필드Kit Whitfield의 『비나이티드Benighted』(2006)는 비평적 갈채를 받았다. 조스 휘던Joss Whedon은 〈뱀파이어 해결사Buffy The Vampire Slayer〉(1997~2003)와 〈앤젤Angel〉(1999~2004)에서 호러, SF, 코미디, 10대 로맨스와 드라마를 성공적으로 혼합한 반면, 서부극과 스페이스오페라를 혼합한 〈파이어플라이Firefly〉(2002~2003)에서는 컬트적 관중을 끌어모았다. J. J. 에이브럼스J. J. Abrams의 〈로스트〉(2004~2010)는 주요한 SF 요소를 황금시간대 드라마에 집어넣어 높은 시청률을 지속적으로 끌어모으고, 판타지 요소들을 가진 다른 대규모 예산 드라마 시리즈들을 많이 만들어 냈다.

셸리 잭슨Shelley Jackson의 『하프 라이프Half Life』(2006)는 핵실험이

유전적 변이를 너무 많이 만들어 내서 서로 결합된 쌍둥이인 '투퍼스twofers'가 이제 인구의 상당한 부분을 차지하는 소수자가 된 대체 현재를 배경으로 한다. 이 소설은 불법 시술을 통해 의식이 없는 쌍둥이 블랑셰와 분리되고 싶어 하는 노라가 말하는 이야기로 시작된다. 노라는 자기가 살아온 이야기를 한다. 그리고 수술을 할 급진적 의사를 찾으면서 블랑셰가 의식이 있던 시절, 즉 그들이 때로는 동지로, 하지만 라이벌로 더 자주 몸을 공유하는 법을 배워야 했던 어린 시절을 회상한다. 노라는 자기가 쓴 '샴쌍둥이 참고 안내서' 초고에 신문 스크랩, 전단과 다른 습득 서류들의 편집본을 넣는데, 그것은 투퍼스 문화의 복잡성을 전달한다. 예를 들어, 자기가 진정한 투퍼스지만 단일 신체로 잘못 태어났다고 느끼는 사람들은 인공기관과 수술을 이용할 수 있고, 어떤 사람들은 투퍼스들이 성스럽다고 생각한다.

> (그들은) 정부군과 반핵 활동가들이 똑같이 핵실험의 목적을 오해해 왔다고 믿는다. 핵실험은 전쟁의 속죄도 준비도 아니고, 호모사피엔스의 돌연변이가 압박과 그 문제의 양면을 동시에 볼 수 있는 능력을 생기게 하여 전쟁을 막기 위한 것이다.(2006)

핵실험으로 방사능을 쬔 사막 지역은 '국립 참회 지대'로 지정되고, 실험은 일종의 애도 행사로 간주된다. 행사 때 미국은 미국 가정과 시민들의 복제품을 폭격하면서 자신의 이미지가 공격당하는 느낌을 받으며 슬퍼한다. 그러나 "국립 참회 행동은 슬픔을 없애는 것이 아니라 슬픔의 원천에서 떼어내는 것 같다. 슬픔은 살아남지만 동물들과 유령, 시체를 통해서가 아니면 이해받지 못한다. 시체에서 슬픔은 질병의 형태를 갖는다. 이해할 수 없는 것은 치료할 수 없다. 그 장치는 참회가 지워지고 흩어져 버렸다는 깨달음을 공들여 뜨개질로 엮어 뜨듯 다시 계산한다".

이런 식으로, 소설의 제목에서 알 수 있듯이 노라와 블랑셰의 상황과 방사성 물질의 부식 양쪽 모두에 대해 이야기한다. 노라와 블랑셰의 이중 신체는 미국의 분열된 의식에 대한 문자 그대로의 은유다. 그리고 노라가 블랑셰를 자기 일부로 받아들이기 거부하는 것은 미국이 무기를 개발하고 다른 나라에 사용한 책임을 거부하는 것의 이미지가 된다. 그 무기들의 방사성 부산물과 냉전 확산은 전후 세계에 이중의 치명적인 그림자를 던졌다. 따라서 오드리가 노라의 분리 수술에 반대하며 이렇게 주장할 때, 오드리의 말은 여러 가지 의미를 가진다.

> 사실 네 말은 블랑셰가 과거를, 너는 미래를 담당하고 있다는 말이라고 믿어. 하지만 그건 말도 안 돼. 너도 알다시피 과거는 미래의 일부야. 그래서 너는 네가 생각하고 싶은 것보다 더 많은 것을 블랑셰와 공유하고 있어. 그리고 네가 블랑셰를 알아가는 건 의무일 수도 있어. 그건 자선이 아니라 자기 보호야. 난 모르겠다만, 네 과거를 잘라내는 건 네 머리를 잘라내는 것과 같아.

노라는 자기가 쓰던 이야기에 각주를 덧붙이기 시작한다. 자기

말이 자기 생각을 대변하는지 궁금해하고, 자기가 잠든 동안 블랑셰가 텍스트를 바꾸고 있는 것인지 걱정하기 시작한다. 노라는 글쓰기와 삭제에 집착하기 시작하면서, 그 텍스트가 진실이라는 것을 보장하는 전략을 공들여 다듬는다. 그런 전략에는 "내가 믿지 않는 것으로 보이는 의심의 맥락에서 내가 믿는 것을 쓰기"와 "내가 믿는 것을 쓰지만 간격을 남겨두기"가 들어간다. 노라는 "그 공허한 공간은 그냥 비어 있는 것이 아니라 내가 취소할 수 없는 말들로 얼룩져 있다"라는 결론을 내린다. 따라서 그 책의 "더 큰 부분은 빙산에서처럼 보이지 않는다. 그리고 그것이 진짜 책이다. 당신이 실제로 읽고 있는 말들은 일종의 지워진 소거, 조심스럽게 생략된 생략일 뿐"이다. 그녀는 "블랑셰가 내 발명품"이거나 "내가 블랑셰 … 그 경우 나 자신의 거부된 경험이 내게 계속 떠오르고 있는 것"일 가능성을 고려한다고 다짐한다. 이중성의 경험을 취급하는 여러 가지 방식을 나타내기 위해 불리언^{Boolean} 연산자들로 조직된 벤다이어그램 이미지들이 소설 전체에서 사용되면서, 타자성을 단순한 반대항보다 더 복잡한 방식으로 이야기하도록 독려한다. 이것은 이 소설이 대체 세계를 보여주는지, 아니면 불안한 정신으로 본 우리 세계를 보여주는 확실히 결정하기를 거부하는 잭슨의 태도와 맞아떨어진다. 따라서 『하프 라이프』는 SF면서 동시에 SF가 아니다.

컴퓨터 과학에서 불리언 자료형은 논리 자료형이라고도 하며, 참과 거짓을 나타내는 데 쓰인다. 주로 참은 1, 거짓은 0에 대응하나 언어마다 차이가 있다.

차이나 미에빌의 경찰 소설 『이중 도시$^{The City\&The City}$』(2009)는 우리 세계와 몇 가지 세부만 다른 대체 세계에서 일어난다. 티아도어 볼루 수사관은 베셀의 '극단범죄 수사반'의 형사다. 베셀은 위치가 명시되지 않았으나 동유럽에 있는 것으로 추정되는 국가다. 그는 살해된 여자의 정체를 밝히려고 노력하다가 커다란 영향을 미칠 정치적 음모를 밝혀내게 된다. 그러나 이 소설의 매력은 서사보다는 배경을 보여주는 방식에 있다. 처음에는 어떤 문장들은 말이 되지 않는 것 같다. 멀리서 보이는 어떤 여자에 대해 브라우가 이런 문장으로 묘사할 때에도 그렇다. "폭발하는 듯한 시동과 함께, 나는 그 여자가 군터슈트라츠에 전혀 존재하지 않았다는 것을, 내가 그녀를 봤을 리 없다는 것을 깨달았다"(2009). 볼루는 반복적으로 '못 보다'라는 동사를 사용하고, 베셀에 '있는', 따라서 보일 수 있는 것들과 다른 곳에 있는 것을 구별한다. 그 '다른 곳'은 쌍둥이 도시 울코마로, 베셀과 같은 물리적 공간을 점유하지만 별개의 국가에 있다. 양쪽 국가의 시민들 모두 어린 시절부터 그 도시와 그 도시를 계속 구별하게 만드는 기호론적 구분을 옷에서, 행동거지에서, 건축양식, 언어, 심지어 색채에서 인식하고, 다른 도시에서 온 것들을 알아차리지 못하거나 재빨리 안 보도록 훈련받는다. 수사를 하다가 볼루가 울코마로 가는 경계를 넘게 될 때, 그는 똑같은 물리적 위치를 근본적으로 다른 방식과 관심 속에서 경험한다. 예를 들어, 그의 아파트와 "총체적으로 가깝"지만 전에는 한 번도 보지 못한 것들이 있다.

그 살인의 해답은 어떤 사람들이 베셀과 울코마 사이의 주인 없는 애매한 공간 속에 존재한다고 믿는 수수께끼 같은 제3의 도시 오르치니와 연관돼 있는 것 같다. 그러나 이것은 훨씬 더 평범한 음모 속에서 다른 곳으로 주의를 돌리는 장치일 뿐이다. 이와 비슷하게, 도시들 사이의 경계가 보이지 않게 치안을 유지하고, 도시와 도시를 분리하는 지각과 행동의 규칙을 위반하는 사람들을 벌하기 위해서만 나타나는, 초자연적으로 보이는 부서 브리치도 결국 세속적인 것으로 드러난다. 울코마에서 볼루는 살인자를 쏨으로써 그 경계를 일부러 위반한다. 살인자는 겨우 30센티미터 떨어져 있었지만 베셀에 있었고 볼루가 합법적으로 다른 국가에 들어가기 전에 막 빠져나가려던 참이었다. 그 결과 볼루는 브리치에 모집되고, 브리치의 '비가시성'이 자기가 베셀에 있는지 울코마에 있는지 절대 분명히 나타내지 않는 방식으로 움직여 양쪽 시민들에게 전부 보이지 않게 함으로써 이뤄진다는 것을 알게 된다.

그 살인은 알고 보니 고대 유물에 대한 외국 기업의 흥미와 연관이 있었다. 브리치 요원과 마주쳤을 때, 모든 것의 흑막인 미국인 중역은 어느 도시든 가리지 않고 도시의 주민들에 대한 경멸을 드러내며, "너희가 내 정부를 도발하면 무슨 일이 일어날 거라고 생각하지?" 하고 조롱한다. 베셀과 울코마가 서로 다른 기술 수준(이것은 그들 각각이 세계경제에 통합되는 정도와 노골적으로 연관돼 있다)으로 구분돼 온 반면, 중역의 태도는 그들의 문화적 특수성이 사람들이나 공동체가 아니라 오직 시장과 연관돼 있는 자본주의의 균질화 동력과 아무 관계도 없다는 것을 분명히 보여준다.

볼루는 브리치에 합류하라는 강요를 받는다. "베셀의 모든 사람과 울코마의 모든 사람"에 의해 유지되는 그 도시와 그 도시 사이의 경계는 다음과 같이 묘사된다.

당신이 (눈을) 깜박이지 않으므로 작동하기 때문이다. 그것이 바로

보이지 않고 느끼지 않는 것이 그렇게 중요한 이유다. 그것이 작동하지 않는다는 것을 아무도 인정할 수 없다. 그러므로 만약 당신이 그것을 인정하지 않는다면, 그것은 작동한다. 하지만 당신이 아주 잠깐 동안 위반한다면, 그것이 당신 잘못이 아니라 해도 … 거기서 돌아올 수 없다.(생략부호는 원문)

『이중 도시』는 SF 장르 너머에 있다고 생각할 수도 있다. 이 소설의 기이하고 대안적인 지형은 물질적인 차이보다는 이데올로기적 차이의 산물이기 때문이다. 그러나 이 소설은 언제나 SF 장르의 최고 작품에 생기를 불어넣었던 특성의 본보기를 보여주고, 물질적인 것과 이데올로기적인 것은 언제나 이미 서로 스며들어 있다는 것, 다른 세계란 언제나 우리 자신의 것이었음을 우리에게 보여준다.

일단 우리가 눈을 깜박이면, 일단 양자택일 사이의 경계가 얼마나 보잘것없는지를 알아차리면, 돌아갈 길은 없다.

결론

- SF는 매체의 벽을 넘어 전 세계적으로 확산되고 있다. SF의 이미지와 아이디어, 기술들은 이제 전통적인 장소 바깥에서 흔히 발견된다. 하지만 이 장르와 강하게 동일시하는 작가들은 문학적 소설을 비롯해 점점 더 다른 장르들에 의지한다.
- 과학에 대한 SF의 참여는 과학이 자리 잡는 패러다임의 우연성과 이데올로기적 맥락이 인식되면서 새로운 방식들로 발전해 왔다.
- 역사적 문제들과 SF 자체 역사에 대해 SF가 참여하면서, SF 장르에 단 하나의 진정한 역사가 있는 것이 아니라 여러 가지 가능한 과학소설과 SF의 경험이 풍부하고 다양하다는 인식이 커져갔다.

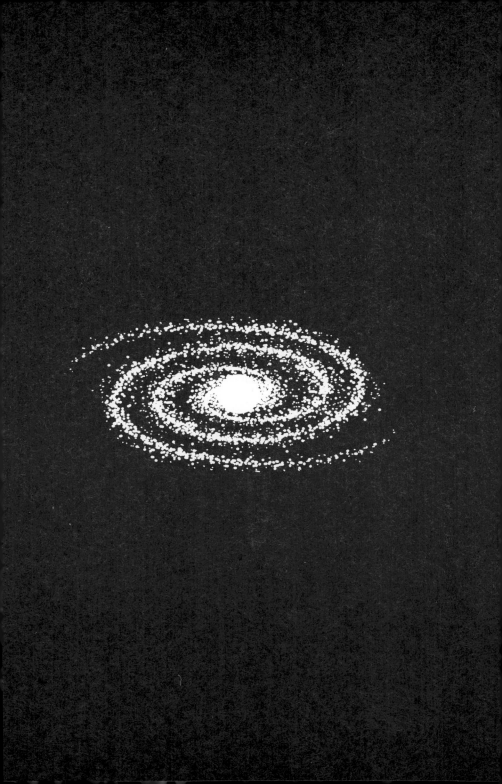

SF 연대기

시간 여행자를 위한 SF 랜드마크

초판 1쇄 펴낸날	2021년 8월 26일
초판 2쇄 펴낸날	2024년 12월 31일
지은이	세릴 빈트·마크 볼드
옮긴이	송경아
펴낸이	한성봉
편집	김학제·안태운·박소연
콘텐츠제작	안상준
디자인	최세정
마케팅	박신용·오주형·박민지·이예지
경영지원	국지연·송인경
펴낸곳	허블
등록	2017년 4월 24일 제2017- 000050호
주소	서울시 중구 필동로8길 73 [예장동 1-42] 동아시아빌딩
페이스북	www.facebook.com/dongasiabooks
인스타그램	www.instargram.com/dongasiabook
트위터	twitter.com/in_hubble
블로그	blog.naver.com/dongasiabook
홈페이지	hubble.page
전자우편	dongasiabook@naver.com
전화	02) 757-9724, 5
팩스	02) 757-9726
ISBN	979-11-90090-47-6 03840

이 도서의 국립중앙도서관 출판예정도서목록(CIP)은
서지정보유통지원시스템 홈페이지(http://seoji.nl.go.kr)와
국가자료종합목록 구축시스템(http://kolis-net.nl.go.kr)에서
이용하실 수 있습니다.

만든 사람들

책임편집	김학제
교정	김보미
크로스교열	안상준
디자인	정명희
본문조판	김경주